몬터규 로즈 제임스

13 세계문학 단편선

몬터규 로즈 제임스

조호근 옮김

H
현대문학

차례

일러두기

1. 본문에 인용된 성경 구절은 대한성공회에서 사용하는 한국 성서공동번역위원회의 『공동번역 성서』를 따랐다.

2. 영국 국교회의 vicar와 priest는 각각 목사와 사제로 옮겼음을 밝혀 둔다.

3. 본문의 주석 가운데 몬터규 로즈 제임스가 직접 붙인 것은 [원주]로 따로 표시해 두었다.

참사회* 사제 알베릭의 수집책

Canon Alberic's Scrap-book

생베르트랑드코망주는 피레네 산맥 산등성이에 있는 오래된 마을
로, 바녜르드뤼숑과 매우 가깝고 툴루즈에서도 그리 멀지 않다. 프랑
스 대혁명 전까지 주교구였던 이곳에는 여행자들이 제법 방문하는 대
성당이 하나 있다. 1883년 봄, 영국인 한 사람이 이 구시대의 마을을
방문했다(현재 거주자가 채 천 명도 되지 않으므로 애석하게도 '도시'
라는 명예로운 호칭으로 일컫기는 힘들 듯하다). 그는 케임브리지 사
람으로 생베르트랑의 성당을 보기 위해 일부러 툴루즈까지 온 것이었
다. 고고학에 대한 관심이 부족한 친구 두 사람은 툴루즈의 호텔에 남
겨 두고 온 참이었다. 친구들은 30분 정도 성당을 둘러보면 충분히 만

---

* 교구나 수도회에서 주교나 수도원장의 자문에 응하여 행정에 관한 모든 안건을 심의하는
기구. 교구의 경우 주교로부터 임명된 6~12명의 사제들로 구성된다.

족할 사람들이어서, 다음 날 아침 이곳에서 합류해 잠시 시간을 보내고 함께 오슈를 향해 떠날 예정이었다. 우리의 주인공 영국인은 그 전날 이른 시간에 마을에 도착해, 코망주의 작은 언덕을 점령하고 서 있는 이 훌륭한 성당을 구석구석까지 묘사하며 공책 한 권 가득 기록하고, 건판 수십 개를 써서 사진을 찍기로 단단히 마음먹고 있는 참이었다. 이 계획을 만족스럽게 수행하려면 그날 내내 성당지기를 독점해야 했다. 샤포 루주라는 여관을 운영하는 무뚝뚝한 여주인이 사람을 보내 성당지기 또는 성구聖具지기(나는 후자 쪽을 선호한다. 물론 부정확한 표현이기는 하다)를 불러오게 했는데, 뜻밖에도 도착한 노인 본인 역시 상당히 흥미로운 연구 대상이었다. 작고 깡마르고 무뚝뚝한 외양이 흥미로웠다는 소리가 아니다. 프랑스에 있는 다른 수십 명의 성당지기들도 그와 완벽하게 똑같은 모습이었으니까. 문제는 어딘가 수상쩍어 보인다고 해야 할까, 아니 오히려 겁에 질리고 위축되어 있는 듯한 분위기였다. 노인은 끊임없이 어깨 너머를 힐끔거렸다. 계속되는 신경 수축 때문에 등과 어깨의 근육이 뭉쳐 구부정하게 보일 지경이었다. 매 순간 적의 손길에 사로잡힐까 봐 두려워하는 사람의 모습이었다. 우리의 영국인은 그를 환영에 시달리는 사람으로 여겨야 할지, 죄책감에 시달리는 사람으로 여겨야 할지, 아니면 아내의 바가지에 녹초가 된 남편으로 여겨야 할지 알 수가 없었다. 이런저런 상황을 고려해 보면 마지막 가설이 가장 가능성이 높을 것이다. 그러나 그에게서는 세상에서 가장 잔소리가 심한 아내보다도 훨씬 강대한 적을 상대하는 분위기가 느껴졌다.

그러나 우리의 영국인(이제부터 데니스톤이라고 부르기로 하자)은 곧 기록에 몰두하고 사진기를 조작하느라 너무 바빠져서 성구지기 쪽은 가끔가다 한 번씩 돌아볼 수 있을 뿐이었다. 그리고 그렇게 돌아볼 때마다 노인은 별로 멀지 않은 거리에서 벽에 바싹 붙어 서 있거나 훌륭한 성가대석에 쭈그리고 앉아 있었다. 얼마 지나지 않아 데니스톤은 도리어 조바심이 나기 시작했다. 자신 때문에 노인이 아침을 들지 못하고 있는 것은 아닌지, 혹시 노인이 자신을 생베르트랑의 상아 홀장이나 성수반 위에 매달린 먼지투성이 악어 박제를 훔쳐 갈지도 모르는 사람으로 여기고 있는 것은 아닌지, 이런 온갖 생각들이 뒤섞여 그를 괴롭히기 시작했던 것이다.

"그냥 집에 돌아가지 그러십니까?" 마침내 그가 입을 열었다. "혼자서도 기록을 끝마칠 수 있을 것 같습니다. 원한다면 저를 안에 두고 문을 잠그셔도 됩니다. 적어도 여기서 두어 시간은 더 보낼 생각인데, 이 안은 노인장께는 너무 춥지 않습니까?"

"그런 말도 안 되는!" 그의 제안에 작은 노인은 말로 표현하기 힘든 공포에 휩싸인 듯했다. "단 한 순간이라도 그런 생각을 하면 안 되오. 선생을 이 성당 안에 혼자 남겨 두다니? 아니, 안 될 말씀이오. 두 시간이든 세 시간이든 내게는 똑같소. 아침 식사도 이미 했고, 전혀 춥지도 않소이다. 신경 써 주어 정말 고맙소."

'네, 네, 좋습니다. 꼬맹이 어르신.' 데니스톤은 속으로 중얼거렸다. '경고는 이미 했으니 결과도 달게 받아들이시라고.'

이후 두 시간 동안 데니스톤은 성가대석과 낡고 거대한 오르간, 장 드 몰레옹 주교가 만든 성가대석 칸막이, 남아 있는 색유리와 태피스트리, 성구실의 물건들까지 모든 것을 완벽하게 살펴보았다. 성구지기는 여전히 데니스톤의 뒤꽁무니를 따라다녔는데, 가끔씩 텅 빈 거대한 건물 안에 이상한 소리가 들릴 때마다 벌레에 쏘이기라도 한 것처럼 휙 뒤를 돌아보았다. 실제로 몇 번은 상당히 묘한 소리가 들리기도 했다.

데니스톤은 내게 이렇게 말해 주었다. "한번은 높은 금속성 웃음소리가 탑 꼭대기 쪽에서 들린 것만 같았네. 나는 성구지기를 향해 저게 무슨 소리냐는 시선을 보냈지. 노인네가 입술이 새파랗게 질려서는 '그자요—아니, 그게—아무도 아니오. 문은 잠겨 있으니까'라고만 말하더군. 그리고 나서 우리는 거의 1분 동안이나 서로를 물끄러미 바라보기만 했네."

데니스톤의 궁금증을 불러일으킨 다른 작은 사건도 있었다. 제단 뒤에 걸린 검게 변색된 커다란 그림 하나를 조사하고 있을 때였다. 성 베르트랑의 기적을 묘사한 일련의 행장화 중 하나였는데, 자세한 내용은 거의 알아볼 수가 없었다. 그러나 그림 아래에는 라틴어로 다음과 같은 설명이 적혀 있었다.

Qualiter S. Bertrandus liberavit hominem quem diabolus diu volebat strangulare.
(오랫동안 악마에게 목 졸린 남자를 성 베르트랑이 구원하는 모습.)

데니스톤은 웃음을 머금고 뭔가 농담 섞인 감상을 말하려고 성구지기를 돌아보았다. 그러나 그의 눈에 비친 것은 노인이 무릎을 꿇고 앉아 손을 꼭 맞잡은 채 뺨을 눈물로 적시며 고통으로 가득한 눈으로 그림을 바라보는 모습이었다. 당연하게도 데니스톤은 아무것도 보지 못한 척했지만, 머릿속에는 계속 의문이 떠돌고 있었다. '이런 조잡한 그림이 어떻게 저런 감동을 줄 수 있는 걸까?' 그날 내내 그를 괴롭히던 기묘한 시선의 이유가 마침내 드러나는 듯했다. 저 노인은 분명 편집증이 있는 것이다. 하지만 무엇에 대한 편집증인 걸까?

어느새 5시가 다 되어 가고 있었다. 짧은 낮이 막바지에 이르러 성당 안에는 그림자가 드리우기 시작했다. 그리고 예의 괴상한 소리들(온종일 들리던 숨죽인 발소리나 멀리서 들려오는 대화 소리 같은)은, 빛이 희미해져 청각이 예민해져서인지 보다 자주, 더욱 뚜렷하게 들려왔다.

그리고 성구지기가 처음으로 서두르며 조바심하는 기색을 보였다. 데니스톤이 마침내 사진기를 정리하고 공책을 집어넣자 노인은 안도의 한숨을 쉬고, 서둘러 그를 재촉해 종탑 아래로 통하는 서쪽 현관으로 나갔다. 삼종기도의 저녁 종을 울릴 시간이 된 것이다. 초조한 듯 밧줄을 잡아당기자 생베르트랑의 큰 종이 첨탑에서 울리기 시작했다. 그 소리는 침엽수림을 지나 계곡 아래로 울려 퍼지며 우렁찬 계곡의 물소리를 두르고는, 산봉우리 곳곳에 사는 사람들에게 축복받은 여인을 일으켜 세운 그 천사*를 기억하고 경배하도록 권하였다. 그와 함께 그날 처음으로 이 작은 마을에 깊은 정적이 찾아온 듯했다. 데니스톤은 성구지기와 함께 성당 밖으로 나왔다.

현관에서 그들은 잠시 대화를 나누었다.

"선생은 성구실에 있는 낡은 성가집에 꽤 관심이 있어 보이시던데."

"물론입니다. 그러잖아도 마을에 혹시 도서관이 있는지 여쭈려던 참이었습니다."

"아니, 없소. 어쩌면 예전에는 참사회에 속한 서고가 있었을지도 모

---

* 수태고지의 가브리엘을 말한다.

르지만, 지금은 이렇게 작은 마을이니……" 여기서 노인은 뭔가 망설이는 듯 말을 잇지 못했다. 그러나 곧 생각을 정리한 듯 그가 말을 이었다. "하지만 만약 선생이 고서 애호가시라면, 우리 집에 꽤나 흥미를 끌 만한 물건이 있다오. 여기서 백 미터도 안 떨어진 곳이오."

이 말을 듣고 데니스톤은 프랑스의 인적 없는 시골에서 귀중한 필사본을 찾아내는 자신의 모습을 머릿속에 떠올렸다. 오랫동안 꾸어 온 꿈이었던 것이다. 그러나 그 기쁨은 다음 순간 잦아들었다. 분명 그 고서라는 것은 한 1580년쯤 출판업자 플랑탱이 펴낸, 판화가 첨부된 별 볼 일 없는 미사 경본 따위일 것이다. 툴루즈에서 이렇게 가까운 곳인데, 이미 수집가들의 노략질이 한차례 훑고 지나갔을 리가 없지 않은가? 그렇다고 해도 여기서 발길을 돌리는 일도 한심한 노릇일 것이다. 거절하면 오래도록 그 행동을 후회하게 될 테니까. 그리하여 그들은 함께 걸음을 옮겼다. 목적지를 향해 가는 동안 데니스톤은 성구지기가 보였던 묘한 망설임과 갑작스러운 결단을 다시 한 번 떠올렸고, 나름 죄책감을 느끼면서도 혹시 이 노인이 부유한 영국인을 꾀어 빈민굴로 데려간 다음 처치할 생각은 아닌지 의심하기도 했다. 그래서 그는 한 가지 계획을 떠올리고는 노인과 대화를 시작한 후 자신이 다음 날 아침 친구 두 사람과 여기에서 만나기로 했다는 사실을 조금 어색하게 대화에 끼워 넣었다. 하지만 놀랍게도 이 사실을 알게 되자 성구지기 노인은 그를 짓누르고 있던 망설임을 어느 정도 떨쳐 내는 듯했다.

"그거 다행이오." 노인이 제법 밝은 투로 말했다. "정말 다행이로군요. 선생은 친구분들과 함께 여행한다 이거 아니오. 친구분들이 항상 곁에 있을 테니. 여행은 여럿이 해야 좋은 법 아니겠소. 때때로는."

마지막 단어는 잠시 생각을 한 후에 덧붙인 것이었는데, 그 때문인지 불쌍한 노인은 다시 우울한 분위기 속으로 빠져들었다.

그들은 곧 노인의 집에 도착했다. 주변의 건물들보다 제법 커 보이는 석조 건물로, 문 위에는 문장 방패가 조각되어 있었다. 데니스톤이 내게 설명해 준 바로는 장 드 몰레옹 주교의 방계 친족인 알베릭 드 몰레옹의 문장이었다고 한다. 그는 1680년부터 1701년까지 코망주 교구의 참사회 사제를 지냈다. 저택의 위쪽 창문들은 판자를 대고 봉해놓은 상태였는데, 건물은 전체적으로 코망주 마을의 다른 건물들과 마찬가지로 세월의 손길에 허물어져 가는 느낌이 들었다.

현관에 도착해서 성구지기는 잠시 머뭇거렸다.

"여기까지 일단 오기는 했어도, 혹시 선생은 이럴 시간이 없는 것 아니시오?"

"전혀 그렇지 않습니다. 시간은 많아요. 내일까지는 할 일이 아무것도 없습니다. 어서 노인장이 가지고 있는 물건이나 봅시다."

이때쯤 문이 열리고, 성구지기보다 훨씬 젊은 얼굴 하나가 밖을 내다보았다. 그 얼굴에도 역시 고뇌의 흔적이 서려 있었다. 그러나 거기에 떠오른 감정은 자신의 안전에 대한 걱정이 아니라 누군가를 위한 근심에 가까웠다. 당연한 이야기지만 얼굴의 주인은 성구지기의 딸이었다. 그리고 내가 묘사한 감정의 흔적에도, 그녀의 외모는 상당히 훌륭했다. 게다가 강건한 육체를 가진 낯선 사람이 아버지와 함께 동행하고 있다는 사실에 상당히 안심한 모습이었다. 부녀는 몇 마디 이야기를 나누었는데, 데니스톤이 알아들을 수 있었던 것은 성구지기의 다음 몇 마디뿐이었다. "그자가 교회에서 웃고 있었다." 딸은 대답하는 대신 공포에 질린 표정을 지었을 뿐이었다.

곧 그들은 거실로 들어갔다. 천장이 높고 바닥에 포석이 깔린 좁은 방이었는데, 커다란 벽난로에서 타오르는 불길의 그림자가 방 안 가득 꿈틀대고 있었다. 한쪽 벽에는 거의 천장에 닿을 정도의 거대한 십자가 수난상이 걸려 있어 마치 경당* 같은 분위기가 감돌았다. 수난상의 예수는 원색으로 칠해져 있었고, 십자가 자체는 검은색이었다. 그리고 그 아래에 제법 튼튼해 보이는 골동품 상자가 하나 놓여 있었다. 성구지기는 등잔을 가져오고 의자를 자리에 놓은 다음 상자로 다가갔다. 데니스톤의 흥분과 초조함이 점차 고조되어 가는 가운데, 노인이 상자를 열고 흰색 천에 싸인 커다란 책을 한 권 꺼냈다. 천 위에는 붉은 실로 십자가가 어설프게 수놓여 있었다. 천을 풀어헤치기 전부터 데니스톤은 그 책의 크기와 모양만으로도 이미 흥미가 동한 상태였다. '미사집치고는 너무 큰데.' 그는 생각했다. '게다가 교송 성가집 모양도 아니야. 어쩌면 정말 제대로 된 물건일지도 모르겠는데.' 그리고 다음 순간 책의 모습이 드러나자 데니스톤은 마침내 자신이 제대로 된 물건 이상의 무언가를 만났음을 깨달았다. 그의 눈앞에 놓인 것은 커다란 2절판 고본으로, 17세기 후반에 제본된 물건으로 보였다. 측면에는 금사로 참사회 사제 알베릭 드 몰레옹의 문장이 찍혀 있었다. 모두 150장 정도의 책이었는데, 거의 매 장 채색 사본이 한 장씩 꽂혀 있었다. 데니스톤이 꿈속에서조차 차마 상상할 엄두를 내지 못할 정도로 훌륭한 수집책이었다. 삽화가 들어가 있는 『창세기』 고본이 열 장 있었는데, 적어도 서기 700년 이전의 물건으로 보였다. 그다음으로는 잉글랜드에서 만든 『시편』의 삽화가 온전한 한 질로 갖추어져 있었는데, 13세

* 전례 예식을 거행하는 작은 공간을 가리키며 수도회나 개인 숙소 또는 묘지에 있는 기도원을 포함할 수도 있다.

14

기에 만들 수 있는 최고의 예술품으로 보였다. 그리고 아마도 그중 가장 귀중한 것은 스무 장에 달하는 언실체*로 적힌 라틴어 문서일 듯했다. 여기저기 적힌 몇 개의 단어로 유추하건대, 분명 잘 알려지지 않은 초기 교부의 기록이 분명했다. 어쩌면 파피아스의 『주의 말씀의 해설』 사본의 일부일 수도 있지 않을까? 그 기록은 12세기에 이르기까지 님스에 존재했다고 알려져 있지 않던가? 어쨌든 그는 이미 이 책을 케임브리지로 가져가겠다고 마음을 굳힌 상태였다. 설령 그 때문에 은행 잔고를 다 털어 버리고, 그 돈이 도착할 때까지 생베르트랑에 머물러야 한다고 해도 말이다. 그는 성구지기의 얼굴에서 이 책을 팔 기미를 읽을 수 있을까 해서 고개를 들었다. 노인은 창백한 얼굴로 무언가를 중얼거리고 있었다.

"맨 마지막 장을 펴 보시겠소, 선생."

그 말에 따라 데니스톤은 종이를 넘겼다. 장마다 새로운 보물이 모습을 드러냈다. 그리고 마지막 장에 이르러 그는 두 장의 종이를 발견했다. 지금까지 본 다른 어떤 수집품보다도 훨씬 최근의 것으로 보여, 그는 순간 영문을 몰라 당황했다. 결국 그는 이 귀중한 수집책을 만들기 위해 생베르트랑 성당의 참사회 서고를 약탈한 것이 분명한 알베릭이 꽤나 무책임한 태도로 끼워 넣은 근대의 문서라는 결론을 내렸다. 첫 장은 평면도였는데, 생베르트랑 대성당의 남쪽 측랑과 중정을 그린 것이었다. 세밀하게 묘사되어 있어 건물을 아는 사람이라면 누구나 알아볼 수 있을 정도였다. 여기저기에 행성 기호처럼 보이는 도형이 그려져 있었고, 구석에는 히브리어 단어가 몇 개 적혀 있었다. 중정

* 라틴어와 그리스어의 옛 서체.

의 북서쪽 모서리에는 금색 안료로 십자가가 그려져 있었다. 평면도 아래에는 라틴어로 적힌 글귀가 몇 줄 보였다.

Responsa 12^{mi} Dec. 1694. Interrogatum est: Inveniamne? Responsum est: Invenies. Fiamne dives? Fies. Vivamne invidendus? Vives. Moriarne in lecto meo? Ita.
(1694년 12월 12일의 답변. 질문은 다음과 같다 : 나는 그걸 찾아낼 것인가? 답변 : 그대는 해낼 것이다. 나는 부유해질 것인가? 그렇게 될 것이다. 나는 부러움의 대상이 될 것인가? 그렇게 될 것이다. 나는 침대에서 죽음을 맞이하게 될 것인가? 그렇게 될 것이다.)

"훌륭한 보물 사냥꾼의 기록이로군요. 『옛 세인트폴 성당』의 준準참사회원 쿼터메인 씨가 생각나는데요."* 데니스톤은 종이를 넘기며 이렇게 덧붙였다.

다음 순간 눈에 들어온 것을 보고 그는 엄청난 감탄을 자아냈다. 그는 그 어떤 그림이나 작품도 그것만큼 자신을 감탄시킨 적이 없었다고 종종 말하곤 했다. 그 그림은 이 세상에 더는 존재하지 않지만, 남아 있는 사진을—현재 내 수중에 있다—보면 그 평가가 충분히 정당함을 알 수 있다. 17세기 후반에 그려진 세피아 작품은 첫눈에 봐도 성경의 한 장면을 그린 것이 명백했다. 건축양식과—그림에 그려진 것은 건물의 내부다—인물들이 200여 년 전 성경 삽화에 어울린다고 여겨지던 반半고전주의 양식으로 그려져 있기 때문이었다. 오른쪽에는

* 1841년 윌리엄 해리슨 에인스워스가 쓴 소설로, 쿼터메인은 점성술을 이용해 1666년 대화재로 파괴된 옛 세인트폴 성당의 보물이 묻힌 장소를 발견했다고 믿는 인물이다.

열두 단의 계단이 있고, 그 위에 놓인 왕좌에 왕이 앉아 있었다. 왕의 머리 위로는 차양이 드리워졌으며, 양옆으로 병사들이 도열해 있었다. 솔로몬 왕*이 분명해 보였다. 그는 몸을 앞으로 내밀고 왕홀을 뻗어 명령을 내리는 자세를 취하고 있었다. 얼굴이 공포와 혐오로 일그러져 있기는 해도 동시에 위압적인 자세에서 권력에 대한 자부심도 엿보였다. 하지만 그림의 왼쪽 절반은 참으로 기괴한 모습이었다. 그림의 주제는 명백히 그곳에 있다고 할 수 있었다.

왕좌 앞 포석 위에 한 인물이 웅크리고 있고, 그 주위를 병사 네 사람이 둘러싸고 있었다. 포석 위에는 또한 다섯 번째 병사가 목이 꺾이고 안구가 튀어나온 채로 누워 있었다. 네 명의 병사들은 왕을 바라보고 있었다. 그들의 얼굴에는 더욱 끔찍한 공포의 기색이 어려 있었다. 자기 주인을 확고하게 신뢰하고 있지 않다면 당장이라도 도망칠 것 같은 모습이었다. 이 모든 공포는 가운데에 웅크린 존재 때문에 더욱 거대하게 느껴지고 있었다.

이 존재가 관찰자에게 주는 인상을 나로서는 그 어떠한 말로도 제대로 표현할 자신이 없다. 한번은 이 그림을 찍은 사진을 생물형태학 강사에게 보여 준 적이 있다. 그는 비정상적으로 이성적인 정신의 소유자로, 상상력이 극도로 빈곤한 친구였다. 하지만 그는 그날 밤을 절대 혼자 보내지 않겠다고 선언했고, 이후로도 며칠 동안 잠자리에 들기 전에 불을 끌 엄두를 내지 못했다. 어쨌든 그 형상의 주요 특징 정도는 언급하고 넘어가기로 하겠다.

---

* 기원전 5세기에서 기원전 1세기 사이에 집필된 위경 『솔로몬의 지혜』에 의하면, 솔로몬은 대천사 미카엘이 준 반지를 사용해 여러 악마를 다스렸으며, 예루살렘 성전의 건축을 막는 악마들을 지배하기도 했다고 한다. 이 책으로 인해 솔로몬은 마법사이자 퇴마사의 이름을 얻게 되었다.

처음에 보이는 것은 두껍게 떡이 진 검은 털뿐이다. 그리고 그 안에 놀라울 정도로 깡마른, 거의 해골에 가깝지만 철사처럼 도드라진 근육을 가진 육신이 존재한다는 사실이 흘깃 보인다. 손은 거무스레하고 육신과 마찬가지로 길고 거친 털로 뒤덮였으며 기괴한 손톱이 자라나 있다. 불타는 노란 눈 안에는 완벽하게 새카만 눈동자가 자리하고, 왕좌에 앉은 왕을 향해 불타는 증오를 드러내고 있다. 남미의 끔찍한 새잡이거미 한 마리를 인간의 형상으로 바꾼 다음 인간보다 약간 못한 지능을 부여했다고 생각하면, 그 끔찍한 형상이 불러일으키는 공포를 약간이나마 이해할 수 있을 것이다. 내가 이 그림을 보여 준 사람들은 모두 한 가지 가정, 즉 이것이 '실제 모델을 두고 그린 것'이라는 점에 모두 동의했다.

처음 느낀 형용할 수 없는 공포가 잦아들자 데니스톤은 집주인 부녀를 힐긋 바라보았다. 성구지기 노인은 손으로 눈을 가리고 있었다. 그의 딸은 벽에 걸린 십자가를 향해 열정적으로 묵주를 세며 기도를 올리고 있었다.

마침내 그는 간신히 질문을 입에 올렸다. "이 책 파시는 겁니까?"

예전에 목격했던 것과 동일한 머뭇거림, 그리고 갑작스러운 결단이 이어졌다. 그리고 그가 원하던 답변이 돌아왔다. "선생이 원하신다면."

"얼마나 원하십니까?"

"250프랑을 받겠소."

놀라운 가격이었다. 가끔은 수집가들조차 양심의 가책을 느낄 때가 있는 법이다. 그리고 데니스톤은 수집가보다 선량한 사람에 가까웠다.

"이봐요, 노인장!" 그는 계속 이야기했다. "이 책은 250프랑보다는 훨씬 값어치가 나가는 물건입니다. 제가 장담하죠. 훨씬 더 불러도 된다는 말입니다."

그러나 노인의 요구는 변하지 않았다. "250프랑을 받겠소. 더 이상은 안 받을 거요."

이런 기회를 놓칠 수는 없었다. 가격을 지불하고, 영수증에 서명을 하고, 양도 과정에서 와인을 한잔 나누고 나자, 성구지기는 완전히 새로운 사람이 되었다. 허리도 쭉 펴고, 더 이상 사방으로 수상쩍은 시선을 던지지도 않았으며, 심지어 웃거나 적어도 웃으려는 시도도 했다. 데니스톤은 자리에서 일어섰다.

"선생을 여관까지 모셔다 드리는 영광을 가질 수 있겠소이까?" 성구지기가 말했다.

"아뇨, 괜찮습니다! 백 미터도 안 되는 거리인데요. 길도 잘 알고, 달도 떠 있지 않습니까."

노인은 서너 번에 걸쳐 계속 권했고, 데니스톤은 계속 그 권유를 물리쳤다.

"그러면, 만약, 만약 무슨 일이 생기면 나를 부르시오, 선생. 길 한가운데로 걸어가도록 하고, 도로변은 길이 험하니 말이오."

"물론입니다." 전리품을 자세히 살펴보고 싶어 초조해하던 데니스톤은 이렇게 대답했다. 그러고는 책을 겨드랑이에 끼고 복도로 나왔다.

그곳에는 노인의 딸이 기다리고 있었다. 아무래도 자기 나름의 볼일이 있는 듯한 모양새였다. 어쩌면 게하지*처럼 아버지가 외국인에게 면제해 준 '무언가를' 받아 내려는 생각일지도 몰랐다.

---

* 『열왕기하』 5장. 예언자 엘리사의 하인 게하지는 주인이 시리아군 사령관 나아만의 나병을 치료해 주고 대가를 받지 않자 나아만을 쫓아가 은 한 달란트와 옷 두 벌을 받아 온다. 엘리사가 이 사실을 알고 저주를 내려 그는 나병 환자가 된다.

"은십자가와 목걸이예요. 부디 친절을 베풀어 이걸 받아 주시겠어요, 선생님?"

글쎄, 데니스톤에게는 별로 쓸모가 없는 물건들이었다. 처녀는 그에 대한 대가로 무엇을 원하는 걸까?

"아무것도요. 아무것도 바라지 않아요. 선생님께라면 기꺼이 드릴 수 있어요."

그녀의 어조와 몸짓 모두에 도저히 달리 생각할 수 없는 진실함이 깃들어 있어서, 결국 데니스톤은 감사를 표하고 목에 목걸이를 걸어 주겠다는 청까지 받아들였다. 아무리 봐도 그가 이 부녀에게 도저히 되갚을 수 없는 큰 은혜를 베풀기라도 한 것만 같은 태도였다. 책을 들고 떠날 때 부녀는 문간에 서서 그를 배웅했다. 샤포 루주의 문가에 이르러 그가 마지막으로 작별 인사 삼아 손을 흔들 때까지도 그들은 여전히 그를 바라보고 있었다.

저녁 식사가 끝나고, 데니스톤은 전리품을 가지고 방으로 돌아와 문을 잠근 후 홀로 방 안에 틀어박혔다. 여주인은 성구지기의 집에 들러서 낡은 책을 샀다는 말을 듣더니 그에게 특별한 관심을 쏟았다. 예의 성구지기가 식당 바로 밖에서 다급한 말투로 여주인과 대화를 나누는 내용이 들린 것도 같았다. 대화의 마지막 말은 "피에르와 베르트랑이 여관에서 밤을 보낼 거예요"인 듯했다.

그러는 동안 계속 왠지 모를 불안감이 그를 잠식해 왔다. 어쩌면 자신의 발견에 너무 기쁜 나머지 신경증 증세가 일어난 것인지도 몰랐다. 이유야 어쨌든 그는 분명하게 자신의 뒤에 누군가가 서 있다는 느낌을 받았고, 벽에 등을 기대면 훨씬 더 편안하게 느껴졌다. 물론 자신이 손에 넣은 엄청난 가치의 물건으로 인한 기쁨 덕분에 이런 기분이 그다지 중요하게 느껴지지는 않았다. 그리고 앞서 묘사했듯이 이제 그는 침실에 홀로 앉아, 참사회 사제 알베릭의 보물을 뒤적이며 매 순간 더욱 훌륭한 예술품을 발견하고 있었다.

"축복받을 알베릭 사제여!" 평소 습관처럼 데니스톤은 혼잣말을 했다. "이분이 지금 어디 계실지 모르겠군. 이런 세상에! 그 여주인이 조금 더 살갑게 웃어 주었으면 좋으련만. 꼭 집 안에 죽은 사람이 있는 느낌이 들지를 않나. 반 파이프만 더 피울까? 그래, 그게 좋겠군. 그 아가씨는 왜 이 십자가를 내게 주려고 한 거지? 지난 세기의 물건인 듯하군. 그래, 아마 맞을 거야. 이런 걸 목에 걸고 있다니 귀찮지도 않은가. 너무 무겁잖아. 어쩌면 그 아가씨 아버지가 한참 걸고 있던 물건일지도 모르지. 아무래도 치우기 전에 좀 닦아 둬야겠어."

그가 십자가를 목에서 끌러 탁자 위에 내려놓으려는데, 문득 왼쪽 팔꿈치께의 붉은 천 위에 있는 물체 하나에 시선이 가닿았다. 두뇌 작용이 흔히 그렇듯 그 물체의 정체에 대한 가설 두세 가지가 엄청난 속도로 그의 머릿속을 스쳐 지나갔다.

펜 닦개인가? 아니, 이 집에 그런 것은 없지. 쥐인가? 아니, 지나치게 검은색이야. 커다란 거미인가? 설마 그럴 리가 없지. 아니. 이런 세상에! 그림에서 봤던 그 손이잖아!

다시 순간적인 사고를 통해 그는 눈앞의 사실을 받아들였다. 창백하고 거무죽죽한 피부, 엄청난 힘이 숨어 있는 듯 보이는 힘줄과 앙상한 뼈, 사람의 손에서는 절대 자라날 수 없는 길고 무성한 털, 손가락 끝에서 자라나 날카롭게 앞쪽 아래를 향하고 있는 뾰족하고 주름진 회색 손톱까지.

치명적이고 감당할 수 없는 공포가 심장을 움켜쥐는 것을 느끼며 그는 통기듯 의자를 박차고 일어섰다. 탁자 위에 왼손을 올려놓고 있던 형체가 의자 옆에서 허리를 폈다. 오른손은 자기 머리 위에 구부정하게 올려놓은 채였다. 검은색이 얼기설기 엉킨 덩어리였다. 그림에서 묘사한 대로 무성한 털에 뒤덮여 있었기 때문이다. 아래턱은 길고 가늘었다. 뭐라고 해야 할까, 마치 짐승의 턱처럼 길쭉했다. 검은 입술 뒤편으로 이빨이 보였다. 코는 없었다. 이 형체에서 가장 끔찍한 부분은 바로 눈이었다. 불타는 듯한 노란 자위에 강렬한 검은 눈동자가 타오르고, 그 안에는 증오와 생명을 파괴하려는 갈망이 서려 있었다. 그리고 일종의 지성이 엿보였다. 짐승보다는 뛰어나지만, 인간보다는 부족한 지성이.

이 끔찍한 생물을 보고 데니스톤은 극도의 육체적 공포와 지독한 정신적 혐오를 느꼈다. 그가 무엇을 했겠는가? 그가 무엇을 할 수 있었겠는가? 그도 당시 자신이 한 말을 제대로 기억하지 못한다. 하지만 자신이 뭔가 말을 했다는 사실과, 손을 더듬어 은십자가를 부여잡았다는 것, 그리고 악마가 자신을 향해 움직여 오면서 끔찍한 고통에 울부짖는 짐승의 소리를 낸 사실은 기억하고 있었다.

땅딸막하고 건장한 하인 두 명, 피에르와 베르트랑이 서둘러 방 안으로 들어왔다. 그들은 아무것도 보지 못했지만, 무언가가 자신들 사이를 비집고 방을 뛰쳐나가는 것을 느꼈으며, 뒤이어 기절한 데니스톤을 발견했다. 두 하인은 그날 밤 내내 데니스톤과 함께 방에 머물렀다. 다음 날 아침 9시에 데니스톤의 친구 두 명이 생베르트랑에 도착했다. 그때쯤 데니스톤은 거의 정신을 차린 상태였으며, 친구들은 그의 이야기를 믿어 주었다. 물론 그 그림을 직접 보고 성구지기와 이야기를 나눈 이후의 일이었지만.

새벽녘이 다 되었을 때 노인이 뭔가 핑계를 대고 여관을 찾아왔다. 그러고는 여주인이 하는 이야기에 깊은 관심을 보이며 귀를 기울였다. 하지만 전혀 놀라는 기색이 아니었다.

"그자야, 그자라고! 나도 그자를 봤었지." 노인의 반응은 이것뿐이었다. 계속 질문을 퍼부어 간신히 단 한 마디를 끌어낼 수 있었다. "두 번 봤어. 수천 번 느꼈고." 하지만 그 책의 유래나 자신의 경험에 대해서는 아무 말도 하지 않았다. "나는 곧 영원한 잠에 들 것이며, 그 휴식은 참으로 달콤할 것이오. 왜 나를 귀찮게 하는 거요?" 이렇게 말할 뿐이었다. (노인은 그해 여름 죽었다. 그의 딸은 결혼하여 생파폴에 정착했다. 그녀는 결코 자신의 아버지를 '사로잡은 것'이 무엇인지 알지 못했다.)

우리는 그 노인 또는 참사회 사제 알베릭 드 몰레옹이 무슨 고통을 겪었는지 결코 알 수 없을 것이다. 그 놀라운 그림의 뒷면에는 이 상황에 대한 단서가 될 만해 보이는 몇 문장이 적혀 있었다.

Contradictio Salomonis cum demonio nocturno.

Albericus de Mauleone delineavit.

V. Deus in adiutorium. Ps. Qui habitat.

Sancte Bertrande, demoniorum effugator, intercede pro me miserrimo.

Primum uidi nocte 12^{mi} Dec. 1694: uidebo mox ultimum. Peccaui et passus sum, plura adhuc passurus. Dec. 29, 1701.

(솔로몬과 밤의 악마의 논쟁. 알베릭 드 몰레옹 그림. 계응시구. 오, 주여, 어서 저를 도와주소서. 『시편』 91장. 악마를 도망치게 한 성 베르트

랑이시여, 가장 불행한 저를 위해 기도해 주소서. 처음 목격한 것은 1694년 12월 12일 밤이었다. 곧 마지막으로 보게 될 것이다. 나는 죄를 지었고 고통 받았으며, 앞으로 더욱 고통 받을 것이다. 1701년 12월 29일.)*

지금까지 들려준 사건을 데니스톤 본인이 어떻게 받아들였는지는 나도 아직까지 명확하게 알지 못한다. 하지만 그가 한번은 『집회서』의 한 구절을 인용하여 말한 적이 있다. "어떤 영혼들은 벌을 위해 만들어졌으며, 그들의 분노는 고통스러운 흔적을 남기나니." 이렇게 말한 적도 있다. "이사야는 참으로 지혜로운 사람이었다네. 바빌론의 폐허에 살고 있는 밤의 괴물들에 대한 이야기를 하지 않았는가?** 현대의 우리는 짐작도 하지 못할 존재들이지."

그는 또한 놀라운 자신감을 보여 나를 감탄하게 만들었는데, 이제 나도 그의 생각에 깊이 동조하고 있다. 작년, 우리는 함께 알베릭의 무덤을 보러 코망주에 갔었다. 커다란 대리석 석관 위에는 참사회 사제의 부조가 있었는데, 커다란 가발과 수도복을 걸친 모습 아래에 그의 학식을 칭송하는 내용이 길게 새겨져 있었다. 데니스톤은 생베르트랑의 주교 대리와 한동안 이야기를 나누고는 차를 몰아 나오며 내게 말했다. "잘못된 행동이 아니었으면 좋겠는데. 자네는 내가 장로교 신자

---

* 『갈리아 크리스티아나』에 따르면 참사회 사제 알베릭은 1701년 12월 31일에 '침상에서 급성 발작으로' 사망했다. 사마르타니의 위대한 저작에서는 일반적으로 이런 식의 죽음을 이토록 자세히 서술하지 않는다. [원주]

** 『이사야』 34장 13~15절. '궁궐마다 딸기 덩굴만 무성하고 요새마다 쐐기풀과 가시덤불만 얽혀 자라나고 승냥이가 득실거리며, 타조가 노니는 곳이 되리라. 들 귀신과 물귀신이 만나는 곳, 털이 북슬북슬한 염소 귀신이 제 또래를 부르고 도깨비가 안식처를 찾아 서성거리는 곳이 되리라. 독사가 자리를 잡아 알을 낳고 그 알을 까서 새끼들을 우글거리게 하는 곳, 더러운 새들이 끼리끼리 모여드는 곳이 되리라.'

라는 사실을 알고 있겠지. 하지만 나는…… 이제 알베릭 드 몰레옹의 안식을 기원하는 '미사와 장송곡'이 연주되리라고 믿네." 그리고 그는 북부 브리튼 억양을 드러내며 이렇게 덧붙였다. "저 예식이 이렇게 기껍게 여겨지리라고는 꿈에도 생각해 본 적이 없네."

*

현재 책은 케임브리지의 웬트워스 컬렉션에 소장되어 있다. 그림은 데니스톤이 코망주를 처음 방문했다 떠날 때 사진으로 촬영한 후 소각했다.

잃어버린 심장
Lost Hearts

내 기억이 맞는다면 링컨셔에 있는 애스워비 저택 문 앞에 사륜마차 한 대가 와서 멎은 것은 1811년 9월의 일일 것이다. 마차에 탄 유일한 승객은 어린 소년 하나로, 아이는 마차가 멈추자마자 뛰어내려 초인종을 누르고는 문이 열리기까지 짧은 시간 동안 호기심 가득한 눈으로 주변을 둘러보았다. 아이의 눈에 앤 여왕 시대에 지어진 크고 네모난 붉은 벽돌 건물이 들어왔다. 건물 앞에는 1790년대의 보다 순수한 고전 양식을 따른 석조 기둥 현관이 덧붙어 있고, 건물 전체에 두터운 흰색 목조 창틀에 작은 유리창이 붙은 길고 폭이 좁은 창문이 많이 나 있었다. 건물 정면 위쪽에는 둥근 창이 달린 박공벽이 있고, 건물 왼쪽과 오른쪽 날개에는 기둥 위에 박공지붕을 올린 주랑을 통해 부속 건물이 이어졌다. 마구간이며 살림용 건물 등의 역할을 하는 건물이었다.

건물마다 작은 장식용 원형 지붕이 딸려 있고, 그 위에는 도금된 풍향계가 달려 있었다.

저녁 햇살이 건물을 비춰 유리창이 불꽃에 휩싸인 듯 반짝였다. 저택 앞 공터에는 드문드문 떡갈나무가 서 있었고, 그 바깥으로 전나무 숲으로 둘러싼 들판이 이어졌다. 들판 가장자리를 둘러싼 나무숲에 파묻힌 교회 종탑 위에 닭 모양의 금빛 풍향계가 햇빛을 받아 반짝였다. 풍향계 안의 시계가 이제 막 6시를 가리키고 있었다. 종소리가 바람을 타고 부드럽게 소년 쪽으로 흘러왔다. 모든 것이 어우러져 아름답고 상쾌했지만, 어딘지 모르게 초가을 저녁에 어울리는 우수가 깃든 저녁 시간이었다. 현관에 서서 문이 열리기를 기다리던 소년은 그렇게 느꼈다.

소년은 워릭셔에서 왔다. 6개월쯤 전에 고아가 되어 나이 많은 사촌 애브니 씨의 친절한 권유로 이곳 애스워비 저택에 오게 된 것이었다. 이는 예상치 못한 제안이었다. 애브니 씨는 그를 아는 모든 이들에게 엄격한 은둔자로 여겨지는 사람으로, 그가 어린아이를 집에 들인다는 것은 이전에는 없던, 도무지 어울리지 않는 행동이었다. 실제로 애브니 씨의 직업이나 성격을 아는 사람은 거의 없었다. 케임브리지의 그리스어 교수가 언젠가 들은 바로는, 애스워비 저택의 주인은 로마 후기 이교도들의 신앙 생활에 대해 그 누구보다 뛰어난 지식을 가지고 있다고 했다. 그의 서가에는 당연하게도 엘레우시스 신비 교의나 오르페우스교의 시가, 미트라* 숭배, 신플라톤주의 등에 관한 구할 수 있는 모든 서적이 구비되어 있었다. 대리석이 깔린 중앙 홀에는 황소를

---

* 페르시아 지방 전쟁의 신으로, 기독교의 예식과 사상에 상당 부분 영향을 미쳤다.

쓰러트리는 미트라상이 줄줄이 늘어서 있었는데, 상당한 대가를 지불하고 동지중해에서 들여온 물건이라고 했다. 그는 《젠틀맨스 매거진》에 이 석상들에 대한 글을 쓰기도 했고, 《크리티컬 뮤지엄》에 후대 로마 제국의 미신에 관한 훌륭한 글을 연재하기도 했다. 즉, 애브니 씨는 책에 둘러싸여 사는 은둔자로 여겨졌고, 이웃 사람들에게는 그가 예의 고아가 된 사촌 스티븐 엘리엇에 대한 소식을 들었다는 것 그 자체만으로도 상당히 놀라운 일이었다. 그가 아이를 애스워비 저택의 동거인으로 받아들인 것이 그보다 훨씬 더 놀라움을 불러일으켰음은 물론이다.

이웃 사람들이 무엇을 기대했든 키가 크고 깡마른, 엄격한 애브니 씨가 어린 사촌을 친절히 맞이한 것만은 분명한 사실이다. 정문이 열리자마자 그는 즉시 즐거움에 손을 비비며 서재에서 뛰어나왔다.

"잘 있었느냐, 얘야? 기분은 어떠니? 이제 몇 살이냐?" 그가 물었다. "그리고 말이다, 여행 때문에 너무 지쳐서 저녁을 거를 지경인 것은 아니겠지?"

"아뇨, 그렇지는 않아요." 엘리엇 도련님이 대답했다. "몸은 괜찮아요."

"착한 아이로구나." 애브니 씨가 말했다. "그래서 네 나이가 어떻게 되더라?"

만난 지 2분도 지나지 않아서 같은 질문을 두 번이나 반복하는 것이 조금 이상해 보였다.

"다음 생일이면 열두 살이 됩니다." 스티븐이 대답했다.

"그러면 얘야, 네 생일이 언제냐? 9월 11일이라고? 흠, 좋아, 아주 좋구나. 그럼 거의 1년이나 남은 것 아니냐? 나로서는, 하하! 나는 그런 내용을 기록하는 일을 좋아하거든. 열두 살이 되는 것 맞지? 확실하겠지?"

"네, 확실해요."

"그래, 그래! 파크스, 이 아이를 번치 부인 방으로 데려다 주거라. 그리고 차든 저녁이든 좀 들게 해 주고."

"예, 알겠습니다." 파크스가 대답하고는 스티븐을 데리고 지하로 내려갔다.

번치 부인은 스티븐이 애스워비에 도착한 후 만난 사람들 중 가장 부드럽고 인간적인 사람이었다. 그녀는 스티븐을 아주 편안하게 맞아 주었다. 15분도 지나지 않아 두 사람은 친한 친구가 되었고, 이후로도 계속 좋은 친구로 지냈다. 번치 부인은 스티븐이 이곳에 도착하기 55년 전쯤 이웃 마을에서 태어났는데, 이 저택에서 20년째 살고 있었다. 따라서 이 저택과 주변 지역의 변천사에 관해 번치 부인만큼 잘 아는 사람은 없을 터였다. 그리고 그녀는 그런 정보를 숨기려는 마음이 조금도 없었다.

호기심과 모험심 넘치는 스티븐은 당연히 이 저택과 정원에 대해 알고 싶은 것들이 아주 많았고, 그에 관한 이야기를 조금이라도 더 듣고 싶어 했다. "월계수 길 끝에 있는 경당은 누가 지은 거예요? 층계참에 걸린 초상화는 누구의 초상화인가요? 해골 위에 손을 올리고 탁자에 앉아 있는 노인 말이에요." 이 같은 의문들은 번치 부인의 놀라운 기억력 덕분에 금세 해소되었다. 그러나 그녀의 설명만으로는 채 만족스럽게 풀리지 않는 의문점도 몇 가지 있었다.

11월의 어느 밤, 스티븐은 번치 부인의 방 벽난로 앞에 앉아서 자신의 주변 상황을 되새기고 있었다.

"애브니 형님은 선한 분인가요? 천국에 가실 수 있을까요?" 소년이 갑자기 물었다. 어른이라면 세상의 온갖 문제에 대해 명쾌한 판결을 내려 줄 수 있을 것이라고 믿고 있는 어린아이의, 묘하게도 긍정적인 투의 질문이었다.

"선한 분이냐고요? 세상에, 당연하지요!" 번치 부인이 대답했다. "주인님은 지금까지 제가 본 그 누구보다도 친절한 분이랍니다. 7년 전에 길거리에서 데려온 어린 소년의 이야기를 해 드렸던가요? 그리고 여기 처음 온 지 2년쯤 되었을 때 데려온 여자아이에 대해서는요?"

"처음 들어요. 번치 부인, 이야기 좀 해 주세요. 지금요, 빨리요!"

"어디 보자." 번치 부인이 말했다. "그 여자아이에 대해서는 별로 기억나는 것이 없네요. 주인님이 산책을 나가셨다 데려온 아이였는데, 당시 가정부였던 엘리스 부인에게 아이를 돌보아 주라고 지시하셨죠. 그 아이에게는 일가친척이라곤 한 명도 없었고—직접 내게 말해 준 거랍니다—여기서 아마 3주 정도 살았을 거예요. 그러더니, 어쩌면 그 아이의 핏줄에 집시의 피가 섞여 있어서일지도 모르지만, 집안사람들이 일어나기 전에 잠자리에서 홀연 사라져 버렸답니다. 그 후로는 그 아이의 흔적조차 보지 못했어요. 친절하신 주인님은 사람을 풀고 연못들 바닥까지 뒤지게 하셨지만, 제 생각에는 아무래도 집시들이 데려간 것이 아닐까 싶어요. 그 아이가 사라지던 날 밤에 한 시간이나 집 주변에서 노랫소리가 들렸거든요. 파크스가 그날 오후에 숲 속에서 누군가가 자신을 부르는 소리를 들었다고도 하고요. 세상에, 세상에! 항상 조용히 움직이는 게 좀 묘한 아이기는 했어요. 하지만 제 마음에 쏙 들었고, 어른들 말을 잘 따랐었는데, 놀라운 일이죠."

"그러면 남자아이는요?" 스티븐이 물었다.

"아, 그 불쌍한 아이!" 번치 부인은 한숨을 쉬었다. "그 아이는 외국인이었어요. 자기 이름이 제반나라고 말하더군요. 어느 겨울날 허디거디*를 하나 들고 손잡이를 돌리면서 이 앞길을 걸어가고 있었는데, 주인님이 아이를 안으로 데려와서는 어디에서 왔는지, 나이는 몇 살인지, 어떻게 여기까지 왔는지, 친척들은 어디 있는지, 정말로 친절하게 물어보셨죠. 하지만 그 아이도 결국은 똑같았어요. 외국 사람들은 다들 그렇게 제멋대로인 모양이죠. 그 아이도 여자아이와 마찬가지로 어느 날 아침 사라지고 말았답니다. 우리는 그 후로 1년 가까이 그 아이가 왜 사라졌고, 지금 무엇을 하고 있을지 궁금해했어요. 허디거디를 놓고 갔거든요. 선반 위에 그대로 있었죠."

스티븐은 그날 남은 저녁 시간 내내 번치 부인의 도움을 받아 허디거디에서 곡조를 뽑아내려고 애쓰며 보냈다.

그날 밤 스티븐은 묘한 꿈을 꾸었다. 그의 침실이 있는 저택 꼭대기 층 복도 끝에는 지금은 사용하지 않는 낡은 욕실이 하나 있었다. 욕실 문은 잠겨 있었지만, 문의 위쪽 절반이 유리로 되어 있는 데다 거기 걸려 있던 모슬린 커튼이 사라진 지 오래였기 때문에, 안을 들여다보면 오른편 벽에서 창문 쪽으로 머리를 두도록 고정된 납판을 댄 욕조를 볼 수 있었다.

내가 언급한 그날 밤, 스티븐 엘리엇은 꿈속에서 그 유리문 안을 들여다보고 있었다. 창문을 통해 흘러들어 오는 달빛에 비쳐 욕조에 누운 누군가가 보였다.

그 광경을 되새겨 보면, 예전에 더블린 성 미칸 교회의 그 유명한 납

* 손잡이를 돌리면서 연주하는 현악기로 유럽 여러 지방의 민속음악에서 사용된다.

골당에서 보았던 모습이 떠올랐다. 수 세기나 시체가 부패하지 않게 하는 그 끔찍한 석실들 말이다. 창백한 납빛 얼굴에 말로 표현하기 힘들 정도로 가녀리고 애달픈 형상이 수의 같은 옷을 입은 채, 얇은 입술에는 희미하고 공포에 질린 미소를 띠고, 손으로 심장 주위를 단단히 감싸고 누워 있었다.

스티븐이 보고 있는 앞에서, 그 사람이 입술 사이로 거의 들리지 않을 만큼 희미한 신음을 흘리면서 팔을 내젓기 시작했다. 스티븐은 그 무서운 모습에 문득 뒷걸음질을 쳤고, 순간 자신이 온몸에 달빛을 받으며 차가운 복도 대리석 바닥 위에 서 있음을 깨달았다. 내 생각으로 그 나이대의 소년에게서 쉽게 찾아볼 수 없는 용기를 발휘해 소년은 꿈속에서 본 사람이 진짜로 그곳에 있는지 확인하러 다시 욕실 문에 달라붙었다. 그러나 안에는 아무도 없었고, 소년은 다시 침대로 돌아갔다.

다음 날 아침 번치 부인은 소년의 이야기를 듣고 상당히 놀란 듯하더니 곧 욕실 유리창에 다시 모슬린 커튼을 달았다. 아침 식사 자리에서 그 이야기를 들은 애브니 씨는 상당한 호기심을 보이며 '그의 책'이라고 부르는 것 안에 내용을 기록해 두기까지 했다.

춘분이 다가오고 있었다. 애브니 씨는 종종 사촌 아이에게 이 사실을 환기시키면서, 고대인들은 이 시기가 어린아이들에게 가장 위험한 때라고 여겼다고 덧붙이곤 했다. 따라서 스티븐 역시 몸조심을 해야 한다며 밤에 침실 창문을 꼭 닫으라고 지시했다. 또한 3세기의 라틴 문법학자인 켄소리누스가 이 주제에 대해 몇 가지 특기할 만한 점을 기록으로 남겼다고도 했다. 이 시기에 일어난 두 가지 사건이 스티븐의 뇌리에 깊이 남았다.

첫 사건이 일어난 때는 평소보다 불편하고 불쾌한 밤을 보낸 후였다. 그날 꾸었던 꿈이 명확하게 기억나지는 않았지만 말이다.

다음 날 밤 번치 부인은 소년의 잠옷을 꿰매느라 바쁜 시간을 보내고 있었다.

"세상에, 스티븐 도련님!" 그녀가 짜증 섞인 목소리로 말했다. "대체 어떻게 하면 잠옷을 이렇게 누더기가 되도록 찢을 수 있는 거죠? 여기 좀 보세요, 도련님. 뒤처리를 해야 하는 불쌍한 하인들 생각도 좀 해 주셔야 하는 거 아닌가요!"

잠옷에는 정말로 파괴적이고 잔인하게 찢어진 흔적이 남아 있었는데, 수선하려면 상당한 재봉 실력이 필요할 듯했다. 흔적은 가슴 왼쪽에 집중되어 있었는데, 세로로 15센티미터 정도의 찢어진 자국이 여러 곳 있었고, 일부는 완전히 뚫리지 않고 리넨 천의 결을 따라 긁혀 있었다. 스티븐은 왜 그렇게 되었는지 도저히 모르겠다고 대답할 수밖에 없었다. 적어도 어젯밤에는 그런 자국이 없었다고 확신할 수 있었다.

"하지만 번치 부인, 이건 제 침실 문 바깥쪽에 있는 긁힌 자국이랑 똑같은데요. 저는 절대로 그런 짓을 하지 않았다고요."

번치 부인은 한동안 입을 벌리고 그를 바라보더니, 촛대 하나를 낚아채서 서둘러 방을 나갔다. 이윽고 계단을 오르는 소리가 들리더니 몇 분 후 그녀가 다시 내려왔다.

"글쎄요, 스티븐 도련님, 그런 곳에 긁힌 자국이 있다니 참 묘한 일이군요. 고양이나 개가 긁기에는 너무 높은 위치니까요. 쥐는 말할 나위도 없고. 꼭 어린 시절에 홍차 무역을 하던 숙부님이 말씀해 주신 중국인의 손톱이 남긴 자국 같네요. 제가 도련님이라면 주인님께는 이 사실을 말씀드리지 않겠어요. 그냥 잠자리에 들 때 문을 꼭 잠그기만 하세요."

"항상 잠그는걸요, 번치 부인. 취침 기도를 한 다음에요."

"아, 착하기도 하셔라. 늘 기도를 올리기만 하면 아무도 도련님을 해치지 못할 거예요."

그리고 번치 부인은 다시 망가진 잠옷을 기우기 시작했다. 가끔씩 무언가를 생각하며, 잠자리에 들 시간이 될 때까지. 1812년 3월의 어느 금요일 밤이었다.

다음 날 저녁 평소와 같이 어울리던 스티븐과 번치 부인은 집사 파크스 씨의 갑작스러운 방문을 받았다. 그는 원칙적으로 자기 방에서 홀로 시간을 보내는 쪽을 선호하는 사람이었다. 아무래도 그는 스티븐이 그곳에 있는 것을 알아차리지 못한 모양이었다. 게다가 상당히 동요한 상태인 데다 평소보다 말도 빨랐다.

"주인님께 저녁때 와인이 필요하면 직접 가서 가져오시라고 하시오." 이것이 그의 첫마디였다. "나는 낮 시간이 아니면 절대 그리로 내려가지 않을 거요, 번치 부인. 대체 뭔지 모르겠군. 쥐일 수도 있고, 저장고에 바람이 들이친 걸 수도 있겠지. 하지만 나는 더 이상 젊지도 않고, 이런 일을 또 겪고 싶은 생각도 전혀 없소."

"세상에, 파크스 씨. 이 저택에 쥐가 있을 리 없다는 걸 잘 아시면서요."

"그걸 부인하는 것은 아니지만, 번치 부인, 사실 부둣가에서 사람 말을 하는 쥐*에 대한 이야기는 들은 적이 있소. 물론 믿을 수 없는 이야기일 뿐이지. 하지만 오늘 밤 저장고의 문에 귀를 대고 소리를 들어 보

---

* 찰스 디킨스의 「사람 말을 하는 쥐」를 인용한 것으로, 조선공이었던 칩스 씨는 '무쇠 냄비, 10페니짜리 못 한 부대, 구리 반 톤, 말하는 쥐'를 받고 영혼을 팔았다.

니 놈들이 말하는 소리가 그대로 들리더란 말이오."

"아, 그만하세요, 파크스 씨. 당신 헛소리를 들어 줄 생각 없으니까! 와인 저장고에서 대화를 나누는 쥐들이라니요!"

"글쎄, 번치 부인, 어쨌든 말싸움을 할 생각은 없소. 그냥 지금 당장 내부 저장고로 가서 문가에서 귀를 기울이면, 당장 내 말이 사실임을 알게 될 거라고만 말해 두겠소."

"대체 무슨 농담을 하는 건가요, 파크스 씨. 어린아이가 들을 만한 이야기가 아니잖아요! 스티븐 도련님이 정말 겁을 먹을 거라고요."

"뭐! 스티븐 도련님?" 순간 소년의 존재를 알아차리고 제정신이 든 파크스가 말했다. "도련님이라면 분명 내가 농담을 했단 걸 알고 계실 거요, 번치 부인."

사실 스티븐 도련님은 파크스 씨가 애초에 농담을 하려던 것이 아니었음을 너무도 잘 알고 있었다. 별로 유쾌하지는 않아도 흥미가 생기는 사건이기는 했다. 그러나 집사에게 아무리 물어봐도 와인 저장고에서 있었던 사건에 대해 더 이상 자세한 내용을 알아낼 수는 없었다.

그리고 1812년 3월 24일이 찾아왔다. 이날 스티븐은 기묘한 경험을 했다. 바람 소리가 시끄러운 날이라 그런지 저택과 정원은 온갖 부산한 소리로 가득 차 있었다. 울타리 옆에 서서 공터를 바라보던 스티븐은, 눈에 보이지 않을 만큼 끝없는 사람들의 행렬이 바람을 타고 자신을 지나쳐 가는 듯한 느낌이 들었다. 아무런 목적도 저항할 방도도 없이, 한 곳에 멈추기 위해 헛된 노력을 하며, 바람에 흩날리는 대신 옛적에 떠나 버린 산 자들의 세계로 다시 돌아가게 해 줄 무언가를 손에 넣기 위해 안간힘을 쓰는 그런 존재들이 느껴졌다. 그날 점심 식사 후 애브니 씨가 소년에게 말했다.

"스티븐, 오늘 밤 11시가 지나서 내 서재로 와 줄 수 있겠느냐? 그때까지는 계속 바쁠 테고, 오늘 밤에는 네 장래와 관련해서 알아 둘 필요가 있는 가장 중요한 무언가를 보여 주고 싶으니 말이다. 번치 부인이나 집 안의 다른 사람들에게는 알리면 안 된단다. 그리고 평소와 같은 시간에 침실로 가도록 하고."

소년의 삶에 흥미로운 사건이 하나 늘어난 셈이었다. 스티븐은 11시까지 깨어 있을 기회를 마다할 생각이 없었다. 그는 그날 밤 2층으로 올라가다 서재 문 안을 흘깃 들여다보았는데, 평소에는 구석에 놓여 있던 화로가 방 가운데 벽난로 앞으로 옮겨져 있었다. 탁자 위에는 붉은 와인이 든 은도금 잔이 하나 놓여 있었고, 그 옆에 놓인 종이에는 뭔가가 가득 적혀 있었다. 스티븐이 지나가는 동안 애브니 씨는 둥근 은제 용기에서 향 한 움큼을 꺼내 화로 위로 뿌리고 있었는데, 그가 지나가는 것을 알아차리지 못한 듯했다.

바람이 잦아들고, 보름달 아래의 적막한 밤이 찾아왔다. 10시가 되었을 때쯤 스티븐은 침실 창가에 서서 바깥 시골 풍경을 내다보고 있었다. 너무도 고요한 밤이라, 달빛 아래 멀리 보이는 수풀 속 수수께끼의 주민들조차 아직 잠에서 깨어나지 않은 모양이었다. 때때로 호수 건너편으로부터 길을 잃어 절망에 빠진 나그네의 외침과도 같은 묘한 울음소리가 들려왔다. 올빼미나 물새들의 울음소리였을 수도 있지만, 그 어느 쪽과도 비슷하게 들리지 않았다. 게다가 소리가 점차 가까워지고 있지 않은가! 이제 그 소리는 호수의 이편 기슭에서 들리기 시작했고, 얼마 지나지 않아 관목 숲 위 허공에서 울려오기 시작했다. 그러더니 곧 소리가 멎었다. 그러나 스티븐이 창문을 닫고 다시 『로빈슨 크루소』를 읽으려고 생각한 순간, 정원 쪽 자갈길 위에 두 명의 사람이 서 있는 모습이 눈에 들어왔다. 남자아이와 여자아이로 보이는 형상이었다. 그들은 나란히 서서 창문을 올려다보고 있었다. 여자아이의 형상을 보니 왠지 모르게 욕조에 누워 있던 형체가 떠올랐다. 소년 쪽은 그보다 더 명백하게 공포를 불러일으키는 모습이었다.

소녀는 살짝 미소를 띤 채로 심장 위에 손을 겹치고 조용히 서 있었다. 반면 검은 머리에 호리호리한 체구의 소년은 누더기가 된 옷을 걸친 채 주체할 수 없는 허기와 갈망을 품고 악의를 드러내며 허공으로 팔을 들었다. 거의 투명한 손 위로 달빛이 비추었고, 스티븐은 달빛이 소년의 끔찍할 정도로 긴 손톱을 뚫고 지나가는 모습을 확인할 수 있었다. 소년이 팔을 들자, 스티븐은 또 다른 잔혹한 광경을 목격하게 되었다. 소년의 왼쪽 가슴에 검은 구멍이 뻥 뚫려 있었던 것이다. 그리고 스티븐은 그날 밤 내내 애스워비 숲에서 들려왔던 굶주리고 절망에 찬 비명과 동일한 느낌을 받았다. 귀로 들은 것이 아니라 머리로 직접 전해져 오는 듯한 느낌이었다. 다음 순간 그 끔찍한 한 쌍의 형체는 아무 소리 없이 마른 자갈 위를 움직여 사라졌고, 더는 아무도 보이지 않았다.

스티븐은 말도 못할 정도로 공포에 질려서 촛대를 쥐고는 애브니 씨의 서재로 내려갔다. 약속한 시간이 가까웠기 때문이다. 서재의 한쪽 문은 중앙 홀과 이어져 있었고, 공포에 질린 스티븐은 얼마 지나지 않아 그곳에 도착할 수 있었다. 그러나 방에 들어가는 일은 그리 쉽지 않았다. 문 바깥쪽에 평소와 같이 열쇠가 꽂혀 있었으니, 문이 잠겨 있지 않은 것이 분명했는데 말이다. 스티븐은 계속 문을 두드렸지만 안에서는 아무런 반응이 없었다. 애브니 씨는 바쁜 모양이었다. 그는 대화를 나누고 있었다. 뭐지! 왜 소리를 지른 걸까? 왜 목이 졸린 듯한 목소리였던 걸까? 애브니 씨 역시 예의 수수께끼의 아이들을 본 걸까? 그러나 이제 모든 것이 조용해졌고, 겁에 질린 스티븐의 계속되는 시도 앞에 결국 문이 열렸다.

*

애브니 씨의 서재 책상 위에 놓인 종이에는, 훗날 그 내용을 이해할 수 있는 나이가 된 후 스티븐 엘리엇이 당시의 상황을 파악하게 해 줄 만한 내용이 적혀 있었다. 주요 내용은 다음과 같다.

내가 여러 경험에 의해 그 지혜를 깊이 신뢰하게 된 고대인들이 상당히 강하게, 그리고 보편적으로 믿어 온 바에 따르면, 우리 현대인들이 야만적인 습속으로 여겨 온 특정한 제의를 집행함으로써 인간의 정신적 능력을 극적으로 발전시키는 일이 가능하다. 예를 들어 같은 동료 인간들의 인격을 흡수함으로써 우리 우주를 구성하는 원소의 힘을 다루는 정령체들을 완벽하게 다스릴 수 있게 된다는 것이다.

시몬 마구스*가 소년의 영혼의 도움을 받아 하늘을 날기도 하고, 모습을 감추기도 하고, 자신이 원하는 형상을 취하기도 했다는 기록이 남아 있다. 『클레멘스의 깨달음』의 작가가 사용한 비방 섞인 표현에 따르면, 그는 그 소년을 '살해'했다고 한다. 또한 헤르메스 트리스메기스투스**의 저작을 보면, 21세 이하의*** 인간 세 명의 심장을 섭취하면 그와 비슷한

* 사마리아인 마법사로, 기독교로 개종하지만 이후 사도들을 매수해서 성령의 힘을 얻으려고 하는 인물이다.

훌륭한 결과를 얻을 수 있다는 설명이 자세히 쓰여 있다. 이 비법이 진실한지 실험해 보기 위해, 나는 지난 20년 동안 사회에 흔적을 남기지 않고 제거할 수 있는 실험용 산 제물을 얻기 위해 상당한 시간을 들였다. 첫 단계는 집시의 피가 섞인 피브 스탠리라는 이름의 여자아이를 제거한 것으로, 1792년 3월 24일에 있었던 일이다. 두 번째는 조반니 파올리라는 이름의 떠돌이 이탈리아인 소년을 제거한 것으로, 1805년 3월 23일에 있었던 일이다. 마지막 '희생양'(내 감정에 가장 끔찍하게 반하는 단어지만)은 나의 사촌, 스티븐 엘리엇이 될 것이다. 그의 죽음은 1812년 3월 24일에 찾아올 것이다.

가장 좋은 섭취 방식은 살아 있는 대상에게서 심장을 적출한 다음, 그것을 불에 태워 재로 만든 후 0.5리터 분량의 레드와인과 함께 섞어 마시는 것이다. 포트와인이 가장 좋다. 적어도 처음 두 단계에서 발생한 시체는 그리 힘들지 않게 숨겼다. 사용하지 않는 욕실이나 와인 저장고 같은 곳이 용이했다. 한편 대상의 정신 부분에서 일정한 문제가 발생할 수 있는데, 일반인의 용어로 흔히 유령이라고 부르는 존재다. 그러나 사유하는 본성을 가진 사람, 즉 이런 실험을 수행할 만한 능력을 가지고 있는 사람으로서, 그런 존재들의 미약한 복수 시도 따위를 중요하게 여길 필요는 없을 것이다. 나는 이 실험이 성공하게 될 경우 얻게 될 자아의 확장과 해방을 진심으로 기쁘고 만족스럽게 상상해 본다. 그러한 힘은 나를 (소위) 인간의 정의라는 것에서 벗어나게 해 줄 뿐 아니라 죽음 그 자

** '세 배로 위대한 헤르메스'. 그리스 신인 헤르메스와 이집트 신인 토트를 합성한 결과물로, 두 신 모두 문필과 마법의 신이며, 비전의 원문주의 지식을 강조한 헤르메스 철학과 종교의 사상적 토대가 되었다. 헤르메스 트리스메기스투스가 인간 마법사였다는 전승도 존재한다.
*** 앞에서 애브니 씨가 스티븐의 12세 생일이 언제인지를 확실히 확인하려는 것으로 보아 '12세 이하의'의 오류이다.

체조차도 뛰어넘게 해 줄 수 있을 것이다.

애브니 씨는 의자에 앉은 채 발견되었다. 고개는 뒤로 젖혀지고, 얼굴에는 분노, 공포, 그리고 영겁의 고통이 떠올라 있었다. 왼쪽 가슴은 끔찍하게 찢어져 심장이 밖으로 드러나 있었다. 손에는 전혀 피가 묻어 있지 않았으며, 탁자 위에 놓여 있던 긴 나이프는 완벽하게 깨끗했다. 포악한 들고양이가 상처를 입힌 모양이었다. 서재 창문은 열려 있었으며, 검시관은 애브니 씨가 야생동물의 공격에 목숨을 잃은 것이라는 소견을 밝혔다. 그러나 내가 언급한 기록을 검토해 본 스티븐 엘리엇은 그와는 상당히 다른 결론에 도달했다.

동판화

The Mezzotint

　얼마 전 여러분께 데니스톤이라는 친구가 케임브리지 박물관에 보낼 미술품을 찾다가 겪은 모험담을 들려 드린 것으로 기억한다.

　데니스톤은 잉글랜드로 돌아온 이후 자신의 경험을 공공연하게 털어놓지는 않았지만, 몇몇 친한 벗들이 그 내용을 알 수밖에 없었는데, 그런 신사들 중에는 당시 다른 대학 미술관을 관장하던 친구가 한 사람 있었다. 데니스톤의 이야기가 비슷한 직종에서 일하는 그에게 상당히 인상적으로 다가간 것은 당연한 일이며, 그가 자신이 그 같은 비상 사태에 직면하게 될 때를 대비해 그런 불가능한 사태에 대한 논리적인 설명을 시도하는 행위 역시 이해될 만한 일이다. 그리고 그에게는 적어도 자기 직무처에서 그런 고문서를 다루게 될 일이 없으리라는 사실이 다행으로 여겨졌다. 그런 일은 셀버니언 도서관*의 책무였기 때문이다. 셸버니언 소속 권위자들은 그런 경우 대륙 전체의 도서관을 뒤지고도 남을 자들이었다. 그는 미술관의 소장품, 즉 이미 비할 데 없이 방대한 잉글랜드의 풍경화와 판화 컬렉션을 확장하는 자신의 직무에 만족하고 있었다. 그러나 이후 밝혀지게 되겠지만, 그같이 소박하고 친근한 미술관에도 어둠에 휩싸인 구석이 있는 법이고, 이 윌리엄스 씨는 곧 그런 곳 중 하나를 몸소 체험하게 된다.

풍경화를 손에 넣는 방법에 관심이 없는 사람이라 해도, 그런 물건을 찾으려면 한 런던 중개상의 손을 반드시 거쳐야 한다는 것 정도는 알고 있으리라. J. W. 브리트넬 씨는 주기적으로 매우 훌륭한 카탈로그를 펴내는데, 여기에는 방대한 양의 판화, 설계도, 잉글랜드나 웨일스 지방의 저택이나 교회, 마을의 오래된 스케치 등이 수록되어 있으며, 그 내용도 계속 바뀐다. 물론 이 카탈로그는 윌리엄스 씨에게는 직무 지침서나 다름없다. 그러나 그의 미술관에는 이미 상당한 수의 풍경화가 소장되어 있어서, 그는 거물 고객이라기보다는 정기적인 고객에 가까웠다. 그리고 그가 브리트넬 씨에게 원하는 것은 희귀한 물건이 아니라 미술관 소장품에서 부족한 부분을 보완하는 것이었다.

그리하여 작년 2월, 미술관 윌리엄스의 책상 위에 브리트넬 상점의 카탈로그가 도착했다. 거기에는 타자기로 작성된 거래상의 편지도 동봉되어 있었다.

선생님,
부디 동봉한 카탈로그의 978번 항목에 주의를 기울여 주시기 바랍니

---

* 옥스퍼드 대학의 보들리언 도서관을 의미한다고 여겨진다.

다. 응낙의 답장을 보내 주시면 정말 감사하겠습니다.

항상 감사드리며,

J. W. 브리트넬 올림

윌리엄스는 언급된 대로 동봉된 카탈로그의 978번 항목을 넘겨 보았고, 그곳에는 이런 내용이 적혀 있었다.

978. 불명. 흥미로운 메조틴트 동판화. 저택이 있는 풍경. 금세기 초. 15×10인치. 검은 테두리. 2파운드 2실링.

딱히 흥미로워 보이는 물건은 아니었으나 그에 비해 가격은 꽤나 높은 편이었다. 그러나 자신이 다루는 물건과 고객들에 대해 잘 알고 있는 브리트넬 씨가 나름 확신이 있는 듯해서, 윌리엄스는 엽서를 보내 같은 카탈로그 안에 소개된 몇몇 판화와 스케치들과 함께 예의 물건을 인수하겠다고 했다. 그런 후 그는 별다른 흥분이나 기대 없이 일상적인 직무를 수행했다.

모든 소포는 도착하리라고 기대한 그다음 날 도착하기 마련이다. 브리트넬 씨의 경우에도 예외가 아니었다. 소포가 미술관에 도착한 것은 윌리엄스가 이미 자리를 떠난 후인 토요일 오후 교대 시간이었고, 급사가 윌리엄스의 거처로 소포를 가져다 놓았다. 물건을 검토하고 원하지 않는 물건을 반송하기 위해 일요일이 지나기를 기다리지 않아도 되도록 말이다. 윌리엄스는 친구와 함께 차를 마시러 들어왔다가 예의 소포를 발견하였다.

이 이야기의 주제가 되는 작품은 검은 테두리가 둘러진 제법 큰 메조틴트 동판화로, 앞서 브리트넬 씨의 카탈로그에서 간략한 묘사를 인용했던 바로 그 물건이다. 이제 보다 자세한 묘사를 할 차례겠지만, 내 눈으로 본 것이 아닌지라 명확하게 설명하기 힘들지도 모르겠다. 오래된 고급 여관의 복도나 훼손되지 않은 시골 저택에는 이와 거의 완벽하게 동일한 동판화가 걸려 있는 경우가 있다. 말하자면 꽤나 평범한 메조틴트 동판화인데, 어찌 보면 평범한 메조틴트야말로 가장 끔찍한 형태의 판화라고 할 수 있을 것이다. 지난 세기의 별로 크지 않은 어떤 저택의 정면을 묘사한 작품이었는데, 시골풍 벽에 평범한 창문이 세 줄로 배열되어 있고, 가운데에는 작은 주랑 현관이 있었다. 저택 건물 양쪽으로는 나무들이 늘어섰고, 정면에는 제법 널찍한 잔디밭이 있었다. 'A. W. F. 세공'이라는 글자가 간신히 보일락 말락 하게 새겨져 있을 뿐, 그 외의 설명은 보이지 않았다. 전반적으로 아마추어가 제작한 듯한 분위기를 풍겼다. 윌리엄스는 이런 물건에 브리트넬 씨가 2파운드 2실링이라는 가격을 매긴 이유를 짐작조차 할 수 없었다. 그는 일말의 경멸감을 느끼며 동판화를 뒤집어 보았다. 뒷면에는 종이 라벨이 붙어 있었는데, 왼쪽 절반이 찢겨 나간 상태였다. 남아 있는 것은 두 줄의 글자 중 뒷부분뿐이었다. 첫 번째 줄에는 '—잉리ingly 저택', 두 번째 줄에는 '—식스ssex'라는 글자만 남아 있었다.

어쩌면 이 장소가 어디인지를 밝혀낼 필요가 있을지도 몰랐다. 연감이 있으면 그리 어렵지는 않을 터였다. 그런 후 브리트넬 씨의 감식안에 대해 몇 가지 평가를 덧붙여 돌려보내면 그만이었다.

날이 어둑해지고 있었으므로, 그는 촛불을 켜고 차를 준비한 다음 함께 골프를 치던 친구에게 따라 주었다. (지금 내가 기록하는 대학의 높은 분들은 긴장을 풀기 위해 골프를 치곤 하는 모양이다.) 골프를 치

44

는 사람이라면 알아서 떠올릴 만하고, 양심 있는 작가라면 골프를 치지 않는 독자들에게 도저히 강요할 수 없는 그런 주제의 대화가 이어졌다.

특정 타법이 더 나았을 것이라거나 양쪽 모두 힘든 상황에서 인간으로서 감히 기대할 수 없는 행운을 얻지는 못했다는 등의 결론이 내려졌다. 이 시점에서 친구가—빙크스 교수라고 부르기로 하자—액자에 든 동판화를 집어 들고 말했다.

"여기가 어디인가, 윌리엄스?"

"바로 그걸 알아보려는 참일세." 윌리엄스가 연감을 꺼내려고 서랍으로 향하며 말했다. "뒤편을 보게, 어쩌구잉리 저택, 서식스나 에식스 지방일세. 지명의 절반이 사라져 있질 않나. 혹시 자네가 아는 곳은 아니겠지?"

"그 브리트넬이라는 친구가 보낸 거겠지?" 빙크스가 말했다. "미술관에 소장할 생각인가?"

"글쎄, 가격이 5실링 정도라면 살 만하겠지." 윌리엄스가 말했다. "그 친구가 여기에 2기니*나 되는 가격을 매긴 이유를 짐작도 못 하겠어. 세공 솜씨도 끔찍하고, 활기를 불러일으킬 만한 인물도 하나 없지 않나."

"내가 보기에도 2기니의 가치는 없어 보이긴 하네." 빙크스가 말했다. "하지만 그렇게 나쁜 작품이라는 생각은 들지 않는데. 달빛 표현은 괜찮아 보이지 않나. 그리고 여기 전면 가장자리에 사람들이, 아니면

---

* 1기니=21실링=1파운드 1실링=1파운드 5펜스(십진제 이후). 기니 금화는 1816년 화폐개혁 이후 발행되지 않았으나, 이후로도 21실링을 지칭하는 용어로 오랫동안 사용되었다. 특히 '귀족적인 거래', 즉 전문 장인에게 치르는 대금, 토지, 말, 미술품 거래 등에는 기니를 사용하는 경우가 많았으며, 이는 1971년 통화 십진제 채택 이후로도 한두 해 동안 계속되었다.

적어도 한 사람이 있기는 한 것도 같고."

"어디 좀 보세." 윌리엄스가 말했다. "그래, 빛을 제법 재치 있게 표현한 건 사실이로군. 자네가 말한 사람은 어디 있나? 아, 그래! 여기 바로 앞에 머리만 나와 있구먼."

빙크스의 말대로였다. 동판화의 맨 가장자리에 검은 얼룩같이 보이는 머리가 있었다. 남자인지 여자인지는 판별하기 힘들었다. 저택 방향을 바라보는 자세로 관람객 쪽에서는 뒤통수만 보였기 때문이다.

윌리엄스가 그 전까지는 미처 알아차리지 못한 형상이었다.

"아까 생각보다는 나은 작품이긴 하네만, 그래도 모르는 장소의 그림에 미술관 기금을 2기니나 쓸 수는 없는 노릇이지."

빙크스는 일이 있어 곧 자리를 떴다. 윌리엄스는 저녁 시간이 다 될 때까지 동판화 속의 저택을 판별하려 애썼지만, 성공하지 못했다. "ng 앞의 모음만 남아 있었다면 꽤나 쉬웠을 텐데." 그는 생각했다. "하지만 지금 남은 것만으로는 게스팅리에서 랭글리까지 모든 조합이 가능한데. 이렇게 끝나는 저택이 생각보다 훨씬 많은걸. 하지만 이 망할 책에는 어미 색인이 없단 말이야."

윌리엄스가 속한 대학의 저녁 식사 시간은 7시였다. 이 자리를 자세히 설명할 필요는 없을 것이다. 그날 오후 골프를 쳤던 동료들을 만나 식탁 위로 우리가 신경 쓸 필요 없는 대화만이 오갔으니 말이다. 간단하게 말하자면 골프에 대한 이야기뿐으로, 이를 설명하는 건 시간 낭비라고 여겨진다.

그들은 식사를 하고 공동 응접실에서 한 시간 정도를 보낸 듯하다. 얼마 정도 시간이 지나 몇 사람은 윌리엄스의 방으로 갔을 것이다. 내 짐작으로는 분명 카드놀이를 하며 담배를 피웠으리라. 그러다가 잠깐 쉬는 시간에 윌리엄스는 제대로 보지 않은 채 탁자에서 동판화를 집어 들고는, 미술에 약간 흥미가 있는 친구에게 그 유래와 자신이 알고 있는 내용을 일러 주며 건넸다.

신사는 무심하게 동판화를 받아 들어 살펴보고는 약간 흥미가 동한 투로 말했다.

"이거 정말로 멋진 작품 아닌가, 윌리엄스. 낭만주의 시대의 느낌이 살아 있어. 빛 표현도 아주 훌륭하고, 인물도 좀 섬뜩하기는 해도 인상적으로 그려져 있지 않은가."

"그래, 그렇지?" 사람들에게 위스키와 탄산수를 따라 주느라 정신이 없던 윌리엄스는 그냥 이렇게만 대꾸했을 뿐, 방 건너편으로 가서 동판화를 다시 살펴볼 생각은 하지 않았다.

이윽고 밤이 깊고 손님들도 떠났다. 손님들이 떠난 다음 윌리엄스는 편지 한두 통을 쓰고 소소한 일 몇 가지를 처리했다. 마침내 자정이 지나서야 모든 일이 끝났고, 그는 침실용 초에 불을 붙이고 램프의 불을 껐다. 그림은 마지막 사람이 놓아둔 그대로 탁자 위에 놓여 있었다. 램프를 내려놓던 윌리엄스의 눈에 문득 그 모습이 들어왔고, 순간 그는 자신이 본 것에 너무 놀라 촛대를 바닥에 떨어트릴 뻔했다. 그는 만약 그때 자신이 어둠 속에 있었더라면 틀림없이 발작을 일으켰을 것이라고 말했다. 그러나 다행히 탁자 위에 촛대를 올려놓을 수 있었기 때문에 그런 일은 벌어지지 않았다. 그는 동판화를 다시 꼼꼼히 살펴보았다. 의심할 여지가 없었다. 당연히 불가능한 일이었지만, 분명히 보였다. 잔디밭 가운데에 오후 5시에 보았을 때는 존재하지 않던 인물이 있었던 것이다. 그것은 등에 흰 십자가가 그려진 괴상한 검은 옷을 입고 네발로 저택을 향해 기어가고 있었다.

이런 상황에서 취해야 할 최적의 행동이 무엇인지는 나도 알지 못한다. 여기서는 그저 윌리엄스가 취한 행동만 서술하기로 하겠다. 그는 한쪽 귀퉁이를 잡아 그림을 들고는 복도 건너편, 자신이 사용하는 다른 방으로 건너갔다. 그러고는 서랍에 동판화를 넣고 열쇠로 잠근 후 양쪽 방문을 단단히 잠그고 침대로 향했다. 그러나 그 전에 우선 그는 자신이 그 그림을 손에 넣은 이후에 일어난 독특한 변화를 기록하고 서명을 덧붙였다.

그는 늦도록 잠을 이루지 못했다. 그래도 그림의 변화에 대한 다른 증거가 존재하며, 자신의 감각 속에서만 벌어진 일은 아니라는 점이 나름 위안이 되었다. 분명 그날 밤 앞서 그림을 본 사람 역시 동일한 모습을 본 듯했기 때문이다. 그러지 않았다면 윌리엄스는 자신의 눈이나 정신에 뭔가 끔찍한 문제가 발생했다고 여겼을 것이다. 다행히도 그런 가능성이 사전에 제거된 이상 아침이 오면 그는 두 가지 일을 해야 했다. 일단 그림을 아주 주의 깊게 보관한 다음 이 현상을 확인해 줄 증인을 부르고, 또한 그 동판화에 그려진 저택이 어느 곳인지 확인하는 것이다. 그래서 그는 함께 아침 식사를 하자고 옆방의 니스벳을 부르고, 아침에 다시 한 번 연감을 확인하기로 마음먹었다.

니스벳은 다른 약속이 없었고, 9시 20분에 윌리엄스의 방에 도착했다. 유감스럽게도 방 주인은 꽤나 늦은 시각이었음에도 제대로 몸가짐을 갖추고 있지 못했다. 윌리엄스는 아침 식사를 하는 동안은 동판화에 대해 아무 말도 하지 않고, 그저 니스벳의 의견을 참고하고 싶은 그림이 하나 있다고만 말했다. 그러나 대학의 삶에 익숙한 사람이라면 캔터베리 칼리지의 연구교수 두 명이 일요일 아침 식사 자리에서 얼마나 다양하고 즐거운 주제로 대화를 나눌 수 있는지 익히 알 것이다.

골프에서 잔디 테니스에 이르기까지 그들이 섭렵하지 않는 주제는 단 하나도 없었다. 그래도 윌리엄스가 대화에 제대로 집중하지 못했다고는 덧붙여야겠다. 당연하지만 그의 관심은 현재 건넛방 서랍 안에 뒤집어진 채 놓여 있는 아주 특이한 그림에 쏠려 있었기 때문이다.

마침내 아침 파이프에 불이 붙었고, 그가 고대하던 순간이 찾아왔다. 그는 상당히 흥분을 표출하며—거의 몸을 떨다시피 했다—복도 건너편 방으로 가서 서랍을 열고는, 동판화를 여전히 뒤집은 채로 들고 돌아와서 니스벳의 손에 건넸다.

"자, 니스벳, 이제 여기에 무엇이 그려져 있는지 정확하게 말해 줬으면 하네. 가능하면 즉시 말해 주게나. 이유는 나중에 설명하겠네."

"글쎄." 니스벳이 말했다. "달빛을 받고 있는 시골 저택이 보이는군. 잉글랜드 지방인 것 같은데."

"달빛? 확실한가?"

"당연하지. 자세하게 묘사하길 바란다면, 달은 이울어 가는 것 같고, 하늘에는 구름이 떠 있구먼."

"좋아, 계속하게." 이렇게 말하며 윌리엄스는 덧붙였다. "내가 그 동판화를 처음 봤을 때는 달이 전혀 보이지 않았네."

"글쎄, 그 밖에는 별로 묘사할 것도 없는데. 보자, 저택에는 하나, 둘, 세 줄의 창문이 있고, 각 층마다 유리창이 다섯이구먼. 맨 아랫줄에는 가운데 창문 대신에 현관이 있기는 하지만. 그리고,"

"그럼 인물은?" 윌리엄스는 명백하게 흥미를 드러내며 물었다.

"인물은 보이지 않는데." 니스벳이 대답했다. "하지만,"

"뭐라고! 앞뜰에 아무도 없단 말인가?"

"아무것도 없는데."

"맹세할 수 있나?"

"물론이네. 하지만 한 가지 더 눈에 띄는 점이 있는데."

"그게 뭔가?"

"글쎄, 1층의 창문 중 하나가―정문 왼쪽 말인데―열려 있구먼."

"정말인가? 세상에! 그자가 들어간 모양이군." 윌리엄스는 잔뜩 흥분해서 말하고는, 니스벳이 앉은 소파 뒤쪽으로 서둘러 돌아가 그림을 넘겨받고 자기 눈으로 직접 확인했다.

그의 말은 사실이었다. 인물은 보이지 않았고, 창문 하나가 열려 있었다. 윌리엄스는 한동안 경악에 아무 말도 못 하고 있다가 서탁으로 가서 뭔가를 가볍게 끄적였다. 그러고는 두 장의 종이를 가져와서 니스벳에게 첫 번째 종이에 서명을 해 달라고 부탁했다. 방금 니스벳이 그림에 대해 묘사한 내용이었다. 윌리엄스는 지난밤에 자신이 작성한 내용을 건네며 읽어 달라고 말했다.

"이게 대체 무슨 의미인가?" 니스벳이 말했다.

"나도 도저히 알 수가 없네. 하지만 한 가지―아니, 생각해 보니 세 가지 일을 해야겠군―먼저 가우드에게서―어젯밤의 손님이었던 사람이네―무엇을 보았는지를 들어야겠네. 그리고 더 이상 변화가 일어나기 전에 사진을 남기고, 이 장소가 대체 어디인지를 찾아내야겠네."

"사진은 내가 찍어 줄 수 있네." 니스벳이 말했다. "내가 하지. 하지만 말이네, 우리가 다른 어떤 곳에서 벌어지는 비극을 돕고 있다는 생각이 들지는 않나? 요는 이 사건이 이미 벌어진 일인지, 아니면 앞으로 일어날 일인지 알 수가 없다는 거지. 그래, 이곳이 어디인지를 알아내야겠어." 그는 다시 그림을 들여다보며 말했다. "자네 말이 맞는 것 같네. 누군가가 집 안으로 들어간 거야. 그리고 내 짐작이 맞는다면, 분명 위층에 있는 사람의 방에 숨어들어 갈 모양일세."

"이렇게 하지." 윌리엄스가 말했다. "이 그림을 가지고 그린을 찾아가 보겠네." 그린 씨는 대학의 수석 연구원이자 오랫동안 재정 담당으로 일하기도 했던 사람이었다. "그러면 여기가 어딘지 알고 있을 거야. 에식스와 서식스에는 대학 소유 토지가 있고, 분명 그는 재직 시절에 그곳들을 여러 번 방문했을 테니까."

"그럴 가능성이 높지." 니스벳이 말했다. "하지만 우선 사진부터 찍어 두도록 하세. 그리고 일단 그린은 오늘 자리를 비웠을 것 같은데. 어젯밤 저녁 식사 자리에 없지 않았나. 휴일을 보내러 내려갈 거라는 이야기를 들었던 것 같은데."

"맞네." 윌리엄스가 말했다. "브라이턴으로 갔다고 들었는데 말이지. 일단 자네가 사진을 찍는 동안 나는 가우드에게 가서 진술을 확보해 오도록 하겠네. 그리고 내가 없는 동안 그림에서 눈을 떼지 말아 주게나. 이제는 2기니가 별로 과도한 가격이 아니라는 생각이 드는군."

얼마 지나지 않아 그는 가우드를 데리고 돌아왔다. 가우드는 자신이 그림을 보았을 때 예의 인물은 가장자리에 명확하게 보이기는 했으나, 안뜰을 지나가는 상태는 아니었다고 진술했다. 인물이 걸친 옷에 흰 무늬가 있는 것을 보기는 했지만 그게 십자가였는지는 확신하지 못했다. 윌리엄스는 이런 내용을 문서로 기록한 후 서명을 받았고, 니스벳은 그림의 사진을 찍기 시작했다.

"그럼 이제 어찌할 생각인가? 여기 하루 종일 앉아서 지켜보고 있을 건가?"

"음, 아니, 그럴 생각은 아니네." 윌리엄스가 말했다. "아무래도 어차피 우리가 사건의 전체 내용을 목격하게 될 것 같아서 말이네. 있잖나,

어젯밤에 내가 그림을 본 후 오늘 아침까지 상당히 많은 일이 일어날 수도 있었겠지만, 그동안 일어난 사건이라고는 고작해야 그 인물이 집 안으로 들어간 것뿐이네. 그 정도 시간이라면 그자는 충분히 목적을 달성하고 원래 있던 곳으로 돌아갈 만도 한데 말이지. 하지만 창문이 아직 열려 있는 것을 보니 내 생각에는 아직 놈이 저 안에 있는 듯하단 말일세. 그러니 그냥 놔둬도 상관없을 것 같구먼. 게다가 내 짐작으로는 낮 동안에는 그림이 별로 변하지 않을 것 같네. 오후에는 밖으로 나가 산책을 하고, 날이 어두워지거나 차 마실 시간이 되면 돌아오기로 하세. 여기 탁자 위에 꺼내 놓고, 문을 잠가 두면 되지 않겠나. 여기 들어올 수 있는 사람은 내 담당 급사뿐이니까."

세 사람은 그 계획이 나쁘지 않다는 데 동의했고, 거기에다 셋이 함께 오후를 보낸다면 다른 사람에게 소문이 퍼져 나갈 가능성도 적을 것이라고 여겼다. 만약 이런 놀라운 소문이 밖으로 퍼져 나갔다가는 심령연구학회의 회원 모두가 즉각 달려올 것이 분명했다.

그러면 일단 5시까지는 그들에게 휴식 시간을 주기로 하자.

5시가 거의 다 되었을 때 세 사람은 윌리엄스의 방으로 향하는 층계를 오르고 있었다. 그들은 문득 방문이 열려 있는 것을 깨닫고 조금 불안해졌지만, 곧 일요일에는 급사가 평일보다 한 시간 정도 일찍 온다는 사실을 떠올렸다. 그러나 놀라운 일이 기다리고 있었다. 처음 눈에 들어온 것은 탁자 위 책 더미에 기대 세워진 동판화로, 그들이 떠날 때 놔두고 간 그대로였다. 다음으로 눈에 들어온 것은 윌리엄스의 급사가 맞은편 의자에 앉아서 공포를 숨기지 않고 그 그림을 바라보고 있는 모습이었다. 어떻게 이런 일이 일어날 수 있는 것일까? 필처(이는 내가 만들어 낸 이름이 아니다)는 나름 명망 있는 하인으로, 자신이 속한 칼리지만이 아니라 이웃 칼리지에서도 엄격하게 예절을 지키는 사람으로 이름 나 있었다. 그런 사람이 주인의 의자에 앉는다거나 주인의 가구나 그림에 주의를 기울이는 것은 참으로 묘한 일이 아닐 수 없었다. 물론 필처 본인도 그렇게 느끼는 듯했다. 그는 세 남자가 방으로 들어오자마자 흠칫 몸을 떨더니 간신히 의자에서 일어났다.

"정말 죄송합니다, 주인님. 감히 마음대로 의자에 앉다니 말입니다."

"신경 쓸 것 없네, 로버트." 윌리엄스가 말을 잘랐다. "어차피 자네에게 이 그림을 어떻게 생각하는지 물어볼 작정이었다네."

"글쎄요, 주인님. 물론 주인님께서 저보다 더 나은 생각을 가지고 계시겠지만, 저라면 저 그림을 딸아이가 볼 수 있는 곳에 걸어 두지는 않겠습니다."

"그런가? 왜 그렇게 생각하나?"

"어쨌든 안 됩니다, 주인님. 딸아이한테 도어 바이블*을 보여 준 적이 있는데, 저것의 절반만큼도 무섭지 않은 그림이었는데도 사나흘 동안 잠을 이루지 못했으니까요. 만약 저기 있는 저 해골바가지인지 뭔지를 보여 주면 가엾게도 딸아이는 아마 발작을 일으킬 겁니다. 아이들이 사소한 것에도 쉽사리 발작을 일으키는 것은 아시겠지요. 어쨌든 제 말은, 저런 그림을 함부로 놓아두면 안 된다는 겁니다. 특히 쉽사리 놀라는 사람이 있는 곳에는 말이죠. 오늘 저녁에 필요한 것이 있으십니까? 감사합니다, 주인님."

이런 말을 남기고 훌륭한 하인은 마저 순회를 끝내러 방을 나섰다. 방에 남겨진 신사들은 당연하게도 그림 주변으로 몰려들었다. 저택은

---

* Door Bible. 괴이하고 환상적인 그림으로 유명한 프랑스의 화가 귀스타브 도레의 삽화가 들어 있는 성경 책. 1866년 처음 출판되었다.

여전히 그믐달과 조각구름 아래 변함없이 서 있었다. 열려 있던 창문은 이제 닫혔으며, 예의 인물은 다시 잔디밭에 나와 있었다. 그러나 그 형상은 더 이상 조심스레 네발로 기어가고 있지 않았다. 이제 그자는 일어서서 큰 보폭으로 서둘러 그림 전면으로 나오고 있었다. 달이 뒤편에서 비추는 데다 인물이 검은 망토를 둘러쓰고 있어서 얼굴이 아주 조금 드러나 있었다. 하지만 희고 둥근 이마와 삐져나온 머리카락 몇 올만 보였을 뿐임에도, 세 사람은 그 이상 모습이 보이지 않는다는 사실에 감사드릴 수밖에 없었다. 인물은 고개를 숙인 채 팔에 어린아이로 보이는 형체를 단단하게 움켜쥐고 있었다. 아이가 죽었는지 살았는지는 확인할 방법이 없었다. 인물의 몸에서 모습이 명확하게 드러나 보이는 것은 다리뿐이었는데, 불쾌할 정도로 가늘었다.

5시부터 7시까지 세 사람은 자리 잡고 앉아 번갈아 가며 동판화를 확인했다. 그러나 그림은 전혀 변하지 않았다. 마침내 그들은 그림을 내버려 두어도 안전할 것이라고 결론 내리고, 저녁 식사를 하고 돌아와 다른 일이 일어났는지 확인하기로 했다.

그들은 가능한 한 빨리 다시 방으로 돌아와 모였다. 그림은 그대로였지만, 예의 인물은 사라지고, 저택은 달빛 아래 조용히 서 있었다. 그날 밤에는 연감과 안내서를 뒤적이는 것밖에 더 할 수 있는 일이 없었다. 마침내 윌리엄스에게 행운이 찾아왔다. 어쩌면 응당 찾아내야 마땅한 일이었을지도 모르지만, 오후 11시 30분, 그는 『머레이의 에식스 안내서』에서 다음과 같은 내용을 발견했다.

26.5킬로미터 거리, 어닝리. 교구 교회는 노르만 시대에 지어진 흥미로운 건물이지만, 지난 시대에 많은 부분이 고딕 형식으로 개축되었다. 그

곳에는 프랜시스 가문의 가족 묘지가 있는데, 프랜시스 가문의 어닝리 저택은 훌륭한 앤 여왕 시기의 건물로, 교회 무덤 바로 뒤 10만 평 넓이의 공터에 자리하고 있다. 프랜시스 가문은 1802년에 마지막 후계자가 갓난아기인 상태로 행방불명되면서 대가 끊겼다. 그의 부친 아서 프랜시스는 지역에서 훌륭한 아마추어 메조틴트 판화가로 알려져 있었다. 아들이 사라진 이후 그는 저택에 완전히 은둔하여 살았으며, 그 사건이 일어난 지 3년 후 같은 날 작업실에서 시체로 발견되었다. 자신의 저택을 묘사한 상당히 뛰어난 동판화를 남긴 후였다.

이것이 그들이 찾던 내용인 듯했다. 그리고 그린이 돌아오자마자 예의 저택이 어닝리 저택임을 확인해 주었다.

"그린, 이 내용을 설명해 줄 만한 이야기는 없나?" 당연하게도 윌리엄스는 이런 질문을 했다.

"내가 아는 한에서는 분명히 없네, 윌리엄스. 여기 오기 전에 그곳을 처음 보았을 때 들은 내용은 이 정도네. 프랜시스 씨는 항상 밀렵꾼을 혐오했는데, 기회가 있으면 밀렵꾼이라고 의심이 되는 사람을 영지에서 추방하곤 했다는군. 결국은 한 명만 남기고 모두 추방했다고 하네. 그 당시 지주들은 지금이라면 감히 상상도 못 할 일을 많이 할 수 있었지. 그때 남은 남자는 그 지방에서 흔히 볼 수 있는 부류, 그러니까 아주 오래된 가문의 마지막 남은 자손이었네. 내 생각에는 한때 그 저택의 주인이었던 가문의 자손 같네. 우리 교구에도 그 같은 사람이 살고 있거든."

"흠, 『더버빌 가의 테스』에 등장하는 남자처럼 말인가?" 윌리엄스가 끼어들었다.

"아마도, 그럴 걸세. 내가 자의로 읽을 만한 책은 아니지만 말이지. 그 남자는 교회에 가서 자기 조상들이 줄줄이 묻힌 포석을 보여 줄 수도 있는 친구였고, 덕분에 관계된 사람들은 그를 마뜩지 않게 여겼지. 그러나 사람들의 말에 따르면, 프랜시스는 절대 그를 손에 넣을 수 없었다고 하네. 항상 법률의 선을 넘지 않는 사람이었거든. 어느 날 밤 숲지기들이 영지 끄트머리 숲 속에서 그를 붙잡기 전까지는 말이지. 지금 가서 그 장소를 보여 줄 수도 있다네. 우리 숙부님 땅 바로 옆이거든. 어떤 소동이 일어났는지 자네들도 짐작하겠지. 그리고 그 거디라는 남자가—그런 이름이었네. 거디. 아마 맞을 거야. 거디—불행하게도 숲지기를 총으로 쏘고 말았네. 자, 이게 바로 프랜시스가 원하던 기회였고, 대배심에서는—당시의 법 집행이 어땠는지는 알겠지—불쌍한 거디에게 순식간에 교수형 판결을 내렸네. 나는 그 친구가 묻혀 있는 교회 북쪽의 무덤을 직접 보기도 했지. 자네들도 알겠지만, 그런 동네에서는 교수형을 당하거나 자살을 한 사람들은 북쪽에 묻지 않나. 내 생각에는 거디의 친구가—친척일 리는 없지, 그 가엾은 놈은 혈연이 없었으니까! 그 가문의 마지막 사람이었으니 말이네. 최후의 한 명이라고 해야겠지—프랜시스의 아이를 납치해서 프랜시스 가문 역시 끝장내려고 한 것 같네. 나야 알 수가 없지. 에식스 지방의 밀렵꾼이 생각해 낼 만한 일은 아니니 말일세. 하지만 글쎄, 나로서는 왠지 거디 본인이 그 일을 해치운 게 아닐까 하는 생각이 드는구먼. 으아! 생각하기도 싫군! 위스키 좀 주게, 윌리엄스!"

이 이야기는 윌리엄스에게서 데니스톤에게로 전해졌고, 데니스톤은 다시 여러 사람에게 이 이야기를 들려주었는데, 그중에는 나와 뱀류를 연구하는 파충류학 교수도 있었다. 그에게 이야기에 대한 소감을 묻자 그는 유감스럽게도 "아, 브리지포드 친구들은 별소리를 다 하는군"이라고 대꾸하고는, 이어 자신의 발언에 걸맞은 반응을 보였다.

　마지막으로 몇 가지를 언급하고 넘어가야겠다. 예의 그 동판화는 현재 애실리언 박물관에 소장되어 있다. 어떤 은현잉크를 사용했는지 알아보려고 여러 실험을 해 보았지만 아무런 결과도 얻지 못했다고 한다. 브리트넬 씨는 그 동판화가 희귀한 물건이라는 사실 외에는 아무것도 알지 못했다. 또한 그 이후로도 계속 관찰했지만 액자 속의 그림은 다시는 모습을 바꾸지 않았다고 한다.

물푸레나무
The Ash-Tree

잉글랜드 동부를 여행해 보았다면 드문드문 흩어져 있는 작은 시골 저택들을 본 적이 있을 것이다. 10만 평 정도의 들판 가운데 솟아 있는, 일반적으로 이탈리아 양식으로 지어진 저택들 말이다. 결을 따라 갈라지고 회색으로 바랜 떡갈나무 울타리, 훌륭하고 듬직한 나무들, 갈대밭에 둘러싸인 작은 연못, 멀리 숲의 윤곽이 보이는 곳에 자리한 그런 저택 말이다. 나는 늘 이런 작은 저택에 강하게 이끌렸다. 물론 그 매력은 이게 전부가 아니다. 붉은 벽돌로 지어진 앤 여왕 시대 건물에 치장 벽토를 발라서 18세기 후반의 소위 '그리스 양식' 느낌이 나도록 만든 건물 벽에 튀어나오듯 달린 주랑 현관도 좋아한다. 천장까지 높이 뻗은 내부 홀에 2층의 회랑과 작은 오르간이 구비되어 있는 것도 좋아한다. 13세기의 『시편』에서부터 4절판 셰익스피어 전집까지 온갖 책들을 찾아볼 수 있는 서재도 좋아한다. 물론 그림도 좋아한다. 무엇보다 내가 가장 좋아하는 것은 처음 저택이 지어졌을 때 그곳에서의 삶이 어떠했을지를 상상해 보는 일이다. 초대 영주의 전성기 시절에는 지금처럼 돈이 많지는 않았을지 몰라도, 훨씬 다양한 취향이 존재했으며, 삶은 훨씬 흥미로웠을 것이기 때문이다. 나는 이런 저택 한 채와 검소하게나마 저택을 유지하고 친구들을 즐겁게 해 줄 만한 재산을 가지고 싶다.

이야기가 엉뚱한 곳으로 흘러간 듯하다. 내가 이야기하려는 것은 방금 묘사한 부류의 저택에서 일어난 흥미로운 일련의 사건에 대해서다. 무대는 서퍽 지방에 있는 카스트링엄 저택이다. 내가 이야기할 사건이 일어났던 시대 이후로 건물에 이런저런 변화가 가해지기는 했지만, 앞서 묘사한 주요 특징들은 아직까지도 찾아볼 수 있다. 이탈리아풍 현관, 네모난 흰색 건물, 외관보다 더 낡은 내부, 숲 가장자리에 있는 들판, 그리고 연못. 그러나 이 저택을 다른 수십 종류의 비슷한 건물들과 구분 짓게 해 주던 특징 하나는 사라져 버렸다. 들판에 서서 건물을 바라볼 때 오른쪽으로 건물 외벽에서 5~6미터 떨어진 곳에, 건물에 거의 닿을 듯이 나뭇가지들을 뻗고 있는 오래된 물푸레나무 한 그루가 서 있었다. 내 추측으로는 카스트링엄의 무장이 해제되고, 해자가 메워진 다음 엘리자베스 시대 양식의 주거용 건물을 지었을 때부터 있던 나무인 듯하다. 어쨌든 1690년경에는 분명 최대 크기로 자라난 것으로 보였다.

그즈음 이 저택이 자리한 지역에서 여러 번의 마녀재판이 있었다고 한다. 과거에 사람들이 공유하던 마녀에 대한 보편적인 공포, 그 뿌리와 정당한 원인을—그런 것이 존재한다면 말이지만—살펴보는 일은 쉽지 않을 것이다. 이런 죄목으로 기소된 사람들이 실제로 자신에게 무언가 비범한 능력이 있었다고 생각했는지, 아니면 적어도 이웃에게 해를 끼치려는 악의를 가지고 있었는지, 또는 그 당시 범람하던 마녀사냥꾼들이 잔인하게 받아 낸 그 수많은 고백이 얼마나 사실이었는지는 모두 알 수 없다. 이런 문제들은 아직까지도 그 답이 밝혀지지 않았다. 그리고 이제 하려는 이야기를 생각하면, 나는 다시금 머뭇거리게 된다. 앞서 모든 의문점을 단순히 꾸며 낸 것으로 넘겨 버릴 수 없기 때문이다. 모름지기 독자들 스스로가 판단해야 할 것이다.

카스트링엄에서도 '신실한 행위'*의 희생양이 한 명 나왔는데, 마더 솔 부인이라는 사람이었다. 그녀가 주변 마을의 다른 마녀들과 다른 점이라고는 보다 유복하고 영향력 있는 지위에 있었다는 것뿐이었다. 교구의 명망 있는 농부 여럿이 그녀를 구하려고 시도했다. 그들은 그녀의 품성을 증명하려고 여러 면으로 노력했고, 배심원들의 판결에 상당한 우려를 표했다.

그러나 여인에게 가장 치명적인 증거는 당시 카스트링엄 저택의 소유자였던 매슈 펠 경에게서 나왔다. 그는 자기 방 창문에서 세 번에 걸쳐 그녀의 모습을 보았다고 증언했다. 모두 보름달이 뜬 밤이었고, 그녀가 '저택 옆 물푸레나무에서' 어린 가지를 모으고 있었다는 것이었다. 그녀는 속옷만 입은 채 나무 위로 올라가서 내내 혼잣말을 중얼거리며 묘하게 휜 단검으로 잔가지를 잘라 모으고 있었다고 한다. 매슈 경은 그런 모습을 볼 때마다 그녀를 붙잡으려고 최선을 다했지만, 언제나 실수로 소리 한마디를 내는 바람에 정체가 발각되어, 정원으로

---

* auto-da-fé. 종교재판으로 이단자를 화형에 처하는 행위.

나올 때마다 본 것이라고는 토끼 한 마리가 마을로 향하는 오솔길을 달려 내려가는 것뿐이었다고 했다.

세 번째 날 밤 그는 최대한 빠르게 그 토끼를 추적했고, 결국 마더솔 부인의 집에 도달했다. 그가 반의 반 시간이나 문을 두드린 끝에 그녀가 방금 침대에서 나온 듯 매우 피곤하고 언짢은 표정을 하고 문가로 나왔다. 그리고 그는 자신이 방문한 이유를 제대로 설명할 수가 없었다.

다른 교구민들로부터도 몇 가지 진술이 나오기는 했지만, 이보다는 충격적이지도, 괴상하지도 않았다. 결국 이 진술이 가장 중요한 증거로 채택되어 마더솔 부인에게 유죄와 사형 판결이 내려졌다. 그녀는 재판 일주일 후 대여섯 명의 다른 불행한 사람들과 함께 베리 세인트 에드먼스에서 교수형에 처해졌다.

당시 지방 치안관이던 매슈 펠 경도 그 처형에 입회하였다. 가랑비가 내리는 음습한 3월의 어느 날 아침, 교수대가 선 북문 밖 잡초투성이 언덕에 수레가 도착했다. 다른 죄인들은 고통으로 인해 무감각해지거나 무너져 내린 상태였지만, 마더솔 부인만은 삶에서 그랬듯이 죽음을 마주하고도 아주 다른 모습을 보여 주었다. 당시의 기록자가 서술한 바에 따르면 '그녀의 독기 어린 분노는 주변의 사람들에게 영향을 미쳤다. 그렇다, 심지어는 처형인에게까지도. 그리하여 그날 그녀를 본 사람들은 모두 그녀가 광기 어린 악마의 화신임을 확신할 수 있었다. 그러나 그녀는 법 집행인들에게 전혀 저항하지 않았다. 그저 자신에게 손을 댄 이들을 너무도 사납고 증오하는 표정으로 노려보아서—후일 그중 한 사람이 내게 확인해 주었듯이—여섯 달이 지난 후에도 그 모습을 생각만 해도 마음이 좀먹는 느낌이 들었다'고 한다.

그러나 그녀가 입에 담은 말은 별 뜻 없이 들리는 몇 마디뿐이었다. "당신네 저택에 손님들이 찾아갈 것이다." 그녀는 낮은 목소리로 이 말만을 반복했다.

매슈 펠 경은 여인의 행동에 별 반응을 보이지 않았다. 그는 교구 목사와 이후의 일 처리에 관해 몇 마디 나누고, 모든 일이 끝나고 나서 목사와 함께 집으로 향했다. 그가 그리 기꺼운 마음으로 재판정에 진술을 제공한 것은 아니었다. 그는 자신이 딱히 마녀사냥의 열기에 영향을 받지 않은 사람이지만, 당시에도 그 이후에도 그 외의 다른 내용을 진술할 수는 없으며, 자신이 잘못 보았을 리도 없다고 주장했다. 또한 주변 사람들과 원만하게 지내고 싶어 하는 사람이며, 마녀재판 전체를 혐오스럽게 여겼다. 그런 한편 주어진 의무를 다해야 한다고 생각하고, 그 생각대로 최선을 다했다. 집으로 가는 길에 그는 대충 이런 말을 주워섬겼고, 교구 목사는 상식 있는 사람이라면 누구나 똑같이 행동했을 것이라며 그를 칭찬했다.

몇 주가 지나 5월의 달이 만월에 이르렀을 때 목사와 영주는 다시 들판에서 만나 함께 저택을 향해 걸었다. 펠 부인이 친정어머니가 위독해 친정집에 가서, 매슈 경은 저택에 홀로 남아 있었다. 때문에 크롬 목사는 저택에서 늦은 만찬을 하자는 권유를 별 망설임 없이 받아들였다.

그날 저녁의 매슈 경은 그리 함께 어울리기 좋은 상태가 아니었다. 대화는 주로 가족과 교구 일에 대한 방향으로 흘러갔고, 우연한 기회 덕분에 매슈 경은 영지에 관한 몇 가지 바람과 의도를 비망록으로 남겼다. 이 기록은 이후 상당히 유용하게 사용된다.

목사가 집으로 돌아가야겠다는 생각을 한 것은 9시 30분경이었다.

두 사람은 저택 뒤편의 자갈 깔린 산책로를 따라 함께 걸었다. 여기서 목사의 주의를 끈 사건이 하나 일어났다. 창문에 닿을 듯 자라 있는 물푸레나무가 보이자 매슈 경이 걸음을 멈추고 말했다.

"저기 물푸레나무 가지를 오르락내리락하는 게 뭡니까? 다람쥐는 아니겠지요? 다람쥐라면 전부 둥우리에 들어가 있을 시간 아닙니까."

목사도 곧 움직이는 형체를 목격했지만, 달빛 아래에서는 색조차 알아보기 힘들었다. 그럼에도 순간적으로 목격한 형체가 뚜렷하게 뇌리에 새겨졌는데, 그는 어리석게 들릴지도 모르겠지만 다람쥐였든 아니든 그놈은 분명 네 개가 넘는 다리를 가지고 있었다고 말했다.

그러나 그 찰나에 목격한 것만으로는 제대로 판별할 수 있을 리 없었고, 두 남자는 거기서 헤어졌다. 그러나 이들이 재회할 기회는 이로부터 10년이 지난 후에야 주의 품 안에서 찾아오게 된다.

다음 날 아침 매슈 펠 경은 평소와 달리 6시가 되어도 아래층으로 내려오지 않았다. 7시가 되어도, 8시가 되어도 마찬가지였다. 이때쯤 되자 하인들이 그의 침실로 가서 방문을 두드렸다. 그들이 조바심치며 귀를 기울이고 다시 문을 두드리는 행동을 반복하는 모습을 일일이 묘사할 필요는 없을 것이다. 마침내 밖에서 문을 따고 들어갔을 때, 여러분도 물론 짐작했을 테지만, 그들은 주인어른이 검게 일그러진 시체가 되어 있는 모습을 발견했다. 그 시점에서 시체에서는 어떤 폭력의 흔적도 발견되지 않았다. 그러나 창문은 열려 있었다.

하인 하나가 목사를 부르러 갔고, 다시 목사의 지시를 받아 검시관에게 알리고자 말을 타고 달려갔다. 목사 본인은 최대한 서둘러 저택으로 향했고, 곧 시체가 있는 방으로 안내되었다. 그가 남긴 문서 중에는 매슈 경을 향한 존경심과 슬픔이 얼마나 진실되었는지를 적어 놓은 기록과 함께 다음과 같은 내용이 있었다. 여기서 사건이 어떻게 전개되었는지, 그리고 당시 사람들이 이 사건을 어떻게 받아들였는지 조명하기 위해 이 기록을 인용해 보겠다.

힘을 써서 침실로 침입한 흔적은 조금도 보이지 않았다. 그러나 내 가없은 친구가 이맘때쯤이면 항상 그러듯이 창문은 열어 놓은 채였다. 0.5리터 분량이 담기는 은식기에 저녁 에일이 약간 담겨 있었는데, 어젯밤은 미처 다 마시지 못한 모양이었다. 베리에서 온 의사인 호킨스 씨가 이 음료를 검사하였으나, 이후 검시관의 요청에 따라 선서를 하고 진술한 바에 따르면, 그 안에서는 어떤 종류의 독극물도 발견할 수 없었다고 한다. 시체가 검은색으로 부풀어 올라 있어서, 지역 주민들 사이에 독살이라는 소문이 돌고 있었기 때문에 반드시 필요한 일이었다. 시체는 상당히 뒤틀린 상태로 침대에 누워 있었는데, 그 모습을 보니 나의 소중한 친구이자 후원자였던 남자가 끔찍한 고통과 고뇌를 겪은 게 분명하다는 유추를 할 수밖에 없었다. 그리고 아직까지 해결되지 않은 수수께끼가 하나 있는데, 이 사실로 나는 이 잔혹한 살인을 저지른 범인이 끔찍하고도 솜씨 좋게 계획을 세웠다고 확신할 수 있다. 시체를 씻기고 염하는 일을 맡은 여인들은 피어슨 가문의 사람들로, 상당히 존중받는 장의사들이었는데, 심신 양쪽에 큰 고통과 비탄을 겪은 모습으로 내게 와서 말했다. 그들의 모습을 보기만 해도 그 고백이 사실임을 알 수 있을 정도였다. 그들이 맨손으로 시체의 가슴팍을 만지자마자 손에 심상치 않은 고통이 느껴졌고, 이후 아래팔 전체로 고통이 옮겨 오며 팔이 엄청나게 부어올랐다고 한다. 그 고통은 그들이 생업을 잠시 중단한 후로도 몇 주 동안 계속되었지만, 피부에 흉터는 전혀 남지 않았다.

이 말을 듣고 나는 아직 저택에 머물러 있던 의사를 불러왔고, 우리는 수정으로 만든 작은 확대경을 사용해 시체의 가슴팍 부분 피부를 세심하게 살펴보며 증거를 찾고자 했다. 그러나 우리의 도구로는 몇 개의 작은 구멍 또는 찔린 자국 외에는 중요한 증거를 찾아낼 수 없었다. 이에 따라 우리는 이 자국들이 독액을 주입한 자리라는 결론을 내렸다. 보르자 교황의 반지라든가, 그 밖에 과거 이탈리아의 독살 전문가들이 사용한 끔찍한 도구들이 생각났기 때문이다.

시체에서 발견된 증상은 이것이 전부였다. 내가 덧붙일 수 있는 내용은 스스로 행한 실험뿐인데, 이 실험이 가치 있었는지는 후대의 평가에 맡긴다. 침대 옆 탁자에는 작은 성경 책이 한 권 있었는데, 매 순간 철두철미하게 살았던 나의 친구는 밤마다, 그리고 아침에 일어났을 때마다 지정된 부분을 읽었다. 나는 그 성경을 집어 들고 이제는 이 단출한 요약본 대신 진정한 신의 말씀을 듣게 된 불쌍한 친구를 생각하며 눈물을 한 방울 떨구지 않을 수 없었다. 이런 무력한 순간에는 광명을 약속하는 그 어떤 희미한 어스름이라도 갈구하지 않을 수 없는 고로, 나는 문득 한 가지 생각을 떠올렸다. 오래된 풍습이자 많은 사람이 미신이라고 여기는 성경점*을 시험해 보기로 한 것이다. 축복받을 순교자 찰스 왕과 포클랜드 경의 경우에는 놀라운 결과를 불러왔다고 회자되는 바로 그 점술 말이다. 내 시도가 그리 큰 도움이 되지는 못했음은 인정해야겠다. 그러나 훗날 이런 끔찍한 사건이 벌어진 이유와 그 원인이 발견될 수도 있는 노릇이니, 그 결과를 여기 적어 놓도록 하겠다. 나보다 더 명민한 지능을 가진 사람이 사건의 진정한 배후를 가려낼 수 있을 경우를 대비해서 말

---

* 서적 점술이라고도 하는데, 책을 펼쳐서 그곳에 있는 구절을 해석하는 방식으로 점을 치며, 일반적으로 성경을 이용한다.

이다.

　나는 세 번에 걸쳐 점술을 시행했는데, 성경을 열고 내 손가락이 가리키는 특정 단어를 확인하는 식이었다. 처음에는 『루가 복음』 13장 7절이었다. '잘라 버려라.' 다음에는 『이사야』 13장 20절이었다. '그곳에서 살 사람이 없으리라.' 그리고 세 번째 시도에서는 『욥기』 39장 30절이 나왔다. '피 묻은 고기로 새끼를 키우니.'*

크롬의 서류에서 인용할 필요가 있는 내용은 이것이 전부다. 매슈 펠 경은 정식으로 관에 들어가 매장되었으며, 다음 일요일에 있었던 그의 장례식 설교 내용은 『찾을 수 없는 길, 또는 위험에 처한 잉글랜드와 적그리스도의 무자비한 위협』이라는 제목으로 출판되었다. 그 안에는 목사의 관점, 그리고 많은 이웃이 믿는 내용이 서술되어 있는데, 예의 영주가 교황의 독살과 같은 방식으로 희생되었다는 것이었다.

　그 후 아들 매슈 2세 경이 작위와 영지를 물려받았다. 이렇게 하여 카스트링엄 비극의 1막이 모두 끝났다. 생각해 보면 그다지 놀랍지 않은 일이지만, 새로운 준남작이 아버지가 사망한 방을 사용하지 않았다는 사실은 언급해 두고 넘어가야겠다. 비단 그뿐만 아니라 준남작이 저택에 머무르는 동안은 때때로 찾아오는 손님을 제외하고 누구도 그 방을 사용하지 않았다. 그는 1735년에 사망했고, 그의 치세 동안에는 특기할 만한 일이 일어나지 않은 듯하다. 독특하게도 소나 그 밖에 다

---

* 각각 열매 맺지 못하는 무화과나무의 우화, 바빌론의 멸망을 예언하는 대목, 인간의 사체를 먹고 사는 독수리를 언급하며 등장하는 내용이다. '피 묻은 고기로 새끼를 키우니 주검이 있는 곳에 어찌 독수리가 모이지 않겠느냐?'

른 가축이 주기적으로 사망하는 일이 일어났으며, 그 사망 빈도가 시간이 지날수록 잦아졌다는 사실을 제외하고는 말이다.

자세한 내용이 궁금한 사람은 1772년의 《젠틀맨스 매거진》에 보낸 기고문에 언급된 통계 수치를 확인해 보기 바란다. 그 내용은 준남작의 기록에 바탕을 두고 있다. 그는 마침내 아주 간단한 방책으로 이 문제를 해결했다. 밤마다 가축을 모두 외양간에 몰아넣고, 들판에 양 떼를 풀어 놓지 않기로 한 것이다. 가축들이 실내에 머무른 날은 희생이 없었다는 사실에서 착안한 방책이었다. 이후로 이런 수수께끼 같은 사건은 야생 가금류나 수렵용 짐승에게만 일어났다. 그러나 이후로는 이런 사태에 대한 정확한 기록을 얻을 수 없는 데다 야경꾼들도 뚜렷한 단서를 찾아낼 수 없었으므로, 서픽 지방 농민들이 '카스트링엄 역병'이라고 부르는 이 현상에 대해 더 이상 깊게 파고들지는 않겠다.

앞서도 말했다시피 매슈 2세는 1735년에 사망했고, 뒤를 이은 사람은 그 아들 리처드 경이었다. 교구 교회 북쪽 면에 상당한 규모의 가족석이 생긴 것은 리처드 경 대에 있었던 일이다. 새 영주가 원한 가족석의 규모는 상당한 것이어서, 그를 만족시키기 위해 교회 북쪽의 축복받지 못한 무덤들을 여러 곳 파헤칠 수밖에 없었다. 그리고 그 무덤의 주인들 중에는 마더솔 부인도 있었다. 크롬이 남긴 교회와 공동묘지의 평면도가 남아 있어서 그녀의 무덤 위치는 정확하게 알려져 있다.

아직도 꽤나 여러 사람이 기억하고 있는 그 유명한 마녀의 무덤을 파헤친다는 소문에 마을 사람들은 제법 흥미를 가졌다. 그리고 마침내 무덤이 파헤쳐졌고, 관이 아직도 튼튼하고 부서진 구석도 없음에도 그 안에 시체도, 뼈도, 먼지조차 남아 있지 않다는 사실이 확인되고 나서 마을 사람들 사이에는 경악과 동요가 퍼져 나갔다. 물론 그럴 만한 기묘한 현상이었다. 그녀를 매장했을 당시에는 시체 도굴꾼 따위는 존재하지 않았으며, 시체를 훔쳐 갈 만한 이성적 이유로는 시체 도굴꾼이 해부학 교실에 시체를 팔아넘기는 것을 제외하고 다른 것 따위는 떠올릴 수 없었기 때문이다.

이 사건 덕분에 지난 40여 년간 잠들어 있던 마녀재판과 마법 이야기들이 한동안 되살아났고, 많은 사람이 관을 태워 버리라는 리처드 경의 명령을 어리석은 짓이라고 여겼다. 물론 그의 명령은 충직하게 실행되었지만 말이다.

리처드 경이 골치 아픈 개혁가였음은 분명하다. 그의 시대 이전의 저택은 붉은 벽돌로 지어진 훌륭하고 사랑스러운 건물이었다. 그러나 리처드 경은 이탈리아를 여행한 후 이탈리아풍에 감염되어, 선대 영주들보다 풍족해진 재산을 이용해 잉글랜드식 저택의 자리에 이탈리아식 궁성을 옮겨다 놓고자 했다. 그리하여 벽토와 마름돌이 붉은 벽돌을 가리고, 볼품없는 로마산 대리석 조각들이 중앙 홀과 정원을 장식했다. 연못 건너편 둑에는 티볼리에 있는 시빌레의 신전 모조품이 세워졌다. 그리고 그 덕분에 카스트링엄 저택은 완벽하게 새로운, 아울러 반드시 덧붙일 수밖에 없지만, 덜 인상적인 모습이 되었다. 그러나 사람들은 그 새로운 모습을 좋아했고, 이후로도 이웃 지역 신사들 상당수가 그 저택을 모델로 삼아 자신의 저택을 개축했다.

어느 날 아침(1754년의 일이었다), 리처드 경은 불편한 하룻밤을 보낸 후 잠에서 깼다. 바람이 심한 밤이어서 굴뚝에서는 계속 연기가 뿜어져 나왔지만, 너무 추워서 벽난로에 불을 땔 수밖에 없었다. 게다가 무언가가 계속 창문을 흔들어 대서, 그 어떤 사람도 한순간의 평화조차 얻지 못할 지경이었다. 더구나 그날은 사냥을 기대하고 있는 높은 지위의 손님 몇 분이 도착할 예정이었는데, 최근 들어 (수렵될 짐승들 사이에 계속 퍼지고 있던) 전염병이 더욱 심하게 퍼지고 있었기 때문에, 그는 사냥터를 제대로 유지하지 못한다는 평판을 받게 될까 염려하고 있었다. 하지만 가장 골치 아픈 것은 어젯밤 내내 겪은 사건이었다. 그는 두 번 다시 그 방에서 잠을 이루지 못할 것이 분명했다.

아침 식사를 하는 동안 그는 이런 생각에 쏠려 있었다. 식사를 하고 난 그는 자신의 요구 사항을 충족시킬 만한 방을 찾아 세심하게 살피고 다니기 시작했다. 만족스러운 방을 찾는 데는 한참이 걸렸다. 어떤 방에는 동쪽과 북쪽으로 창문이 달려 있었다. 어떤 방은 늘 하인들이 지나다니는 복도에 있었고, 그는 그런 방을 침실로 사용하고 싶지 않았다. 아니, 그가 원하는 방은 서쪽으로 창문이 나 있어서 아침 햇살 때문에 잠에서 깰 걱정이 없으며, 집안일을 담당하는 하인들의 동선에서 떨어져 있는 곳이었다. 하녀장은 더 이상 권할 방이 없다고 말했다.

"글쎄요, 리처드 주인님." 그녀가 말했다. "그런 방은 이 저택에 단 하나밖에 없습니다."

"그 방이 어디인가?" 리처드 경이 물었다.

"매슈 경의 방이죠. 서쪽 침실 말이에요."

"그럼 그 방을 준비해 주게. 오늘 밤은 거기서 머물 테니까." 주인이 말했다. "어느 쪽에 있더라? 그래, 분명 이쪽이겠지." 그리고 그는 서둘러 사라졌다.

"아, 리처드 주인님, 하지만 그 방은 지난 40년 동안 아무도 머물지 않았습니다. 매슈 경이 돌아가신 이후로 환기도 제대로 시키지 않았을 거예요."

그녀는 그렇게 말하며 서둘러 그를 따라갔다.

"어서, 문을 열게, 치독 부인. 적어도 방 안을 살펴볼 수는 있을 테지."

방문을 열자 안에서는 당연하게도 축축하고 퀴퀴한 냄새가 났다. 리처드 경은 늘 하던 대로 성급하게 방을 가로질러 가서 덧창을 열고는 안쪽 창문을 활짝 열어젖혔다. 저택의 이쪽 끝 부분은 거의 개축되지 않았기 때문에 예전과 마찬가지로 커다란 물푸레나무가 창문을 가리고 있었고, 덕분에 바깥 풍경이 거의 보이지 않았다.

"치독 부인, 즉시 환기를 시작하고, 오후에 내 침구를 이쪽으로 옮기도록 하게. 킬모어 주교님을 내가 예전에 쓰던 방에 묵으시게 하면 되겠군."

"리처드 경, 실례지만 잠시 제게 시간을 내줄 수 있으십니까?" 새로운 목소리가 그들의 대화에 끼어들었다.

고개를 돌린 리처드 경은 문가에 서 있는 검은 옷의 남자를 발견했다. 남자가 그에게 목례하며 말을 이었다.

"무례하게 끼어들어 정말로 죄송합니다, 리처드 경. 아마 저를 기억 못 하실 테지요. 제 이름은 윌리엄 크롬입니다. 제 조부님은 경의 조부님 대에 이 교구의 주임 목사셨습니다."

"아, 그렇군요." 리처드 경이 말했다. "크롬이라는 이름은 언제나 카스트링엄에서 환대받을 겁니다. 두 세대 동안의 우정을 다시 이어 갈 수 있게 되어 반갑군요. 무엇을 도와 드릴까요? 이런 시간에 방문하신 것을 보면—그리고 제가 잘못 본 게 아니라면, 선생의 행장으로 미루어—분명 무언가 서두를 만한 일이 있으셨던 모양입니다만."

"분명 그렇습니다, 경. 저는 노리치에서 베리 세인트에드먼스까지 최대한 서둘러 말을 달리고 있는데, 그 와중에 제 조부님께서 돌아가시기 전에 남긴 서류를 살펴보다 찾아낸 문건을 전하고자 들렀습니다. 제법 흥미로운 내용을 발견하실 수 있을 것 같아서 말입니다."

"그렇게 신경 써 주시다니 정말 감사드립니다, 크롬 씨. 제 방으로 와서 와인 한잔 할 시간이 있으시다면, 어디 함께 그 기록을 살펴보도록 합시다. 그리고 치독 부인, 방금 말한 대로 이 방을 환기하도록 하게…… 그래, 여기가 조부님이 돌아가신 방이긴 하지…… 그래, 아마 저 나무 때문에 이 방이 조금 눅눅한 것일지도 모르겠군…… 아니, 더 이상 듣고 싶지 않네. 제발 이 이상으로 일을 어렵게 만들지 말게나. 내 지시는 들었을 테니, 이제 움직이게. 선생, 이리 오시겠습니까?"

두 사람은 서재로 갔다. 젊은 크롬 씨가 가져온 꾸러미가 그들 앞에 도착했다. 그는 얼마 전에 케임브리지 클레어 홀의 선임 연구원이 된 참으로, 그 즉시 훌륭한 폴리아이누스의 『전략론』을 펴낸 바 있었다. 그의 꾸러미 안에는 옛 목사가 매슈 펠 경이 사망했던 당시에 작성한 기록이 들어 있었다. 이제 리처드 경은 아까 여러분이 들었던 수수께끼의 성경점 이야기를 처음으로 접하게 되었다. 리처드 경은 그 내용을 꽤나 재미있게 여겼다.

"흠, 조부님의 성경 안에 적어도 쓸 만한 조언이 한 가지는 있는 것 같군요. '잘라 버려라.' 만약 이게 저 물푸레나무를 말하는 거라면, 조부님은 분명 제가 이 조언을 무시하지 않을까 염려하지 않으셔도 될 겁니다. 저런 나무는 기관지염과 학질의 온상일 뿐이니까요."

서가에는 가족의 옛 책들이 있었는데, 그리 많지는 않았다. 리처드 경이 이탈리아에서 주문한 책들이 도착하기를 기다리면서 그 공간을 비워 두었기 때문이다.

리처드 경은 문서에서 고개를 들어 서가를 올려다보았다.

"저 안에 늙은 예언자 양반이 아직 있을까요? 직접 한번 보고 싶군요."

그는 방을 가로질러 가서 두툼한 성경 한 권을 꺼냈다. 속표지에는 분명 다음과 같은 말이 적혀 있었다. "매슈 펠에게, 사랑하는 대모 앤 올더스가. 1659년 9월 2일."

"크롬 씨, 이 예언자 양반의 말에 따라 보는 것도 괜찮을 듯하군요. 어쩌면 『역대기』에서 이름 몇 개를 얻을 수도 있겠지요. 흠! 어디 보자. '당신께서 아무리 찾으신다 하여도 이미 없어졌을 것입니다.'* 이런, 이런! 선생의 조부님이라면 이게 불길한 징조라고 말씀하셨겠지요? 저한테는 예언자가 더 필요 없을 것 같군요! 옛이야기에나 나오는 사람들 아닙니까. 자, 크롬 씨, 이 꾸러미를 가져다주셔서 정말 감사합니다. 그런데 아무래도 서둘러 가셔야 하는 모양이군요. 와인 한 잔 더 하시죠."

이렇듯 순수한 선의에서 우러난 환대 끝에—리처드 경은 젊은이의 말과 태도가 마음에 든 모양이었다—그들은 헤어졌다.

오후가 되자 손님들이 도착했다. 킬모어 주교, 메리 허비 양, 윌리엄 켄트필드 경 등이었다. 5시부터 정찬, 와인, 카드놀이, 간식이 이어지다가 이윽고 모두 침실로 향했다.

다음 날 아침 리처드 경은 다른 이들과 함께 사냥에 나가지 않았고, 킬모어 주교와 대화를 나누었다. 이 성직자는 당시의 다른 아일랜드

---

* 『역대기』가 아니라 『욥기』 7장 21절의 일부이다. '어찌하여 나의 죄를 용서하지 않으십니까? 죄악을 벗겨 주시지 않으십니까? 나 이제 티끌 위에 누우면 당신께서 아무리 찾으신다 하여도 이미 없어졌을 것입니다.'

주교들과 달리 실제로 자신의 교구를 방문하고 그곳에 제법 오래 머무른 사람이었다.* 그날 아침 테라스를 거닐며 저택의 개축 상황에 대해 이야기하는 동안 주교가 서쪽 방 창문을 가리키며 말했다.

"우리 교구의 신도들은 절대 저 방에 머물지 않을 겁니다, 리처드 경."

"왜 그렇습니까, 주교님? 사실은 저기가 제 방입니다."

"글쎄요, 우리 아일랜드의 농민들은 물푸레나무 가까이에서 잠들면 불운이 찾아온다고 생각합니다. 그런데 저기 침실 창문에서 2미터도 떨어져 있지 않은 곳에 훌륭한 물푸레나무가 자라나 있지 않습니까." 주교는 웃음을 띠며 말을 이었다. "어쩌면 벌써 그 영향을 받으신 건지도 모르겠군요. 실례일지도 모르지만, 친구분들이 기대한 만큼 원기를 회복하지 못하신 것 같으니 말입니다."

"분명 나무 때문인지, 아니면 다른 이유 때문인지 12시에서 4시까지 잠을 이루지 못했답니다, 주교님. 하지만 내일 저 나무를 벨 예정이니, 이제 저 나무 소리 때문에 잠을 이루지 못할 일은 없겠지요."

"그 결단력에 박수를 보냅니다. 저렇게 무성한 가지를 통해서 들어오는 오염된 공기를 들이마시는 일이 몸에 좋을 리가 없지요."

"바로 주교님 말씀대로입니다. 하지만 어젯밤에는 창문을 열어 놓지 않았는데요. 골치 아팠던 것은 밖에서 나는 소리였지요. 분명 나뭇가지가 유리창에 스치는 소리였을 겁니다. 그 때문에 밤새 뜬눈으로 보냈지요."

"그럴 리는 없을 듯합니다만, 리처드 경. 자, 이쪽에서 보십시오. 가

---

* 빅토리아 시대의 아일랜드 교구 주교들은 대부분 아일랜드 출신이 아니었으며, 자신의 교구에 거주하는 일도 드물었다.

장 가까운 가지라도 돌풍이 불지 않으면 창틀까지 닿지 않을 겁니다. 그런데 어젯밤에는 돌풍이 불지는 않았고요. 유리창까지는 적어도 30 센티미터 이상 떨어져 있잖습니까."

"그렇군요, 주교님. 사실입니다. 그렇다면 대체 그렇게 긁어 대고 부스럭거린 건 뭐란 말입니까? 그리고 창틀에 쌓인 먼지 위에 남은 수많은 긁힌 자국은 어떻게 해서 생긴 것일까요?"

그들은 결국 담쟁이를 타고 올라온 쥐들이 그런 짓을 벌였다는 결론을 내렸다. 이 가설을 떠올린 것은 주교 쪽이었으며, 리처드 경은 즉각 그 의견에 찬동했다.

그렇게 해서 아무 일 없이 낮이 지나가고 다시 밤이 찾아왔다. 사람들은 제각기 방으로 흩어지면서 오늘은 리처드 경이 보다 나은 밤을 보내기를 기원했다.

그럼 이제 그의 침실을 살펴보자. 영주 양반은 불을 끄고 자리에 누워 있다. 그의 방은 부엌 위에 위치하고 있으며, 밤공기가 적막하고 무더워서 창문은 그대로 열린 채다.

침대 주변에는 제대로 된 조명이랄 것이 없음에도 무언가 이상한 움직임이 보인다. 마치 리처드 경이 거의 소리를 내지 않으면서 머리를 양옆으로 빠르게 휘젓고 있는 듯이 보인다. 그리고 어스름 때문에 거의 보이지는 않지만 당신은 이제 그에게 머리가 여러 개 달려 있는 것 같다는 생각을 하게 된다. 심지어는 가슴팍에까지도. 끔찍한 환상이다. 다른 것은 보이지 않는가? 저기! 무언가 새끼 고양이처럼 폭신한 것이 침대에서 떨어져 나와서는 순식간에 창문 밖으로 사라져 버린다. 다른 것들, 전부 네 마리가 마찬가지로 나가고, 다시 모든 것이 침묵 속으로 가라앉는다.

당신께서 아무리 찾으신다 하여도 이미 없어졌을 것입니다.

매슈 경과 마찬가지로 리처드 경 역시 검게 변색된 시체로 발견되었다!

이 사실이 알려지자 손님과 하인들은 얼굴이 창백해지고 아무 말도 못 한 채 창문 아래에 모여들었다. 이탈리아의 독살 전문가, 교황의 부하, 오염된 공기, 이 외에도 수많은 추측이 난무했고, 킬모어 주교는 바깥에 선 나무를 바라보았다. 낮은 가지가 갈라지는 둥치에 하얀색 수고양이 한 마리가 앉아 있었는데, 놈은 오랜 세월로 인해 줄기 가운데에 생긴 공동空洞을 바라보고 있었다. 호기심에 차서 안에 있는 무언가를 살피고 있는 듯한 모습이었다.

놈이 갑자기 자리에서 일어나 구멍 안을 기웃거렸다. 그러다가 놈이 서 있던 가장자리가 갑자기 부서져 내렸고, 놈은 그대로 안으로 미끄러져 들어갔다. 그 소리에 모든 사람이 밖을 내다보았다.

대부분의 사람은 고양이가 지르는 비명 소리를 알고 있다. 하지만 아마도 예의 거대한 물푸레나무의 구멍에서 새어 나온 것 같은 소리를 들어 본 사람은 거의 없을 것이다. 두세 번의 비명이 연달아 울려 퍼졌는데—목격자들도 확신하지 못했다—그 이후로 들린 것이라고는 숨 막힌 듯한 신음과 발버둥치는 소리뿐이었다. 메리 허비 양은 즉시 그 자리에서 실신했고, 하녀장은 귀를 막고 테라스까지 달아나 버렸다.

킬모어 주교와 윌리엄 켄트필드 경은 그 자리에 남았다. 하지만 그들 역시 고작 고양이의 울음소리에 상당히 위축된 상태였다. 윌리엄 경은 한두 번 마른침을 삼킨 다음에야 간신히 입을 열었다.

"주교님, 저 나무에는 우리가 아는 것 이상의 무언가가 있는 모양입니다. 즉시 확인해 봐야 할 것 같습니다."

주교 역시 그 말에 동의했다. 사다리를 가져오게 하고 정원사 한 명을 올려 보내 구멍 안을 들여다보게 했다. 그러나 희미하게 무언가가 움직이는 모습밖에는 보이지 않았다. 그들은 밧줄을 사용해 랜턴을 아래로 내려 보기로 했다.

"가장 아래까지 확실히 보아야 합니다. 제 목숨을 걸고 말씀드립니다만, 주교님, 그 끔찍한 살인 사건의 비밀이 이 안에 있을 겁니다."

정원사가 다시 한 번 사다리에 올라가 랜턴을 조심스럽게 구멍 아래쪽으로 내렸다. 정원사가 구멍 안으로 머리를 들이밀자 노란 불빛이 그 얼굴에 반사되었고, 그의 얼굴에는 곧 형용할 수 없는 공포와 혐오의 표정이 떠올랐다. 그는 끔찍한 소리로 비명을 지르며 사다리에서 떨어졌다. 다행히도 남자 두 명이 그를 받아 주었지만, 랜턴은 그대로 나무 속으로 떨어졌다.

정원사는 완전히 의식을 잃었고, 제대로 말을 할 수 있게 되기까지는 제법 시간이 걸렸다.

그러나 그때쯤 사람들의 주의를 끄는 다른 사건이 발생했다. 랜턴이 아래로 떨어져 깨지면서 그 안에 쌓여 있던 마른 낙엽이며 쓰레기 따위에 불이 붙은 모양이었다. 얼마 지나지 않아 자욱한 연기가, 그리고 뒤를 이어 불똥이 그 안에서 피어오르기 시작했다. 얼마 지나지 않아 나무는 불길에 휩싸였다.

구경꾼들은 몇 미터 떨어져 둥글게 모여 선 채였고, 윌리엄 경과 주교는 남자들을 보내 무기나 연장을 챙겨 오게 했다. 불길 때문에 나무를 둥지로 삼고 있던 놈들이 튀어나올 것이 분명했기 때문이다.

곧 그 일이 벌어졌다. 먼저 나무의 구멍 위로 불길에 뒤덮인 둥근 물체가, 남자 머리 크기만 한 무언가가 갑자기 나타나더니 이내 무너지듯 뒤로 다시 떨어졌다. 이런 일이 대여섯 번 반복된 후, 비슷한 둥근 것이 허공으로 튀어 올라 풀밭으로 떨어지더니 잠시 후 움직임을 멈추었다. 주교는 용기가 허락하는 한 가까이 다가가서 살펴보고 그 덩어리가 불타 죽은 거대한 독거미의 시체라는 사실을 알아냈다! 그리고 불길이 점차 아래로 내려오면서 비슷한 덩어리들이 계속 나뭇등걸에서 튀어나왔는데, 모두가 하나같이 회색 털로 뒤덮여 있었다.

물푸레나무는 그날 온종일 타들어 갔다. 완전히 재만 남을 때까지 사람들은 그 주변을 지키고 서서 때때로 튀어나오는 거미들을 죽여 없앴다. 마침내 한참을 아무것도 튀어나오지 않자, 그들은 조심스럽게 다가가서 나무뿌리를 확인해 보았다.

킬모어 주교는 이렇게 말했다. "사람들이 뿌리 아래 땅속에 텅 빈 공간이 있는 것을 발견했는데, 그 안에는 연기에 질식한 것이 분명한 그 생물들의 시체가 두셋 있었네. 그리고 더 기묘한 것은, 그 둥지의 한쪽에 인간의 시체랄지, 해골이랄지 한 것이 하나 벽에 기대어 있었다는 것일세. 피부가 뼈 위로 말라붙었고, 검은 머리카락이 조금 남아 있었는데, 그걸 살펴본 사람들의 말로는 의심할 나위 없이 여인의 머리카락이며, 죽은 지 50년은 된 듯하다고 하더군."

13호실

Number 13

유틀란트의 여러 도시 중에서도 비보르는 단연 높게 평가할 만한 곳이다. 일단 주교구인 데다, 새로 지은 훌륭한 성당도 있고, 예쁜 정원에 상당히 아름다운 호수, 그리고 수많은 황새들도 있다. 근처에 있는 할트 성은 덴마크에서 가장 아름다운 성 중 하나로 알려진 곳이며, 그 바로 옆에 있는 핀데루프는 1286년 성녀 체칠리아 축일에 마스크 스티가 에리크 5세를 살해한 곳이다. 17세기에 에리크 5세의 무덤을 열었을 때 왕의 두개골에서는 각진 철퇴 자국이 56개나 발견되었다고 한다. 그러나 안내 책자를 쓸 생각은 아니니 이런 이야기는 이 정도로 줄이겠다.

비보르에는 훌륭한 호텔이 여러 곳 있는데, 그중에서도 프리슬레르와 피닉스 호텔은 모든 것이 갖추어진 곳이다. 그러나 지금 들려주려는 이야기의 주인공인 내 사촌은 처음 비보르를 방문했을 때 골든 라이언 호텔에 묵었다. 그는 이후 두 번 다시 그곳을 방문하지 않았는데, 이제부터 내가 하는 이야기를 들으면 그 이유를 알 수 있을지도 모르겠다.

골든 라이언 호텔은 대성당, 교구 교회, 시청, 그 밖에 여러 오래되고 흥미로운 건물들을 불태운 1726년의 대화재로 파괴되지 않은 몇 안되는 건물이다. 멋진 붉은 벽돌 건물처럼 보이지만, 장식 박공지붕과 문패가 걸린 정면부만 벽돌로 지어졌을 뿐 합승마차가 들어오는 안뜰쪽은 검은색과 흰색의 목재와 회반죽으로 지어졌다.

사촌이 호텔 정문 앞에 도착했을 때는 해가 이미 기울기 시작해 태양 빛이 웅장한 건물 위로 곧바로 내리쬐고 있었다. 그는 오래된 건물의 매력에 기분이 좋아졌고, 이런 옛 유틀란트풍 숙소라면 완전히 만족스럽고 즐거운 시간을 보낼 수 있으리라고 믿어 의심치 않았다.

앤더슨이 비보르를 찾은 이유는 흔히 말하는 사업 때문이 아니었다. 그는 덴마크 교회사를 연구하고 있었는데, 덴마크 로마 가톨릭의 마지막 시기*에 대한 문서가 대화재에서 살아남아 비보르의 문서 보관소에 보관되어 있다는 사실을 알게 되었기 때문이었다. 그는 이곳에서 해당 문서를 검토하고 베껴 적으며 상당한 시간(아마도 2~3주 정도)을 보낼 예정이었고, 때문에 침실과 연구실로 동시에 사용할 수 있는 큰 방을 얻고자 했다. 그가 호텔 주인에게 이런 희망을 피력하자, 주인은 한동안 생각에 잠기더니 큰 방 한두 개를 살펴보고 그중 하나를 고르는 것이 어떠냐고 권했다. 좋은 생각인 듯했다.

---

* 덴마크는 공식적으로 1536년에 루터교로 국교를 바꾸었다.

최상층은 하루 일과를 마치고 그곳까지 올라가기에는 너무 힘들 것 같아 기각되었다. 3층에는 원하는 크기의 방이 없었다. 2층에는 적어도 크기 면에서 그의 요망에 맞아떨어지는 방이 두세 개 있었다.

주인은 강력하게 17호실을 추천했지만 앤더슨은 그 방 창문이 옆집 벽에 가로막혀 있는지라 오후에는 매우 어두워지리라는 사실을 지적했다. 거리 쪽으로 창문이 난 12호실이나 14호실이 더 나을 터였다. 조금 더 소음이 심한 문제는 밝은 저녁 햇살이나 아름다운 풍광으로 충분히 벌충되었다.

결국 선택된 것은 12호실이었다. 옆방들과 마찬가지로 그 방에도 한쪽으로만 세 개의 창문이 달려 있었다. 천장도 상당히 높았고, 묘하게 긴 방이었다. 벽난로는 없었지만 제법 훌륭하고 오래된 듯한 난로가 있었다. 주철로 만들어진 난로 한쪽 측면에는 이사악을 제물로 바치는 아브라함의 모습과 'I Bog Mose, Cap. 22'*라는 글귀가 돋을새김되어 있었다. 그 밖에 방 안에서 주목할 만한 물건은 보이지 않았다. 유일하게 흥미로운 그림은 마을을 그린 오래된 채색 판화였는데, 1820년경의 물건이었다.

저녁 식사 시간이 가까워 오고 있었다. 앤더슨이 목욕으로 원기를 되찾고 계단을 내려왔을 때는 식사 종이 울리기까지 조금 시간이 남은 상태였다. 그는 그사이에 투숙객들의 이름을 살펴보았다. 덴마크에서 보통 그러듯이 커다란 흑판에 가로줄과 세로줄이 그어져 있고, 각 줄 맨 앞에 방 번호가, 그 뒤에 이름이 쓰여 있었다. 명단은 그다지 흥미롭지 않았다. 변호사 한 명, 독일인 한 명, 그리고 코펜하겐에서 온

---

* '모세의 책 1권(『창세기』) 22장'이라는 뜻. 아브라함과 이사악의 이야기이다.

방문판매인 한 명이 있었다. 상상력을 자극하는 요소라고는 방 목록에 13호실이 존재하지 않는다는 것뿐이었는데, 이 또한 앤더슨이 지금까지 대여섯 번 덴마크 호텔에서 숙박하는 동안 경험한 바였다. 어쩌면 그 특별한 숫자를 기피하는 경향이 너무 널리 퍼져 있어서 그 번호의 방에 묵겠다고 하는 사람이 거의 없기 때문일지도 몰랐다. 그는 나중에 호텔 주인에게 그 또는 다른 동종업계 종사자들이 실제로 13호실에 묵는 걸 거절하는 손님을 본 적이 있는지 물어보아야겠다고 마음먹었다.

그 이후 저녁 식사 시간과 밤 사이에 벌어진 일에 대해서는 딱히 들려줄 만한 이야기는 없다고 한다(나는 그에게 들은 대로 이야기하는 중이다). 짐을 풀고 옷, 책, 서류 등을 정리했을 뿐, 별다른 일이 일어나지는 않았다. 11시가 다 되자 그는 잠자리에 들기로 마음먹었지만, 그에게도 요즘 많은 사람이 그렇듯, 인쇄물을 몇 쪽 읽어야 잠을 청할 수 있는 버릇이 있었다. 그는 그 순간 기차에서 읽다 덮어 둔 책이 꼭 필요하다고 생각했는데, 그 책은 거실 바깥 옷걸이에 걸린 외투 주머니 속에 있었다.

달려 내려가 책을 가져오는 일은 잠깐이면 충분했고, 복도는 전혀 어둡지 않아서 그는 쉽사리 자기 방문을 다시 찾을 수 있었다. 적어도 그는 그렇게 생각했다. 그러나 그가 방에 도착해서 문고리를 돌리려고 시도하자 문은 완강하게 열리기를 거부했고, 그는 방 안에서 누군가가 서둘러 문을 향해 다가오는 기척을 느꼈다. 분명 방문을 잘못 찾은 것이었다. 자신의 방이 오른쪽이었던가, 아니면 왼쪽이었던가를 생각하며 그는 방 번호를 살펴보았다. 13호였다. 그의 방은 왼쪽일 터였고, 이번에는 짐작이 맞았다. 침대에 들어가고 나서 시간이 조금 흐르고,

책을 서너 쪽 정도 넘기다가 불을 끄고 잠을 청하기 위해 몸을 누인 다음에야 그는 게시판에는 없던 13호실이 호텔 안에 당당하게 존재하고 있다는 사실을 깨달았다. 자신이 그 방을 고르지 않은 것이 유감으로 느껴질 지경이었다. 그 방을 고르면 주인에게 당장 도움이 되었을 것이고, 나아가 유복한 영국 신사분이 3주 동안 그 방을 사용했는데 매우 만족하더라는 말을 할 수 있게 해 주었을지도 모른다. 그러나 하인 방 따위의 용도로 사용할 가능성도 있었다. 어쨌든 그의 방보다는 작거나 좋지 않을 가능성이 높았다. 그리고 그는 잠에 취한 눈으로 거리의 가로등 불빛에 어슴푸레한 자신의 방을 둘러보았다. 묘한 효과로군, 이라고 그는 생각했다. 희미한 조명 속에서는 방이 실제보다 더 커보이곤 한다. 하지만 이 방은 길이는 줄어들고 그에 비례해 천장은 높아진 것처럼 보였다. 뭐 어떤가! 이런 생각을 곱씹는 것보다 잠이 더 중요했다. 그래서 그는 그렇게 잠이 들었다.

도착한 이튿날 앤더슨은 비보르 문서 보관소를 습격했다. 덴마크에서 늘 그렇듯이 사람들은 그를 친절하게 맞아 주었고, 최대한 간편하게 그가 원하는 모든 문서를 열람할 수 있도록 배려해 주었다. 눈앞에 놓인 문서들은 예상보다 훨씬 방대하고 흥미로웠다. 공문서 외에도 덴마크에서 마지막으로 교구를 가졌던 로마 가톨릭 성직자 외르겐 프리스 주교와 관련된 큼지막한 서신 꾸러미도 있었다. 그 안에는 사생활이나 개인의 인품에 대한 세세한 기록들이 놀랍도록 자세하게 담겨 있었다. 주교 소유였으나 직접 머물지는 않았던 마을의 집에 관한 이야기도 있었다. 그 집에 산 사람은 일종의 추문을 불러일으켰고, 또한 개혁파에게 일종의 걸림돌이었던 듯했다. 개혁파는 그가 도시의 수치라고 기록했는데, 비밀스럽고 사악한 마법을 사용하고 적에게 영혼을 팔아넘겼다는 것이다. 주교가 그런 끔찍한 독사, 피를 빨아 먹는 '트롤트만트'*를 후원하고 돌봐 주는 것이야말로 바빌론의 교회가 저지르는 역겨운 타락과 미신을 반증하는 것이라고도 썼다. 주교는 이런 비난에 의연하게 대처했다. 그는 자신도 비학秘學과 같은 것들을 혐오하며, 적대자들에게 이 일을 정당한 법정—당연하지만 영적인 법정—으로 가져가서 엄정하게 조사해 보자고 말했다. 그리고 니콜라스 프랑켄 박사에 대해 비공식적으로 구설수에 오른 범죄에 관한 증거가 발견된다면 그 자신보다 더 처벌을 원하는 사람은 없을 것이라고 했다.

문서 보관소가 문을 닫을 시간이 다 되어 종교개혁 지도자인 라스무스 닐센의 다음 편지는 잠시 훑어볼 정도의 시간밖에 없었지만, 그 대략적인 내용은 기본적으로 이제 모든 기독교도는 로마 주교의 판단에 속박되지 않으므로 주교의 법정은 이토록 위중한 범죄를 심판하는 법정이 아니며, 그렇게 될 수도 없다는 것이었다.

앤더슨은 문서 보관소를 담당하는 나이 든 신사와 함께 그곳을 나오게 되었고, 당연하게도 방금 언급한 그 문서들에 관해 대화를 나누었다.

비보르의 공문서 보관인인 스카베니우스 씨는 자신이 맡은 문서의 전반적인 내용에 대해 잘 알고 있었지만, 종교개혁 시대의 전문가는 아니었다. 그는 앤더슨이 말하는 내용에 상당히 흥미를 가진 듯이 보였다. 그리고 그 내용이 포함된 책이 출간되기를 기대하고 있겠다고 말했다. "프리스 주교의 집 위치는 도무지 어디였는지 파악할 수가 없더군요." 그가 덧붙였다. "구 비보르 시가의 모든 구역을 상세하게 조

---

* '트롤 인간'이라는 뜻으로 마법사를 가리킨다.

사해 봤지만, 불행하게도 1560년에 작성된 주교 소유의 토지대장이 없어진 상태라서요. 전반적인 내용은 모두 보관소에 있지만, 마을 안의 건물 목록을 적은 쪽만 없어져 있지 뭡니까. 신경 쓸 일은 아닙니다. 언젠가는 찾아낼 수 있겠지요."

운동을 조금 하고 나서—어디서, 무슨 운동을 했는지는 잊었다—앤더슨은 골든 라이언으로, 저녁 식사로, 페이션스 카드놀이 한 판으로, 그리고 잠자리로 돌아갔다. 방으로 돌아가다가 그는 문득 호텔 주인에게 게시판에 13호실이 표시되어 있지 않다는 점에 대해 이야기하지 않았다는 것과, 그 이야기를 꺼내기 전에 13호실이 실제로 존재하는지 다시 확인해야겠다는 생각을 떠올렸다.

그다지 어려운 결단은 아니었다. 13호실은 평범하게 존재했으며, 안에 있는 사람들은 무엇인가를 하고 있는 듯했다. 가까이 다가가자 발소리를 비롯해 하나 혹은 몇몇 목소리가 들려왔기 때문이다. 그가 몇 사람인지 세어 보려고 멈춘 몇 초 동안, 안에서 들려온 발소리가 문 아주 가까운 곳에서 멈추고, 누군가가 재빨리, 매우 흥분한 듯이 쉿 하는 소리가 들려와서 그는 깜짝 놀랐다. 자신의 방으로 돌아온 그는 방이 처음 선택했을 때보다 상당히 작아 보인다는 사실을 깨닫고 깜짝 놀랐다. 조금 실망스럽기는 했지만, 조금일 뿐이었다. 어차피 방 크기가 충분하지 않다는 생각이 들면 간단히 다른 방으로 옮길 수 있을 터였다. 잠시 후 그는 여행 가방에서 무언가를—내 기억으로는 손수건이었던 듯하다—꺼내려고 했다. 그는 짐꾼이 침대 반대쪽 벽에 붙은 받침대 비슷한 등받이 없는 의자에 가방을 놓아두었다고 기억하고 있었다. 그런데 여기서 이상한 일이 일어났다. 그 가방이 보이지 않는 것이었다. 어쩌면 친절한 하인들이 가방을 치우고 내용물을 옷장에 정리해

둔 것일지도 몰랐다. 하지만 옷장에도 아무것도 없었다. 참으로 당황스러운 일이었다. 절도 사건이 아닐까 하는 의심은 즉각 배제되었다. 덴마크에서는 그런 일이 거의 일어나지 않는다. 그러나 분명 모종의 서툰 실수가 있었던 것은 분명했다(이쪽은 어디서든 그리 드물지 않으니 말이다). 아무래도 하녀에게 단단히 일러두어야 할 것 같았다. 하지만 찾는 것이 무엇이었든 다음 날 아침까지 그 물건 없이 편안하게 밤을 보내지 못할 정도는 아니어서, 그는 종을 울려 하인들을 괴롭히지 않기로 결정했다. 그는 오른쪽 창가로 가서 조용한 거리를 내려다보았다. 건너편에는 창문이 없는 큰 건물이 있었다. 행인도 없었다. 어두운 밤이었고, 딱히 눈에 띄는 것은 전혀 없었다.

조명이 뒤편에 있어서 그는 자신의 그림자가 건너편 건물 벽에 선명하게 비치는 것을 볼 수 있었다. 왼쪽 11호실에 묵는 수염 난 남자의 모습도 보였다. 처음에는 머리를 빗더니, 곧 잠옷을 입었다. 오른쪽 13호실의 그림자도 보였다. 이쪽은 조금 더 흥미로웠다. 13호실의 사람은 그처럼 창틀에 팔꿈치를 대고 기대어 거리를 내려다보고 있었다. 키가 크고 마른 남자인 듯했다. 어쩌면 여인일 수도 있을까? 침대로 가기 전에 머리에 뭔지 모를 천을 덮는 습관이 있는 듯했고, 붉은색 등잔 가리개를 쓰는 모양이었다. 아무래도 등잔불이 심하게 일렁이는지 희미한 붉은 불빛이 건너편 벽에서 오르락내리락했다. 그는 그 사람을 좀 더 자세히 볼 수 있을까 해서 창밖으로 고개를 빼 보았지만 창틀에서 일렁이는, 아마도 흰색의 천을 제외하고는 아무것도 볼 수 없었다.

그때 거리 저 멀리서 발자국 소리가 들려오기 시작했다. 그 소리에 13호실 사람은 자신이 노출되어 있다는 사실을 깨달은 듯했다. 갑자기 재빠르게 창가에서 물러서더니 곧 붉은 불빛도 사라졌다. 담배를 피우고 있던 앤더슨은 남은 꽁초를 창틀 위에 올려놓고 침대로 향했다.

다음 날 아침 하녀가 뜨거운 물과 세면도구를 가져와 그를 깨웠다. 그는 자리에서 일어나서 적절한 덴마크어 단어를 떠올린 후 최대한 명확한 발음으로 이렇게 말했다.

"여행 가방을 함부로 옮기면 안 됩니다. 어디 됐습니까?"

하녀는 이런 상황이 별로 드물지도 않은 양 웃더니 제대로 된 대답도 하지 않고 방을 나갔다.

짜증이 난 앤더슨은 일어나 침대 위에 앉아서 그녀를 다시 부르려고 했지만, 그 자세 그대로 정면을 바라보며 굳어 버렸다. 받침대 위에 여행 가방이 놓여 있던 것이다. 처음 방에 들어왔을 때 짐꾼이 놓아둔 상태 그대로였다. 이 사건은 스스로의 명확한 관찰력을 자랑해 온 남자에게 상당한 충격으로 다가왔다. 전날 밤 어떻게 저 가방을 보지 못했는지 도저히 이해하는 시늉조차 할 수 없을 지경이었다. 어떻게 된 일인지는 몰라도, 지금 이 순간, 저 자리에 가방이 존재하고 있었다.

아침 햇살 속에 모습을 드러낸 것은 여행 가방만이 아니었다. 세 개의 창문이 달린 방의 크기도 명확하게 눈에 들어왔다. 앤더슨은 자신이 나쁜 선택을 하지 않았다는 생각에 만족스러웠다. 옷을 거의 다 챙겨 입고, 그는 세 창문 중 가운데 창문을 내다보며 날씨를 확인했다. 그곳에 두 번째 충격이 그를 기다리고 있었다. 어젯밤에는 아무래도 묘하게 관찰력이 떨어졌던 모양이다. 잠자리에 들기 전에 오른쪽 창문에서 담배를 피웠다고 열 번도 넘게 맹세할 수 있는데, 담배꽁초가 가운데 창문에 남아 있었던 것이다.

그는 아침 식사를 하러 내려가기로 마음먹었다. 늦은 시간이었지만, 13호실은 그보다 더 늦는 모양이었다. 방 밖에 여전히 신발이 놓여 있었기 때문이다. 신사의 신발이었다. 13호실의 손님은 여성이 아니라 남성인 듯했다. 바로 그때, 문에 달린 방 번호가 그의 눈에 들어왔다. 14였다. 그는 자신이 13호실을 무심코 지나쳤나 보다고 생각했다. 열두 시간 동안 세 건이나 한심한 실수를 했다는 것은 규칙적이고 명확한 사고를 가진 남자에게는 너무 과도한 일이라는 생각이 들어서, 그는 이를 확인하고자 몸을 돌렸다. 14호실 옆방은 12호, 자신의 방이었다. 13호는 아예 보이지도 않았다.

한동안 자신이 지난 24시간 동안 먹고 마신 모든 식료품을 머릿속에서 검토해 본 후 앤더슨은 이 문제를 포기하기로 마음먹었다. 만약 눈이나 대뇌의 속임수였다면 사실 관계를 바로잡을 기회는 수도 없이 많을 것이다. 그렇지 않다면 그는 분명 매우 흥미로운 경험을 하고 있는 것이었다. 어느 쪽이든 이후 벌어질 사건은 충분히 지켜볼 가치가 있을 터였다.

낮 동안 그는 계속해서 프리스 주교의 편지를 검토했다. 애석하게도 그 교환 서신 묶음은 온전치 못했다. 니콜라스 프랑켄 박사의 일을 언급한 편지는 그 외에 단 한 통뿐이었다. 외르겐 프리스 주교가 라스무스 닐센에게 보낸 것이었다.

우리 법정에 대한 귀하의 판단을 인정하고 싶은 마음은 조금도 없으며, 만약 귀하가 그런 견지를 고수한다면 그에 마땅한 준비를 하여야 할 것이나, 귀하가 거짓되며 악의에 찬 고발을 하였던 정직하고 명망 높은 니콜라스 프랑켄 박사는 급작스럽게 우리들 사이에서 모습을 감추었다는 사실을 전해야겠소. 시간이 제법 지났으니 이는 사실로 여겨야 할 것이오. 그러나 귀하가 계속 복음서 저자이신 사도 성 요한이 신성한 묵시록에서 신성한 로마 교회를 붉은 여인*의 모습으로 상징하고자 했다는 주장을 계속한다면 귀하는 그 대가를 치르게 될 것이오. ―하략―

최선을 다해 찾아보았지만 앤더슨은 이 편지에 대한 답장이나 예의 화근이 '사라진' 이유나 수단을 발견할 수 없었다. 그로서는 프랑켄이라는 사람이 급사했으리라고 추측할 수밖에 없었다. 또한 닐센의 마지막 편지(분명 프랑켄이 아직 존재했을 시점에 쓰인)와 주교의 답신 사이에 고작해야 이틀 정도의 간격밖에 없음을 생각하면, 전혀 예기치 못한 죽음이었음이 분명해 보였다.

오후에 그는 잠깐 할트에 들러 베켈룬에서 차를 마셨다. 약간 초조한 상태이기는 했지만 그날 아침의 경험으로 인해 우려했던 눈이나 대뇌의 이상이 발생한 증거는 없는 듯했다.

저녁 식사 시간에 그는 호텔 주인 옆자리에 앉게 되었다.

약간의 잡담 끝에 그가 주인에게 물었다. "이 나라에 있는 대부분의 호텔에 13호실이 존재하지 않는 이유가 뭡니까? 여기에도 13호실이 없는 것 같은데요."

주인은 그 말에 즐거워진 모양이었다.

"그런 사실을 알아차리셨군요! 사실 저도 한두 번 궁금하게 여긴 적이 있습니다. 교육받은 남성이라면 그런 미신에는 전혀 신경을 쓰지 않아야 마땅하지요. 저는 여기 비보르에서 고등교육을 받았고, 그곳 선생님께서는 언제나 그런 부류의 미신에 대해 코웃음을 치셨으니까요. 선생님께서 돌아가신 지도 한참이 지났네요. 올곧고 바른 분이셨

---

* 바빌론의 창녀를 말하며, 『요한 묵시록』 17장 4~5절의 내용이다.

고, 머리만큼이나 손도 빠르게 움직이는 분이셨죠. 제가 어릴 적 어느 눈 오는 날에,"

여기서 주인은 회상으로 빨려 들어갔다.

"그러면 13호실을 만들어서는 안 되는 이유가 딱히 없다는 말씀입니까?"

"아! 물론 그렇지요. 글쎄요, 있잖습니까. 저는 나이 드신 아버님의 사업을 물려받았습니다. 아버님은 처음에는 아르후스에서 호텔을 운영하셨는데, 우리가 태어나고 나서 고향인 여기 비보르로 와 돌아가시기 전까지 피닉스 호텔을 운영하셨지요. 그게 1876년의 일입니다. 그다음에 저는 실케보르에서 사업을 시작했고, 작년에 이 집으로 이사 왔지요."

그러고는 처음 이 집을 손에 넣었을 때의 상태와 사업에 관한 이야기가 이어졌다.

"그럼 처음 오셨을 때는 13호실이 있었습니까?"

"아뇨, 아뇨. 막 그 이야기를 하려던 참입니다. 있잖습니까, 이런 호텔에 묵는 여행객들은 보통 상인들입니다. 그런데 그런 사람들을 13호실에 배정한다? 글쎄요, 그러면 그들은 그대로 밖으로 뛰쳐나가 거리에서 잠을 청하려 할 겁니다. 저야 물론 방이 몇 호실이든 동전 한 닢만큼도 신경 쓰지 않고, 손님들에게도 종종 그렇게 말합니다. 하지만 상인들은 그 숫자가 불운을 불러온다고 믿으니까요. 13호실에서 잠을 잔 사람이 예전과는 완전히 다른 사람이 되었다던가, 가장 좋은 고객을 잃었다던가, 뭐, 그 밖에 이런저런 일을 겪었다는 이야기가 수도 없이 많지 않습니까." 주인은 좀 더 화려한 수식어를 찾으려다가 이렇게 말했다.

"그러면 이 호텔 13호실은 어디에 사용하시는 겁니까?" 앤더슨이 물었다. 그 질문의 중요성에 비해 자신이 지나치게 과도한 관심을 보이고 있다는 사실은 그도 이미 인지하고 있었다.

"이 호텔 13호실이오? 아니, 이 건물에는 그런 방이 없다고 말씀드리지 않았던가요? 이미 알고 계시다고 생각했습니다만. 만약 있었다면 선생님 방 바로 옆방이지 않겠습니까."

"그래요, 그렇지요. 그저 제 생각에는, 그러니까, 어젯밤에 그 복도에서 13번 문패가 붙은 방을 본 것 같지 뭡니까. 그리고 사실, 저는 실제로 그 방을 보았다고 거의 확신하고 있습니다. 그저께 밤에도 보았으니까요."

당연하게도 크리스텐센 씨는 앤더슨의 예상대로 이 발언을 웃어넘기고, 이 호텔에는 13호실이 존재하지 않으며, 자신이 오기 전에도 그러했다고 반복해서 강조하였다.

앤더슨은 주인의 확신에 다소 안심이 되었으나 여전히 의문은 풀리지 않았다. 그리고 그는 자신이 환상을 보았는지 확인하는 가장 좋은 방법은 그날 밤 주인을 자기 방으로 초대해서 함께 담배를 피우며 담소를 나누는 것이라고 결론 내렸다. 그가 가지고 온 잉글랜드의 마을 사진들이면 핑곗거리로 충분할 듯했다.

크리스텐센 씨는 그 제안에 감격해 기꺼이 초대를 받아들였다. 그는 10시 정도에 찾아올 예정이었지만, 앤더슨은 그 전에 편지를 좀 써야 한다고 핑계를 대고는 일찍 방으로 돌아갔다. 내게 털어놓는 과정에서 조금 부끄러워하며 말하길, 그는 당시 13호실의 존재에 대한 수수께끼로 상당히 초조해하고 있었다고 했다. 아니, 너무나 초조해서 13호실 문, 또는 그 방문이 있을 만한 위치를 지나가지 않기 위해 11호실 쪽으로 해서 방으로 돌아갈 정도였다. 그는 방에 들어가자마자 미심쩍은 눈으로 재빠르게 방 안을 둘러보았다. 그러나 그 설명할 수 없는, 평소보다 작아 보이는 느낌 외에 다른 어떤 이상도 감지되지 않았다. 오늘 밤에는 여행 가방이 존재하느냐의 문제도 없었다. 이미 가방의 내용물을 비워서 침대 옆으로 가져다 놓았기 때문이다. 그는 꽤나 노력하여 13호실에 대한 생각을 마음에서 밀어내고 자리에 앉아 글을 쓰기 시작했다.

옆방 사람들도 꽤나 조용했다. 가끔가다 문이 열리고 복도로 신발을 벗어 내놓는 소리, 방문판매인이 콧노래를 부르며 지나가는 소리, 그리고 튀어나온 포석에 덜컹대며 지나가는 마차 소리나 인도를 따라 서둘러 걸어가는 발소리 같은 거리의 소음이 들리는 정도였다.

앤더슨은 편지를 다 쓰고 위스키와 탄산수를 주문한 후, 창가로 가서 건너편 건물 벽과 그곳에 비치는 그림자를 살펴보았다.

그가 기억하는 바로는 14호실의 손님은 침착한 법률가로, 식사 시간에도 거의 말을 하지 않고 접시 옆에 놓은 작은 서류 뭉치만 열심히 들여다보는 사람이었다. 그러나 아무래도 그 사람은 혼자 남으면 동물 정령들을 불러들이는 습관이 있는 듯했다. 아니라면 왜 혼자 춤을 추고 있겠는가? 옆방의 그림자를 보면 춤을 추고 있는 게 분명했다. 깡마른 남자의 형상이 계속해서 창문을 가로질렀다. 팔을 흔들고, 비쩍마른 다리를 놀랍도록 유연하게 허공으로 쳐들었다. 맨발로 보였고, 저런 움직임에도 소리가 들리지 않는 것으로 미루어 바닥에 두터운 양탄자라도 깔려 있는 모양이었다. 법률가 안데르스 옌센 씨, 호텔 침실에서 밤 10시에 춤판을 벌이다. 대형 역사 기록화의 훌륭한 주제가 될 만해 보였다. 『우돌포의 비밀』의 에밀리가 시를 읊듯* 앤더슨의 정신은 '다음과 같이 운율에 따라 정리'되기 시작했다.

> 내가 오후 10시가 되어
> 호텔로 돌아왔을 때
> 급사들은 내 몸이 좋지 않다고 생각했다네.
> 하지만 나는 그들에게 신경 쓰지 않으니
> 침실 문을 잠그고 신발을 밖에 내놓고 나면
> 나는 밤새 바닥 위에서 춤을 출 거라네.
> 만약 옆방에서 욕설을 내뱉는다 해도,
> 나는 계속 춤을 출 것이니,
> 법률을 잘 알고 있으니까,
> 옆에서 뭐라고 지껄여 댄다 해도,
> 그들의 항의를 비웃을 뿐이라네.

그 순간 호텔 주인이 문을 두드리지 않았더라면 독자 여러분은 상당히 긴 시구를 듣게 되었을 것이다. 방에 들어온 표정으로 미루어 크리스텐센 씨는 앤더슨과 마찬가지로 무언가 정상이 아닌 상황을 마주한 모양이었다. 그러나 그는 별다른 언급은 하지 않았다. 그는 앤더슨의 사진에 상당한 관심을 보이고는, 자신의 경험을 주제로 다양한 대화를 끌어냈다. 아마 그 대화는 앤더슨이 원하는 13호실에 대한 이야기로는 이어지지 않았을 것이다. 다음 순간 법률가가 노래를 부르기 시작하지 않았더라면 말이다. 엄청나게 술에 취했거나 완전히 정신이 나

---

* 앤 래드클리프의 고전 고딕소설 『우돌포의 비밀』(1794)의 여주인공 에밀리는 래드클리프의 여주인공이 모두 그렇듯이 즉흥적인 운문을 읊어 내리는 버릇이 있다.

간 사람의 노랫소리였다. 높고 가늘고 오랫동안 입을 열지 않은 것처럼 메마른 목소리였다. 가사나 곡조는 도저히 알아들을 수 없었다. 엄청나게 높은 음조까지 올라갔다가 텅 빈 굴뚝에 울리는 겨울바람이나 갑자기 바람이 빠져나간 오르간 같은 절망적인 신음이 이어졌다. 참으로 끔찍한 소리였다. 앤더슨은 만약 자신이 홀로 있었다면 당장이라도 도망쳐서 옆 방문판매인의 방으로 뛰어들어 가 함께 어울렸을 것이라는 생각이 들었다.

주인은 입을 떡 벌리고 앉아 있었다.

"이해가 되지 않는군요." 그가 마침내 이마를 훔치며 말했다. "끔찍한 소립니다. 예전에도 한 번 들어 본 적은 있지만, 그때는 분명 고양이였을 텐데."

"저 사람 미친 겁니까?" 앤더슨이 말했다.

"그런 모양입니다. 정말 슬픈 일이로군요! 훌륭한 고객이신데! 들은 바로는 사업 쪽으로도 성공했고 아직 어린 가솔들도 부양해야 하는 모양인데 말입니다."

바로 그때 누군가가 다급하게 방문을 두드리는 소리가 들리더니 곧바로 허락도 받지 않고 방 안으로 들어왔다. 예의 법률가였다. 잠옷 바람에 머리는 온통 헝클어진 채로 아주 화가 난 듯한 모습이었다.

"정말 실례합니다만, 선생." 그가 말했다. "부디 자제력을 발휘해 주신다면 정말로 감사드리겠습,"

여기서 그는 말을 멈추었다. 자신의 눈앞에 있는 사람들이 소란의 원인이 아니라는 사실이 너무도 분명했기 때문이다. 잠시 정적이 흐른 후 소란이 아까보다 더욱 격렬하게 재개되었다.

"하지만 이게 대체 뭡니까?" 법률가가 입을 열었다. "대체 어딥니까?

누구란 말입니까? 제가 정신이 나간 겁니까?"

"옌센 씨, 분명 선생님 옆방에서 들려온 소리인 거지요? 혹시 굴뚝에 고양이나 뭐 그런 게 걸린 것은 아닐까요?"

앤더슨에게 떠오른 생각은 이 정도가 전부였는데, 말하는 동안에도 스스로 그것이 말도 안 되는 소리임을 알고 있었다. 그러나 여기 이대로 서서 저 끔찍한 소리를 참고 견디면서, 땀을 뻘뻘 흘리며 의자 팔걸이를 붙들고 떠는 주인의 창백한 얼굴을 바라보는 것보다는 나았다.

"말도 안 됩니다." 법률가가 말했다. "불가능해요. 여기에는 굴뚝이 없습니다. 제가 여기 온 이유는 저 소리가 이곳에서 들리는 것이라고 확신했기 때문입니다. 분명 제 옆방이었습니다."

"선생님 방과 제 방 사이에 문이 없었습니까?" 앤더슨이 열정적으로 물었다.

"아뇨, 없었습니다." 옌센 씨가 날카롭게 대답했다. "적어도 오늘 아침에는요."

"아!" 앤더슨이 말했다. "오늘 밤에도요?"

"확신은 못 하겠습니다." 법률가가 약간 머뭇거리며 대답했다.

갑작스럽게 옆방의 울부짖는 혹은 노래하는 소리가 잦아들더니, 뒤이어 낮은 소리로 중얼거리며 웃는 소리가 들려왔다. 세 남자는 그 소리에 말 그대로 몸을 떨었다. 그러고는 정적이 찾아왔다.

"이보시오." 법률가가 말했다. "이게 어떻게 된 일이오, 크리스텐센 씨? 이게 대체 뭐요?"

"세상에!" 크리스텐센이 말했다. "제가 어떻게 알겠습니까! 저도 여러분과 마찬가지로 아무것도 모릅니다. 저런 소리는 두 번 다시 들을 일이 없으면 좋겠군요."

"나도 그렇소." 그리고 옌센 씨가 낮은 소리로 뭐라고 덧붙였다. 앤더슨이 듣기에는 『시편』의 후렴구인 '야훼를 찬양하여라'인 것 같았지만, 확신할 수는 없었다.

"하지만 뭔가 해야 하지 않습니까." 앤더슨이 말했다. "우리 셋이서 말입니다. 나가서 옆방을 조사해 볼까요?"

"하지만 옆방은 옌센 씨 방인데요." 주인이 울부짖었다. "아무 소용 없어요. 이분이 직접 여기로 오시지 않았습니까."

"나는 잘 모르겠소." 옌센이 말했다. "이 신사분 말씀이 옳은 것 같소. 가서 직접 살펴봅시다."

그 자리에 있는 방어용 무기라고는 지팡이 하나와 우산뿐이었다. 세 사람은 떨면서 복도로 나갔다. 밖은 지독하게 조용했고, 옆방의 문 아래로 빛이 새어 나오고 있었다. 앤더슨과 옌센은 그 방으로 다가갔다. 옌센이 문고리를 돌리고는 갑작스럽게 힘을 주어 밀었다. 소용없었다. 문은 단단히 잠겨 있었다.

"크리스텐센 씨." 옌센이 말했다. "가서 이 호텔에서 가장 힘센 하인을 데려와 주시겠소? 끝장을 봐야겠습니다."

주인은 고개를 끄덕이고는 서둘러 사라졌다. 현장에서 몸을 빼게 되어 기쁜 모양이었다. 옌센과 앤더슨은 그 자리에 서서 문을 살펴보았다.

"보시다시피, 13호실이군요." 앤더슨이 말했다.

"그렇군요. 저게 선생님 방문이고, 저게 제 방문이군요." 옌센이 말했다.

"낮에는 제 방에 창문이 세 개 있습니다." 앤더슨은 초조한 웃음을 억누르며 힘겹게 말을 꺼냈다.

"성 조지시여, 제 방도 그렇습니다!" 법률가가 대답하며 몸을 돌려 앤더슨을 바라보았다. 덕분에 그는 문을 등지고 서게 되었다. 바로 그 순간, 문이 열리며 팔 하나가 뻗어 나와 그의 어깨를 할퀴었다. 누렇게 변색된 리넨 누더기를 걸치고, 군데군데 드러난 피부에는 회색 털이 길게 자라나 있었다.

앤더슨은 혐오와 공포가 뒤섞인 비명을 지르며 간신히 옌센을 끌어당겨 손톱에서 구해 냈다. 곧 다시 문이 닫히고 낮은 웃음소리가 들려왔다.

옌센은 아무것도 보지 못한 모양이었지만 앤더슨이 황급히 그가 어떤 위기에 처했었는지 설명하자, 아주 초조한 상태가 되어서는 이곳에서 당장 물러나서 두 방 중 한 곳에 들어가 문을 잠그고 있자고 제안했다.

그러나 그가 계획을 설명하는 동안 주인과 건장한 남성 두 명이 현장에 당도했다. 모두 심각하고 두려운 표정을 짓고 있었다. 옌센은 그들에게 엄청난 양의 설명과 묘사를 쏟아 냈는데, 그런 이야기로는 그들의 의욕을 전혀 북돋지 못했다.

남자들은 가져온 쇠지레를 바닥에 떨어뜨리고는, 목을 내놓고 악마의 소굴에 들어갈 생각은 없다고 단호하게 말했다. 주인은 안타까울 정도로 불안해하고 어찌할 바를 몰라 했다. 이 위험을 마주하지 않으면 호텔이 망할 것은 분명했지만, 아무래도 본인이 직접 마주하고 싶지는 않은 듯했다. 다행히도 앤더슨이 사람들의 의욕을 되찾는 방법을 찾아냈다.

"지금까지 귀가 따갑게 들어 온 덴마크인의 용기가 겨우 이 정도입니까? 저 안에 독일인이 있는 것도 아니지 않습니까. 있다고 해도 5대

1인데."

하인들과 옌센은 이 말에 분개한 듯 그대로 문으로 달려들려고 했다.

"잠깐만요!" 앤더슨이 말했다. "이성을 잃지 마시죠. 주인 양반, 여기서 조명을 들고 서 계십시오. 한 사람이 문을 부수고, 부서진다 해도 바로 들어가지는 말도록 하십시오."

남자들은 고개를 끄덕였다. 보다 젊은 쪽이 앞으로 나오더니 쇠지레를 높이 쳐들고는 문 위쪽 나무 판을 엄청난 힘으로 후려갈겼다. 그러나 그 결과는 누구도 예측하지 못한 것이었다. 문이 부서지지도, 나무 파편이 튀지도 않았다. 단단한 벽을 친 것처럼 둔탁한 소리가 날 뿐이었다. 남자는 비명을 지르며 도구를 떨어뜨리고는 팔꿈치를 문지르기 시작했다. 그의 비명 때문에 모두가 잠시 그쪽을 바라보았다. 다음 순간 앤더슨이 다시 고개를 돌리자 문은 이미 사라지고 없었다. 복도의 회반죽 벽만이 그를 정면으로 마주하고 있었다. 쇠지레를 내리친 곳에 큼직한 흠집이 나 있을 뿐이었다. 13호실이 사라져 버린 것이다.

한동안 그들은 꼼짝도 않고 서서 텅 빈 벽을 바라보았다. 아래쪽 정원에서 이른 수탉 울음소리가 들렸다. 앤더슨이 소리가 들린 쪽을 바라보자 긴 복도 끝 창문 밖으로 새벽을 맞은 동쪽 하늘이 천천히 밝아오고 있었다.

주인이 머뭇거리다 말했다. "혹시 신사 여러분, 오늘 밤에는 다른 방에 묵고 싶지 않으십니까? 더블베드 방은 어떠신가요?"

옌센도 앤더슨도 이 권유를 뿌리칠 수 없었다. 방금의 경험으로 인해 가능하면 둘이서 움직이고 싶었다. 사실 상당히 유용한 행동이었다. 한 사람이 자기 방으로 돌아가 밤을 보낼 물건을 챙기는 동안 다른 사람은 함께 들어가 촛대를 들어 주었다. 그리고 그들은 12호실과 14호실 모두 창문이 세 개씩 있는 것을 확인했다.

다음 날 아침, 어제의 일행이 12호실에 다시 모였다. 주인은 당연히 외부의 도움을 받는 일을 꺼렸지만, 이 수수께끼는 반드시 해결되어야 했다. 그에 따라 하인 두 명이 목수 역할을 맡기로 한 모양이었다. 그들은 가구를 치운 다음, 도저히 수리할 수 없게 망가진 수많은 널빤지를 대가로 하여 14호실에 가장 가까운 곳 바닥을 들어냈다.

여러분은 당연히 해골이 발견되었으리라고 생각할 것이다. 이를테면 니콜라스 프랑켄의 유해라던가. 그러나 그런 일은 벌어지지 않았다. 바닥을 받치고 있던 대들보 사이에서 발견된 물건은 작은 구리 상자였다. 안에는 깔끔하게 접힌 송아지 피지 문서가 들어 있었고, 대략 스무 줄 정도의 내용이 적혀 있었다. 앤더슨과 옌셴(고문서학에 대한 경험이 있는 모양이었던)은 둘 다 이 발견에 흥분했다. 이 괴이한 현상에 대한 열쇠가 될 것이 분명해 보였기 때문이다.

*

나는 아직까지 읽어 보지 못한 점성술 기록 사본을 하나 가지고 있다. 권두화로 한스 제발트 베함의 판화가 실려 있는데, 일군의 현자들이 탁자에 둘러앉은 모습이 묘사되어 있다. 감식안이 있는 독자라면 이런 묘사만으로 어떤 책인지 알 수 있을지도 모르겠다. 나 자신은 그 제목이 기억나지 않는 데다, 책은 지금 당장 가져오기 힘든 곳에 있다.

또한 그 안의 백지에는 무언가가 빼곡하게 적혀 있는데, 지금까지 10년 동안이나 그 책을 소유했음에도 나는 그 기록이 어떤 언어인지는 고사하고 어느 방향으로 읽어야 하는지조차 감을 잡지 못하고 있다. 구리 상자에서 꺼낸 문서를 오랫동안 살펴본 앤더슨과 옌센도 나와 별반 다르지 않은 상황이었다.

이틀 동안 문서를 살펴본 후 보다 대담한 쪽이었던 옌센은 문서에 사용된 언어가 라틴어거나 옛 덴마크어라고 추측했다.

앤더슨은 섣불리 어떤 추측도 하지 않고 기꺼이 그 상자와 송아지 피지 문서를 비보르 역사학회에 기증했고, 문서는 박물관에 전시되었다.

내가 이 모든 이야기를 들은 것은 몇 달이 지난 후였다. 스웨덴 웁살라의 도서관을 방문하고 나서 근교의 숲에 앉아 함께—엄밀히 말하면 나 혼자서—다니엘 살테니우스(이후 쾨니히스베르크의 히브리어 교수가 되었다)*가 자신의 영혼을 사탄에게 팔아넘긴 계약서를 비웃다가 나온 이야기였다. 앤더슨은 그리 재미를 느끼지 못했지만 말이다.

"어리석은 젊은이였지!" 그는 살테니우스를 이렇게 칭했다. 그가 그런 경솔한 행위를 저질렀을 때는 아직 대학생이었기 때문이라고도 했다. "자기가 어떤 자들과 어울리려고 한 것인지 알고나 있었을까?"

그 말에 내가 일반적인 내용을 열거하자 그는 그저 신음만 낼 뿐이었다. 그날 오후 그는 내게 여러분에게 지금까지 들려준 이야기를 꺼내 놓았다. 그러나 그는 그 이야기에 어떤 설명도 덧붙이지 않았으며, 내가 생각해 낸 그 어떤 해법에도 동의하지 않았다.

---

* 18세기 스웨덴 출신의 신학자. 신학생 시절 악마와 계약을 했다는 고발을 당했으나 이후 도망쳐 신학 교수가 되었다.

망누스 백작
Count Magnus

이 이야기의 근거가 된 문서를 어떻게 손에 넣었는지는 마지막에 설명하기로 하겠다. 그러나 예의 문서가 현재 어떤 형태인지에 대해서는 먼저 설명할 필요가 있을 듯하다.

그 문서는 1840∼1850년대에 유행했던 기행문을 쓰기 위해 수집한 자료의 일부다. 호러스 매리엇의 『유틀란트와 덴마크 도서 지방의 주거에 대하여』는 내가 설명하는 부류에 속하는 서적의 좋은 예시가 될 것이다. 이러한 책들은 보통 대륙의 어딘지 모를 지역에서 만들어지며, 목판이나 금속판으로 찍은 삽화가 들어가 있다. 호텔 숙박이나 통신 방법 등 현대의 잘 제본된 안내 책자에서 찾아볼 법한 상세한 정보를 수록하고 있으며, 지성적인 외국인이나 활기찬 숙박업소 주인, 수다스러운 농민 등과의 대화 등도 수록되어 있다. 한마디로 말해 잡담으로 가득하다.

내가 가지고 있는 문서는 그런 책을 쓰려고 자료 수집차 기록한 것이었다. 한 사람의 개인적인 경험을 기록한 형태로, 여행이 끝나기 바로 전날 밤까지의 일을 담고 있었다.

기록자의 이름은 랙스올이다. 내가 그에 대해 알고 있는 바는 전적으로 그의 기록에 실린 것뿐인데, 거기에서 추론한 바에 따르면 그는 중년의 남성이며, 약간의 불로소득이 있고, 가족이나 친지라고 할 만한 이가 없는 사람이다. 그리고 잉글랜드에 제대로 된 거주지를 가지고 있는 것이 아니라 호텔과 하숙집을 전전하며 살았던 모양이다. 영영 도달하지 못할 미래에 어딘가에 정착하겠다는 생각을 했을 수도 있다. 또한 1870년대 초반에 일어난 팬테크니컨 가구 창고 화재로 인해 그의 이력을 밝힐 만한 자료들이 사라졌을 가능성도 있다. 기록에는 그의 물품이 그 회사 창고에 보관되어 있다는 사실이 한두 번 정도 언급되어 있기 때문이다.

랙스올 씨가 책을 출간한 적이 있다는 사실은 꽤나 분명한데, 브르타뉴 지방에서 보낸 휴일에 관한 내용이었다. 그의 저작에 대해서 아는 것은 이게 전부다. 서지학 조사 결과 그가 무기명이나 가명으로 책을 출간했다는 결론을 얻었기 때문이다.

그의 성격에 대해서는 그다지 어렵지 않게 피상적인 모습을 도출할 수 있다. 그는 분명 지적이고 교양 있는 사람이었을 것이다. 얼마 있으면 그가 속한 옥스퍼드 대학 소속 칼리지의 선임 연구원이 될 모양이었다. 연감을 확인해 본 결과 브래스노스 칼리지인 듯하다. 호기심이 과도하다는 단점을 도저히 떨칠 수 없었다는 사실도 분명하다. 여행자에게는 유용한 단점일 수도 있지만, 그는 결국 여행의 막바지에 이르러 호된 대가를 치르고 만다.

마지막 여행이 된 여정에서 그는 책을 한 권 더 쓰려고 하고 있었다. 40여 년 전에는 잉글랜드인들에게 잘 알려지지 않았던 지역인 스칸디나비아가 흥미로운 주제로 보였던 모양이다. 오래된 스웨덴 역사책이나 회상록 따위를 우연히 읽게 된 듯한데, 그때 스웨덴 여행을 자세하게 묘사하면서 기왕이면 몇몇 훌륭한 스웨덴 가문에서 있었던 일화를 끼워 넣으면 제법 팔릴 만한 책이 되리라고 생각한 듯하다. 그래서 그는 스웨덴의 유명 인사들에게 소개장을 띄우고는 1863년 초여름에 여행길에 올랐다.

북해를 건너가는 여정이나 스톡홀름에서 머무른 몇 주 동안에 대해서는 딱히 언급할 필요가 없을 것이다. 그저 그곳에 사는 어떤 학자 때문에 베스테르고틀란드의 오래된 장원의 주인이 가지고 있는 중요한 고문서를 쫓게 되었고, 결국 그 문서를 열람해도 좋다는 허락을 얻었다는 정도만 언급하겠다.

사람들은 예의 장원, 또는 헤르고르드를 로벡이라 불렀는데, 사실이 이름은 정식 명칭은 아니었다. 장원 건물은 스웨덴 전역에 널린 같은 부류의 건물 중 가장 훌륭한 것이었으며, 달렌베르그 백작이 1694년에 펴낸 판화집 『수에키아 안티쿠아 엣 모데르나』를 보면 당시의 모습과 지금의 여행자가 보는 모습이 거의 동일하다는 사실을 알 수 있다. 건물은 1600년대 초에 세워졌으며, 전체적으로 보면 소재(붉은 벽돌과 석조 장식)와 양식 면에서 동시대의 잉글랜드 저택들과 상당히 비슷하다. 저택을 지은 사람은 대가문인 데 라 가르디에 가문의 자제로, 아직도 그의 후손들이 저택을 소유하고 있다. 앞으로 주인 가족을 언급할 일이 생기면 그들을 데 라 가르디에라고 칭할 것이다.

그들은 예의를 갖춰 친절하게 랙스올 씨를 맞아 주었으며, 조사를 마칠 때까지 저택에 머무르라고 계속 권했다. 그러나 그는 홀로 있는 편을 선호하는 데다 자신의 스웨덴어 실력을 신뢰하지 않았기 때문에 마을 여관에 투숙하는 편을 택했고, 여관이 적어도 여름에는 꽤나 쾌적하다는 사실을 알게 되었다. 이로 인해 그는 매일 저택 건물까지 왕복하는, 2킬로미터가 채 안 되는 짧은 산책을 하게 되었다. 저택은 들판 가운데 서 있었고, 그 주변을 오래된 나무들이 둘러싸고 있었다. 근처에는 담장으로 둘러싸인 정원이 있고, 그곳을 지나가면 이 나라 전역에서 흔히 볼 수 있는 작은 호수와 그 주변을 감싼 작은 숲이 보였다. 그 너머로 장원의 사유지 경계 담장이 나타나고, 이어서 살짝 흙이 덮인 돌투성이 언덕을 올라가면 언덕 꼭대기에 크고 무성한 나무들로 둘러싸인 교회 하나가 모습을 드러낸다. 이 교회는 영국인의 눈으로 보기에는 상당히 묘한 건물이었다. 본랑과 측랑은 나지막하고 나무 벤치와 의자로 가득 차 있었다. 서쪽 회랑에는 은빛 파이프가 달린 화려한 색의 멋진 골동품 오르간이 있었다. 평평한 천장에는 17세기의 화가가 그린 기묘하고 흉측한 '최후의 심판' 천장화가 그려져 있었다. 소름 끼치는 화염, 무너지는 도시들, 불타는 배들, 울부짖는 영혼들, 그리고 웃고 있는 갈색 악마들로 가득한 그림이다. 또한 천장에는 훌륭한 황동 원형 촛대도 매달려 있었다. 설교단은 작은 지품천사들과 성자들이 가득 그려져 있어 마치 인형의 집처럼 보인다. 설교단 탁자에는 세 개의 모래시계가 달린 받침대가 붙어 있었다. 이 교회에서 독특한 부분은 본 건물에 딸린 부속 건물이었다(지금에야 스웨덴의 많은 교회에서 볼 수 있는 모습이지만). 북쪽 측랑 동쪽 끝에 장원 건물을 지은 영주가 자신과 가문을 위한 납골당을 만들어 둔 것이다. 이 납골당은 제법 큰 팔각형 건물로, 여러 개의 타원형 창문을 통해 빛이 들어오며, 돔형 지붕 위로 스웨덴 건축가들이 즐겨 사용하는 호박 모양의 구조물이 뻗어 올라 첨탑을 이룬다. 구리로 된 천장 외벽은 검게 칠해져 있으며, 안쪽 벽은 교회와 마찬가지로 눈에 띄는 하얀색이다. 또한 교회와 연결되는 통로가 존재하지 않고, 북쪽에 따로 출입구와 계단이 마련되어 있었다.

마을로 가는 길은 교회 안뜰을 통해 이어지며, 3~4분만 더 걸어가면 여관 문 앞에 이르게 된다.

로벡에 머무르게 된 첫날 랙스올 씨는 교회 문이 열려 있는 것을 발견하고 앞서 요약한 교회 내부의 모습을 기록으로 남겼다. 그러나 납골당 안으로는 들어갈 수가 없었다. 열쇠 구멍으로 안을 살펴본 그는 훌륭한 대리석 조상과 구리로 만든 관, 그리고 상당한 장식용 갑주와 무구가 있는 것을 확인하고는 안으로 들어가 조사해 보고 싶은 마음이 간절해졌다.

그가 장원에서 검토하고 싶어 한 문서는 책을 쓰는 데 필요한 그런 부류의 물건들이었다. 장원을 처음 소유했던 가족의 왕복 서한, 일기장, 회계장부 등으로, 보존 상태도 훌륭하고 글자도 알아보기 쉬웠으며, 세세한 내용까지 생생하게 적혀 있었다. 그 안에 묘사된 데 라 가르디에 가문의 시조는 강건하고 유능한 사내였다. 저택을 지은 지 얼마 지나지 않아 농노들이 폭동을 일으켜 여러 장원을 공격해서 인근 지역들이 상당한 피해를 입은 일이 있었다. 로벡 장원의 영주는 이 문제를 해결하는 데 주도적인 역할을 했는데, 가차 없이 주모자들을 처형하고 가담자들에게도 가혹한 형벌을 내렸다고 기록되어 있었다.

이 '망누스' 데 라 가르디에 백작의 초상화는 저택에 있는 가장 훌륭한 그림 중 하나로, 랙스올 씨는 하루 일과가 끝난 다음 상당한 호기심을 가지고 그 그림을 관찰했다. 그는 그림을 자세하게 묘사하지는 않았지만, 그림의 얼굴은 아름다움이나 선의보다는 강렬한 힘으로 자신을 매료시켰다고 썼다. 사실 그는 망누스 백작이 거의 유례가 없을 정도의 추남이었을 것이라고 기록했다.

이날 랙스올 씨는 저택의 가족과 함께 저녁 식사를 하고 나서 제법 늦은 시간임에도 여전히 밝은 하늘 아래를 걸어 돌아갔다.

그는 이렇게 적고 있다. '잊지 말고 교회지기에게 가서 교회 납골당에 들어갈 수 있는지 물어봐야겠다. 오늘 밤에 계단에 서서 문을 열고 잠그는 모습을 보았으니, 분명 열쇠를 가지고 있을 것이다.'

다음 날 아침 이른 시간에 랙스올 씨는 여관 주인과 대화를 나눈 듯하다. 이 기록의 분량이 상당해서 나는 처음에는 제법 놀랐다. 그러나 얼마 지나지 않아 내가 읽고 있던 수기가 적어도 처음에는 그가 구상하는 책의 자료로 사용할 목적이었음을 깨닫게 되었고, 그의 책이 내용 안에 대화 기록을 끼워 넣는 소위 유사 기고문 형식을 취하려 했음을 짐작할 수 있었다.

수기에 따르면 랙스올 씨는 망누스 데 라 가르디에 백작이 활동한 영역 내에서 그의 흔적이 남은 부분을 찾아보고, 사람들이 그를 어떤 인물로 평가하는지를 확인해 볼 생각이었다. 그는 곧 예의 백작이 사람들의 호감을 사지는 못했으리라는 사실을 깨달았다. 만약 영지의 농노들이 영주를 위해 일하러 오는 날 늦기라도 하면, 백작은 장원 안뜰에서 삼각 목마*에 태우는 고문을 하거나 채찍질하거나 낙인을 찍었

---

* 끝이 날카롭게 각진 삼각형 모양의 나무틀 위에 사람을 앉힌 후 발목에 무거운 추를 매달아서 고통을 주는 고문 방법.

다. 영지 안에 무단 거주하는 이들의 오두막이 겨울밤에 영문을 알 수 없는 사고로 불타는 일도 한두 번 있었다. 모든 가족이 오두막 안에 갇힌 채로 말이다. 그러나 여관 주인의 뇌리에 가장 깊이 박혀 있던 사건은—여러 번 반복해 말하는 것으로 보아 분명하다—백작이 검은 성지순례에 다녀왔으며, 그 과정에서 누군가를 데리고 돌아왔다는 것이었다.

여러분도 당연히 랙스올 씨와 마찬가지로 검은 성지순례가 무엇인지 궁금할 것이다. 그러나 지금 당장은, 그가 그랬듯이 그 궁금증이 충족되지 못하더라도 기다려 주기를 바란다. 여관 주인은 제대로 된 답변을 하고 싶지 않은 눈치였다. 아니, 이 시점에 이르자 아예 입을 열기조차 꺼렸고, 잠시 처리해야 할 일이 있다며 빠른 걸음으로 밖으로 나갔다. 그러더니 몇 분 후 고개를 들이밀고 급히 스카라에 가 볼 일이 생겼다고 말하고 나서는 저녁이 될 때까지 돌아오지 않았다.

덕분에 랙스올 씨는 만족하지 못한 채로 그날 분량의 작업을 하러 저택으로 향했다. 하지만 눈앞에 놓인 문서 덕분에 이내 그는 다른 쪽으로 관심을 돌리게 되었다. 1705년에서 1710년에 걸쳐 스톡홀름의 소피아 알베르티나와, 결혼한 사촌인 로벡의 울리카 레오노라가 주고받은 서신을 번갈아 살펴보기 시작했기 때문이다. 이 편지들은 당시 스웨덴 문화에 대해 많은 것을 밝혀 주는데, 직접 확인하고 싶은 사람들은 스웨덴 고문서위원회에서 출간한 편지 전문을 한번 살펴보길 바란다.

오후에 일을 끝내고 편지 상자를 원래 있던 선반 위에 되돌려 놓은 후 그는 자연스럽게 그 바로 옆에 있던 책들을 꺼내 살펴보기 시작했다. 다음 날 주主 연구 과제로 적합한 책을 찾기 위해서였다. 그가 확인한 선반에 있던 책들은 대부분 1대 백작 망누스 데 라 가르디에의 손으로 작성된 회계장부들이었다. 그러나 그중 한 권은 회계장부가 아니라 16세기의 누군가가 작성한 연금술 등의 논문을 정리해 놓은 책이었다. 연금술 문헌에 별로 능통한 편이 아니었던 랙스올 씨는 상당한 공간을 소모해 여러 논문의 제목과 서두를 수기에 옮겨 적어 놓았다. 『불사조의 책』, 『서른 단어의 책』, 『두꺼비의 책』, 『미리암의 책』, 『투르바 필로소포룸』 등이다. 또한 그는 책의 가운데 빈 한 장에 1대 백작이 쓴 기록이 있는 것을 발견하고 느낀 기쁨을 기록했다. 그 제목은 '리베르 니그라이 페레그리나티오니스(검은 성지순례의 책)'였다. 몇 줄 되지 않는 기록이었지만 그날 아침 여관 주인이 말한 내용이 적어도 1대 백작 당대에도 사람들이 믿었던 대로라는 것이 명확해졌다. 심지어는 백작 자신까지도 그렇게 생각했던 듯하다. 기록의 내용을 영어로 옮기면 다음과 같다. '장수하고자 하는 사람, 충직한 심부름꾼을 얻고 적의 피를 보고자 하는 사람은, 우선 코라진*이라는 도시로 가서 그곳에서 ── 군주를 맞이해야 한다.' 여기서 단어 하나가 지워져 있는데, 말끔하게 지워져 있는 것이 아니라서 랙스올 씨는 그 단어가 '허공의'** 일 것이라고 자신 있게 유추하고 있다. 그러나 기록에는 이 이상의 내용은 인용되어 있지 않다. 라틴어 문장 한 줄이 덧붙여져 있을 뿐이다. 'Quære reliqua hujus materiei inter secretiora(그리고 나머지 내용

---

* 『마태오 복음』 11장 20~22절에서, 신앙이 없어서 그리스도에게 질책을 당한 마을 중 하나이다. 이 사실 때문에 코라진은 적그리스도의 출생지로 알려지게 되었다.
** 허공의 군주는 사탄을 일컫는 말이다. 『에페소인들에게 보낸 편지』 2장 2절의 '여러분이 죄에 얽매여 있던 때에는 이 세상 풍조를 따라 살았고 허공을 다스리는 세력의 두목이 지시하는 대로 살았으며 오늘날 하느님을 거역하는 자들을 조종하는 악령의 지시대로 살았습니다'라는 구절로 인해 사탄은 허공의 군주가 되었으며, 날개를 가진 모습으로 그려진다.

은 보다 사적인 문서들 안에서 찾아볼 수 있었다).'

이 내용이 백작의 취향과 신앙에 대해 보다 소름 끼치는 인상을 주었음은 물론이다. 그러나 3세기나 후대의 사람인 랙스올 씨에게 있어, 이 가혹한 군주의 인상에 연금술이 추가되고, 그에 따라 마법의 요소가 더해졌다는 사실은 백작을 더욱 개성적인 인물로 만들어 주었을 뿐이었다. 그날 저녁 랙스올 씨는 홀에 걸린 백작의 초상화를 꽤나 오래 관찰한 후에야 여관으로 떠났다. 그의 마음속에는 백작에 대한 생각만이 가득했다. 그는 주변도 돌아보지 않고, 숲의 저녁 향기나 호수에 내려앉는 저녁 햇살도 신경 쓰지 않았다. 문득 정신을 차렸을 때 그는 이미 교회 안뜰로 들어가는 문 앞에 서 있었다. 몇 분만 더 가면 저녁 식사가 기다리고 있을 터였다. 그의 눈이 문득 교회 납골당으로 향했다.

"아, 망누스 백작님, 거기 계시군요. 정말 뵙고 싶습니다." 그는 이렇게 말했다.

그는 다음과 같이 기록을 이어 가고 있다. '홀로 있는 남자들에게는 흔히 있는 버릇이지만, 가끔 나는 소리 내어 혼잣말을 한다. 그리고 종종 그리스 희곡이나 라틴 희곡에서 볼 수 있는 바와 달리 나는 답변을 기대하지 않는다. 당연히, 그리고 아마도 이 경우에는 행운이었을 텐데, 나의 말에 대답하는 목소리는 전혀 들려오지 않았다. 아마도 그때 교회를 청소하던 여인이 무언가를 떨어트린 듯 바닥에 금속 물체가 부딪치는 소리가 들렸고, 나는 그에 화들짝 놀랐을 뿐이었다. 내 생각에 망누스 백작은 깊이 잠들어 있는 듯하다.'

그날 저녁 여관 주인은 랙스올 씨가 교구의 교회 서기나 부제(스웨덴에서 부르는 대로)를 만나 보고 싶다고 한 말을 기억하고는, 여관 홀에서 그를 소개해 주었다. 두 사람은 다음 날 데 라 가르디에 가문의 납골당을 방문하기로 약속을 정하고는 잠시 가벼운 대화를 나누었다.

스칸디나비아 교회 부제의 역할 중 하나가 해당되는 이에게 견진성사를 베푸는 것임을 기억하고 랙스올 씨는 성경에 대한 자신의 기억을 되살려 보기로 마음먹었다.

"코라진에 대해 뭔가 아는 것이 있으십니까?" 그는 말했다.

부제는 깜짝 놀란 듯했지만, 곧 그 마을이 신의 저주를 받게 된 이야기를 들려주었다.

"그렇다면 그곳은 지금은 분명 폐허겠군요?" 랙스올 씨가 물었다.

"그럴 겁니다." 부제가 대답했다. "나이 드신 목사님들께서 그곳에서 적그리스도가 태어날 것이라고 말씀하셨던 기억이 납니다. 그리고 다른 이야기도 있는데,"

"아! 어떤 이야기입니까?" 랙스올 씨가 끼어들었다.

"있는데, 잊어버렸다고 말하려던 참이었습니다." 부제는 이렇게 말하고는 얼마 지나지 않아 작별 인사를 했다.

이제 여관 주인은 홀로 남아서 랙스올 씨를 상대해야 하는 처지가 되었다. 그리고 랙스올 씨는 그를 자비롭게 놓아줄 생각은 추호도 없었다.

"닐센 씨." 그가 물었다. "검은 성지순례와 관련된 듯한 내용을 찾아냈습니다. 아는 내용을 털어놔 주시면 고맙겠습니다만. 백작은 대체 뭘 가지고 돌아온 겁니까?"

어쩌면 스웨덴 사람들은 천성적으로 대답이 느린지도 모른다. 여관 주인이 예외였을 수도 있겠지만. 나로서는 확신할 수가 없다. 그러나 랙스올 씨가 기록한 바에 따르면, 여관 주인은 뭔가 말을 꺼내기 전까지 적어도 1분 동안 그를 멀거니 바라보고만 있었다. 그러고 나서 손님 가까이 오더니 힘겹게 말을 꺼냈다.

"랙스올 씨, 제가 해 드릴 수 있는 것은 이 짧은 이야기가 전부입니다. 제가 이야기를 끝내면 질문은 더 이상 하지 말아 주시길 바랍니다. 제 조부님 시절, 그러니까 92년 전에, 두 남자가 이런 말을 했다고 합니다. '백작은 죽었어. 신경 쓸 필요 없다고. 오늘 밤 그자의 숲에 들어가서 마음껏 사냥을 하자고.' 로벡 뒤편 언덕의 길게 뻗은 숲을 보셨지요. 그들의 말을 듣고 사람들은 그들을 말렸다고 합니다. '안 돼, 가지 말게. 자네들은 걷고 있어서는 안 되는데 걷는 자들과 만나게 될 걸세. 그들은 쉬고 있어야 하네. 일어나 걸으면 안 되네.' 두 남자는 웃었습니다. 그곳에서 사냥하려는 사람이 없었기 때문에 숲지기도 없었지요. 당시 그 가문은 이곳 저택에 살고 있지 않았습니다. 따라서 남자들은 자기들이 원하는 대로 행동할 수 있었던 거지요.

그리하여 그들은 그날 밤 숲으로 들어갔습니다. 제 조부님은 여기 이 방에 앉아 계셨지요. 여름이라 밝은 밤이었습니다. 창문을 열어 놓으면 숲이 내다보였고, 소리도 들려왔지요.

조부님과 마을 사람들 두세 명은 이곳에 앉아서 귀를 기울이고 있었습니다. 처음에는 아무 소리도 들리지 않았지요. 그러다가 누군가의 소리가 들렸습니다. 숲이 얼마나 먼지는 알고 계시지요? 누군가의 비명이 들린 겁니다. 마치 영혼의 내면 깊숙한 곳이 비틀려 뜯겨 나가기라도 하는 듯한 소리였답니다. 방 안의 모두는 서로의 손을 맞잡고, 한 시간이 다 되어 가도록 앉아 있었습니다. 그러고는 다른 소리가 들렸습니다. 기껏해야 1미터도 안 되는 거리에서 들린 듯했지요. 누군가가 크게 웃는 소리였습니다. 그 두 남자의 소리는 전혀 아니었답니다.

사실 그곳에 있던 사람들 모두가 그것이 인간의 웃음소리가 아니라는 점에 동의했답니다. 그리고 잠시 후 육중한 문이 닫히는 소리가 들렸습니다.

그리고 태양 빛이 다시 비추자 그들은 다 함께 사제에게로 달려갔습니다. '사제님, 가운과 깃을 걸치고 가서 저 두 사람을 매장해 주십시오. 안데르스 비요른센과 한스 토르비요른 말입니다.'

두 남자가 죽었다고 여긴 것도 당연하지요. 그래서 그들은 숲으로 갔습니다. 조부님은 이때의 일을 결코 잊지 못하셨습니다. 사람들 역시 죽은 사람 못지않게 창백했다고 하더군요. 사제 역시 얼굴이 하얗게 질려 있었습니다. 사람들이 오자 이렇게 말씀하셨답니다. '나도 밤에 비명을 들었네. 그다음에 들려온 웃음소리도. 그 소리를 잊지 못한다면 두 번 다시 잠들 수 없을 걸세.'

숲으로 간 사람들은 숲 초입에서 두 남자를 발견했습니다. 한스 토르비요른은 나무에 등을 기대고 서 있었는데, 계속 양손을 앞으로 밀어내고 있었습니다. 그곳에 존재하지 않는 무언가가 다가오지 못하게 하려는 듯했습니다. 그러니 죽지는 않았던 셈이지요. 사람들은 그를 끌고 나와서 뉘쇼핑에 있는 집으로 데려갔습니다. 그는 그해 겨울이 오기 전에 죽었지만, 죽기 전까지 계속 손을 앞으로 밀어내고 있었답니다. 안데르스 비요른센도 그곳에 있었지만, 그는 이미 죽어 있었습니다. 누가 봐도 꽤나 잘생긴 젊은이였는데, 얼굴이 남아 있지 않았다더군요. 얼굴 살점이 전부 뜯겨 나갔기 때문에 말이죠. 이해가 되십니까? 조부님은 그 광경을 결코 잊지 못하셨습니다. 사람들은 가져온 들것에 그를 누이고 얼굴에 천을 덮어 주었습니다. 사제는 그 앞으로 걸어 나갔고, 그들은 함께 온 힘을 짜내 죽은 이를 위한 『시편』을 노래하기 시작했습니다. 『시편』의 첫 구절이 끝나 갈 때쯤 들것 앞부분을 들고 있던 사람이 갑자기 쓰러졌습니다. 사람들이 뒤돌아보자 얼굴을 덮고 있던 천이 흘러내렸고, 안데르스 비요른센의 눈알이 허공을 올려다보고 있는 모습이 드러났습니다. 눈알을 가려 줄 만한 것이 아무것도 없었으니까요. 사람들은 더 이상 견딜 수가 없었습니다. 그래서 사제는 비요른센의 몸 위에 천을 덮어 주고는, 삽을 가져오게 해서 바로 그 자리에 그를 묻었습니다."

다음 날 랙스올 씨는 아침 식사를 마치자마자 부제가 자신을 불렀다고 기록했다. 그는 랙스올 씨를 데려가서 교회와 납골당을 보여 주었다. 랙스올 씨는 납골당의 열쇠가 설교단 바로 옆의 못에 걸려 있는 것을 눈여겨보고는, 규정상 교회 문이 항상 열려 있다는 점을 감안하면 납골당의 무덤들이 첫 번째 방문으로 전부 소화하기 힘들 정도로 흥미로울 경우 보다 사적인 두 번째 방문이 가능할 것이라고 생각했다. 납골당 건물은 꽤나 압도적이었다. 대부분 17세기와 18세기에 세워진 무덤들은 크고 호화로우면서도 장엄했고, 비문과 가문의 문양이 사방에 가득했다. 돔 아래의 중앙 공간은 세밀한 부조 장식이 된 구리 관 세 개가 차지하고 있었다. 그중 두 개는 덴마크와 스웨덴에서 흔히 볼 수 있는 대로 뚜껑에 커다란 금속 십자가가 박혀 있었다. 세 번째 관은 망누스 백작의 것이었는데, 십자가 대신 고인의 전신상을 실물 크기로 새겨 넣은 듯한 부조가 있었다. 관의 가장자리는 다양한 장면을 묘사한 부조로 여러 층에 걸쳐 돌아가며 장식되어 있었다. 하나는 연기를 내뿜는 대포, 성벽으로 둘러싸인 마을, 장창병 부대가 그려진 전쟁 장면이었다. 다른 하나는 처형 장면이었다. 세 번째에는 머리카락을 휘날리며 손을 뻗은 채 전속력으로 숲 속을 달려가는 남자가 묘사되어 있었는데, 그 뒤를 기괴한 형체 하나가 쫓아가고 있었다. 조각가가 인간을 표현하려다가 묘사에 실패한 것인지, 아니면 일부러 기괴한 모양을 만든 것인지는 분간하기 힘들었다. 다른 장면들을 묘사한 실력을 보건대 랙스올 씨의 생각으로는 아무래도 후자 쪽이 맞는 듯했다. 그 형상은 과도하게 키가 작았으며, 두건이 달린, 땅에 끌리는 옷으로 몸을 대부분 가리고 있었다. 옷 밖으로 드러난 유일한 부분은 손이나 팔과는 완전히 다른 형태였다. 랙스올 씨는 그 기관을 악마 물고기의 촉수에 비교한 다음 글을 이었다. '그 모습을 보고 나는 이렇게 중얼거렸다. "그렇다면 이건 분명 어떤 우의적인 뜻을 내포하고 있는 형체가 아니겠는가. 영혼을 쫓아 사냥하는 악마라니. 어쩌면 1대 백작과 그의 수상한 동행에 대한 이야기의 근원일지도 모른다. 사냥꾼이 어떤 모습인지 보기로 하자. 분명 뿔나팔을 불고 있는 악마의 모습이겠지."' 그러나 그런 선정적인 인물은 그 장면에 등장하지 않았다. 언덕 위에 망토를 두른 채 지팡이에 기대선 인물이 하나 있을 뿐이었다. 조각가는 그가 흥미롭게 사냥을 지켜보고 있다는 느낌을 전달하고 싶은 듯했다.

랙스올 씨는 관 뚜껑에 세 개의 무겁고 정밀한 강철 자물쇠가 달려 있는 것을 확인했다. 그중 하나는 떨어져 나와 바닥 위를 뒹굴고 있었다. 그는 부제를 더 붙들어 두거나 자신의 작업 시간을 줄이고 싶지 않았기 때문에 곧 그곳을 나와 저택으로 향했다.

그는 다음과 같이 기록해 놓았다. '익숙한 길을 여러 번 걷다 보면, 흥미롭게도 자신의 생각에 파묻혀 주변 사물을 제대로 파악하지 못하는 상황이 자주 발생한다. 오늘 밤 나는 두 번째로 나 자신이 어디로 가고 있는지를 완전히 인식하지 못하는 상태가 되었다(오늘 밤은 묘소에 들러 비문을 옮겨 적을 생각이었는데 말이다). 그리고 문득 의식이 돌아왔을 때 나는 (이전과 마찬가지로) 교회 안뜰 문 앞에 서서 이런 노래를 부르고 있었던 듯하다. "일어나셨나요? 망누스 백작님? 잠들어 계신가요, 망누스 백작님?" 그 외에 무슨 말을 더 했는지는 기억나지 않는다. 아무래도 한동안 그런 비이성적인 행동을 계속하고 있었던 듯하다.'

그는 낮에 봐 둔 자리에서 납골당 열쇠를 찾아내고 원하던 비문 내용을 대부분 옮겨 적었다. 그는 날이 어둑해질 때까지 그곳에 머물러 있었다.

그러고는 다음과 같은 기록을 남겼다. '우리 백작님의 관에 달린 자물쇠가 하나 풀렸다고 쓴 것은 아무래도 내가 잘못 본 것인 듯하다. 오늘 밤에 보니 두 개가 풀려 있었다. 나는 자물쇠 두 개를 집어 들어 잠그려고 시도했지만 실패하고는 조심스레 창틀 앞에 내려놓았다. 남은 하나는 여전히 튼튼하게 잠겨 있다. 스프링 자물쇠 구조인 것은 분명하지만, 이걸 어떻게 열어야 하는지는 짐작도 되지 않는다. 이 자물쇠만 풀 수 있다면 관을 마음대로 열어 볼 수 있을 텐데. 이 고약하고 음험한 옛 귀족에 대해 이토록 개인적인 관심이 일다니 참으로 묘한 일이다.'

다음 날은 랙스올 씨가 로벡에 머무는 마지막 날이 되었다. 그는 어떤 투자 사업과 관련된 편지를 받고 잉글랜드로 돌아가는 편이 좋겠다고 결정했다. 문서와 관련된 작업은 사실상 끝난 것이나 다름없었고, 귀국길은 꽤나 오랜 시일이 걸릴 터였다. 그는 작별을 고하고 기록하던 일을 마무리한 다음 그곳을 떠나기로 마음먹었다.

그러나 그 작별 인사와 결말은 그가 생각한 것보다 훨씬 더 오랜 시간을 잡아먹었다. 저택의 친절한 가족은 자신들과 함께 정찬을 들고

가라고 권했고—그들은 오후 3시에 저녁을 먹었다—그는 6시 30분이 지나서야 로벡 장원의 철문 밖으로 나설 수 있었다. 그는 이 장소와 시간을 조금도 놓치지 않겠다는 듯 발걸음에 신경 쓰며 마지막으로 호숫가를 거닐었다. 그리고 교회가 있는 언덕 꼭대기까지 올라가서 멀리 끝없이 펼쳐진 숲을 한동안 바라보았다. 뿌얀 녹색 하늘 아래 숲은 어둡게만 보였다. 마침내 발걸음을 돌려 내려가려는 순간, 다른 데 라 가르디에 사람들과 마찬가지로 망누스 백작에게도 작별 인사를 해야겠다는 생각이 그의 머리를 스쳤다. 교회까지는 20여 미터밖에 되지 않았고, 그는 납골당 열쇠를 걸어 둔 곳을 알고 있었다. 커다란 구리 관 앞에 서기까지는 얼마 걸리지 않았다. 그리고 평소와 마찬가지로 그는 큰 소리로 혼잣말을 했다. "생전에는 악당이었을지도 모르지만, 망누스 백작, 하지만 지금은 정말로 자네를 보고 싶다네. 아니, 오히려,"

'바로 그 순간,' 그는 이렇게 적었다. '무언가가 발치를 때렸다. 황급히 뒤로 한 발짝 물러서자 무언가가 뎅겅 소리를 내며 바닥으로 떨어지는 것이 보였다. 그것은 관을 잠그고 있던 세 개의 자물쇠 중 마지막 것이었다. 나는 허리를 굽혀 자물쇠를 집어 들었고—내가 오로지 진실만을 말하고 있다는 것은 하늘이 알고 있는데—미처 몸을 일으키기도 전에 금속 경첩이 삐걱거리는 소리를 들었다. 눈가에서 관 뚜껑이 움직이는 모습이 보였다. 겁쟁이처럼 보일지도 모르지만 나는 단 한 순간도 더 이상 그곳에 있을 수가 없었다. 이 글을 쓰는 데 걸린 시간보다 더 순식간에 나는 그 끔찍한 건물을 빠져나왔다. 그리고 더 끔찍한 것은, 내가 미처 문의 자물쇠를 잠그지 못했다는 것이다. 여기 방에 돌아와 앉아서 이런 내용을 적고 있는 동안에도, 나는 정말로—고작해야 20분 전에 벌어진 일인데도—그 삐걱대는 금속성이 계속되었는지 확신하지 못하고 계속 자문하고 있다. 지금 여기 적은 내용 이상으로 나를 겁먹게 한 무언가가 있었다는 점은 분명하다. 그러나 그것이 소리였는지, 아니면 모습이었는지는 기억나지 않는다. 내가 무슨 일을 저지른 것일까?'

불쌍한 랙스올 씨! 그는 다음 날 계획대로 잉글랜드로 향하는 여정에 올랐고, 안전하게 잉글랜드에 도착했다. 그러나 변화된 필치와 불규칙한 기록으로 미루어 보건대 그는 이미 망가져 있었다. 그의 수기와 함께 내 손에 들어온 몇 권의 작은 수첩이 그가 한 경험의 열쇠까지는 아니더라도 어렴풋한 단서 정도는 제공해 준다. 그는 대부분의 여정을 운하용 배에서 보냈으며, 적어도 여섯 번은 동료 승객들을 열거하고 묘사하려는 시도를 했다. 그 내용은 다음과 같은 식이다.

24. 스케네 마을의 목사. 평범한 검은 외투에 검은 중절모.
25. 스톡홀름에서 트롤로탄으로 가는 상인. 검은 망토, 갈색 모자.
26. 길고 검은 망토를 걸치고, 챙 넓은 모자를 쓴 남자. 상당히 구식 옷차림.

여기에는 삭제를 의미하는 선이 그어져 있고 다음과 같은 내용이 덧붙어 있다. '어쩌면 13번과 동일인일지도 모름. 얼굴을 보지 못함.' 13번 항목에 적혀 있는 사람은 정복을 입은 로마 가톨릭 사제였다.

그 전반적인 결과는 항상 동일했다. 여기에는 총 28명의 사람이 등장하는데, 그중 하나는 언제나 길고 검은 망토를 두르고 챙 넓은 모자를 쓴 남자이며, 다른 하나는 '어두운색 망토와 두건을 두른 작은 사람'이었다. 반면 식사 시간에 모습을 보이는 승객은 언제나 26명뿐이었는데, 망토를 걸친 남자는 아마도 참석하지 않은 듯하며, 작은 사람은 확실하게 참석하지 않았다.

잉글랜드에 도착했을 때 랙스올 씨는 하위치에서 하선한 듯하다. 그는 누군지 따로 언급하지 않은 어떤 사람(또는 사람들)의 손길에서 벗어나고 싶었던 모양이나, 얼마 지나지 않아 그들이 자신을 추적하고 있다고 생각하게 된 것 같다. 기차를 신용하지 않는 그는 즉시 전세 마차를 타고 시골길을 달려 벨챔프 세인트폴 마을에 도착했다. 그가 그곳에 가까워졌을 때는 달이 뜬 8월의 밤 9시가 다 되어 가고 있었다. 그는 정면을 향하는 자리에 앉아 창밖으로 지나가는 들판과 덤불을 바라보았다. 사실 그 외에는 별로 볼 것이 없기는 했다. 곧 갈림길에 도착했고, 그는 갈림길 모퉁이에 두 사람이 꼼짝도 하지 않고 서 있는 모습을 보았다. 둘 다 검은색 망토를 걸치고 있었다. 큰 쪽은 모자를, 작은 쪽은 두건을 두른 채였다. 그가 그들의 얼굴을 볼 시간도 없었고, 그들이 그가 알아볼 수 있었을 만한 동작을 취하지도 않았다. 하지만 말이 갑자기 격렬하게 발길질을 하고 달려가기 시작했고, 랙스올 씨는 절망 비슷한 감정에 사로잡힌 채 좌석에 몸을 묻었다. 그가 예전에 본 적이 있는 이들이었던 것이다.

벨챔프 세인트폴에 도착한 그는 다행히도 훌륭한 시설이 갖추어진 숙소를 찾을 수 있었고, 이후 24시간 동안 비교적 평온한 시간을 보냈다. 그의 마지막 기록은 이날 쓰인 것이다. 여기에 전부 옮겨 적기에는 너무 횡설수설인 데다 내용도 처절했지만 그 의미만은 분명하다. 그는 추적자들이 찾아오기를 기다리고 있었던 것이다. 어떻게, 언제일지는 모르지만. 그리고 계속해서 '그가 무슨 짓을 한 걸까?' '희망은 없는가?'와 같은 절규가 이어졌다. 스스로 잘 알고 있었다시피 의사들은 그를 미쳤다고 할 것이며, 경찰은 그를 비웃을 것이었다. 목사는 자리를 비운 상태였다. 문을 걸어 잠그고 신께 애원하는 것밖에 다른 무엇을 할 수 있었겠는가?

작년에 확인해 본 바에 따르면 벨챔프 세인트폴의 사람들은 아직도 몇 년 전 8월의 어느 날 밤에 찾아온 괴상한 신사에 대해 기억하고 있었다. 그 신사가 다음 날 아침에 죽은 채로 발견되었고 부검이 있었다는 사실도, 그리고 그 시체를 확인한 배심원들 중 일곱은 실신했고, 모두가 자신이 확인한 내용에 대해 입을 열지 않았다는 사실도, 그리고 그것이 '신의 방문'이라고 결론 내려졌다는 사실도 기억하고 있었다. 그 숙소의 사람들이 그 주에 이사를 가 버렸으며, 아예 이 지방을 떠났다는 사실도 말이다. 그러나 내 생각에, 그들은 이 기묘한 사건의 단서가 되거나 될 수도 있었던 일에 대해서는 알고 있지 않았을 것이다. 작년, 우연한 기회에 나는 유산의 일부로 작은 집 하나를 상속받게 되었다. 1863년부터 비어 있던 집인 데다 임대가 될 가능성도 거의 없어 보여 나는 그 집을 허물었다. 그리고 내가 지금까지 요약한 이 수기가 그 집의 가장 좋은 침실 창문 아래 숨겨진 찬장 속에서 발견되었다.

호각을 불면 내가 찾아가겠네, 그대여[*]
Oh, Whistle, and I'll Come to You, My Lad

"이봐, 교수님. 학기가 다 끝났으니 자네도 곧 여길 떠나게 되겠군."
이 이야기에서 별 역할 없는 누군가가 비교존재학 교수에게 말했다.
세인트제임스 칼리지의 화기애애한 만찬 자리에서 나란히 앉은 직후
의 일이었다.

"그렇지." 그가 대답했다. "친구들 덕분에 이번 학기에 골프를 배우
게 되어 버려서 이번에는 동부 해안으로 가 보려고 하네. 딱 짚어 말하
자면 번스토라고 불리는 곳인데—자네도 아는 곳일 듯하네만—실력
을 늘리기 위해서 일주일이나 열흘 정도 머물 생각일세. 가능하면 내

---

[*] 로버트 번스의 1793년 발라드에서 유래한 것이다. '아 휘파람을 불면, 내가 찾아가겠네, 그
대여 / 아 휘파람을 불면, 내가 찾아가겠네, 그대여 / 그대의 아버지와 어머니는 화가 잔뜩
나시겠지만 / 아 휘파람을 불면, 내가 찾아가겠네, 그대여.'

일 떠나려 하네."

"아, 파킨스." 맞은편 옆자리에 앉은 사람이 말했다. "번스토로 갈 예정이라면 성당기사단 지부 건물터를 한번 봐 줬으면 좋겠는데. 이번 여름에 거길 파 봐도 괜찮을지 자네 의견을 좀 들려주게나."

짐작하시겠지만 이 말을 한 사람은 고고학을 연구하는 학자이다. 그러나 서두에만 등장하는 사람이니 굳이 그의 신원까지는 밝히지 않아도 될 듯하다.

"물론이지." 파킨스가 대답했다. "그 건물터가 어딘지 알려 주면 돌아와서 최선을 다해 그 주변 지형을 말해 주겠네. 아니면 자네가 어디에 가 있을 예정인지를 알려 주면 편지를 보낼 수도 있고."

"그렇게까지 수고를 끼칠 생각은 없네. 그저 여름방학 때 가족을 데리고 그쪽으로 가 볼 생각인데, 문득 그곳에 대해 제대로 평면도를 작성한 학회가 없다는 게 떠올라서 말이네. 휴가 동안 뭔가 유용한 일을 할 수 있지 않을까 생각했을 뿐이라네."

파킨스는 기사단 지부 건물의 평면도를 작성하는 일을 유용하다고 일컬을 수 있다는 생각에 코웃음을 쳤다. 고고학자가 말을 이었다.

"그 건물터는—아무래도 지표 위로 보이는 건물은 전혀 남아 있지 않을 것 같은데—아마 이제는 해변에서 꽤나 가까운 곳에 있을 걸세. 자네도 알겠지만, 그 지방은 해안선이 꽤나 내륙으로 파고들어 가 있으니 말일세. 지도를 보면 마을 북쪽 끝의 글로브 여관에서 500여 미터 정도 떨어져 있는 모양인 것 같네. 자네 어디에 묵을 생각인가?"

"글쎄, 사실대로 말하자면 바로 그 글로브 여관에 묵는다네." 파킨스가 말했다. "그곳에 방을 예약해 두었네. 다른 곳에서는 방을 구할 수가 없더군. 대부분의 숙소가 겨울에는 문을 닫는 모양이야. 내가 구한 곳에서도—거기 사람들 말로는—내가 쓸 수 있는 방이라고는 더블베드 방 아니면 여분의 침대를 보관해 놓은 방뿐이라고 하더군. 하지만 나는 제법 널찍한 방이 필요하단 말이네. 책도 좀 가져가야 하고, 작업도 할 생각이니 말이야. 그곳에 있는 동안 연구실 역할을 하게 될 방에 텅 빈 침대 하나만 덩그러니 놓여 있는 꼴은 상상할 수도 없는데 말일세. 둘은 말할 나위도 없고. 아무래도 거기 오래 머물지는 않을 테니 그저 참고 견딜 수밖에 없을 것 같네."

"방 안에 여분의 침대 하나가 있는 게 참고 견딜 일이란 말인가, 파킨스?" 맞은편에 앉은 사람이 허세 부리듯 말했다. "이보게, 그럼 내가 내려서 그 침대를 잠시 차지하고 있기로 하지. 자네 동행이 되어 주겠단 말이네."

파킨스는 몸을 부르르 떨었으나 간신히 예의 바르게 웃어넘겼다.

"그거 참, 로저스. 그래 준다면 정말 고마울 것 같군. 하지만 자네에게는 조금 지루할지도 모르는데. 자네는 골프를 안 치잖나?"

"정말 다행히도 안 치지!" 무례한 로저스 씨가 대답했다.

"그럼 있잖나, 나는 글을 쓰지 않는 동안은 골프장에 나가 있을 생각이라, 유감이지만 자네에게는 좀 지루한 곳일 듯하네만."

"글쎄, 잘 모르겠군! 분명 그곳에도 내가 아는 누군가가 있을 테니 말이네. 하지만 물론, 내가 동행하길 원하지 않는다면 그냥 솔직하게 말하게, 파킨스. 상처는 안 받을 테니까. 자네가 늘 말하는 것처럼 진실은 절대 상처를 주지 않는 법이잖나."

그 말대로 파킨스는 철저하게 예의 바르고 엄격하게 진실한 사람이었다. 때로 로저스 씨가 이런 그의 성격을 잘 알고 이용하지는 않을까 우려될 정도였다. 지금 파킨스의 마음속에서는 갈등이 끓어오르고 있었다. 덕분에 잠시 그는 입을 열지 못했다. 그 잠시가 지나간 후 그가 말했다.

"글쎄, 자네가 명확한 진실을 원한다면, 로저스, 지금 내가 말하는 방이 우리 둘 모두 편안하게 머물 수 있는 곳일지 걱정된다네. 또한—자네가 그토록 강요하지 않았다면 내가 이런 말을 꺼내지 않았으리라는 점을 양해해 주게—자네가 내 작업에 방해 요소로 작용하지 않으리라는 확신도 없고 말일세."

로저스가 크게 웃었다. "잘했네, 파킨스! 다 괜찮아. 자네 작업을 방해하지 않겠다고 약속할 테니까. 그런 걱정은 하지 말게. 아니, 자네가 원하지 않는다면야 가지 않겠네. 하지만 내가 가면 유령을 물리치는 데 도움이 될 거라고 생각해서." 여기서 그는 옆 사람의 옆구리를 찌르며 윙크를 해 댔다. 순간 파킨스의 얼굴이 벌겋게 달아올랐다. "미안하네, 파킨스." 로저스가 말을 이었다. "그런 말을 해서는 안 되는 거였는데. 자네가 그런 주제를 경솔하게 다루는 것을 싫어한다는 걸 깜빡했네."

"흠, 자네가 이야기를 꺼냈으니 말인데." 파킨스가 말했다. "자네가 유령이라 부르는 존재에 대해 함부로 이야기하는 것을 내가 좋아하지 않는다는 사실은 기꺼이 인정하네. 나와 같은 위치에 있는 사람이라면," 그는 조금 목소리를 높이며 말을 이었다. "그런 주제에 대한 일반적인 믿음을 함부로 배제하는 것처럼 보이지 않도록 조심해야 하는 법이니 말일세. 자네도 알고 있겠지만, 로저스, 아니, 자네도 마땅히 알고 있어야겠지만, 나는 단 한 번도 내 관점을 숨긴 적이 없으며,"

"물론이지, 이 친구야. 전혀 숨기지 않았지." 로저스가 낮은 목소리로 추임새를 넣었다.

"―애당초 그런 것들이 존재할 수 있다고 인정하는 듯한 태도나 모습을 보이는 것만으로도 내가 가장 소중하게 생각하는 모든 사상을 포기하는 것이나 다름없다는 점을 알고 있길 바라네. 하지만 아무래도 자네 주의를 제대로 끌지 못한 것 같군."

"내 주의를 '온전히' 끌지는 못했지, 블림버 박사의 말을 인용한 것이라면 말이야."* 로저스는 오로지 인용구를 명확하게 하려는 곧은 의지만을 가지고 이렇게 끼어들었다. "어쨌든 미안하군, 파킨스. 자네 말을 중단시켰으니."

"아니, 미안할 것 없네." 파킨스가 말했다. "블림버의 말은 기억나지 않는데. 아마 나보다 예전 시대의 사람이었나 보지. 어쨌든 더 이상 말하지 않겠네. 자네도 내 말뜻을 알아차렸을 테니까."

"그래, 물론이지." 로저스는 서둘러 대답했다. "물론 그렇지. 번스토든 어디든 직접 가서 자세하게 의논해 보자고."

이 대화를 묘사하면서 나는 내가 받은 인상을 그대로 옮기려고 노력했다. 파킨스가 꽤나 나이 든 여인같이 군다는 사실 말이다. 너무 소심해서 암탉같이 보이는 태도 아닌가. 세상에! 유머 감각이라고는 조금도 찾아볼 수 없지만, 자신의 신념에 성실하고 그것을 절대 굽히지 않는, 존경받을 만한 그런 남자다. 독자 여러분이 어떻게 느끼셨든 파킨스는 바로 그런 사람이었다.

다음 날 파킨스는 자신이 바란 대로 학교에서 빠져나와 번스토에 도

---

* 로저스가 틀렸다. 『돔비 부자』 12장을 참조할 것. [원주]
　블림버 박사는 찰스 디킨스의 『돔비 부자』에서 폴 돔비가 입학한 브라이튼 학교의 교장인데, 여기서 인용한 내용은 잘못 기억하거나 상상한 것이다.

착하는 데 성공했다. 글로브 여관 사람들의 환영을 받고, 예의 더블베드 방에 무사히 여장을 풀었으며, 잠자리에 들기 전에 방 한쪽에 있는 널찍한 탁자 위에 작업용 자료를 깔끔하게 정리했다. 탁자가 놓인 쪽은 바다가 내려다보이는 창으로 삼면이 둘러싸여 있었다. 중앙 창문은 바다 쪽을 향했고, 왼쪽과 오른쪽 창은 각각 북쪽과 남쪽 해변으로 향해 있었다. 남쪽으로는 번스토 마을이 보였다. 북쪽으로는 주택은 보이지 않았고, 해변과 낮은 절벽만이 눈에 들어왔다. 창문 바로 앞에는 작은 잡초밭이 있었는데, 낡은 닻이나 캡스턴* 따위가 군데군데 뒹굴고 있었다. 그 너머 널찍한 길로 해변이 이어졌다. 처음 건물을 지었을 때 글로브 여관과 바다가 얼마나 떨어져 있었는지는 알 길이 없지만, 지금은 고작해야 50여 미터 정도 거리였다.

다른 투숙객들은 당연하지만 골프를 치러 온 이들로, 특별히 묘사를 할 만한 가치가 있는 사람은 그다지 없었다. 가장 눈에 띄는 사람은 한 퇴역 군인이었는데, 어느 런던 클럽의 간사로, 놀랍도록 힘이 넘치는 목소리와 단호한 개신교도의 관점을 가진 사람이었다. 이는 한 교구 목사와의 회합에서 그가 사용한 언사에서 명백하게 드러났다. 목사는 장중한 의식에 대해 이해심과 호의를 가지고 있었던 반면 대령은 동부 잉글랜드의 전통을 존중하는 한도 내에서 용맹하게 그것을 깎아내렸기 때문이다.

성격의 주요 요소 가운데 하나가 꼬장꼬장함인 파킨스 교수는 번스토에 도착한 다음 날 낮 대부분을 윌슨 대령과 함께 소위 '골프 실력을 증진시키는' 일에 투자했다. 그리고 오후가 되자—그 증진 과정의 문

---

* 수직으로 된 원뿔형의 몸체에 밧줄이나 쇠줄을 감아 그것을 회전시켜 무거운 물건을 끌어올리거나 당기는 기계. 주로 선박의 정박용 밧줄을 감는 데 쓴다.

제인지 아닌지 나로서는 알 수 없지만—대령의 표정이 너무 끔찍하게 변해서, 파킨스는 골프장에서 그를 데리고 나와 여관으로 돌아가야 하지 않을까 생각했다. 잠시 동안 대령의 빳빳이 곤두선 콧수염과 진홍색으로 물든 얼굴을 흘깃거린 후, 파킨스는 피할 수 없는 저녁 시간의 회합을 가지기에 앞서 대령을 차와 담배로 최대한 진정시키는 편이 현명하리라고 결론 내렸다.

'오늘 저녁에는 해변을 따라서 여관으로 걸어가도 되겠는데.' 그는 생각했다. '그래, 그리고 주변을 살펴보는 거지. 어느 정도 환하기는 할 테니까, 디즈니*가 말하던 폐허를 둘러봐도 되겠어. 그런데 그곳이 정확하게 어디인지 모르잖아. 하지만 분명 걷다 보면 발치에 걸리기라도 하겠지.' 그의 생각은 말 그대로 이루어졌다. 골프장을 나와 자갈 깔린 해변을 걷던 도중 무언가에 발이 걸려 넘어진 것이다. 반쯤은 가시금작화 뿌리에, 반쯤은 제법 큰 돌덩이에 걸린 모양이었다. 자리에서 일어나 주변을 둘러보고 그는 자신이 작은 구덩이와 둔덕으로 가득한 황무지에 있다는 사실을 알게 되었다. 둔덕을 조사하자, 회반죽 안에 박힌 단단한 돌 조각 위로 풀이 자라난 것임이 드러났다. 그는 지금 친구에게 자신이 살펴봐 주겠다고 약속한 바로 그 건물터에 있었던 것이다. 그리고 탐험가의 삽이 닿으면 보상을 얻을 수 있을 듯해 보였다. 건물 기단부 대부분은 그리 깊이 묻혀 있지 않는 듯했고, 어렵지 않게 전체 평면도를 확인할 수 있어 보였다. 그는 이 터를 소유했던 성당기사들이 보통 원형 성당을 지었다는 사실을 기억해 냈고, 주변에

* 케임브리지에서 존 디즈니가 1852년에 1천 파운드를 기부해 창설한 디즈니 고고학 교수 직위자를 가리킨다. 케임브리지에서는 16세기 이래로 기부자의 이름을 딴 특정 학문 분야의 교수직 직위를 창설하는 전통이 있어 왔다.

있는 일군의 둔덕들이 원형 비슷한 모양으로 배열되어 있다는 생각을 했다. 자기 전공 이외의 분야에 대해 아마추어적인 연구를 해 보고 싶다는 유혹을 뿌리칠 수 있는 사람은 별로 없는 법이다. 무엇보다 자신이 그 분야에 진지하게 매진했더라면 얼마나 훌륭한 성공을 거두었을지 보여 주고 싶어서라도 말이다. 그러나 우리의 교수님은, 이런 못된 유혹 역시 느꼈을지도 모르지만, 동시에 디즈니의 요구에도 진심으로 부응하고 싶었다. 그래서 자신이 발견한 원형 구역을 보폭을 맞추어 걸으며 크기를 가늠하고서 수첩에 그 내용을 적었다. 그러고 나서 원의 중심점에서 동쪽에 놓인 직사각형 돌출부를 조사하고, 연단이나 제단의 기단부인 듯하다고 생각했다. 원의 북쪽으로는 둔덕 하나가 사라진 상태였는데, 동네 아이들이나 야생동물로 인해 없어진 것으로 보였다. 그는 그곳의 흙을 헤집어 석조 건축물의 흔적을 확인해 보는 것도 나쁘지 않겠다고 생각하고는, 주머니칼을 꺼내 흙을 긁어내기 시작했다. 그러자 또 다른 작은 발견이 이어졌다. 흙을 긁어내자 일부가 안쪽으로 떨어져 내리면서 작은 공간 하나가 드러난 것이다. 그는 성냥 몇 개비에 불을 붙여 구멍의 정체를 파악하려 했지만 그러기에는 바람이 너무 강하게 불었다. 그래도 주머니칼로 구멍 벽을 치고 긁어 보니 석공이 만든 인공적인 구멍이라는 사실이 분명해졌다. 사각 형태에, 양옆 벽과 위아래 면이 회반죽을 바른 듯 고르고 매끈했던 것이다. 물론 안은 비어 있었다. 아니다! 주머니칼을 빼다가 무언가 금속성이 들렸다. 손을 넣어 보자 구멍 바닥에서 원통형의 물체가 만져졌다. 당연하게도 그는 그 물체를 집어 들어 거의 사라져 가는 햇빛에 비춰 보았고, 그것 역시 사람의 손으로 만들어진 것임을 알 수 있었다. 약 10센티미터 정도 길이의 금속 원통은 상당히 오래되어 보였다.

파킨스가 그 괴상한 구멍 안에 다른 물체가 없다는 것을 확인했을 즈음에는 너무 어두워져서 더 이상 조사를 할 생각조차 못 할 정도였다. 예의 조사가 예상외로 흥미로웠기 때문에 그는 고고학의 이름 아래 내일 아침의 햇빛을 약간 더 희생하기로 마음먹었다. 지금 그의 호주머니에 든 물건은 어느 정도 값어치는 있는 것임이 분명했다.

숙소를 향해 출발하기 전에 마지막으로 둘러본 그곳은 황량하고 고독했다. 서쪽으로 희미하게 스러지는 노란빛 속으로, 아직도 몇몇 사람이 클럽하우스를 향해 걸어가고 있는 골프장의 광경과 땅딸막한 원형 포탑, 올지 마을의 불빛, 군데군데 세워진 거무스레한 방파제로 인해 끊어져 보이는 하얀 백사장, 어둠 속에서 웅얼거리는 검은 바다가 보였다. 북쪽에서 싸늘한 바람이 불어와 글로브 여관을 향해 걸어가는 그의 등으로 부딪쳤다. 그는 서둘러 자박거리며 자갈 해안을 빠져나와 백사장으로 들어왔다. 몇 미터마다 놓인 방파제를 제외하고는 평온하고 조용한 길이었다. 마지막으로 뒤를 돌아보며 성당 폐허로부터 얼마나 왔는지를 가늠해 보려고 했을 때 동행이 될 듯한 모습 하나가 나타났다. 그 사람은 온 힘을 다해 파킨스를 따라잡으려는 듯했으나 거의 앞으로 나아가지 못하고 있었다. 그러니까 움직임을 보면 달려오는 듯했지만 두 사람 사이의 간격이 전혀 줄어들지 않았던 것이다. 파킨스는 적어도 자신이 아는 사람일 가능성은 거의 없으니, 그가 따라잡을 때까지 기다릴 필요는 조금도 없으리라고 생각했다. 말하자면 이런 적막한 해변에서 동행은 참으로 도움이 되는 존재기는 하겠지만, 문제는 그 동행을 고를 수는 없는 상황이라는 것이었다. 학문에 눈뜨기 전 어린 시절, 지금도 차마 생각하고 싶지 않은 그런 존재들을 이런 곳에서 만났다는 이야기를 읽었던 기억이 났다. 그 생각은 숙소에 도착할 때까지 계속되었는데, 특히 그중에서도 사람들 대부분이 어린 시절 상상하는 한 존재가 머릿속을 떠나지 않았다. '나는 꿈속에서 크리스천이 길을 떠난 지 얼마 지나지 않았을 때 사악한 악마가 들판을 가로질러 그에게 다가가는 모습을 보았지.'* '이제 어떻게 한담.' 그는 생각했다. '뒤를 돌아보았다가 노란 하늘에 명확하게 대비되어 서 있는 검은 형체를, 그리고 뿔과 날개를 보게 된다면? 거기서 멈춰 서 있어야 하나, 달려 도망가야 하나? 다행히 뒤의 신사는 그런 부류는 아닌 것 같지만, 아직도 내가 처음 보았을 때만큼이나 멀리 떨어져 있는 듯한데. 어쨌든 저런 속도라면 나와 함께 저녁을 먹지는 못하겠는걸. 그리고, 이거 참! 저녁 시간까지 15분도 남지 않았잖아. 뛰어야겠어!'

파킨스는 제대로 옷을 갈아입을 시간도 없었다. 저녁 자리에서 대령을 다시 만났을 때는 평화의 여신이─또는 그 신사가 받아들일 수 있는 한도 내에서 최대한 그에 가까운 무언가가─군인의 마음을 다스리고 있었다. 저녁 식사 후 브리지 게임을 하는 동안에도 평화의 여신은 달아나지 않았다. 파킨스가 절제라는 측면에서는 최고의 상대였기 때문이다. 따라서 12시가 되어 방으로 돌아갈 무렵 그는 자신이 저녁 시간을 상당히 만족스럽게 보냈다는 기분이 들었다. 그리고 여기서 2~3주 정도를 보내더라도 이런 비슷한 조건에서라면 글로브 여관에서의 삶을 감내할 수 있을 듯하다는 생각이 들었다. '특히 내 골프 실력을 증진시킬 수 있다면 말이지.'

파킨스가 복도를 따라 걸어갈 때 지나가던 여관의 구두닦이가 멈춰서서 그에게 말을 걸었다.

---

* 앞서와 마찬가지로, 존 버니언의 『천로역정』에서 크리스천이 겸손의 골짜기에서 악마 아폴리온(파괴자)을 만나는 대목의 앞뒤 내용을 잘못 기억하고 있다.

128

"실례합니다만, 선생님, 방금 여기 선생님 외투를 솔질하다가 뭔가가 주머니에서 떨어졌습니다. 옷장 서랍에 넣어 두었는데요, 선생님, 선생님 방요, 파이프 조각이나 뭐 그런 것 같았습니다, 선생님. 고맙습니다, 선생님. 옷장 서랍에서 찾으시면 될 겁니다, 선생님. 네, 선생님. 좋은 밤 되십시오, 선생님."

이 대화 덕분에 파킨스는 그날 저녁의 작은 발견을 다시 떠올리게 되었다. 그는 상당한 호기심을 느끼며 촛불 아래에서 그것을 이리저리 살펴보았다. 이제 보니 청동으로 만든 물건으로, 현대의 개 훈련용 호루라기와 비슷했다. 사실 그것은—그래, 분명히—어떻게 보아도 호각이었다. 그는 그것을 입술에 대어 보았지만 안에 미세한 모래나 흙 같은 것이 가득 차 있었다. 두드려도 떨어져 나오지 않는 걸 보니 주머니칼로 긁어내야 할 듯했다. 깔끔한 성격답게 그는 종잇조각 위에 빼낸 흙을 모아 창문 밖으로 털어 버렸다. 창문을 여니 환하고 청명한 밤하늘이 보였다. 그는 바닷가를 둘러보다가 여관 앞 해변에서 때늦은 산책을 하는 듯한 누군가를 발견하고는 순간 멈칫했다. 마을 사람들이 이렇게 늦은 시간까지 잠자리에 들지 않나 하는 생각에 그는 조금 놀라 창문을 닫고는, 호각을 촛불 근처로 가져가 다시 살펴보았다. 이런, 호각에는 표식이 새겨져 있었다. 게다가 단순한 표식이 아니라 글자였다! 글자는 깊게 새겨져 있어 살짝 문지르니 읽을 수 있는 상태가 되었지만, 한동안 곰곰이 생각을 해 본 결과 그 문장을 벨사살의 벽에 적힌 문자만큼이나 이해할 수 없다*는 사실을 인정할 수밖에 없었다. 호

---

* 『다니엘』 5장. 바빌론 최후의 왕 벨사살이 베푼 연회 도중 보이지 않는 손이 벽에 '므네, 므네, 드켈, 브라신'이라는 알 수 없는 말을 적는다. 이 뜻을 해석할 수 있는 사람은 오직 선지자 다니엘뿐이었다.

각의 앞면과 뒷면 양쪽에 글자가 새겨져 있었다. 앞면의 글씨는 다음
과 같다.

FUR FLA FLE BIS *

그리고 뒷면의 글씨는 다음과 같았다.

卐QUIS EST ISTE QUI UENIT卐 **

'혼자 힘으로도 무슨 뜻인지 알 수 있을지 모르지만' 하고 그는 생각
했다. '아무래도 라틴어 실력이 조금 녹슨 것 같단 말이야. 생각해 보
니 애초에 호각을 라틴어로 뭐라고 하는지도 모르겠군. 여기 긴 문장
은 비교적 간단해 보이지만. 그는 누구이며 오는 자는 누구인가, 라는
뜻인 것 같은데. 글쎄, 확인하기 가장 좋은 방법은 직접 불어 보는 게
아닐까.'

그는 시험 삼아 호각을 불어 보고는 다음 순간 갑작스레 멈췄다. 자
신이 만들어 낸 음에 놀란 동시에 그것이 마음에 들었던 것이다. 끝없
이 먼 거리에서 들려오는 듯한 소리는 부드러웠지만 주변 몇 킬로미
터 밖에까지 들릴 듯했다. 또한 그 소리 안에는 (여러 종류의 향기가

---

* 'FUR FLA FLE BIS'가 무슨 뜻인지에 대해서는 논란의 여지가 있다. 'Fur Flabis Flebis'라
면 '도둑이여, 그대는 얻어맞을 것이며, 그대는 흐느낄 것이다'라고 해석된다. 'Furbis Flabis
Flebis'라면 '그대는 얻어맞을 것이고, 그대는 흐느낄 것이며, 그대는 미쳐 버릴 것이다'라는
뜻이 된다.
** 'QUIS EST ISTE QUI U(V)ENIT(그는 누구이며 오는 자는 누구인가)'라는 문장을 둘러
싸고 있는 스바스티카(卍)는 동방 종교에서 흔히 보이는 것으로, 이후 기독교에서도 차용한
문양이다.

그렇듯이) 대뇌 속에서 어떤 영상을 떠올리게 하는 능력이 있는 듯했다. 그는 잠시 꽤나 선명하게, 서늘한 바람이 불어오는 한밤중의 황야와 그 가운데 고독하게 서 있는 인물 하나를 보았다. 무슨 일을 하고 있는지는 확인할 수 없었다. 갑자기 창문으로 바람이 들이쳐 고개를 드는 통에 그 모습이 사라지지만 않았더라면 더 자세히 볼 수 있었을지도 모른다. 고개를 들었을 때는 어두운 유리창 밖으로 바닷새의 하얀 날개가 얼핏 스쳐 지나가는 모습이 보였을 뿐이었다.

호각 소리가 무척 마음에 들어서 그는 다시 한 번 시도하지 않을 수 없었다. 이번에는 보다 단단히 각오를 했다. 이번 소리도 조금 전처럼 그다지 크지 않았는데, 되풀이해 보니 처음의 느낌이 사라지는 듯했다. 반쯤 기대하던 예의 환상이 떠오르지 않았던 것이다. "하지만 이게 대체 뭐지? 세상에! 몇 분 만에 어떻게 그런 돌풍이 일어날 수가 있나! 대단한 바람이군! 저 창문 걸쇠가 쓸모없을 줄은 알고 있었지만! 아! 이럴 줄 알았지. 촛불이 둘 다 꺼져 버렸군. 이런, 방이 초토화될 지경인데."

우선 창문을 닫아야 했다. 20까지 셀 수 있을 정도의 시간 동안 파킨스는 작은 창문을 붙들고 씨름했다. 바람의 힘이 너무 강해 마치 끈덕지게 들어오려는 도둑을 밀어내는 듯한 느낌이었다. 순간 바람의 힘이 느슨해지더니 창문이 쾅 하고 닫히며 스스로 잠겨 버렸다. 이제는 양초에 불을 붙이고 어떤 피해를 입었는지 살펴볼 때였다. 아니, 없어진 물건은 없는 듯했다. 창문 유리 역시 깨지지 않았다. 그러나 그 소리로 여관 안에 있던 사람들 중 적어도 한 명이 잠에서 깨어난 모양이었다. 위층에서 대령이 양말 신은 발을 구르며 으르렁대는 소리가 들렸다. 바람은 처음 일어났을 때처럼 순식간에 사라지지는 않았다. 계속 신음

같은 바람 소리가 여관을 감싸고 돌았다. 때로는 너무나 음울한 울음 소리 같아서, 파킨스가 무심하게 뇌까린 그대로 상상력이 풍부한 사람 들이라면 꽤나 불편해할 만했다. 그리고 15분 정도가 지나자 상상력이 빈곤한 사람일지라도 저 소리만 없다면 좀 더 좋을 것 같다고 생각할 정도가 되었다.

바람 때문이었는지, 골프로 인한 흥분 때문이었는지, 아니면 성당 폐허를 조사한 일 때문인지 파킨스는 잠을 이루지 못했다. 그는 뜬눈 으로 밤을 지새우며 혹시 자신이 온갖 종류의 치명적인 질병에 노출 된 것은 아닌지 하는 걱정에 시달렸다. (애석하게도 나 자신 역시 그런 상황에 처하면 같은 생각에 시달리곤 한다.) 심장박동 수를 세면서 어 느 순간 멈출지도 모른다고 확신하기도 하고, 폐, 뇌, 간 등 장기 상태 를 심각하게 의심하기도 했다. 태양이 떠오르면 순식간에 사그라들 의 심이었지만, 그때가 될 때까지는 도저히 신경을 쓰지 않을 수가 없었 다. 누군가가 자신과 같은 상황에 있다고 생각하니 일말의 대리 만족 이 느껴지기는 했다. 가까운 곳에 있는 누군가가―어둠 속에서는 방 향을 알아차리기가 쉽지 않다―그와 마찬가지로 침대 속에서 뒤척거 리고 있었기 때문이다.

다음 단계로 파킨스는 눈을 감은 채 매 순간 잠이 들려고 애썼다. 그 의 과도한 흥분이 곧 다른 형태로 찾아왔다. 환영을 보여 주는 형태였 다. 경험자로서 단언하건대, 잠을 청하며 눈을 감으면 그런 환영을 보 게 되고, 때로 그런 환영이 너무도 구미에 맞지 않으면 다시 눈을 떠서 사라지게 할 필요가 있다.

파킨스는 여기서 매우 불편한 경험을 했다. 그는 자신에게 나타나는 환영이 계속 이어진다는 것을 깨달았다. 물론 눈을 뜨면 환영은 사라졌다. 그러나 다시 눈을 감으면 환영도 다시 나타났는데, 예전보다 더 빠르지도 느리지도 않게 처음부터 똑같이 다시 시작되었다.

길게 뻗은 해변, 자갈밭과 백사장이 맞닿아 있고, 띄엄띄엄 검은 방파제가 바다를 향해 뻗어 있는 곳이 보인다. 사실 그날 저녁 걸어오다 본 풍경과 너무 비슷했지만, 눈에 띄는 지형지물이 없어 판별할 방도는 없었다. 하늘은 늦겨울의 저녁때 폭풍이 불어오기 시작하는 모습이었고, 차가운 비가 가볍게 뿌리고 있었다. 처음에는 이런 황량한 배경만 나타났을 뿐 배우는 보이지 않았다. 그런데 저 멀리서, 위아래로 움직이는 검은 형체가 나타났다. 잠시 후 그 형체는 계속 열성적으로 뒤를 돌아보며 달리고 뛰고 방파제를 넘어가는 남자로 밝혀졌다. 남자가 조금씩 더 가까이 올수록, 그가 단순히 초조해하고 있는 게 아니라 끔찍하게 두려움에 사로잡혀 있는 게 분명해졌다. 얼굴이 보이지 않았음에도 그랬다. 게다가 남자는 기력이 거의 쇠진한 상태였다. 장애물을 넘을 때마다 그는 눈에 띄게 힘들어했다. '다음 장애물을 넘을 수 있을까?' 파킨스는 생각했다. '다른 방파제들보다 조금 더 높아 보이는데.' 그리고 남자가 성공했다. 반쯤 기어오르고, 반쯤 몸을 던지면서, 방파제를 넘어서는 반대쪽(파킨스가 보고 있는 방향)으로 떨어졌다. 그러고는 마치 도저히 몸을 일으킬 수가 없는 것처럼 그대로 방파제 아래에 몸을 웅크린 채 고통스러운 갈망의 표정을 띠고 위를 올려다보았다.

아직까지 남자가 두려워하는 대상은 보이지 않았다. 그러나 이제 무언가가 보이기 시작했다. 해변 저 멀리서 옅은 색깔의 무언가가 아주 빠른 속도로 불규칙하게 이리저리 움직이고 있었다. 그 존재는 점점 커지면서, 흰 옷자락을 너풀대는, 불분명한 형체지만 인간의 모습을 드러냈다. 그 움직임을 보니 왠지 모르게 그것을 가까이에서 보고 싶지 않은 마음이 들었다. 놈은 제자리에 멈춰서 팔을 높이 쳐들고 모래 사장을 향해 몸을 굽히더니 그대로 수그린 채로 해변을 가로질러 물가까지 오락가락했다. 그러다가 다시 몸을 똑바로 세우고는 다시 한 번 놀랍고 끔찍한 속도로 앞으로 돌진해 오기 시작했다. 마침내 놈은 도망자가 숨어 있는 방파제에서 고작 몇 킬로미터 거리까지 다가왔고, 두세 번 정도 이리저리 돌아다니다가 이내 움직임을 멈추고는, 똑바로 서서 팔을 높이 들고 방파제 쪽을 향해 일직선으로 달려들었다.

언제나 이 시점에 이르면 파킨스는 도저히 그대로 눈을 감고 있을 수가 없었다. 시력 상실의 초기 증상, 두뇌 과부하, 지나친 흡연 등 여러 문제가 떠오르기는 했으나, 그는 결국 포기하고 촛불을 켜고 책을 읽으며 밤을 새우기로 마음먹었다. 그날 저녁 산책과 그때 떠올린 상상이 끔찍하게 반영된 결과가 분명한 끝없는 환영을 견딜 수 없었기 때문이다.

성냥갑에 성냥을 긋자 갑자기 일어난 불길로 밤의 생명체 하나가—쥐나 뭐 그런 놈이—놀란 모양이었다. 무언가가 침대 옆에서 부산을 떨며 바닥을 가로질러 가는 느낌이 들었기 때문이다. 이런, 이런! 성냥이 꺼져 버리지 않았나! 정말 한심한 일이로군! 그러나 두 번째 성냥은 보다 제대로 타올랐고, 파킨스는 충실하게 양초와 책을 준비한 다음 잠이 찾아올 때까지 책에 열중했다. 그가 곯아떨어지기까지는 얼마 걸리지 않았다. 파킨스의 절제 있고 성실한 삶에서 촛불을 끄는 것을 잊은 채 잠이 들기는 이번이 처음이었다. 다음 날 아침 8시에 누군가가 방을 찾아오는 바람에 잠에서 깨자 작은 탁자 위에는 녹아내린 촛농이 슬프게 눌어붙었고, 그 가운데에는 아직도 희미하게 불꽃이 타오르고 있었다.

아침 식사를 끝낸 후 방에서 골프 복장을 가다듬는 동안—행운의 여신이 다시 한 번 그에게 대령을 골프 상대로 배정했다—하녀가 방으로 들어왔다.

"아, 실례합니다만." 그녀가 말했다. "혹시 잠자리에 담요가 더 필요하지는 않으신가요, 선생님?"

"아! 고맙소." 파킨스가 말했다. "그래요, 하나 더 필요할 것 같군요. 날씨가 꽤 추워질 모양이니 말이오."

얼마 지나지 않아 하녀가 담요를 가지고 돌아왔다.

"담요를 어느 침대에 놓아 드릴까요, 선생님?" 그녀가 물었다.

"음? 그야, 저 침대 아니겠소. 어젯밤에 내가 사용한 침대 말이오." 그는 그 침대를 가리키며 대답했다.

"아, 그러네요! 실례합니다만, 선생님, 양쪽 침대를 모두 시험해 보신 것 같아서요. 저희가 오늘 아침 양쪽 침대 모두 정리를 했거든요."

"정말이오? 그것 참 괴상한 일이군!" 파킨스가 말했다. "다른 쪽 침대는 건드리지도 않았는데. 물건을 좀 펼쳐 놓기는 했지만. 정말로 누가 거기에서 잔 것 같은 모양새였소?"

"그럼요, 선생님!" 하녀가 말했다. "저기, 이런 말씀을 드리면 실례가 될지도 모르겠지만, 저쪽 침대 위의 물건은 죄다 구겨지고 내팽개쳐져 있었습니다. 분명 아주 끔찍한 밤을 보낸 것 같은 모양새였어요, 선생님."

"이런 세상에." 파킨스가 말했다. "글쎄, 어쩌면 짐을 풀다가 내 생각보다 더 엉망으로 만들어 놓았는지도 모르겠군. 추가로 수고를 끼치게 되어 정말로 미안하오. 그러고 보니 곧 친구 한 명이 와서—케임브리지의 신사분이라오—하루나 이틀 정도 머물다 갈 거라오. 그래도 별문제는 없겠지, 그렇지 않소?"

"물론이죠, 선생님. 고맙습니다, 선생님. 아무 문제 없을 거예요, 분명히." 하녀가 말을 마치고는 동료들과 재잘거리려고 자리를 떴다. 그리고 파킨스는 골프 실력을 증진시키겠다는 굳은 의지를 가지고 앞으로 나아갔다.

나는 그의 시도가 확실히 성과를 거두었다는 사실을 기쁘게 보고할 수 있을 듯하다. 덕분에 이틀째도 파킨스와 함께 골프를 쳐야 한다는 사실을 조금 못마땅해하는 듯하던 대령도 점차로 말수가 많아졌다. 그리고 우리 시대의 한 이름 없는 시인의 묘사와 같이 그의 목소리가 '대성당 종탑에서 울려 퍼지는 오르간의 저음'처럼 골프 코스 위로 울려 퍼졌다.

"어젯밤에 바람이 참으로 괴상하지 않았소?" 그가 말했다. "우리 집안의 옛날 어르신들이라면 분명 누가 호각을 불어서 그런 거라고 말씀하셨을 거요."

"그렇습니까!" 파킨스가 대답했다. "대령님이 사시던 곳에는 아직도 그런 미신이 남아 있나 보군요?"

"미신인지 아닌지는 모르겠소." 대령이 말했다. "덴마크와 노르웨이 전역, 그리고 요크셔 해안 지방에도 그런 말들이 있으니까. 그리고 한 가지 일러두겠는데, 경험상 그런 시골 사람들이 몇 세대 동안 믿은 내용의 기저에는 나름 그럴 만한 이유가 숨어 있는 법이라오. 하지만 방금 선생의 드라이브는," (드라이브든 뭐든, 골프를 치는 독자라면 이 사이에 들어갈 만한 적절한 단어를 쉽게 떠올릴 수 있을 것이다.)

잠시 후 대화가 재개되었을 때 파킨스는 살짝 망설이며 말을 꺼냈다.

"때마침 대령님께서 그런 이야기를 꺼내셨으니 말입니다만, 저는 사실 그런 주제에 대해 매우 완고한 의견을 가지고 있습니다. 저는 소위 '초자연적' 존재라는 것을 확고하게 불신하는 입장입니다."

"뭐요!" 대령이 말했다. "그럼 선생은 투시력이나 유령 같은 걸 전혀 믿지 않는다는 말이오?"

"그런 부류의 것들은 전혀 믿지 않습니다." 파킨스가 단호하게 대답했다.

"그거 참." 대령이 말했다. "하지만 선생, 그런 말을 들으면, 나로서는 선생이 사두가이파* 사람들과 조금도 다를 바가 없다고 생각하게 되오."

파킨스는 그 말에 즉시 자신은 사두가이파 사람들이야말로 구약성경에 등장하는 모든 사람 중 가장 분별 있는 자들이라고 생각한다고 대답하려고 했다. 그러나 순간 성경에서 보이는 그들의 모습만으로는 그런 판단을 내릴 만한 근거가 부족하다는 생각이 들어 대령의 비난을 그냥 웃어넘기기로 결정했다.

"그럴지도 모르지요." 그는 대답했다. "하지만—얘야, 여기 내 클리크** 좀 다오!—잠시 실례하지요, 대령님." 잠시 후 파킨스가 말을 이었다. "자, 이제 호각을 불어 바람을 부른다는 이야기에 대해서 말인데, 제가 한 가지 가설을 세워 보지요. 공기의 흐름을 다스리는 법칙은 완벽하게 알려져 있지 않은 것이 아닙니다. 물론 어부나 일부 사람들은

* 기원전 200년경부터 기원후 100년경까지 활동한 유대교의 한 교파로, 부활과 영생, 천사와 영을 부인하던 현실주의적인 교파였다.
** 아이언 1번 골프채.

전혀 모르고 있겠지요. 어느 날 괴상한 버릇을 가진 사람이나 낯선 사람이 묘한 시각에 해변에 서서 호각을 불고 있는 모습이 보인다고 합시다. 그리고 잠시 후 돌풍이 휘몰아칩니다. 기후를 완벽히 읽을 줄 알거나 기압계를 가지고 있다면 그런 돌풍을 예측할 수 있었겠지요. 하지만 어촌의 단순한 사람들은 기압계도 없고, 기후변화를 예측하기 위해 기껏해야 몇 가지 조잡한 규칙에 의존할 뿐입니다. 그렇다면 앞서 말씀드린 괴상한 사람이 바람을 불러왔다고 여기거나, 아니면 그자 본인이 스스로가 그런 능력을 가지고 있다고 적극적으로 주장하게 되는 일도 당연하지 않겠습니까? 자, 그럼 어젯밤의 바람을 예로 들어 보지요. 우연의 일치지만 저도 어제 호각을 불고 있었습니다. 호각을 두 번 불었는데, 갑자기 바람이 제 부름에 맞춰 일어나는 것처럼 보이더군요. 만약 그때 누군가가 저를 보았더라면,"

파킨스의 장광설을 듣고 있던 대령은 조금 불만스러운 표정이 되었고, 파킨스 역시 갈수록 설교 조로 말하게 되는 듯했다. 결국 대령이 끼어들었다.

"호각을 불고 있었다는 거요?" 그가 말했다. "어떤 종류의 호각을 사용한 거요? 일단 그걸 한번 불어 보시오."

"제가 분 호각에 대해서 말씀드리자면, 대령님, 사실 제법 독특한 물건입니다. 그걸 제가, 아니, 방에 두고 왔군요. 실은 제가 어제 발견한 물건입니다."

그리고 파킨스는 호각을 발견하게 된 경위를 늘어놓았다. 대령은 그 이야기에 신음을 흘리더니 만약 자신이 파킨스였다면 교황주의자 분파가 소유했던 물건을 사용할 때는 주의를 기울였을 것이라는 견해를 피력했다. 전반적으로 보아 교황주의자들이 무슨 음모를 꾸밀지는 알 수 없는 일이라고 말이다. 여기서 그는 화제를 돌려 예의 교구 목사가 범한 대죄에 대해 열변을 토하기 시작했다. 목사는 지난 일요일에 이번 금요일이 성 토마의 순교일*로 교회에서 11시에 예배를 드릴 것이라고 말했다고 한다. 이 일을 비롯해 그 전에 있었던 이와 비슷한 다른 몇몇 사건 때문에 대령은 목사가 정체를 숨긴 교황주의자거나 심지어 예수회 사제일 것이라고 강하게 의심하고 있었다. 대령만큼 이 지역의 일을 잘 알지 못하는 파킨스는 그의 의견에 이의를 제기하지는 않았다. 사실 그날 아침에는 서로 너무 즐겁게 어울렸던지라 양쪽 모두 점심이 지나도 헤어지자는 말을 꺼내지 않을 정도였다.

두 사람은 오후에도 계속 즐겁게 골프를 쳤다. 적어도 날이 어둑해지기 전까지는 다른 모든 것을 잊고 골프에만 매진할 정도로 즐겁게 보냈다. 그제야 파킨스는 성당터를 더 조사해 보려던 계획을 기억해 냈다. 그러나 생각해 보면 그리 중요한 일도 아니었다. 언제 하든 상관없는 일이었으니까. 그는 대령과 함께 여관으로 돌아가기로 했다.

여관 모퉁이를 돌았을 때 대령이 죽을힘을 다해 달려오던 소년과 부딪쳐 거의 넘어질 뻔하는 일이 일어났다. 한데 아이는 그대로 달아나는 대신 대령을 붙들고 서서 헐떡였다. 노전사의 입에서 나온 첫마디는 당연히 비난과 꾸지람이었지만, 곧 그는 아이가 겁에 질려 말도 제대로 하지 못하는 지경임을 깨달았다. 처음에는 질문을 해도 소용이 없었다. 아이는 한숨 돌리자마자 울부짖기 시작했고, 여전히 대령의 다리에 매달려 있었다. 간신히 떼어 내기는 했지만 울음을 멈추게 할 수는 없었다.

* 12월 21일. 열두 사도 가운데 한 사람인 성 토마는 '의심하는 자'이자 이성적 유물론자이다. 하지만 결국 부활한 그리스도를 마주하고 초자연적 현상의 증거를 인정해야 했다.

"대체 왜 이러는 거냐? 무슨 일이냐? 무엇을 보았기에?" 두 남자가 물었다.

"아, 그자가 창문에서 저를 보고 손을 흔드는 걸 봤어요." 소년이 흐느끼며 말했다. "정말 끔찍했어요."

"어느 창문 말이냐?" 대령이 짜증을 내며 말했다. "정신 좀 차리거라, 얘야."

"여관 정면 창문이었어요." 아이가 말했다.

이 시점에서 파킨스는 아이를 집에 돌려보내자고 했지만, 대령이 거부했다. 그는 이 사건을 샅샅이 파헤쳐야겠다고 마음먹었다는 것이다. 아이들을 이토록 겁에 질리게 하는 것은 위험한 일이며, 만약 이게 사람들이 장난을 친 결과라면 그들 역시 똑같은 식으로 고통을 받아야 한다고 했다. 질문을 반복하자 사건의 전말이 드러났다. 소년은 글로브 여관 앞 풀밭에서 다른 아이들과 함께 놀고 있었다. 친구들이 차를 마시러 집으로 돌아가고 나서 소년도 막 돌아가려다가 우연히 여관 정면 창문을 올려다보았는데, 그때 '그것이' 자신을 향해 손을 흔드는 모습을 보았다. 마치 꼭두각시 인형 같은 형태였는데, 아이에게 보이는 모습은 전부 하얀색이었다. 얼굴은 보이지 않았다. 그것이 아이에게 손을 흔들었는데, 도저히 있어서는 안 되는 것(있어서는 안 되는 사람이라고는 도저히 말할 수 없을 듯했다)이었다. 그 방 안에 불빛이 있었나? 아니, 그렇지는 않았던 것 같다. 정확히 어느 창문이었나? 맨 꼭대기, 아니면 그 아래? 그 아래 창문이었다. 양옆으로 작은 창문들이 딸린 커다란 창문 말이다.

"잘 알았다, 얘야." 대령이 질문을 몇 가지 더 던지고는 말했다. "그럼 이제 집으로 가도 좋다. 아마 누군가가 너를 놀라게 하려고 한 것 같구나. 또 이런 일이 생기면 용감한 영국 소년답게 그냥 돌을 던지거라. 음, 아니, 그러지는 말고, 그냥 가서 종업원이나 여관 주인 심프슨 씨에게 말하는 편이 좋을 것 같구나. 그리고, 그래, 내가 그러라고 했다고 말하거라."

아이는 심프슨 씨가 자신의 불평을 제대로 들어 줄 리 없다는 생각에 미심쩍은 표정을 지었지만, 대령은 이 사실을 알아차리지 못하고 말을 이었다.

"그리고 여기 6펜스 은화다. 아니, 1실링 은화로구나. 그럼 이제 집으로 가고, 더 이상은 그것을 생각하지 말거라."

소년은 서둘러 감사를 표하고 달려갔고, 대령과 파킨스는 여관 앞으로 돌아 나와 정면을 살펴보았다. 소년에게 들은 설명과 맞아떨어지는 창문은 하나뿐이었다.

"이거 참 묘하군요." 파킨스가 말했다. "그 아이가 말한 창문은 제 방 창문인 것 같습니다만. 잠시 올라와 줄 수 있으십니까, 대령님? 혹시 누가 제 방에 멋대로 들어온 것은 아닌지 확인해 봐야겠습니다."

그들은 복도로 올라갔다. 파킨스는 곧바로 문을 열려고 앞으로 나섰지만 이내 손을 멈추고 주머니를 더듬었다.

"제 생각보다 훨씬 심각한 일인 듯하군요." 그가 말을 꺼냈다. "이제 와서 생각해 보니 오늘 아침 방을 나서기 전에 문을 잠갔는데 말입니다. 문은 아직도 잠겨 있고, 게다가 열쇠는 여기 있거든요." 파킨스가 열쇠를 들어 보였다. "만약 하인들이 손님이 나가 있는 동안 객실에 들어가는 버릇이 있는 거라면, 저로서는 그저, 글쎄요, 도저히 용납할 수 없는 일이라고밖에는 말할 수 없겠군요." 상황이 가벼운 클라이맥스에 이르렀다는 것을 깨닫고 그는 서둘러 문을 열고—문은 역시 잠겨 있었다—촛불을 켰다. "글쎄요. 아무것도 건드리지 않은 것 같군요."

"선생 침대만 제외하면 말이오." 대령이 끼어들었다.

"하지만 저건 제 침대가 아닌데요." 파킨스가 말했다. "제가 쓰는 침대는 저것이 아닙니다. 하지만 분명 누군가가 건드리기는 한 것처럼 보이는군요."

분명 그런 모습이었다. 침대보가 아주 괴팍하고 혼란스러워 보이는 모양새로 뭉치고 꼬여 있었다. 파킨스는 생각에 잠겼다.

"이렇게 된 것이 분명합니다." 그가 마침내 입을 열었다. "어젯밤 짐을 풀다가 침대보가 엉망이 되었는데, 아직도 그걸 정리하지 않은 거지요. 어쩌면 하녀들이 이걸 정리하러 들어왔는데, 아이가 창문으로 그 모습을 보았는지도 모르겠군요. 그러다가 누가 불러서 나가면서 문을 잠그고 간 거겠지요. 그래요, 그렇게 된 일인 듯하군요."

"그러면 종을 울려서 물어보면 될 거 아니오." 대령의 제안은 파킨스에게도 합리적으로 들렸다.

그리하여 하녀가 등장했고, 길게 이어진 이야기를 간략하게 줄이면, 그녀는 오늘 아침 신사분이 방 안에 계실 때 침대를 정리했고 그 이후로는 들어온 적이 없다고 증언했다. 그녀에게는 여분의 열쇠도 없었다. 심프슨 씨가 열쇠를 관리하니, 누군가가 이 방에 들어왔었다면 그가 신사분들께 그 사실을 말해 줄 수 있을 것이었다.

이리하여 수수께끼가 생기고 말았다. 조사해 본 결과 값어치 있는 물건은 아무것도 없어지지 않았고—파킨스가 탁자에 놓인 자잘한 물건들의 위치 등을 너무도 잘 기억하고 있던지라—그걸 가지고 장난친 사람도 없었다고 확신할 수 있었다. 심프슨 씨와 심프슨 부인 역시 낮 동안 여분의 방 열쇠를 누구에게도 준 적이 없다고 확인해 주었다. 또한 명징한 지성의 소유자인 파킨스가 보기에 여관 주인과 여주인, 하녀의 태도에서도 죄책감의 흔적은 없었다. 그는 소년이 대령에게 거짓말을 했을 것이라는 쪽으로 의견이 기울고 있었다.

대령은 저녁 식사를 하고 이후 저녁 시간을 보내는 내내 묘하게 조용하고 수동적인 태도를 보였다. 파킨스에게 밤 인사를 하면서 그가 퉁명스러운 어조로 중얼거렸다.

"밤사이에 혹시 내가 필요한 일이 생기면, 내 방이 어딘지는 아시지요?"

"네, 아, 고맙습니다, 윌슨 대령님. 잘 알고 있습니다. 하지만 제가 대령님의 잠을 방해하게 될 일은 아마 없을 것 같군요. 그건 그렇고," 그는 이렇게 덧붙였다. "제가 아까 말씀드렸던 그 골동품 호각을 보여 드렸던가요? 보여 드리지 못했지요. 자, 여기 있습니다."

대령이 그 물건을 촛불 빛에 돌려 보며 진지하게 살폈다.

"거기 새겨진 글자를 알아볼 수 있으시겠습니까?" 파킨스는 호각을 돌려받으며 물었다.

"아니, 이 불빛으로는 무리요. 이걸 어떻게 하실 생각이오?"

"아, 글쎄요, 케임브리지로 돌아가면 고고학자들에게 보여 주고 어떻게 생각하는지 들어 볼 참입니다. 그리고 꽤 가능성이 높을 듯하지만, 그쪽에서 그럴 만한 값어치가 있다고 여기면 어느 박물관이든 기증할 생각입니다."

"음!" 대령이 말했다. "그래, 그럴 수도 있겠군. 그저 내 생각에는, 이 물건이 내 것이었다면 즉시 바다에 던져 버렸을 것 같소. 이런 말을 해 봤자 소용없다는 것은 알지만, 때로는 직접 경험해 봐야 알 수 있는 일도 있는 법이니. 그럼 부디, 평온한 밤을 보내시기를 바라오."

대령은 그대로 몸을 돌렸고, 파킨스는 충계 아래에 서서 답 인사를 했다. 곧 그들은 각자 자기 침실로 돌아갔다.

어떤 불운한 사고 때문인지는 몰라도, 교수의 방 창문에는 블라인드 도 커튼도 달려 있지 않았다. 어젯밤에는 그 사실에 대해 거의 생각해 보지 않았지만, 오늘 밤에는 아무리 생각해도 밝은 달이 떠올라 달빛 이 침대 위로 내리비출 것이 분명해 보여서 중간에 잠에서 깨게 될 듯 했다. 이 사실을 깨닫고 그는 꽤나 짜증이 났지만, 곧 나로서는 오로지 부러워할 수밖에 없는 창의력을 발휘해 기차 여행용 무릎 덮개와 안 전핀, 지팡이와 우산으로 가리개를 만들어 창문 주변에 둘렀다. 그러 고는 침대 안에 편안하게 누워 얼마간 진지한 작품을 읽었다. 마침내 간절하게 잠이 들고 싶어지자 그는 졸린 눈으로 방 안을 한번 훑어보 고는 촛불을 불어 끄고 그대로 베개 위에 머리를 누였다.

아마 한 시간이 좀 넘게 푹 잠들었던 듯하다. 갑자기 귀에 거슬리게 떨그렁거리는 소리가 나서 그는 잠에서 깨어났다. 그리고 즉시 무슨 일이 벌어졌는지 깨달았다. 그가 세심하게 제작한 창문 가리개가 떨어 져 나가 밝고 차가운 달빛이 얼굴을 정면으로 내리비추고 있었던 것 이다. 극도로 성가셨다. 일어나서 가리개를 다시 만들어야 할까? 아니 면 그러지 않고도 잠을 청할 수 있을까?

그는 한동안 자리에 누워 모든 가능성을 고려해 보았다. 그러다 순 간 몸을 휙 돌리고는, 눈을 크게 뜬 채로 숨소리도 내지 않고 귀를 기 울였다. 분명 반대쪽에 있는 텅 빈 침대에서 무언가가 움직였던 것이 다. 내일은 꼭 저걸 치워 달라고 해야겠다고 그는 생각했다. 쥐나 뭐 그런 놈들이 그 안에서 돌아다니는 모양이니 말이다. 이제는 다시 조 용해졌다. 아니! 다시 소란이 시작되었다. 무언가가 부스럭거리고 흔들렸다. 분명 쥐들은 할 수 없는 일이었다.

나는 그때 교수가 얼마나 놀라고 두려웠을지 짐작이 된다. 30여 년 전 꿈속에서 같은 경험을 한 적이 있기 때문이다. 그러나 독자 여러분은 아마도 텅 빈 침대에서 갑자기 어떤 형체가 일어나 앉는 모습이 얼마나 공포스러운 것인지 짐작도 못 할 것이다. 교수는 즉시 침대에서 뛰어내려 유일한 무기인, 창문 가리개를 만들 때 사용했던 지팡이를 찾아 창문 쪽으로 달려갔다. 그러나 이는 그가 취할 수 있는 가장 어리석은 행동이었다. 텅 빈 침대에 있던 사람 형체가 부드럽게 미끄러져 내려와서, 팔을 활짝 펴고 문 앞을 가리듯 두 침대 사이에 자리를 잡았기 때문이었다. 파킨스는 두렵고도 당황한 눈으로 그것을 바라보았다. 왜인지는 몰라도 그것을 지나쳐 문을 통해 빠져나간다는 건 생각만으로도 견딜 수가 없었다. 이유는 알 수 없었지만 그것에 닿기라도 하면 도저히 견딜 수 없을 듯했다. 그리고 놈이 자신에게 손을 댄다는 생각만으로도 그런 일이 벌어질 바에는 차라리 창문으로 뛰어내리는 쪽을 선택하고 싶었다. 놈이 한동안 어두운 그림자 속에 서 있어서 파킨스는 얼굴도 볼 수가 없었다. 그러나 놈은 이제 허리를 구부정하게 굽힌 채로 움직이기 시작했다. 파킨스는 순간 놈이 앞을 보지 못한다는 사실을 깨닫고는 공포와 안도감을 동시에 느꼈다. 놈이 천으로 뒤덮인 팔을 아무렇게나 휘저으며 허공을 움켜쥐고 있었던 것이다. 놈은 교수에게서 몸을 반쯤 돌리더니, 문득 자신이 방금 전까지 있었던 침대의 존재를 눈치챈 듯 그 위로 뛰어들어 몸을 숙이고 베개 위를 더듬었다. 그 모습을 보고, 파킨스는 평생 그럴 수 있으리라고 생각조차 못 했을 정도로 격렬하게 몸을 떨었다. 곧 놈은 침대가 텅 비어 있다는 사실을 깨달은 듯 빛이 비치는 곳으로 나와 창문으로 향했다. 그러자 마침내 그 괴물이 어떤 존재인지 드러났다.

파킨스는 놈에 대한 질문을 끔찍이 싫어했지만 한 번 내가 듣는 앞에서 그 존재를 묘사했던 적이 있다. 그가 주로 기억하고 있던 것은, 그 끔찍하고 지독하게 끔찍한, 구겨진 리넨 천으로 만들어진 얼굴인 듯했다. 표정이 어땠는지는 그도 판별할 수 없었거나 아니면 입 밖에 내고 싶지 않았던 것 같다. 적어도 그로 인한 공포가 그를 미치게 하지는 않았다는 사실만은 분명하다.

그러나 그에게는 시간을 들여 그 얼굴을 관찰하고 있을 여유가 없었다. 놈이 상당히 빠르게 방 가운데로 움직여 와서 팔을 허우적대다가 천 끝자락이 파킨스의 얼굴 가까이를 스쳐 지나갔던 것이다. 이 상황에서 소리를 내면 위험하다는 사실은 알았지만, 그는 역겨움에 신음을 억누를 수가 없었고, 그 소리는 놈에게 즉시 단서가 되어 주었다. 놈이 그에게 달려들었고, 다음 순간 그는 창을 등진 채로 상체를 반쯤 밖으로 내놓고, 리넨 얼굴이 자신에게 다가오는 것을 보며 가능한 가장 높은 소리로 비명을 지르고 있었다. 그 덕분에, 거의 절체절명의 마지막 순간에 이르러 구원이 당도했다. 여러분도 이미 짐작하고 계시겠듯이 대령이 문을 박차고 들어왔던 것이다. 대령은 곧바로 창가에 있는 끔찍한 두 형체를 보았고, 그가 창가에 당도했을 즈음에는 이미 형체가 하나밖에 남아 있지 않았다. 파킨스는 그대로 실신하며 방 안으로 엎어졌고, 그 앞에는 엉망으로 뭉쳐진 침대보만이 남아 있었다.

윌슨 대령은 아무런 질문도 하지 않은 채 다른 사람들을 방에 들어오지 못하게 하고 부지런히 파킨스를 침대로 옮겼다. 그리고 자신은 담요 한 장만 두르고 그날 밤 내내 나머지 침대를 차지하고 있었다. 다음 날 이른 시각에 로저스가 당도했고, 하루라도 일찍 도착했더라면 절대 받지 못했을 환영을 받았다. 그리고 세 사람은 교수의 방에서 아주 오랫동안 토의를 했다. 토의가 끝난 후 대령은 엄지와 검지로 무언가 작은 물건 하나를 집어 들고 여관 문을 나서고는, 근육질 팔을 휘둘러 그것을 최대한 멀리 바다로 던졌다. 잠시 후 글로브 여관 뒤뜰에서는 무언가를 태우는 연기가 하늘로 치솟았다.

여관 종업원이나 손님들에게 어떤 변명을 했는지는 나로서는 알 수가 없다. 어찌 됐든 교수는 알코올중독으로 인한 정신병 혐의를 벗었으며, 여관 역시 문제가 있는 건물이라는 평판을 면할 수 있었다.

만약 대령이 때맞춰 사건에 개입하지 않았더라면 파킨스에게 무슨 일이 일어났을지는 그리 자세히 설명할 필요도 없을 것이다. 창문 밖으로 떨어졌거나, 아니면 정신이 나가 버렸을 테니까. 그러나 호각 소리에 화답해 등장한 존재가 공포를 불러일으키는 것 외의 무엇을 할 수 있었을지는 확실하지 않다. 사실 놈이 자기 몸을 만들어 낸 침대보를 제외하고 물질적인 형상은 전혀 없었으니 말이다. 대령은 인도에서 있었던 그리 크게 다르지 않은 사건을 기억해 내고, 놈이 가진 힘은 오직 겁을 주는 것뿐이니 만약 파킨스가 놈과 당당하게 마주했더라면 별다른 일이 생기지는 않았을 것이라고 주장했다. 그리고 이 사건 전체가 로마 교회에 대한 자신의 생각을 더욱 강고하게 만들어 주었다고 했다.

이제 더 할 이야기도 없다. 하지만 여러분도 짐작하시겠지만, 교수는 몇 가지 주제에 대하여 예전보다 불명확한 관점을 취하게 되었다. 그의 신경에도 역시 문제가 생겼다. 이제는 문에 걸쳐진 성직자용 흰옷만 보아도 동요하고, 겨울 저녁 들판에 홀로 서 있는 허수아비의 모습에 며칠 밤 동안 잠을 이루지 못하는 신세가 되었으니 말이다.

토마스 수도원장의 보물

The Treasure of Abbot Thomas

I

Verum usque in præsentem diem multa garriunt inter se Canonici de abscondito quodam istius Abbatis Thomæ thesauro, quem sæpe, quanquam ahduc incassum, quæsiverunt Steinfeldenses. Ipsum enim Thomam adhuc florida in ætate existentem ingentem auri massam circa monasterium defodisse perhibent; de quo multoties interrogatus ubi esset, cum risu respondere solitus erat: "Job, Johannes, et Zacharias vel vobis vel posteris indicabunt"; idemque aliquando adiicere se inventuris minime invisurum. Inter alia huius Abbatis opera, hoc memoria præcipue dignum indico quod fenestram magnam in orientali parte alæ australis in ecclesia sua imaginibus optime in vitro depictis impleverit: id quod et ipsius effigies et insignia ibidem posita demonstrant. Domum quoque Abbatialem fere totam restauravit: puteo in atrio ipsius effosso et lapidibus marmoreis pulchre cælatis exornato. Decessit autem, morte aliquantulum subitanea perculsus, ætatis suæ anno lxxii[do], incarnationis vero Dominicæ mdxxix°.

"아무래도 해석을 해 보아야겠군." 골동품 연구자는 제법 진귀하고 상당히 분량이 많은 『세르툼 스테인펠덴스 노베르티눔』에서 위의 문단을 옮겨 적은 후 이렇게 중얼거렸다. "뭐, 일단 시작만 하면 간단한 일이지." 그리고 그는 자신의 말대로 순식간에 번역문을 써 내려갔다.

참사회 수사들 사이에서는 오늘날까지 토마스 수도원장이 숨겨 놓은 어떤 보물에 대한 소문이 떠돌고 있다. 슈타인펠트 지역 사람들은 여러 번 그 보물을 수색했지만 지금껏 계속 실패했다. 그 이야기에 따르면 토마스 수도원장은 아직 삶의 활력을 가지고 있던 시절에 수도원 어딘가에 막대한 양의 금을 숨겨 두었다고 한다. 그곳이 어디인지 사람들이 물으면 그는 언제나 웃으며 이렇게 대답했다. "욥, 요한, 즈가리야가 그대나 그대의 후손들에게 알려 줄 것이오." 때로는 그 보물을 발견하는 이들에게 원한을 품지 않을 것이라는 말도 했다. 이 수도원장의 특별한 업적으로 언급하고 싶은 것은 성당 남쪽 회랑의 동쪽 끝에 있는 채색 유리인데, 그의 얼굴과 문장이 유리창에 그려져 있다. 그는 또한 수도원장의 사저 대부분을 복구하였으며, 가운데 정원에 우물을 파고, 아름다운 대리석

조각들로 주변을 장식했다. 그는 서기 1529년, 72세의 나이로 비교적 갑작스럽게 죽음을 맞았다.

이 고고학자가 당면한 과제는 슈타인펠트 수도원 성당의 채색 유리가 사라진 경로를 추측하는 것이었다. '종교개혁이 일어난 이후 독일과 벨기에의 파괴된 수도원에서 나온 상당수의 채색 유리창이 이 나라로 흘러들어 와 이제 우리 교구 교회, 성당, 개인 경당 등을 장식하고 있다. 슈타인펠트 수도원은 이런 식으로 우리의 미술품 목록에 비자발적인 공헌을 한 장소들 중에서도 수위를 차지하고 있으며—나는 이 골동품 연구자가 집필한 책의 꽤나 장황한 서문을 인용하는 중이다—그곳에서 가져온 유리창 대부분은 별다른 도움 없이도 쉽사리 알아볼 수 있다. 여러 군데 그곳을 언급하는 문자가 그려져 있거나 그림의 주제가 이미 잘 알려진 인물의 생애나 일화를 언급하고 있기 때문이다.'

내가 서두에 언급한 글을 통해 우리의 고고학자는 다른 유리창 하나를 감별할 수 있게 되었다. 어디인지는 언급하지 않겠지만 어느 개인 예배당에서 이 세 인물이 나란히 서 있는 것을 보았는데, 제각기 중심 인물의 자리를 차지하고 있었으며, 같은 장인의 솜씨가 확실했기 때문이다. 그 양식으로 보아 장인이 16세기의 독일인이라는 사실은 분명했다. 그러나 이보다 더 세부적인 지역을 확정하는 일은 난관에 봉착한 상태였다. 유리창 내용은—놀랄 여지도 없이 당연한 일이겠지만—대족장 욥, 사도 요한, 예언자 즈가리야로, 그들은 각기 자신의 저서에서 따온 문장이 하나씩 적힌 책이나 두루마리를 들고 있었다. 우리의 골동품 연구자는 이들 문구가 자신이 살펴본 그 어떤 불가타판 성경*의 것과도 다르다는 사실을 당연히 깨달았다. 욥의 손에 들린 두루마리에는 'Auro est locus in quo absconditur(금이 숨겨져 있는 장소가 있다)'라고 적혀 있었는데, conflatur(제련하다) 대신 absconditur(숨기다)라는 단어가 사용되어 있었다.** 또한 요한의 책에는 'Habent in vestimentis suis scripturam quam nemo novit(옷자락에 누구도 모르는 글귀가 숨겨져 있다)'라고 쓰여 있었는데, in vestimento scriptum 대신 다른 구절에서 단어를 가져온 모양이었다.*** 즈가리야의 책에는 'Super lapidem unum septem oculi sunt(돌 하나에 일곱 개의 눈이 달려 있다)'라고 적혀 있었는데, 세 글귀 중 이것만이 유일하게 원본 그대로였다.****

애석하게도 우리의 연구자는 대체 이 세 인물이 왜 하나의 창문에 함께 모여 있게 되었는지 갈피를 잡을 수가 없었다. 이들 사이에는 역사적으로도, 상징적으로도, 교리상으로도 전혀 연관 관계가 없었다. 때문에 그로서는 그저 이들이 상당히 많은 예언자와 사도들을 포함하는 패나 방대한 연작 작품의 일부로서, 아마도 패나 널찍한 성당의 채광층 전체를 장식했을 것이라는 결론을 내릴 수밖에 없었다. 그러나 『세르툼』의 구절을 보니 모든 상황이 바뀌었다. 현재 D—— 경의 개인 예배당에 있는 유리창에 등장하는 세 인물의 이름이, 바로 그 슈타인

---

* 표준 라틴어역 성경. 중세의 유일한 성경이었으며 이후 각국 번역 성경의 기본이 되었다.

** 『욥기』 28장 1절의 '은을 캐어 내는 광산이 있고 금을 제련하는 제련소가 있지 않는가?'에서 '제련하는 제련소'를 '숨겨져 있는 장소'로 바꾸었다.

*** 『요한 묵시록』 19장 16절의 '그분의 옷과 넓적다리에는 "모든 왕의 왕, 모든 군주의 군주"라는 칭호가 적혀 있었습니다'와 12절 '그분밖에는 아무도 알지 못하는 이름이 그분의 몸에 적혀 있었습니다'를 섞은 내용이다.

**** 『즈가리야』 3장 9절의 '나 이제 여호수아 앞에 돌을 하나 놓는다. 돌은 하나인데 눈은 일곱 개가 달려 있다. 나는 친히 이 돌에—내가 이 땅의 죄를 하루아침에 쓸어버리겠다—고 새기리라'이다.

펠트의 수도원장 토마스 폰 에셴하우젠의 입에 자주 오르내렸다질 않는가. 그리고 이 수도원장이 1520년경 자신의 수도원 성당 남쪽 회랑에 채색 유리창을 올렸다고 한다. 이 세 인물이 토마스 수도원장이 남긴 업적의 일부였으리라는 추측은 그다지 과한 것이 아니었다. 다시한 번 유리창을 자세히 조사해 보기만 하면 확인할 수 있는 문제기도했다. 시간이 많았던 서머튼 씨는 얼마 지나지 않아 바로 그 개인 예배당을 향한 순례길에 올랐다. 그리고 그의 추측은 사실로 밝혀졌다. 유리창의 양식과 기술이 해당 연도와 장소에 정확하게 들어맞았을 뿐아니라 인물이 그려진 창과 함께 사들였다는 다른 유리창을 살펴보던도중 토마스 폰 에셴하우젠 수도원장의 문장을 찾아낸 것이었다.

예의 숨겨진 보물에 대한 이야기는 연구 도중 틈날 때마다 서머튼씨의 머릿속을 떠나지 않고 괴롭혔다. 그 문제를 곱씹을 때마다 서머튼 씨는 수도원장의 수수께끼 같은 답변이 수도원 성당에 올린 그 색유리창 안에 비밀이 숨어 있다는 뜻이란 사실이라고 확신하게 되었다. 또한 두루마리에 적힌 첫 번째 문장의 묘한 단어 선택이야말로 숨겨진 보물을 의미한다는 것이 분명했다.

수도원장이 그토록 세심하게 주의를 기울여 후대에 남긴 그 색유리창에 그려진 모든 형상이나 문양은 수수께끼의 해답과 연관되어 있는듯이 보였다. 그래서 그는 버크셔의 저택으로 돌아온 후에도 탁본과스케치를 연구하며 수많은 밤을 보냈다. 2~3주가 지난 어느 날, 서머튼 씨는 하인에게 짧은 여행을 할 수 있도록 주종 두 사람의 짐을 꾸리라고 지시했다. 우리는 여기서 잠시 다른 곳을 살펴보기로 하겠다.

II

파스버리의 교구 목사 그레고리 씨는 아침 식사 전에 마차 진입로 앞까지 걸어 나갔다. 상쾌한 가을 아침이라 우편배달부를 만나고 서늘한 공기를 들이마시고 싶었기 때문이다. 그리고 양쪽 목적 모두 그를 실망시키지 않았다. 동행한 어린 아들이 가벼운 마음으로 던진 열한 가지 정도 되는 사소한 질문에 미처 대답을 하기도 전에 우편배달부가 다가오는 모습이 보였다. 그날 아침에 온 서신 중에는 외국 우표가 붙고 외국 소인이 찍힌 편지가 한 통 있었다. (그리고 이 우표는 그레고리가의 어린 구성원들 사이에서 치열한 경쟁을 불러일으켰다.) 주소를 보니 교육을 받지 못한 듯하긴 해도 영국인이 쓴 것으로 보였다.

목사는 편지를 열어 서명 쪽을 훑어보고 그것이 친구이자 영주인 서머튼 씨의 충직한 수행원이 보낸 것임을 깨달았다.

존경하는 목사님,

주인님에 대해 너무도 걱정이 되어서 부디 목사님께서 이리로 친절한 걸음을 해 주시길 간절히 애원하며 이 편지를 씁니다. 주인님은 끔찍한 충격을 받아 침대에 누워 계십니다. 주인님이 저러시는 것은 본 적이 없는데, 목사님밖에는 아무도 도움을 줄 수 없을 것 같습니다. 주인님은 제가 여기까지 오는 빠른 길을 적어야 한다고 하시는데, 코블린스로 차를 타고 가서 정기선을 타셔야 합니다. 제가 제대로 다 적은 건지는 모르겠습니다. 저 자신도 밤마다 걱정이 되고 쇠약해져서 혼란스럽습니다. 솔직히 말씀드리자면 목사님, 여기는 온통 외국인투성이라서 정직한 영국인의 얼굴을 정말로 보고 싶습니다.

목사님의 충직한 교구민

윌리엄 브라운 올림

추신—마을 이름을 적는 걸 까먹었는데, 스텐펠트라고 합니다.

이 편지가 서기 1859년 버크셔 지방의 한 조용한 목사관에 불러일으킨 경악과 혼란, 그리고 급하게 시작된 여행 준비가 어땠을지는 제각기 상상해 보시길 바란다. 그저 그레고리 씨가 그날 안에 마을을 지나가는 기차를 탈 수 있었고, 앤트워프로 가는 정기선과 코블렌츠로 향하는 기차를 잡을 수 있었다고 말하면 충분할 것이다. 슈타인펠트 중심가로 가는 교통수단을 수배하는 일도 그리 어렵지 않았다.

이야기를 들려주는 입장에서, 나 자신이 슈타인펠트를 방문해 본 적이 없다는 사실은 상당한 약점이 될 수 있을 것이다. 또한 이 이야기의 주요 등장인물들(내가 정보를 얻어 낸 바로 그 본인들) 역시 그곳에 대해 꽤나 음울하다는 정도의 애매한 내용밖에는 전달해 주지 않았다. 내가 들은 바로는 꽤나 작은 도시로, 과거의 유물이 전부 약탈당한 커다란 성당이 하나 있다고 한다. 성당은, 대부분이 17세기에 지어져 이제 황폐해진 건물들에 둘러싸여 있다. 수도원에 대해 말하자면 대륙에 있는 같은 부류의 건물들과 마찬가지로 그 당시의 사람들 손에 화려한 양식으로 재건되었다고 한다. 그런 장소를 방문하는 일에 헛된 돈을 사용하는 것은 낭비로만 보였는데, 아마도 서머튼 씨나 그레고리 씨가 생각하던 것보다는 훨씬 매력적인 장소일지 몰라도 분명 일급이라 부를 만한 흥미 요소는 거의 찾아볼 수 없는 듯했다. 아마도 단 하나, 절대로 보고 싶지 않은 한 가지를 제외하고는.

영국인 신사와 하인이 묵고 있는 여관은—적어도 그 당시에는—마을에서 그런 일이 '가능한' 유일한 곳이었던 듯하다. 마부는 그레고리 씨를 단번에 그곳으로 데려갔고, 그레고리 씨는 문간에서 브라운 씨가 기다리고 있는 모습을 발견했다. 브라운 씨는 버크셔의 집에 있을 때 는 충직한 수행원이라는 이름의 수염 난 무심한 종족의 표본 같았으나, 지금은 그때와는 너무도 동떨어진 모습으로 밝은색 트위드 양복을 입고, 짜증스러울 정도로 초조해하며 어디를 봐도 상황을 제대로 통제하지 못하고 있다는 것이 명백한 모습을 하고 있었다. 교구 목사의 '정직한 영국인의 얼굴'을 보았을 때 그가 느낀 안도감은 형언할 수 없는 지경이었으나, 그에게는 그 감정을 언어로 표현할 재주가 없었다. 그는 그저 이렇게만 말했을 뿐이다.

"아, 정말로 기쁩니다, 목사님, 정말로, 이렇게 뵙게 되다니. 그리고 목사님, 분명 주인님도 그러실 겁니다."

"자네 주인이 지금 어떤 상황인 건가, 브라운?" 그레고리 씨가 다급하게 말을 가로막았다.

"조금 나아지신 것 같습니다, 목사님, 감사합니다. 하지만 정말 끔찍한 상황이셨어요. 지금은 조금 주무시는 중인 듯하지만,"

"뭐가 문제였던 건가. 자네 편지 내용만으로는 알 수가 없던데. 뭔가 사고라도 있었나?"

"글쎄요, 목사님, 그 이야기를 여기서 해야 할지는 잘 모르겠습니다. 주인님께서 직접 이야기해야만 한다고 여러 번 강조하셨거든요. 하지만 뼈는 부러지지 않으셨습니다, 그것만으로도 저는 감사드리고 싶은 마음입니다만,"

"의사는 뭐라고 하던가?" 그레고리 씨가 물었다.

이때쯤 그들은 서머튼 씨의 침실 문 앞에 서 있어서 목소리를 죽여 이야기했다. 앞에 서 있던 그레고리 씨는 문고리를 더듬다가 우연히 손가락으로 문 위를 두드렸다. 브라운이 질문에 대한 답을 하기도 전에 방 안에서 끔찍하게 울부짖는 소리가 들려왔다.

"세상에, 대체 누군가?" 그들이 처음 들은 말은 이런 것이었다. "브라운인가?"

"예, 주인님. 접니다, 주인님. 그리고 그레고리 목사님도 오셨습니다." 브라운이 머뭇거리다 이렇게 덧붙이자 안에서 그에 화답하듯 안도하는 신음이 흘러나왔다.

그들은 저녁 햇빛이 들어오지 않아 어둑한 방 안으로 들어갔다. 그리고 그레고리 씨는 항상 침착했던 친구의 얼굴이 얼마나 쇠약하고 공포에 절어 있는지 보고는, 동정심을 느끼는 동시에 충격을 받았다. 서머튼 씨가 커튼 달린 침대에서 일어나 앉아 친구를 맞이하며 떨리는 손을 내밀었다.

"자네를 보게 되어 조금 나아진 것 같군, 친애하는 그레고리." 목사의 첫 질문에 대한 답은 이와 같았는데, 명백히 진실임이 확실했다.

5분 정도 대화를 나누고 나자 서머튼 씨는 지난 며칠 동안보다 훨씬 원래 모습에 가까워졌다고, 이후 브라운은 보고했다. 그는 충분한 양 이상의 저녁 식사를 할 수 있었으며, 24시간 안에 코블렌츠로의 여행을 견뎌 낼 수 있게 될 것이라고 자신 있게 말했다.

"그러나 한 가지 문제가 있다네." 그레고리 씨가 보기에 그다지 마음에 들지 않는 초조함을 다시 한 번 내비치며 그가 말했다. "친애하는 그레고리, 부디 자네가 나를 위해 이 일을 해 주기를 간청하겠네. 아니," 그는 그레고리가 끼어드는 것을 막으려고 친구의 손 위로 자신의 손을 포개며 말을 이었다. "무슨 일인지, 그리고 내가 왜 그걸 바라는

지는 묻지 말게. 아직은 그걸 설명할 수 있는 상태가 아니니까. 그랬다가는 다시 상태가 악화될 거라네. 자네가 여기 와 준 효과가 송두리째 날아갈 거야. 그저 내가 할 수 있는 말이라고는 자네 쪽에는 위험 부담이 전혀 없는 일이라는 것과, 브라운이 내일 그 일이 뭔지 알려 줄 것이라는 사실뿐이네. 그저 무언가를 원래 자리로 되돌려 놓는 것뿐이야. 아니, 아직은 말할 수 없네. 브라운 좀 불러 줄 수 있겠나?"

"글쎄, 서머튼." 그레고리 씨는 문가로 가며 말했다. "자네가 괜찮다고 생각하기 전까지는 그 어떤 설명도 요구하지 않겠네. 그리고 그 일이라는 게 자네가 말하는 것처럼 간단하다면, 내일 아침 일어나자마자 기꺼이 그 일을 해 주겠네."

"아, 자네라면 그렇게 말해 줄 거라고 생각했네, 친애하는 그레고리. 자네에게 의지해도 될 거라고 생각했지. 자네에게 이루 말할 수 없을 정도로 신세를 지는군. 자, 브라운이 왔군. 브라운, 지시할 것이 있네."

"나는 나가 있을까?" 그레고리 씨가 끼어들었다.

"그럴 필요 없네. 세상에, 절대로. 브라운, 내일 아침 해가 뜨자마자—자네라면 이른 시간이라도 상관없겠지, 그레고리—여기 목사님을 모시고—자네 알잖나—그곳으로 가서," 브라운은 여기서 심각하고 걱정스러운 표정으로 고개를 끄덕였다. "자네와 목사님이 함께 그 물건을 되돌려 놓고 오게. 전혀 걱정할 필요는 없어. 낮 동안에는 완벽하게 안전하니까. 무슨 뜻인지 알겠지. 그 물건은 층계참에, 그, 우리가 가져다 놓은 곳에 있네." 브라운은 한두 번 정도 마른침을 삼키고는 결국 아무 말도 꺼내지 못한 채 고개만 끄덕였다. "그리고, 그래, 그게 전부네. 친애하는 그레고리, 한 가지만 더 말해 두겠네. 브라운에게 이 일에 대해 캐묻지 않는다면 나는 자네에게 더욱 깊은 감사를 표할 걸세.

만약 모든 일이 잘 풀리면 적어도 내일 밤에는 이 사건 전체를 처음부터 설명해 줄 수 있을 것 같네. 그럼 이제 잠자리에 들어야겠네. 브라운은 여기서 나와 함께 잘 거고, 자네는, 내가 자네라면 문을 잠그고 잘 걸세. 그래, 부디 꼭 그렇게 하게나. 그들은, 그러니까, 여기 사람들은 그러는 편을 좋아하고, 그게 더 낫거든. 잘 자게, 잘 자."

그들은 그렇게 잠자리에 들었다. 그레고리 씨는 새벽에 한두 번 정도 잠에서 깨어났는데, 잠긴 문의 아랫부분을 만지작거리는 소리를 들은 듯했다. 아마도 수수께끼 같은 사건의 한가운데에 뛰어들어 낯선 침대에서 잠을 청하게 된 조용한 사람이 응당 마주하게 되는 그런 환상 이상은 아니었을 것이다. 하지만 그는 죽는 날까지도 그날 자정부터 동틀 무렵 사이에 그 소리를 두세 번은 들었다고 확신했다.

그는 동이 틀 무렵 잠에서 깨어나 얼마 지나지 않아 브라운과 함께 밖으로 나갔다. 서머튼을 위해 해 준 일은 꽤나 당황스러웠지만 어렵거나 두려운 것은 아니었으며, 여관 문을 나선 지 채 반 시간도 되지 않아 모두 끝났다. 어떤 일이었는지는 아직 밝히지 않겠다.

오전 늦은 시간이 되자 이제 거의 제 모습으로 돌아온 서머튼 씨는 슈타인펠트를 떠날 만한 상태가 되었다. 그리고 그날 저녁, 코블렌츠에서인지 아니면 여행 도중의 어떤 지점에서인지는 모르지만 그레고리 씨는 약속된 설명을 듣기 위해 자리에 앉았다. 브라운도 그 자리에 동석했지만, 실제로 설명을 얼마나 정확하게 알아들었는지 그는 결코 밝히지 않았으며, 나로서도 추측해 볼 도리가 없다.

서머튼 씨의 이야기는 이렇다.

"자네 둘 모두 내가 D—— 경의 개인 예배당에 있는 골동품 채색 유리창과 연관된 어떤 물건을 찾아 여행했다는 사실은 대충 알고 있을 테지. 자, 일단 이 모든 사건은 옛날 인쇄본에서 발견한 이 문장에서 시작된 셈인데, 여기서는 조금 주의를 기울여 주길 바라네."

그리고 여기서 서머튼 씨는 우리가 이미 잘 알고 있는 이야기를 꽤나 세세하게 설명했다.

"예배당을 두 번째로 방문했을 때 내 목적은 가능한 한 모든 형상, 글자, 유리 위에 남은 세공의 흔적, 심지어 실수로 생긴 흠집까지 전부 기록하는 것이었네. 내가 처음 주목한 곳은 두루마리 위의 구절이었지. 첫 번째인 욥의 두루마리에 적힌 문구를 일부러 '금이 숨겨져 있는 장소가 있다'로 바꾸어 놓은 것은 보물을 뜻하는 게 분명해 보였어. 그래서 나는 자신감에 가득 차서 그다음 사도 요한으로 옮겨 갔다네. '옷자락에 누구도 모르는 글귀가 숨겨져 있다'라는 문구였지. 자네들도 이쯤이면 이 인물들의 옷자락에 글자가 숨겨져 있는 것이 아닐까 하고 생각했을 거야. 그러나 그런 것은 보이지 않았네. 세 명 모두 가장자리에 널찍한 검은 테를 두른 외투를 걸치고 있었는데, 장식 창문에 쓰기에는 꽤나 두드러진 데다 보기에도 좋지 않지. 인정하겠는데 나는 꽤나 당황했네. 여기서 묘한 행운이 끼어들지 않았다면 나보다 이전에 이 수수께끼에 도전했던 슈타인펠트 참사회원들과 동일한 선에서 수색을 멈추게 되었을 것이네. 유리 표면에 먼지가 제법 많이 묻어 있어서 D—— 경이 우연히 예배당에 들렀다가 먼지가 까맣게 묻은 내 손을 보고는 하인에게 둥근 청소용 솔을 사용해 창문을 닦으라고 지시했네. 그런데 아무래도 솔에 거친 부분이 있었던 모양이야. 솔이 외투 가장자리를 지나가다가 길게 긁은 자국을 남겼는데, 그 자리에 노란색이 드러나지 뭔가. 나는 하인에게 잠시 작업을 멈추라고 부탁하고는 사다리 위로 올라가 그 부분을 자세히 살펴보았다네. 두텁게 칠한 검은 안료가 긁혀 나와 그 아래의 노란 얼룩이 드러난 것이었지. 아마 유리창을 제작한 다음에 붓을 이용해 칠한 듯했다네. 보니 창에 손상을 입히지 않고 긁어낼 수 있을 것 같았지. 그래서 그걸 긁어내고 나니 말일세, 자네들은 믿지 못하겠지만—아니, 이건 불공평한 비방인가. 자네들도 이미 짐작하고 있겠지만—그 아래 투명한 배경에 그려진 노란 글자들이 보이더란 말일세. 당연하게 나는 기쁨을 감추지 못했지.

나는 D—— 경에게 상당히 흥미로운 글자를 발견했다고 말하고는 그 전체를 드러나게 할 수 있도록 허락해 달라고 간청했네. 그는 별다른 망설임 없이 흔쾌히 허락했고, 내가 원하는 대로 뭐든 해도 좋다고 말했네. 그러고 나서 그는—나로서는 정말 안도가 되는 일이었는데—약속이 있어서 자리를 떴네. 나는 즉각 작업에 착수했고 어렵지 않게 일을 끝냈지. 안료는 세월로 인해 약해진 상태라 건드리기만 해도 떨어져 나올 지경이었거든. 세 곳의 가장자리 테두리를 전부 벗겨 내는 데 한두 시간 정도밖에는 걸리지 않았을 거야. 요한의 책에 적힌 그대로, 세 인물 모두 '옷자락 사이에 누구도 모르는 글귀를 숨기고' 있었네.

이런 발견을 하고 나니 당연히 내가 제대로 단서를 따라가고 있다는 확신이 들었지. 자, 그럼 그 글귀가 무슨 내용이었을까? 유리를 닦아 내는 동안에는 글자를 하나하나 읽으려고 하지 않았네. 전체 글귀가 드러날 때까지 아끼고 싶었거든. 그리고 친애하는 그레고리, 작업을 전부 끝내고 나서 나는 실망감에 거의 울 뻔했네. 모자 속에서 글자를 섞은 다음 뽑는다고 해도 그보다 처참하게 뒤섞여 있을 수는 없었을 테니까. 내용은 이랬네.

욥 : DREVICIOPEDMOOMSMVIVLISLCAVIBASBATAOVT

사도 요한 : RDIIEAMRLESIPVSPODSEEIRSETTAAESGIAVNNR

즈가리야 : FTEEAILNQDPVAIVMTLEEATTOHIOONVMCAAT.
H.Q.E.

처음 몇 분 동안은 머릿속이 텅 비어 그저 바라보고만 있었지만, 실망감은 그리 오래가지 않았지. 금세 내 앞에 놓인 것이 일종의 암호문이라는 사실을 깨달았거든. 그리고 그 시대를 고려해 보면 꽤나 단순한 종류임이 분명했지. 나는 최대한 주의를 기울여 그 글자들을 옮겨 적었네. 그 과정에서 이 글자들이 암호라는 생각을 뒷받침해 주는 증거가 한 가지 더 발견되기도 했지. 욥의 외투에 있는 글자를 전부 옮겨 적고 나서 나는 모두 제대로 적었는지 확인하려고 글자 수를 세어 보았네. 모두 38자였어. 글자를 전부 세고 나자, 문득 창문 가장자리에 날카로운 것으로 긁어 새긴 글자에 눈이 가더군. 단순하게 로마 숫자로 xxxviii라고 적어 놓은 것뿐이었지만, 다른 창문에도 역시 비슷한 흔적이 있었네. 이를 보니 유리창을 만든 장인이 토마스 수도원장으로부터 이 글자에 대해 확실한 지시를 받았으며, 정확하게 기록하려고 애썼다는 사실이 명백해지더군.

자, 이런 발견을 하고 난 다음이니 내가 즉시 창문 표면 전체를 세심하게 훑어보며 다른 단서를 찾으려고 애썼다는 건 짐작할 수 있겠지. 물론 즈가리야의 두루마리에 적힌 글귀를 무시하지는 않았네. '돌 하나에 일곱 개의 눈이 달려 있다'라는 글귀였지. 하지만 나는 즉시 이 글귀가 해당 장소에 존재하는, 보물이 숨겨진 바위의 특성을 나타내는 것이라는 결론을 내렸네. 자세한 내용은 생략하고, 나는 힘닿는 한 기록과 스케치와 탁본을 제작한 다음 파스버리로 돌아와 시간을 들여 암호를 해독해 볼 생각이었네. 아, 얼마나 힘겨운 과정이었는지! 처음에는 나 자신이 아주 현명하다고 여기면서 암호와 관련된 고서를 뒤지면 해독의 열쇠를 찾을 수 있으리라고 생각했네. 특히 토마스 수도원장보다 약간 이전의 동시대를 살았던 요하킴 트리테미우스의 『스테가노그라피아』가 가능성이 있어 보였지. 그래서 나는 그 책과 셀레니우스의 『크립토그라피아』와 베이컨의 『데 아우그멘티스 스키엔티아룸』* 등을 가져왔네. 그러나 맞아떨어지는 것은 전혀 없었어. 그다음으로는 라틴어, 그리고 나중에는 독일어를 기반으로 '가장 흔한 글자' 원칙을 시험해 봤는데 역시 도움이 되지 않았지. 애초에 그런 방식을 적용해도 되는지조차 모르겠더군. 그런 다음에는 창문 자체로 돌아가서, 내가 기록한 내용을 읽으면서—거의 가망이 없다고 여기면서도—혹시 수도원장이 창문에 해독의 열쇠를 숨겨 놓았을지도 모른다는 희망을 가졌지. 외투의 문양이나 색에서는 거의 아무것도 알아낼 수 없었어. 주변에 배경도 그려져 있지 않았고, 창문 위의 차양에도 아무것도 없었지. 남은 유일한 가능성은 인물들의 자세 같았어. 나는 이런 기록

---

* 『스테가노그라피아』와 『크립토그라피아』는 암호에 대한 유명한 저작이다. 『데 아우그멘티스 스키엔티아룸』은 프랜시스 베이컨의 『학문의 진보』의 확장 라틴어 번역본으로, 6권에 암호학에 대해 간략하게 서술되어 있다. 베이컨은 현재까지 사용되는 암호 작성법을 만들었으며, 이는 지금도 '베이컨 암호'라고 불린다.

을 읽었다네. '욥은 왼손에 두루마리를 들고 있고, 오른손 검지를 위로 향하고 있다. 요한은 왼손에 글귀가 적힌 책을 들고 있으며, 오른손으로는 손가락 두 개를 펴서 축복을 내리고 있다. 즈가리야는 왼손에 두루마리를 들고 있고, 오른손은 욥과 마찬가지로 하늘을 향해 뻗고 있으나, 손가락을 세 개 펴고 있다.' 다시 말해 욥은 손가락 하나를, 요한은 두 개를, 즈가리야는 세 개를 펴고 있는 셈이었던 거지. 여기에 숫자로 된 열쇠를 숨겨 놓은 것이 아니겠나, 친애하는 그레고리." 서머튼 씨는 친구의 무릎 위에 손을 올리며 말했다.

"바로 그것이 열쇠였네. 처음에는 맞출 수가 없었지만, 두세 번 이런저런 시도를 해 보니 이해가 되더군. 글귀마다 첫 글자 다음에 하나씩을 건너뛰고, 다음에는 두 글자씩, 세 번째에서는 세 글자씩을 건너뛰는 걸세. 그럼 이제 내가 얻은 결과를 보게나. 단어가 되는 글자에는 밑줄을 쳐 놓았네."

DREVICIOPEDMOOMSMVIVLISLCAVIBASBATAOVT

RDIIEAMRLESIPVSPODSEEIRSETTAAESGIAVNNR

FTEEAILNQDPVAIVMTLEEATTOHIOONVMCAAT.H.Q.E.

"알겠나? 'Decem millia auri reposita sunt in puteo in at······(금화 일만 닢이 우물 안에 들어 있으니)' 그리고 그 뒤에는 at로 시작하는 단어의 일부가 이어지는 거지. 여기까지는 좋았어. 하지만 남은 글자들에 같은 방식을 적용했는데 이번에는 도움이 되지 않더군. 그래서 어쩌면 마지막 세 글자 뒤에 적힌 세 개의 마침표가 혹시 해독 방식이 변경되었다는 것을 의미하지는 않을지 생각해 보았지. 그러다 문득 이런 생각이 들었지. '『세르툼』책 안에 토마스 수도원장과 우물에 연관된 내용이 있지 않던가?' 당연히 있었지. 그는 'puteus in atrio', 그러니까 안뜰 가운데 우물을 만들었네. 그렇다면 내가 찾는 단어가 atrio 임이 분명했지. 다음 단계는 그때까지 이미 사용한 글자를 제외한 나머지 글자들을 옮겨 적는 것이었네. 그러면 여기 이 쪽지에 보이는 내용이 등장하지."

RVIIOPDOOSMVVISCAVBSBTAOTDIEAMLSIVSPDEERSETAEGIA
NRFEEALQDVAIMLEATTHOOVMCA.H.Q.E.

"자, 이제 내가 찾는 세 글자가 atrio라는 단어를 완성할 수 있는 rio 라는 사실을 알게 되었지. 그리고 보다시피 그 세 글자는 처음 다섯 글자 안에 모두 보인다네. 처음에는 i가 두 번 나와서 조금 헷갈렸지만, 곧 나머지 내용에서는 한 글자씩 걸러 읽으면 된다는 사실을 알게 되었네. 자네들도 직접 해 볼 수 있겠지. 그렇게 첫 '바퀴'가 끝난 시점부터는 다음과 같은 글이 이어지네."

rio domus abbatialis de Steinfeld a me, Thoma, qui posui custodem super ea. Gare à qui la touche.

"따라서 모든 비밀이 밝혀진 셈이지. '나 토마스는 슈타인펠트의 수도원장 사저 안뜰의 우물 속에 일만 닢의 금화를 숨겨 놓았으며, 그곳에 수호자를 세워 두었다. Gare à qui la touche(이를 건드리지 않도록 주의하라).'

마지막 부분은 토마스 수도원장이 설치해 놓은 장치를 가리키는 말로 보였네. D── 경의 다른 유리창에서 그의 문장과 함께 발견된 내용이었는데, 여기에도 자신의 암호를 사용했더군. 문법적으로는 맞지 않아 보이지만 말이네.

자, 친애하는 그레고리, 이제 나 같은 입장에 처한 사람이 무엇을 하려 들었겠나? 길을 떠나 슈타인펠트로 와서는, 문자 그대로 비밀의 수원이라 할 수 있는 곳을 탐색해 보는 게 당연하지 않겠나? 그러지 않을 수 있는 사람은 없을 걸세. 어쨌든 적어도 나는 그랬고, 두말할 필요도 없이 문명의 이기로 가능한 한 최대한 빨리 슈타인펠트에 와서 자네가 본 그 여관에 여장을 풀었네. 물론 불길한 징조가 없지는 않았네. 실패와 위험, 양쪽 모두 나를 위협했지. 토마스 수도원장의 우물이 완전히 파괴되었을 수도 있고, 암호에 대해 전혀 모르는 사람이 오로지 우연만으로 나보다 먼저 보물을 찾아냈을 수도 있지. 그리고 또한," 여기서 그의 목소리는 눈에 띄게 떨리기 시작했다. "……고백하건대 보물의 수호자가 무엇을 가리키는지에 대해서도 약간이나마 걱정되었지. 하지만 자네가 괜찮다면, 그것에 대해서는 나중에, 나중에 필요한 시기가 올 때까지는 이야기하지 않겠네.

기회가 오자마자 브라운과 나는 이곳을 둘러보기 시작했네. 나는 자연스레 수도원의 남은 폐허에 흥미가 쏠렸고, 다른 곳에 가고 싶어 몸이 단 상태였지만 성당에 한번 들러 보지 않을 수 없었네. 그래도 예의 색유리창이 달려 있던 장소의 창문을 살펴보는 일이 흥미롭기는 했지. 특히 남쪽 회랑의 동쪽 끝 부분 말이네. 격자 창문을 보니 놀랍게도 가문의 문장이 몇 조각 남아 있더군. 토마스 수도원장의 문장 역시 그곳에 있었고, 'Oculos habent, et non videbunt(그들은 눈이 있어도 보지 못하리니)'라고 적힌 두루마리를 든 사람의 형상도 보였지. 내가 보기에는 수도원장이 참사회원들을 놀리는 것 같더군.

하지만 당연히 주목적은 바로 수도원장의 사저를 찾는 것이었네. 내가 아는 바로 그 건물은 수도원 안에서 위치가 특정하게 정해져 있지 않아. 참사회 건물은 회랑의 동쪽에 있고, 성직자 숙소는 수랑과 연결되는 곳에 있다는 식으로 예측할 수가 없다는 거지. 너무 질문을 하고 돌아다니면 사람들에게 보물과 관련된 옛 기억을 떠올리게 할 것 같아 우선은 직접 돌아다니며 단서를 찾는 편이 낫겠다는 생각이 들었네. 오래 걸리거나 어려운 일은 아니었어. 자네가 오늘 아침에 본 정원이 바로 그곳이었다네. 성당 남동쪽에 버려진 건물들과 잡초가 자라난 포석으로 둘러싸여 삼면이 막힌 그 정원 말이네. 게다가 정말 다행스럽게도 아무도 그 건물을 사용하고 있지 않았고, 여관에서 그리 멀지도 않은 데다 사람이 사는 건물에서 내다보이는 위치도 아니었지. 성당의 동쪽 사면에는 과수원과 목장뿐이거든. 화요일 저녁, 흐린 기운이 도는 누런 저녁놀 속에서 그 훌륭한 석조 건물이 얼마나 아름답게 반짝였는지 모르겠군.

자, 그럼 그 우물은 어떤 것이었겠는가? 자네도 직접 보았으니 말이네만, 그 우물에 대해서는 의심의 여지가 없었네. 정말로 눈에 띄는 건조물이었으니까. 우물 지붕은 이탈리아 대리석으로 만들어진 듯했고, 조각 역시 이탈리아 작품인 듯하더군. 자네도 기억하겠지만 부조도 있었는데, 엘리에젤과 리브가와 라헬을 위해 우물을 열어 주는 야곱* 등

---

* 양쪽 모두 우물이 등장하는 이야기이다. 『창세기』 24장에서 아브라함은 자신의 '가장 나이든 하인'인 엘리에젤을 보내 아들 이사악의 배필을 찾으려고 한다. 엘리에젤은 메소포타미아의 나홀로 가서 '우물가에서' 리브가를 만난다. 『창세기』 29장에서 야곱은 하란의 우물가에서 라헬을 만난다.

의 주제가 새겨져 있더군. 하지만 의심을 피하기 위해서인 건지는 몰라도 수도원장은 냉소적이고 수수께끼가 섞인 글귀는 적어 넣지 않기로 한 듯했네.

나는 당연히 아주 흥미롭게 그 우물 전체를 살폈네. 네모난 우물 덮개 한쪽에 구멍이 뚫렸고, 그 위를 아치가 덮고 있고 안으로는 밧줄을 넣는 도르래도 보였는데, 꽤나 괜찮은 상태를 유지하고 있었지. 아마도 60년 전까지, 아니면 그보다 더 최근까지도 사용된 듯했어. 적어도 요 근래는 아닌 것 같았지만. 이제 그 깊이와 안에 도달하는 방법이 문제였네. 깊이는 한 20여 미터 정도 되어 보였네. 그리고 방법에 대해서 말하자면, 아무래도 수도원장은 보물 탐색자들을 자신의 보물 보관실 입구까지 인도하고 싶었던 모양이야. 자네도 직접 해 보아서 알겠지만, 석조 건축물 안에 꽤 큰 돌덩어리가 달려 있어서 그걸 따라 내려가면 우물 안을 빙빙 돌아 아래로 내려가는 계단으로 이어지지 않나.

너무 운이 좋아 믿을 수가 없을 지경이었어. 혹시나 함정이 있는 건 아닌지—돌 위에 무게를 실으면 무너져 내린다든가—걱정되기도 했지만, 지팡이로 두드리고 내 몸무게를 실어 보아도 아무 문제 없더군. 아주 튼튼해 보였고, 실제로도 튼튼했네. 당연히 나는 브라운과 함께 바로 그날 밤에 실험을 해 보기로 했지.

준비는 충실하게 했다네. 내가 어떤 곳을 탐험하려는지 알고 있었기 때문에 나는 튼튼한 밧줄을 충분히 준비하고 몸에 두를 만한 가죽끈과 손잡이로 쓸 고정용 막대, 그리고 랜턴과 양초와 쇠지레 등을 가져갔다네. 큼직한 여행용 손가방 안에 전부 들어가니 의심을 살 여지는 없었지. 나는 밧줄이 충분하고 두레박용 도르래가 제대로 작동하는 것을 확인하고, 만족스러운 마음으로 저녁을 먹으러 돌아갔네.

여관 주인과 조심스럽게 대화를 나누면서 나는 하인을 데리고 9시쯤 산책을 나가—신께서 용서해 주시기를!—달빛 속의 수도원 모습을 그려도 의심받지 않게 말을 꾸며 냈다네. 우물에 대해서는 전혀 질문하지 않았고, 여전히 그럴 생각은 없네. 아마 슈타인펠트 사람들도 나보다 더 많이 알지는 못할 테니까. 게다가," 그는 격렬하게 몸을 떨며 말을 이었다. "더 이상 알고 싶지도 않으니 말이지. 이후 벌어진 혼란에 대해서는, 다시 생각조차 하기 싫지만, 그레고리, 일어난 일을 정확하게 떠올려 말하는 편이 좋을 것 같네. 우리, 그러니까 브라운과 나는 9시쯤 가방을 챙겨 들고 여관을 나섰고, 그 누구의 주의도 끌지 않았네. 여관 안뜰의 뒷문으로 나가서 골목길을 통해 조용한 마을 외곽 지역으로 나갔거든. 5분도 걸리지 않아 우리는 우물에 도착했고, 한동안 우물 덮개 가장자리에 걸터앉아서 주변을 지나가거나 우리를 살펴보고 있는 사람이 없는지 확인했지. 들리는 소리라고는 동쪽 사면 아래쪽, 보이지 않는 어딘가에서 풀을 뜯는 말들의 소리뿐이었네. 우리를 보는 이는 아무도 없었고, 아름다운 보름달이 밝게 비추는 덕분에 어렵지 않게 도르래에 밧줄을 걸었지. 밧줄 끝은 튼튼하게 석조 건축물 한쪽 끝에 묶고. 그리고 나는 겨드랑이 아래 가죽끈을 둘렀지. 브라운은 랜턴을 들고 빛을 비추며 나를 따라왔다네. 나는 손에 쇠지레를 들었고. 그렇게 우리는 조심스럽게 내려가기 시작했지. 발을 옮기기 전에는 항상 계단을 확인하고, 혹시 표식이 있지는 않은지 우물 벽을 살피면서 말이지.

나는 걸음을 옮기며 반쯤 소리 내어 계단 수를 셌네. 서른여덟 계단을 내려와도 벽면에 살짝 불규칙한 돌이 보일 뿐이었다네. 여기에도 딱히 표식이 없어서, 혹시 수도원장의 암호 자체가 잘 꾸민 사기가 아닐까 의심이 들면서 머릿속이 텅 비어 가고 있었지. 마흔아홉 계단에 이르자 계단이 끝났네. 나는 절망에 사로잡혀 계단을 다시 올라가기 시작했네. 서른여덟 번째 계단으로 돌아왔을 때, 한두 단 위에서 올라가고 있던 브라운의 랜턴 불빛으로, 나는 눈을 찡그리고 온 힘을 다해 그 불규칙한 마름돌을 살펴보았지. 그러나 표식의 흔적은 전혀 없었네.

그런데 문득 그 돌의 표면이 다른 돌보다 조금 더 매끈하다는, 아니면 적어도 어딘가 다르게 보인다는 생각이 들었다네. 어쩌면 돌이 아니라 시멘트인 것 같다고 말이야. 내가 쇠지레로 그 돌을 세게 때리자 안에서 울리는 소리가 명확하게 들렸지. 물론 그것은 우리가 우물 안에 있기 때문이었을 수도 있어. 하지만 다른 것도 있었어. 시멘트 조각이 상당량 내 발치로 떨어졌는데 그 아래 돌에 표식이 있었던 거지. 친애하는 그레고리, 나는 마침내 수도원장을 따라잡은 거라네. 지금에 와서도 자부심을 가지고 그렇게 말할 수 있네. 몇 번 더 때리자 시멘트가 전부 떨어져 나왔고, 그 안에는 십자가가 새겨진 200제곱센티미터 정도의 돌이 있었지. 다시 한 번 실망했지만, 이번에는 얼마 가지 않았네. 여기서 평이한 말투로 내게 확신을 준 것은 바로 브라운, 자네였네. 내 기억이 맞는다면 자네는 이렇게 말했지. '묘한 십자가로군요. 눈이 잔뜩 달린 것 같은데요.'

나는 자네의 손에서 랜턴을 낚아채 그 십자가가 일곱 개의 눈으로 이루어져 있다는 사실을 확인하고는 말로 형용할 수 없는 환희를 느꼈네. 세로로 네 개, 가로로 세 개였지. 창문의 마지막 두루마리의 내용이 내 기대에 걸맞게 펼쳐져 있었어. '일곱 개의 눈이 달린 돌'이었네. 여기까지는 수도원장의 정보가 완벽하게 일치했지. 그러고 나니 '수호자'에 대한 두려움이 보다 크게 다가오더군. 하지만 거기에서 퇴각할 수는 없는 노릇이었지.

그런 생각을 할 시간을 주지 않기로 하고 나는 표식이 있는 돌 주변의 시멘트를 전부 제거한 다음, 쇠지레로 오른쪽에 힘을 주어 돌을 빼내 보려고 했네. 돌은 즉시 움직였고, 나 혼자 들어 올릴 수 있을 정도로 얇고 가벼운 석판이라는 사실을 알게 되었네. 그리고 그 석판이 안쪽의 공간으로 통하는 길을 막고 있는 것 같았어. 나는 석판을 부서지지 않게 들어 올려 계단에 내려놓았네. 나중에 원래 위치로 되돌려 놓는 일이 중요했으니까 말이지. 그리고 나는 바로 그 위 계단에서 잠시 기다렸다네. 왜인지는 모르지만, 무언가 끔찍한 것이 달려 나오지는 않는지 확인하고 싶었거든. 아무 일도 일어나지 않았지. 그러고는 양초에 불을 붙인 다음 조심스레 내부 공간에 밀어 넣었네. 혹시 안의 공기가 더럽지는 않은지 확인하고 싶기도 했고, 그 안의 모습을 살짝이라도 보고 싶기도 했네. 공기가 조금 탁하기는 한지 불이 거의 꺼질 뻔했지만 얼마 지나지 않아 제법 안정적으로 타오르기 시작했어. 그 구멍은 꽤나 깊었고, 입구 왼쪽과 오른쪽으로도 공간이 제법 널찍해 보였어. 그 안에는 자루로 보이는 둥글고 연한 색의 물체들도 보이더군. 더 이상 기다릴 필요는 없었지. 나는 구멍 정면에 서서 안을 들여다보았네. 구멍 정면 안쪽에는 아무것도 없었지. 나는 팔을 넣어 아주 조심스레 오른쪽을 더듬어 보았다네……

거기 코냑 한 잔만 주겠나, 브라운. 금방 계속하겠네, 그레고리……

그래서 오른쪽을 더듬어 보니 손가락에 무언가 가죽 같은 느낌의 둥그스름한 것이 닿았다네. 꽤나 축축했고, 분명 커다란 무언가의 일부 같았네. 경계할 만한 것은 아무것도 없었어. 나는 조금 더 과감해져서 양손으로 최대한 힘껏 그것을 끌어당겼네. 무겁기는 했지만 내 생각보다 훨씬 수월하게 끌려 나오더군. 그걸 구멍 입구 쪽으로 끌어내다가 내 왼팔 팔꿈치가 양초를 치는 바람에 그만 불이 꺼지고 말았네. 그때쯤에는 거의 밖으로 다 나온 상태여서 입구에서 끄집어내고 있었거든. 바로 그때 브라운이 날카로운 비명을 지르더니 랜턴을 들고 재빨리 계단을 올라가는 거야. 그 이유는 곧 저 친구가 직접 말해 줄 걸세. 놀라서 위를 올려다보니, 저 친구가 한동안 꼭대기에 서 있다가 몇 발짝 물러서더군. 그러다가 '괜찮습니다, 주인님' 하고 작게 말하는 소리가 들렸고, 나는 그대로 완전한 어둠 속에서 커다란 자루를 끄집어내기 시작했네. 자루는 잠깐 입구에 걸렸다가 그대로 미끄러져 내 가슴팍으로 떨어져 내려왔고, 그것의 팔이 내 목을 둘렀다네.

친애하는 그레고리, 나는 지금 오직 진실만을 말하는 것일세. 지금의 나는 인간이 제정신을 잃지 않고 겪을 수 있는 최대한의 공포와 혐오감을 알고 있다고 생각하네. 자네에게 말해 줄 수 있는 것은 그 경험의 윤곽 정도지만 말일세. 참으로 끔찍한 곰팡이 냄새가 났고, 무언가가 내 얼굴 앞으로 차가운 얼굴을 들이밀고 그 위로 움직이는 느낌이 들었네. 그리고 그 수를 알 수 없을 정도로 많은 다리인지, 팔인지, 촉수인지, 아니면 다른 뭔가가 내 몸에 들러붙는 느낌도 들었지. 브라운의 말로는 내가 짐승처럼 비명을 지르면서 서 있던 계단에서 뒤로 넘어졌는데, 그 생물도 아마 미끄러져 떨어졌을 거라고 하더군. 다행히 몸에 두르고 있던 가죽끈 덕분에 굴러떨어지지는 않았지. 브라운은 혼비백산하지 않고 그대로 나를 위까지 끌어 올려 즉시 우물 덮개 너머로 데리고 왔다네. 어떻게 그런 일을 했는지는 나도 잘 모르겠고, 아마 저 친구도 자네에게 말하기는 힘들 거야. 내 생각에 근처의 폐허가 된 건물에 우리 연장을 숨긴 것 같은데, 그러고는 상당히 힘겹게 나를 데리고 여관까지 돌아왔네. 나는 설명을 할 처지가 아니었고, 브라운은 독일어를 모르지. 하지만 다음 날 아침에 수도원 폐허에서 심하게 굴렀다는 이야기를 적당히 했는데, 믿는 눈치더군. 그러면 이야기를 더 진행하기 전에, 당시 브라운이 어떤 경험을 했는지 듣는 편이 좋을 듯싶네. 브라운, 목사님께 내게 들려줬던 그 이야기를 해 주게나."

"그게 말입니다, 목사님." 브라운은 낮고 불안해하는 목소리로 말했다. "그저 이렇게 된 겁니다. 주인님은 구멍 앞에 서서 바쁘게 뭔가를 하고 계셨고, 저는 랜턴을 들고 안을 들여다보고 있었는데, 그때 위쪽에서 물이 떨어지는 소리가 나는 겁니다. 위를 봤더니 누군가가 머리를 들이밀고 우리를 보고 있었죠. 그래서 뭔가 말을 하면서 랜턴을 들고 계단을 달려 올라갔던 것 같은데, 그러다가 랜턴 불빛이 그 얼굴을 비추었지요. 목사님, 그건 제가 지금까지 본 것 중 가장 끔찍한 얼굴이었어요! 늙은이의 움푹 팬 얼굴이었는데, 웃고 있는 것만 같더군요. 그리고 말씀드리지만 제가 꽤나 빠르게 계단을 달려 올라갔는데, 지면에 도착하고 나니까 주변에는 사람 흔적도 보이지 않는 겁니다. 누군가가 있었다고 하면 도망칠 시간이 없었을 텐데요. 늙은이면 더욱 그렇고 말입니다. 우물 주변에 웅크리고 있는 것이 아닌가 살펴봤는데 그것도 아니었어요. 그다음으로는 주인님이 뭔가 끔찍한 비명을 지르시는 것이 들렸는데, 밧줄에 매달려 계신 모습이 보여서, 주인님이 말씀하신 대로 대체 어떻게 한 건지는 모르겠지만 여하튼 끌어 올렸습죠."

"잘 들었겠지, 그레고리?" 서머튼 씨가 말했다. "자, 이 사건을 설명할 만한 방도가 있겠나?"

"이 사건 전체가 너무 비정상적이고 괴이해서 평정심을 유지할 수가 없다는 건 인정해야겠군. 하지만 내 생각으로는, 아마도, 글쎄, 그 함정을 설치한 사람이 자기 계획이 성공한 걸 확인하러 온 것이 아니겠나."

"바로 그걸세, 그레고리, 바로 그거야. 그 외에는, 글쎄, 그럴싸한 설명을 생각할 수 없더군. 애초에 내 이야기에 그럴싸한 점이 존재한다면 말이지만. 내 생각에 분명 그 수도원장이었을 것 같네…… 그래, 이제는 더 이상 이야기할 게 그다지 없네. 끔찍한 밤을 겪었고, 브라운이 밤새 나를 간호했지. 다음 날에도 내 상태는 별로 나아지지 않아서, 나는 자리에서 일어날 수도 없었네. 의사도 부를 수가 없었지. 뭐 의사를 불렀다고 해도 별 도움이 안 되었을 걸세. 나는 브라운을 시켜 자네에게 편지를 쓰게 하고는 이틀째의 끔찍한 밤을 보냈다네. 그리고 이것 하나는 분명한데, 이 두 번째 날 밤이야말로 처음의 충격보다 내게 더 큰 영향을 끼친 듯하네. 더 오래갔으니까 말이지. 밤새도록 누군가, 또는 무언가가 내 방문 바깥을 돌아다녔네. 둘이었던 듯도 하네. 그리고 가끔씩 들리는 희미한 소리가 전부가 아니었네. 냄새도 났어. 끔찍한 곰팡내 말이네. 첫 번째 날 밤에 입었던 옷 조각은 전부 벗어서 브라운을 시켜 내다 버렸네. 아마 자기 방 난로에 넣고 태웠겠지. 그런데도 여전히 냄새가 났다네. 우물 안에서처럼 똑같이 강렬하게. 게다가 그 냄새는 방 바깥에서 풍겨 왔지. 하지만 해가 뜨면 냄새는 곧 사라졌고, 소리 역시 자취를 감추었어. 그래서 나는 그 존재(또는 존재들)가 어둠의 자식이며, 햇빛을 견디지 못한다고 확신했지. 그리고 그 돌을 다시 되돌려 놓으면, 그놈(또는 그놈들)은 누군가가 다시 돌을 빼낼 때까지 힘을 잃을 거라고 확신했지. 자네가 온 다음에야 그 일을 처리할 수 있었어. 물론 브라운 혼자 그런 일을 하게 보낼 수도 없었고, 이 지역에 사는 사람에게 말할 수도 없었으니 말일세.

자, 이게 내 이야기일세. 그리고 자네가 믿지 못하겠다면 나도 별다른 도리가 없군. 그러나 보아하니 믿어 주는 것 같군."

"물론이네." 그레고리 씨가 말했다. "다른 도리가 없지 않나. 믿을 수밖에! 그 우물과 돌도 직접 보았고, 구멍 안에 가방인지 다른 무언지가 들어 있는 모습도 힐끔 보았으니 말일세. 그리고 솔직히 말하자면, 서머튼, 어젯밤에 무언가가 내 문밖을 지키고 있었던 듯하다네."

"분명 그랬을 거라고 생각하네, 그레고리. 하지만 이 모든 일이 끝났다니 정말 다행이군. 그런데 그 끔찍한 장소를 방문했을 때에 대해 혹시 말해 줄 것은 없나?"

"별로 없네." 그의 답은 이랬다. "브라운과 나는 꽤나 쉽게 그 석판을 원래 위치로 되돌려 놓았고, 자네가 그에게 가져가라고 말한 쇠못과 쐐기로 단단하게 고정해 두었다네. 그리고 그 표면에 진흙을 발라 주변 벽과 똑같아 보이게 만들어 놓았고. 우물 덮개의 조각상에서 한 가지 주목한 부분이 있기는 한데, 아무래도 자네는 놓친 모양이더군. 끔찍하고 괴이한 조각이었는데, 다른 무엇보다 두꺼비와 가장 흡사한 형상이었다네. 그리고 그 아래에는 두 마디 말이 새겨져 있었다네. 'Depositum custodi(그대에게 맡긴 것을 지키라).'"

학교 괴담
A School Story

흡연실에서 두 남자가 사립학교 시절에 대해 이야기를 나누고 있었다. A가 말했다. "우리 학교에는 층계참에 유령의 발자국이 있었다네. 어떤 모양이었느냐고? 아, 별로 설득력이 없었지. 내 기억이 맞는다면 앞쪽굽이 네모난 신발 모양이 찍혀 있었을 뿐이라네. 그리고 그 층계는 석조였지. 하지만 그 발자국에 관련된 이야기는 들어 본 적이 없어. 생각해 보면 이상한 일 아닌가. 왜 아무도 이야기를 꾸며 내지 않은 건지 모르겠어."

"어린아이들의 행동을 이해할 수 있을 리가 있나. 아이들 나름대로의 전설이 있었겠지. 그런데 이건 자네에게 어울리는 주제 아닌가. '사립학교에 전해지는 민담'이라."

"그렇지. 물론 결과물이 빈약하겠지만. 사립학교 소년들이 떠들어

대는 유령 이야기들을 수집해 보면, 결국에는 책에서 읽은 이야기들을 극단적으로 압축한 것으로 밝혀질 것 같거든."

"요즘 세상이라면 《스트랜드》와 《피어슨》 같은 잡지들에서 가져온 것들이 대부분이겠지."

"당연한 이야기 아닌가. 우리의 학창 시절에는 그런 잡지들은 있지도 않았는데. 보자, 내가 들었던 전형적인 이야기들을 떠올려 보겠네. 먼저, 어떤 저택에 있는 침실에 관한 이야기일세. 사람들이 차례로 그곳에서 밤을 보내겠다고 나서는데, 모두가 하나같이 아침이면 구석에 쪼그려 앉은 채로 발견되고, 간신히 '나는 봤어'라고 말하고 나서 죽음을 맞이한다는 거네."

"그 집이 버클리 광장*에 있지 않던가?"

"그랬던 것 같군. 그리고 한 남자가 밤마다 복도에서 무슨 소리를 듣는데, 문을 열어 보면 누군가가 네발로 기어 오고 있다는 거야. 눈알을 뺨까지 늘어뜨린 채 말이지. 그리고 또 있었는데, 기다려 보게. 그래! 어떤 방에서 한 남자가 이마에 말편자 모양이 찍힌 채로 침대에서 죽었는데, 침대 밑을 보니 그 바닥에도 말발굽이 잔뜩 찍혀 있었다는 이야기네. 이유는 모르겠지만 말이네. 그리고 한 숙녀가 있는데, 낯선 집에서 침실 방문을 닫아걸자마자 침대 커튼 사이로 희미한 목소리가 새어 나온다는 거야. '이제 오늘 밤 내내 함께할 수 있겠구려'라던가. 이런 이야기들에는 해설도 후속편도 없지. 아직도 이런 이야기를 하는지 궁금하군."

"아, 물론 할 걸세. 예의 잡지들의 내용을 덧붙여서 말이지. 그러면

* 런던 메이페어 지역의 버클리 광장 50번지. '런던 최고의 흉가'로 꼽힌다.

자네는 사립학교의 진짜 유령 이야기는 들어 본 적이 없는 건가? 아마도 그렇겠지, 내가 아는 사람들 중에는 아직까지 없었으니까."

"말투를 보아하니 자네는 들어 본 적이 있는 모양이군."

"확신은 할 수 없네만, 내 생각에는 나름 그렇다네. 31년 전, 내가 다니던 사립학교에서 있었던 일인데, 그 일을 설명할 방법을 아직까지 못 찾고 있거든.

내가 다니던 학교는 런던 근처에 있었네. 제법 크고 오래된 학교였는데, 멋진 하얀 건물에 주변 경관도 훌륭했지. 템스 계곡의 다른 오래된 정원들과 마찬가지로 정원에는 굵직한 삼나무들이 있었고, 우리가 운동을 하던 풀밭 근처에는 아주 오래된 느릅나무도 있었지. 지금 되새겨 보면 꽤나 아름다운 지역이었지만, 어린아이들은 자기네 학교의 봐 줄 만한 점을 용납하지 못하는 경향이 있질 않나.

내가 그 학교에 도착한 것은 9월이었네. 1870년대 초반이었을 거야. 같은 날 학교에 도착한 아이들 중에 내 마음에 드는 아이가 있었네. 하일랜드 출신이었는데, 일단 매클라우드라고 부르겠네. 어떤 아이였는지 구태여 묘사하지는 않겠네. 중요한 것은 내가 그 아이를 아주 잘 알게 되었다는 것이지. 어떤 면에서 보아도 특출한 아이는 아니었네. 공부에도 운동에도 그리 뛰어나지는 않았어. 하지만 나와는 죽이 잘 맞았지.

꽤나 큰 학교였는데, 교칙상 학생은 120명에서 130명 정도였던 것 같아. 그래서 교사도 제법 많았는데, 사람이 꽤나 자주 바뀌었던 듯하다네.

세 번째였나 네 번째였나, 여하튼 그 정도 학기에 새로운 교사가 등장했네. 이름이 샘슨이었지. 키가 크고 튼튼하고 하얀 피부에 검은 수염을 길렀는데, 아이들은 그 선생을 좋아했던 것 같네. 꽤나 여러 곳을 여행한 사람이었고, 산책길에 우리의 관심을 끌 만한 이야기를 많이 알고 있었어. 덕분에 그의 목소리가 들리는 자리를 놓고 경쟁이 벌어지곤 했지. 또 이것도 기억이 나는군. 세상에, 지금까지 단 한 번도 떠오른 적이 없었는데. 그 선생의 회중시계 줄에 부적이 하나 달려 있었는데, 내가 그걸 보고 호기심이 생겨 보여 달라고 했던 적이 있다네. 이제 와서 생각해 보니 비잔틴 제국 금화였던 것 같아. 한쪽 면에는 웃기게 생긴 황제의 얼굴이 새겨져 있었고, 반대쪽은 완전히 매끈하게 다듬어져 있었는데, 선생이—꽤나 야만적인 행동이지만—자기 이니셜, G. W. S.와 1865년 6월 24일이라는 날짜를 칼로 새겨 놓았더군. 그래, 이제 기억이 나는군. 그 선생은 그걸 콘스탄티노플에서 얻었다고 말했네. 플로린 금화 정도 크기였던가, 아니 좀 더 작았을지도 모르겠군.

그래서, 처음 벌어진 기괴한 일은 이거였네. 샘슨이 라틴어 문법 수업을 하고 있을 때였어. 그가 가장 좋아하던 수업 방식은—생각해 보면 상당히 괜찮은 방식이었던 것 같네만—우리가 직접 문장을 만들게 하고 그것으로 우리가 배워야 할 문법 규칙을 설명하는 것이었네. 물론 장난꾸러기 소년이라면 그 기회를 이용해 무례한 행동을 하려 들기 마련이지. 그런 일화는 수없이 많질 않나. 하지만 샘슨은 매우 엄격한 교사여서 우리는 감히 그런 일을 할 엄두도 내지 못했지. 자, 그 일이 벌어졌을 때 그는 우리에게 라틴어로 '기억하다'를 어떻게 표현해야 하는지 설명하고 있었네. 그리고 우리 모두에게 동사 'memini', 즉 '나는 기억한다'를 사용해서 문장을 만들어 보라고 했지. 아이들 대부분은 '나는 아버지를 기억한다'라거나 '그는 그의 책을 기억한다' 같이 뭐 비등하게 재미없는 문장들을 만들어 냈지. 내 확신하건대 상당수가 'memino librum meum' 따위를 적었을 거야. 그러나 내가 말한 그 아이, 매클라우드는 분명 그보다 더 화려한 문장을 생각하고 있었던 듯하네. 우리 대부분은 문장 만들기를 끝내고 다른 것을 하고 싶어 했고, 누군가가 책상 아래로 그 아이를 걷어차는 것 같았어. 옆자리에 앉아 있던 나는 그 애의 옆구리를 찌르며 빨리 끝내라고 속삭였지. 하지만 내 말을 듣지도 않더군. 그 애 종이를 봤더니 아무것도 적혀 있지 않거든. 그래서 나는 조금 더 세게 옆구리를 찌르고는 모두를 기다리게 하지 말라고 비난했지. 그랬더니 조금 효과가 있었어. 그 애가 깜짝 놀라 정신을 차리더니 즉시 종이에 한두 줄을 적어 다른 아이들과 함께 제출했거든. 그게 마지막, 아니면 거의 마지막 쪽지였는데, 샘슨이 'meminiscimus patri meo'*라고 쓴 아이들에게 한동안 설교를 해 대는 바람에 매클라우드의 차례가 되기 전에 12시 종이 울려 버렸어. 그래서 매클라우드는 자기 문장을 교정받기 위해 뒤에 남아 기다려야 했지. 밖에 나와도 별달리 할 일이 없어서 나는 그 애가 나올 때까지 기다리기로 했지. 매클라우드는 아주 천천히 걸어 나오더군. 나는 뭔가 문제가 생겼을 거라고 직감했지. '왜 그래, 혼나기라도 했어?' '글쎄, 나도 모르겠어.' 매클라우드가 말했네. '별일은 아닌데, 샘슨이 나 때문에 기분이 나빠진 것 같아.' '왜, 뭔가 장난이라도 쳤어?' '그런 거 아냐. 내가 보기에는 괜찮았다고. 이런 내용이었는데. 메멘토, 이건 기억하라는 내용이잖아. 그러니까 2격이 필요하고, 그래서 memento putei inter quatuor taxos라고 썼는데.' '그게 무슨 소리야! 왜 그런

---

* '나는 아버지를 기억한다'를 잘못 쓴 문장. 학생들의 조악한 문장으로 유명한 예시이다.

걸 끄적인 거야? 그게 대체 무슨 뜻인데?' '그게 이상한 점인데.' 매클라우드가 말했네. '나도 정확히 무슨 말인지 모르겠어. 그냥 내 머릿속에 떠오르기에 종이에 옮겼을 뿐이거든. 그게 무슨 뜻인지 알 것 같기는 해. 그걸 적기 직전에 머릿속에 어떤 장면이 떠올랐거든. 내 생각에는, 우물을 기억하라, 네 그루의, 그 빨간 열매가 열리는 검은색 나무를 뭐라고 부르더라?' '마가목 말하는 거 아냐?' '그런 나무는 들어 본 적 없는데.' 매클라우드가 말했다. '아냐, 내 생각에는 주목이었던 것 같아.' '어쨌든, 그래서 샘슨이 뭐라고 했는데?' '글쎄, 진짜로 이상해 보이더라고. 그걸 읽더니 벽난로 앞으로 가서 한동안 아무 말도 않고 조용히 서 있더라고. 나한테 등을 돌린 채로 말이야. 그러더니 돌아보지도 않고 조용하게 물어보는 거야. 그게 무슨 뜻인 것 같으냐, 하고. 나는 떠오른 대로 말해 줬어. 그 망할 나무 이름만 기억이 안 나더라고. 그랬더니 내가 왜 그 문장을 적었는지를 알고 싶대. 그래서 대충 대답을 했지. 그랬더니 그 문장 이야기는 그만두고 내가 얼마나 오래 여기서 살았는지, 우리 가족이 어디서 살았는지, 뭐 그런 걸 묻는 거야. 그러고 나서 나왔어. 근데 샘슨 표정이 영 좋지 않더라고.'

　그 이후로 이 이야기를 더 나누었는지는 기억이 나지 않네. 다음 날 매클라우드는 오한이 나거나 뭐 그 비슷한 이유로 드러누웠고, 일주일도 넘게 지나서야 다시 학교에 나왔다네. 그 이후로는 딱히 기억에 남는 일 없이 한 달이 지나갔어. 샘슨 선생이 진짜로 매클라우드가 생각한 만큼 놀랐는지는 모르겠지만, 어쨌든 본인에게서 딱히 그런 기색을 느낄 수는 없었네. 물론 이제 와서 생각해 보면 그의 과거 경력에 상당히 의심스러운 구석이 있었을 것 같네만. 하지만 당시 소년이었던 우리가 뭔가 낌새를 챘다는 허풍을 떨 수는 없겠지.

그리고 이와 비슷한 일이 한 번 더 일어났지. 그날 이후로도 우리는 여러 가지 다른 문법 규칙을 사용해서 예문을 만들었는데, 실수를 했을 때가 아니면 꾸지람을 듣지는 않았어. 그리고 마침내 '조건문'이라고 부르는 그 끔찍한 놈들과 마주하는 날이 오고야 말았지. 우리는 미래 시제를 이용해서 조건문을 만들어야 했고, 맞건 틀리건 문장을 만들어서 쪽지를 제출했고, 샘슨은 그 문장들을 살펴보기 시작했네. 그런데 그가 갑자기 자리에서 벌떡 일어나더니 목구멍에서 뭔가 괴상한 소리를 내고는 자기 책상 옆에 있던 문을 열고 갑자기 나가 버리는 거야. 1~2분 정도 앉아서 기다리다가, 잘못된 행동인 줄은 알지만, 나와 아이들 한두 명이 그의 책상을 살펴보러 앞으로 나갔네. 물론 나는 누군가가 쪽지에 한심한 농담을 적어 놓아서 샘슨이 그 아이에 대해 고자질하러 간 게 아닌가 생각했지. 그러나 동시에 그가 달려 나갈 때 어떤 쪽지도 들고 가지 않았다는 것도 발견했지. 책상 맨 위에 있는 쪽지에는 붉은색 잉크로 쓴 글자가 적혀 있었는데, 우리 반에는 붉은색 잉크를 쓰는 아이는 없었거든. 매클라우드를 비롯해 모든 아이가 그 쪽지를 보고는 전부 자기가 쓴 쪽지가 아니라고 목숨을 걸고 맹세했다네. 그래서 나는 쪽지 숫자를 세어 볼 생각을 했지. 덕분에 모든 일이 분명해졌어. 책상 위의 쪽지는 모두 열일곱 장이었는데, 우리 반 아이들은 열여섯 명이었거든. 나는 그 남은 쪽지를 가방 속에 챙겼는데, 아마 아직도 나한테 있을 걸세. 이제 자네는 그 쪽지에 뭐라고 적혀 있었는지 궁금하겠지. 미리 말해 두지만, 아주 간단하고 무해한 문장이었네. 'Si tu non veneris ad me, ego veniam ad te.' 내 생각에는 '네가 내게 오지 않으면, 내가 네게 가겠다'라는 뜻인 듯하네만."

"그 종이 좀 보여 줄 수 있나?" 듣던 쪽이 말을 끊고 물었다.

"물론이지. 하지만 이상한 점이 한 가지 더 있었네. 그날 오후에 그 종이를 내 사물함에서 꺼내 보니—같은 종이인 것은 확실해. 내가 표시를 해 놓았으니까—무언가를 적었던 흔적은 조금도 남아 있지 않더란 말일세. 아까 말한 대로 그 종이를 간수하고 있긴 한데 말이야. 그 이후로 어떤 종류의 비밀 잉크를 썼는지 온갖 실험을 해 보았지만 아무런 단서도 찾지 못했어.

내 이야기는 이게 전부일세. 30분 정도 지나서 샘슨이 다시 나타났지. 갑자기 몸 상태가 매우 나빠졌다면서 우리에게 가도 된다고 하더군. 그러고는 아주 조심스럽게 책상으로 다가가서 맨 위의 종이를 흘깃 바라보았지. 그리고 자신이 꿈을 꾼 모양이라고 결론을 내린 듯했네. 어쨌든 우리에게 아무런 질문도 하지 않았으니까.

그날은 반일 수업이 있던 날이었고, 다음 날 샘슨은 다시 평소처럼 학교에 나왔어. 그리고 그날 밤, 세 번째이자 마지막 사건이 일어났지.

우리(매클라우드와 나)는 본관 건물과 직각으로 놓인 기숙사 건물에서 자고 있었어. 샘슨은 본관 건물의 1층에서 묵었다네. 아주 밝은 보름달이 뜬 밤이었어. 몇 시 정도였는지는 모르겠지만, 아마 1시에서 2시 사이였을 거야. 누군가가 나를 흔들어 깨우더군. 매클라우드였어. 게다가 정신도 아주 말짱한 것 같았고. '일어나 봐.' 그가 말했네. '어서, 도둑이 샘슨 방 창문을 열고 들어갔어.' 나는 정신을 차리고 간신히 입을 열었지. '뭐야, 그러면 소리를 쳐서 사람들을 전부 깨워야지.' '아냐, 아냐.' 그가 말했네. '누군지 잘 모르겠어. 소란 피우지 말고 이리 와서 좀 봐.' 나는 자연스럽게 그쪽으로 가서 밖을 바라보았고, 당연하게도 밖에는 아무도 없었다네. 완전히 속았다는 기분이 들어서 매클라우드를 신 나게 놀려 대고 싶은 마음이 들었지. 문제는, 이유는 모르겠지만,

뭔가가 잘못된 것 같은 생각이 들었다는 거야. 내가 혼자 그걸 보지 않아도 된다는 사실이 다행이라는 생각도. 우리 둘은 창문에 달라붙어서 조용히 밖을 보았고, 나는 입이 떨어지게 되자마자 그에게 무얼 듣거나 봤느냐고 물었지. '아무 소리도 들리지는 않았어. 근데 널 깨우기 5분쯤 전에 창밖을 내다봐야겠다는 생각이 들더라고. 그런데 남자 하나가 샘슨 방 창턱에 무릎을 꿇고 있는지, 앉아 있는지 그런 상태로 안을 들여다보면서 뭐라고 하고 있는 거야.' '어떤 남자였는데?' 매클라우드는 꿈지럭거리며 말했네. '나도 몰라. 하지만 이건 확실해. 짐승같이 몸뚱이가 길고, 온몸이 젖어 있었어. 그리고,' 그는 주변을 둘러보더니 자기 목소리조차도 듣기 싫은 듯이 속삭였네. '그게 살아 있는 사람이었는지도 잘 모르겠어.'

우리는 한동안 그렇게 속삭이며 대화를 나누다가 곧 제각기 침대로 기어들어 갔지. 그러는 동안 방 안의 누구도 깨어나거나 몸을 뒤척이지 않았어. 그 후로는 잠시 잠을 청했던 것 같긴 한데, 다음 날 아침에는 매우 지친 상태로 일어났어.

그리고 다음 날 샘슨 씨는 사라져 버렸네. 두 번 다시 사람들 눈에 띄지 않았지. 그 이후로도 그의 행적이 드러나지는 않은 것 같네. 돌이켜 보면 그중 가장 이상한 일은, 매클라우드도 나도 우리가 본 것을 제삼자에게 말하지 않았다는 거야. 물론 그 일을 묻는 사람도 없었고, 설령 누가 물었다고 해도 대답하지는 않았을 것 같네. 그 사건에 대해서는 이야기를 할 수가 없었던 것 같아. 이게 내 이야기일세." 남자는 이야기를 마쳤다. "내가 아는 학교와 연관된 유령 이야기는 이게 전부일세. 그래도 제법 괜찮은 이야기지 않나."

뒷이야기가 있는데, 아마도 상당히 진부하게 느껴질 것이다. 그러나 일단 있으면 여기 적어야 하지 않겠는가. 이 이야기를 들은 사람은 한두 명이 아니었는데, 같은 해 말이나 다음 해 정도에 이야기를 들은 사람 중 하나가 아일랜드의 어느 시골 별장에 묵게 되었다.

어느 날 저녁 집주인이 흡연실에서 잡동사니로 가득한 서랍을 뒤적이고 있었다. 문득 그가 작은 상자를 하나 꺼내 들었다. "자, 선생. 골동품에 대해 잘 아실 테니 이게 뭔지 한번 맞혀 보십시오." 그가 말했다. 내 친구는 상자를 열고는 안에서 뭔가가 달린 금시곗줄을 하나 꺼내 들었다. 그는 시곗줄에 달린 물체를 한동안 들여다보다가 돋보기를 꺼내 들고 보다 자세히 살피기 시작했다. "어떤 내력이 있는 물건입니까?" 그가 물었다. "꽤나 괴상한 내력이죠. 관목 숲 안에 있는 주목 덤불 아시죠? 한두 해 전에 그 안 공터에 있던 낡은 우물을 치우러 갔었는데, 거기서 뭘 발견했는지 아십니까?"

"설마 시체를 발견하신 건 아니지요?" 내 친구는 순간 괴이한 두려움을 느끼며 물었다.

"맞습니다, 시체죠. 하지만 흔히 하는 말대로, 그 이상이 나왔습니다. 시체가 두 구나 나왔으니까요."

"세상에! 시체 두 구라니? 어떻게 그런 일이 벌어졌는지 확인할 만한 물건은 없었습니까? 이 물건이 그 시체들에서 나온 겁니까?"

"그렇지요. 시체 한 구가 걸치고 있던 누더기 속에 있었습니다. 안 좋은 일에 얽힌 게 아닐까 싶더군요. 한쪽 시체가 다른 쪽 시체를 꽉 끌어안고 있더군요. 아마 30년은 족히 넘었을 겁니다. 우리가 이곳으

로 오기 한참 전의 일이죠. 짐작하시겠지만 우리는 그 우물을 바로 메
워 버렸죠. 그 금화 한쪽 면에 새겨 넣은 글자가 뭔지 읽을 수 있으시
겠습니까?"

"읽을 수 있을 것 같군요." 내 친구는 이렇게 말하며 금화를 불빛에
가까이 가져다 댔다. (그러지 않아도 별 어려움 없이 그 내용을 읽을
수 있었을 테지만.) "제가 보기에는 G. W. S. 1865년 6월 24일인 것 같
습니다."

장미 정원

The Rose Garden

앤스트루더 씨와 부인은 에식스 지방에 위치한 웨스트필드 저택 응접실에서 아침 식사를 하며 그날의 계획을 짜고 있었다.

"여보." 앤스트루더 부인이 말했다. "차를 타고 맬던에 가서 일전에 말씀드렸던 편물이 있는지 좀 봐 주셨으면 해요. 자선시장의 노점에 필요한 물건이에요."

"아 그래, 당신이 바란다면 그렇게 하지, 메리. 물론이지. 하지만 오늘 아침에는 제프리 윌리엄슨과 골프 한 라운드를 돌자고 반쯤 약속을 했는데. 당신 자선시장은 다음 주 목요일에야 열지 않소?"

"그게 무슨 상관이죠, 여보? 맬던에 제가 원하는 물건이 없으면 마을에 있는 모든 상점에 편지를 돌려야 하는 걸 알고 계시지 않나요? 그리고 그런 상점들은 처음 편지를 받으면 일단 가격이나 품질이 썩 괜

찾지 않은 물건을 보내 본다고요. 진짜 윌리엄슨 씨와 약속을 하셨다면 당연히 그걸 지켜야겠지만, 그렇다고 해도 알아 두셔야 할 것 같아서 말씀드린 거예요."

"아니, 아니. 뭐 약속이라 할 만한 건 아니었소. 당신 말은 알겠소. 내가 가리다. 그럼 당신은 이제 무얼 할 생각이오?"

"뭘 하긴요, 집안일이 다 끝나고 나면 새 장미 정원 만드는 일을 알아봐야죠. 그런데 당신, 맬던에 가기 전에 콜린스를 데리고 제가 봐 둔 자리를 한번 봐 주셨으면 좋겠네요. 어딘지는 물론 알고 계시죠?"

"글쎄, 사실 알고 있는지 확신은 못 하겠소만, 메리. 마을로 향하는 오르막길 끝에 있는 곳이던가?"

"세상에, 당연히 아니죠, 사랑하는 여보. 확실하게 설명해 드린 걸로 기억하는데요. 교회로 가는 관목 숲 길 바로 너머에 있는 작은 공터예요."

"아, 그렇지. 우리가 한때 여름 별장이 있었던 것 같다고 이야기하던 곳 아니오. 오래된 벤치와 기둥이 있던 곳. 그런데 거기는 햇빛이 너무 안 들지 않겠소?"

"여보, 제발 절 상식도 없는 사람으로 만들지 말아 주세요. 그리고 그 여름 별장 이야기는 전부 당신 머릿속에서 나온 거잖아요. 그래요, 거기 회양목 덤불을 조금 없애면 햇빛이 충분히 들 거랍니다. 당신이 무슨 말씀을 하시고 싶은지는 잘 알고 있고, 저도 당신만큼이나 그 주변을 완전히 황무지로 만들 생각은 없어요. 그저 제가 도착하기 전에 콜린스가 한 시간 정도 시간을 들여 오래된 벤치나 기둥 같은 걸 좀 치워 주길 바랄 뿐이에요. 그리고 당신이 조만간 출발해 주시기도요. 점심 식사 후에는 교회 스케치를 계속할 생각이에요. 그리고 당신은 원하는 대로 골프장에 가시거나, 아니면,"

"아, 좋은 생각이오, 정말로! 그래, 메리, 당신은 스케치를 끝내고, 나는 한 라운드 돌고 오면 되겠군."

"아니면 주교님께 연락해 보는 것은 어떠냐고 할 생각이었어요. 하지만 보아하니 제가 뭐라고 말씀드리든 아무 소용 없을 것 같군요. 그러면 이제 채비를 하세요. 이대로 계시다가는 오전의 반이 날아가 버리겠네요."

생기가 돌아오던 듯하던 앤스트루더 씨의 얼굴은 다시 풀 죽은 표정이 되었다. 그는 서둘러 방을 나갔고, 곧 복도에서 이런저런 지시를 내리는 소리가 들려왔다. 50대에 접어든 품위 있는 여성인 앤스트루더 부인은 그날 아침에 온 편지들을 다시 한 번 훑어본 후에 곧 집안일을 지휘하기 시작했다.

몇 분 후 앤스트루더 씨는 온실에서 콜린스를 찾아냈고, 둘은 함께 장미 정원 예정지로 향했다. 나는 정원을 만들기에 적합한 환경이 어떤 곳인지 잘 알지 못하지만, 이 문제에 있어서는 스스로를 '위대한 정원사'로 여기는 앤스트루더 부인이 선택한 장소가 목적에 잘 맞지 않는 듯하다는 생각이 든다. 예의 공터는 좁고 축축한 데다 한쪽으로는 오솔길이, 다른 한쪽으로는 회양목, 월계수, 그 밖에 다양한 상록수 덤불이 무성하게 자라 있는 곳이었다. 잔디도 거의 없이 드러나 있는 맨땅은 어두침침해 보이기만 했다. 공터 가운데쯤에 있는 소박한 벤치의 잔해와 낡은 떡갈나무 기둥 하나 때문에 앤스트루더 씨는 이곳에 한때 여름 별장이 있었을 것이라고 생각했다.

아무래도 콜린스도 마님이 이 공터를 어떤 식으로 사용하려는지는 전혀 듣지 못한 모양이었다. 앤스트루더 씨가 그 내용을 전하자 그는 별로 탐탁지 않은 반응을 보였다.

"물론 벤치야 금방 치울 수 있습죠, 앤스트루더 씨. 고정쇠도 없고, 다 썩었으니까요. 여기 보십쇼." 그가 큼지막한 조각을 떼 내며 말했다. "속까지 푹 썩어 있지요. 여기 벤치들은 쉽게 치울 수 있을 겁니다."

"그리고 저기 기둥도 치워야 하네." 앤스트루더 씨가 말했다.

콜린스는 그쪽으로 다가가서는 기둥을 양손으로 잡고 흔들어 본 다음 턱을 문질렀다.

"이 기둥은 땅에 단단히 박혀 있는데요. 여기 몇 년 동안 서 있던 겁니다, 앤스트루더 씨. 벤치들처럼 금세 치울 수 있는 물건이 아니에요."

"하지만 자네 마님은 한 시간 안에 이걸 치우기를 바라는데." 앤스트루더 씨가 말했다.

콜린스는 웃으며 천천히 고개를 저었다. "실례입니다만 직접 한번 흔들어 보십쇼. 이건 안 됩니다. 뭐라고 하셔도 불가능한 일을 할 수는 없는 것 아닙니까? 티타임이 끝날 때까지는 뽑아낼 수 있겠지만요. 일단 땅을 꽤나 파야 하거든요. 그러려면 여기 기둥 주변의 흙을 파야 하는데, 아이와 둘이서 하려면 시간이 조금 걸릴 테니까요. 하지만 이쪽의 벤치들은," 콜린스는 그쪽에서만은 자신의 수완을 충분히 발휘할 수 있다고 자랑하듯 말했다. "바로 손수레를 가져와서 실어 내도록 하지요. 허락하신다면 지금부터 한 시간도 안 걸릴 겁니다. 다만,"

"다만 뭔가, 콜린스?"

"글쎄요, 저로서는 주인님이 직접 내리신 지시에, 아니, 다른 누가 내린 지시라도(이 부분은 황급히 덧붙였다) 이 이상으로 토를 달고 싶지는 않지만 말입니다. 하지만 아무래도, 이곳은 저라면 절대 장미 정원을 만들지 않을 장소입니다. 저기 회양목과 월계수 덤불 좀 보세요. 햇빛이 조금도 들어오지 않을 텐데."

"아, 그래. 저 관목들도 조금 없애야 하네."

"아, 그렇군요, 관목을 없앤다고요! 그렇군요, 물론이죠. 그래도 실례지만, 앤스트루더 씨."

"유감일세, 콜린스. 하지만 나는 이제 가 봐야 하네. 문가에서 차 소리가 들리는군. 마님께서 정확하게 무얼 원하는지 설명해 주실 걸세. 그러면 마님께는 자네가 즉시 벤치를 치우러 갈 거고, 기둥은 오후까지 치울 거라고 전하겠네. 좋은 아침 보내게."

턱을 문지르며 서 있는 콜린스만 뒤에 남았다. 앤스트루더 부인은 남편의 이야기에 불만스러운 반응을 보였지만, 그래도 자신의 계획을 바꾸지는 않았다.

오후 4시쯤까지 그녀는 남편을 골프장으로 보내고, 콜린스의 일과 여타 집안의 대소사를 전부 처리한 다음, 접이의자와 양산을 적절한 위치에 가져다 놓게 하고는 덤불길에서 보이는 교회의 모습을 스케치하기 위해 자리에 앉았다. 그러나 그녀가 막 자리를 잡자마자 하녀 하나가 윌킨스 양이 방문했다고 알려 왔다.

윌킨스 양은 몇 년 전 앤스트루더 일가가 웨스트필드 저택을 사들일 때 소유주였던 가문의 몇 안 남은 후손이었다. 그녀는 이후로 이웃 장원에 머물고 있었고, 아마도 이번에는 작별 인사를 하러 들른 듯했다. "윌킨스 양께 직접 이리 와 주시는 게 어떻겠느냐고 전해 주지 않겠니?" 앤스트루더 부인은 하녀에게 말했고, 곧 나이 지긋한 윌킨스 양이 도착했다.

"맞아요, 내일 애시 장원을 떠날 생각이지요. 동생에게 마님이 이곳을 얼마나 훌륭하게 만드셨는지 전할 수 있을 것 같군요. 물론 저와 마

찬가지로 동생도 옛 저택을 그리워하겠지만, 정원이 정말 아름다워졌
으니까요."

"그렇게 말씀해 주시다니 정말 기쁘군요. 하지만 아직 보수 작업이
끝나지는 않았답니다. 제가 장미 정원을 만들기로 결정한 장소를 보여
드릴게요. 이 근처거든요."

그녀는 윌킨스 양 앞에서 자신의 계획을 자세히 늘어놓았다. 그러나
윌킨스 양은 다른 생각을 하는 모양이었다.

"그래요, 훌륭하네요." 그녀가 마침내 조금 마지못한 듯이 말했다.
"하지만 앤스트루더 부인, 유감스럽게도 저는 옛날 생각이 나는군요.
모습을 바꾸기 전에 여길 보았으면 좋았을 뻔했네요. 프랭크와 저는
이 장소에서 낭만적인 일을 여러 번 겪었거든요."

"그래요?" 앤스트루더 부인이 웃으며 말했다. "무슨 이야기인지 좀
들려주세요. 분명 예스럽고 멋진 이야기일 것 같네요."

"그다지 멋진 이야기는 아니지만 생각할 때마다 늘 궁금하기는 했
지요. 어렸을 적에 우리는 절대 혼자서 이곳에 오지 않았답니다. 지금
도 그런 분위기에 있다면 신경 쓸지는 잘 모르겠지만요. 뭐랄까, 말로
표현하기는 어려운 그런 일들 중 하나인데 말이죠—적어도 저한테는
요—그리고 그런 이야기들은 제대로 설명하지 않으면 정말 바보같이
들리잖아요. 그러니까 우리가 혼자 이곳에 왔을 때 여기서 느낀, 뭐랄
까, 거의 공포스러웠던 경험에 대해서 이야기를 해 드릴게요. 상당히
더웠던 어느 가을날, 저녁이 다 되어 갈 무렵에 벌어진 일인데, 저는
티타임에 맞춰 어딘가로 수수께끼처럼 사라져 버린 프랭크를 찾아 데
려가려고 이곳으로 왔었답니다. 오솔길을 따라 내려가다가 저는 프랭
크가 제 생각과는 다르게 덤불 속에 숨어 있는 게 아니라 오래된 여름

별장의 벤치에 앉아 있는 것을 발견했어요. 아시겠지만 이곳에는 여름 별장이 있었답니다. 한쪽 구석에 쪼그리고 잠들어 있었는데, 너무 참혹한 표정을 짓고 있어서 어디가 아프거나 심지어는 죽은 게 아닌가 생각했지요. 저는 서둘러 달려가서 그 애의 몸을 흔들면서 일어나라고 소리쳤죠. 그러자 비명을 지르면서 잠에서 깨어나더군요. 가엾게도 그 애는 거의 공포로 제정신이 아닌 것 같았어요. 프랭크는 서둘러 나를 끌고 그곳에서 빠져나왔고, 그날 밤에는 거의 잠을 이루지 못하고 괴로워하더군요. 제 기억으로는 한참 동안 누군가가 함께 있어 주어야 했던 것 같아요. 프랭크는 곧 회복되었지만 한동안 자신이 그런 상태에 빠져들었던 이유를 절대 입에 올리지 않았지요. 마침내 입을 열기를, 그곳에서 잠시 잠이 들었다가 매우 괴상하고 앞뒤가 맞지 않는 꿈을 꾸었다는 거예요. 주변에 무엇이 있는지는 제대로 보지 못했지만, 그 광경이 정말로 생생하게 느껴졌다고 하더군요. 처음에는 사람들 몇 명과 함께 커다란 방 안에 서 있었는데, 자기 맞은편에 서 있던 누군가가 '아주 높은 사람이었다'고 하더군요. 그리고 자신을 매우 중요한 사람으로 여기는 듯한 질문을 여러 번 받았고, 거기에 대답하자 누군가가—맞은편에 서 있던 사람인지 아니면 방 안의 다른 사람인지는 모르지만—그에게 좋지 못한 무언가를 꾸미는 듯했다고 해요. 사람들의 목소리는 전부 희미하게 들렸지만 몇 가지 질문은 기억한다고 했어요. '10월 19일에 어디에 있었지?' '이게 네 필적이 맞나?' 같은 말이었대요. 물론 지금은 그 아이가 재판정의 꿈을 꾸고 있었다는 걸 알고 있죠. 하지만 어릴 적 우리는 신문도 볼 수 없었고, 여덟 살밖에 되지 않은 아이가 법정에서 벌어지는 일을 그렇게 세세하게 알고 있다는 것도 묘한 일이잖아요. 그 애 말로는, 그러는 동안 내내 엄청난 초조함과 압박감과 절망감을 느꼈다고 하더군요. (그 아이가 제게 말해 줄 때 이런 단어를 쓰지는 않았겠지만 말이죠). 그리고 끔찍할 정도로 불안하고 비참하게 여겨지는 시간이 한동안 흐른 후 다른 장면이 나타났다고 해요. 문을 열고 나왔는데, 눈이 살짝 뿌리는 어둡고 으스스한 아침이었다는 거예요. 거리인지 아닌지는 알 수 없지만 어쨌든 양쪽으로 집들이 늘어서 있었는데, 사람들도 엄청 많이 있는 듯한 느낌이 들었다네요. 그리고 삐걱대는 나무 계단을 올라가서 무슨 연단 같은 곳에 섰는데, 실제로 보이는 것이라고는 가까운 곳 어딘가에서 작은 불이 타고 있는 것뿐이었대요. 누군가가 자기 팔을 붙들고 있다가 그 팔을 놓고 불 쪽으로 다가갔는데, 여기가 제일 무서웠다면서 만약 제가 깨워 주지 않았더라면 무슨 일이 벌어졌을지 모른다고 하더군요. 어린아이의 꿈치고는 참으로 묘하지 않나요? 어쨌든 꿈은 그게 다였답니다. 그리고 아마 그해 안에 벌어진 일인 것 같은데, 프랭크와 제가 함께 이곳에 왔고, 저는 나무 그늘에 앉아 있었어요. 해 질 무렵이 되자 저는 프랭크에게 누나는 책을 마저 읽고 있을 테니 뛰어가서 차 준비가 다 되었는지 확인하고 오라고 했죠. 프랭크는 웬일인지 제 생각보다 더 오래 걸렸고, 날이 빠르게 어두워지는 바람에 책에 얼굴을 가져다 대야 글자를 알아볼 수 있을 정도가 되었어요. 그런데 문득 나무 그늘 속에서 누군가가 제 귀에 무슨 말인가를 속삭이고 있다는 것을 알아차렸죠. 제가 알아들을 수 있던 말은, 아니면 적어도 그렇게 생각한 말은, '당겨, 당겨. 나는 밀 테니까, 당신은 당겨'뿐이었어요.

저는 공포에 질려 벌떡 일어났죠. 고작해야 속삭이는 정도의 소리였는데, 너무 거칠고 분노에 차 있으면서도 동시에 아주 머나먼 곳에서 흘러나오는 것 같았어요. 프랭크의 꿈속에서처럼요. 하지만 놀라기는 했어도 주변을 둘러보면서 어디에서 소리가 들려온 것인지 살펴볼 만한 용기는 있었답니다. 그런데—저도 알아요, 정말 한심하게 들리죠. 그래도 이게 사실이랍니다—벤치의 끝 부분에 이어진 기둥에 귀를 가져다 댔을 때 소리가 가장 크게 들리는 거예요. 그게 너무도 분명하다고 생각해서 기둥에 표시를 남겼던 기억이 나네요. 제 수틀 바구니 속에 있던 가위를 꺼내서 될 수 있는 한 깊게 표시를 했죠. 이유는 모르겠어요. 그러고 보니 이 기둥이 바로 그 기둥이 아닌지 모르겠네요. 어머, 그래요. 그런 것 같네요. 여기 표시와 긁힌 자국이 있으니까요. 하지만 뭐든 확신할 수는 없는 노릇이죠. 어쨌든 여기 있는 바로 이 기둥과 똑같은 모습이었어요. 아버님은 우리 둘이 모두 여기 쉼터에서 겁에 질린 이유를 알아내고는 어느 날 저녁 식사 후에 몸소 이곳에 와 보셨답니다. 그리고 그 즉시 여기 쉼터는 철거되고 말았죠. 아버님이 저택에서 잡일을 하던 노인과 이곳에 대해 이야기 나누시는 걸 들은 기억이 나네요. 노인이 '그런 걱정은 하지 않으셔도 됩니다, 주인님. 아무도 그에게 가까이 가거나 그를 꺼내 주지 않으면 그 안에 단단히 붙들려 있을 테니까요'라고 말했던 것 같아요. 하지만 '그'가 누구냐고 물었을 때는 제대로 답을 해 주지 않으시더군요. 어쩌면 아버님이나 어머님은 제가 나이를 더 먹으면 이야기를 해 주려고 생각하셨을지도 모르지만, 아시다시피 두 분 모두 우리가 어릴 때 세상을 뜨셨죠. 저는 항상 그때의 일을 궁금해했고, 종종 마을의 노인들에게 무언가 이상한 이야기를 아는 것 없느냐고 묻곤 했지요. 그러나 다들 아무것도 모르거나 아니면 제게 이야기해 주지 않으려고 하더군요. 어머, 세상에, 어린 시절 이야기로 너무 지루하게 해 드린 것이 아닌지 모르겠네요! 하지만 저곳 쉼터는 한동안 상당히 우리의 관심을 끌었답니다. 아이끼리만 있을 때는 그런 온갖 이야기를 만들어 내곤 하잖아요. 그럼 이제 떠나야겠네요. 이번 겨울에는 마을에서 또 뵐 수 있겠지요?"

그날 저녁까지 벤치와 기둥은 각각 제거되고 뽑혀 나갔다. 속담에서 말하듯 늦여름 날씨는 변덕이 심한 법이다. 저녁 시간에 콜린스 부인이 브랜디를 좀 얻으러 와서 남편이 지독한 감기에 걸려 다음 날 제대로 일을 할 수 없을 것 같다고 말했다.

앤스트루더 부인의 아침 시간 역시 그리 평온하지는 못했다. 그녀는 지난밤 장원에 부랑자들이 기어든 것 같다고 생각했다. "그리고 한 가지 더 있어요, 여보. 콜린스더러 몸이 나으면 저 부엉이들 좀 어떻게 하라고 말해 줘요. 저런 소리는 들어 본 적도 없어요. 게다가 어젯밤에는 한 마리가 바로 우리 창문 바깥까지 와서 울어 댔다고요. 그런 게 방 안으로 들어오기라도 하면 어찌하겠어요? 소리를 들어 보니 정말 큰 새일 것 같다고요. 당신 그 소리 들으셨어요? 아, 물론 못 들으셨겠죠. 평소처럼 쿨쿨 잠들어 계셨으니까요. 그런데 그런 것치고는, 여보, 당신도 별로 좋은 밤을 보내지는 못한 얼굴이네요."

"여보, 이런 밤을 한 번만 더 보내면 정신이 나가 버릴지도 모른다오. 내가 어떤 꿈을 꾸었는지 당신은 짐작도 못 할 거요. 잠에서 깼을 때는 감히 입 밖에 낼 엄두도 나지 않았고, 지금 이 순간에도 이 방이 이토록 밝고 햇살로 가득하지 않았더라면 떠올리고 싶지 않소."

"어머, 세상에, 여보, 정말 드문 일이네요. 당신 식사가 혹시, 아니, 어제 당신은 저와 똑같은 음식을 드셨잖아요. 그 끔찍한 클럽하우스에서 차라도 들지 않으셨다면 말이죠. 혹시 그러셨나요?"

"아니, 아니. 차 한 잔과 빵을 버터에 발라 먹었을 뿐이오. 정말로 대체 무슨 이유로 그런 꿈을 꾸게 된 것인지 알고 싶군. 내 알기로, 사람의 꿈이란 자신이 보거나 읽은 것들을 짜 맞춘 것이라고 하니 말이오. 메리, 꿈 내용은 이랬소. 당신이 지루하게 여긴다면 말하지 않겠지만."

"아니, 듣고 싶어요, 여보. 듣기 싫어지면 직접 말씀드릴게요."

"알겠소. 일단 다른 악몽들과는 전혀 다른 면이 있었다는 사실을 말해 두어야 할 것 같소. 내게 말하거나 접촉해 오는 사람이 누구인지 제대로 볼 수 없었으니까. 그러면서도 그 모든 것이 끔찍할 정도로 생생하게 느껴졌다오. 처음에는 사방에 나무판자를 덧댄 고풍스러운 방에 앉아, 아니 서성거리고 있었소. 벽난로가 하나 있고, 그 안에 종이가 잔뜩 타고 있는데, 나는 무언가를 엄청나게 두려워하는 상태였소. 다른 누군가도 있었는데, 아마 하인이 아니었나 싶소. 내가 그에게 이렇게 말했으니까. '말을 끌고 와라, 최대한 빨리.' 그러고는 조금 기다렸지. 곧 여러 사람이 위층으로 올라오고 널빤지 바닥에 박차가 부딪치는 소리가 들리더니, 문이 열리고 내가 생각하던 바로 그 일이 일어났다오."

"그래요, 그런데 그 일이 뭔가요?"

"문제는, 그걸 모르겠다는 거요. 꿈속에서 흔히 찾아오는 그런 종류의 충격이었소. 그 즉시 깨어나거나 아니면 모든 것이 깜깜해지는 그런 일 말이오. 내게 일어난 일도 바로 그런 것이었소. 그러더니 이제는 어두운 색깔의 벽, 아마도 아까와 비슷한 나무 판에 둘러싸인 커다란 방에 있었소. 다른 사람들이 많았고, 나는 어느 모로 봐도,"

"재판을 받고 있었던 모양이로군요, 조지."

"세상에! 그 말대로요, 메리. 재판이었소. 혹시 당신도 그런 꿈을 꾼 게요? 정말 묘한 일이로군!"

"아니, 아니에요. 꿈을 꿀 만큼 제대로 잠들지도 못했어요. 계속해 보세요. 다 끝난 다음에 말해 드릴게요."

"알겠소. 내가 처한 상황을 보건대 나는 분명 사형 재판정에 서 있는 것 같았소. 나를 변호해 주는 사람은 아무도 없었는데, 그곳 어딘가에 가장 두려운 사람이 있었소. 자리에 앉아 있었다고 해야 할 것 같은데, 내게 정말로 부당한 말을 던지고, 내가 하는 모든 증언을 왜곡하고, 가장 끔찍한 질문을 내뱉었지."

"어떤 질문이었는데요?"

"글쎄, 내가 특정 장소에 있었던 날짜라든가, 내가 썼을 것으로 추측되는 편지라든가, 내가 어떤 서류를 왜 소각했는지 같은 거였소. 그리고 내 대답에 대해서 상당히 위압적으로 비웃은 것이 기억나는군. 이렇게 설명하니 별것 아닌 일 같지만, 당시에는 정말로 끔찍한 느낌이었다오. 분명 예전에 그런 남자가 하나 있었던 것 같은데, 두말할 나위 없이 세상에서 가장 끔찍한 악당이었을 거요. 무슨 소리를 해 댔느냐면,"

"고맙지만 그건 더 듣고 싶지 않네요. 그런 소리는 골프장을 찾아가면 언제든 들을 수 있을 테니까요. 그래서 마지막은 어떻게 됐나요?"

"아, 내가 졌지. 그 작자가 그렇게 만들었소. 메리, 그 이후에 찾아온 고통에 대해서 조금이라도 알려 주고 싶구려. 내 생각에는 며칠이나 계속되는 느낌이었소. 기다리고 또 기다리며, 가끔은 내게 엄청나게 중요하게 여겨지는 무언가를 쓰기도 하고, 그 답장을 기다리지만 아무것도 도착하지 않고, 그러다가 마침내 밖으로 나가서,"

"아!"

"갑자기 왜 그러는 거요? 내가 본 내용을 알고 있는 거요?"

"어둡고 추운 날, 눈 내리는 거리, 어딘가 가까운 데서 불이 타고 있는 곳이 아니던가요?"

"세상에, 바로 그거요! 같은 악몽을 꾼 것이 분명하군! 정말 아니란 거요? 글쎄, 그거 참 놀라운 일이로군! 어쨌든 나는 분명 최고 반역죄로 처형을 당하는 모양이었소. 나는 줄에 묶인 채 가혹하게 끌려갔고, 그다음으로 계단을 올라가야 했는데, 누군가가 내 팔을 잡고 있었고, 사다리 하나가 있고, 수많은 사람의 소리가 들린 게 기억나는군. 이제는 도저히 군중 속으로 들어가서 그 소음을 견디고 있을 수 없을 듯하오. 어쨌든 다행히도, 나는 그 실제 상황에 이르지는 못했다오. 머릿속에서 천둥 소리가 나더니 꿈이 끝나 버렸지. 하지만, 메리,"

"뭐라고 물으실지 알고 있어요. 제 생각에는 일종의 독심술 비슷한 상황이 아닐까 싶네요. 어제 윌킨스 양이 찾아왔는데, 그분 남동생이 어릴 적 여기 살던 때 꾸었던 꿈 이야기를 들려주었어요. 분명 어젯밤에 제가 끔찍한 부엉이 소리와 수풀에서 남자들이 웃고 떠드는 소리를 들으며 깨어 있는 동안—말이 나왔으니 말인데, 혹시 그자들이 피해를 입힌 것은 없는지 확인하고 경찰서에 가서 항의를 해 두셨으면 해요—제 뇌에서 잠들어 있는 당신의 뇌로 그 이야기가 흘러 들어간 것 같아요. 물론 이상한 일이고, 그 때문에 당신이 그리 끔찍한 밤을 보내셨다니 정말 유감이에요. 당신, 오늘은 최대한 맑은 공기를 쐬는 편이 좋겠어요."

"아, 이제는 아무 문제 없소. 하지만 로지로 가서 같이 한 바퀴 돌 사람이 있는지 찾아보리다. 당신은 무얼 할 거요?"

"오늘 아침에 할 일은 잔뜩 있죠. 그리고 오후에는 별다른 일이 없으면 그림을 그릴 테고요."

"물론 그렇겠지. 나도 완성된 그림을 정말로 보고 싶소."

풀숲에서는 별다른 피해가 발견되지 않았다. 앤스트루더 씨는 아주 약간 흥미를 가지고 장미 정원 터를 훑어보았다. 땅에서 뽑아낸 기둥은 여전히 바닥에 쓰러져 있었고, 뽑아낸 자리의 구멍은 아직 메우지 않은 상태였다. 물어보니 콜린스는 몸이 조금 나아진 듯했지만 아직 일터로 나올 정도는 아닌 듯했다. 그는 아내를 통해 그곳을 정리하는 일이 잘못된 것이 아니었기를 바란다고 전했다. 그러면서 콜린스 부인은 웨스트필드의 사람들이 온갖 소문을 입에 올리지만 입 밖에 내지 않는 소문이 가장 끔찍하다고 덧붙였다. 다들 제각기 자기네가 이 교구에서 누구보다 더 오래 살았다고 여긴다고도 했다. 그러나 콜린스를 불안하게 한 소문에 대해서는 그저 말도 안 되는 소리라고 언급할 뿐, 자세한 내용은 입에 올리지 않았다.

점심 식사를 끝내고 잠시 얕은 잠을 잔 다음 앤스트루더 부인은 교회 안뜰의 옆문으로 이어지는 관목 숲 오솔길에 스케치용 의자를 가져다 놓고 편하게 자리를 잡았다. 그녀가 가장 좋아하는 소재는 나무와 건물이었는데, 그곳에서는 그 두 가지 모두를 훌륭하게 관찰할 수 있었다. 그녀는 열심히 작업에 매진했고, 서쪽 언덕의 숲이 태양 빛을 가릴 때쯤에는 정말로 보기 좋은 결과물을 완성해 가고 있었다. 그래도 그녀는 그 자리에서 계속 작업을 했지만, 곧 하늘빛이 빠르게 변해 버려 결국 마무리 작업은 다음 날에나 할 수 있으리라는 점이 분명해졌다. 그녀는 자리에서 일어나 집으로 향하다 잠시 발걸음을 멈추고 평온한 녹색의 서쪽 하늘을 감상했다. 그리고 짙은 색 회양목 덤불 사이를 걸어가다가 오솔길이 정원으로 이어지는 곳에 이르러 다시 한번 멈춰 섰다. 그녀는 평온한 저녁 풍경을 둘러보고는 루딩의 교회들 중 한 곳에 있는 탑 하나가 저녁 하늘 위로 솟아 오른 모습을 발견했다. 그때 새 한 마리(아마도)가 그녀의 왼쪽 회양목 덤불 속에서 부스럭댔고, 그녀는 그쪽을 돌아보다가 11월 5일의 가면*으로 보이는 물건이 나뭇가지 사이로 밖을 내다보고 있는 모습을 발견하고는 깜짝 놀랐다. 그러고는 그것을 좀 더 자세히 들여다보았다.

그것은 가면이 아니었다. 얼굴이었다. 크고 부드러운 분홍색 얼굴. 그녀는 그 얼굴의 이마에서 흘러내리던 땀방울마저 기억한다. 깔끔하게 면도되어 있는 턱이며, 감고 있는 눈까지도. 그녀는 또한 왜 이런 상황을 자신이 받아들이지 못하는지도, 입이 열리면서 윗입술 아래로 단 하나의 이가 드러나 보였다는 사실도 기억하고 있다. 그녀가 바라보고 있노라니 얼굴은 곧 덤불의 어둠 속으로 사라져 버렸다. 그녀는 안전한 집으로 들어와 문을 닫은 다음에야 비로소 정신을 잃었다.

앤스트루더 씨와 부인이 브라이턴에서 일주일이 넘게 휴양하는 동안 에식스 고고학학회에서 보낸 회람장이 도착했다. 혹시 그들이 이후 학회의 원조하에 출간할 예정인 『에식스의 초상화』에 넣을 만한 역사적인 초상화를 가지고 있는지 문의하는 편지였다. 동봉된 편지는 학회 회장이 쓴 것이었는데, 다음과 같은 문장이 포함되어 있었다. '특히 여기 동봉된 사진에 찍힌 판화의 원형을 가지고 계신지 알고 싶습니다. 이 판화의 주인공은 찰스 2세 시절 수석 재판관이었던 ── 경으로, 물론 알고 계시겠지만 명예를 잃은 후 웨스트필드로 낙향하여 회한 속에 사망한 것으로 여겨지는 인물입니다. 흥미가 있으실지 모르겠

---

* 11월 5일은 가이 포크스의 날이다. 가이 포크스는 잉글랜드의 가톨릭 탄압에 저항하며 의회 의사당에 화약을 설치했다가 실패한 인물로, 이 사건을 기념하여 그날 가이 포크스 모양의 인형을 모닥불에 태운다.

지만 최근 교구록에서 그 사람에 대한 항목이 발견된 일이 있습니다. 웨스트필드 교구가 아니라 루딩 수도원의 기록인데, 그의 죽음 때문에 교구민들이 너무 동요한 나머지 루딩의 목사들을 모두 불러 그의 매장을 돕도록 했다고 합니다. 이 항목은 다음과 같은 내용으로 끝납니다. "그 말뚝은 웨스트필드 교회 정원 옆의 들판 서쪽에 위치해 있다." 저희가 직접 그 교구를 방문해서 그와 관련된 흔적이 남아 있는지 확인하게 해 주시면 감사드리겠습니다.'

예의 '동봉된 사진' 때문에 앤스트루더 부인은 다시 그 사건을 떠올렸고, 그로 인해 심각한 충격을 받았다. 결국 그녀는 그해 겨울을 해외에서 보내야 한다는 진단을 받았다.

몇 가지 계약 때문에 웨스트필드로 내려간 앤스트루더 씨는 자연스럽게도 교구 목사(나이 든 신사였다)에게 이 이야기를 들려주었는데, 그는 별로 놀라지 않는 눈치였다.

"사실 저도 무슨 일이 벌어졌는지 거의 확실히 짐작하고 있습니다. 노인들의 대화와 제가 선생의 장원에서 직접 본 바를 통해서 말이지요. 물론 우리도 어느 정도는 힘든 일을 겪었습니다. 그렇습니다, 처음에는 좋지 못했지요. 말씀대로 부엉이나 남자들의 이야기 소리가 들렸죠. 어떤 밤에는 이 정원에서, 다른 밤에는 여기저기 집들에서 말입니다. 하지만 최근에는 비교적 잠잠해졌습니다. 제 생각에는 곧 사라질 것 같습니다. 우리 교구록에는 매장 기록밖에는 남아 있지 않은데, 저는 한동안 그게 그 가문의 관습에 따른 것이라고만 여겼습니다. 그런데 최근에 찾아보니 후대의 사람이 추가한 기록이 남아 있더군요. 17세기 후반의 우리 교구 목사님 한 분의 이니셜이 적혀 있었고요. A. C., 그러니까 어거스틴 크롬튼이죠. 여기 보십시오. 'quieta non movere(가만히 있는 것을 건드리지 말라)'라고 적혀 있군요. 제 추측으로는, 글쎄요, 솔직히 제 추측을 있는 그대로 입 밖에 내기가 쉽지 않군요."

미도트의 서

The Tractate Middoth

　어느 가을날 오후가 저물어 가는 무렵, 홀쭉한 얼굴에 회색 피커딜리 구레나룻*을 기른 노년의 남성이 한 유명한 도서관으로 통하는 연결 통로의 여닫이문을 밀고 들어왔다. 그는 직원을 불러 자신이 도서관을 사용할 자격이 있다고 생각하는데 책을 한 권 대출할 수 있을지 물었다. 물론 그가 그런 특권을 가진 사람들의 목록에 이름을 올리고 있다면 가능한 일이었다. 그가 존 엘드레드라는 이름이 적힌 명함을 제시하자 직원은 명부와 대조하고는 긍정적인 답변을 주었다. "그럼, 한 가지 더." 그가 말했다. "여기 와 본 지 꽤 오래 지난 터라 이 건

---

* 톰 타일러의 희곡 「우리 미국인 사촌」(1858)의 등장인물 중 멍청한 영국인 귀족 던드리어리 경은 길고 무성한 구레나룻을 길렀는데, 이후 이런 모양의 구레나룻을 '던드리어리 수염'이나 '피커딜리 구레나룻'이라고 했다.

물의 구조를 잘 알지 못하오. 게다가 이제 폐관 시간이 다 되어 가고 있고, 서둘러 계단을 오르내리는 일이 내겐 썩 무리라서 말이오. 여기 내가 찾는 책의 제목이 있소. 혹시 내게 책을 가져다줄 만한 사람이 없겠소?" 수위는 잠시 생각을 한 다음 마침 지나가던 젊은이에게 손짓했다. "개릿 씨. 잠시 여기 신사분 좀 도와주실 수 있겠소?" "기꺼이 그러죠." 개릿이 대답했다. 책 제목이 적힌 쪽지가 그의 손으로 옮겨 갔다. "이 책은 짐작이 가는군요. 지난 학기에 확인한 부분에 있던 책입니다. 하지만 확실히 하기 위해 도서 목록을 찾아보기로 하죠. 바로 이 판본을 원하시는 모양입니다, 선생님?" "그렇소이다. 부디 바로 그 정확한 판본으로 찾아 주시오." 엘드레드 씨가 말했다. "도움을 주어 정말로 감사하외다." "아뇨, 부디 신경 쓰지 마십시오." 개릿은 이렇게 말하고 빠른 걸음으로 사라졌다.

"이럴 줄 알았지." 개릿은 손가락으로 목록을 훑어 내리다 어느 특정 항목에서 손을 멈추었다. "탈무드. 『미도트의 서書』. 나흐마니데스 주석. 암스테르담, 1707년.* 11.3.34. 히브리어 서가겠지, 당연히. 별로 어려운 일은 아니군."

엘드레드 씨는 입구의 의자에 앉아서 심부름꾼이 돌아오기만을 초조하게 기다리고 있었다. 개릿이 빈손으로 층계를 뛰어내려 오는 것을 보자 그의 얼굴에는 명백한 실망의 기색이 떠올랐다. "실망시켜 드려

---

* 탈무드는 유대의 구전과 성문 율법을 기록하고 해설하는 모음집이며, 미슈나(율법)와 게마라(해설)로 이루어져 있다. 『미도트(측량)』는 미슈나의 열 번째 서로, 율법의 다섯 번째 항목인 '코다심(성물)의 명령', 즉 예루살렘 성전의 종교 예식을 다루는 율법의 하나이다. 『미도트』 그 자체는 예루살렘의 두 번째 성전의 측량에 대해 다루고 있다. 나흐마니데스는 카탈루냐 출신 랍비이자 유명한 탈무드 주석자 모세 벤 나흐만(1194~1270)의 필명이다. 단, 본문에 등장하는 서적 그 자체는 가상의 것일 수 있다.

죄송합니다, 선생님." 젊은이가 말했다. "하지만 그 책은 대출이 된 상태입니다." "이런!" 엘드레드 씨가 말했다. "그렇단 말이오? 혹시 실수를 한 것은 아니겠지요?" "그럴 가능성은 별로 없을 듯합니다만, 선생님. 하지만 잠시만 기다려 주시면 그 책을 빌려 간 신사분을 만나실 수 있을 듯합니다. 아마 곧 도서관을 떠날 시간이 될 텐데, 그 책을 선반에서 가져가시는 모습을 본 것 같거든요." "그런가! 혹시 그 사람이 누구인지는 모르시오? 교수나 학생은 아니겠지요?" "그런 것 같지는 않습니다. 분명 교수님은 아니에요. 얼굴을 봤어야 하는데, 이 시간에는 그 부근에 빛이 별로 들지 않아서 얼굴은 보지 못했습니다. 키가 작은 노신사분이었던 듯한데, 외투를 둘렀던 것으로 보아 성직자이실지도 모르겠군요. 조금 기다려 주시면 그분이 그 책을 원하시는 것인지 확인해 보겠습니다."

"아니, 됐소." 엘드레드 씨가 말했다. "나는 더 이상, 이제는 더 기다릴 수가 없소. 고맙구려. 아니, 이제 가야 하오. 하지만 가능하면 내일 다시 들를 테니 여력이 되면 그 책을 가져간 사람이 누구인지 확인해 주시구려."

"물론이죠, 선생님. 반납이 되면 선생님을 위해 책을 준비해 두겠," 하지만 엘드레드 씨는 이미 자리를 뜨고 없었다. 보통 그 나이대의 노인에게 가능하리라고 여겨지는 것보다 훨씬 더 빠른 걸음이었다.

개릿에게는 약간 시간이 있었다. 그는 생각했다. '그 서가로 돌아가서 혹시 아까의 노인이 있는지 찾아봐야겠어. 아마도 며칠 정도는 그 책을 사용하지 않을 수도 있겠지. 다른 쪽은 분명 그리 오래 책을 가지고 있지 않을 모양이니 말이야.' 그리하여 그는 다시 히브리어 서가로 향했다. 그러나 서가에는 아무도 없었고, 11.3.34라는 분류표가 붙은 책은 서가 위 원래의 자리에 놓여 있었다. 별다른 이유 없이 손님의 요구에 부응하지 못하게 된지라 개릿은 자존심에 상처를 입었다. 도서관 규칙이 아니었더라면 그는 즉시 그 책을 꺼내 들고 입구로 내려가 엘드레드 씨가 다시 방문했을 때 바로 내어 줄 수 있도록 준비를 마쳐 놓았을 것이다. 어쨌든 다음 날 아침 개릿은 엘드레드 씨의 방문을 기다리고 있었고, 수위에게 노인이 들어오면 즉시 자신에게 알려 달라고 부탁까지 해 놓았다. 엘드레드 씨가 도착했을 때 그는 이미 입구에 나와 있는 상태였다. 도서관 문을 연 지 얼마 되지 않아서 건물 안에는 직원들을 제외하고는 거의 아무도 없었다.

"정말 죄송합니다." 그가 말했다. "이런 어리석은 실수를 하는 일이 그리 많지 않은데, 그 책을 집어 든 노신사분이 펴 들지 않고 손에 들고 계셔서, 저는 그런 분들이 보통 그러듯 그 자리에서 참조하는 것이 아니라 대출하신 거라고 생각했습니다. 하지만 이번에는 즉시 올라가서 책을 가져오도록 하겠습니다."

그리고 잠시 시간이 흘렀다. 엘드레드 씨는 입구에서 왔다 갔다 하며 모든 주의 사항을 읽어 보고, 시계를 확인하고, 자리에 앉아 층계참을 바라보는 등 아주 초조한 사람이 할 수 있는 모든 행동을 취했다. 그러는 동안 20여 분이 흘렀다. 마침내 그는 수위를 불러 젊은이가 올라간 서가가 멀리 있느냐고 묻기에 이르렀다.

"글쎄요, 저도 좀 이상하다고 생각하고 있었습니다, 선생님. 늘 잽싸게 움직이는 사람인데, 아니면 혹시 사서가 심부름을 시켰을지도 모르겠군요. 그렇다 해도 선생님께서 기다리고 계시다고 말을 했을 텐데요. 전송관으로 한번 불러 보기로 하지요." 그리고 그는 관에다 대고 개릿을 불렀다. 대답을 듣고 그가 안색이 변해 질문 한두 개를 더 했다. 곧 대답을 듣고 그가 다시 자기 책상으로 와서 낮게 말했다. "정말 죄송합니다, 선생님, 뭔가 조금 이상한 일이 벌어진 모양입니다. 개릿 씨가 갑자기 몸 상태가 안 좋아져서 사서가 반대쪽 입구에서 마차에 태워 집으로 보냈답니다. 발작이 있었던 모양인데요." "뭐라고, 정말이오? 누군가가 그 사람을 다치게 한 거요?" "아뇨, 선생님, 폭력을 당한 게 아니라 제 생각에는 병에 걸렸을 때의 증세, 그러니까 갑자기 발작을 일으킨 것 같습니다. 개릿 씨가 그리 건강한 편은 아니긴 하죠. 하지만 아무래도 선생님이 말씀하신 책은 직접 찾으셔야 할 것 같습니다. 이렇게 두 번이나 실망을 드리게 되어 정말 죄송합니다만," "어, 흠, 하지만 나를 위해 친절을 베풀다 병을 얻었다니 정말 미안하게 되었소. 아무래도 책은 놔두고 그 사람에게 가서 좀 물어봐야 할 것 같소. 혹시 그의 주소를 알려 줄 수 있으시오." 어렵지 않은 일이었다. 개릿 은 역에서 그다지 멀지 않은 하숙집에 머물고 있었다. "그리고 한 가지 더 물어보겠소. 혹시 나이 든 신사, 어쩌면 성직자, 그러니까, 검은 외투를 걸친 사람이 어제 내가 떠난 다음에 도서관을 나가는 모습을 본 적이 있으시오? 어쩌면 그가, 그러니까, 내 말은, 그 사람이 여전히 여기 있거나, 아니면 내가 아는 사람일지도 몰라서 말이오."

"검은 외투를 걸친 사람은 없었습니다. 선생님보다 나중에 나간 신사분은 두 분뿐이셨는데, 모두 젊은 분들이셨습니다. 카터 씨가 음악 책을 하나 빌려 가셨고, 교수님 한 분이 소설 한두 권을 빌려 가셨죠. 그게 전부입니다. 그러고 나서 저는 기쁜 마음으로 차를 들러 갔지요. 감사합니다, 선생님. 또 들러 주십시오."

여전히 초조한 모습의 엘드레드 씨는 마차를 잡아타고 개릿의 주소지로 향했다. 그러나 젊은이는 손님을 맞이할 만한 몸 상태가 아닌 듯했다. 조금 상태가 나아지기는 했지만 집주인 여자는 그가 상당한 충격을 받은 것 같다고 생각하고 있었다. 그녀는 의사의 말을 고려하면 그가 내일 정도면 엘드레드 씨를 만나 볼 수 있을 듯하다고 했다. 엘드레드 씨는 해 질 무렵 호텔로 돌아왔고, 아마도 지루한 저녁 시간을 보냈을 것이다.

다음 날 그는 개릿 씨를 만날 수 있었다. 건강할 때의 개릿 씨는 활기차고 경쾌한 젊은이였다. 이제 그는 창백한 얼굴을 하고 벽난로 앞 안락의자에 몸을 누인 채 계속 문가를 바라보며 몸을 떨고 있었다. 그모습으로 미루어 그가 원치 않는 방문객이 있는 것이 분명했다. 하지만 다행히 엘드레드 씨는 거기에 속하지 않는 모양이었다. "선생님께는 정말로 사과드려야 할 것 같습니다. 선생님이 사시는 곳을 몰라 도저히 사과드릴 방법이 없다고 낙담하고 있었습니다. 이렇게 찾아와 주셔서 정말 기쁩니다. 이렇게까지 폐를 끼치게 되어 정말로 유감이지만, 저도 그런 일이 벌어지리라고는, 그런 공격을 받으리라고는 상상도 못 했다는 사실을 알아주셨으면 합니다."

"물론 그렇겠지요. 하지만 나도 일단은 의사라는 직함을 가진 사람이오. 실례지만 질문을 좀 해도 되겠소? 내 조언이 도움이 될 수도 있을 거요. 혹시 어딘가에서 떨어진 거요?"

"아닙니다. 바닥을 구르기는 했지만, 높은 곳에서 떨어진 건 아니었습니다. 충격 때문이었지요."

"무언가에 놀랐다는 말이군. 뭔가를 본 것이오?"

"유감스럽게도 이번에는 단순히 제 생각만이 아니었던 것 같습니다. 네, 제가 본 무언가 때문입니다. 처음 도서관을 방문했을 때를 기억하십니까?"

"그럼, 물론이오. 어쨌든 그렇다면 그 모습을 설명하려고 애쓰지는 마시오. 그 모습을 다시 떠올리면 분명 몸에 좋지 못할 테니까."

"하지만 선생님 같은 분께 이야기를 털어놓을 수 있다면 저로서도 안심이 될 것 같습니다. 어떻게 된 일인지 진상을 추론해 주실 수 있지 않겠습니까. 제가 선생님의 책이 있는 서가로 들어간 바로 그 순간,"

"아니, 말하지 않는 편이 좋을 것 같소, 개릿 씨. 게다가 시계를 보니 내 물건을 챙겨서 기차를 타기까지 시간이 별로 남지 않은 듯해서요. 아니, 더 이상 말하지 마시오. 아마 생각보다 더 정신적인 충격을 받을 거요. 그저 이 말을 하고 싶었을 뿐이라오. 나로서는 지금 젊은이의 상태가 간접적으로 내 책임이라고 생각하고, 그로 인해 발생한 비용을 부담하고 싶은데, 어떻소?"

그러나 개릿은 이 제안을 확고하게 거절했다. 엘드레드 씨는 더 이상 실랑이를 벌이지 않고 즉시 자리를 떴다. 그러나 그 전에 개릿은 그에게 『미도트의 서』의 열람 번호를 적어 주며 시간이 나면 직접 찾아보시라고 권유했다. 그러나 엘드레드 씨는 두 번 다시 도서관에 모습을 나타내지 않았다.

그날 윌리엄 개릿은 또 한 사람의 방문객을 맞았다. 도서관 동료로, 동년배인 조지 얼이라는 젊은이였다. 개릿이 의식을 잃고 히브리어 서가 또는 열람실(중앙 통로와 연결된 널찍한 공간을 말한다)에 쓰러져 있는 모습을 발견한 사람이 바로 그였다. 따라서 그가 친구의 몸 상태를 걱정하는 것은 당연했다. 도서관 개관 시간이 끝나는 즉시 그는 개릿의 숙소에 모습을 드러냈다. "글쎄," (잠시 대화를 나눈 후) 그가 말했다. "자네가 무엇 때문에 충격을 받았는지는 모르겠지만, 도서관 공기가 어딘지 이상하다는 생각은 했네. 자네를 발견하기 직전에 데이비스와 함께 열람실로 들어가고 있었는데, 그때 내가 이렇게 말했거든. '지금 여기서 나는 이 곰팡내 비슷한 것을 다른 쪽에서도 맡아 본 적이 있나? 건강에 나쁠 것 같은데.' 글쎄, 오랫동안 그 냄새를 맡는다면— 그 전까지 생각하던 것보다 훨씬 고약한 냄새임은 분명했어—그게 내부 장기로 들어가서 언젠가는 몸을 망가트리지 않겠나?"

개릿은 고개를 저었다. "냄새에 대해서는 자네 말이 맞네. 하지만 늘 나던 냄새는 아니야. 고작해야 지난 하루나 이틀 정도 났을 뿐이라네. 묘하게 톡 쏘는 먼지 냄새 같은 느낌이었지. 하지만 나를 이렇게 만든 건 냄새가 아니네. 내가 눈으로 본 무언가였어. 자네에게 꼭 말해 주고 싶군. 나는 아래층에서 기다리는 손님이 요청한 책을 가지러 히브리어 서가로 들어갔네. 바로 전날 내가 실수를 저질렀던 그 책이었어. 전날, 같은 손님의 요청으로 그 책을 가지러 갔었는데 외투를 걸친 한 나이든 목사가 그 책을 뽑아 드는 것을 보았지. 내가 돌아가서 책이 대출되었다고 말하자 손님은 도서관을 떠나면서 내일 다시 들르겠다고 말했네. 나는 그 목사를 만날 수 있을지도 모른다고 생각하고 서가로 돌아갔는데, 목사는 없고 책은 제자리에 꽂혀 있었네. 그래서 어제, 아까 말한 대로 나는 다시 그 책을 찾으러 갔지. 자네도 기억하겠지만, 그때는 아침 10시였고, 그곳의 서가에는 햇빛이 충분히 들어오고 있었어. 그런데 예의 목사가 그곳에 있었네. 내게 등을 돌린 채로, 내가 원하는 책이 있는 서가를 바라보고 말일세. 모자는 책상 위에 놓여 있었고, 머리는 대머리였네. 나는 한동안 그 사람을 살펴보며 잠시 머뭇거렸다네. 그런데 보아하니 아주 끔찍한 대머리더군. 바싹 마른 몸은 먼지투성이고, 머리카락은 머리라기보다는 거미줄에 가깝게 보이는 게 한두 올 흘러내리고 있었어. 그래서 나는 짐짓 크게 헛기침을 하고는 걸음을 옮겼다네. 그가 고개를 돌려 정면으로 나를 마주하자, 그때까지 보이지 않던 얼굴이 드러났네. 다시 한 번 말하지만, 내가 잘못 본 것이 아니야. 한두 가지 이유로 얼굴의 아랫부분을 보지는 못했는데, 윗부분은 확실히 보았다네. 완전히 말라붙은 얼굴에, 눈두덩은 푹 꺼져 있고, 그리고 그 위로, 눈썹에서 광대뼈에 이르기까지는, 두터운 거미줄이 뒤덮여 있었네. 그 모습에 나는 곧 의식을 잃었고, 더 이상은 할 수 있는 말이 없네."

이 현상을 얼이 어떻게 해석했는지는 여기에서 자세히 언급할 필요가 없을 것이다. 어쨌든 친구의 설명으로 개릿이 자신이 본 것이 사실이 아니었다고 여기게 되지는 않았다는 점은 확실하다.

*

사서는 윌리엄 개릿이 업무에 복귀하기 전에 일주일 동안 휴가를 내어 요양을 하는 편이 좋겠다고 주장했다. 며칠 후 개릿은 여행 가방을 들고 기차역에 서서, 예전에 가 본 적 없는 장소인 번스토온시로 향하는 기차의 쾌적한 흡연실을 찾고 있는 중이었다. 마음에 드는 흡연실은 하나밖에 없었다. 그러나 그 객실로 다가가려는 순간, 바로 그 문가에 최근의 불쾌한 경험에서 본 모습과 너무나 흡사한, 병색이 완연한 사람이 하나 서 있는 모습을 보게 되었다. 자신이 무슨 일을 하는지 깨닫기도 전에, 그는 마치 죽음이 자신을 따라오고 있기라도 한 것처럼 서둘러 바로 옆 객실의 문을 열고 그 안으로 몸을 던졌다. 기차는 출발했고, 그는 아무래도 이런 와중에 기절한 모양이었다. 다음으로 느낀 것이 코 앞에 놓인 각성제 냄새였기 때문이다. 그를 도운 의사는 선량한 인상의 노부인이었는데, 그녀와 그녀의 딸이 이 객실의 유일한 승객으로 보였다.

그러나 이런 일이 벌어진 이상, 그가 동료 여행객들에게 좋은 첫인상을 주지 못했음은 의심의 여지가 없다. 그렇기는 해도 당연히 감사와 질문과 일반적인 잡담이 오가기는 했고, 개릿은 얼마 지나지 않아 이 여정에서 의사만이 아니라 묵을 곳의 여주인까지 만났음을 알게 되었다. 심프슨 부인은 번스토에 세놓을 만한 방을 가지고 있었고, 그곳은 여러모로 그에게 적당한 곳이었다. 또한 이 계절에는 언제나 비어 있다고 했다. 덕분에 개릿은 모녀 사이에 아무런 부담 없이 끼어들 수 있었다. 그리고 그들은 상당히 즐거운 여행 동무기도 했다. 그곳에 묵은 지 사흘째 되던 날 저녁, 그는 모녀와 워낙 사이가 좋아져 개인 거실에서 함께 시간을 보내자고 초대받을 정도가 되었다.

대화를 나누던 중에 우연히 개릿이 도서관에서 일한다는 것이 화제에 올랐다. "아, 도서관은 참 좋은 곳이죠." 심프슨 부인이 일거리를 내려놓으며 한숨을 쉬었다. "그렇지만 책 때문에 저는 슬픈 경험을 한 적이 있답니다. 사실 단 한 권의 책이었지만요."

"글쎄요, 어쨌든 저는 책으로 먹고사는 사람이라 부인께서 책에 대해 안 좋은 감정이 있으시다니 그저 유감일 뿐입니다. 책 때문에 좋지 못한 일을 겪으셨다니 안타깝군요."

"어머니, 어쩌면 개릿 씨가 그 수수께끼를 해결해 주실지도 몰라요." 심프슨 양이 말했다.

"개릿 씨가 평생이 걸릴지도 모르는 추적에 나서게 할 수는 없지 않니, 얘야. 게다가 우리의 개인적인 문제로 힘들게 하면 곤란하지."

"제가 약간이라도 도움이 되어 드릴 수 있는 일이라면, 부디 그 수수께끼가 무엇인지 알려 주셨으면 합니다, 부인. 책에 대해 무언가를 찾아내는 일이라면 저는 제법 괜찮은 자리에 있는 셈이니까요."

"그래요, 그건 알고 있어요. 하지만 가장 큰 문제는 우리가 그 책의 제목조차 모른다는 거랍니다."

"무엇에 대한 책인지도요?"

"그래요, 그것도요."

"영어로 된 책이 아니라는 것 정도는 알잖아요, 어머니. 단서라고 할 수도 없지만요."

"글쎄요, 개릿 씨." 심프슨 부인은 다시 일거리를 손에 잡지 않고 생각에 잠겨 벽난로의 불길을 바라보고 있었다. "그 이야기를 해 드리기로 하지요. 부디 다른 사람들에게는 알리지 말아 주시겠어요? 감사합니다. 그저 이런 이야기일 뿐이에요. 제게는 랜트 박사라는 나이 든 숙부님이 한 분 계셨어요. 들어 본 적이 있으실지도 모르겠네요. 유명한 사람이어서가 아니라 독특한 매장 방식을 선택하셨기 때문이에요."

"여행 책자에서 본 적이 있는 이름 같습니다."

"아마 그 사람이 맞을 거예요." 심프슨 양이 말했다. "일일이 지시 사항을 남겼거든요. 끔찍한 늙은이 같으니! 자기 집 근처 들판에 지하 벽돌 방을 만들고, 평상복을 입혀 탁자 앞에 앉혀 달라는 주문이었죠. 그곳 주민들은 할아버지가 예전과 똑같이 검은 외투를 걸치고 돌아다니는 모습을 보았다고 말하고 다닌답니다."

"글쎄, 얘야, 나는 그런 이야기는 잘 모르겠구나." 심프슨 부인이 말을 이었다. "하지만 어쨌든 그분이 돌아가신 건 20년도 더 전의 일이랍니다. 성직자였는데, 사실 저로서는 대체 어떻게 성직에 오르셨는지도 상상이 되질 않아요. 어쨌든 말년에는 성직자의 일은 전혀 하지 않으셨는데, 제 생각에는 오히려 잘된 일 같고요. 여기서 얼마 떨어지지 않은 곳에 훌륭한 장원을 가지고 계셨고, 그곳에 사셨죠. 부인이나 가족은 아무도 없었고요. 조카와 조카딸이 하나씩 있었는데, 조카딸은 바로 저고, 조카는 우리 둘 모두 좋아하지 않았던, 아니 누구의 마음에도 들지 않는 사람이었어요. 어쨌든 그분은 저보다 그 사촌을 더 아끼셨지요. 존은 저보다 훨씬 더 그분과 성격이 비슷했고, 이렇게 말해도 될지 모르겠지만 비열한 심성도 그분과 비슷했거든요. 만약 제가 결혼하지 않았더라면 상황이 달라졌을지도 모르겠어요. 하지만 제가 결혼을 했기 때문에 그분은 저를 정말로 마뜩잖게 여기셨죠. 어쨌든 그분은 마음대로 사용할 수 있는 꽤나 많은 재산을 가지고 이곳 저택에 살고 계셨고, 우리는—그러니까 저와 제 사촌은—그분이 돌아가시면 그 재산을 똑같이 물려받게 될 예정이었어요. 그리고 말씀드린 대로 20년도 더 전의 어느 겨울날, 숙부님이 병에 걸리셔서 저는 숙부님을 간병하러 댁으로 갔지요. 당시에는 제 남편도 살아 있었지만, 숙부님은 그이가 방문하는 걸 절대로 허락하지 않으시더군요. 마차를 타고 저택으로 가는데 존이 지붕 없는 마차를 타고 매우 기분 좋은 듯한 얼굴로 지나가는 모습이 보이더군요. 저는 저택으로 가 최선을 다해 숙부님을 보살폈지만, 얼마 지나지 않아 이번 병치레가 마지막이 될 것임이 분명해졌지요. 숙부님 역시 그렇게 생각한 모양인지 돌아가시기 전날 밤에 계속 침대 옆에 있어 달라고 부탁하셨죠. 분위기를 보니 무언가 좋지 못한 이야기를 하셔야 하는데, 기력이 남아 있는 한 최대한 뒤로 미루는 듯한 느낌이 들었어요. 아무래도 저를 최대한 옆에 붙잡아 두려는 듯했는데, 그러다가 입을 여셨죠. '메리. 메리, 유언장을 존에게 유리하게 작성했단다. 그 아이가 모든 것을 가지게 될 거다, 메리.' 글쎄요, 물론 저로서는 쓸쓸하고 충격적인 일이었지요. 남편과 저는 재산이 별로 없었거든요. 약속하신 유산을 그대로 주셨더라면 조금 더 편하게 살수 있었을 테고, 어쩌면 제 남편도 더 오래 살았을지 모르지요. 하지만 저는 그런 이야기는 전혀 입에 올리지 않고, 그저 그 문제라면 숙부님께서 원하는 대로 하시는 것이 당연하다고만 말씀드렸죠. 어느 정도는 무슨 말을 해야 할지 모르기도 했고, 어느 정도는 그 뒤로 다른 말씀을 하실 것 같아서였죠. 역시 다음 말이 이어졌죠. '하지만 메리, 나는 존을 별로 좋아하지 않아. 네게 유리하게 쓴 다른 유언장도 남겼단다. 네가 모든 것을 가질 수도 있어. 그저 그 유언장을 찾아내기만 하면 되지. 그리고 그게 어디에 있는지는 알려 주지 않을 거야.' 그러고 나서 킬킬 웃으셨는데, 저는 아직 말이 다 끝나지 않았다고 확신하고 가만히 기다렸죠. '착한 아이로구나.' 잠시 후 숙부님이 말씀하셨죠. '얌전히 기다렸으니 존에게 말한 것만큼은 말해 주마. 하지만 한 가지는 기억해 둬라. 내가 해 준 말만 가지고 법정으로 갈 수는 없을 게다. 네가 하는 발언을 제외하면 물적 증거가 전혀 없으니 말이다. 그리고 존은 필요하다면 위증 정도는 얼마든지 할 수 있는 놈이잖니. 좋아, 이해한 모양이로구나. 자, 나는 아무래도 그 유언장을 평범한 식으로 쓸 마음이 들지 않아서 책 안에 남기기로 했단다, 메리. 인쇄한 책으로 말이야. 그리고 이 저택에는 책이 수천 권 있지. 하지만 다행히도! 그 책을 전부 뒤질 필요는 없단다. 그중 한 권이 아니니까 말이야. 다른 곳에 안전하게 보관되어 있단다. 존이라면 그곳이 어딘지 알기만 하면 언제든

갈 수 있지만, 너는 갈 수 없는 곳이지. 훌륭한 유언장이란다. 서명과 공증인도 있으니까. 하지만 아무래도 네 쪽의 공증인은 그리 급하게 구할 필요가 없을 것 같구나.'

저는 아무 말도 하지 않았어요. 조금이라도 움직이려고 했다가는 그만 그 망할 늙은이의 어깨를 잡고 흔들어 버릴 것만 같았거든요. 숙부님은 그렇게 크게 웃으며 누워 계시다가 마침내 말씀하셨죠.

'이거 정말, 정말 조용하게 받아들이는구나. 그리고 너희 둘이 공정하게 경쟁을 할 수 있도록 하고 싶으니 말이다, 그 책이 있는 장소에 갈 수 있는 존에게는 알려 주지 않은 단서를 두 가지 더 말해 주도록 하마. 유언은 영어로 되어 있지만, 그 내용은 영어라고는 생각할 수가 없을 게다. 이게 첫 번째 단서야. 두 번째 단서는, 내가 죽고 나면 내 책상에서 너에게 쓴 편지를 하나 찾을 수 있을 텐데, 그 안에 그 책을 찾게 도와줄 만한 내용이 들어 있다는 것이란다. 물론 네가 그걸 사용할 수 있을 정도로 영리하다면 말이지.'

숙부님은 그로부터 몇 시간 후 돌아가셨고, 저는 존 엘드레드에게 항의하기는 했지만,"

"존 엘드레드? 실례합니다만, 부인. 제가 존 엘드레드 씨를 만난 적이 있는 것 같습니다만. 어떻게 생긴 사람인가요?"

"마지막으로 본 지 10년은 되는 것 같아요. 이제는 노인이겠죠. 마른 체구고, 아직 밀지 않았다면 사람들이 던드리어리라든가 피커딜리 뭐라고 부르는 구레나룻을 기르고 있고요."

"구레나룻이라. 맞아요. 바로 그 사람이었어요."

"어디서 만나신 건가요, 개릿 씨?"

"글쎄요, 뭐라고 말씀드려야 할까요." 개릿은 적당히 둘러댔다. "어느 공공장소에서였죠. 하지만 일단은 이야기를 마저 들려주시죠."

"사실 그 이상은 더 이야기할 게 없어요. 그저 존은 제 편지에는 신경도 쓰지 않고 그 후로 계속 저택을 차지하고 있고, 제 딸과 저는 여기서 하숙집을 꾸리는 신세가 되었을 뿐이죠. 그래도 아직까지는 제가 염려한 것만큼 불쾌한 일은 벌어지지 않았다고 해야겠네요."

"하지만 그 편지가 있지 않습니까?"

"물론 그래요! 맞아요, 수수께끼는 바로 그 내용이었죠. 얘야, 개릿 씨에게 책상 위에 있는 종이를 좀 가져다 드리겠니."

작은 쪽지였는데, 그 위에 적힌 것이라고는 띄어쓰기나 구두점도 없이 나란히 늘어선 다섯 개의 숫자뿐이었다. 11334.

한동안 생각에 잠긴 개릿의 눈 안에서 무언가가 반짝였다. 갑자기 그가 얼굴을 찌푸리고는 불쑥 이렇게 물었다. "그 책의 제목에 대해 엘드레드 씨가 부인보다 단서를 더 많이 가지고 있을 거라고 생각하십니까?"

"가끔은 그럴 거라고 생각해요." 심프슨 부인이 말했다. "생각해 보면 말이죠, 숙부님은 돌아가시기 직전에 그 유언장을 만드셨을 거예요 (직접 그렇게 말씀하셨으니까요). 그리고 그 직후에 그 책을 치우셨을 테고요. 하지만 숙부님의 장서는 모두 목록으로 정리가 되어 있어요. 존에게는 그 목록이 있죠. 그래서 존은 그 어떤 책도 밖으로 유출되지 않도록 최선을 다했지요. 게다가 항상 서적상이나 도서관에 드나든다고 하더군요. 따라서 저는 존이 숙부님의 서재에 있는 책들과 목록을 대조해 보고는 거기에서 사라진 책을 찾아다니고 있다고 생각해요."

"그렇군요, 그래요." 개릿은 다시 생각에 잠겼다.

바로 다음 날 개릿은 편지를 한 통 받았다. 그가 서운함을 담아 심프슨 부인에게 말한 바에 따르면 번스토에서의 일정을 급히 단축해야 할 만큼 중대한, 그가 필요한 일이 일어났다는 것이었다.

모녀와 작별하는 것이 서운하기는 했지만—모녀 역시 적어도 그만큼은 서운했던 듯했다—그는 예의 사건이 심프슨 부인(또한 아마도 심프슨 양에게도?)에게 있어 매우 중요한 일일지도 모른다고 생각했다.

기차에서 개릿은 흥분하고 초조한 상태였다. 그는 엘드레드 씨가 찾던 책이 어떤 방식으로 심프슨 부인의 쪽지에 적힌 숫자와 관련이 있는지 알아내려고 애썼다. 그러나 당황스럽게도 지난주에 겪은 충격으로 지나치게 당황한 탓인지 그 책의 제목이나 내용에 대해 전혀 기억이 나질 않았다. 심지어는 그 책을 찾으러 갔던 정확한 장소조차 말이다. 그러나 도서관의 다른 모든 구역에 대해서는 예전과 똑같이 명확하게 기억하고 있었다.

그리고 처음에는 망설이다가 나중에는 잊어버린 일이 한 가지 더 있었는데, 바로 심프슨 부인에게 엘드레드가 살고 있는 저택의 이름을 묻는 것이었다. 그러나 이는 나중에 편지로 물어도 될 일이었다.

적어도 쪽지에 적힌 숫자에 대해서는 나름 생각나는 것이 있었다. 만약 그 숫자가 도서관의 열람 번호를 가리키는 것이라면, 그 숫자를 읽을 수 있는 방법은 제한되어 있다. 1.13.34거나 11.33.4 아니면 11.3.34로 분할되는 것이다. 이 세 군데 모두 그리 어렵지 않게 확인할 수 있을 것이며, 그중 없어진 책이 있다면 쉽사리 추적할 수 있을 터였다. 그는 즉시 작업에 착수했지만, 잠시 시간을 내 상사와 동료들에게 일찍 돌아온 이유를 둘러대야 했다. 1.13.34의 책은 제자리에 있었으며 딱히 추가된 내용은 없어 보였다. 같은 열람실에 있는 11번 서가로 가까이 가자, 그의 뇌리에 그곳에서 겪었던 일이 싸늘하게 다시 살아났다. 그러나 그는 계속 나아가야 했다. 힐긋 11.33.4의 자리를 살펴본 후(이쪽이 더 가까이 있기 때문이었는데, 신착 도서임이 너무도 분명해 보였다), 그는 11.3.의 서가를 채우고 있는 4절판 책들을 눈으로 훑었다. 그가 예상한 곳에 빈틈이 있었다. 34번 서적이 자리에 없었던 것이다. 실수로 다른 곳에 끼어들어 간 것이 아니라는 사실을 확인하고 그는 즉시 입구로 달려갔다.

"11.3.34번 책이 대출되어 나갔습니까? 그 번호를 본 기억이 납니까?"

"기억이 나냐고요? 저를 어떻게 보고 그런 말씀을 하시는 겁니까, 개릿 씨? 자, 저기 장부를 직접 살펴보세요. 하루 정도 시간 여유를 내실 수 있다면 말이죠."

"그러면, 혹시 엘드레드 씨가 다시 방문하셨습니까? 제가 쓰러지던 날 오셨던 노신사분 말입니다. 어서요! 기억하고 계시겠죠."

"당연한 것 아닙니까? 물론 기억하고 있지요. 아뇨, 다시 들르신 적은 없습니다. 당신이 휴가를 떠난 이후로는 오신 적이 없어요. 물론 다른 방법이, 저기 있군요. 로버츠라면 알 겁니다. 로버츠, 헬드레드라는 이름 기억나나?"

"알지." 로버츠가 말했다. "우편 대금으로 5실링을 보내신 분 아닌가. 사람들이 다들 그렇게 해 주면 좋을텐데."

"엘드레드 씨한테 책을 보냈다는 겁니까? 어서, 말해 봐요! 보낸 겁니까?"

"글쎄요, 개릿 씨, 어떤 신사분이 정확한 요구 사항을 적은 문건과 소포를 받을 주소, 소포 비용까지 함께 보냈어요. 그리고 사서 양반이 책을 보내도 된다고 했죠. 감히 이런 질문을 해도 된다면 말이지만 개 릿 씨, 당신이라면 이런 경우에 어떻게 했겠습니까? 그 정도의 수고도 무릅쓰지 않았겠습니까, 아니면 카운터 아래 구멍을 파고 책을 묻어 버렸을 것인지."

"물론 당연한 행동을 하신 겁니다, 호지슨. 완벽해요. 하지만 제발 그 엘드레드 씨가 보낸 요청서 내용을 좀 보여 주시지 않겠습니까? 주소 도요?"

"물론 그러죠, 개릿 씨. 제 할 일도 모르는 사람이라고 한 소리 듣지 않는다면야, 힘닿는 한 기꺼이 모두 도와드리죠. 이 서류철에 그 서류 가 있을 겁니다. J.엘드레드, 11.3.34. 제목 : 탈, 무, 글쎄요, 직접 보시 죠. 감히 추측건대 소설은 아닌 모양이군요. 그리고 여기 헬드레드 씨 가 보낸 편지도 있는데, '탈' 어쩌고 쓰여 있네요."

"고마워요, 고맙습니다. 그리고 주소는? 이 편지에는 주소가 없는데 요."

"아, 그렇군요. 자, 어디 보자…… 좀 기다려 보세요, 개릿 씨. 여기 있을 텐데. 흠, 그 편지가 소포에 동봉되어 왔는데, 아주 친절하게 따로 수고할 필요가 없도록 그 안에 책을 넣어서 보내 달라고 배려해 두셨 더군요. 그리고 이 모든 과정에서 제가 저지른 유일한 실수가 있다면, 그저 여기서 제 장부에 그 주소를 굳이 적어 넣지 않았다는 정도인 모 양입니다. 하지만 그럴 만한 충분한 이유가 있었다고 생각되지 않으십 니까. 물론 지금은 저도 그쪽도 이 문제를 파고들 시간이 없는 것 같지 만 말입니다. 그리고, 아뇨, 개릿 씨, 전혀 기억이 나지 않습니다. 그런 걸 다 기억한다면 여기 장부는 뭐하러 만들겠습니까. 이건 그저 평범한 공책일 뿐이고, 제가 필요하다고 여기는 이름이나 주소를 적는 용도에 아주 잘 맞게 사용하고 있습니다만?"

"그거 참 훌륭한 일이군요. 물론—하지만—좋아요, 고맙습니다. 그 소포를 언제 보냈습니까?"

"오늘 아침 10시 반 정도였죠."

"아, 좋아요. 그리고 아직 1시밖에 되지 않았군요."

개릿은 생각에 잠긴 채 2층으로 올라갔다. 어떻게 하면 그 주소를 알아낼 수 있을까? 심프슨 부인에게 전보를 보낼 수도 있겠지. 하지만 답을 기다리다 기차를 놓칠지도 모른다. 그래, 다른 방법이 한 가지 더 있다. 부인의 말에 따르면 엘드레드는 숙부의 저택에 살고 있다고 했다. 그렇다면 그곳의 이름이 도서 기증 목록에 있을지도 모른다. 책의 제목을 확인한 이상 그는 빠르게 목록을 확인할 수 있었다. 곧 그는 기증 목록을 펼쳤고, 고인이 20년도 더 전에 사망했다는 사실을 알고 있었던지라 넉넉잡아 1870년대부터 시작하기로 마음먹었다. 가능성이 있어 보이는 항목은 단 하나밖에 없었다. 1875년, 8월 14일. 탈무드. 트락타투스 미도트 쿰 콤. R. 나흐마니다이. 암스텔로드. 1707. 브렛필드 장원의 신학박사 J. 랜트 씨 기증.

연감을 확인한 결과 브렛필드는 중앙선의 작은 기차역에서 약 5킬로미터 떨어진 곳에 있었다. 이제는 수위에게 혹시 그 소포에 적힌 이름이 브렛필드와 비슷했는지 확인해 볼 차례였다.

"아뇨, 전혀 아니었는데요. 듣고 보니까 말입니다만, 개릿 씨, 브레드필드나 브릿필드였는데, 방금 말씀하신 그 이름과는 전혀 비슷하지도 않았어요."

즉, 아무 문제 없다는 뜻이었다. 다음은 기차 시간표였다. 20분 후에 기차가 한 편 있는데, 여행에는 두 시간이 소요될 것으로 보였다. 절대 놓칠 수 없는 유일한 기회였다. 그리고 그는 기차에 오르는 데 성공했다.

올라오는 길에 조바심을 냈다면, 내려가는 길에는 온갖 생각이 그의 마음속을 헤집고 있었다. 엘드레드를 만나면 뭐라고 말을 해야 할까? 그 책이 귀중품이라는 사실이 발견되어 다시 가져가야 한다고? 너무 뻔한 거짓말이었다. 아니면 그 안에 중요한 자필 수기가 있다고 말할까? 엘드레드는 당연하게도 이미 그 부분을 제거한 책을 내밀 것이었다. 어쩌면 그 흔적을 확인할 수 있을지도 모르지만—책장을 뜯어 낸 자국이라든가—엘드레드가 자신도 그 참혹한 흔적을 확인했으며 진심으로 애석하게 여긴다고 하면, 그 말이 거짓인 걸 확인시켜 줄 사람이 누가 있겠는가? 결국 어떻게 생각해도 무모하게만 여겨지는 추적이었다. 희망이 딱 하나 있기는 했다. 책이 도서관을 떠난 것은 10시 30분이었다. 어쩌면 가장 빠른 기차인 11시 20분 편에 실리지 못했을지도 모른다. 그렇다면 그 책과 동시에 도착해서 엘드레드가 책을 포기하게 할 만한 거짓말을 꾸며 낼 수 있을지도 몰랐다.

역에서 내리자 저녁 시간이 다 되어 가고 있었다. 여느 시골 기차역과 마찬가지로 이곳 역시 부자연스러울 정도로 고요했다. 그는 자신과 함께 내린 한두 명의 손님이 떠나기를 기다린 다음 역장에게 가서 엘드레드 씨가 이 근처에 사는지 물었다.

"그렇소, 게다가 꽤나 가까운 곳입니다. 소포를 가지러 여기 들르겠다고 말씀하신 것 같은데. 오늘 이미 한 번 들르지 않으셨던가, 밥?" 역장이 짐꾼에게 물었다.

"그렇습니다, 역장님. 게다가 2시 차로 오지 않은 이유가 전부 저 때문이라고 생각하시는 모양이더군요. 어쨌든 이번에는 도착한 모양입니다." 짐꾼이 네모난 소포를 하나 들어 보였다. 힐긋 보고도 개릿은 그 소포 안에 지금 자신이 중요하게 여기는 단 하나의 물건이 들어 있음을 확신할 수 있었다.

"브렛필드 말씀이시죠, 선생님? 그래요, 5킬로미터 정도 될 겁니다. 저쪽으로 들판 세 곳을 가로질러 가면 1킬로미터 정도 거리를 줄일 수 있죠. 아, 엘드레드 씨의 마차가 도착했네요."

두 사람이 탄 이륜마차 한 대가 도착했다. 개릿은 좁은 기차역 안뜰 너머로 한 사람의 얼굴을 쉽사리 알아볼 수 있었다. 그나마 엘드레드가 마차에 타고 있는 것이 고무적이었다. 하인 앞에서 소포를 뜯어 보지는 않을 것이기 때문이었다. 그러나 서둘러 저택으로 향해야 했다. 엘드레드가 도착하자마자 뒤따라 도착하지 않는다면 모든 희망이 사라지기 때문이다. 그는 서둘러야 했고, 당연히 서둘렀다. 그가 택한 지름길은 삼각형의 한쪽 변이었고, 마차는 다른 두 변을 따라 움직여야 한다. 마차는 기차역에서 잠시 시간을 지체하기까지 했음에도, 개릿은 세 번째 들판에 도착했을 때 비교적 가까이에서 마차 소리를 들을 수 있었다. 그는 최대한 빠르게 나가려 했지만 마차의 속도를 확인하니 상황은 절망적일 뿐이었다. 아무리 빨리 움직여도 적어도 마차가 그보다 10분은 빨리 도착할 것이 분명했고, 10분이면 엘드레드 씨가 원하는 작업을 수행하기에는 충분하고도 남았다.

바로 그때 행운의 여신이 발걸음을 돌렸다. 밤은 고요했고, 소리는 멀리까지 울려 퍼졌다. 그리고 그에게 들려온 소리만큼 안도가 되는 것도 없었다. 마차가 멈춘 것이다. 몇 마디 대화를 나눈 후 마차가 다시 움직였다. 개릿은 불안한 마음에 발걸음을 멈추고 (자신이 서 있는 곳 가까이에 있는) 울타리를 넘어 지나가는 마차를 바라보았다. 그런데 엘드레드는 없고 하인 혼자 타고 있는 것이 아닌가. 곧 그는 엘드레드가 걸어서 그 뒤를 따르고 있다는 사실을 알아챘다. 개릿은 길가의 무성한 풀숲 뒤에 숨어서, 비쩍 말랐지만 강건한 육체를 지닌 남자가 팔 아래에 소포를 낀 채 서둘러 걸어가면서 주머니를 뒤적이는 모습을 지켜보았다. 울타리를 지날 때 주머니에서 무언가가 풀밭 위로 떨어졌지만 소리가 거의 나지 않아 엘드레드는 그 사실을 눈치채지 못한 듯했다. 조금 더 안전해지자 개릿은 울타리를 넘어 길가로 들어가 그 물건을 주웠다. 성냥 한 갑이었다. 엘드레드는 서둘러 팔을 움직이며 계속 걸어갔다. 나무 그림자 때문에 정확하게 무엇을 하는지는 볼 수 없었지만, 조심스레 따라가다 보니 어느 정도 단서가 나타났다. 끈 조각, 다음으로는 소포 포장지. 산울타리 너머로 던져 버렸지만 그 위에 그대로 걸린 듯했다.

이제 엘드레드의 걸음은 보다 느려졌고, 개릿은 그가 책을 펼치고 책장을 넘기고 있다는 사실을 명확하게 알 수 있었다. 빛이 부족해 정확하게 살펴보기 힘들었는지 그는 잠시 걸음을 멈추었다. 개릿은 출입구로 슬그머니 들어오면서 그의 모습을 계속 살펴보았다. 엘드레드는 초조하게 주변을 둘러보더니 길가의 나뭇등걸에 앉아 책을 눈 가까이 대고 들여다보았다. 그러다 갑자기 책을 펼친 채 무릎 위에 내려놓더니 주머니 속을 더듬었다. 꽤나 다급한 모양새였고, 짜증도 좀 나 있는 듯했다. '성냥이 정말로 필요한 모양이군.' 개릿은 생각했다. 그러다 엘드레드가 책장을 조심스레 찢어 내기 시작했다. 그와 동시에 두 가지 일이 일어났다. 먼저 거무스레한 무언가가 하얀 책장 위로 떨어졌고, 엘드레드가 깜짝 놀란 듯 뒤를 돌아보았다. 그러자 나뭇등걸 뒤쪽 어둠에서 작고 검은 형체가 솟아 나오더니 검은 덩어리로 이루어진 한 쌍의 팔이 엘드레드의 얼굴 앞으로 뻗어 나와 그의 머리와 목을 감쌌다. 그는 팔다리를 마구 휘저었지만 어떤 소리도 내지 못했다. 그러다 갑자기 움직임이 멎었다. 엘드레드는 다시 혼자가 되었다. 그가 나뭇등걸 뒤 풀밭으로 쓰러졌다. 책은 길 위에 그대로 떨어졌다. 그 끔찍한 몸부림을 보고 일순간 분노와 의심 모두를 잊은 개릿은 서둘러 큰 소리로 "도와줘요!"라고 외치며 달려 나갔다. 그리고 정말 다행스럽게도 건너편 들판에서 일꾼 한 사람이 모습을 드러냈다. 그들은 힘을 합쳐 엘드레드를 부축해 일으켰지만 아무 소용 없었다. 그가 죽었다는 결론을 내릴 수밖에 없었으니까. "가엾은 양반!" 개릿이 그를 다시 땅에 누이며 일꾼에게 말했다. "대체 어떻게 된 일인 것 같습니까?" "저는 채 200미터도 떨어지지 않은 곳에 있었는데요." 남자가 말했다. "엘드레드 어르신이 여기 앉아 책을 읽으려고 하다 갑자기 발작을 일으키시지 뭡니까. 얼굴이 새까매지더라고요." "그랬지요." 개릿이 말했다. "주변에 다른 사람은 없었습니까? 누가 습격한 것일 수도 있지 않습니까?" "그럴 리가요. 저나 선생님의 눈에 띄지 않고는 여기서 도망칠 수 없을 텐데요." "저도 그렇게 생각합니다. 일단 도와줄 사람이 필요할 것 같군요. 의사와 경찰도 불러야 할 테고요. 그리고 이 책은 경찰에게 넘기는 편이 낫겠습니다."

당연하게도 이는 수사가 필요한 사건이었으며, 마찬가지로 당연하게도 개릿은 증언을 위해 브렛필드에서 그날 밤을 보내야 했다. 검시 결과에 따르면 고인의 얼굴과 입안에서 검은 가루가 약간 발견되기는 했지만, 사인은 심장이 약한 고인이 충격을 받았기 때문으로 질식은 아니었다. 예의 책은 증거물로 제출되었다. 히브리어로만 쓰인 훌륭한 4절판 책이었는데, 세상에서 가장 예민한 사람이라도 신경 쓰지 않을 듯한 물건이었다.

"개릿 씨, 그러니까 돌아가신 신사분이 습격 직전에 이 책에서 한 장을 찢어 내려 하고 계셨다는 겁니까?"

"그렇습니다. 제 생각에는 속표지가 아니었나 싶습니다만."

"여기 반쯤 찢겨 나간 속표지가 보이는군요. 히브리어가 적혀 있습니다. 이 내용을 판독할 수 있으십니까?"

"영어 이름이 세 개 적혀 있고, 날짜도 있군요. 하지만 유감스럽게도 저는 히브리어를 읽지 못합니다."

"고맙습니다. 여기 보이는 이름은 꼭 서명인 것 같은데요. 존 랜트, 월터 깁슨, 제임스 프로스트고, 날짜는 1875년 7월 20일입니다. 여러분, 여기 보이는 이름들 중 혹시 아는 이름은 없습니까?"

그 자리에 있던 교구 목사가 고인에게 영지를 물려준 숙부의 이름이 랜트였다고 밝혔다.

책은 목사의 손으로 넘어갔지만 그는 영문을 모르겠다는 듯 고개를 저었다. "이건 제가 배운 히브리어와는 전혀 다르군요."

"히브리어인 건 확실합니까?"

"뭐라고요? 그건, 제 생각에는…… 그렇군요. 친애하는 선생, 당신 말이 옳습니다. 그러니까, 방금 그 질문이 정확한 지적이었다는 말입니다. 당연한 일이군요. 이건 히브리어가 아닙니다. 이건 영어고, 게다가 유언장이로군요."

그것이 존 랜트 박사의 유언장으로, 존 엘드레드가 가지고 있던 모든 영지를 메리 심프슨 부인에게 양도한다는 내용이라는 사실이 얼마 지나지 않아 밝혀졌다. 물론 이런 문서를 발견한 다음이었으니 엘드레드 씨가 초조함을 느낀 것도 당연했다. 속표지를 반쯤 찢은 일에 대해서는 검시관은 그 정확한 경위를 도저히 확인할 수 없는 무모한 추측을 해 보았자 아무런 도움이 되지 않을 것이라는 점을 분명하게 지적했다.

『미도트의 서』는 보다 상세한 조사를 위해 검시관의 손에 넘겨졌다. 그리고 개릿 씨는 사적인 자리에서 그 책에 얽힌 역사, 그리고 자신이 알고 있거나 추측한 일련의 사건들에 대해 전부 털어놓았다.

개릿은 다음 날 직장으로 돌아갔다. 기차역으로 걸어가던 도중 그는 엘드레드 씨가 최후를 맞이한 곳을 지나게 되었다. 그로서는 그곳을 다시 한 번 둘러보지 않을 수가 없었다. 햇살이 비추는 오전이었음에도 그곳에서 목격한 장면을 다시 떠올리자 등골이 오싹해졌다. 그는 조금 불안한 마음으로 나뭇등걸 뒤쪽으로 걸음을 옮겼다. 그곳에는 아직도 무언가 거무스레한 것이 놓여 있었고, 그는 순간 놀라 뒤로 몇 발짝 물러섰다. 그러나 그것은 움직이지 않았다. 가까이 다가가서 보니 그것은 두텁게 내려앉은 검은 거미줄 덩어리였다. 지팡이로 조심스레 휘젓자 커다란 거미 몇 마리가 기어 나와 잔디밭으로 도망쳤다.

*

지금까지의 일을 전부 들으셨으니, 커다란 도서관의 보조 사서였던 윌리엄 개릿이 어떤 경위로 현재의 지위, 즉 브렛필드 장원의 후계자이자 현 주인인 메리 심프슨 부인의 사위라는 자리에 이르렀는지 그리 어렵지 않게 추측할 수 있을 것이다.

룬 마법
Casting the Runes

190—년 4월 15일

친애하는 선생님, 저는 —— 협회 사무국을 대표하여 선생님께서 우리 회합에서 낭독하고자 요청하셨던 「연금술의 진실」 논문 초고를 반환하고, 또한 협회에서 해당 논문을 의사 진행 과정에 포함시킬 생각이 없음을 통고하고자 합니다.

협회장 ——

4월 18일

친애하는 선생님, 유감스럽게도 제 일정상 선생님의 논문에 관해 면담할 시간을 만들기가 힘들 듯합니다. 또한 저희 협회 규약상 선생님께서 제안하신 대로 저희 사무국의 임원들과 해당 주제에 대해 토의하는 일 역시 받아들일 수 없습니다. 부디 저희가 선생님의 원고를 최대한 세심하게 검토했음을 인정해 주시길 바라며, 가장 능력 있는 권위자가 판단을 내렸다는 사실을 염두에 두시길 바랍니다. (제가 구태여 덧붙일 필요도 없는 일이지만) 개인적인 질의를 통해서는 사무국의 결정에 조금도 영향을 끼칠 수 없다는 사실도 전합니다.

(상술한) 내용이 사실임을 인지하시길 바랍니다.

4월 20일

—— 협회의 회장은 카스웰 씨에게 그의 논문을 확인한 개인 혹은 복수의 사람들의 이름을 알려 줄 수 없음을 정중하게 통보한다. 또한 동일한 주제에 대해 앞으로 보내는 서신에 답변할 책무를 짊어질 의도가 없다는 점 역시 확인하고자 한다.

"그래서 그 카스웰 씨가 뭘 하는 사람인데요?" 회장의 아내가 물었다. 남편의 집무실을 방문한 그녀는 (아마도 무단으로) 방금 타자수가 가져온 세 통의 편지를 읽은 참이었다.

"글쎄, 지금 이 순간의 카스웰 씨는 매우 화난 사람인 듯하구려. 그 이상 아는 건 그다지 없다오. 재력이 있고, 주소지가 워릭셔의 러퍼드 수도원이며, 아무래도 연금술사인 모양이고, 우리에게 연금술에 대해 알려 주고 싶어 하는 것 같다는 사실을 제외하면 말이지. 그게 전부라오. 문제는 내가 앞으로 한두 주가량은 그를 만나고 싶지 않다는 것이지. 자, 당신이 준비가 다 되었다면 이만 출발하도록 합시다."

"어쩌다 이 사람을 그렇게 화가 나게 한 건데요?" 부인이 물었다.

"늘 있는 흔한 일이라오. 우리의 다음 회합 때 자기 논문 초안을 낭독하고 싶다고 하기에 그 내용을 에드워드 더닝에게 보냈지. 잉글랜드에서 그런 것들을 알고 있는 유일한 사람이니까 말이오. 그 사람이 완전히 구제 불능이라고 하기에 논문을 반려해 돌려보냈고. 그랬더니 이 카스웰이라는 작자가 그 후로 줄곧 편지를 보내 나를 괴롭히고 있는 거요. 마지막 편지에서는 자신의 논문이 엉터리라고 말한 사람이 누구인지 알려 달라고 하던데, 내 답변은 당신도 보았을 거요. 하지만 제발, 이 이야기는 다른 곳에서 하지 말아 주시오."

"물론 그럴 리가 있겠어요. 제가 한 번이라도 그런 적이 있던가요? 하지만 그 사람의 목표가 불쌍한 더닝 씨라는 사실이 알려지지 않았으면 좋겠네요."

"불쌍한 더닝 씨? 당신이 왜 그렇게 칭하는지 모르겠군. 더닝은 매우 행복한 사람이라오. 취미도 다양하고 편안한 집에서 살고 있는 데다 귀찮게 구는 가족도 없고."

"그저 이 사람이 더닝 씨의 이름을 알아내서 직접 찾아가 귀찮게 굴면 유감일 거라는 뜻이었어요."

"아, 그렇군! 그 말은 맞소. 그렇게 되면 분명 불쌍한 더닝 씨가 되어 버리겠지."

회장과 부인이 점심을 하기로 약속되어 있는 집의 친구들은 워릭셔 출신이었다. 따라서 부인은 카스웰 씨에 대해 분별 있는 질문을 던져 보려고 마음먹은 상태였다. 하지만 그녀가 번거롭게 그 주제를 꺼내려고 노력할 필요도 없었다. 얼마 지나지 않아 그 집 안주인이 남편에게 이렇게 말했기 때문이다. "오늘 아침에 러퍼드 수도원장을 봤지 뭐예요." 그 말에 남편이 휘파람을 불었다. "정말이오? 대체 무엇 때문에 그 사람이 도시로 내려온 거지?" "누가 알겠어요. 마차를 타고 오다가 보니 대영박물관 정문에서 나오던데요." 회장 부인이 예의 수도원장은 진짜 성직자를 말하는 것이냐고 물은 것은 당연한 일이라고 할 수 있을 것이다. "아, 그렇지는 않아요. 시골에 있을 때 이웃에 살던 사람인데, 몇 년 전에 러퍼드 수도원을 사들여서 그렇게 부르는 거랍니다. 진짜 이름은 카스웰이에요." "혹시 그 사람과 친구인가?" 회장이 부인에게 은밀한 윙크를 보내며 말했다. 그리고 이 질문은 상당한 열변을 불러일으켰다. 카스웰 씨에 대해서는 별반 알려진 것이 없는 모양이었다. 그가 혼자서 무슨 일을 하는지 아는 사람은 아무도 없었다. 하인이라는 자들도 끔찍한 인종이었다. 카스웰 씨는 혼자서 무슨 새로운 종교 같은 것을 만들고 직접 예식을 집전했는데, 어떤 당황스러운 짓을 하는지는 아무도 알지 못했다. 쉽사리 자존심에 상처를 입는 성격이었으며, 용서를 하는 일도 없었다. 얼굴 생김새도 끔찍했고—부인은 이렇게 주장했지만 남편은 여기서는 약간 발을 뺐다—친절한 행동이라고는 단 한 번도 한 적이 없으며 영향력을 행사할 때마다 안 좋은 일이 일어나기만 했다. "그 가엾은 사람에게 조금 공정하게 굴어야 하지 않겠소." 남편이 끼어들었다. "학교 아이들에게 친절을 베푼 일을 잊은 것 아니오." "그래요, 잊어버렸네요! 하지만 언급해 줘서 다행이에요. 그 이야기를 들으면 어떤 사람인지 짐작이 갈 테니까요. 자, 플로렌스, 들어 봐요. 러퍼드로 이사 온 첫 겨울에 그 유쾌한 이웃 양반은 그쪽 교구의 목사님에게—다른 교구의 목사님이지만 우리와는 잘 아는 사이예요—편지를 써서는 학교 아이들에게 환등기 슬라이드를 보여 주겠다고 권했지요. 새로운 종류의 환등기인데 아이들이 흥미를 가질 거라고 했다더군요. 목사님은 꽤나 놀라셨는데, 카스웰 씨가 그동안 아이들을 별로 좋아하지 않는다고 생각했기 때문이죠. 그는 아이들이 함부로 나다니면 안 된다거나, 뭐 그런 태도를 보였거든요. 어쨌든 우리 친구 목사님은 당연히 그의 호의를 받아들였고, 모든 준비가 끝나자 아이들을 인솔해서 그곳으로 가셨어요. 하지만 나중에 자기 아이들을 그곳에 가지 못하게 한 것이 정말로 다행이라고 하시지 뭐예요. 그때 그 집 아이들은 우리 집 파티에 와 있었거든요. 카스웰 씨는 그 가엾은 마을 아이들을 혼이 쏙 빠질 정도로 놀래 주려고 한 모양이에요. 그리고 계속 일이 진행되었으면 분명 그렇게 되었을 거예요. 처음에는 비교적 무난한 내용으로 시작했죠. 「빨간 모자」이야기였는데, 파레 목사님은 그조차도 너무 끔찍해서 어린아이들 몇 명은 밖으로 데려가야 할 정도였다고 말하더군요. 멀리서 늑대가 울부짖는 소리로 이야기가 시작되었는데, 그토록 오싹한 소리는 그때까지 들어 본 적이 없다네요. 하지만 환등기의 슬라이드는 하나같이 훌륭하다고 했어요. 완벽하게 현실적이고, 대체 어디서 그런 것을 얻었는지—아니면 만들었는지—상상도 되지 않는다고 했죠. 이야기는 진행될수록 조금씩 더 끔찍해져만 갔고, 아이들은 완벽한 정적 속에서 홀린 듯이 빠져들어 갔대요. 그리고 마침내 저녁 나절에 자신의 영지를—그러니까 러퍼드 말이에요—지나가는 어린아이에 관한 내용이 담긴 슬라이드가 등장했죠. 방 안에 있던 아이들 모두가 어디인지 알아볼 수 있을 정도였대요. 뛰어다니는 하얀 짐승이 아이를 쫓다가 마침내 습격해서 덮쳤고, 사지를 찢거나 뭐 그런 식으로 아이를 죽이는 장면이 나온 모양이에요. 처음에는 나무 사이에서 짐승이 움직이는 모습이 보이다가 갈수록 점차 모습을 드러내는 식이었다고 하더군요. 파레 목사님은 그것 때문에 자신이 기억하는 가장 끔찍한 악몽을 꾸었는데, 그게 아이들에게는 어떤 영향을 미쳤겠느냐고 말했죠. 물론 도저히 그냥 넘길 수가 없는 일이라 목사님은 카스웰 씨에게 언성을 높이면서 이제 그만해야 한다고 말한 모양이에요. 그랬더니 그 작자가 '아, 그러면 우리 작은 무대를 끝내고 아이들을 잠자리로 돌려보내야 한다는 말씀이신가요? 좋습니다!'라고 말하더니 다른 슬라이드를 하나 올렸다는 거예요. 거기에는 온갖 뱀이며 지네며 날개를 가진 역겨운 짐승들이 그려져 있었는데, 무슨 수를 썼는지는 몰라도 그게 그림에서 기어 나와 관객들에게 달려드는 것처럼 느끼도록 만들어져 있었다더군요. 게다가 어디선가 바스락거리는 소리까지 들려서 아이들은 거의 정신이 나갈 지경이 되어 바로 밖으로 도망쳐 나왔대요. 방에서 달려 나오다 여러 아이가 상처를 입었고, 아마 모든 아이가 그날 밤에는 잠을 이루지 못했을 거예요. 이후로도 마을에서는 그 때문에 여러 가지 문제가 일어났어요. 어머니들은 불쌍한 목사님께 상당한 책임을 돌렸고, 아마 아이 아버지들은 정문을 넘어갈 수만 있었다면 수도원의 모든 창문을 박살 냈을 거예요. 자, 카스웰 씨는 바로 그런 사람이랍니다. 이제 러퍼드 수도원장의 이야기를 들려드렸으니 우리가 얼마나 그와 친해지고 싶어 하는지 충분히 짐작되시겠지요."

"그 말대로야. 카스웰은 훌륭한 범죄자가 될 소질을 전부 갖추고 있는 것 같네." 남편이 말했다. "그 작자와 척을 지게 되는 사람이 불쌍할 따름일세."

"그게 혹시 그 사람인가, 아니면 내가 뭔가 헷갈리고 있는 건가?" (한동안 무언가를 떠올리려 애쓰는 것처럼 표정을 찌푸리고 있던) 회장이 물었다. "혹시 예전에, 한 10년쯤 전에 『마법의 역사』라는 책을 낸 사람이 아니던가?"

"그 사람이 맞네. 그 책의 서평들이 어땠는지 기억하나?"

"물론이지. 그중에서 가장 날카로운 비평을 쓴 사람도 알고 있네. 자네도 알고 있을걸. 존 해링턴 기억나나? 우리와 같은 시기에 세인트존스 칼리지에 있었는데."

"아, 물론 잘 알지. 시골에 내려간 후로는 검시에 관한 기사를 읽기 전까지 아무런 소식도 듣지 못했지만 말이야."

"검시요? 무슨 일이 있었나요?" 숙녀들 중 한 명이 물었다.

"글쎄, 그저 나무에서 떨어져서 목이 부러졌을 뿐이오. 하지만 수수께끼는, 누가 그를 거기까지 올라가게 했느냐였지. 괴상한 사건이라고밖에 할 수 없는 일이었소. 그 친구가—그다지 운동을 좋아하는 성격은 아니지 않았나? 게다가 괴팍한 성정을 보인 적도 전혀 없었고 말이야—늦은 저녁 나절에 시골길을 따라 집으로 돌아가고 있었는데, 주변에는 부랑자도 없었고, 길도 잘 알고 좋아하는 곳이었는데, 갑자기광기에 사로잡힌 것처럼 달려가더니 모자와 지팡이를 떨어뜨리고는산울타리에 있는 나무 하나를 타고 올라갔다는 거요. 그것도 꽤나 오르기 힘든 나무를. 그러다 죽은 나뭇가지 하나가 부러지는 바람에 떨어져서 목이 부러졌지. 그리고 다음 날 아침, 상상할 수 있는 가장 끔찍한 공포에 사로잡힌 얼굴을 한 시체로 발견되었오. 그 친구는 무언가에 쫓긴 게 분명했고, 사람들은 들개나 서커스단에서 도망친 짐승들 따위의 이야기를 해 댔지. 하지만 그런 추측을 뒷받침할 만한 건 전혀없었소. 그게 1889년에 있었던 일인데, 그 친구의 동생 헨리가—아마마찬가지로 케임브리지에 있었던 것으로 기억하는데, 자네는 기억하지 못하겠지—그 이후로 계속 수수께끼를 해결하려 돌아다니고 있는모양이오. 그 친구는 의도적인 범행이 있었을 거라고 생각하는가 본

데, 나로서는 잘 모르겠소. 애초에 그런 일을 어떻게 계획할 수 있는지 짐작도 가지 않으니 말이오."

잠시 시간이 지난 후 이야기는 다시 『마법의 역사』로 돌아갔다. "그걸 실제로 본 적이 있나?" 집주인이 물었다.

"그럼, 봤지." 회장이 말했다. "직접 읽어 보기까지 했네."

"사람들 말대로 끔찍한 책이던가?"

"글쎄, 문체와 양식에 대해서라면 거의 도리가 없을 정도로 엉망이었네. 그렇게 사방에서 공격받을 만했지. 하지만 그런 문제는 차치하고, 일단 그 책은 사악했네. 그 남자는 자신이 집필한 내용을 문자 그대로 철저히 믿고 있었고, 내가 잘못 생각한 게 아니라면 분명 거기 나오는 주술 중 상당수를 직접 실험해 보았을 걸세."

"뭐, 나는 해링턴의 서평밖에 읽어 보지 못해서 말이네. 만약 내가 그 작품의 저자였다면 그 비평만으로도 문학적 의욕이 완전히 수그러들어 버렸을 거야. 두 번 다시 머리를 들고 다니지도 못했을 테고."

"실제로는 그런 효과를 거두지 못했던 모양이군그래. 그런데 이거 참, 벌써 3시 반이 아닌가. 이만 가 봐야겠네."

집으로 돌아오는 길에 회장의 아내가 말했다. "그 끔찍한 사람이 더닝 씨를 찾아내서 자기 논문을 반려한 복수를 하지 않을까 정말로 걱정되네요." "그럴 가능성은 별로 없을 거요." 회장이 말했다. "비밀 엄수를 해야 하는 일이니 더닝이 직접 그 일을 언급할 리도 없을 테고, 같은 이유로 우리 역시 입을 열지 않을 테니 말이오. 더닝은 그 주제로 책을 펴낸 일도 없으니 카스웰이 이름을 알아낼 턱도 없지. 유일한 위험은 카스웰이 대영박물관에 들러서 연금술 저작을 자주 들여다보는 사람의 이름을 묻는 정도일 거요. 하지만 그쪽에 가서 더닝을 언급하지 말라고 말할 수는 없지 않소? 그랬다가는 순식간에 소문이 퍼질 테니 말이오. 그저 그런 일이 벌어지지 않기만을 기도합시다."

그러나 카스웰 씨는 영리한 사람이었다.

여기까지는, 말하자면 도입부라고 할 수 있을 것이다. 그 주의 어느 날 비교적 늦은 저녁 시간, 에드워드 더닝 씨는 대영박물관에서 한참을 연구에 매진한 후 집으로 돌아가고 있었다. 그는 교외의 아늑한 집에서 홀로 살면서, 한동안 함께 지낸 훌륭한 두 여인의 시중을 받고 있었다. 지금까지 언급한 내용 외에 그의 성정에 대해 딱히 설명을 덧붙일 필요는 없을 것이다. 그저 그가 명민한 정신으로 집으로 돌아가는 길을 따라가 보기로 하자.

기차에서 내리면 그의 집까지는 2~3킬로미터 정도 거리인데, 기차역에서 전차를 타면 그보다 더 가까이에서 내릴 수 있다. 전차 노선의 종착역은 그의 집 정문에서 300미터 거리였다. 전차에 올랐을 때는 이미 온종일 책을 읽은 상태인 데다 조명도 흐릿해서 그는 앉은 자리 앞쪽 유리창에 붙은 광고를 살펴보는 정도밖에 할 수 있는 일이 없었다. 이는 그다지 부자연스러운 일도 아니었다. 이 노선의 전차에 붙은 광고는 종종 그의 관심을 강하게 끌곤 했기 때문이다. 그러나 램플로 씨와 한 저명한 변호사가 해열 식염수*에 대해 나눈 명민하고 설득력 있는 대화를 제외하고는, 그 어느 광고도 상상력을 자극할 정도는 아니었다. 아니, 잘못 말한 듯하다. 그에게서 가장 멀리 떨어진 곳에 처음

---

* 램플로의 해열 식염수는 빅토리아 시대에 인기 있던 강장제이다.

보는 광고가 하나 있었다. 노란 배경에 푸른 글자가 적혀 있었는데, 그가 앉은 자리에서 읽을 수 있는 것이라고는 '존 해링턴'이라는 이름 하나와 날짜뿐이었다. 그것만으로는 딱히 더 이상 자세히 살펴보고 싶은 마음이 들 까닭이 없었다. 그러나 객차 안에 사람이 점점 줄어들자 그는 그저 단순한 호기심으로 그 내용이 보다 명확하게 보이는 곳까지 자리를 옮겼다. 그리고 광고가 평범한 형식이 아니라는 것을 확인하고 불편을 무릅쓴 대가를 받은 듯한 기분이 들었다. 내용은 이러했다. '영예로운 왕립 고고학회 회원, 애시브룩의 존 해링턴을 추모하며. 1889년 9월 18일 사망. 3개월의 유예가 있었도다.'

전차가 멈추었다. 아직도 광고지의 글씨를 바라보고 있던 더닝 씨는 차장의 재촉을 받고서야 자리에서 일어났다. "실례합니다만," 그가 말했다. "저 광고를 보고 있었습니다. 정말 이상한 광고 아닙니까?" 차장이 천천히 그 내용을 읽어 내려갔다. "글쎄요, 이거 참. 저런 광고는 본 적이 없는데요. 글쎄, 확실히 괴상하네요. 누가 장난으로 그린 모양입니다." 그는 걸레를 하나 꺼내 침을 충분히 묻히고는 유리창 안쪽, 그리고 다음에는 바깥쪽 면을 문질러 보았다. "안 되는군요." 차장이 돌아와서 말했다. "나중에 그려 넣은 것이 아니라 처음부터 유리에 있던 것 같습니다. 그러니까 만들어질 때부터 이런 모양을 하고 있었다는 것이죠. 그렇게 생각하지 않으십니까, 선생님?" 더닝 씨는 그것을 자세히 들여다보고 장갑으로 문질러 본 다음 그 말에 동의했다. "여기 광고를 담당하는 사람이 누구입니까? 물어봐 주셨으면 하는데요. 일단 이 내용을 옮겨 적어 두죠." 그때쯤 운전사의 목소리가 들려왔다. "빨리 끝내, 조지. 시간이 다 됐다고." "알았어, 알았다고. 이쪽에 문제가 좀 있어서 그래. 직접 와서 여기 창문 좀 봐." "창문에 무슨 문제가 있는

데?" 운전사가 다가왔다. "거참, 해링턴이 누구야? 이게 무슨 소리지?" "여기 전차 광고의 책임자가 누구인지 묻고 있었습니다. 이 내용에 대해 물어볼 필요도 있을 것 같고 말입니다." "글쎄요, 선생님, 이건 전부 회사에서 하는 일입니다. 아마 팀스 씨가 처리하는 것 같은데요. 오늘 밤에 들어가면 한번 물어볼 테니, 내일도 이 차를 타고 오시면 알려 드리도록 하겠습니다."

그날 저녁에 일어난 일은 그것이 전부였다. 더닝 씨는 직접 애시브룩이 어디인지 찾아보기도 했는데, 아무래도 워릭셔에 있는 것 같았다.

다음 날 그는 다시 도시로 나갔다. 아침 전차에는—같은 차량이었다—사람이 가득해서 차장과 이야기를 나눌 수 없었다. 그저 그 기이한 광고가 사라진 것만을 확인할 수 있을 뿐이었다. 그날 저녁에는 이 사건에 더욱 기묘한 요소가 가미되었다. 그날 그는 전차를 타지 않고 걸어가고 싶은 마음이 들었다. 평소보다 늦은 시간에 집으로 돌아오자 하녀가 와서는 전차역에서 온 남자 둘이 꽤나 간절하게 그와 이야기를 나누고 싶어 하며 기다리고 있다고 전했다. 덕분에 그는 거의 잊고 있던 예의 광고를 다시 떠올렸다. 그는 남자들을 만나겠다고 했다. 두 남자는 다름 아닌 전차의 차장과 운전사였다. 일단 가볍게 음료를 대접한 후 그는 팀스 씨가 예의 광고에 대해 무슨 말을 했는지 물었다. "글쎄요, 선생님, 바로 그것 때문에 저희가 이렇게 찾아온 겁니다." 차장이 말했다. "팀스 씨가 여기 윌리엄을 과하게 꾸짖었습니다. 그런 내용의 광고는 들어온 적도 없고, 주문한 적도 없고, 대금이 지불된 적도 없고, 붙인 적도 있을 리가 없는 데다, 심지어 그곳에 존재할 리도 없다지 뭡니까. 그리고 우리가 바보짓을 하면서 자신의 시간만 잡아먹고 있다고 하더라고요. 그래서 제가 말했죠. '만약 그렇다면, 팀스 씨, 직접 가서 확인해 보지 그러십니까. 물론 거기 그 광고가 없다면 저희를 나무라셔도 좋습니다.' '좋아, 그러지.' 우리는 전차로 향했습니다. 그리고 선생님, 그 광고, 그 해링턴이라는 사람에 대한 내용이 노란 바탕에 푸른 글씨로 선명하게 적혀 있는 그 광고요. 직접 보셨듯이 제가 걸레로 문질렀지만 꿈쩍도 하지 않는 것으로 보아 유리 안에 색이 들어간 게 분명해 보이지 않았습니까?" "물론 그랬지요. 분명히 그랬어요. 그런데요?" "물론 그랬지요. 그런데 말이죠, 팀스 씨가 차량 안으로 들어갔는데, 조명을 가지고는 들어가지 않았습니다. 윌리엄에게 말해서 밖에서 조명을 들고 있으라고 했지요. '자, 그래서 자네들의 그 소중한 광고는 어디 있나?' '여기 있잖습니까, 팀스 씨.' 그리고 제가 그 위에 손을 올렸지요." 차장은 잠시 말을 멈추었다.

"글쎄, 그렇게 말씀하시는 것을 보니 없어졌나 보군요. 유리창이 깨져 있었나요?"

"깨지다니요! 그런 문제가 아니었습니다. 믿으실지 모르겠지만, 글자의 흔적조차 남아 있지 않질 뭡니까. 분명 유리창에 푸른 글자가 들어가 있었는데. 글쎄요, 말해 뭐하겠습니까. 이런 일은 겪어 본 적도 없습니다. 여기 윌리엄이 증인이 되어 주겠지만, 하지만 이런 이야기를 계속해 봐야 뭐 남는 게 있기나 하겠습니까."

"그래서 팀스 씨는 뭐라고 하시던가요?"

"제가 호언한 그대로의 일을 했지요. 온갖 소리를 다 하면서 호통을 치는데, 사실 저도 뭐 그럴 만하다는 생각은 들더군요. 하지만 윌리엄과 저는, 그런 일이 벌어지고 나니까 선생님께서 그 광고에 있던 글자를 적어 가신 생각이 나서, 찾아뵌,"

"물론 그랬습니다. 아직도 가지고 있고요. 제가 팀스 씨와 직접 만나서 이 내용을 보여 드리기를 원하십니까? 그것 때문에 오신 건가요?"

"거봐, 내가 그렇게 말하지 않았어?" 윌리엄이 말했다. "신사 양반이 계시면 신사 양반에게 부탁하라, 내 지론이 그거라니까. 오늘 밤은 내 말을 따라서 별로 잘못된 일이 없다는 사실을 인정하라고."

"알았어, 윌리엄, 알았다고. 옴짝달싹 못하게 항복을 받아 내야 속이 풀리는 모양이군. 그래도 얌전히 따라왔잖나? 어쨌든 저희 둘 다 이런 식으로 선생님의 시간을 빼앗을 생각은 없었습니다. 하지만 혹시 아침에 조금 시간을 내어 회사 사무실에 오셔서 팀스 씨에게 그때 본 내용을 직접 말씀해 주실 수 있다면, 그런 고생을 무릅써 주신다면, 정말 감사하겠습니다. 욕을 얻어먹는 것은 참을 수 있지만, 글쎄요, 뭐 종종 있는 일이니까요. 하지만 만약 사무실 사람들이 우리가 환상을 보았다고 여긴다면, 글쎄요, 이런저런 생각이 이어지다 보면 우리가 1년 후에 어디에 가 있을지 모르는 일 아니겠습니까. 어쨌든, 제가 무슨 말씀을 드리고 싶은 건지는 아시지요."

이런 식으로 계속 상황을 설명해 대며 조지는 윌리엄에게 이끌려 방을 나섰다.

다음 날 (더닝 씨와 약간이나마 면식이 있던) 팀스 씨의 불신은 더닝의 발언과 증거물에 의해 상당 부분 수정되기에 이르렀다. 그리고 회사 장부에서 윌리엄과 조지라는 이름에 첨부될 뻔했던 부정적인 평가는 더 이상 존재하지 않게 되었다. 그러나 그 현상 자체를 설명할 도리는 없었다.

그 사건에 대한 더닝의 흥미는 다음 날 오후에 일어난 사건 때문에 계속 유지될 수 있었다. 클럽에서 나와 기차역을 향해 걷고 있는데, 저

앞에 흔히 상회에서 사람들을 고용해 행인들에게 나눠 주는 그런 전단지를 한 아름 들고 있는 남자가 보였다. 남자는 그다지 붐비지 않는 거리를 목표로 삼은 모양이었다. 솔직히 말해 더닝 씨는 자신이 그 지점에 도착할 때까지 남자가 전단지를 나눠 주는 모습 자체를 보지 못했다. 더닝 씨가 지나가자 남자는 전단지를 하나 건네줬고, 더닝 씨는 그 사람과 손이 맞닿는 순간 약간 충격을 받았다. 손이 비정상적으로 거칠고 뜨거웠던 것이다. 더닝은 슬쩍 남자를 바라보았으나, 그 당시에 받은 인상이 너무도 모호해서 이후에 다시 떠올리려고 해 보아도 아무것도 떠오르지 않았다. 그는 빠르게 걸음을 옮기며 전단지를 훑어보았다. 전단지는 푸른색이었다. 그 위에 대문자로 적힌 해링턴의 이름이 그의 눈을 사로잡았다. 그는 놀라 걸음을 멈추고는 안경을 찾아 주머니를 더듬었다. 그러나 다음 순간 한 남자가 급한 발걸음으로 그의 옆을 스쳐 지나가며 손에서 전단지를 낚아채 갔다. 더닝은 몇 발짝 그 사람을 따라 달려갔지만, 남자는 대체 순식간에 어디로 사라진 건지 알 수 없었다. 그리고 전단지를 처음 나눠 준 사람 역시.

다음 날 아침 대영박물관 원고 열람실로 들어서는 더닝 씨는 어딘가 시름에 젖은 분위기에 싸여 있었다. 그는 할리 컬렉션 3586번 원고와 다른 책 몇 권을 열람 신청했다. 몇 분 후 책이 도착했다. 첫 번째 책을 책상 위에 펼쳐 놓았을 때 문득 누군가가 뒤에서 그의 이름을 낮게 속삭이는 소리가 들렸다. 그는 황급히 뒤를 돌아보다가 문서철을 건드려 바닥에 떨어트리고 말았다. 방 안에 그가 아는 사람이라고는 담당 직원 중 한 명뿐이었는데, 그 직원이 더닝 씨를 보고 고개를 끄덕였다. 그래서 그는 떨어트린 종이를 주워 모으기 시작했다. 다 주웠다고 생각하고 일을 시작하려는 순간, 뒤쪽 책상에 앉아 있던 땅딸막한 신사가 소지품을 챙겨 자리를 뜨다가 그의 어깨를 건드리며 "이걸 드려도 되겠소? 선생 물건인 것 같은데"라며 문서 한 장을 건넸다. "제 것인 것 같군요, 고맙습니다." 더닝 씨가 대답했다. 그 남자는 곧 방을 나섰다. 오후에 작업을 끝마치고 나서 더닝 씨는 담당 직원과 대화를 나누다가 조금 전의 땅딸막한 신사가 누구인지 물어보았다. "아, 카스웰 씨라고 하시던데요." 직원이 말했다. "일주일 전에 연금술 분야에서 가장 권위자가 누구냐고 물으시길래, 당연하지만 선생님께서 이 나라에서 유일한 권위자라고 말씀드렸죠. 나중에 한번 뵈면 이야기를 해 두지요. 분명 선생님을 만나고 싶은 모양이던데요."

"제발 그런 일은 생각도 마시오!" 더닝 씨가 말했다. "그 사람만은 정말로 피하고 싶소."

"아! 알겠습니다." 직원이 말했다. "그리 자주 오시지는 않던데요. 아마 다시 만나게 되지는 않으실 겁니다."

그날 집으로 향하는 길에 더닝 씨는 혼자서 밤을 보내는 일이 평소처럼 즐겁지 않을 것 같다고 몇 번이나 되뇌었다. 마치 그와 사람들 사이에 정체를 알 수 없는 보이지 않는 무언가가 끼어들어서 그를 고립시키는 듯한 느낌이 들었다. 기차와 전차에서는 다른 사람들과 보다 가까이 앉고 싶었지만, 무슨 우연인지 기차와 전차 모두 눈에 띄게 텅 비어 있었다. 차장 조지는 뭔가 생각에 잠겨 있다가 승객 수와 요금 계산 등에 온 정신을 팔았다. 집에 도착하니 문 앞에 주치의인 왓슨 박사가 서 있었다. "더닝, 유감이지만 이 집안일에 약간 관여를 하게 되었네. 자네 하녀 두 명 모두 '오르 드 콩바'*를 하게 되었어. 나로서는 요

* hors de combat. 전선 이탈.

양원으로 보낼 수밖에 없었네."

"세상에! 대체 무슨 일이 벌어진 겁니까?"

"식중독인 듯하네. 보아하니 자네는 괜찮은 모양이군. 아니라면 그렇게 돌아다닐 수 있을 리가 없으니까. 아마 별문제 없이 회복되리라고 생각되네."

"세상에, 세상에! 대체 어쩌다 그런 거랍니까?" "글쎄, 저녁 준비를 하려고 행상인에게서 조개를 조금 샀다고 하더군. 묘한 일이지. 여기저기 물어보고 다녔네만, 이 거리의 다른 집에는 행상인이 들르지 않았다지 뭔가. 어쨌든 오늘 밤은 우리 집에 와서 식사를 하지 그러나. 일처리도 의논해야 하니까. 8시네. 너무 불안해하지 말게나." 이렇게 해서 약간의 고뇌와 불편함을 감수하게 되기는 했지만, 그는 홀로 저녁 시간을 보내지 않을 수 있었다. 더닝 씨는 (비교적 최근에 이 지역에 온) 의사와 꽤나 즐거운 시간을 보내고 11시 30분 정도가 되어 고독한 집으로 돌아왔다. 그는 곧 불을 끄고 잠자리에 들었다. 다음 날 아침에 가정부가 일찍 와서 뜨거운 물을 가져다줄 수 있을지 생각하는데, 서재 문이 열리는 소리가 명확하게 들려왔다. 이어서 복도 바닥에 발소리가 들리거나 한 것은 아니었지만, 그 소리만으로도 무언가 좋지 못한 일이 일어나고 있다는 것은 분명했다. 그날 저녁에 책상 위의 서류를 치운 이후 문을 닫은 것을 확실하게 기억하고 있었기 때문이다. 그가 복도로 슬그머니 빠져나와 잠옷 차림으로 난간 기둥에 몸을 기대고 귀를 기울인 것은, 용기보다는 오히려 부끄러움 때문이었다. 불빛은 전혀 보이지 않았다. 다른 소리도 들리지 않았다. 순간 그의 정강이께에 따뜻한, 아니 뜨겁다고 할 만한 공기가 휘돌아 지나갔을 뿐이다. 그는 서둘러 돌아가 방문을 잠그고 방 안에 들어앉아 있기로 결심했다. 그러나 기분 나쁜 일은 여기서 끝나지 않았다. 교외의 전력 회사가 새벽에는 전기가 필요 없다고 여기고 비용을 줄이고자 공급을 중단한 것인지, 아니면 계량기에 뭔가 문제가 있는 것인지는 모르지만, 어쨌든 전깃불이 나갔던 것이다. 그는 응당 해야 할 일을 했는데, 즉 성냥을 찾고 시계를 확인했다. 앞으로 얼마나 더 오랜 시간을 불편하게 보내야 할지 확인하고 싶었기 때문이다. 그래서 베개 아래의 익숙한 공간을 손으로 더듬었다. 문제는 그의 손이 미처 시계에 가 닿을 수 없었다는 것이다. 그의 증언에 따르면 그는 이빨이 나 있는 입과 주변의 털가죽을 만졌는데, 그 모양새가 도저히 인간의 입이라고는 생각되지 않았다고 했다. 당시 그가 무슨 말을 내뱉고 무슨 행동을 했는지 추측해 봐야 소용없을 것이다. 다시 정신을 차렸을 때 그는 예비 침실에 틀어박혀 문을 걸어 잠그고 바깥의 동정에 귀를 기울이고 있었다. 그는 그 상태 그대로 문가에 달라붙어 무슨 소리가 날 때마다 그쪽을 바라보며 참으로 끔찍한 밤을 보냈다. 그러나 실제로 방 안에 들어온 것은 아무것도 없었다.

아침이 되자 그는 몸을 떨면서 귀를 쫑긋 세운 채 자기 방으로 돌아갔다. 다행히 문은 아직 열려 있었고, 창문의 블라인드도 올라가 있었다(어제 하인들이 블라인드를 내릴 시간이 되기 전에 집을 떠났기 때문이었다). 한마디로 말해 그의 침실에는 누군가가 있었다는 증거가 단 하나도 남아 있지 않았던 것이다. 시계 역시 평소와 같은 장소에 있었고, 물건도 무언가 손길이 닿은 흔적은 없었다. 옷장 문이 열려 있기는 했지만, 어차피 평소에도 자주 혼자서 열리던 문이었다. 뒷문에서 초인종이 울리는 것을 보니 어젯밤에 불러 둔 가정부가 온 모양이었다. 그녀를 집 안으로 들인 후에야 더닝 씨는 집 안의 다른 곳을 확인해 볼 용기를 낼 수 있었다. 하지만 역시 별다른 성과는 없었다.

보다시피 그날 하루는 이 사건만으로도 충분히 끔찍하게 시작한 셈이었다. 그는 감히 박물관에 갈 엄두도 낼 수 없었다. 직원이 부정했지만 카스웰이 나타날 가능성은 여전했고, 지금 더닝은 스스로가 판단하기에도 아마 적대적인 태도를 취할 낯선 사람을 감당할 수 있는 상태가 아니었기 때문이다. 자택 역시 마음에 들지 않았다. 계속 의사 선생에게 들러붙고 싶지도 않았다. 그는 요양원에 전화를 걸며 약간 시간을 보냈고, 가정부와 하녀의 상태가 호전되었다는 말에 약간이나마 안도했다. 점심시간이 가까워지자 그는 클럽으로 향했고, 그곳에서 협회 회장을 만나서 약간의 만족감을 얻을 수 있었다. 점심 식사 자리에서 더닝은 친구에게 자신의 고통에 대해 털어놓았지만, 자신의 정신을 가장 무겁게 짓누르는 일에 대해서는 차마 말을 꺼내지 못했다. "이런, 가엾은 친구 같으니." 회장이 말했다. "그 얼마나 지독한 일인가! 이보게, 지금 우리 집에는 다른 손님이 없다네. 와서 우리와 함께 지내기로 합세. 그래! 핑계는 받아들이지 않겠네. 오늘 오후에 자네 짐을 보내도록 하게나." 더닝은 거절할 수가 없었다. 사실 시간이 갈수록 점점 초조해지기만 해서, 밤에 무슨 일이 일어날지를 생각하면 도저히 견딜 수가 없었던 것이다. 짐을 꾸리러 서둘러 집으로 돌아가면서 행복하기까지 할 정도였다.

우연히 방문한 친구들은 그의 고독한 모습에 적잖은 충격을 받고 그의 원기를 북돋우려고 노력을 아끼지 않았다. 그 노력은 나름의 성공을 거두기도 했다. 그러나 두 남자만 남아 담배를 피우게 되자 더닝은 다시 우울함 속에 빠져들었다. 문득 그가 입을 열었다. "게이턴, 아무래도 그 연금술사가 자기 논문을 반려한 사람이 나라는 사실을 알고 있는 모양이야." 게이턴이 휘파람을 불었다. "왜 그렇게 생각하는 겐가?" 그가 물었다. 더닝은 박물관 직원과 한 대화를 들려주었고, 게이턴은 그의 추측이 옳으리라고 인정할 수밖에 없었다. "그리 신경을 쓰는 것은 아니지만." 더닝이 말을 이었다. "그저 직접 대면하게 되면 귀찮은 일이 벌어질 것 같아서 말이네. 아무래도 성미가 까다로운 사람일 듯하거든." 여기서 다시 대화가 멈추었다. 게이턴은 더닝의 얼굴 위에 떠오른 고독한 표정을 새삼스럽게 깊이 살펴보다가 마침내—꽤나 힘들여—무슨 일 때문에 그토록 힘겨워하느냐고 대놓고 물었다. 더닝이 안도의 한숨을 내쉬었다. "그 사건을 머릿속에서 떨쳐 내려고 안간힘을 쓰고 있었다네. 혹시 존 해링턴이라는 남자에 대해서 아는 것이 있나?" 게이턴은 말 그대로 아연실색하면서 왜 그런 질문을 하느냐고 되물었다. 마침내 더닝은 자신이 경험한 모든 일을 털어놓았다. 전차에서, 자택에서, 거리에서 일어난 일과 무엇이 이런 정신적 고통을 불러일으켰는지, 그리고 지금까지도 고통을 주는지까지. 그리고 그는 처음의 질문을 다시 반복하며 고백을 끝냈다. 게이턴은 그의 질문에 어떻게 대답해야 할지 알 수 없었다. 물론 해링턴의 죽음에 대한 이야기를 털어놓는 것이 옳은 일일 터였다. 그러나 더닝은 지금 신경증 증세를 보이고 있었고, 그 이야기는 오싹한 것이었으며, 그로서도 두 사건의 연결 고리가 카스웰이라는 사람이 아닌가 자문해 보지 않을 수 없었다. 과학적인 인간에게 있어 그런 결론을 내리는 일은 도저히 용납되지 않았지만, '최면 암시'라는 용어를 사용하면 그 부담도 약간이나마 덜 수 있을 터였다. 결국 그는 그날 밤에는 그 이야기를 하지 않는 편이 낫겠다고 결론 내렸다. 우선 부인과 상의를 하고 싶었던 것이다. 그래서 게이턴은 자신이 케임브리지에 있던 시절 해링턴을 알고 있었으며, 그가 1889년에 갑작스럽게 죽었다는 사실을 언급하고는, 그 사람과 그의 저작에 대해 몇 가지 첨언하는 것으로 설명을 끝냈다. 게이턴은 실제로 이 문제를 부인과 의논했는데, 예상대로 그녀는 즉각 그가 망설이고 있던 결론을 꺼냈다. 고인의 동생인 헨리 해링턴을 떠올리게 해 주고, 어떻게 해서든 그와 전날의 손님을 만나게 해 주어야 한다고 주장한 사람 역시 그녀였다. "구제 불능인 괴짜일지도 모르지 않소." 게이턴이 반대했다. "그 사람을 잘 아는 베넷 부부에게 물어보면 되는 일 아니겠어요." 게이턴 부인은 이렇게 반박하고는 바로 다음 날 직접 베넷 부부를 만나러 갔다.

헨리 해링턴과 더닝이 만나게 된 자세한 과정을 구태여 여기 옮길 필요는 없을 것이다.

다음으로 언급할 가치가 있는 장면은 그 두 사람이 나눈 대화다. 더닝은 해링턴에게 자신이 고인의 이름을 접하게 된 괴상한 경위에 대해 털어놓았고, 그 이후의 경험도 일부 설명했다. 그리고는 해링턴에게 혹시 형의 죽음과 관련된 상황을 기억나는 대로 알려 줄 수 있느냐고 물었다. 그 이야기를 듣고 해링턴이 얼마나 놀랐을지는 능히 짐작할 수 있을 것이다. 그는 즉시 질문에 답했다.

"형은 분명 아주 기묘한 상태였습니다. 죽기 직전에는 아니었지만, 그 전 몇 주 동안에는 때때로 거의 무너져 내리다시피 했지요. 여러 가지 문제가 있었습니다. 주로 토로하는 내용은 누가 자꾸 자신을 따라오는 듯한 기분이 든다는 것이었습니다. 형은 감수성이 풍부한 사람이었지만, 그 전에는 그런 상상을 한 적은 없었지요. 전 그게 누군가가 악의를 품고 벌인 일이라는 생각을 떨쳐 낼 수가 없습니다. 지금 선생님의 이야기를 들으니 제 형이 겪은 일이 떠오르고요. 혹시 연결 고리가 될 만한 일이 없었을까요?"

"한 가지 떠오르는 일이 있기는 합니다. 선생님의 형님이 돌아가시기 얼마 전에 어떤 책을 아주 혹독하게 비평하셨다는 이야기를 들었는데, 저도 최근에 어쩌다가 그 책을 쓴 사람이 마음에 들어 하지 않을 일을 했거든요."

"설마 그 사람이 카스웰이라는 작자는 아니겠지요."

"그래요, 바로 그 이름입니다."

헨리 해링턴은 의자에 몸을 기댔다. "이걸로 확실해졌군요. 적어도 제게는요. 이제 좀 더 자세히 설명해야겠습니다. 형의 언행으로 확신하게 된 것인데, 저는 형이 자기 의지와 무관하게 카스웰이 모든 고통의 원인이라고 굳게 믿기 시작했다고 생각합니다. 제가 생각하는 그 상황은 이렇습니다. 형은 뛰어난 음악가였고, 종종 음악회에 참석하러 도시로 갔죠. 죽음을 맞이하기 석 달 전에 형은 음악회에서 돌아와서 그 프로그램을 보여 주었습니다. 형은 언제나 프로그램을 수집했거든요. 이렇게 말하더군요. '이걸 거의 잃어버릴 뻔했어. 떨어뜨린 모양이라 좌석 아래와 주머니를 뒤지고 있는데, 옆에 앉은 사람이 자기 걸 건네주면서 자기에게는 더 이상 쓸모가 없으니 주겠다고 말하고 가더라고. 누구인지는 모르고, 땅딸막한 체구에 깔끔하게 면도를 한 남자였어. 이걸 잃어버렸으면 서운했을 거야. 물론 다시 사면 되지만, 이건 공짜니까.' 나중에는 그날 호텔로 돌아오는 길과 그날 밤에 계속 불편한 기분을 느꼈다고 말하기도 했습니다. 이제 와서 다시 생각해 보니 모든 단서가 이어지는 듯합니다. 그러고 나서 얼마 지나지 않아 형이 그

동안 모아 둔 프로그램들을 제본하기 위해 순서대로 정리하는데, 문득 바로 그 프로그램—처음에도 저는 제대로 눈여겨보지 않았었는데— 앞부분에서, 제법 공들여 쓴 꽤나 이상한 형상의 붉고 검은 글씨가 적힌 쪽지를 발견했지요. 제가 보기에는 아무래도 룬 문자* 같았습니다. '이거 아무래도 그 뚱뚱한 옆자리 사람의 물건인 것 같은데. 어쩌면 돌려줘야 할지도 모르겠어. 무언가를 베껴 놓은 것처럼 보이잖아. 공들여 그린 것도 분명하고. 이 사람 주소를 어떻게 찾는다?' 한동안 이야기를 나누고 나서 우리는 구태여 신문광고를 낼 필요까지는 없고, 형이 조만간 열릴 다음번 음악회에 가서 직접 찾아보면 될 것이라고 결론 내렸습니다. 그 종이는 책 위에 올려져 있었고, 우리 둘은 함께 벽난롯가에 앉아 있었습니다. 바람이 많이 부는 싸늘한 여름 저녁이었죠. 바람에 문이 열린 모양인데, 저는 눈치채지 못했습니다. 어쨌든 돌풍이, 따뜻한 돌풍이 갑자기 우리 사이로 불어오더니, 그 종이를 낚아채 그대로 불 속으로 날려 버렸습니다. 가볍고 얇은 종이여서 그대로 불이 붙어 재가 되어서는 굴뚝으로 날아가 버렸죠. '이런, 이제 돌려줄 수가 없게 되었군.' 제가 말했습니다. 그러자 형은 잠시 아무 말도 하지 않고 있다가 기분이 상한 듯 입을 열었습니다. '물론 그렇겠지. 하지만 대체 왜 그렇게 계속 같은 소리를 해 대는 거야.' 저는 한 번밖에 말하지 않았다고 항변했지만, 형은 '네 번이겠지' 하고 대꾸했지요. 왜인지는 모르지만 이 모든 일이 생생하게 기억납니다. 그럼 이제 요점으로 들어가지요. 선생님께서 제 불운한 형이 비평했던 카스웰의 책을 본 적이 있으신지 모르겠습니다. 아마 없으시겠지요. 하지만 저는 봤

---

* 일반적으로 스칸디나비아 또는 앵글로색슨 언어와 연관되어 있다고 생각되는 고대의 문자. 마법의 힘이 있다고 여겨졌다.

습니다. 형이 죽기 전에, 그리고 죽은 후에도요. 처음에는 둘이 함께 그 책을 조롱했습니다. 아예 문체라고 부를 만한 것이 존재하지 않더군요. 분리부정사라든가 그 밖에도 옥스퍼드 졸업자들의 분노를 불러일으킬 만한 표현들로 가득했지요. 게다가 그 작자는 모든 것을 그 안에 끼워 넣으려고 했더군요. 고전 신화에다가, 『황금 성인전』*에서 가져온 이야기에, 오늘날 들을 수 있는 야만인의 습속에 대한 보고서까지. 그 올바른 사용 방법을 알고 있다면 모두 건전한 자료겠지만, 그는 거기에는 전혀 신경 쓰지 않았습니다. 『황금 성인전』과 『황금 가지』**를 완전히 동일선상에 두고 두 내용을 똑같이 신뢰하는 모양이더군요. 한마디로 말해 참으로 안쓰러운 작품이었죠. 형의 비극이 있은 후 저는 그 책을 다시 살펴보았습니다. 내용 자체는 예전과 달라진 것이 없었지만 그 책이 제 마음에 남기는 감상은 달라져 있었습니다. 아까 말씀드린 대로 저는 카스웰이 형에게 악의를 품고 있다고 의심했고, 심지어 어떤 식으로든 그 사건에 연루되어 있다고까지 여겼습니다. 그리고 그런 눈으로 보니 그 책이 아주 사악한 물건으로 보이는 겁니다. 특히 한 부분이 아주 충격적이었는데, 거기에서 그는 인간에게 '룬 마법을 걸어서' 호의를 얻거나 제거하는 방법을 다루고 있더군요. 아마도 후자 쪽에 더 강조를 두고 말입니다. 게다가 그 모든 내용이 실제로 존재하는 지식인 양 쓰고 있었습니다. 자세한 과정을 일일이 열거할 시간은 없지만 저는 결국 연주회장에서 만난 친절한 남자가 카스웰이 분명하다는 정보를 입수했습니다. 그리고 저는 그 종이가 중요한 물건이

---

* 1260년경 이탈리아의 수도사 야코부스 데 보라지네가 편찬한 성인들의 행적록.
** 제임스 조지 프레이저(1854~1941)가 저술한 비교인류학과 종교학의 집대성이라 할 수 있는 저작. 에드워드 시대 영국의 최고의 지적 성과물 중 하나이다.

었을 것이라고 의심, 아니 확신하고 있습니다. 형이 그 종이를 돌려줄 수 있었다면 아직까지 살아 있었을 거라고도요. 혹시 제 이야기를 듣고 아직 미처 말씀 못 하신 경험이 떠오르지는 않는지 여쭙고 싶군요."

그 대답으로 더닝은 대영박물관 문서 열람실에서 있었던 일을 이야기해 주었다.

"그러면 실제로 종이를 건넨 모양이군요. 그걸 살펴보셨습니까? 아니라고요? 괜찮으시다면 그 내용을 즉시 확인해 봐야겠습니다. 아주 조심해서요."

그들은 아직 텅 비어 있는 집으로 돌아갔다. 아직 두 하녀가 일터로 돌아오지 않았기 때문이다. 더닝의 문서철은 서가 위에 놓인 채 먼지가 쌓여 가고 있었다. 그 안에는 필기에 사용하는 작은 메모지들이 들어 있었다. 그중 하나를 들어 올리자 얇고 가벼운 종이 한 장이 미끄러져 나와 팔랑거리며 바닥으로 떨어졌다. 창문은 열려 있었지만, 해링턴은 재빨리 달려들어 종이를 낚아챌 수 있었다. "이럴 줄 알았지." 그가 말했다. "분명히 제 형에게 주었던 것과 같은 종이일 겁니다. 조심하셔야 합니다, 더닝 씨. 아주 심각한 문제가 될지도 모르니까요."

한참 상담이 이어졌다. 둘은 문서를 철저하게 검토했다. 해링턴이 말했듯이 그 위에 적힌 글자는 다른 무엇보다 룬 문자에 가깝게 보였으나, 두 사람 모두 내용을 해독할 수는 없었으며, 그 안에 숨어 있는 사악한 목적을 만족시키는 일이 생길까 봐 옮겨 적을 수도 없었다. 따라서 결국 그 안에 숨겨진 수수께끼의 전언 또는 명령은—나로서는 살짝 기대하고 있었음에도—영영 알 수 없게 되고 말았다. 더닝과 해링턴 모두 그 물건을 가지고 있는 사람에게는 누구도 원하지 않는 동행이 따라붙는다는 점을 확신하고 있었다. 종이를 원래 소유자에게 돌려주어야 한다는 것과, 그러기 위한 안전하고 확실한 방법은 직접 전달하는 것밖에 없다는 데에도 동의했다. 그리고 여기서 문제가 생겼는데, 카스웰이 이미 더닝의 생김새를 알고 있다는 것이었다. 일단 수염을 깎아서 얼굴을 달리 보이게 할 수는 있을 것이었다. 그러나 재앙이 그 전에 닥친다면 어쩐다? 해링턴은 그 시간을 가늠할 수 있으리라고 생각했다. 그는 형에게 '검은 점'*이 찍힌 연주회가 6월 18일에 열렸다는 사실을 알고 있었다. 죽음은 9월 18일에 찾아왔다. 더닝은 전차 창문에 나타난 광고 문구에서 3개월이라는 언급이 있었다는 사실을 기억해 냈다. "어쩌면 말입니다." 그는 생기 없는 미소를 띠고 말했다. "제사형이 집행되는 데도 3개월이 걸릴지도 모르겠습니다. 일기장을 찾아보면 확인할 수 있을 것 같군요. 그래요, 박물관에 갔던 것이 4월 23일이었군요. 그러면 7월 23일이 됩니다. 그런데 있잖습니까, 이제 형님의 병세가 어떻게 진행되었는지 알려 주시는 것이 극도로 중요할 듯 싶습니다. 가능하다면 말입니다만." "물론이죠. 보자, 혼자 있을 때마다 누군가가 지켜보는 느낌을 받았는데, 그게 가장 고통스러웠던 것 같습니다. 얼마 후에는 제가 형과 같은 방에서 자게 됐고, 그러니까 좀 나아지는 것 같다더군요. 그런 후에도 꽤나 잠꼬대를 많이 했습니다만. 내용요? 상황을 정리하기 전에 그런 이야기를 해도 될는지 모르겠군요. 그러지 않는 편이 나을 것 같습니다. 이거 하나만은 말해 두지요. 그 몇 주 동안 우편물이 두 건 왔는데, 둘 다 런던 소인이 찍혀 있었고, 어떤 상회를 통해 전달된 듯했습니다. 하나는 토머스 뷰익의 목판화로, 책에서 거칠게 찢어 낸 모양새였죠. 달빛 아래 외딴길을 한 남

---

* 로버트 루이스 스티븐슨의 『보물섬』(1883)에서 해적들이 사용하는 사형의 상징이다.

자가 홀로 걷고 있는데, 무시무시한 악마가 그 뒤를 따라가는 모습이 묘사되어 있었습니다. 그 아래에는 쿨리지의 「늙은 선원의 노래」에서 인용한 구절 하나가 적혀 있었는데—아무래도 그 책에서 삽화를 찢어 냈나 봅니다—남자가 주변을 둘러본 다음에 '계속 걸어갔네 / 더 이상 두리번거리지 않고 / 왜냐하면 그는 이미 끔찍한 악마가 / 뒤를 쫓는 것을 알고 있었기 때문이라네' 하는 내용이었죠.

다른 하나는 달력으로, 그런 상회에서 늘 보내곤 하는 물건이었습니다. 형은 여기에는 별로 신경을 쓰지 않았고, 저도 형이 죽은 다음에야 그 내용을 살펴보았죠. 9월 18일 이후의 내용은 전부 뜯겨 나가 있더군요. 형이 목숨을 잃은 바로 그날 밤에 왜 밖으로 나갔는지 이해를 못 하실지도 모르지만, 그 생애 마지막 열흘 동안 형은 누군가가 따라오거나 지켜보는 감각으로부터 완전히 해방되어 있었습니다."

이윽고 두 사람은 토의를 끝냈다. 해링턴은 자신이 카스웰의 이웃 사람을 알고 있으니 그의 행동을 감시할 방법을 찾아낼 수 있다고 생각했고, 더닝은 그 종이를 안전하고도 즉각 꺼낼 수 있는 장소에 보관해 언제든지 카스웰과 마주칠 준비를 해 두기로 했다.

그리고 그들은 헤어졌다. 그다음 몇 주 동안 더닝의 신경은 잔뜩 곤두서 있었다. 예의 종이를 받은 그날 만들어진 보이지 않는 장벽은, 점차 아무리 반항해도 벗어날 도리가 없는 잔혹한 암흑으로 자라나고 있었다. 벗어날 방법을 제안해 주는 사람도 없었으며, 스스로 행동을 취할 기력마저 모두 잃어 갔다. 그는 강렬한 불안감에 사로잡힌 채로 5월과 6월, 7월 초를 보내며 해링턴에게서 전갈이 오기만을 기다렸다. 그러나 카스웰은 그동안 러퍼드에서 꿈쩍도 하지 않았다.

마침내 더닝의 지상에서의 삶이 종언을 고할 날까지 채 일주일도 남지 않은 시점에 전보 한 통이 도착했다. '목요일 밤 빅토리아 역에서 연락열차*로 출발 예정. 놓치지 말 것. 오늘 밤 그리로 가겠음. 해링턴.'

해링턴은 예정대로 도착했고, 두 사람은 함께 계획을 꾸몄다. 기차는 9시에 빅토리아 역에서 출발하며, 도버에 도착하기 전 마지막 역은 서크로이든이었다. 해링턴은 빅토리아 역에서부터 카스웰과 같은 칸에 탑승해 출발하고 무슨 일이 생기면 크로이든에서 기다리는 더닝에게 가명으로 연락하기로 했다. 더닝은 가능한 한 최대한 변장을 하고, 짐에서 이름표나 이니셜은 전부 없앤 다음 무슨 일이 있어도 그 종이를 가지고 있기로 했다.

크로이든 역에서 기다리는 동안 더닝이 얼마나 긴장하고 있었는지는 구태여 설명할 필요도 없을 것이다. 지난 며칠 동안 자신을 둘러싸고 있던 먹구름이 분명 엷어졌다는 느낌이 들어서 그는 보다 심각한 위기감을 느끼고 있었다. 증상의 휴지기는 좋지 못한 신호였으며, 여기서 카스웰이 몸을 빼 도망친다면 더 이상은 아무런 희망도 없게 되기 때문이다. 게다가 그럴 가능성은 너무나도 많았다. 여행 소식 자체가 함정일지도 모르는 일이었다. 승강장을 돌아다니다가 짐꾼이 보일 때마다 연락열차에 대해 물으며 괴롭히면서 보낸 20분은 그때까지와 다를 바 없이 고통스러운 시간이었다. 그래도 결국 기차는 도착했고, 창문으로 해링턴이 보였다. 물론 아는 척하지 않는 것이 중요했다. 그래서 더닝은 기차의 마지막 칸에 올라타고는 천천히 해링턴과 카스웰이 있는 칸으로 나아갔다. 전체적으로 기차에 승객이 붐비지 않는 것은 마음에 들었다.

* 도버 해협을 건너는 정기선과 시간표를 연동해서 운행하는 기차.

카스웰은 분명 주변을 경계하고 있었지만 더닝을 알아본 것 같지는 않았다. 더닝은 그와 직접 마주 보지 않는 쪽에 자리 잡고, 처음에는 절망적이었으나 갈수록 자신의 능력에 자신이 생기면서, 예의 쪽지를 전달할 방법을 탐색하기 시작했다. 카스웰 맞은편이자 더닝의 옆자리에는 카스웰의 외투가 엉망으로 구겨진 채 놓여 있었다. 그 안에 쪽지를 끼워 넣는 정도로는 소용이 없을 것이다. 쪽지를 직접 건네고 상대방이 받아들이지 않는 한, 그가 안전해지지(아니면 그렇다고 느끼지) 않을 것이기 때문이었다. 열려 있는 여행 가방 안에 종이 묶음이 보였다. 이 가방을 숨겼다가—카스웰이 자리를 비울 때 이 가방을 가지고 가지 않는다면 말이지만—나중에 찾아낸 척하고 건네는 것은 어떨까? 나름대로 가능성이 있어 보이는 계획이었다. 해링턴과 의논을 할 수만 있다면! 그러나 그럴 도리는 없었다. 시간은 계속 흘러갔다. 카스웰은 여러 번 자리에서 일어나 통로까지 나갔다 왔다. 그가 두 번째로 나갔을 때 더닝은 가방을 자리 아래로 떨어트리려고 하다가 문득 해링턴과 눈이 마주쳤고, 그 안에서 경고의 뜻을 읽어 냈다.

카스웰이 통로에 서서 지켜보고 있었던 것이다. 아마도 두 사람이 서로 아는 척을 하는지 확인하려는 것이었을 터였다. 자리로 돌아온 카스웰은 여전히 안절부절못하고 있었다. 그리고 세 번째로 그가 자리를 떴을 때, 희망이 찾아왔다. 무언가가 그의 자리에서 소리도 없이 바닥으로 떨어진 것이었다. 카스웰은 다시 한 번 통로로 나가서는 통로 창문에 보이는 범위 바깥으로 사라졌다. 더닝은 떨어진 물건을 주웠다. 쿡 관광 회사의 기차표 케이스로, 안에는 기차표가 들어 있을 터였다. 이런 케이스에는 뚜껑에 주머니가 달려 있기 마련이라 그는 즉시 예의 종이를 주머니 안에 끼워 넣었다. 작전을 좀 더 확실하게 하기 위해 해링턴은 객실 입구에 서서 창문의 블라인드를 만지작거리기까지 했다. 준비는 모두 끝났고, 시간도 더 이상 적절할 수가 없었다. 이제 기차가 도버 역에 거의 다 도착해서 속력을 줄이고 있었기 때문이다.

바로 다음 순간 카스웰이 객실로 다시 돌아왔다. 그와 동시에 더닝은 기차표 케이스를 내밀며 목소리를 떨지 않으려고 애쓰며 말했다. "실례지만 이걸 받아 보시겠습니까, 선생? 선생 물건인 것 같은데요." 잠시 안에 있던 표를 확인하고 카스웰이 마침내 그들이 원하던 대답을 입에 올렸다. "그래요, 그렇군요. 정말 감사합니다, 선생." 그리고 그는 케이스를 가슴팍의 주머니에 찔러 넣었다.

그 후로 남은 얼마 안 되는 시간 동안—긴장과 초조함으로 점철된 시간이었다. 만약 쪽지의 존재가 미리 들통 나면 무슨 일이 벌어질지 알 수 없었기 때문이다—두 사람은 객차 안이 어두워지며 조금 따뜻해지는 느낌을 받았다. 카스웰은 안절부절못하며 불안해하고 있었다. 그는 근처에 놓인 외투를 집어 들었다가, 떨쳐 내려는 듯 다시 던져 버렸다. 그러고는 자세를 바로 하고 불안한 듯 두 사람을 바라보았다. 두 사람은 불안감이 극에 달한 상태로 각자의 물건을 챙기고 있었다. 카스웰이 그들에게 말을 걸려 한다고 느낀 순간, 그들은 도버 시내 역에 도착했다. 도버 시내 역에서 항구 역까지는 순식간이었기 때문에 그들은 모두 통로로 발걸음을 옮겼다.

항구 역에서 그들은 기차에서 내렸다. 그러나 기차가 워낙 텅 비어 있던 터라 그들은 카스웰이 짐꾼을 데리고 배 쪽으로 사라질 때까지 플랫폼에 머무를 수밖에 없었다. 그리고 그제야 힘차게 악수를 나누고 서로에게 절제된 축하의 인사말을 건넸다. 더닝은 너무 긴장해서 거의 실신할 지경이었다. 해링턴이 그를 벽에 기대게 하고는 혼자 승선

용 입구가 보이는 곳까지 몇 미터 나아갔다. 이제 카스웰이 그쪽에 도착한 모양이었다. 입구에 대기하고 있던 승무원이 그의 표를 검사했고, 그는 외투를 손에 든 채 배를 향해 걸었다. 갑자기 승무원이 그를 불러 세웠다. "거기 선생님, 실례합니다만, 다른 쪽 신사분이 표를 보여 주셨던가요?" "다른 신사분이라니 대체 그게 무슨 말도 안 되는 소리요?" 갑판 위에서 카스웰이 윽박지르듯 소리쳤다. "말도 안 된다고? 이런, 그런가, 분명하군." 승무원이 혼잣말을 하더니 이어서 큰 소리로 외치는 것이 해링턴에게 들려왔다. "제 실수입니다, 선생님! 외투를 잘못 본 모양이군요! 실례했습니다." 그러고는 자기 옆의 동료에게 말했다. "개나 뭐 그런 걸 데리고 있었던 건가? 정말 이상하군. 분명 혼자가 아닌 것처럼 보였는데. 뭐, 어찌 됐든 배에서 알아서 처리하겠지. 이제 출항했으니까. 일주일만 더 있으면 여름휴가 손님들이 득시글거리겠구먼." 5분이 더 지나자 점차 희미해져 가는 배의 불빛, 도버 항구에 줄지어 서 있는 가로등, 부드러운 밤바다 바람, 그리고 달빛 외에는 아무것도 남지 않았다.

두 사람은 '로드 워든' 여관에 방을 잡고 오래도록 앉아 있었다. 가장 큰 걱정거리를 제거한 후였지만 아직도 결코 가볍지 않은 불안감에 시달리고 있었다. 그들이 믿는 바가 맞는다면 그들은 방금 한 사람을 죽음에 처하게 한 셈이었다. 이런 행동을 정당화할 수 있을까? 적어도 그에게 주의는 주어야 하지 않았을까? "아닙니다." 해링턴이 말했다. "만약 제 생각대로 그가 살인자라면, 우리는 바로 정의를 집행한 겁니다. 게다가 잘 생각해 보십시오. 대체 어디서, 어떻게 경고를 할 수 있단 말입니까?" 더닝이 대답했다. "아베빌까지만 기차표를 예약해 놓았더군요. 제가 직접 봤습니다. 조앤의 여행 안내서에 나오는 호텔들에 연락을 해서 '당신 기차표 케이스를 살펴보시오, 더닝'이라고만 전해 놓아도 기분이 좀 나아질 것 같습니다. 오늘이 21일이죠. 하루가 더 있을 테니까요. 하지만 이미 그가 어둠 속으로 빠져든 것은 아닌지 걱정되는군요." 그리하여 그들은 호텔 사무국 앞으로 전보를 보냈다.

그 전갈이 목적지에 도달했는지, 그리고 그랬더라면 상대방이 그 뜻을 이해했는지는 확실하지 않다. 알려져 있는 사실이라고는, 23일 오후에 한 영국인 여행자가 아베빌의 생뷜프랑 성당의 전면을 살펴보다가 북서쪽 탑에 둘러친 공사용 비계에서 떨어진 낙석에 맞아 그대로 사망했다는 것뿐이었다. 후일 분명하게 확인된 바로는 당시 그 비계 위에는 아무도 없었다. 여행자 증명 서류를 확인한 결과 신원은 카스웰 씨로 확인되었다.

한 가지 덧붙일 이야기가 있다. 카스웰의 유품이 경매에 나왔을 때 해링턴은 손상 보증을 하지 않는 조건으로 뷰익 전집을 사들였다. 그가 예상한 대로 여행자와 악마의 판화가 나오는 부분은 찢겨 나간 상태였다. 그리고 어느 정도 시간이 지난 후 해링턴은 더닝에게 형이 잠꼬대로 뇌까렸던 내용을 이야기해 주었다. 하지만 얼마 지나지 않아 더닝은 그의 말을 중단시켰다.

바체스터 대성당의 성가대석

The Stalls of Barchester Cathedral

내가 이 사건에 처음 연루된 것은 19세기 초에 발간된 《젠틀맨스 매거진》의 부고란을 훑어보다가 다음과 같은 기사를 발견했을 때였다.

2월 26일, 바체스터 성당 부속 건물의 거처에서 소워브리지 부주교이자 픽힐과 캔들리의 교구 목사이신 덕망 있는 존 벤웰 헤인스 신학박사. 향년 57세. 고인은 케임브리지 대학 —— 칼리지를 졸업하였으며, 그재능과 근면함을 인정받아 상급자들의 존중을 받았다. 정규 과정을 거쳐 학사 학위를 취득하였을 때 고인은 '랭글러'*의 명단에 이름을 올렸

---

* 케임브리지 대학 학사 과정 3년차에서 수학 분야 1등급을 받은 학생에게 주어지는 칭호. 지적 능력을 가장 많이 필요로 하는 학문으로 수학을 꼽는 케임브리지에서 이 칭호는 뛰어난학문적 성과를 이루었다는 의미로 통용된다.

다. 이러한 학문적 영예로 그는 곧 자신이 졸업한 칼리지의 선임 연구원이 되었다. 고인은 1783년 국교회 성직자로 서임되었으며, 얼마 후 친구이자 후원자였던 덕망 있는 고 리치필드 주교의 힘을 빌려 랭스턴서브애시의 부목사직을 맡게 되었다⋯⋯ 고인이 빠르게 성직록을 받는 지위에 오르고 뒤이어 바체스터 대성당의 선창자라는 영예로운 직책을 맡게 된 것은 이런 여러 탁월한 자격을 갖추었기 때문이다. 고인은 1810년 필트니 부주교께서 갑작스럽게 돌아가신 후 부주교 자리를 물려받았다. 고인의 설교는 항상 그가 몸담은 종교와 교단의 원칙을 따랐으며, 조금도 광신의 기색이 없었고, 기독교인의 은총과 학자의 세련됨을 겸비하고 있었다. 분파주의자의 난폭함 없이 진정으로 자비로운 성령의 인도를 받은 고인의 설교는 오래도록 신도들의 기억 속에 살아 있을 것이다. ─중략─ 고인의 펜에서 나온 저작 중에는 주교단에 대한 능란한 변호도 포함되어 있는데, 지금 고인을 기리는 글을 쓰는 필자 본인도 종종 숙독하는 바이지만, 우리 세대 작가들에게서 너무도 자주 찾아볼 수 있는 특성인 너그러움과 모험심을 과도하게 강조하는 경향이 있는 부분이 보인다. 기실 고인이 출간한 저작물은 발레리우스 플라쿠스의 『아르고나우티카』의 열정적이고 세련된 해석본, 그가 성당에서 행한 내용을 정리한 『여호수아의 생애에서 보이는 몇 가지 사건에 대한 강연』, 그리고 자신의 부주교구의 성직자들을 방문했을 때 행한 여러 지시와 강론을 정리해 놓은 내용이 전부라고 할 수 있다. 이런 내용은 특히 이런저런 이유로 인해 돋보이며⋯⋯ 고인과 함께하는 즐거움을 누릴 수 있었던 이들은 그의 세련됨과 친절함을 잊지 못할 것이다. 고색창연한 건물에서 열리는 유서 깊고 장엄한 의식에 고인은 항상 열정을 가지고 참여했으며, 특히 음악적 측면에 지극히 정성을 기울였다. 이는 현대 고위 성직자들이 너무도 자주 보이는 예의 바른 무관심을 생각해 볼 때 본보기로 삼을 만한 대비를 이룬다고 할 수 있을 것이다.

이어 부고문은 헤인스 박사가 결혼을 하지 않았다는 사실을 언급한 후 다음과 같은 문단으로 끝을 맺었다.

이토록 평온하고 덕망 있는 이라면 마땅히 노년에 이르러 그에 걸맞은 자연스럽고 평화로운 임종을 맞이했어야 마땅하다고 여길지도 모른다. 그러나 주의 섭리는 그 방향을 알 수 없는 법이니! 헤인스 박사의 삶이 종언을 향해 가던 어느 영예로운 밤, 세상을 등진 그의 평온한 은둔 생활은 방해를 받고, 아니, 산산조각 나고 말았으니, 누구도 예측하지 못한 소름 끼치는 비극이 일어났기 때문이다. 2월 26일의 아침에 ─하략─

이야기의 나머지 부분은 예의 사건의 경과에 대해 서술하고 나서 이어 가는 편이 좋을 듯하다. 이제부터 들려주는 이 사건은 내가 다른 경로를 통해 입수한 내용이다.

방금 인용한 부고문은 비슷한 시기의 다른 문서들을 뒤적이다가 우연히 눈에 띈 것이었다. 이것만으로는 사건의 전말을 거의 추론할 수 없었기 때문에, 당시에는 그저 나중에 이 부고문이 작성된 시기의 지역 기록을 열람할 기회가 생기면 '헤인스 박사'라는 이름을 다시 떠올리기로 기억해 두고 더 이상 깊게 파고들지는 않았다.

한참의 시간이 흘러 헤인스 박사가 속해 있던 칼리지 서고의 문서를 목록으로 정리할 때였다. 서고에 꽂힌 책들을 전부 정리한 후 나는 사서에게 가서 내 목록에 넣을 만한 책이 더 없는지 물었다. "더는 없는 것 같은데요." 사서가 말했다. "하지만 필사 원고 쪽을 한번 보고 확인하시는 게 좋을 것 같군요. 지금 시간 되십니까?" 시간은 있었다. 우리는 도서관으로 들어가서 원고들을 확인했고, 조사 막바지에 이르러 지금까지 본 적이 없는 서가에 도달했다. 그곳에 있는 원고들은 대부분 설교나 단편적인 서류, 칼리지 수업 과정 기록, 아무래도 꽤나 심심했던 모양인 시골 성직자의 여러 장시로 이루어진 대하 서사시 「키루스 대왕」, 어느 작고한 교수의 수학 소논문, 기타 내게는 너무도 친숙한 문건들이 가득했다. 나는 이 내용을 간략하게 기록했다. 그리고 마지막으로 남은 것은, 꺼내서 먼지를 털어 내야 하는 주석 상자였다. 색이 거의 바랜 이름표에는 다음과 같은 내용이 적혀 있었다. '덕망 있는 헤인스 부주교님의 서류. 1834년 그분의 누님, 러티샤 헤인스 양이 유증.'

나는 즉시 그 이름을 들어 본 적이 있다는 사실을 깨달았고, 곧이어 어디에서 들었는지 기억해 냈다. "아무래도 바체스터에서 매우 독특한 죽음을 맞이한 헤인스 부주교의 기록 같군요. 《젠틀맨스 매거진》에 실린 부고를 읽은 적이 있습니다. 이 상자를 제가 가져가도 될까요? 혹시 안에 흥미로운 내용이 있는지 알고 계십니까?"

사서는 내가 상자를 가져가 시간을 두고 살펴보는 것을 흔쾌히 허락해 주었다. "저로서는 직접 그 안을 확인하지는 못했습니다만." 그가 말했다. "언제나 그럴 생각만은 있었지요. 언젠가 전임 학장님께서 저 상자를 칼리지에 받아들이지 말았어야 한다고 말씀하셨던 게 기억납니다. 몇 년 전에 마틴에게 그렇게 말씀하셨죠. 그리고 자신이 도서관을 관장하고 있는 한 절대 그걸 열지 못하게 하겠다고 덧붙이셨죠. 마틴은 제게 그 이야기를 하면서 그 안에 무엇이 있는지 정말로 알고 싶었다고 하더군요. 하지만 도서관원이던 학장님께서 항상 그 상자를 숙소에 보관해서 그분이 도서관에 계시던 시절에는 상자에 접근할 도리가 없었어요. 학장님이 돌아가신 다음에는 유족들이 실수로 그걸 가져가 버렸고요. 몇 년 전에야 겨우 돌아왔지요. 제가 왜 그걸 이제껏 열어 보지 않았는지 모르겠군요. 하지만 제가 오늘 저녁에는 케임브리지에 없으니 선생님께서 먼저 열어 보시는 편이 좋을 것 같습니다. 선생님이라면 좋지 않은 내용을 우리 목록에 적어 넣지는 않으실 거라고 믿으니까요."

나는 상자를 집으로 가져가서 내용물을 살펴보고는 이후 사서에게 이 내용을 어떤 식으로 공표해야 할지 상담했다. 그리고 관련된 인물의 이름만 감춘다면 그 내용을 이용해 이야기를 써도 된다는 허가를 받았으니 이제부터 한번 시도해 보겠다.

내용물의 대부분은 일기장과 편지가 차지하고 있었다. 그중 얼마를 인용하고 얼마를 요약할지는 남은 지면에 따라 결정할 것이다. 상황을 적절하게 이해하기 위해서는 약간의—별로 힘들지 않은—조사가 필요했는데, 『벨의 대성당 편람』 바체스터 편에 있는 훌륭한 도해와 기록이 많은 도움이 되었다.

현재의 바체스터 대성당 성가대석에 들어가면 길버트 스콧 경*의 작품인 금속과 채색 대리석으로 만든 칸막이를 지나게 되고, 곧이어 매우 황량하고 불쾌하게 장식되었다고밖에 부를 수 없는 장소에 도달하게 된다. 성가대석은 차양도 달리지 않은 현대적인 물건이다. 다행

* 빅토리아 시대의 대표적인 건축가. 고딕 양식의 권위자로, 32개의 대성당을 포함해 교회당 수백 곳을 보수했다.

히도 고위 성직자석과 성직록을 받은 참사회원들의 이름은 살아남아 성가대석 자리마다 붙어 있는 작은 황동판 위에 새겨져 있다. 오르간은 입구의 아치와 지붕 사이의 공간에 놓여 있고, 외장은 고딕 형식으로 만들어졌다. 제단 배후의 장식 벽과 그 주변은 다른 교회와 크게 다르지 않다.

백여 년 전에 제작된 세밀 판화를 보면 당시의 모습은 지금과는 매우 달랐던 듯하다. 오르간은 웅장한 고전 양식의 칸막이 위에 올려져 있다. 성가대석 역시 고전 양식으로 매우 장중하다. 제단 위는 천개형 목재 지붕으로 덮여 있으며, 네 모서리에는 단지 모양의 장식이 달려 있다. 조금 더 동쪽에는 목재로 된 고전 양식의 훌륭한 제단 장식 벽이 있다. 박공 장식 안에는 빛으로 둘러싸인 삼각형 안에 히브리어 글자들이 금으로 새겨졌으며, 지품천사들이 그 글자들을 바라보고 있다. 북쪽 성가대석 동쪽 끝에는 커다란 공명판이 붙은 설교단이 있고, 그 앞에는 검은색과 흰색 대리석 포석이 깔려 있다. 숙녀 두 분과 신사 한 분이 전체 풍경을 감상하고 있다. 다른 자료에 따르면 당시에도 부주교석은 지금과 마찬가지로 성가대석 남동쪽에 있는 주교좌 옆에 있었다고 한다. 부주교의 집은 윌리엄 3세 시대에 지어진 훌륭한 붉은 벽돌집으로, 성당 서쪽 정문을 거의 마주한 위치에 있다.

이미 장년 남성이었던 헤인스 박사가 누님과 함께 이곳에 거주하게 된 것은 1810년의 일이었다. 그는 오랫동안 이 지위를 차지하고 싶어 했으나, 전임자는 92세의 나이가 될 때까지 보직을 떠나지 않았다. 그가 92세 생일을 축하하기 위해 검소한 잔치를 벌인 지 일주일이 지난 어느 가을날 아침, 헤인스 박사는 양손을 비비고 노래를 흥얼거리며 경쾌한 걸음으로 아침 식사용 식당으로 들어갔다. 식당에는 헤인스 양이 평소처럼 찻주전자 앞에 앉아 있었지만, 몸을 앞으로 수그린 채로 자제력을 잃고 손수건을 적시며 울고 있었다. 그 모습을 보고 박사는 자세를 가다듬었다. "왜, 왜 그러세요? 나쁜 소식이라도?" 그가 입을 열었다. "아, 조니. 듣지 못한 거니? 불쌍한 우리 부주교님께서!" "부주교님 말인가요? 왜 그러시죠. 몸이 안 좋으신가요?" "아니, 아니. 오늘 아침에 층계참에서 발견되셨단다. 너무 충격적인 일이야." "어찌 그런 일이! 세상에, 불쌍한 펄트니 부주교님! 발작이라도 일으키신 건가요?" "그렇지는 않은 모양이더구나. 너무도 끔찍한 일 아니니. 전부 그 한심한 하녀 제인이 잘못한 것이겠지." 헤인스 박사는 잠시 말을 멈추었다. "이해가 안 되는군요, 누님. 어떻게 그게 하녀 잘못이라는 겁니까?" "글쎄, 내가 들은 바로는 말이다, 층계 난간이 하나 빠져나가 있었다는구나. 그런데 하녀가 그 이야기를 하지 않아서 불쌍한 부주교님께서 층계 모서리를 밟으신 모양이야. 그 떡갈나무 계단이 얼마나 미끄러운지 알잖니. 층계 끝까지 떨어져 목이 부러지신 모양이지 뭐니. 불쌍한 펄트니 양은 이제 어쩐다니. 물론 당장 그 하녀를 내보내겠지. 그 아이는 정말 마음에 안 들었어." 헤인스 양은 다시 비통함에 사로잡혔지만 곧 약간이나마 아침 식사를 할 정도로 기분을 풀었다. 그러나 그녀의 동생은 그렇지 않았다. 그는 아무 말 없이 한동안 창가에 서 있다가 방을 나가서는 그날 오전 동안 다시 모습을 비치지 않았다.

부주의한 하녀는 즉각 해고되었으며, 사라진 난간은 곧바로 층계 양탄자 아래에서 발견되었다는 사실을 덧붙여 두겠다. 그 하녀가 얼마나 어리석고 부주의했는지 말해 주는 추가 증거라고 할 수 있을 것이다. 그런 것이 필요하다면 말이지만.

헤인스 박사는 상당히 오랜 세월에 걸쳐 자신의 능력을 참으로 훌륭하게 드러내 보였고, 마땅히 펄트니 부주교의 후임으로 어울리는 사람이었다. 그리고 이런 기대는 열매를 맺었다. 정식으로 취임한 후 그는 열정을 가지고 자신에 자리에 걸맞은 직무를 수행해 나갔다. 그의 일기장에는 펄트니 부주교가 벌여 놓고 떠난 온갖 직무와, 그것과 관련된 서류들이 초래한 혼란이 상당한 분량을 차지하고 있다. 링엄과 반스우드에 부과된 세금은 12년 동안이나 걷지 않았으며, 대부분 이제 와서 수정할 수도 없는 내용이었다. 7년 동안 병자 방문 기도도 한 번 하지 않았고, 성단소* 중 네 군데는 수리조차 불가능했다. 부주교가 대리로 임명한 사람들 역시 그에 버금갈 정도로 무능했다. 이런 상태가 이제 끝났다는 사실에 거의 고마움을 표할 지경이었는데, 그의 친구가 보낸 한 편지에서 이런 관점을 확인할 수 있다. 그는 (『데살로니카인들에게 보낸 둘째 편지』의 비유**를 어설프게 사용하며) 이렇게 썼다. "'호 카테콘(장애물)'이 마침내 사라졌군. 이 불쌍한 친구야! 대체 어떤 혼란 속으로 걸어 들어간 건가! 확언하건대 내가 마지막으로 그의 문지방을 넘었을 때 본 바로는, 그는 서류에 제대로 손도 대지 못했고 내 말을 한 마디도 제대로 알아듣지 못했으며, 내 사업과 관련된 어떤 내용도 기억하지 못했다네. 하지만 이제 부주의한 하녀와 미끄러운 계단 양탄자 덕분에 목소리와 감정이 망가질 정도로 혹사시키지 않고 제대로 사업을 추진할 수 있는 전망이 생긴 것 같군그래.' 이 편지는 일기장 중 한 권의 표지 안주머니에 꽂혀 있었다.

새로운 부주교의 열정과 의욕은 의심할 여지가 없었다. '지금 내가

---

* 성당에서 성직자가 전례를 거행하는 공간. 처음에는 제단 주위만을 감싸기 위해 난간이 세워졌으나 나중에는 성가대석까지 포함할 만큼 확대되었다.
**『데살로니카인들에게 보낸 둘째 편지』2장 7절의 '사실 그 악의 세력은 벌써 은연중에 활동하고 있습니다. 그러나 그 악한 자를 붙들고 있는 자가 없어지면'을 가리킨다.

마주한 셀 수도 없는 오류와 문제점을 정리 비슷하게라도 할 만한 시간이 있다면, 나는 기꺼이, 그리고 행복하게 너무도 많은 사람이 영혼이 아닌 입술만으로 부르는 그 나이 든 이스라엘인들의 찬송을 올리도록 하겠네.* 이 내용은 일기장이 아니라 편지에서 발견된 것인데, 그의 사후에 친구들이 그동안 교환했던 서신들을 누님에게로 돌려보내 준 모양이다. 또한 그는 이런 단순한 감상에서 멈추는 사람이 아니었다. 그는 자신이 맡은 교구의 권리와 의무에 대해 매우 면밀하고 사업적인 태도로 접근했으며, 한 곳에는 3년만 있으면 부주교 교구의 사업을 제대로 된 기반 위에 올려놓을 수 있을 것이라고 계산해 놓기도 했다. 그의 계산은 정확한 것으로 드러났다. 그는 3년 동안 개혁 작업에 매진했다. 그러나 그 시간이 끝난 후 그가 약속한 〈시므온의 노래〉를 불렀다는 기록은 찾아볼 수 없다. 새로 활약할 분야를 발견한 것이다. 그때까지 그는 업무 때문에 성당의 감사성찬례**에는 가끔씩 모습을 비칠 뿐이었는데, 이제 건물과 음악에 흥미를 보이기 시작했다. 1786년 이래로 죽 오르간 주자를 맡아 온 사람과 한동안 벌인 실랑이에 대해서는 자세히 언급할 시간이 없을 듯하다. 이 일에서 그는 그다지 성공을 거두지 못했다. 그러나 성당 건물과 내부 가구의 갑작스러운 확장에 있어서는 보다 나은 성과를 거두었다. 실베이너스 어번***에게

---

* 『루가 복음』 2장 25~35절에서 시므온은 죽기 전에 그리스도를 꼭 보게 되리라는 성령의 약속을 믿고 기다렸는데, 마침내 아기 예수를 만나 팔에 안고서 "주여, 이제는 말씀하신 대로 이 종은 평안히 눈감게 되었습니다. 주님의 구원을 제 눈으로 보았습니다. 만민에게 베푸신 구원을 보았습니다"라며 하느님을 찬양한다. 이 구절에 곡을 붙인 찬가를 〈시므온의 노래〉라고 부르며, 영국 국교회에서는 저녁 감사성찬례에 사용한다.
** 영국 국교회에서 행하는 기독교 예전, 요컨대 가톨릭교에서의 미사를 말한다.
*** 에드워드 케이브(1691~1754)의 필명. 최초의 근대적인 잡지 《젠틀맨스 매거진》의 발행인, 편집자, 인쇄공이다.

보내는 편지의 초안(내 생각에는 결국 부치지 못했던 것 같지만)이 남아 있는데, 성가대석의 성직자용 좌석에 대해 언급하고 있다. 아까 말했듯이 이 성가대석은 꽤나 최근의 물건이었다. 1700년경에 만들어졌을 것이다.

　부주교석은 남동쪽 끝, 주교좌(지금은 바체스터 교구를 빛내 주시는 참으로 훌륭한 수도원장께서 차지하고 계시는)의 서쪽에 있는데, 독특한 장식으로 눈에 띄는 물건입니다. 웨스트 딘의 교구 목사님께서 힘써 완공해 주신 성가대석 내부 설비 전체 말고도, 동쪽 끝에 위치한 설교대 단상에는 작지만 독특한 그로테스크풍 조각이 세 개 놓여 있습니다. 하나는 훌륭한 고양이 조상으로, 생쥐의 천적이 가지는 유연함, 근면함, 재치를 훌륭하게 표현하는 웅크린 자세를 취하고 있습니다. 그 반대쪽에는 옥좌에 앉아서 왕족 같은 분위기를 풍기는 사람의 형상이 있습니다. 그러나 여기서 장인이 표현하려 한 것은 지상의 군주가 아닙니다. 그의 발은 몸에 걸치고 있는 긴 옷자락에 세심하게 가려져 있습니다. 그러나 그가 쓰고 있는 왕관인지 모자는 그의 근본이 타르타로스에 있음을 알려 주는 뾰족한 귀와 구부러진 뿔을 가리지 못합니다. 그리고 무릎 위에 올려진 손에는 끔찍하게 길고 날카로운 발톱이 달려 있습니다. 이 두 형상의 사이에는 긴 망토를 걸친 사람이 하나 서 있습니다. 이 조상은 얼핏 보기에는 수도사나 '회색 수도단의 수사'*로 보일 수도 있을 것입니다. 머리에는 두건을 쓰고, 허리께에는 매듭 지은 밧줄을 두르고 있기 때문입니다. 그러나 그 모습을 자세히 들여다보면 전혀 다른 결론에 도달하

* 프란체스코회의 수도사를 가리킨다.

게 됩니다. 매듭을 지은 밧줄로 보이는 것은 사실은 교수용 밧줄인데, 그 밧줄을 쥐고 있는 손의 주인은 두건 속에 모습을 숨긴 채 손만 내밀고 있는 형상입니다. 수척한 모습에, 입에 담기도 끔찍하지만 살이 떨어져 나가 광대뼈가 드러나 있는 것으로 미루어, 이 형상은 '공포의 왕'인 죽음을 묘사한 것으로 보입니다. 이 세 조상은 분명 훌륭한 솜씨를 지닌 장인의 작품이며, 귀하가 서신을 주고받는 분들 중 혹시 이 조상의 유래와 중요성에 대한 단서를 제공해 줄 수 있는 분이 계시다면 —하략—

서류를 보면 보다 자세한 기록을 확인할 수 있는데, 여기서 언급하는 목조상이 지금은 사라졌다는 사실을 생각하면 꽤나 흥미로운 주제다. 마지막 문단은 인용할 만한 가치가 있을 듯하다.

최근 참사회 기록을 조사한 결과에 따르면, 성가대석의 목조상은 사람들이 흔히 말하듯 네덜란드 예술가들이 아니라 이 도시 또는 지역민이었던 오스틴이라는 사람이 제작한 듯하다. 목재 자체는 '성스러운 나무숲'으로 불리는 참사회와 주임 사제 소유인 인근의 떡갈나무 숲에서 가져온 것이다. 최근 그 숲과 맞닿아 있는 교구를 방문했을 때 나는 늙고 존경할 만한 나이 든 교구 목사에게서 앞서 언급한 것과 같은 불완전하지만 위엄 있는 구조물을 만들기 위해 베어 넘긴 떡갈나무의 엄청난 크기와 수령에 대해 듣게 되었다. 특히 숲 가운데쯤에 서 있던 나무 한 그루에는 '교수형 나무'라는 이름이 붙어 있었다고 한다. 나무뿌리 근처의 토양에서 상당한 수의 인간 유해가 발굴되었기 때문에 그 이름의 근거는 분명히 확인되었으며, 자신의 일이 성공하길 기원하는 사람은—그 일이 사랑이든 아니면 다른 일반적인 사업이든—1년 중 특정 시기에 가지에 밀짚이나 나뭇가지 등 농가에서 구할 수 있는 재료로 만든 인형이나 조상 따위를 걸어 두는 풍습이 있었다고 한다.

부주교의 고고학 탐사는 여기까지다. 그러면 다시 그의 일기장 속의 업무 내용으로 돌아가 보자. 첫 3년 동안 그는 근면하고 세심하게, 그리고 열정적으로 직무에 임했고, 분명 부고문에 언급되어 있는 친절하고 세련된 태도는 적어도 이 시기 동안에는 그에게 잘 어울리는 것이었다. 그러나 이후 시간이 점점 지나며 그에게 그림자가 드리운 듯하다. 그림자는 곧 칠흑 같은 어둠으로 변했는데, 분명 겉으로 보이는 태도에도 그 영향이 나타났을 것이다. 그는 자신의 공포와 고난을 상당 부분 일기장에 기록했다. 다른 분출구가 없었던 것이다. 결혼도 하지 않았고, 누님 역시 항상 그와 함께 있지는 않았기 때문이다. 그러나 그가 내면에 담고 있던 말을 지면에 전부 털어놓았으리라고 여길 수는 없을 것이다. 일부 항목을 발췌해 보기로 하겠다.

1816년 8월 30일

그 어떤 때보다 더 눈에 띄게 날이 짧아지기 시작한다. 이제 부주교의 서류를 전부 정리했으니 가을과 겨울의 저녁 시간에 더 할 일을 찾아야겠다. 날씨가 가혹해서 러티샤 누님의 건강 상태로는 이곳에서 겨울을 날 수 없을 듯하다. 「주교제에 대한 변호문」 작업을 계속하는 것은 어떨까? 쓸모가 있을지도 모른다.

9월 15일

러티샤 누님이 나를 두고 브라이턴으로 떠났다.

10월 11일

저녁 감사성찬례 시간에 처음으로 성가대석에 촛불을 켰다. 충격이었다. 어두운 계절이 명백한 두려움으로 다가온다.

11월 17일

내 자리 앞 탁자에 놓인 조각상 때문에 상당히 충격을 받았다. 예전에 이 것들을 제대로 살펴보기나 했는지 모르겠다. 주의를 기울이게 된 것은 우연이었다. 〈성모의 노래〉*를 부르는 중이었는데, 부끄러움을 무릅쓰고 고백하자면 수마의 손길에 거의 굴복하기 직전이었다. 당시 나는 탁자 끝에 있던 세 개의 조각상 중 가장 가까운 고양이상 위에 손을 올리고 있 었다. 사실 그쪽을 보고 있지도 않았기 때문에 그러고 있다는 사실조차 눈치채지 못했는데, 순간 어딘가 부드러운, 제법 거칠고 조밀한 털가죽 이 느껴지고, 고양이가 머리를 돌려 손을 물려는 듯 움직이는 느낌이 들 었다. 순간 나는 완전히 정신을 차렸고, 아무래도 그 때문에 숨죽여 놀란 소리를 낸 듯하다. 회계 담당자가 내 쪽을 휙 돌아보았기 때문이다. 그 기분 나쁜 감각이 너무 생생해서 나는 나도 모르게 백의 위에 손을 문지 르고 있었다. 이 사건 때문에 감사성찬례가 끝난 후 그 조상들을 전보다 더 자세히 살펴보았고, 처음으로 그것들이 얼마나 훌륭한 솜씨로 조각되 어 있는지 깨닫게 되었다.

---

* 『루가 복음』 1장 39~56절에서 마리아는 친척이자 세례자 요한의 어머니인 엘리사벳을 방 문하는데, 엘리사벳이 "주님의 어머니"라고 인사하자 마리아가 "내 영혼이 주님을 찬양하 며"로 시작하는 노래를 부른다. 여기에 곡을 붙인 찬가를 〈성모의 노래〉라고 하며, 〈시므온 의 노래〉와 마찬가지로 영국 국교회에서는 저녁 감사성찬례에 사용한다.

12월 6일

러티샤 누님이 함께 있어 주셨으면 얼마나 좋을까. 최대한 오래 「변호문」 작업을 하고 나면 밤이 너무 힘겹기만 하다. 남자 홀로 있기에는 이 집은 너무 크고, 손님은—누구를 불문하고—너무 드물다. 내 방으로 갈 때면 마치 알 수 없는 부류의 동거인이 존재하는 것만 같은 불편한 기분도 느낀다. 사실은—나 혼자 상상한 것일지도 모르지만—목소리를 듣기도 한다. 물론 이것이 대뇌 쇠퇴의 주요 증상이라는 사실은 잘 알고 있다. 하지만 그것이 원인이라고 믿을 수 있었다면 지금처럼 동요하지는 않았을 것이다. 그러나 우리 가족력을 살펴보면 그런 증상이 일어날 만한 요인은 조금도 존재하지 않는다. 노동, 근면한 노동, 그리고 내게 주어진 의무를 완벽하게 수행하는 것이야말로 가장 훌륭한 치료법일 것이며, 나는 이를 통해 효력을 볼 수 있으리라는 점을 조금도 의심하지 않는다.

1월 1일

고백하건대, 내 문제는 점차 커지고 있다. 어젯밤 자정이 넘어 집무실에서 돌아와 나는 촛불을 켜고 위층으로 올라갔다. 층계 꼭대기에 거의 도달했을 때 누군가가 나에게 속삭였다. "신년 축하 인사를 하겠네." 잘못 들었을 리는 없다. 독특한 억양을 가진 명확한 목소리였던 것이다. 거의 촛불을 떨어트릴 뻔했다. 만약 그랬다면 어떤 일이 벌어졌을지 상상하기조차 두렵다. 나는 마지막 순간에 자세를 바로잡고는, 재빨리 방으로 뛰어들어 가 문을 잠갔고, 이후로는 다른 문제를 겪지 않았다.

1월 15일

어젯밤에 작업실에서 나와 아래층으로 내려올 일이 있었다. 침실로 올라갈 때 탁자에 두고 갔던 시계를 가지러 내려간 것이었다. 마지막 계단을 내려오기 직전, 누군가가 내 귀에 대고 날카롭게 "조심해"라고 소리쳤다. 나는 난간 끝을 붙잡고 서서 즉시 사방을 둘러보았다. 당연하게도 아무것도 없었다. 잠시 후 나는 다시 움직이기 시작했고—여기까지 와서 돌아갈 수는 없었으니까—다음 순간 그대로 굴러떨어질 뻔했다. 감촉으로 봐서 꽤나 큰 듯한 고양이 하나가 내 다리 사이로 빠져나간 것이다. 그러나 마찬가지로 주변을 둘러봤지만 아무것도 보이지 않았다. 주방에서 키우는 고양이일지도 모르지만, 내 생각에 그랬을 것 같지는 않다.

2월 27일

어젯밤에 이상한 일이 있었는데, 가능하면 잊고 싶다. 어쩌면 여기 적어놓으면 그 실체가 드러날지도 모르겠다. 나는 9시에서 10시 정도까지 서고에서 작업에 몰두했다. 그런데 중앙 홀과 층계가 소리 없는 움직임이라고 칭할 수밖에 없는 것으로 가득 차 있었다. 계속 누군가가 오가는 느낌이 들었는데, 내가 집필을 중지하고 귀를 기울이거나 홀을 내다보면 완벽한 정적에 휩싸여 있었다. 평소보다 더 이른 시간에 내 방으로 돌아갈 때에도—10시 반 정도였는데—소음이라고 부를 수 있는 소리는 전혀 감지하지 못했다. 그 전에 나는 궁에 계시는 주교님께 아침 일찍 보내야 하는 편지 때문에 존에게 내 방으로 오라고 일러둔 상태였다. 존은 잠자리에 들지 않고 있다가 내가 방에 들어가는 소리를 듣고 편지를 받으러 왔다. 나는 잠시 그 사실을 잊고 있었지만 다행히도 방으로 편지를 가지고 왔다. 내가 시계의 태엽을 감고 있던 도중에 문을 두드리는 소리가 들리고는 "들어가도 되겠습니까?" 하는 낮은 목소리가 들렸다. 나는 존을 부른 것을 기억하고는, 경대 위에 놓아둔 편지를 집어 들고 "물론이지,

들어오게"라고 말했다. 그러나 대답은 들리지 않았고, 이제 와서 생각해 보니 실수였는데, 나는 문을 열고 밖으로 편지를 내밀었다. 그러나 그 순간 복도에는 아무도 서 있지 않았다. 내가 문가에 선 바로 그 순간 복도 끝의 문이 열리며 존이 촛불을 들고 나타났다. 나는 그에게 조금 전에 이 문 앞에 있었느냐고 물었지만 그는 아니라고 대답했다. 이 상황이 마음에 들지 않는다. 그러나 내 감각이 상당히 곤두서 있는 데다 한동안 잠을 이루지 못했음에도, 이후로는 그 불청객을 더 이상 감지할 수가 없었다.

봄이 오고 누님이 돌아와 함께 몇 달 동안 머무르자 헤인스 박사의 일기는 활기를 되찾았다. 실제로 9월 초순이 되어 홀로 남기 전까지는 우울증의 징후를 찾아볼 수 없었다. 하지만 그 이후로 그는 다시 불쾌감을 느끼기 시작했고, 증상은 예전보다 더욱 심해졌다. 이 문제는 잠시 후 다시 언급하겠는데, 일단 여기서는 잠시 본론에서 벗어나 이 이야기의 실마리가 될 듯한 문서 하나를 인용하겠다.

다른 서류와 함께 보존된 헤인스 박사의 회계장부를 보면, 그가 부주교가 되고 얼마 지나지 않은 시점부터 4분기마다 한 번씩 25파운드의 금액이 J. L.에게 지급되고 있다. 이 내용만으로는 그 무엇도 유추할 수 없다. 그러나 일기장 표지 안주머니에서 발견한, 뒤이어 인용할 매우 지저분하고 형편없는 글솜씨로 쓰인 편지가 이 내역과 관련이 있어 보인다. 날짜나 소인 등의 흔적은 남아 있지 않으며, 해독 역시 쉽지 않았다.

선생님,
지난주부터 선생님의 소식을 기대하고 있었어요. 그런데 소식이 없는 걸 보니 저와 제 남편이 이 계절 들어 농장 일이 제대로 되는 게 없어서 소작료를 지불할 수가 없다는 걸 듣지 못하신 것 같아, 슬프지만 선생님이 ──를(아마도 '자비'일 것으로 보이지만, 철자 자체는 '생식'에 더 가까워 보이는 단어가 적혀 있다) 베풀어 40파운드를 보내 주시지 않으면 우리도 어쩔 수 없이 원하지 않는 행동을 취할 수밖에 없을 것 같아요. 선생님 때문에 펄트니 박사네 일자리를 잃게 되었으니 이런 요구를 하는 게 당연하고, 거절한다면 제가 무슨 말을 할지 아시겠지만 저는 항상 즐거운 일만 원하는 사람이라 그런 즐겁지 못한 일은 하고 싶지 않네요.

선생님의 충실한 하인

제인 리

이 편지가 도착했을 즈음으로 보이는 시점에서는 실제로 J. L.에게 40파운드를 지급한 기록이 남아 있다.

그럼 다시 일기장으로 돌아가 보자.

10월 22일

저녁 감사성찬례에서 『시편』을 읽던 도중에 나는 작년과 동일한 경험을 했다. 이전과 마찬가지로 조각상 중 하나에 손을 올리고 있었는데―이제는 보통 고양이는 피하려 한다―사실 무언가 변화가 일어났다고 쓰려 했지만, 다시 생각해 보니 분명 내 육체의 문제일 텐데 너무 많은 의미를 부여하려 하는 것 같다. 어쨌든 나무가 마치 젖은 리넨이 된 것처럼 차갑고 부드러웠다. 내가 이 느낌을 받은 시점은 정확하게 알고 있다. 성가대가 다음 구절을 부르는 중이었다. "(악인이 그를 다스리게 하시며) 사탄이 그의 오른쪽에 서게 하소서."*

집에서 들리는 속삭임은 오늘 밤 더욱 끈질겼다. 침실에서도 떨쳐 낼 수가 없다. 예전에는 이런 소리를 들은 적이 없다. 신경과민인 사람이라면 그 소리에 겁에 질리거나 불쾌감을 느꼈을 것이다. 그러나 나는 신경과민이 아니고, 앞으로도 그렇게 되지 않았으면 한다. 오늘 밤에도 고양이가 계단에 있었다. 항상 거기에 자리 잡고 앉아 있는 듯하다. 부엌의 고양이가 아닌 건 분명하다.

11월 15일

내가 이해할 수 없는 사건을 하나 더 기록해 놓기로 한다. 심각하게 가위에 눌렸다. 명확한 형상이 나타난 것은 아니지만, 젖은 입술이 내 귓가에 강한 억양으로 엄청나게 빠르게 무언가를 계속 속삭이는 것이 생생하게 느껴졌다. 그러다 잠이 든 듯한데, 갑자기 누군가가 내 어깨에 손을 올리는 느낌이 들어 깜짝 놀라 잠에서 깼다. 놀랍게도 나는 1층으로 내려가는 아래쪽 계단의 높은 단을 딛고 서 있었다. 큰 창문으로 밝은 달빛이 새어 들어와 두세 번째 계단에 커다란 고양이 한 마리가 앉은 모습을 볼 수 있었다. 아무 말도 할 수 없었다. 어떻게 침대로 다시 돌아왔는지 기억도 나지 않는다. 그래, 내 짐은 무겁기만 하다. (이후 줄을 그어 지워 버린 한두 줄가량의 내용이 이어진다. 내 눈에는 '그게 최선이었다'와 비슷해 보인다.)

이런 여러 현상들 때문인지 이로부터 얼마 지나지 않아 부주교의 견

---

* 『시편』109장은 저주의 말인데, 그중에서 6~8절의 내용은 다음과 같다. '부랑배를 내세워 그를 치자. 그 오른편에 고발자를 세우자. 재판에서 죄를 뒤집어쓰게 하자. 그의 기도마저 죄로 몰자. 이제 그만 그의 명을 끊어 버리고 그의 직책일랑 남이 맡게 하자.'

실한 태도도 점차 사라지기 시작했다. 12월과 1월의 과도하게 고통스럽고 절망적인 탄식과 기원은 생략하도록 하겠지만, 이 시기에 처음 나타나서 갈수록 그 빈도가 늘어났다. 그러나 이 시기 동안 그는 집요하게 자신의 직무에 매달렸다. 대체 왜 건강 악화를 호소하면서 배스나 브라이턴으로 휴양을 떠나지 않았는지는 나로서는 짐작도 할 수가 없다. 하지만 내가 받은 인상으로는, 설령 그랬다 하더라도 나아지지 않았을 것 같다. 자신이 어떤 괴로움을 겪고 있는지 발설했다가는 즉시 몰락했을 것이며, 스스로도 그 사실을 잘 알고 있었기 때문이다. 손님을 초대해서 자신의 증상을 완화해 보려고 시도하기도 했다. 그 결과는 다음과 같이 기록으로 남아 있다.

1월 7일
사촌 알렌을 설득해 며칠만 시간을 내 달라고 했다. 그는 내 바로 옆방을 사용할 예정이다.

1월 8일
고요한 밤이 지났다. 알렌은 푹 잤지만 바람 소리에 대해 불평했다. 나는 예전과 같은 경험을 하였다. 속삭이는 소리가 계속된다. 그는 무엇을 말하고 싶은 걸까?

1월 9일
알렌은 집이 매우 시끄럽다고 생각한다. 그 역시 내 고양이가 놀랍도록 크고 훌륭하다고 생각하지만, 동시에 매우 사납다고 한다.

1월 10일

알렌과 나는 11시까지 서고에 있었다. 그는 홀에서 하녀들이 무엇을 하고 있는지 보고 온다며 나를 두고 두 번이나 밖으로 나갔다. 두 번째로 나갔다 돌아와서는 하녀 하나가 복도 끝의 문 앞을 지나가는 것을 보았다며, 만일 자신의 아내가 여기 있었다면 더 엄격하게 규칙을 지키게 했을 것이라고 말했다. 나는 그 하녀가 어떤 색의 옷을 입고 있었느냐고 물었다. 그는 회색 아니면 흰색이라고 대답했다. 그럴 줄 알았다.

1월 11일

알렌이 오늘 떠났다. 흔들리지 말아야 한다.

여기서 보이는 '흔들리지 말아야 한다'라는 문장은 이후 며칠 동안 계속 등장한다. 가끔은 오직 이 문장만 적힌 날도 있다. 그럴 때는 글자도 상당히 컸고, 펜이 부러질 정도로 꾹 눌러쓴 흔적이 있었다.

부주교의 친구들은 그의 행동에서 별다른 변화를 느끼지 못한 모양이었는데, 그의 용기와 각오가 어느 정도였는지 능히 짐작할 만하다. 그의 마지막 행적이 어땠는지 일기장은 더 이상 알려 주지 않았다. 나머지 부분은 부고문의 유려한 문장을 통해 들을 수밖에 없을 것 같다.

2월 26일 아침에는 싸늘한 날씨에 폭풍우가 휘몰아쳤다. 이른 시간, 하인들은 여기에 언급하는 이 비극의 주인공이 살던 거처의 중앙 홀을 지나쳐야 했다. 참으로 공포스럽게도 그들은 사랑하고 존경하던 주인이 중앙 층계의 마지막 계단에 가장 끔찍한 공포를 불러일으키는 형상으로 쓰러져 있는 것을 발견하였다. 도움을 요청한 결과, 그 모습을 발견한 사람들은 모두 그가 잔인하고 살의가 담긴 공격의 대상이 되었다는 결론을 내렸다. 척추가 한 군데 이상 골절되어 있는 것이 확인되었다. 이는 추락 때문일 수도 있다. 층계 양탄자의 한쪽이 늘어져 있는 것이 발견되었기 때문이다. 그러나 이 외에도 눈과 코, 입 부근에 상처가 남아 있었는데, 마치 난폭한 짐승의 짓으로 보이는 흔적이었다. 언급하기도 두려운 일이지만, 그 짐승이 어떤 존재였는지는 아직도 알아낼 도리가 없다. 두말할 필요도 없이 생명의 불꽃은 완전히 사그라진 상태였으며, 존경하는 의학 권위자분들의 검시 결과에 따르면 당시 이미 몇 시간 동안이나 그런 상태였다고 한다. 이 수수께끼의 범죄를 저지른 자(또는 자들)의 정체는 의문 속에 묻혀 있으며, 이 끔찍한 사건으로 인한 우울한 문제에 대해서는 가장 과감한 추측으로도 아무런 결과를 얻지 못하고 있다.

부고문의 작성자는 계속해서 셸리, 바이런 경, 볼테르* 등의 저작이 이러한 재앙을 불러일으키는 데 주도적인 역할을 했을 것이라고 언급하면서, 이 사건이 '훗날의 세대들에게 교훈이 되기를' 기원한다는 모호한 말로 결론지었다. 이 부분을 전부 인용할 필요는 없을 듯하다.

나는 이미 헤인스 박사에게 펄트니 박사의 사망에 대한 책임이 있을 것이라는 결론을 내렸다. 그러나 부주교석에 있는 죽음의 조상과 연관이 있는 사건은 상당히 당황스러운 면모를 가지고 있다. 그 조상이 교수대의 나무에서 가져온 목재로 조각한 것임은 쉽사리 추측할 수 있지만, 증명하는 것은 거의 불가능에 가깝다. 어쨌든 나는 바체스터를 직접 방문했는데, 어느 정도는 그 목상을 찾아낼 수 있을까 기대하는

---

* 세 명 모두 반성직 계몽사상가이자 급진주의자였다. 이야기의 시점인 1818년의 관점에서 보면, 당대에 문제가 많거나 스캔들투성이인 인물들이기도 하다.

마음도 있었다. 참사회원 한 사람이 그 문제에 있어 누구보다 더 잘 알 법한 사람이라면서 지역 박물관의 관리자를 소개해 주었다. 나는 신사 분에게 성가대석의 팔걸이와 목상의 생김새를 묘사해 주고는, 혹시 그중 남은 부분이 있을지 물어보았다. 그는 웨스트 딘 주임 사제의 팔걸이와 그 밖의 일부 파편을 보여 주었다. 그러고는 그 잔해들은 지역에 사는 한 노인에게 사들인 것이라면서, 노인이 한때 목상도 가지고 있었는데, 아마도 내가 찾고 있던 목상 중 하나였을 수도 있다고 말했다. 그 목상에는 매우 괴상한 구석이 있었다고 한다. "노인 말로는 그 조상역시 남은 파편들과 마찬가지로 폐목재 집적장에서 주웠다고 하는데, 아이들에게 주려고 집으로 가져갔다더군요. 집으로 돌아가는 길에 그걸 만지작거리자 갑자기 두 조각으로 부러지더니 안에서 종잇조각 하나가 떨어졌다네요. 노인은 그 종이에 뭔가가 적혀 있는 것을 보고 주워 주머니에 넣었다가, 나중에 벽난로 장식 위에 둔 꽃병 밑에 놓아두었답니다. 꽤나 최근에 그의 집에 갔었는데, 어쩌다가 꽃병을 집어 들고 아래에 상표가 있는지 확인하는데 그 종이가 떨어지더군요. 그걸 노인에게 돌려주자 지금까지 말씀드린 이야기를 해 주더니, 제게 그종이를 가져가도 된다고 했죠. 구겨진 데다 조금 찢어지기도 해서, 여기 보시다시피 판지 위에 붙여 놓았습니다. 이게 무슨 뜻인지 알려 주실 수 있다면 정말 기쁠 겁니다. 물론 저로서는 상당히 놀랍기도 할 테지만 말입니다."

그가 내게 종이를 건넸다. 분명 나이 든 이의 필적으로 이렇게 쓰여 있었다.

　숲 속에서 자라던 동안

나는 피를 양분으로 삼았네

이제 나는 성당에 서 있으니

자신의 손을 뻗어 나를 만지는 자가 있다면

그리고 그가 피 묻은 손을 가지고 있다면

나는 그에게 주의하라고 말할 것이니

그러지 않으면, 그는 잡혀갈 것이네

낮이든 밤이든 상관없으나

그때는 바람이 격렬하게 불어오는

2월의 밤이 될 것이네.

나는 이런 꿈을 꾸었다. 2월 26일, 1699년. 존 오스틴.

"부적이나 주문이 아닐까 생각합니다. 그렇게 생각되지 않으십니까?" 박물관 관리인이 물었다.

"그렇군요. 그런 모양입니다." 내가 대답했다. "이 쪽지가 숨겨져 있던 목상은 어떻게 되었습니까?"

"아, 깜빡 잊었군요." 그가 말했다. "노인의 말로는, 너무 못생긴 데다 아이들이 심하게 겁에 질리는 바람에 불태워 버렸다고 합니다."

마틴의 땅

Martin's Close

몇 년 전 잉글랜드 서부의 한 교구 목사에게 신세를 진 적이 있다. 내가 속해 있던 회합이 그 지역에 토지를 소유한 인연 덕분이었다. 나는 시간을 내서 그 주변을 살펴볼 계획이었다. 그곳을 방문한 첫날 아침, 식사를 끝낸 후 나는 교구의 목수이자 잡일꾼인 존 힐이라는 사람이 우리를 안내할 채비를 하고 있다는 말을 들었다. 목사는 우리에게 그날 오전에 어디를 방문할 생각인지 물었다. 곧 교구 지도가 준비되었고, 우리가 그날의 답사 계획을 설명하자 목사는 한 지점을 손가락으로 짚으며 말했다. "여기 가면 잊지 말고 존 힐에게 말해서 마틴의 땅에 들러 보십시오. 그 친구가 무슨 말을 하는지 듣고 싶군요." "무슨 말이기에 그러십니까?" "아, 저도 조금도 짐작이 가질 않습니다." 목사가 말했다. "엄밀하게 말해서 점심시간 전까지는 그렇겠지요." 그리고 그는 일 때문에 자리를 떴다.

우리는 길을 떠났다. 존 힐은 자신이 가진 정보를 고이 간직하는 유형의 사람이 아니어서 우리는 지역 주민들과 소문에 관한 흥미로운 이야기를 얼마든지 얻어들을 수 있었다. 생소한 단어, 또는 그가 생각하기에 생소할 듯한 단어가 등장하면, 그는 하나하나 철자를 꼽아 가면서 설명했다. 그러나 이 이야기의 목적을 생각하면 마틴의 땅에 이르기까지 우리가 나눈 대화를 여기에 적을 필요는 없을 것이다. 그 장소는 여러분이 상상할 수 있는 가장 작은 토지 구역이라 할 만했는데, 몇 평 정도의 너비에, 사방이 산울타리로 둘러싸였고, 안으로 들어갈 수 있는 문이나 틈새 따위는 보이지 않았다. 이렇게만 들으면 오래전에 버려진 작은 시골 정원 같은 모습이라고 생각할 수도 있겠지만, 그 땅은 마을에서도 멀리 떨어진 곳에 있는, 그 지방 사람들이 소위 '황무지'라고 부르는 널찍한 평야에 불쑥 튀어나온 고지대의 거친 목초지에 있었다.

"왜 여기만 이렇게 산울타리로 막아 놓은 건가?" 내가 묻자 존 힐은 —내가 만족할 만큼 완벽하게 옮길 수는 없지만— 전혀 망설이지 않고 대답했다. "여기가 우리가 '마틴의 땅'이라고 부르는 곳입니다, 선생님. ㅁㅡㅏㅡㅌㅡㅣㅡㄴ, 마틴입죠. 실례지만 선생님, 목사님께서 그 일에 대해 제게 물어보라고 말씀하셨습니까?" "그래, 그러셨다네." "아, 그럴 줄 알았습죠, 선생님. 지난주에 그 이야기를 해 드렸는데 꽤나 흥미가 동하신 모양이더라고요. 아무래도 여기 묻힌 사람은 살인자인 모양입니다, 선생님. 그 사람 이름이 마틴이고요. 우리가 사우스타운이라고 부르는 지역에 예전에 새뮤얼 선더스라는 노인이 살았는데요, 선생님, 여기에 대해 아주 길게 이야기를 늘어놓더라고요, 선생님. 그 노인

말로는 젊은 여인이 끔찍하게 살해당한 일이 있었다고 합니다, 선생님. 제가 들은 내용으로는, 목이 베여 이 아래 물속에 던져 졌답니다."
"그래서 살인자는 교수형을 당했나?" "그렇죠, 선생님. 바로 여기 길가에서 교수형을 당했답니다. 수백 년 전 무죄한 어린이들의 순교 축일*에 그 피투성이 판사에게요. 끔찍하고 잔인한 사람이었다던데요." "혹시 그 사람 이름이 제프리스**가 아니었나?" "그럴 수도 있겠군요. 제프리스, ㅈㅡㅔㅡㅍㅡ, 어쨌든, 제프리스요. 그랬던 것 같습니다. 그리고 제가 선더스 씨에게 여러 번 들은 이야기에 따르면, 이 마틴, 조지 마틴이라는 젊은이는 자신의 잔인한 행동이 밝혀지기 전까지 그 젊은 여인의 영혼에게 지독한 괴롭힘을 당했다고 합니다." "정확히 무슨 일이 벌어졌는지 알고 있나?" "아뇨, 선생님, 무슨 일이 벌어졌는지야 모르죠. 하지만 제가 들은 바로는 상당히 고통 받았다고 하더군요. 인과응보지만요. 선더스 씨는 여기 뉴 여관에 있는 붙박이 벽장 때문에 그런 이야기를 해 줬지요. 그 사람 이야기로는 바로 그 젊은 여인의 영혼이 그 벽장에서 나왔다는 겁니다. 하지만 그런 이야기는 믿을 수가 없지요."

존 힐의 정보를 요약하자면 이 정도다. 우리는 계속 걸음을 옮겼다. 그리고 나는 그날 들은 내용을 목사에게 보고했다. 그는 교구의 회계 장부에서 조지 마틴을 위해 1684년에 지불된 교수형 비용과 다음 해에 무덤을 판 기록을 찾아냈다. 그러나 선더스 씨가 이미 사망했기 때

---

* 12월 28일로, 갓 태어난 예수를 죽이려는 헤로데 왕의 명령에 따라 학살당한 베들레헴의 순결한 아이들을 기리는 날이다.

** 조지 제프리스 경, 1대 웹 남작(1645~1689). 1683년부터 왕립 재판소의 수석 재판관을 역임한 인물로, '교수형 판사'라는 별명으로 유명하다. 몬머스 공작의 반란이 진압되었던 1685년 '피의 심판'이라고 불린 일련의 재판을 이끌어 악명이 높았다.

문에, 그로서도 이 이야기에 대한 추가 단서를 제공해 줄 만한 사람을 알려 주지는 못했다.

　당연하게도 나는 도서관이 있는 지역으로 돌아온 후 가장 가능성이 높은 부분부터 탐색을 시작했다. 재판 기록은 어디서도 찾아볼 수가 없었다. 그러나 당시의 신문이나 한두 종류의 월보에 간략한 기록이 남아 있었는데, 그 내용을 살펴보면 죄수(훌륭한 영지를 가진 젊은 신사라고 묘사되어 있었다)에 대한 지역의 편견 때문에 이 사건 심리는 엑서터에서 런던으로 이송되었다. 판사는 제프리스였고, 판결은 사형이었으며, '너무도 명백한' 증거가 가득했다고 한다. 그해 9월까지는 그 이상의 자료를 찾을 수 없었다. 그러다 내가 제프리스에게 관심을 가지고 있다는 것을 아는 친구 하나가 중고서적 판매상의 카탈로그에서 찢어 낸 종이 한 장을 보내 주었다. 거기에는 「제프리스, 판사 : 흥미로운 살인 사건 순회재판 속기록」 같은 항목이 쓰여 있었고, 살펴보니 다행스럽게도 고작 몇 실링의 금액으로 마틴 사건 재판의 속기록을 손에 넣을 수 있을 듯했다. 나는 전보를 보내 그 문서를 입수하는 데 성공했다. 얇은 책자 형태로, 18세기의 누군가가 속기체로 쓴 표지가 붙어 있었다. 그리고 메모가 하나 붙어 있었다. '이 기록을 법정에서 작성한 우리 아버지는, 제프리스 판사가 죄인의 친구들과 함께 이 재판의 기록이 절대 유출되어서는 안 된다는 데 합의했다고 말씀하셨다. 아버지는 시대가 변하고 나면 이 기록을 출간할 생각이셨고, 이 내용을 성직자 글랜빌 씨께 보여 드렸다. 그분은 이 계획에 동의하고 격려해 주셨으나, 계획이 결실을 맺기 전에 두 분 모두 갑작스러운 죽음의 손아귀에 사로잡히고 말았다.'

　뒤에는 W. G.라는 이니셜이 기재되어 있었다. 내가 수집한 정보에 따르면 처음 기록을 남긴 사람은 여러 국가 재판 기록에 이름을 남긴 T. 거니일 가능성이 높다.

내가 혼자 힘으로 읽을 수 있는 내용은 이 정도였다. 곧 나는 17세기의 속기체를 해독할 수 있는 사람을 찾아냈고, 얼마 전 그 속기록 전체를 타자한 사본을 손에 넣을 수 있었다. 여기에 인용하는 내용은 존 힐을 비롯해 아마도 그 당시에 살았던 한두 사람의 기억에서 연유한 불분명한 사건의 윤곽을 메워 사건을 보다 명확히 드러나게 할 수 있을 것이다.

이 문서에는 독특한 서문이 붙어 있는데, 요약하자면 문서 자체는 법정에서 직접 기록한 것이 아니지만 그곳에서 벌어진 대화 내용을 충실히 옮겼다는 것이다. 또한 그 외에도 재판 도중에 일어난 여러 '흥미로운 상황' 역시 기록에 옮겼으며, 덕분에 여기 보이는 완벽한 사건 기록을 만들었고, 언젠가는 이를 출판하려고 마음먹었다고 한다. 속기체를 사용한 이유는 혹시 이 기록이 권한 없는 자의 손에 넘어가 그 자신이나 가족이 그로 인한 이익을 얻지 못할 것을 염려해서라고 한다.

그리고 이제 본문이 시작된다.

*

이 사건은 11월 19일 수요일에 재판정에 올랐으며, 올드 베일리*의 고등 형사 법정에서 위대하신 국왕 폐하의 사법부와 ──의(특정 지역의 명칭은 일부 생략하도록 하겠다) 조지 마틴 씨 사이에 벌어졌으

---

* 영국 런던의 중심부에 있는 잉글랜드 웨일스 중앙형사재판소의 애칭.

며, 피고는 뉴게이트 형무소에 수감되어 있다가 법정에 불려 나왔다.

주임 사무관 조지 마틴, 손을 드시오. (명에 따른다.)

그리고 기소장 낭독이 이어졌다. 그 내용에 따르면 피고는 "눈앞의 신을 경외하지 않고 악마의 유혹과 선동에 넘어가서, 위대하신 찰스 2세 폐하의 치세 36년 5월 15일에 무력과 무기를 동반하여, 전술한 교구에서 신의 평화와 전술한 위대하신 국왕 폐하의 다스림 아래 있는 동 교구 주민인 미혼 여성 앤 클라크를, 잔혹하게, 의도적으로, 악의를 가지고 습격하여, 이어 싸구려 주머니칼로 전술한 앤 클라크의 목을 베었으며, 그 상처로 인해 전술한 앤 클라크는 그 장소에서 그대로 사망하였다. 또한 전술한 앤 클라크의 시체를 같은 교구 내의 한 연못에 유기하였으며," (그 밖에 우리가 군이 살펴볼 필요 없는 진술이 이어진 후) "이는 우리 위대하신 국왕 폐하의 평화와 그분의 권위에 대한 반역이라고 할 수 있도다."

이어 피고는 기소장의 사본을 요청했다.

재판장(조지 제프리스 경) 이게 무슨 짓인가? 그런 일은 허락되지 않는다는 사실을 알고 있을 텐데. 게다가 평소와 다를 바 없는 평범한 기소문 아닌가. 그대는 법 앞에서 자비를 구하기만 하면 되는 일이다.
피고 재판장님, 제 생각에는 그 기소장의 내용 때문에 법적 문제가 생길 수 있을 것 같아서, 법정의 여러분께 제가 그 내용을 참고하고 확인할 수 있게 해 주십사 정중히 요청드리는 겁니다. 게다가 재판장님, 다른 재판에서는 기소장의 사본을 허용해 준 일이 있습니다.

재판장 어떤 재판이었나?

피고 재판장님, 저는 엑서터 성에서 구금된 이후로 독방에 갇혀 있었으며, 저와 면회를 하거나 상담을 할 만한 사람도 아무도 없었습니다.

재판장 자네가 말하는 재판이 어느 사건이었느냐고 묻고 있지 않나.

피고 재판장님, 그 사건의 이름을 정확히 말씀드릴 수는 없습니다만, 제가 기억하기로는 분명 실제 있었던 일이고, 저는 그저 겸허히,

재판장 쓸데없는 소리. 어느 재판이었는지를 자네가 말해 주면 우리가 그 재판이 자네 경우와 관계가 있는지를 결정할 것이네. 신께 맹세코 우리는 법이 허락하는 모든 것을 자네에게 가져다줄 걸세. 하지만 자네의 요청은 법에 어긋나는 것이므로, 이 법정의 규율을 지켜야만 하네.

법정 검사(로버트 소여 경*) 재판장님, 우리는 폐하의 이름으로 그에게 항변의 기회가 주어지기를 바랍니다.

주임 사무관 그대는 기소장에 언급된 살인죄를 저질렀다는 사실을 인정하시오?

피고 재판장님, 저는 그저 겸허하게 법정에 이것 하나를 요구할 뿐입니다. 제가 지금 항변을 해도, 이후에 기소장 내용에 반박할 기회가 따로 주어지게 됩니까?

재판장 그래, 그렇지. 그건 평결 다음에 이어지는 걸세. 그럴 기회도 있을 거고, 법적인 문제가 있다면 조언해 줄 사람도 배정될 걸세. 하지만 지금 당장은 자네가 항변할 차례야.

---

* 로버트 소여(1633~1692). 잉글랜드 웨일스의 법정 검사, 하원 의장.

잠시 협상이 이어진 후(이런 평범한 기소문을 놓고 이런 일이 일어났다는 점이 묘하기는 했지만) 피고는 자신이 무죄라고 항변했다.

주임 사무관 그대는 누구의 법에 따른 심판을 받겠는가?
피고 신과 우리 고장의 법에 따른 심판을 받겠습니다.
주임 사무관 신께서 그대에게 은총을 베푸시기를.
재판장 이거 참, 우리가 어찌해야겠나? 엑서터가 아닌 이곳 런던에서 재판을 벌이기 위해 꽤나 애를 썼는데, 이제 다시 자네 고장의 심판을 받기를 원하는군. 우리가 자네를 다시 엑서터로 돌려보내야겠나?
피고 재판장님, 저는 절차에 따라 말했을 뿐인데요.
재판장 물론 그렇지, 이 사람아. 그냥 농담한 것뿐이네. 자, 다음으로 배심원 선서를 하지.

그리고 배심원 선서가 이어졌다. 배심원들의 이름은 생략하겠다. 피고의 말대로 그를 아는 사람이 아무도 없었기 때문에 그쪽으로는 문제가 될 사항이 전혀 없었다. 여기서 피고는 펜, 잉크, 종이를 쓰게 해달라고 요청했고, 그 말에 재판장은 이렇게 답했다. "알았네, 알았어, 신의 이름으로 저 친구에게 가져다주게나." 그러고는 배심원 앞에서 구형이 이어졌고, 폐하의 칙선 변호사 돌번 씨*가 개정을 선언했다.
다음으로 법정 검사의 발언이 이어졌다.

---

* 윌리엄 돌번(1627~1694). 법조인으로, 교황 음모 사건에 연루된 이들의 재판을 주재하여 악명이 높았다.

검사 재판장 각하와 배심원 신사 여러분께 고하는바, 저는 여기 법정에 선 피고를 고발하기 위해 국왕 폐하를 대신해 이 자리에 섰습니다. 피고가 젊은 여인에게 살인을 자행했다는 사실은 모두 들으셨을 것으로 생각합니다. 이러한 범죄 자체가 그다지 드물지 않은 것이라고 여기실 수도 있습니다. 분명 이번 경우에는, 유감스럽게도 이런 범죄에서 일상적으로 볼 수 있는 내용 이상으로 야만적이거나 부자연스러운 참상은 거의 찾아볼 수 없습니다. 그러나 저로서는, 여기 이 피고에게 혐의가 있는 범죄에 몇 가지 독특한 점이 있으며, 그런 일이 잉글랜드 땅 안에서 벌어진 적이 있기나 한지 의심스럽다는 사실을 고백하고자 합니다. 이후 확인하게 될 바이지만, 살해당한 피해자는 가난한 시골 처녀였으며(반면 피고는 상당한 영지를 가진 신사였고), 게다가 주께서 온전한 지성을 사용하도록 허락하지 않으신, 흔히 우리가 단순한 사람 또는 백치라고 부르는 아이였습니다. 따라서 피고와 같은 자질을 갖춘 신사라면 그 아이를 무시하거나, 설령 인지했다면 그 불행한 상태에 대해 동정심을 가지는 것이 마땅함에도, 피고는 도리어 손을 쳐들어 이후 듣게 될 아주 끔찍하고 야만적인 방법으로 공격을 가했습니다.

이제 순서대로 사건을 정리해 보겠습니다. 작년, 즉 1683년의 크리스마스 무렵, 여기 이 신사, 즉 마틴 씨는 케임브리지의 대학을 떠나 고향으로 돌아온 지 얼마 되지 않은 상태였습니다. 몇몇 이웃은 피고에게 최선을 다해 호의를 보이려 했고(피고의 가족이 그 지역 전체에서 매우 좋은 평판을 얻고 있었기 때문이죠) 여기저기서 크리스마스 파티에 초대해 즐겁게 해 주려고 애썼습니다. 그리하여 피고는 계속해서 한 집에서 다른 집으로 말을 타고 오갈 수밖에 없었으며, 다음 목적지까지 거리가 멀거나 길이 위험한 경우 등의 이유가 생기면 어쩔 수 없이 여관에서 하룻밤을 보내기도 했습니다. 그러던 중 크리스마스에서 하루나 이틀 정도 지난 어느 날, 피고는 이 소녀가 부모와 함께 사는 곳에 도착해 뉴 여관에 자리를 잡았습니다. 제가 들은 바에 의하면 평판이 좋은 곳이라고 하더군요. 이곳 사람들은 여관에서 춤을 추고 있었고, 이 앤 클라크라는 소녀도 언니의 보호 아래 그곳에 있었습니다. 그러나 아까 말한 대로 이해력이 미약하고 외모가 매우 추했기 때문에 소녀가 다른 이들의 즐거움을 함께 누릴 가능성은 거의 없었습니다. 따라서 소녀는 방 한구석에서 있었습니다. 여관의 술집에 나온 피고는 그 소녀를 보고는 누구나 장난이라고 여길 만한 태도로 소녀에게 함께 춤을 추자고 청했습니다. 소녀의 언니와 다른 사람들이 그런 사태를 막으려고 애를 썼음에도,

재판장 이보게, 검사 양반, 여기서 술집의 크리스마스 파티 이야기나 듣고 있을 수는 없지 않나. 참견하지는 않겠지만, 자네한테도 이보다 더 중요한 사건들이 있을 텐데. 다음으로는 무슨 음악에 맞춰 춤을 추었는지도 말해 줄 생각인가.

검사 재판장님, 증거가 될 수 없는 내용으로 법정에서 시간을 허비하지는 않을 것입니다. 그러나 이러한 있을 법하지 않은 사건이 어떻게 시작되었는지는 진술하여야 한다고 생각합니다. 그리고 음악에 대해서라면, 저는 그조차도 해당 사건에 대해 증거로서 가치가 있다고 믿는다는 것을 말씀드리고자 합니다.

재판장 계속하게, 계속해. 신의 이름으로. 하지만 쓸데없는 내용은 아무것도 꺼내지 말게나.

검사 물론입니다, 재판장님. 주의하겠습니다. 하지만 신사 여러분, 이로써 피고와 살해당한 소녀의 첫 만남을 충분히 알려 드렸다고 생각하니, 이후로 그 두 사람이 자주 만나곤 했다는 사실을 언급하는 정도로 이야기를 줄이겠습니다. 젊은 여인은 (그녀의 생각으로는) 그토록 연인 같은 사람을 사로잡게 되어 기분이 좋았고, 그가 적어도 일주일에 한 번은 그녀가 사는 거리를 지나가곤 해서 언제나 그를 지켜볼 수도 있었죠. 게다가 서로 간에 쓰는 신호 같은 것도 만든 듯했습니다. 피고가 술집에서 연주하던 음악을 휘파람으로 부는 것이었죠. 제가 들은 바로는 그 지방에서 꽤나 유명한 노래인데, 〈마담, 저와 함께 걷고, 저와 이야기해 주시겠습니까?〉*라는 제목이라고 하더군요.

재판장 그래, 내가 있던 슈롭셔에서도 그 노래를 들은 기억이 있네. 이런 식으로 진행되는 노래 아니던가?

여기서 재판장 각하께서는 곡의 일부분을 휘파람으로 불었는데, 모두의 귀에 아주 잘 들렸다. 하지만 법정의 품격에 걸맞지 않은 행동으로 여겨졌다. 다음과 같이 말한 것으로 미루어 그 자신도 그렇게 생각한 듯했다.

재판장 하지만 이건 논점에서 벗어난 일이겠군. 게다가 이 법정에서

---

* 유명한 잉글랜드 민요의 후렴구로, 다음과 같은 내용으로 끝난다. '그대가 내 마음의 열쇠를 건네주기만 하면 / 죽음이 우리를 갈라놓을 때까지 부부의 언약을 맺을 겁니다.' 그러나 이 노래의 역사를 연구한 학자들은 남자가 매우 아름다운 이 제안으로 결국에는 여자의 마음을 얻게 되지만, 그녀가 승낙하는 순간 남자는 그 여자를 향한 모든 관심을 잃어버린다고 설명한다.

춤곡이 언급된 것도 아마 처음일 테고 말이야. 우리가 춤출 일이 생기는 건 타이번*에서 정도겠지.

이렇게 말하며 재판장은 안절부절못하고 있는 피고를 바라보았다.

재판장 검사 양반, 그 곡조가 자네 사건의 중요한 단서라고 말했지. 그리고 분명히 마틴 씨 역시 자네 말에 동의하는 모양이로구먼. 무엇 때문에 그러는 건가, 이 사람아? 유령이라도 본 것처럼 나를 보고 있질 않나!

피고 재판장 각하, 저에 대한 고소문에서 그렇게 사소하고 어리석은 이야기를 듣게 된 데 조금 놀랐을 뿐입니다.

재판장 자, 자, 그 이야기가 사소한지 아닌지는 여기 검사 양반이 보여 줄 일이겠지. 하지만 내 분명히 말하건대, 지금까지 언급한 것들보다 끔찍한 행동이 등장하지 않는다면 이거 당연히 놀랄 만한 일이 아니겠나. 그보다 더 대단한 이야기는 없는 건가? 어쨌든 계속하게, 검사 양반.

검사 재판장 각하, 그리고 신사 여러분. 지금까지 제가 말씀드린 내용이 일견 사소하게 보이는 것도 지당합니다. 그리고 또한 이 사건이 훌륭한 신분의 젊은 신사가 불쌍하고 머리가 나쁜 소녀에게 장난을 치는 정도로만 끝났더라면, 아무런 트집 잡을 것이 없었겠지요. 하지만 계속해 보겠습니다. 3~4주가 지난 후 피고는 그 지방의 한

---

* 18세기까지 사형을 집행하던 장소로, 런던 마블 아치 근처에 있었다. 악명 높은 '타이번 나무'는 많은 흉악범을 동시에 처형하기 위하여 교수대 세 개를 삼각형으로 배열한 '삼중 교수대' 형태로 만들어져 있었다.

젊은 숙녀와 약혼하게 되었습니다. 두 사람은 어울리는 조건을 갖추었고, 그 결혼이 곧 성사되면 그는 행복하고 명망 있는 삶을 누릴 것이었습니다. 그러나 그리 오랜 시간이 지나지 않아 젊은 숙녀는 그 지방에서 떠도는 피고와 앤 클라크 사이의 소문을 듣게 되었고, 그것 자체가 자신의 연인에게는 어울리지 않는 행실일 뿐만 아니라 그의 이름이 술집 사람들의 입에 오르내리는 일 자체가 자신의 평판에 누가 된다고 여기게 되었습니다. 그래서 그녀는 더 이상 소동을 일으키는 대신 부모의 허락을 구해 피고에게 약혼이 파기되었다는 소식을 전했습니다. 이 소식을 들은 피고는 앤 클라크를 그 불운의 원인으로 여기고(사실 그 원인이라는 것이 자기 자신임에도) 격렬한 분노를 표출했으며, 그녀를 향해 극단적인 언사와 위협을 가한 다음, 직접 만나 그녀를 학대하고 채찍으로 때렸습니다. 그러나 불쌍한 백치는 피고를 향한 애착을 떨쳐 낼 수가 없었고, 종종 그를 따라 달려가면서 몸동작과 띄엄띄엄 몇 단어를 내뱉으며 그를 향한 애정을 표출해 보였습니다. 결국 피고의 표현대로, 자신이 피고에게 있어 골칫거리가 되어 버릴 때까지 말입니다. 그럼에도 당시 하고 있던 업무 때문에 피고는 그녀의 집 근처를 지나갈 수밖에 없었고(그렇지 않았다면 당연히 그 앞을 지나지 않았으리라 생각되지만), 때때로 그녀와 마주치는 일을 피할 수 없었습니다. 지금까지의 내용이 해당 연도 5월 15일이 되기 전까지 벌어진 일입니다. 바로 그날, 피고는 늘 하던 대로 말을 타고 마을을 지나가다 예의 소녀를 만났습니다. 그리고 근래 하던 대로 무시하고 지나가는 대신 말을 멈추고 그녀에게 몇 마디 말을 건넸습니다. 소녀는 상당히 기뻐했고, 그는 그대로 말을 몰고 갔습니다. 그리고 그날 이후 철저하게 수색이 이루어졌음에도 그녀의 모습은 어디서도 발견되지 않았습니다. 다음 번에 피고가 그 집을 지나가게 되었을 때 친족들은 혹시 그녀의 행방을 알고 있는지 그에게 물었으며, 피고는 명확하게 부정의 의사를 표시했습니다. 그들은 피고에게 그녀의 박약한 지능이 그가 보여준 호의에 자극을 받은 나머지, 혹시 자신의 생명에 대해 성급한 행동을 저지른 것이 아닌지 우려된다는 의견을 표하고는, 자신들이 여러 번에 걸쳐 제발 관심을 거두어 달라고 부탁했다는 사실을 상기시킨 다음, 그것으로 인해 재앙이 찾아올지도 모른다고 두려워했습니다. 그러나 이런 말 역시 그는 그저 웃어넘길 뿐이었습니다. 하지만 이렇듯 가볍게 행동했음에도 피고의 몸가짐과 표정에는 분명 변화가 생겼습니다. 사람들은 피고가 고뇌에 빠진 듯하다고 말했습니다. 그리고 여기서 감히 여러분의 신뢰를 요구하기 힘든 부분에 도달합니다만, 제가 보기에는 진실에 근거를 두고 있으며 이를 뒷받침하는 신뢰할 만한 증언도 있습니다. 그리하여, 신사 여러분, 살인에 대한 주의 보복을 여기서 실행하기 위해, 제 판단으로 피고는 순결한 피를 흘려야 한다고 생각합니다.

여기서 검사는 잠시 말을 멈추고 서류를 뒤적였다. 나와 다른 사람들은 그런 행동을 묘하다고 여겼는데, 그는 쉽사리 당황하지 않는 사람이었기 때문이다.

재판장 저기, 검사 양반, 왜 그러고 있나?
검사 재판장 각하, 솔직히 말씀드려서 이 사건은 제가 담당한 사건 중 가장 이상한 사건입니다. 이와 비슷한 사건도 다루어 본 적이 없습니다. 하지만 간단하게 말씀드리자면, 신사 여러분, 우리는 앤 클라크가 5월 15일 이후에 목격되었다는 증언과 함께 그 당시 그녀가 목격되었다는 것이 오히려 그녀가 살아 있을 가능성이 없다는 사실을 입증한다는 것을 보여 드리려고 합니다.

여기서 사람들은 콧노래를 부르고 웃음을 터트렸다. 법정 정숙이 요청되었다. 그리고 마침내 소란이 잦아들자,

재판장 이보게, 검사 양반, 그런 이야기는 일주일만 묵혀 둬도 되지 않겠나. 그러면 크리스마스가 찾아올 테고, 자네 집의 부엌 하녀들을 놀라게 할 수 있게 될 테니 말이야.

이 말에 사람들은 다시 웃음을 터트렸고, 이는 피고 역시 마찬가지였다.

재판장 나 원, 세상에, 대체 무슨 이야기를 늘어놓는 건가. 유령에, 크리스마스 춤에, 술집 동료에, 여기 지금 한 남자의 목숨이 달려 있는데! 그리고 피고, 당신도 그렇게 즐거워할 여지는 별로 남아 있지 않다는 사실을 알아 두었으면 하오. 당신은 그러려고 여기에 온 것이 아니며, 내가 이 검사 양반을 아니까 하는 말이지만, 이 사람의 가방 속에는 아직까지 보여 주지 않은 내용이 많을 테니 말이오. 계속하게, 검사 양반. 아무래도 내가 너무 심하게 쏘아붙인 것 같기는 하지만, 솔직히 평범하지 않은 이야기인 건 자네도 인정해야 하지 않겠나.

검사 그 사실을 저 이상으로 잘 아는 사람은 없을 겁니다. 재판장 각하. 하지만 이제는 한 바퀴 돌아 종막에 도달할 차례입니다. 신사 여러분, 앤 클라크의 시체는 6월이 되어서야 목이 베인 채로 연못 속에서 발견되었습니다. 또한 피고의 소지품이던 단도 역시 같은 연못에서 발견되었습니다. 그는 예의 단도를 물에서 건지려고 시도했습니다. 검시관은 여기 법정에 선 피고에 대해 불리한 판정을 내렸으며, 따라서 피고는 엑서터에서 재판을 받게 되었습니다. 그러나 그는 자기 지방에서 재판을 할 경우 공정한 배심원을 찾기 힘들 것이라는 명목으로 소송을 걸었으며, 바로 그 때문에 여기 런던에서 재판을 받는 은혜를 입게 되었습니다. 그럼 이제부터 증인을 소환하도록 하겠습니다.

그리하여 피고와 앤 클라크의 관계가 증명되었고, 검시 결과 역시 확인되었다. 이 부분에서는 그 외에 별다른 흥미로운 내용은 없으니 건너뛰도록 하겠다.

다음으로 소환되어 선서를 마친 증인은 사라 아스코트였다.

검사 직업은 무엇입니까?

아스코트 부인 ── 지역에서 뉴 여관을 경영하고 있어요.

검사 법정에 출석해 있는 피고를 알고 있습니까?

아스코트 부인 그럼요. 작년 크리스마스에 처음 온 이후로 종종 우리 여관에 들르셨죠.

검사 앤 클라크와 아는 사이였습니까?

아스코트 부인 네, 아주 잘 알았죠.

검사 그러면 부디 그녀의 외양이 어땠는지 말씀해 주시겠습니까?

아스코트 부인 아주 키가 작고 뚱뚱했죠. 다른 무슨 말을 해야 할지 모르겠네요.

검사 예뻤나요?

아스코트 부인 아뇨, 어떻게 봐도 전혀 예쁘지는 않았어요. 그 가엾은 아이는 정말로 못생겼거든요! 얼굴은 넓적하고 턱살이 늘어져 있는 데다 얼굴색은 꼭 '두체비' 같았죠.

재판장 뭐라고 했소, 부인? 그 아이가 무얼 닮았다고요?

아스코트 부인 죄송합니다, 재판장님. 마틴 영주님이 그 아이 얼굴이 '두체비'같이 생겼다고 말씀하시는 것을 들은 적이 있어서요. 그 말 대로였죠.

재판장 방금 들었나? 검사 양반, 해석 좀 해 줄 수 있겠소?

검사 재판장 각하, 제가 알기로는 두꺼비를 말하는 방언인 듯합니다.

재판장 아, 두꺼비 말인가! 좋아, 계속하게.

검사 지난 5월에 증인과 여기 피고 사이에 있었던 대화를 배심원 여러분께 말해 줄 수 있습니까?

아스코트 부인 그게, 이렇게 된 거였어요. 저녁 9시가 되었는데도 앤이 집에 돌아오지 않았고, 저는 집에서 일을 하고 있었죠. 여관에는 토머스 스넬 말고 다른 사람은 없었고, 날씨는 아주 끔찍했죠. 마틴 영주님이 여관으로 들어오더니 마실 것을 달라고 하셔서, 저는 그냥 인사차례로 "영주님, 애인분을 찾아다니셨나요?"라고 여쭤 봤는데, 갑자기 벌컥 화를 내면서 그런 표현은 두 번 다시 사용하지 않았으면 좋겠다고 하시는 거예요. 그래서 깜짝 놀랐죠. 평소에는 그 애를 두고 늘 그런 농담을 나누던 사이였거든요.

재판장 그 애라니, 누구 말이오?

아스코트 부인 앤 클라크 말이에요, 재판장님. 그리고 저희는 그분이 다른 곳에 사는 젊은 숙녀분과 약혼했다는 소문은 듣지 못했어요. 그랬더라면 조금 더 예의를 차렸겠죠. 그래서 저는 더 이상 아무 말도 하지 않았지만, 조금 화가 나 있던 상태라서 그 둘이 처음 춤추었을 때의 노래를 흥얼거리기 시작했어요. 그러면 영주님께서 양심의 가책을 받으실 거라고 생각했거든요. 그쪽 거리로 나올 때마다 부르시는 노래기도 했고요. 꽤 자주 부르셨거든요. 〈마담, 저와 함께 걷고, 저와 함께 이야기해 주시겠습니까?〉요. 그러다가 순간 부엌에서 무언가 필요한 것이 떠올라서 저는 계속 노래를 부르면서 부엌으로 갔어요. 조금 더 크고 당당하게 말이죠. 부엌에 가 있는데 갑자기 누군가가 밖에서 노래로 응답하는 소리가 들리는 것 같은 거예요. 바람 소리가 너무 심해서 제대로 알아들을 수는 없었지만요. 그래서 노래를 멈추고 보니, 밖에서 "그래요, 신사분, 저는 당신과 걷고 당신과 이야기를 나누겠어요"라고 노래하는 소리가 명확하게 들리는 게 아니겠어요. 분명 앤 클라크의 목소리였죠.

검사 그녀의 목소리라는 건 어떻게 알았습니까?

아스코트 부인 제가 잘못 들을 리가 없잖아요. 꽥꽥대는 끔찍한 목소리거든요. 노래를 부르려고 할 때는 특히나요. 마을 사람들이 그걸 많이 흉내 내 보았지만 아무도 성공하지 못했고요. 그래서 그 소리를 들으니 안심이 되더라고요. 우리 모두 대체 그 아이가 어디로 갔는지 알지 못해서 걱정하고 있었으니까요. 백치기는 해도 성품도 좋고 유순한 아이였거든요. 그래서 저는 혼잣말로 "세상에, 얘야! 어딜 갔다 온 거니?"라고 말하고는 정문 쪽으로 달려갔죠. 마틴 영주님을 지나가면서 "영주님, 연인분이 돌아오신 모양인데요. 들어오라고 할까요?"라고 말하고는 문으로 나갔어요. 하지만 그 순간 영주님께서 저를 붙잡더니 거의 얼이 빠진 얼굴로 이렇게 말씀하셨어요. "기다리게, 잠깐. 제발!" 저는 어찌할 바를 몰랐죠. 영주님은 완전히 몸을 부들부들 떨고 계셨어요. 저는 화를 냈죠. "뭐예요! 그 가엾은 것이 발견되었는데 기쁘지 않으세요?" 그리고 저는 토머스 스넬을 보면서 "영주님이 나를 놔주시지 않을 모양이니까, 가서 문을 열어 애가 들어오게 하려무나"라고 말했어요. 토머스 스넬이 가서 문을 열자 순간 바람이 불어와서 여관 안에 켜 둔 촛불 두 개가 전부 꺼져 버렸어요. 마틴 영주님이 손을 놓고 제게서 떨어지셨는데, 제 생각에는 바닥으로 넘어지신 것 같았어요. 하지만 사방이 컴컴했으니 알 도리가 없죠. 다시 불을 켜기까지는 시간이 좀 걸렸는데, 부싯돌 상자를 찾아 더듬거리는 동안 누군가가 방을 가로질러 오는 발소리가 들린 것 같았어요. 그리고 이건 분명한데, 방 안에 있는 커다란 벽장이 열렸다 닫히는 소리도 들렸죠. 다시 불을 켜고 나니까 영주님은 기절한 사람처럼 창백한 얼굴로 진땀을 흘리면서 팔을 축 늘어뜨리고 꼼짝도 않고 앉아 계셨죠. 그래서 그분을 도와 드리려고 하는데, 바로 그 순간 벽장문에 옷자락 비슷한 것이 끼어 있는 것이 보이더군요. 그러고 보니 그 문이 닫히는 소리를 들었던 기억이 나더라고요. 그래서 저는 누군가가 불이 꺼진 동안 여관에 들어와서 벽장에 숨었나 하고 생각했죠. 그래서 좀 더 가까이 가서 자세히 확인해 보았어요. 검은 모직 외투가 슬쩍 보였고, 그 아래에 갈색 모직 치맛자락이 보이더라고요. 둘 다 닫힌 문 밖으로 삐져나와 있었죠. 게다가 꽤나 낮은 곳에 나와 있어서, 마치 그 안에 들어간 사람이 쭈그리고 앉아 있는 것 같았어요.

검사 그걸 무엇이라고 생각했습니까?

아스코트 부인 여자의 옷 같다고 생각했죠.

검사 누구의 옷인지 짐작할 수 있겠습니까? 그런 옷을 입는 사람을 알고 있나요?

아스코트 부인 제가 본 바로는 평범한 것이었어요. 우리 교구에는 그런 옷을 입는 여자가 꽤나 많아요.

검사 앤 클라크의 옷과 비슷하게 보이던가요?

아스코트 부인 바로 그런 옷을 입곤 했죠. 하지만 그 아이의 옷이라고 장담은 못 하겠어요.

검사 그 옷에 다른 특기할 만한 사항은 없었습니까?

아스코트 부인 상당히 젖어 보이긴 했죠. 하지만 날씨가 워낙 좋지 않았으니까요.

재판장 직접 만져 본 거요, 부인?

아스코트 부인 아뇨, 재판장님. 만지고 싶지가 않더라고요.

재판장 만지고 싶지 않았다고? 그건 왜요? 너무 깔끔해서 젖은 옷을 만지기도 주저하는 분이신가?

아스코트 부인 글쎄요, 재판장님, 저도 왜인지는 잘 모르겠어요. 하지만 그저 보기에 영 좋지 않은 느낌이 들어서요.

재판장 뭐, 계속하시오.

아스코트 부인 그리고 저는 토머스 스넬을 불러서 이리 가까이 와 있다가 벽장문을 열면 튀어나오는 사람을 잡으라고 말했죠. "여기 누가 숨어 있는 것 같으니까 말이야. 왜 이러는 건지 알고 싶거든." 그렇게 말하자 마틴 영주님은 비명인지 고함인지를 지르면서 그대로 어둠 속으로 달려 나가셨어요. 순간 제가 붙들고 있는 벽장문을 안에서 미는 느낌이 들었고, 토머스 스넬이 저를 도우러 왔죠. 저희는 온 힘을 다해 잡고 있었지만 결국 밀려나서 문이 열렸고, 뒤로 넘어지고 말았어요.

재판장 그래서 그 안에서 대체 뭐가 나온 거요. 생쥐인가?

아스코트 부인 아뇨, 재판장님. 분명 생쥐보다는 컸지만 무엇인지는 보지 못했어요. 순식간에 방을 가로질러 문으로 달려 나갔거든요.

재판장 하지만 대체 그게 뭐란 말이오. 어떻게 생겼었소? 사람이었소?

아스코트 부인 재판장님, 그게 뭐였는지는 저도 모르겠어요. 아주 낮은 자세로 달려갔고, 어두운색이었다는 것을 제외하면요. 토머스 스넬과 저, 둘 다 그 모습에 기가 꺾였지만, 최대한 빨리 그 뒤를 쫓아 열려 있는 문가로 달려갔어요. 그대로 밖을 내다보았지만 너무 어두워서 아무것도 보이지가 않았죠.

재판장 바닥에 흔적은 남아 있지 않았소? 거기 바닥이 무슨 재질이오?

아스코트 부인 포석을 깔고 다듬질을 한 바닥이죠. 바닥에 젖은 흔적이 남아 있긴 했지만, 저도 토머스 스넬도 제대로 알아볼 수는 없었어요. 게다가 아까도 말씀드렸지만, 날씨가 끔찍한 밤이었고요.

재판장 글쎄, 내가 보기에는—분명 괴상한 이야기기는 하지만—이 증언을 어떤 식으로 사용해야 할지 모르겠구먼.

검사 재판장님, 우리는 살해당한 사람이 사라진 직후 피고가 보인 수상한 태도를 확인하고자 하는 것입니다. 또한 배심원 여러분도 그 사실을 염두에 두시길 바랍니다. 집 바깥에서 들렸다는 목소리 문제도 말입니다.

그러고 나서 피고는 별로 중요하지 않은 질문을 몇 가지 던졌고, 이어 토머스 스넬이 증인석으로 불려 나왔다. 그는 전반적으로 아스코트 부인과 동일한 증언을 한 다음, 다음과 같은 내용을 덧붙였다.

검사 아스코트 부인이 방을 나가 있는 동안 증인과 피고 사이에는 아무 일도 없었습니까?

토머스 스넬 주머니 속에서 한 묶음 꺼내고 있었죠.

검사 무엇을 한 묶음 말입니까?

토머스 스넬 담배 한 묶음 말입니다요, 나으리. 파이프 담배를 한 대 피우고 싶었거든요. 그래서 벽난로 위에서 파이프를 하나 가져왔는데, 담배가 말 그대로 묶음 상태라 좀 잘라야 했습니다. 한데 제 칼을 집에 놓고 온 데다, 입으로 물어뜯기에는 이빨이 몇 개 남지 않아서 말입니다요. 재판장님도 그렇고 다른 신사분들도 봐서 아시겠지만,

재판장 이 친구가 무슨 소리를 지껄이고 있는 건가? 본론으로 들어가게, 이 사람아! 우리가 자네 이빨이나 구경하려고 여기 모여 있는 줄 아는가?

토머스 스넬 아뇨, 재판장 나으리, 그럴 리가 있겠습니까요! 저도 여기 신사분들이 더 나은 직업에, 더 나은 이빨을 가지고 계시다는 건 너무도 당연히 알고 있습니다요.

재판장 나 원 세상에, 이 친구 대체 뭔가! 그래, 내 이빨은 자네보다 훨씬 더 낫지. 그리고 당장 본론으로 돌아가지 않으면 내 이빨의 우

월함을 자네가 몸소 체험하게 해 주겠네.

토머스 스넬 정말 죄송합니다만, 재판장 나으리, 어쨌든 그렇게 된 것입니다요. 그래서 제 생각에는, 마틴 영주님께 칼을 빌려 달라고 해서 제 담배를 조금 잘라 내도 별다른 문제가 없을 것 같았죠. 그런데 그분이 여기저기 주머니를 더듬어 보더니 칼이 없다고 말씀하시는 것입니다요. 그래서 제가 "이런! 영주님, 칼을 잃어버리신 겁니까?"라고 말하자, 그분이 자리에서 일어나서 다시 여기저기를 더듬더니 다시 자리에 앉으면서 아주 엄청난 신음성을 내시더라고요. "이런 세상에! 거기 놓고 온 모양이군"이라고 말씀하셨죠. 그래서 저는 "하지만 영주님, 아무리 봐도 가지고 계시지 않은 것 같은데요. 비싼 물건이면 아주 우셨을 것 같습니다"라고 말했죠. 그러나 영주님은 그대로 주저앉아서 손으로 머리를 감싸고는, 제가 무슨 말을 해도 듣지 못하시는 것 같았습니다. 그러고 나서 아스코트 부인이 다시 주방에서 나오셨지요.

집 밖에서 노랫소리를 들었느냐는 질문에 그는 "아니요"라고 답했다. 그러나 부엌으로 들어가는 문은 닫혀 있었고, 바람이 심하게 불고 있었다고 했다. 또한 앤 클라크의 목소리를 잘못 들을 리는 없다고 진술했다.

그리고 13세 정도 되어 보이는 소년 윌리엄 레더웨이가 불려 나왔다. 재판장이 간단한 질문으로 아이가 선서가 무엇인지를 알고 있는지 확인한 후, 법정 선서가 이루어졌다. 아이에게 한 질문은 사건으로부터 일주일가량의 시간이 지난 후에 관한 것이었다.

검사 자, 얘야, 겁먹지 말거라. 진실만을 말하면 아무도 너를 해치지 않는단다.

재판장 그래, 진실을 말하기만 한다면 말이지. 하지만 잊지 말거라, 아이야. 그대는 지금 천상과 지상을 다스리며 지옥의 열쇠를 가지고 계신 위대하신 주님 앞에 서 있으며, 또한 국왕 폐하의 신하이자 뉴 게이트 형무소의 열쇠를 가진 우리 앞에 서 있다는 사실을. 그리고 또한 그대가 거짓말을 입에 올리고, 그 거짓말로 인해서 이 사람이 참혹한 최후를 맞게 될 때에는, 그대 역시 그를 죽인 자들만큼이나 죄인이 된다는 것을. 그러니 진실만을 말하거라.

검사 자, 큰 목소리로, 여기 배심원분들께 네가 아는 것을 말하려무나. 지난 5월 23일 저녁에 어디에 있었지?

재판장 이런, 저만 한 아이가 날짜를 제대로 알 리가 있나. 그날이 기억나느냐, 얘야?

윌리엄 레더웨이 네, 재판장님. 우리 축제 전날이고, 거기서 6펜스 은화를 하나 쓸 수 있다고 허락을 받았어요. 그리고 그 말은 미드서머* 로부터 한 달 전이라는 뜻이고요.

배심원 중 한 명 재판장님, 목소리가 들리지 않습니다.

재판장 그날이 그곳에서 축제를 여는 전날이었고, 6펜스 은화를 낭비할 준비가 되어 있었기 때문에 기억이 난다고 했네. 그 애 좀 여기

---

* 북유럽권에서 보편적으로 즐기는 축제일로, 영국에서는 하지인 6월 24일을 일컫는다. 기독교 시대 이전부터 중요한 절기로 여겨져 왔으나, 기독교 교회에서 이날을 성 세례자 요한의 탄생 축일로 지정하며 공식적인 기독교 축제일로 포함시켰다. 북유럽 여러 문화권에서는 미드서머 또는 그 전날 밤(미드서머 이브)에 커다란 화톳불을 피우고 축제를 즐기는 풍습이 있는데, 이는 태양이 남쪽으로 방향을 돌림과 동시에 창궐하는 악귀를 쫓기 위한 것이라고 한다.

탁자 위로 올려 주게. 그래, 얘야, 그때 너는 어디에 있었느냐?

윌리엄 레더웨이 황무지에서 소를 돌보고 있었어요, 재판장님.

그러나 아이가 지역 방언으로 말하고 있었기 때문에 재판장 각하께서는 아이의 말을 제대로 알아듣지 못했고, 혹시 그 내용을 통역해 줄 사람이 있는지 물어야 했다. 자리에 출석해 있던 교구 목사가 그의 요구에 답했고, 필요한 선서를 끝낸 다음 다시 증인신문을 재개했다. 소년의 말은 다음과 같았다.

윌리엄 레더웨이 저는 6시쯤 황무지에 있었는데, 연못 근처의 가시금작화 덤불 뒤에 앉아 있었어요. 그런데 피고가 아주 조심스럽게 와서 주변을 둘러보더니, 긴 작대기 같은 것을 손에 들고 귀를 기울이듯 한참을 멈춰 섰다가, 작대기로 물속을 더듬기 시작했어요. 저는 연못 아주 가까운 곳, 5미터도 채 떨어지지 않은 곳에 있었는데, 작대기가 무언가를 찌른 듯 푹 꺼지는 소리가 들리더니 피고가 작대기를 떨어뜨리고는 그대로 땅에 넘어져서, 손으로 귀를 막은 채로 아주 이상하게 사방으로 굴러다녔어요. 한동안 그러더니 일어나서 비틀대며 사라지더라고요.

피고와 대화를 한 적이 있느냐는 질문에는 이렇게 대답했다.

윌리엄 레더웨이 네, 하루 이틀 전에요. 제가 자주 황무지로 나간다는 말을 들었는지, 저한테 와서는 칼이 떨어져 있는 것을 보지 못했느냐고 묻더라고요. 찾기만 하면 6펜스 은화를 주겠다고도요. 그래서 그런 물건을 보지는 못했지만 사람들에게 한번 물어보겠다고 말했죠. 그랬더니 아무 말도 하지 않는 대가로 6펜스 은화를 주겠다고 하고, 그 말대로 줬어요.

재판장 그래서 축제에서 쓰려고 한 6펜스 은화가 바로 그거냐?

윌리엄 레더웨이 네, 맞아요, 재판장님.

그 연못에서 무언가 특별한 것을 보지 못했느냐는 질문에는 이렇게 대답했다.

윌리엄 레더웨이 아뇨. 그런데 그 며칠 전부터 물에서 아주 고약한 냄새가 나기 시작했고, 소들이 거기 물을 마시지 않았어요.

피고와 앤 클라크가 함께 있는 모습을 보지 못했느냐는 질문을 하자 아이는 상당히 격렬하게 흐느끼기 시작했는데, 알아들을 만한 답변을 할 수 있을 정도로 달래기까지는 한참이 지나야 했다. 마침내 교구 목사인 매슈스 씨가 아이의 울음을 그치게 했고, 다시 질문을 할 수 있게 되었다. 그 아이는 앤 클라크가 황무지 가운데에서 피고를 기다리는 모습을 지난 크리스마스부터 여러 번 보았다고 답했다.

검사 그 여자가 맞는지 확신할 수 있을 정도로 가까이에서 보았더냐?

윌리엄 레더웨이 네, 확실했어요.

재판장 어떻게 확실했다는 거냐?

윌리엄 레더웨이 똑바로 서서는 위아래로 폴짝폴짝 뛰면서 거위처럼 팔을 퍼덕이거든요. (거위를 말할 때는 사투리를 사용했지만, 목사가 그것이 거위라고 설명해 주었다.) 그러더니 도저히 다른 사람에게 말할 수 없는 꼴이 되고는 했어요.

검사 그런 모습을 마지막으로 본 게 언제였지?

그러자 증인은 다시 울기 시작하며 매슈스 씨의 품에 안겼고, 목사는 겁먹을 필요가 없다고 아이를 달랬다.

그래서 마침내 아이는 이야기를 털어놓았다. 축제 전날(앞에서 언급한 것과 같은 날 밤) 피고가 돌아간 다음, 어스름이 깔리자 그는 집으로 돌아가고 싶어졌다. 그러나 지금 있는 곳에서 움직이면 피고가 눈치를 챌지도 모른다는 생각이 들어서 한동안 덤불 뒤에 그대로 숨어 있었다. 그런데 무언가 거무스레한 존재가 그가 있는 곳 맞은편의 기슭으로, 그리고 이어서 둑으로 나오는 모습이 보였다. 둑에 올라서자 하늘에 대비되어 그 모습을 명확하게 볼 수 있었는데, 몸을 곧추세우고 팔을 위아래로 퍼덕이더니, 아주 빠른 속도로 피고가 간 방향을 향해 달려가더라는 것이었다. 그게 누구인 것 같았느냐고 캐묻자, 소년은 선서한 내용에 걸고 말하는데 다른 누구도 아닌 앤 클라크라고 생각한다고 분명하게 말했다.

이어서 소년의 고용주가 소환되었는데, 그는 그날 밤 아이가 매우 늦게 들어와서 그 때문에 야단을 맞았으며, 아주 겁먹은 듯이 보였지만 이유는 절대 말하지 않더라고 확인해 주었다.

검사 재판장 각하, 국왕 폐하 앞에서 제가 요청하는 증인신문은 이것으로 종료합니다.

다음으로 재판장 각하는 피고를 불러 변론을 하라고 지시했다. 그의 변론은 별로 길지는 않았지만 앞뒤가 안 맞고 더듬거렸으며, 그저 배심원들에게 한심한 이야기까지 철석같이 믿어 버리는 한 무리의 시골 사람들과 아이들의 말을 믿고 자신의 목숨을 거둬 가지 말았으면 한다고 말할 뿐이었다. 그가 자신이 이 사건에서 부당한 편견에 시달리고 있다고 하자, 재판장이 그의 말을 가로막고는 엑서터에서 사건을 여기로 이송해 오는 특례를 베풀어 주지 않았느냐고 말했다. 피고는 그 사실은 인정했으나, 런던으로 이송되어 온 이상 다른 사람들로부터 방해받지 않는 곳에 갇혀 있게 될 것이라 생각했다고 말했다. 이 말을 듣고 재판장은 형무소장을 소환해서는 죄수의 안전한 처우에 대해 질문했는데, 별다른 문제를 찾을 수는 없었다. 휘하 간수들이 그의 문밖이나 계단을 오락가락하는 사람을 본 적이 있다고 말했다는 것뿐이었다. 그러나 모르는 사람이 형무소 안으로 들어왔을 리는 없었다. 예의 인물이 어떤 모습이었는지를 더 캐묻자, 형무소장은 전해 들은 내용에 의지해서 말할 수밖에 없다고 답했고, 그런 증언은 허락되지 않았다. 그리고 또한 피고에게 바로 저 상황을 말하던 것이었는지를 묻자, 그는 아니다, 자신은 그런 내용은 전혀 알지 못한다고 답변하고는, 삶이 경각에 달한 사람이 조용하게 시간을 보낼 수가 없다니 정말 견디기 힘들다고 덧붙였다. 그러나 그가 매우 서둘러 부정하는 것이 눈에 띌 정도였다. 그 후로 피고는 더 이상 말을 하지 않았고, 다른 증인도 부르지 않았다. 여기서 법정 검사는 배심원들에게 말했다.

　여기에 그의 발언 전문이 수록되어 있는데, 시간이 허락된다면 죽은 이가 다시 모습을 나타낸 다른 사건에 대해 언급한 내용도 발췌 인용하고 싶다. 그는 몇몇 고대의 살인 사건을 예로 들었는데, 성 아우구스티노의 『죽은 자를 다스리는 법에 대하여』(옛 작가들이 초자연적 현상의 예를 들 때 가장 많이 인용하는 책)를 인용하기도 하고, 보다 쉬운 예로는 요즘이라면 흔히 글랜빌의 저작이나 심령학자 앤드류 랭 씨의 책 등에서 볼 수 있는 이야기들을 언급하기도 했다. 그러나 사건 자체에 대한 내용은 지금까지 기록된 것이 전부인 듯했다.

　다음 차례로 재판장이 배심원을 위해 증언 내용을 정리해 주었다. 그의 발언에서도 역시 인용할 만한 부분은 전혀 없어 보인다. 그러나 그는 이 사건의 특이한 성질에 깊은 인상을 받은 모양이었고, 지금까지 그런 사건은 들어 본 적도 없다고 말했다. 그러나 법률로는 이런 내용을 처리할 방도가 없으므로, 배심원들은 직접 그 증언을 믿을지 말지를 고려해야 할 것이라고 덧붙였다.

　그리고 아주 짧은 상의 후 배심원들은 피고가 유죄라는 평결을 내렸다.

　그 후 판결을 유예할 수 있는 다른 탄원이 있느냐는 질문을 하자, 피고는 기소문에 자신의 이름이 잘못 적혀 있으며, Y를 쓰는 마틴이 되어야 하는데 I를 쓰는 마틴으로 적혀 있다고 말했다. 그러나 이는 중요하지 않은 사항으로 간주되어 기각되었으며, 검사는 또한 피고가 여러 번에 걸쳐 자기 이름을 기소장에 적힌 대로 쓰는 모습을 목격했다고 반박했다. 피고는 더 이상 할 말이 없었기 때문에 사형 판결을 받았으며, 살인 사건이 일어난 곳 근처의 교수대에 쇠사슬로 목이 매달릴 것이라는 공고가 내려졌다. 처형일은 무죄한 어린이들의 순교 축일인 12월 28일까지 미뤄졌다.

이후로 피고는 모든 면에서 절망에 빠진 사람의 행동을 보이고는 얼마 남지 않은 시간 동안 친족들이 자신을 보러 올 수 있게 해 달라고 재판장에게 탄원했다.

재판장 그래, 물론 그렇게 하게. 간수가 동석해 있으면 면회를 해도 상관없네. 그리고 내 생각에는 앤 클라크 역시 자네를 보러 올 것 같네만.

이 말을 듣고 피고는 재판장 각하께 화를 벌컥 내며 자신에게 그런 말을 하지 말라고 울부짖었고, 재판장 각하께서는 매우 성이 나서 그와 같이 잔혹하고 겁쟁이인, 자신이 저지른 행위의 대가를 받아들일 배짱도 없는 살인자는 인간의 손이 줄 수 있는 그 어떤 자비도 기대할 수 없을 것이라고 말하고는, "그리고 신께 간청하건대, 자네가 최후를 맞이할 때까지 그 여자가 밤낮으로 자네와 함께 있었으면 좋겠군"이라고 덧붙였다. 피고는 곧 끌려 나갔는데, 내가 보기에는 실신한 상태인 듯했다. 이로써 폐정이 선언되었다.

사건이 중죄임을 감안한다고 해도, 이번의 피고처럼 불안한 태도를 보인 범죄자는 그다지 없었다는 사실을 되뇌지 않을 수가 없다. 예를 들어 그는 눈을 가늘게 뜨고 방청객을 훑어보거나 재빨리 고개를 돌리기도 했는데, 마치 누군가가 자기 귓가에 있기라도 한 듯한 모습이었다. 또한 그 법정에서 사람들은 대부분 침묵을 지켰으며, (이는 당시 계절의 자연스러운 상태로 치부할 수 있을지도 모르지만) 법정 안이 너무도 어두워서 오후 2시가 지난 시간부터 조명을 들여와야 했던 반면, 도시에는 안개가 전혀 끼지 않았다는 사실도 기록해 두어야겠다.

*

최근 꽤나 내 관심을 끈 소식이 하나 있다. 한 무리의 젊은이들이 내가 말한 마을에서 연주회를 했는데, 이 이야기에 등장한 노래, 즉 〈마담, 저와 함께 걷고, 저와 이야기해 주시겠습니까?〉에 대해 아주 차가운 반응이 쏟아졌다고 한다. 다음 날 아침 그들은 마을 사람들과 이야기를 하다가 그곳 사람들이 너무도 격렬하게 혐오하는 노래라는 말을 들었다. 북터튼에서는 그렇게까지는 여기지 않는 것 같았지만, 그래도 불길한 노래라고는 생각하는 듯했다. 그러나 그렇게 여기게 된 이유에 대해서는 누구도 감도 잡지 못했다.

험프리스 씨의 유산
Mr. Humphreys and His Inheritance

약 15년 전 8월 하순 또는 9월 초순의 어느 날, 동부 잉글랜드의 한 시골 기차역 월스토프에 기차가 와서 멈추었다. 기차에서 제법 큰 키에 비교적 잘생긴 젊은이가 한 명 내렸는데, 손에는 여행용 손가방과 서류 한 다발이 들려 있었다. 주변을 둘러보는 모양새로 보아 누군가를 만나기로 한 듯했고, 보아하니 사람들도 그를 기다리고 있던 모양이었다. 역장이 한두 발짝 달려 나오더니 곧 냉정을 되찾고 몸을 돌려 한 남자를 부른 것이다. 다부지고 통통한 체격에 짧고 둥근 콧수염을 기른 남자가 여기저기 기차를 살펴보는 중이었다. "쿠퍼 씨!" 역장이 소리쳐 불렀다. "쿠퍼 씨, 기다린 신사분이 오신 것 같습니다." 그리고 그는 방금 기차에서 내린 신사를 향해 말했다. "험프리스 씨 되시지요? 월스토프에 오신 걸 환영합니다. 영광입니다. 짐을 저택으로 실어

다 드릴 마차가 나와 있습니다. 이쪽 분이 쿠퍼 씨입니다. 아는 사이시지요." 쿠퍼가 황급히 달려와 모자를 들어 보이며 악수를 청했다. "다시 한 번 환영 인사를 드립니다. 정말 기쁘다고밖에는 말할 수가 없군요. 제가 먼저 인사드렸어야 하는데, 아직 얼굴을 잘 모르고 있었기에 말입니다, 험프리스 씨. 저희와 함께 이곳에 살게 되신 이날을 기념일로 지정하고 싶을 정도입니다." "정말 감사드립니다, 쿠퍼 씨." 험프리스가 말했다. "이렇게 환대해 주시다니요. 물론 팔머 씨도요. 이렇게 뭐랄까, 거주자의 변화로 인해—물론 여러분 모두 애도하고 계시겠지만—그와 관련된 모든 분들께 손해를 끼치는 일이 없었으면 하는 심정입니다." 자신의 말이 그들에게 별로 기껍게 받아들여지지 않는다는 느낌이 들어 그는 여기서 말을 멈추었다. 그러자 쿠퍼가 바로 끼어들었다. "아, 그 점은 걱정하지 않으셔도 됩니다, 험프리스 씨. 제가 자신 있게 말씀드리건대 모두가 선생님의 방문을 기꺼이 환영할 겁니다. 또한 소유권의 변화로 인해 주변 사람들이 피해를 입는 일이 생길 수 있다고 생각하신다면, 글쎄요, 선생님의 숙부님께서," 여기서 쿠퍼 역시 말을 멈추었다. 어쩌면 자기 검열의 결과일지도 모르고, 어쩌면 크게 헛기침을 하며 기차표를 요구한 팔머 때문일지도 모른다. 두 남자는 작은 기차역을 떠났고, 험프리스의 제안에 따라 점심 정찬이 준비되어 있는 쿠퍼의 집까지 걸어가기로 했다.

여기에 등장한 사람들 사이의 관계는 아주 간략하게 설명할 수 있다. 험프리스는 한 숙부로부터 예상치 못한 부동산 상속을 받게 되었다. 그로서는 유산은 물론 숙부 본인조차도 본 적이 없었다. 그는 천애 고아나 다름없었다. 능력 있고 친절했으며 정부 부처에서 지난 4~5년 동안 근무했지만 아직까지는 시골 신사의 삶에 적응할 능력을 모두 잃지는 않은 사람이었다. 학구적이고 조금 소심한 성격이었으며, 야외 활동이라고는 골프와 정원 가꾸기밖에는 알지 못했다. 윌스토프를 방문해서 토지 관리인인 쿠퍼를 만나는 것은 오늘이 처음이고, 쿠퍼와 즉시 처리해야 할 문제를 상의해야 했다. 어떻게 해서 이번 방문이 처음이 된 것일까? 숙부의 장례식에 참석할 정도의 지각도 없는 사람이었던 것일까? 그 질문의 답은 너무 깊게 파고들지 않아도 된다. 그는 숙부가 사망할 당시 해외에 나가 있어서 이곳을 바로 찾을 수 없었던 것이다. 따라서 그는 모든 준비가 끝났다는 소식이 올 때까지 윌스토프 방문을 미루고 있었다. 그리고 이제 그는 목사관을 마주하고 있는 쿠퍼의 안락한 집에 도착해서, 만면에 미소를 짓고 있는 쿠퍼의 부인과 딸과 악수를 나누었다.

점심 준비가 되었다는 말이 들릴 때까지 그들은 응접실의 화려한 의자에 앉아 기다렸다. 험프리스는 사람들이 자신을 평가하고 있다는 사실을 깨닫고 조용히 진땀을 흘렸다.

"여보, 아까 험프리스 씨께 이런 말씀을 드렸다오." 쿠퍼가 말했다. "이분이 우리와 함께 윌스토프에서 살게 되신 이날을 기념일로 지정해야 할 것 같다고 말이야."

"아, 물론 그렇죠." 쿠퍼 부인이 진심을 담아 말했다. "기념일이 계속되었으면 좋겠어요."

쿠퍼 양 역시 비슷한 의미의 말을 중얼거렸고, 험프리스는 달력 전체를 붉은색으로 칠해야겠다고 농담했다. 그 농담은 과장된 웃음을 불러일으켰지만, 쿠퍼 가족이 그것을 제대로 이해한 것 같지는 않다. 이 시점에서 그들은 점심 식사를 위해 자리를 옮겼다.

"이 지방에 대해 뭔가 아는 것이 있으신가요, 험프리스 씨?" 잠시 후 쿠퍼 부인이 물었다. 대화를 시작하기에는 이쪽 질문이 더 나아 보였다.

"아뇨, 애석하게도 그렇지 못합니다." 험프리스가 말했다. "아주 즐거운 고장 같던데요, 기차를 타고 내려오면서 본 바로는 말입니다."

"아, 즐거운 곳이기는 하죠. 때로는 이 나라에서 더 나은 지방은 없을 거라는 생각도 들고요. 사람들도 마찬가지죠. 항상 연관이 있는 법이니까요. 하지만 정원에서 파티를 즐기기에는 살짝 늦은 계절에 오신 것 같네요, 험프리스 씨."

"그런 것 같군요. 세상에, 정말 아쉽습니다!" 험프리스는 슬쩍 안도의 기색을 내비쳤다. 그리고 나서 이 주제로 조금 더 대화를 끌고 나갈 수 있으리라는 생각을 하고 말을 이었다. "하지만 쿠퍼 부인, 생각해 보면 더 이른 계절에 왔더라면 아예 파티를 즐기지 못했을 것 같지 않습니까? 숙부님께서 최근에 돌아가셨으니 말입니다."

"아 세상에, 험프리스 씨, 물론 그렇죠. 제가 참으로 끔찍한 말을 했군요!" (그리고 쿠퍼와 쿠퍼 양도 그에 동의하는 듯한 말을 입속으로 중얼거렸다.) "무슨 생각을 하셨을지! 정말 죄송합니다. 이해해 주세요."

"그러지 않으셔도 됩니다, 쿠퍼 부인. 정말로요. 숙부님을 뵌 적도 없으니, 솔직히 말해 그분이 돌아가셨다고 해서 지독하게 비탄에 빠진 것도 아니니까요. 그저 저로서는 어차피 그런 즐거운 시간을 보내기는 어렵지 않았을까 해서 드린 말씀일 뿐입니다."

"아, 그렇게 말씀해 주다니 정말로 친절하시군요, 험프리스 씨. 그렇지 않나요, 여보? 게다가 이해해 주신다고요? 하지만 세상에! 윌슨 씨를 뵌 적이 없다니!"

"단 한 번도 뵌 적이 없지요. 편지를 받은 적도 없습니다. 하지만 사실 저 역시 이해를 구할 일이 한 가지 있는 것 같은데요. 저택에서 제 시중을 들어 줄 사람들을 찾느라 온갖 고생을 하셨는데, 서면으로만 감사를 표했으니 말입니다."

"아, 그 정도는 아무것도 아니에요, 험프리스 씨. 하지만 정말로 그 사람들에게 만족하실 거예요. 집사와 가정부 일을 맡길 부부는 여러 해 동안 알고 지낸 사람이거든요. 친절하고 믿을 만한 사람들이죠. 그리고 마부와 정원사들 쪽은 남편이 말씀드릴 거예요."

"그렇습니다, 험프리스 씨, 선량한 사람들이죠. 윌슨 씨 때부터 근무했던 사람은 수석 정원사밖에 없습니다. 물론 유언장에서 확인하셨겠지만, 대부분의 고용인들은 옛 주인어른으로부터 유산을 물려받고 자리에서 물러났습니다. 그리고 아내의 말대로, 가정부와 집사는 선생님께서 최대한 만족하시도록 모든 준비를 마쳤습니다."

"험프리스 씨, 원한다면 바로 저택으로 들어가셔도 될 만큼 준비가 잘되어 있어요." 쿠퍼 부인이 말했다. "사실 교제를 나눌 사람만 제외하면 모든 준비가 끝나 있죠. 그쪽으로는 도저히 진도가 나가리라는 생각이 들진 않네요. 바로 저택으로 들어가시려고 하지 않았으면 좋았을 텐데요. 그 대신 여기 머물러 주시면 정말 좋았을 텐데 말이에요."

"물론 그러시겠죠, 쿠퍼 부인. 정말 감사합니다. 하지만 제 생각에는 즉시 뛰어드는 편이 나을 것 같습니다. 저는 홀로 사는 일에 익숙하고, 한동안은 저녁 시간에 할 일도 충분합니다. 서류나 책 같은 것들을 살펴보아야 하니까요. 그리고 쿠퍼 씨께서 오후에 좀 시간을 내서 저와 함께 저택을 살펴봐 주실 수 없을까 싶은데."

"물론이죠, 물론입니다, 험프리스 씨. 원하시는 대로 얼마든지 시간을 낼 수 있습니다."

"아버지, 저녁 시간이 될 때까지만이라는 말씀이시겠죠." 쿠퍼 양이 말했다. "오늘 브래스넷 씨 댁을 방문하기로 한 것 잊지 마세요. 그리고 정원 열쇠는 전부 가지고 계세요?"

"훌륭한 정원사신가 봅니다, 쿠퍼 양?" 험프리스가 말했다. "제가 저택에서 무엇을 보게 될지 미리 말씀해 주셨으면 좋겠군요."

"글쎄요, '훌륭한' 정원사인지는 잘 모르겠네요, 험프리스 씨. 저는 꽃을 정말 좋아할 뿐이거든요. 하지만 저택 정원은 꽤나 아름답게 꾸며져 있다고 종종 말하곤 했죠. 저택만큼이나 고풍스러운 정원이에요. 관목이 아주 많고요. 오래된 신전도 하나 있고, 미로도 있어요."

"정말로요? 혹시 들어가 보신 적은 있습니까?"

"아아뇨." 쿠퍼 양은 입술을 오므리며 고개를 저었다. "때로는 정말 탐험해 보고 싶었는데 윌슨 씨가 언제나 문을 잠가 놓으셨거든요. 분명 워드롭 부인이 직접 와도 들어가지 못하게 하셨을 거예요. 아, 이 근처, 그러니까 벤틀리에 사는 분인데, 그분이야말로 말씀대로 그 '훌륭한' 정원사시거든요. 그래서 아버지께 정원 열쇠를 전부 가지고 계신지 여쭤어 본 거예요."

"그렇군요. 글쎄요, 분명 어떤 곳인지 살펴보기는 해야겠습니다. 길을 파악하고 난 다음에 안내해 드리기로 하죠."

"아, 정말 고맙습니다, 험프리스 씨! 이제 포스터 양을 비웃어 줄 수 있겠네요—아, 교구 목사님 댁 따님인데, 지금은 여행을 가 있답니다. 그 댁 분들은 정말 좋은 사람들이에요—항상 그 미로에 누가 먼저 들어가게 될지를 두고 농담을 주고받았거든요."

"정원 열쇠는 저택에 있는 것 같군요." 큼지막한 열쇠 꾸러미를 살펴보던 쿠퍼가 말했다. "서재에 열쇠가 여러 개 있었으니까요. 그럼 험프리스 씨, 준비가 되셨다면 여기 숙녀분들께는 작별 인사를 하고 우리끼리 작은 탐험에 나서야 할 것 같습니다."

쿠퍼의 집 정문을 나서며 험프리스는 수많은 사람들의 공격을 헤쳐 나가야 했다. 조직된 항의 같은 것이 아니라, 일반적인 시골 마을의 거리치고 제법 많은 사람이 모여들어 그의 모자를 만지거나 주의 깊게 그를 살펴보았던 것이다. 들판으로 나가는 문을 지나갈 때는 관리인의 아내와 몇 마디 말을 나누기도 했고, 이후에는 때마침 길을 정돈하고 있던 관리인 본인과도 대화를 해야 했다. 그러나 이 모든 진행 과정을 전부 적어 내려가기에는 시간이 너무 부족할 듯하다. 관리인의 집에서 저택까지 1킬로미터 정도의 길을 걸어가면서 험프리스는 동행인에게 몇 가지 질문을 하다 돌아가신 숙부에 대한 이야기를 끌어내게 되었다. 쿠퍼가 다음과 같은 장황한 언사를 늘어놓기까지는 얼마 걸리지 않았다.

"방금 전 제 집사람이 말했듯이, 돌아가신 신사분을 뵌 적이 없다니 참 묘한 일인 것 같습니다. 그렇기는 해도, 오해하지는 않으셨으면 좋겠는데요, 험프리스 씨, 저는 그분과 선생님이 그리 잘 어울릴 수 있는 부분이 그다지 없었을 것이라고 자신 있게 말할 수 있습니다. 주의를 드리려거나 그런 것은 아닙니다. 전혀 아니죠. 그분이 어떤 사람이었는지를 말씀드리자면." 쿠퍼는 갑작스레 발걸음을 멈추고는 험프리스와 시선을 마주했다. "흔히 하는 말대로, 한마디로 표현하자면 말입니다. 그분은 완벽하고 철저하게, 병적으로 건강에 집착하는 분이셨습니다. 이 한마디면 그분을 완벽하게 설명하는 셈입니다. 그게 그분의 존재 그 자체였습니다. 선생님, 완벽한 심기증 환자셨지요. 주변에서 일어나는 일에는 전혀 참여하지 않으셨습니다. 그분의 죽음을 조사하다가 발견한 지역신문의 기사 일부를 잘라서 보내 드린 적이 있지요. 제가 기억하는 게 맞는다면 그 기사 내용 역시 그런 의미였던 것 같습니다만. 하지만 험프리스 씨," 쿠퍼는 자신 있다는 듯 가슴을 두드리며 말을 이었다. "제가 선생님의 존경하는 숙부님이자 제 이전 고용주였던 분에 대해 참으로 믿을 만한 분이셨다고 생각한다는 점만은 기억해 주시길 바랍니다. 공정한 데다 한낮의 햇빛과 같이 개방적이며, 모든 금전 관계를 깔끔하게 처리하는 분이셨습니다. 마음 씀씀이도 자상했고, 사람들의 청원에 금전을 아끼지 않는 분이셨습니다. 하지만 문제는 그거였습니다. 유일한 결점이라고 할 수 있었죠. 그분의 건강 상태, 아니, 보다 정확하게 표현하자면 그분이 스스로 원하시던 건강 상태가 바로 그 문제였습니다."

"그렇군요, 가엾으신 분. 마지막으로 병석에 눕기 전에 다른 특별한 장애를 겪지는 않으셨습니까? 마지막 병세는 아무래도 단순히 노령으로 인한 것이었던 듯합니다만."

"바로 그겁니다, 험프리스 씨. 바로 그거예요. 냄비 속에서 천천히 잦아들어 가는 불꽃처럼." 쿠퍼는 자신이 생각하기에 적절하게 느껴지는 몸짓을 곁들이며 말을 이었다. "천천히 떨림이 멈추어 가는 금그릇처럼.* 하지만 다른 질문에 대해서는 부정적인 답변을 드릴 수밖에 없겠습니다. 전반적인 생명력의 감퇴? 물론 있었습니다. 특정한 증상? 물

---

* 『전도서』 12장 6~7절. '은사슬이 끊어지면 금그릇이 떨어져 부서진다. 두레박 끈이 끊어지면 물동이가 깨진다. 그렇게 되면 티끌로 된 몸은 땅에서 왔으니 땅으로 돌아가고 숨은 하느님께 받은 것이니 하느님께로 돌아가리라.'

론 없었습니다. 기침을 지독하게 하시던 것을 제외하면 말이죠. 이런, 벌써 저택에 거의 다 왔군요. 훌륭한 저택이죠, 험프리스 씨. 그렇게 생각하지 않으십니까?"

전반적으로 그런 찬사를 받을 가치가 있는 건물이었다. 그러나 비율은 어딘지 이상해 보였다. 매우 높은 붉은 벽돌 건물인데, 소박한 흉벽으로 지붕의 모습이 거의 완벽히 감추어져 있었던 것이다. 마치 도시의 저택을 시골에 옮겨 놓은 듯한 모습이었다. 꽤나 장중한 계단이 지면에서부터 높이 떨어진 현관까지 이어지고, 현관 아래에는 지하층도 있었다. 또한 그 높이를 보면 양옆으로 부속 건물이 이어지는 편이 타당했지만 그런 것은 보이지 않았다. 마구간이나 기타 살림용 건물은 나무 뒤에 숨겨져 있었다. 험프리스가 보기에는 1770년대 정도에 지어진 건물인 듯했다.

각기 집사와 요리사 겸 가정부 역할을 맡기로 한 나이 든 부부가 정문 앞에서 기다리고 있다가 새로운 주인이 다가오자 바로 문을 열어 주었다. 험프리스는 이미 그들이 칼턴 부부라는 사실을 알고 있었다. 그들의 외모와 몸가짐을 확인하고 잠시 이야기를 나눈 후 그는 즉시 그들에게 호의를 품게 되었다. 다음 날 칼턴 씨와 함께 식기와 와인 저장고를 확인하기로 하고, 칼턴 부인과는 침대보와 침구류 등을 의논하기로 했다. 무엇이 있는지, 그리고 무엇이 필요한지를 확인하기 위해서였다. 그런 다음 그와 쿠퍼는 칼턴 부부를 잠시 물러가게 한 후 집 전체를 살펴보기 시작했다. 그 상세한 구조는 이 이야기에서 중요한 내용은 아닐 것이다. 1층의 커다란 방들은 대개 만족스러웠는데, 특히 동향에다 커다란 유리창 세 개가 달려 있는, 식당만큼이나 큰 서재가 그랬다. 험프리스를 위한 준비를 마친 침실은 서재 바로 위에 있었다. 꽤나 괜찮은, 그리고 몇몇은 특별히 흥미로운, 오래된 그림들도 보였다. 새 가구는 없었으며, 책들은 대부분 1770년대 이전의 것들이었다. 숙부가 이 저택에서 몇 가지 변경시킨 부분을 확인하고, 응접실에 걸린 그의 초상화를 확인하고 나니, 험프리스는 쿠퍼가 말한 대로 숙부에게는 후계자인 자신이 그리 호감을 느낄 만한 구석이 없었으리라는 사실을 인정할 수밖에 없었다. 이 사실에 대해 사과할 도리가 없다는 사실이 조금 슬프게 느껴지기도 했다. 'dolebat se dolere non posse(슬퍼할 수 없음을 슬퍼한다)'라고나 할까. 친절한 마음을 품고 있었는지는 알 수 없지만, 여하튼 알지도 못하는 조카가 즐거운 삶을 보낼 수 있도록 많은 것을 베풀어 준 사람인데 말이다. 그가 윌스토프에서 진정으로 행복하게 지낼 수 있을 듯했기 때문에 더욱 그랬다. 특히 서재에서는 더욱더.

그리고 이제 정원을 살펴볼 차례가 되었다. 텅 비어 있는 마구간이나 세탁소는 나중에 확인해도 될 터였다. 두 남자는 정원을 향해서 걸음을 옮겼고, 곧 쿠퍼 양의 말이 사실일 가능성이 있다는 것이 분명해졌다. 또한 정원사에 대한 그녀의 평가도 꽤나 올바른 것이었다. 윌슨 씨는 아무래도, 아니 틀림없이, 최신 정원 양식에 대해 들어 보지 못한 모양이었다. 그러나 이곳 정원에는 분명 식견이 있는 사람의 손길이 닿아 있었으며, 장구와 비축된 물건들 역시 훌륭했다. 험프리스가 즐거워하는 모습을 보자 쿠퍼 역시 기뻐하고는 가끔 이런저런 제안을 내놓았다. "이쪽이 전문 분야셨던 모양이군요, 험프리스 씨. 아무래도 여러 계절이 지나기 전에 우리 모두의 모범이 될 만한 정원을 만드실 수 있을 듯합니다. 클러터럼이 여기 있었다면—그 친구가 수석 정원사인데—그리고 물론 여기 있어야 했겠지만, 애석하게도 아들이 열병에 걸려서 말을 씻겨야 한다*지 뭡니까, 불쌍한 친구 같으니! 이곳에 대해 감명받으셨다는 이야기를 그 친구가 들었더라면 좋았을 텐데요."

"그래요, 오늘 나오지 못한 이유는 이미 들었지요. 그리고 그 일에 대해서는 정말 유감을 표합니다. 하지만 내일도 시간은 충분할 테니까요. 저기 잔디밭 끝 둔덕 위에 있는 하얀 건물은 뭡니까? 혹시 쿠퍼 양이 언급했던 신전입니까?"

"그렇습니다, 험프리스 씨. 우정의 신전이죠. 저 건물을 지으려고 돌아가신 숙부님의 조부님께서 이탈리아에서 직접 대리석을 공수해 오셨다고 합니다. 잠시 올라가 보시지 않겠습니까? 들판을 내려다보는 풍경이 훌륭할 겁니다."

신전의 전체적인 모습은 티볼리에 있는 시빌레의 신전과 비슷했는데, 돔형 지붕 역시 그런 인상에 일조했다. 다만 이쪽 건물이 훨씬 더 작을 뿐이었다. 벽에는 고대의 성묘를 연상하게 하는 부조가 새겨져 있었으며, 전체적으로 그랜드 투어**의 즐거운 느낌이 감돌았다. 쿠퍼는 열쇠를 꺼내 조금 고전하다가 마침내 육중한 문을 열었다. 천장 장식은 훌륭했지만 가구라고 할 만한 것은 없었다. 바닥에는 대부분 두터운 원형 포석이 깔려 있었는데, 살짝 볼록하게 튀어나온 표면마다 글자가 하나씩 깊게 새겨져 있었다. "이건 무슨 의미입니까?" 험프리스가 물었다.

"의미요? 글쎄요, 모든 물건에는 그 존재 의미가 있다는 말이 있지요, 험프리스 씨. 이 포석 역시 나름의 의미가 있겠지요. 그러나 여기서

---

* horse doover. 프랑스어 hors de combat(전선 이탈) 대신 hors d'œuvre(전채前菜)를 쓰고, 그 것을 또 철자 그대로 영어로 읽은 것. 쿠퍼는 계속 이런 유의 실수를 반복한다.
** 17세기에서 19세기 초반까지 유럽, 특히 영국 상류층 자제들 사이에서 유행한 유럽 여행.

찾을 수 있는, 아니면 있었던 (쿠퍼는 여기서 훈계조로 말하기 시작했다) 의미가 무엇인가에 대해서는, 저로서는 도저히 알 수가 없네요 선생님. 그저 듣기로는 제가 이곳에 오기 전에 이미 돌아가신 숙부님께서 미로에서 가져와 여기로 옮기셨다고 합니다. 험프리스 씨. 그러니까,"

"아, 미로요!" 험프리스가 소리쳤다. "그건 잊고 있었습니다. 거기도 꼭 봐야겠지요. 어디에 있습니까?"

쿠퍼는 그를 신전 문으로 데리고 나와 지팡이로 한쪽을 가리켰다. "시선을 옮겨 보시죠." 그러고는 "눈을 가늘게 뜨고 서쪽을 바라보시오. 그대의 털가시나무가 하늘을 향해 뻗어 오르는 그곳을"* 하고 헨델의 〈수산나〉에 등장하는 두 번째 장로와 비슷한 말투로 읊조렸다. "여기 제 지팡이를 따라 시선을 옮겨 보시죠. 우리가 지금 있는 곳에서 정반대편까지 그대로 죽 따라가면, 험프리스 씨, 그 입구에 선 아치가 보일 겁니다. 바로 이 건물까지 이어지는 저 산책로의 반대쪽 끝에 말입니다. 지금 당장 가 보고 싶으십니까? 그러시다면 저택으로 돌아가서 열쇠를 가져와야 해서 말입니다. 저리로 가고 계시면 잠시 후에 제가 합류하기로 하지요."

그 말에 따라 험프리스는 신전으로 이어지는 산책로를 따라 걸음을 옮겼다. 저택 정면 앞뜰을 지나서 쿠퍼가 알려 준 아치문으로 이어지는 잔디밭 길을 올라갔다. 미로 전체는 높은 벽으로 둘러싸였고, 아치 아래에는 튼튼한 자물쇠가 달린 철문이 서 있었다. 그러나 다음 순간, 숙부가 이곳에 아무도 들이지 않았다는 쿠퍼 양의 말이 떠올랐다. 그

---

* 여기서도 쿠퍼는 대사를 살짝 잘못 기억하고 있다. '눈을 가늘게 뜨고 서쪽을 바라보시오. 그대의 털가시나무가 하늘을 찌르고 있는 그곳을.'

는 철문 앞에 도달했지만, 아직 쿠퍼는 오지 않았다. 몇 분 동안 그는 입구에 새겨진 경구를 읽고 그 출처가 어디인지 생각하며 시간을 보냈다. 'Secretum meum mihi et filiis domus meae(나의 비밀은 오로지 나 자신과 그 후손들을 위한 것이니)'라는 문구였다. 그리고 그는 조바심이 나서 벽의 크기를 재 볼까도 생각했다. 그러나 누가 생각해 봐도 쓸모없는 일이었다. 공무원이었던 예전의 자신에게나 어울리는 일 아닌가. 혹시 이 꽤나 오래된 듯한 자물쇠를 부술 수 있을까? 아니, 그건 힘들어 보였다. 하지만 마지막으로 짜증을 섞어 문을 한 번 걷어차자, 무언가가 떨어져 나가는 듯한 소리가 들리며 자물쇠가 발치로 떨어졌다. 그는 무성한 쐐기풀을 무릅쓰고 문을 열어젖히고는 안으로 걸음을 옮겼다.

미로는 둥근 형태의 주목과 산울타리로 이루어져 있었는데, 전체적으로 오랫동안 다듬지 않아 양옆과 위쪽으로 불규칙하게 자라나 있었다. 내부 통로 역시 거의 지나다니기 힘들 지경이었다. 긁히고 쐐기풀에 찔리고 옷이 젖는 것을 무릅써야 간신히 나아갈 수 있을 정도였다. 그러나 이런 상태인 만큼 밖으로 나가는 길을 찾기는 어렵지 않을 듯했다. 들어오면서 꽤나 눈에 띄는 흔적을 남겨 놓았으니 말이다. 그는 미로 정원에 들어가 본 경험이 없었고, 지금의 경험으로는 딱히 앞으로도 원하게 될 것 같지 않았다. 습하고 어두운 데다, 짓이겨진 갈퀴덩굴과 쐐기풀의 냄새 때문에 도저히 즐겁다고는 말하기 힘들었다. 게다가 미로치고 매우 정교한 편이라고 말하기도 힘들어 보였다. 별생각 없이 길을 골랐음에도 그다지 어렵지 않게 미로 중심부에 도달한 것이다. (그런데 방금 소리가 들렸는데, 혹시 쿠퍼가 도착한 걸까? 아니겠지!) 하지만 그곳에는 그동안의 고생을 보상해 줄 만한 것이 있었다. 처음 그것을 보고 그는 중앙 장식물로 해시계를 가져다 놓았다고 생각했다. 그러나 그 위를 두껍게 덮은 가시덤불과 메꽃 덩굴을 쓸어 내자, 장식물로는 꽤나 보기 드문 것이 나타났다. 약 1미터 정도 높이의 돌기둥 위에 금속으로 만든 구체가 하나 놓여 있었던 것이다. 초록색의 녹청이 낀 것으로 보아 구리로 만들어진 듯했고, 그 위에 여러 가지 그림과 글자가 세심하게 새겨져 있었다. 험프리스는 그림을 잠시 살펴보고는 이 물건이 소위 '천구의'라고 불리는 수수께끼의 물건임을 깨달았다. 다들 알고 있겠지만 아직까지도 천계에 대한 그 어떤 정보도 끌어내지 못하고 있는 그 물건 말이다. 하지만 너무 어두워서—적어도 미로 안에서는—이 골동품을 제대로 살펴볼 수가 없었다. 게다가 이제 코끼리가 정글을 뚫고 달려오는 듯한 소리와 함께 쿠퍼의 목소리가 들리기 시작했다. 험프리스는 자기가 뚫고 들어온 길을 따라오라고 소리쳤고, 이윽고 중앙의 둥근 공터로 쿠퍼가 헐떡이며 모습을 드러냈다. 그는 시간을 지체한 것에 대해 사과하면서 결국에는 열쇠를 찾지 못했다고 말했다. "하지만 세상에!" 그가 말했다. "선생님 혼자서 어떤 도움도 신의 인도도 없이, 수수께끼의 중심으로 혼자 파고들어 오신 것 아닙니까요. 글쎄요! 30~40년 동안은 인간의 발길이 닿은 적이 없는 곳 같군요. 적어도 제가 들어온 적이 없는 것은 분명하죠. 자, 자! 천사들조차 발을 들여놓기 싫어하는 곳에 대한 속담*이 있지 않던가요? 이번 경우에도 다시 한 번 진실임이 입증된 셈이로군요." 비록 만난 지 얼마 되지는 않지만 지금까지 겪은 바로 험프리스는 쿠퍼의 말이 교활하게 비꼬는 것이 아님을 확신할 수 있었다. 그래서 그는

---

* 알렉산더 포프의 『비평에 대하여』(1711)에 '바보는 천사조차 발을 들여놓길 꺼리는 곳으로 달려든다'라는 말이 나온다.

뻔한 대꾸는 그만두고 그저 이제 저택으로 돌아가서 늦은 차 한잔을 나눈 다음, 쿠퍼를 저녁 약속 장소로 보내 주겠다는 의사를 표했다. 미로를 빠져나가는 데에도 들어올 때와 마찬가지로 별로 어려움을 겪지 않았다.

"혹시 말입니다." 험프리스가 저택으로 걸음을 옮기며 물었다. "혹시 숙부님이 왜 저 장소에 자물쇠를 채울 정도로 조심하셨는지 알고 계신가요?"

쿠퍼가 걸음을 멈추었고, 험프리스는 순간 이제 진실이 폭로되기 직전까지 와 있음을 느꼈다.

"제가 거기에 대해 무언가 아는 것이 있다고 주장한다면, 험프리스 씨, 저는 아무 이유 없이 선생님을 속이려 드는 것이겠지요. 제가 이곳에서 처음 일을 시작한 건 한 18년 전쯤입니다. 그 당시에도 저 미로는 지금과 똑같은 상태였습니다. 그리고 제가 알고 있는 한, 그 이유를 궁금해한 것도 제 딸아이가 선생님과의 이야기 도중에 언급한 바로 그때뿐이었습니다. 워드롭 부인이—그분을 나쁘게 생각하는 것은 아닙니다만—그 미로에 들여보내 줄 수 없는지 문의하는 편지를 보내셨거든요. 선생님 숙부분께서는 제게 그 내용을 보여 주시고는—정말로 정중한 요청 내용인데, 그런 곳에서 무엇을 기대할 수 있는지를 낱낱이 적어 놓았더군요—'쿠퍼. 자네가 나 대신 이 편지에 대한 답장을 써 주었으면 좋겠네' 하고 말씀하시더군요. '어떻게 답변을 하면 되겠습니까?' '글쎄. 적당히 예의를 갖춰 답변을 해 주되, 꽤나 오랫동안 그곳 문을 닫아 놓았기 때문에 부디 친절을 베풀어 이 일을 너무 밀어붙이지 않았으면 한다고 쓰게나.' 험프리스 씨, 돌아가신 숙부님이 그 미로에 대해 하신 말씀은 그것이 마지막이었습니다. 그리고 저로서는 더 이상 덧붙일 말이 없군요. 한 가지," 쿠퍼는 잠시 머뭇거리다 덧붙였다. "어쩌면 이런 걸지도 모르겠습니다. 제가 나름대로 판단해 보자면, 그분은 (흔히 여러 가지 이유로 사람들이 늘 그러듯이) 조부님을 떠올리게 하는 것들을 싫어하셨던 듯합니다. 아까 말씀드렸듯이 바로 그 미로를 만드신 분 말입니다. 독특한 사상을 가지고 계셨는데, 여행가기도 하셨죠. 다음 주일에 우리 교구의 작은 성당에서 그분께 바쳐진 비문을 읽으실 수 있을 겁니다. 돌아가시고 한참이 지나서야 만들어지기는 했지만요."

"아! 그렇게 건물에 대한 취향이 확고한 분이라면 자신을 위한 납골당은 스스로 지으셨을 줄 알았는데요."

"글쎄요, 말씀하시는 그런 건물은 들어 본 적이 없습니다. 그리고 사실, 생각해 보니 말입니다만, 그분 안식처가 우리 교구 영내에 있는지도 확신하지 못하겠군요. 그 무덤 아래에 묻혀 계시지 않는 건 거의 확실하지만요. 제가 이런 정보를 알려 드리는 입장에 어울리지 않는 사람이라는 사실이 참으로 묘하지 않습니까! 어쨌든 험프리스 씨, 죽을 수밖에 없는 육신이 묻힌 장소라는 게 그렇게 중요하게 여길 일은 아니지 않습니까?"

이쯤에서 그들은 저택에 도착했고, 쿠퍼의 추측 역시 중단되었다.

서재에 차가 준비되었고, 쿠퍼는 그 배경에 걸맞은 화제로 이야기를 시작했다. "훌륭한 수집품 아닙니까! 애호가들이 그러는데 이 지역에서 가장 훌륭한 장서 목록이라고 하더군요. 훌륭한 삽화가 들어 있는 책들도 여러 권 있지요. 돌아가신 윌슨 씨께서 한때 외국의 도시를 그린 판화를 보여 주셨던 기억이 납니다. 참으로 감탄스러웠지요. 일류의 솜씨더군요. 손으로 그린 삽화도 있었는데, 마치 어제 그린 것처럼 잉크 자국이 생생했지요. 그런데 그분 말씀으로는 그게 수백 년 전에 늙은 수도사가 그린 것이라고 하지 뭡니까. 저는 항상 문학에 관심이 깊었습니다. 온종일 열심히 노동을 한 다음 좋은 책을 읽는 것처럼 마음에 즐거움을 주는 일은 없지요. 저녁 시간을 친구의 집에서 보내는 것보다는 훨씬 나은 일 아니겠습니까. 이렇게 말하니 새삼 기억이 나는군요. 당장 집으로 달려가서 언제나와 같은 그런 저녁을 보낼 준비를 하지 않으면 집사람이 저를 가만두지 않을 겁니다! 이만 실례해야겠습니다, 험프리스 씨."

"저 또한 생각이 나는군요." 험프리스가 말했다. "내일 쿠퍼 양께 미로를 보여 드리려면 안을 좀 치워야 할 텐데 말입니다. 적당한 사람을 좀 추천해 주실 수 있습니까?"

"글쎄요, 그렇겠지요. 남자 두어 명이 대낫을 들고 일하면 내일 아침에 길을 정리할 수 있을 겁니다. 관리인 집을 지나갈 때 말해 두도록 하지요. 그리고 몸소 올라가 사람들을 구할 필요가 없으시도록 들어가는 길에 작대기나 리본 등으로 표지를 해 놓으라고도 일러두겠습니다."

"아주 좋은 생각이군요! 네, 부탁드립니다. 그리고 오후에는 쿠퍼 부인과 쿠퍼 양을 초대할 테니, 쿠퍼 씨는 아침 10시 30분 정도에 와 주셨으면 합니다."

"기꺼이 그렇게 하지요. 저와 제 가족 모두 참으로 즐거울 겁니다, 험프리스 씨. 좋은 밤 보내십시오!"

험프리스는 8시에 저녁 식사를 했다. 이것이 그가 이곳에서 보내는 첫 저녁 시간이며, 칼턴이 대화를 나누고 싶다는 마음을 명백하게 내 보이지 않았더라면, 그는 이번 여행을 위해 구입한 소설을 다 볼 수 있었을 것이다. 그 대신 그는 이웃 주민들과 날씨에 대한 칼턴의 의견에 귀를 기울이고 맞장구를 쳐 주어야 했다. 후자는 꽤나 쾌적한 모양이었고, 전자에는 칼턴의 어린 시절(그 당시에도 그는 이 지역에 있었는데)과 비교해 상당히 많은 변화가 있었던 모양인데, 그 사실이 그리 나쁘지는 않은 듯했다. 특히 마을의 상점은 1870년 이래로 놀라울 정도로 발전했다고 했다. 이제는 상식적인 선 안에서라면 원하는 물건을 무엇이든 구하는 일이 가능했다. 이는 정말로 편한 일이었는데, 갑자기 무언가가 필요해지면(예전에 여러 번 그런 일이 있었다는데) 직접 그리로 내려가서 (상점이 아직 영업 중이라면) 그 물건을 주문하면 되는 것이다. 그렇지 않았더라면 목사관으로 가서 빌려 올 수밖에 없는데, 예전이라면 어차피 아무 소용없는 일이었을 터였다. 목사관에는 양초나 비누, 당밀, 싸구려 어린이 그림책 정도밖에 없을뿐더러, 애당초 갑자기 필요해지는 물건이라면 열에 아홉은 위스키 한 병 따위기 때문이었다. 어쨌든 험프리스는 이 사람이 훗날 책을 쓸 생각을 하고 자신에게 예행 연습을 하는 것이 아닌가 하는 생각이 들 지경이었다.

저녁 식사 후 시간을 보내기에 가장 좋은 곳은 서재가 분명했다. 손에는 촛대를 들고 입에는 파이프를 문 채로 그는 한동안 방 안을 돌아다니며 책의 제목들을 훑어보았다. 오래된 서재에 흥미를 느낄 만한 성향을 모두 가진 그는 기회가 된다면 이곳을 체계적으로 정리해 보고 싶다는 마음을 품었다. 쿠퍼에게 들은 바로는 이 서재의 장서 목록이라고는 유언 집행을 위해 제작한 매우 피상적인 것밖에 존재하지 않았기 때문이다. 설명을 덧붙인 장서 목록을 작성하는 일은 겨울 한 철을 보내기에 딱 맞을 듯 보였다. 아마 보물을 찾아낼 수도 있을 것이다. 쿠퍼의 말이 믿을 만한 것이라면 수기 원고가 있을 수도 있었다.

이렇게 서재의 장서를 둘러보는 동안 (그런 곳에서 우리 대부분이 느끼듯이) 그는 이 방대한 수집품을 도저히 다 읽을 수 없을 듯하다는 압박감에 사로잡혔다. "고전과 교부 저작물에, 피카르의 『종교 예식』에, 『할리의 소품집』이라. 전부 훌륭한 물건이지만, 토스타투스 아불렌시스나 피네다의 『욥기 주해』나 이런 책을 대체 누가 읽으려 들겠어?" 그는 중얼거리면서 제본이 헐거워지고 표지의 글자가 떨어져 나간 작은 4절판 책 한 권을 꺼내 들었다. 그리고 커피가 준비된 것을 알아차리고 의자로 돌아왔다. 곧 그는 책을 펼쳤고, 외견 때문에 자신이 부당한 비난을 가했음을 확인하게 되었다. 처음에는 그 책이 희귀한 희곡 전집이 아닐까 생각했는데, 표지에 아무런 내용도 적혀 있지 않은 데다 꺼림칙한 모양새였기 때문이다. 그러나 직접 살펴보니 그 책은 설교집이 아니면 명상록으로, 첫 장이 사라져 있어서 내용이 온전하지 못할 뿐이었다. 시기상으로는 17세기 후반 정도의 책인 듯했다. 그는 책을 뒤적이다가 문득 한 문장에서 손을 멈추었다. '이런 불행한 상황에 어울리는 우화를 하나 말하자면,' 험프리스는 이후 이어지는 내용을 보면 저자의 상상력이 어느 정도인지 확인할 수 있으리라고 생각했다.

이 이야기가 그저 우화인지 아니면 실화인지는 여러분이 판단할 일이라고 생각된다. 하지만 내가 읽거나 들은 바로는, 한때 아티카 이야기에 나오는 테세우스처럼 미궁을 탐험하게 된 한 남자가 있었다. 우리 시대의 정원사들이 만든 그런 부류의 미로가 아니라, 아주 방대한 규모로 알 수 없는 함정과 올가미들이 수없이 설치되어 있고, 마주치는 사람의 목숨을 위협하는 그런 사악한 존재들이 숨어 있는 미궁이었다. 이런 경우 친족들의 만류가 어떠했을지 짐작할 수 있으리라. "형 같은 생각을 한 사람이 그곳에 들어갔다가 두 번 다시 돌아오지 못했다는 이야기를 생각해 봐." 동생이 말했다. "슬쩍 발을 들여놓았다가 너무도 겁에 질려서 자기가 무얼 보았는지도 말 못 하고, 이후로 두 번 다시 잠도 못 이룬 사람의 이야기도 있지." 어머니가 말했다. "문에 달린 창살 안쪽에서 밖을 내다보는 그 끔찍한 자들에 대한 이야기는 못 들어 보았나요?" 이웃이 소리쳤다. 그러나 모두 소용없었다. 남자는 단단히 결심을 한 후였기 때문이다. 그 나라의 사람들이 불가에 둘러앉으면 흔히 하는 이야기에 따르면, 그 미궁의 한가운데에는 놀랍도록 진귀하고 값비싼 보석이 있어서 그것을 찾은 사람은 평생 부유하게 살 수 있다고 했다. 그리고 보석을 찾을 수 있는 의지력을 가진 사람은 오직 그 남자밖에 없었다. 그다음에는? 무슨 일이 벌어졌을까? 모험가는 미궁의 문으로 들어갔고, 하루가 지나도록 그의 친구들은 아무런 소식을 듣지 못했다. 밤새도록 멀리서 희미한 비명이 들려왔고, 모두들 공포에 진땀을 흘리며 밤새 침대 위에서 뒤척이면서 자신들의 사랑하는 아들이자 형이 지금까지 항해에서 실패해 난파한 불운한 자들의 목록에 이름을 올리게 되었음을 의심하지 않았다. 그리하여 다음 날이 되자 그들은 남자를 위해 종을 쳐 달라고 부탁하기 위해 눈물을 흘리며 교구 목사를 찾아갔다. 그리고 그 길은 미궁의 입구를 지날 수밖에 없는 곳이었다. 그들은 겁에 질려 그곳을 재빨리 지나가려고 하다가 문득 사람 하나가 길가에 누워 있는 모습을 발견했다. 가까이 다가가 보자—어떤 기대를 하고 있었는지는 설명하지 않아도 능히 짐작할 수 있으리라—그들이 잃어버렸다고 여겼던 바로 그 사람임이 드러났다. 남자는 죽음보다 더 끔찍한 실신 상태에 빠져 있었지만 목숨은 아직 붙어 있었다. 그리하여 장례의 울음을 터트리며 갔던 이들은 기쁨에 겨워 돌아왔고, 모든 수단을 동원해 돌아온 탕아를 소생시키려고 애썼다. 마침내 정신을 차린 탕아가 주변 사람들의 걱정과 그날 아침의 행적에 대해 듣고 나서 입을 열었다. "아, 그러면 여러분이 하려던 일을 마저 끝내도 좋습니다. 분명 그 보석을 가져오기는 했지만," 그는 보석을 사람들에게 보여 주었다. 분명 희귀한 것으로 보였다. "그와 함께 밤에도 휴식을 취할 수 없고, 낮에도 즐거움을 느낄 수 없게 하는 다른 무언가 역시 가져왔기 때문입니다." 사람들은 그 말을 듣자마자 그게 무슨 뜻인지, 그리고 그를 그렇게 고통스럽게 하는 것이 대체 어디에 있는지 물었다. 그가 대답했다. "아, 그것은 이 가슴속에 있습니다. 무슨 수를 써도 그로부터 도망칠 수는 없지요." 마법사의 도움이 없어도 그를 그리도 끔찍하게 괴롭히는 것이 그가 본 어떤 존재에 대한 기억임은 능히 짐작할 수 있다. 그러나 한참을 남자는 가끔씩 발작적으로 내뱉는 말 외에는 그것에 대해 언급하지 않았다. 하지만 마침내 그들은 이야기의 조각을 모아들여 온전하게 짜 맞출 수 있었다. 처음에 해가 떠 있는 동안 남자는 경쾌하게 전진했고, 아무런 문제 없이 미궁의 중심부에 당도해 보석을 손에 넣었다. 그리고 기쁨에 젖어 되돌아오기 시작했다. 그러나 밤이 되고 숲 속의 짐승들이 모두 움직이기 시작하자, 그는 건너편 통로에서 어떤 존재가 자신과 발걸음을 맞추어 따라오면서 자신을 훔쳐보고 있음을 느끼게 되었다. 그가 걸음을 멈추면 추적자 역시 걸음을 멈추었는데, 이 사실을 깨닫고 나니 그의 정신에 불안감이 스며들기 시작했다. 어둠이 짙어지자 남자는 그런 존재가 하나 이상, 심지어는 한 무리라는 생각에 이르렀다. 관목 숲 사이에서 무언가 부스럭거리거나 꺾이는 소리가 들릴 때마다 그런 느낌이 들었다. 게다가 그들이 회합이라도 하는 양 때때로 속삭이는 소리도 들려왔다. 그러나 그 존재들의 정체나 형상에 대해 남자는 절대로 자신이 생각한 바를 입 밖에 내지 않았다. 하지만 사람들이 그날 밤에 들은 비명이 무엇이었는지 묻자 남자는 이런 이야기를 했다. (그가 짐작하기로) 자정이 되었을 무렵 멀리 어디선가 자신의 이름을 부르는 소리가 들렸는데, 그는 그 소리가 동생의 목소리였다고 맹세할 수 있다고 했다. 그래서 그는 발길을 멈추고 목청을 돋우어 그 소리에 응답했는데, 아무래도 자신의 힘찬 목소리나 그 메아리 때문에 순간 다른 작은 소리가 들려온 것을 듣지 못한 듯했다. 다시 정적이 찾아오자 뒤쪽, 아주 가까운 곳에서 누군가가 달려오는 (그리 크지 않은) 발소리가 들렸기 때문이다. 남자는 너무도 위축되어 도망치기 시작해 동이 틀 무렵까지 계속 달렸다. 숨이 차오를 때면 그대로 쓰러지듯 엎드려서는 추적자들이 어둠 속에서 그를 놔두고 지나가 버리기를 기대했지만, 그럴 때마다 그들 역시 발걸음을 멈추고는 마치 흔적을 놓친 사냥개처럼 헐떡이며 코를 킁킁댔다. 그 소리를 들으면 마음속에 너무도 끔찍한 공포가 차올라서, 남자는 다시 자리에서 일어나 어떻게든 냄새를 남기지 않으려고 계속 달려갔다. 이런 공포만으로는 충분하지 않았던지 남자는 계속 앞길에 놓인 함정에 걸리거나 구덩이에 빠지지는 않을까 두려워해야만 했다. 길옆이나 가운데에서 소문으로만 들었던 그 함정이 놓여 있는 모습을 두 눈으로 보았던 것이었다. 그리하여 그는 예의 미궁 안에서 인간이 겪을 수 있는 가장 끔찍한 밤을 겪었으니, 그가 주머니에 넣어 가져온 보석도, 서인도제도에서 가져온 그 어떤 보화도, 그 고통의 대가로는 턱없이 부족하기만 했던 것이다.

　남자의 고통을 읊는 건 이 정도에서 그만두기로 하자. 영리한 독자분들은 이미 이 우화를 통해 내가 전하고자 하는 교훈을 깨달았으리라고 생각하기 때문이다. 그 보석이야말로 이 세상의 향락을 겪으며 사람이 얻게 되는 만족감을 상징하지 않겠는가? 그리고 미궁은 (세상 사람들이 소위 말하는) 보물이 숨겨져 있는 이 세상을 가리키는 것이 아니겠는가?

이즈음에서 험프리스는 페이션스 카드놀이나 하는 편이 기분 전환에 도움이 되리라고 생각하며, 그 작가의 우화를 '개선'하려는 생각은 포기하기로 결심했다. 그래서 책을 원래 있던 장소로 되돌려 놓고 숙부가 실제로 저 글을 읽었을지, 그리고 그랬다면 그로 인해 지나치게 상상력이 발동해서 미궁이란 것 자체를 싫어하게 되어 정원에 있는 미로를 닫아걸게 된 것이 아닐지 하고 추측했다. 그로부터 얼마 지나지 않아 그는 잠자리에 들었다.

험프리스는 다음 날 아침, 장황한 말로 자신이 이 영지의 모든 사업을 완벽하게 꿰뚫고 있다고 주장하는 쿠퍼와 함께 복잡한 여러 사업에 매진해야 했다. 쿠퍼는 꽤나 쾌활했다. 미로를 정리하도록 해 두겠다는 말도 잊지 않았고, 그러는 동안에도 작업은 계속 진행되고 있었다. 쿠퍼 양은 미로를 보고 싶어 몸이 잔뜩 달아 있는 모양이었다. 쿠퍼는 또한 험프리스가 편히 잠을 이루었기를 기원하며, 쾌청한 날씨가 계속되어 정말 다행이라고 덧붙였다. 점심 식사 자리에서는 식당에 걸린 그림들을 세세하게 설명하다가 신전과 미궁을 건설한 사람의 초상화를 가리켰다. 험프리스는 제법 흥미를 가지고 그 초상화를 살펴보았다. 이탈리아 화가의 작품이었는데, 증조부 윌슨 씨가 젊은 시절 로마를 방문했을 때 그린 것 같았다(배경에 콜로세움이 그려진 것으로 보아 거의 분명하다). 창백하고 홀쭉한 얼굴과 커다란 눈이 인상적이었다. 손에는 반쯤 풀린 종이 두루마리가 들려 있었는데, 거기에는 아마도 신전이 분명한, 둥근 형태의 건물 설계도와 미궁의 일부가 그려져 있었다. 험프리스는 의자 위에 서서 초상화를 자세히 살펴보았지만, 베낄 필요가 있을 정도로 도면이 명확하게 그려져 있지는 않았다. 하지만 방문객을 위해 미로의 지도를 그려서 중앙 홀에 걸어 놓는 것도 나쁘지 않을 듯하다는 생각을 떠올리기는 했다.

그런 생각은 같은 날 오후에 확신으로 바뀌었다. 쿠퍼 부인과 쿠퍼 양이 미로에 열의를 보이며 그날 오후에 도착했을 때 도저히 그들을 안내해 중심부에 도달할 수가 없었다. 정원사들은 사용하던 안내 표식을 치워 버렸고, 도움을 요청하여 불려 온 클러터럼조차 다른 사람들과 마찬가지로 아무 도움을 줄 수 없었던 것이다. "요는 말입니다, 아시겠지만, 윌슨 씨―아니, 험프리스 씨였지요―이런 미로는 길을 잃도록 만들기 위해 어딜 봐도 비슷하게 해 놓는다는 겁니다. 그래도 저를 따라오면 길을 잃지는 않으실 겁니다. 여기에 제 모자를 놓아서 시작점 표시를 해 두기로 하지요." 그는 그렇게 앞장서서 출발했고, 5분 후에는 사람들을 이끌고 안전하게 모자가 있는 곳까지 돌아왔다. "이거 정말 이상하군요." 그가 겸연쩍게 웃으며 말했다. "분명 이 모자를 들장미 덤불에다가 기대 놓았는데, 보시다시피 이 길에는 들장미라고는 전혀 안 보이지 않습니까. 허락해 주신다면, 험프리스 씨―성함이 맞던가요?―하인 한 명을 불러서 이곳에 표시를 해 놓기로 하겠습니다."

여러 번 소리를 지른 끝에 윌리엄 크랙이 도착했다. 일행과 합류하는 일은 영 쉽지가 않았다. 처음에는 안쪽 길에서 그의 모습이 보이기도 하고 소리가 들리는 듯도 했는데, 거의 동시에 바깥쪽 길을 헤치고 나왔던 것이다. 어쨌든 마침내 그도 일행과 합류했고, 별다른 조언을 주지 못하다가 결국에는 클러터럼이 여전히 바닥에 놓아두어야 한다고 고집한 모자 옆에서 자리를 지키게 되었다. 이런 전략을 썼음에도 그들은 45분가량을 별 소득 없이 헤매기만 했다. 마침내 쿠퍼 부인이 정말로 지쳐 가고 있다는 것을 깨달은 험프리스는 결국 길 찾기를 포기하고 저택으로 돌아가 차를 마시자고 이야기를 꺼내기에 이르렀다. 쿠퍼 양에게 충분히 사과의 말을 건넨 것은 물론이었다. "적어도 포스터 양과의 내기에서는 이긴 셈이 아닙니까." 그가 말했다. "미궁 속에 들어오셨으니까요. 나가면 즉시 이곳의 지도를 만들어서 들어가고 나오는 길을 표시한 다음에 건네드리도록 하겠습니다." "정말 그래야겠는데요, 주인님." 클러터럼이 말했다. "누군가가 이곳의 지도를 만들어서 꼭 가지고 다녀야 할 겁니다. 이리로 들어왔다가 비라도 내려서 나갈 길을 찾지 못하게 되면 아주 끔찍하지 않겠습니까. 길을 찾을 때까지 몇 시간이 걸릴지도 모르지요. 제가 가운데에 이르는 지름길을 뚫도록 허락해 주시지 않는다면 말입니다. 그러니까 제 말은, 가장자리에 있는 나무 몇 그루만 나란히 자르면 전체 모습이 확실히 보이지 않겠습니까. 물론 그러면 미로 자체는 끝장날 테니, 주인님이 허락해 주실 것 같지도 않습니다다만."

"그래요, 아직 그러고 싶지는 않습니다. 일단 지도를 만든 다음에 한 장을 드리기로 하지요. 나중에 실제로 그런 일이 생기면 그때 가서 말씀하신 해결책을 고려해 봅시다."

험프리스는 그날 오후의 실패 때문에 부끄럽고 초조해졌고, 그날 저녁에 다시 한 번 미로의 중심부에 도전하지 않고는 견딜 수가 없어졌다. 그리고 단 한 번도 길을 잘못 들지 않고 중심부에 도달하자 그의 짜증은 더욱 심해졌다. 그는 즉시 자신의 계획을 실행에 옮기고 싶었지만, 이미 날이 저물고 있는 데다 필요한 장비를 전부 갖추지 못하면 더 이상은 작업이 힘들어 보였다.

그리하여 다음 날 아침 그는 화판과 연필, 컴퍼스, 도화지 등을 갖추고—일부는 쿠퍼 가족에게서 빌리고, 일부는 서재 선반에서 찾아 냈다—미로의 중심부로 나아가서는 (이번에도 전혀 망설임 없이) 준비한 물건들을 펼쳐 놓았다. 그러나 작업에 착수하는 데는 약간 시간이 걸렸다. 덤불과 잡초를 전부 제거한지라 예의 기둥과 구체의 모습이 처음으로 명확하게 보였던 것이다. 기둥은 흔히 해시계를 받치는 데 사용하는 그런 별 특징 없는 모양이었다. 그러나 구체는 그렇지 않았다. 여러 가지 그림이나 글자가 복잡하게 새겨져 있었다. 험프리스가 처음에 천구의라고 생각했음은 이미 앞서 말한 대로다. 그러나 그는 기억 속의 내용과 일치하지 않는 점을 몇 가지 발견했다. 익숙한 모양도 있었다. 날개 달린 뱀, 즉 용자리가 지구의에서라면 적도 부근이 되는 지점을 두르고 있었다. 그러나 묘하게도 위쪽 반구의 상당 부분은 커다란 형체가 펼친 날개에 가려져 있었는데, 그 형체는 극점 아니면 천장의 고리 아래에 머리를 숨기고 있었다. 머리 주변으로는 'princeps tenebrarum(어둠의 군주)'라는 단어가 보였다. 아래쪽 반구에는 십자가가 가득 그려진 공간이 하나 있고, 거기에는 'umbra mortis(죽음의 그림자)'라는 말이 새겨져 있었다. 그 근처에는 산맥이 이어지고, 산맥 가운데에는 불길이 솟아오르는 골짜기가 하나 있었다. 여기에는 (그리 놀랍지 않겠지만) 'vallis filiorum Hinnom(벤힌놈 골짜기)'*라는 문구가 적혀 있었다. 용자리 위아래로는 평범한 별자리와 크게 다르지 않은 그림들이 있었는데, 온전히 똑같지는 않았다. 곤봉을 들고 있는 벌거벗은 사람의 그림에는 헤라클레스가 아니라 '카인'이라는 이름이, 땅속에서 솟아 나오며 절망적으로 팔을 뻗고 있는 남자에는 뱀 주인이 아니라 '코라'라는 이름이 붙어 있었다. 그리고 구불구불한 나무에 머리카락이 묶여 매달려 있는 세 번째 남자는 '압살롬'이었다.** 거의 마지막으로는 높은 모자를 쓰고 긴 로브를 걸친 남자가 원 안에 서서 털이 북슬북슬한 악마 두 마리를 불러내는 모습이 묘사되어 있었는데, 여기에는 '호스타네스 마구스'***라는 이름이 붙어 있었다(험프리스로서는 잘 모르는 인물이었다). 전체적으로 악의 교부들이 전부 모여 있었는데, 아마도 단테의 연구 결과로부터 꽤나 영향을 받은 듯했다. 험프리스는 이것이 증조부의 괴팍한 취향을 알려 주는 전시물일 수도 있다고 생각했으나, 어쩌면 증조부가 이탈리아에서 이것을 손에 넣은 다음 자세히 살펴보지 않고 여기에 놓았을 수도 있다고 생각했다. 제대로 간수할 참이었다면 비바람에 시달리는 이런 장소에 놔두었을 리 없기 때문이다. 그는 금속을 두드려 보고는—속이 빈 데다 별로 두껍지도 않은 느낌이었다—몸을 돌려 자신의 계획에

---

* 게헨나를 일컫는다. 예루살렘 성벽의 남쪽에 있는 골짜기로, 『열왕기하』 23장 10절, 『역대기하』 28장 3절, 『예레미야』 7장 31절에 따르면 아이들을 불살라 몰렉에게 제물로 바치던 도벳의 제단이 있던 자리이다. 후에 이를 막기 위해 성안의 모든 쓰레기로 골짜기를 메우고 죄인이나 짐승의 시체를 태우는 곳으로 만들었으며, 그래서 게헨나는 화염의 고문을 당하는 장소인 지옥과 동의어로 통용된다.
** 『창세기』 4장 1~17절에서 카인은 동생 아벨을 살해한 다음 저주를 받고 에덴 동쪽의 놋으로 추방되며, 『민수기』 16장의 코라는 모세에 대한 반란을 주동했던 이스할의 아들이다. 이 반역자들은 그 죄 때문에 갈라진 땅속으로 삼켜지는 형벌을 받았다. 『사무엘하』 13~19장의 압살롬은 다윗이 가장 총애한 아들로, 아버지에 대한 반란을 이끌었으며, 에브라임 숲의 전투에서 울창한 상수리나무의 가지에 머리카락이 걸린 후 요압에게 죽음을 맞는다. 카인, 코라, 압살롬은 실패한 반역자 또는 신의 말씀을 거역하는 행동을 한 자라는 공통점을 가지고 있다.
*** 페르시아 황제 크세르크세스 1세의 전설적인 궁정 마법사이다.

착수하기로 했다. 30분 정도 시간이 흐른 후 그는 아무런 실마리 없이 일을 진행하기는 무리라는 결론을 내렸다. 그래서 클러터럼에게 가서 실 뭉치를 얻어 와, 입구에서 중심점에 이를 때까지 실을 늘어트린 다음 그 끝을 구체 맨 위의 고리에 묶었다. 이렇게 하자 점심시간 전까지 개략적인 지도를 완성할 수 있었고, 오후가 되자 보다 깔끔하게 정리할 수 있게 되었다. 티타임이 가까워 오자 쿠퍼가 합류했고, 험프리스가 만든 결과물에 상당한 흥미를 보였다. "그럼 이건," 쿠퍼가 말하면서 구체 위에 손을 올렸다가 황급히 떼었다. "휴! 열을 엄청나게 잘 보존하는 모양이군요, 험프리스 씨. 이 금속은—아마도 구리겠지요?—절연체인지 전도체인지, 여하튼 뭐 그런 종류인 모양입니다."

"오후에 햇빛이 꽤나 뜨거웠으니까요." 험프리스는 이렇게 말하며 과학적 논점을 비껴갔다. "하지만 그 구체가 달아올랐을 줄은 몰랐는데요. 제 눈에는 별로 뜨거워 보이지 않는데요." 그가 덧붙였다.

"묘하군요!" 쿠퍼가 말했다. "방금은 손을 올리고 견딜 수 없을 정도였는데 말입니다. 어쩌면 선생님과 제 기질이 달라서인지도 모르겠네요. 험프리스 씨, 선생님은 아무래도 몸이 냉하신 모양이에요. 저는 아니니까요. 아마 그 때문일 겁니다. 믿으실지 모르겠지만, 저는 올해 여름 내내 벌거벗고 잠들었다가 아침에 일어나면 최대한 차가운 냉수로 목욕을 할 정도였거든요. 집에서 나설 때와 들어갈 때 모두 말입니다. ······그 끈을 제가 좀 들어 드리죠."

"아뇨, 괜찮습니다. 하지만 저 옆에 흩어져 있는 연필이랑 물건들을 좀 주워 주시면 정말 감사하겠습니다. 이제 전부 끝난 것 같으니 저택으로 돌아가지요."

그들은 미로를 떠났고, 험프리스는 길을 따라 나가며 실마리 역할을 해 준 끈을 되감았다.

그날 밤에는 비가 내렸다.

그리고 참으로 애석하게도, 쿠퍼의 잘못인지 아닌지는 알 수 없지만, 그들이 전날 저녁에 놓고 나온 유일한 물건이 바로 완성된 지도였다. 당연한 일이지만 그 지도는 비에 젖어 못쓰게 되어 버렸고, 결국 처음부터 다시 시작할 수밖에 없었다(이번에는 그리 오래 걸리지 않을 터였다). 그리하여 다시 한 번 실을 풀어 놓은 후 처음부터 작업이 시작되었다. 그러나 일을 시작한 지 얼마 지나지 않아 전보용지를 손에 든 칼턴이라는 이름의 방해가 끼어들었다. 런던에 있는 옛 상사가 의논할 일이 있다는 전보였다. 간단한 면담이면 될 일이었지만 긴급히 가 보아야만 했다. 짜증 나는 일이기는 해도 화를 낼 정도는 아니었다. 30분 후에 출발하는 기차가 있었기 때문에 모든 일이 잘 진행된다면 그는 아마도 5시 전까지, 그리고 거의 확실히 8시 전까지는 돌아올 수 있을 터였다. 그는 지도를 칼턴에게 건네며 저택에 가져다 놓으라고 말했지만, 실을 치울 필요까지는 없어 보였다.

모든 일은 그가 예상한 대로 진행되었다. 그는 서재에서 꽤나 흥분되는 저녁 시간을 보냈는데, 보다 귀중한 책들이 보관되어 있는 선반을 발견했기 때문이다. 침실로 돌아갔을 때 그는 하인들이 커튼을 젖히고 창문을 열어 놓으라는 명령을 기억했다는 사실을 확인하고 기분이 좋아졌다. 그는 촛불을 내려놓고 창가로 가서 들판과 정원의 풍경을 바라보았다. 밝은 달이 뜬 밤이었다. 몇 주만 지나면 가을의 격렬한 바람이 이 고요한 모습을 부수어 놓을 것이다. 그러나 지금은, 멀리 보이는 숲은 깊은 정적에 빠져 있었다. 경사진 초원에는 이슬이 반짝이고 있었다. 꽃의 색깔을 거의 상상할 수 있을 정도였다. 달빛에 신전의 처마와 둥그스름한 납빛 돔이 반짝였고, 험프리스는 이런 과거의 유산 속에 진정한 아름다움이 깃들어 있음을 직접 보고 인정할 수밖에 없었다. 달빛, 숲의 향기, 그리고 완벽한 정적이 하나가 되어 그의 마음속에서 옛적의 따뜻한 마음을 불러일으켜서, 그는 아주 오랜 시간 동안 그 풍경을 반추하며 그곳에 서 있었다. 창가에서 물러나면서 그는 지금까지 그렇게 온전한 풍경을 본 적이 없다는 생각을 했다. 단 하나 그 모습과 조화를 이루지 못하는 것이 있다면, 마치 미로에 이르는 관목 숲 위로 비쭉 솟아 나온 듯한 검고 가는 아일랜드 주목 한 그루뿐이었다. 그는 그 나무를 없애야겠다고 생각했다. 애초에 그런 장소에 나무를 심을 생각을 한 것 자체가 이해할 수 없는 일이었다.

그러나 다음 날 아침, 험프리스는 쿠퍼와 함께 편지의 답신을 작성하고 책들을 살펴보느라 예의 아일랜드 주목은 잊어버리고 말았다. 그러고 보니 이날 도착한 편지 중 하나는 언급을 하는 편이 좋겠다. 쿠퍼 양이 언급한 바 있는 워드롭 부인이 보낸 편지였는데, 이전에 숙부인 윌슨 씨에게 했던 요청을 반복하는 내용이었다. 그녀는 일단 자신이 미로에 관한 책을 출간할 예정이라고 쓰고는, 그 안에 윌스토프 미로의 지도를 꼭 넣고 싶은데 자신이 겨울 동안 해외에 나가 있을 예정이니 험프리스 씨가 친절을 베풀어 조속한 시일 내에 미로를 직접 볼 수 있게 해 주면 좋겠다고 했다. 그녀가 그리 멀지 않은 벤틀리에 살고 있어서 험프리스는 인편으로 내일이나 모레에 찾아오는 것이 어떠냐는 편지를 보냈다. 심부름꾼이, 정말로 감사하며 내일이 딱 좋을 것 같다는 답변을 가지고 돌아온 건 당연한 일일 것이다.

그날의 다른 사건은 미로의 지도가 완성되었다는 것뿐이었다.

그날 밤 역시 청명하고 환하고 고요했고, 험프리스는 전날 밤과 거의 같은 정도의 시간을 창가에서 보냈다. 커튼을 내리려는 순간 그는 어제 본 아일랜드 주목을 떠올렸다. 그런데 어제는 그림자 때문에 보지 못한 것인지는 몰라도, 그 주변 모습이 어제 생각한 것처럼 그렇게 답답하게 보이지가 않았다. 어쨌든 굳이 그 부근을 건드릴 필요는 느껴지지 않았다. 정말로 처리해야 할 것은 저택 벽면에 붙어 있는 덤불이었는데, 아래층 창문 가운데 하나를 가리기 직전이었다. 덤불을 그렇게 놔둘 필요는 없어 보였다. 잘은 보이지 않았지만 아무래도 축축하고 기분 나쁜 느낌이 드는 모습이었다.

다음 날(금요일이었다. 그가 윌스토프에 도착한 것은 월요일이었으니까) 워드롭 부인이 점심시간이 조금 지나 자동차를 타고 나타났다. 풍채 좋은 노부인은 온갖 종류의 이야기를 쉴 새 없이 늘어놓으며 자신의 요청을 즉각 수락해 준 험프리스의 비위를 맞추려는 기색을 역력히 드러냈다. 둘은 함께 미로를 탐험했고, 집주인이 실제로 정원 일을 잘 안다는 사실이 확인되자 그에 대한 워드롭 부인의 평가는 하늘 높이 치솟았다. 그녀는 그가 생각하는 모든 개량 계획에 대해 열정적으로 의견을 표출했다. 또한 저택 근처 부지의 독특한 구조를 바꾸는 일이 야만적인 행위라는 점에서도 그와 의견을 같이했다. 신전 건물이 특히 마음에 드는지 그녀는 이렇게 말했다. "있잖아요, 험프리스 씨, 제 생각에는 여기 글자 적힌 포석에 대해서 관리인분이 한 말이 맞는 것 같아요. 제 미로 중 하나에는—정말 유감스럽게도 한심한 작자들이 파괴해 버리기는 했지만, 햄프셔에 있는 어떤 곳이었는데—밖으로 나오는 길을 표시한 곳이 있었거든요. 거기는 포석 대신 타일을 썼지만, 여기와 마찬가지로 글자가 적혀 있었어요. 그리고 순서대로 따라가면 문구를 만들게 되어 있었고요—정확하게 무슨 글이었는지는 잊었지만 말이죠—테세우스와 아리아드네가 나오는 내용이었답니다. 저는 그 문구는 물론이고, 그 미로의 지도도 가지고 있지요. 어떻게 그런 짓을 저지를 수가 있는지! 만약 선생님이 이 미로에 상처를 입히신다면 저는 절대로 용서하지 못할 거예요. 요즘 미로가 부쩍 줄어들고 있다는 사실을 알고 계신가요? 거의 해마다 나무를 전부 뽑아 버렸다는 소식을 듣는답니다. 자, 그럼 이제 바로 그리로 가 볼까요. 선생님이 너무 바쁘시다면 제가 알아서 갈 수도 있어요. 안에서 길을 잃는 것이 두렵지는 않답니다. 길을 잃기에는 미로에 대해서 너무 많이 알고 있거든요. 버스버리에서 한참을 헤매다가 점심을 놓친 적이 있기는 하지만 말이죠. 아, 물론, 선생님이 동행해 주신다면 훨씬 더 기쁘겠지요."

이렇게 자부심 넘치는 전주곡을 연주한 다음에는 자연스럽게 워드롭 부인이 월스토프 미궁에서 처참하게 길을 잃고 헤매는 장면이 이어져야 마땅할 것이다. 그러나 그런 일은 전혀 벌어지지 않았다. 다만 그녀가 고대하던 미로를 보고 즐거움을 느꼈는지는 의문이다. 하지만 그녀는 분명 흥미를, 상당한 흥미를 느꼈다. 험프리스에게 땅바닥을 가리키며 예의 글자가 새겨진 포석이 있던 흔적을 지적하기도 하고, 이곳의 미로와 구성이 가장 유사한 미로에 대해서 설명하고는 그 구조에 따라 보통은 미로의 설계 연대를 20년 단위로 확정할 수 있다는 이야기도 해 주었다. 그녀는 이 미로가 적어도 1780년대의 것이라는 사실을 알고 있었으며, 그 형태도 그녀가 예상하는 것과 같았다. 또한 그녀는 그 구체에 완전히 매료된 듯했다. 그런 조형물은 자신도 처음 보는 것이라고 하면서 그녀는 구체를 오랫동안 자세히 살폈다. "탁본을 뜨고 싶네요. 가능하다면 말이죠. 그래요, 물론 친절하게 허락해 주시리라는 것은 알고 있지만요, 험프리스 씨, 저를 위해서 그렇게까지 해 주실 필요는 없답니다. 호의를 남용할 수는 없으니까요. 게다가 독자들이 혐오할 것 같네요. 자, 그럼 고백해 보세요." 그녀는 그대로 몸을 돌려 험프리스를 마주했다. "여기 들어온 이후로 누군가가 우리를 계속 지켜보고 있고, 우리가 어떤 식으로든 표식을 놓치면 그대로, 뭐랄까, 습격을 당할 거라는 느낌을 받지 못하셨나요? 아니라고요? 글쎄요, 저는 그런데. 가능하면 빨리 이곳을 벗어나고 싶은 것은 물론이고요."

"어쨌든 말이에요." 다시 저택을 향해 걷기 시작하며 그녀가 입을 열었다. "어쩌면 그곳의 탁한 공기와 지독한 열기가 제 머리에 영향을 준 걸지도 모르겠네요. 아무튼 제가 말했던 내용 중 하나는 취소하기로 하죠. 만약 내년 봄에 저 미로를 전부 철거하신다 해도, 절대로 용서하지 않겠다는 말은 못 할 것 같네요."

"철거를 하든 하지 않든 지도는 드리겠습니다, 워드롭 부인. 제가 지도를 만들었고, 오늘 밤이면 사본을 만들어 드릴 수 있으니까요."

"멋지기도 해라. 축척이 있고 연필로 따라 그린 사본 정도면 충분해요. 제 다른 도면들과 함께 도판으로 만들면 되니까요. 정말, 정말 감사드려요."

"좋습니다, 내일 드리기로 하지요. 포석의 수수께끼를 푸는 일을 도와주시면 정말 감사하겠습니다만."

"아, 그 신전에 있던 돌들 말이죠? 그건 분명 수수께끼네요. 혹시 순서 같은 것이 남아 있나요? 그럴 리가 없겠죠. 하지만 처음에 그걸 놓은 사람이라면 뭔가 지시를 받았을 거예요. 어쩌면 숙부님의 유품 중에 그와 관련된 서류가 있을지도 모르겠네요. 그렇지 않다면 암호해독 전문가를 불러야겠죠."

"다른 조언도 하나 부탁드립니다." 험프리스가 말했다. "서재 창문 아래에 있던 덤불 말입니다. 부인이라면 그런 것은 없애 버리시겠죠?"

"어디요? 저건가요? 아, 별로요." 워드롭 부인이 말했다. "이 거리에서는 잘 보이지 않지만, 그렇게 보기 나쁘지는 않은데요."

"그 말씀대로일지도 모르겠습니다. 하지만 어젯밤에 저 바로 위의 창문에서 내려다보았을 때는 너무 공간을 많이 차지하는 것처럼 보였거든요. 물론 여기서 보니까 그렇게 보이지는 않는군요. 좋습니다. 한동안은 놔두기로 하지요."

티타임이 지나고, 곧 워드롭 부인이 차에 올라탔다. 그러나 절반쯤 진입로를 나갔을 때 그녀가 차를 멈추고 여전히 현관에 서 있는 험프리스를 향해 손짓했다. 그는 작별 인사를 하는 것이라고 생각하고 달려갔지만 그녀는 이렇게 말했다. "문득 생각이 나서 그러는데, 어쩌면 그 포석의 아랫면을 확인해 봐야 할 것 같아요. 아무래도 숫자 같은 것이 적혀 있지 않겠어요? 그럼 다시 작별 인사를 하죠. 집으로 부탁해요."

어쨌든 그날 저녁에 해야 할 가장 중요한 일은 정해진 셈이었다. 워드롭 부인을 위해 지도를 베끼고 원본 내용과 상세히 대조하는 일은 적어도 한두 시간 정도는 걸릴 터였다. 그리하여 9시가 지나서 험프리스는 서재에 준비물을 펼쳐 놓고 작업을 시작했다. 고요하고 갑갑한 저녁 시간이었다. 창문을 열어 둘 수밖에 없었고, 험프리스는 여러 번에 걸쳐 박쥐와 불쾌한 조우를 했다. 이 때문에 놀란 그는 계속 창문에 주의를 기울였다. 한두 번은 박쥐가 아니라 보다 거대한, 그와 함께 어울릴 지성을 가진 존재가 넘어온 것은 아닌가 하는 생각이 들기도 했다. 만약 누군가가 소리 없이 창틀을 넘어 들어와서 바닥에 엎드리고 있는 모습을 발견한다면 얼마나 기분이 나쁠까!

지도를 베끼는 일이 모두 끝났다. 이제는 원본과 대조해 보며 실수로 막거나 열어 놓은 길이 없는지 확인할 차례였다. 양쪽 종이에 손가락을 하나씩 올린 채 그는 입구에서부터 찾아 들어가는 길을 더듬었다. 가벼운 실수가 두어 군데 있었다. 중심부 근처에서는 상당수의 실수가 있었는데, 아마도 두 번째 또는 세 번째로 박쥐가 들어왔을 때 문제가 생긴 듯했다. 사본의 실수를 바로잡기 전에 그는 원본을 놓고 조심스레 길을 되짚어 보았다. 적어도 원본의 내용은 맞는 듯했다. 아무 문제 없이 중앙에 도달했던 것이다. 그러나 사본에 옮길 필요가 없는 요소도 하나 있었다. 1실링 동전 크기만 한 검은 자국이 찍혀 있었던 것이다. 잉크인가? 아니, 구멍처럼 보였다. 하지만 대체 여기에 어떻게 구멍이 났단 말인가? 그는 지친 눈으로 그것을 바라보았다. 지도를 베끼는 일은 꽤나 힘들어서, 그는 피곤해지고 졸음이 왔다. 하지만 아무리 봐도 상당히 묘한 구멍이었다. 종이를 통과하는 것만이 아니라 그 종이가 놓인 책상까지 관통하는 느낌이었다. 그렇다. 그 아래의 바닥도 뚫고, 아래로, 더 아래로, 끝없는 심연 속으로. 그는 어리둥절해서 그 안을 들여다보았다. 마치 어린 시절 침대 덮개의 구멍을 들여다보다가 그 안에서 숲으로 뒤덮인 언덕과, 심지어는 교회와 집들마저 보이는 풍경을 발견하게 되고, 그 모습에 사로잡혀 자신과 그 풍경의 실제 크기에 대해 잊어버리게 되는 그런 느낌이었다. 이 순간 험프리스에게는 이 구멍이야말로 세상에 존재하는 유일한 것처럼 보였다. 왠지 몰라도 처음에는 혐오스러운 느낌이 들었지만, 잠시 바라보고 있자니 아무런 불안감도 느껴지지 않았다. 그러다 문득 느낌이 왔다. 점점 더 강해지는, 무언가가 그 안에서 튀어나올 것만 같다는 공포, 그리고 참혹한 무언가가 이곳으로 오고 있다는, 그것을 보고 나면 도망칠 수 없을 것이라는 확신이 들었다. 아, 그렇다, 구멍 저 깊숙한 곳에서 움직임이 보였다. 분명 위로 올라오는, 표면을 향해 다가오는 움직임이었다. 놈은 점차 가까워졌고, 곧이어 단순히 검은 구멍이 아닌 짙은 회색의 무언가가 되었다. 형체에 윤곽이 생겼다. 얼굴, 인간의 얼굴, 불타 버린 인간의 얼굴이었다. 놈은 썩은 사과를 비집고 나오는 말벌처럼 흉물스럽게 몸을 뒤틀었고, 검은 팔이 흔들거리며 튀어나와 그 안을 굽어보고 있던 험프리스의 머리를 잡아채려 했다. 순간 험프리스는 절망에 사로잡혀 갑작스레 뒤로 몸을 뺐고, 천장에 매달려 있던 램프에 머리를 부딪치고는 그대로 쓰러졌다.

두뇌의 타격, 육체의 충격, 그리고 길고 긴 침대 생활이 이어졌다. 의사는 영문을 알 수 없어 했지만, 그건 험프리스의 증세 때문이 아니라 그가 다시 말을 할 수 있게 되자마자 요구한 내용 때문이었다. "미로 속의 구체를 열어 주세요." "그 안에서 무도회가 가능한가요. 너무 좁아 보이는데."* 의사가 생각할 수 있는 답변은 이 정도일 뿐이었다. "하지만 그건 제가 결정할 수 있는 일이 아니죠. 저야 더 이상 춤을 추지 않으니 말입니다." 이 말에 험프리스는 신음하며 몸을 뒤척이고는 잠을 청했고, 의사는 간호인들에게 환자가 아직 제정신이 아니라는 언급을 했다. 자신의 의견을 조금 더 제대로 피력할 수 있게 되자 험프리스는 자신이 무슨 말을 하는지 명확하게 설명하고는 그 작업을 즉시 수

---

* 미로 속에서 무도회ball를 열어 달라는 말로 이해한 것이다.

행하겠다는 언질을 받아 냈다. 그러고는 너무도 결과를 알고 싶어 안달하는 통에, 다음 날 아침에 조금 시름에 젖어 찾아온 의사가 그 결과를 보고하면 그의 병세가 호전되기는커녕 오히려 악화될 것이라는 사실을 알 수 있을 정도였다. "글쎄요, 애석하게도 그 구체는 끝장난 것 같습니다. 아무래도 금속이 마모되어 얇아져 있던 모양이지요. 어쨌든 정으로 한 번 내리치니 산산조각이 났으니까요." "그래서요? 계속 말씀해 주시죠!" 험프리스가 재촉했다. "아! 물론 그 안에서 무엇을 찾아냈는지 알고 싶으시겠지요. 글쎄요, 재처럼 보이는 가루로 반쯤 차 있더군요." "재라고요? 그게 무엇인 것 같습니까?" "아직 제대로 살펴보지는 않았습니다. 시간이 별로 없었으니까요. 하지만 쿠퍼는 확고하게—아무래도 제가 한 말 때문에 그리 여기는 모양이지만—그 구체가 화장된 유골함이라고 생각하는 모양이더군요…… 그럼 너무 흥분하지는 마십시오, 선생님. 네, 그렇습니다, 저 역시 그와 같은 생각이라는 사실을 인정해야겠군요."

미로는 사라졌고, 워드롭 부인은 험프리스를 용서해 주었다. 실은 그녀의 조카와 결혼을 허락하기까지 했다. 신전의 포석에 숫자가 적혀 있으리라는 그녀의 추측 역시 옳은 것으로 밝혀졌다. 포석 뒷면마다 숫자가 그려져 있었던 것이다. 일부는 마모되어 사라졌지만, 험프리스가 글의 내용을 재구성하기에는 그 정도면 충분했다. 그 내용은 다음과 같았다. 'PENETRANS AD INTERIORA MORTIS(죽음의 내실에 이르는 길이니).'*

* 불가타판 성경의 『잠언』 7장 27절의 내용이다. '그녀의 집은 지옥의 길이라 사망의 방으로 내려가느니라.'

험프리스는 여전히 숙부에게 감사하고 있었지만, 단 하나 윌스토프에 미로와 신전을 선사했던 제임스 윌슨의 일기와 편지를 전부 태워버린 점만은 용서할 수가 없었다. 그 선조의 죽음과 매장에 대해서는 전해 내려오는 이야기가 전혀 존재하지 않았다. 그러나 유일하게 남은 기록인 그의 유언장을 보면, 이탈리아 이름을 가지고 있던 어느 하인에게 부자연스러울 정도로 많은 유산이 돌아갔다는 사실을 확인할 수 있었다.

쿠퍼의 의견은, 인간의 입장에서 볼 때 이 모든 장중한 사건에서 어떤 의미를 찾아낼 수 있을 것이나 우리의 제한된 지력 때문에 그 내용을 알아볼 수는 없다는 것이었다. 반면 칼턴 씨는 이미 돌아가신 고모님 중 한 분이 1866년에 코번트 가든인지 아니면 햄프턴 코트인지에 있는 미로에서 한 시간 반 정도 길을 잃은 적이 있었다는 사실을 떠올렸다.

이 일련의 사건에서 가장 괴상한 일 중 하나는, 예의 우화가 실려 있던 책이 완전히 사라졌다는 것이다. 워드롭 부인에게 전달하기 위해 그 문단을 옮겨 적은 이후로 험프리스는 두 번 다시 그 책을 발견할 수 없었다.

휘트민스터의 사제관
The Residence at Whitminster

애슈턴 박사(토머스 애슈턴, 신학박사)는 서재에 앉아 있었다. 평소와 마찬가지로 실내복 차림에, 깔끔하게 면도한 머리에는 실크 두건을 둘렀다. 가발은 옆에 있는 작은 탁자 한쪽에 놓여 있었다. 55세가량의 나이에, 튼튼한 체구, 혈색 좋은 얼굴, 성난 눈, 두툼한 윗입술을 가진 남자였다. 그를 묘사하는 지금 이 순간 서쪽으로 나 있는 높직한 유리창을 통해서 오후의 햇살이 들어와 그의 얼굴과 눈을 비추며 반짝였다. 빛으로 가득한 방은 천장이 높고 책꽂이로 가득했으며, 책꽂이 사이로 드러난 벽마다 창문이 있었다. 탁자 위 박사의 팔꿈치께에는 녹색 탁자보가 드리워져 있고, 위에는 흔히 은색 받침 그릇이라고 부르는 물건, 즉 접시가 달린 잉크 스탠드와 깃펜 몇 자루, 송아지 가죽 장정 책 한두 권, 종이 몇 장, 사기 파이프와 황동 담배 상자, 밀짚을 엮어

두른 유리병 하나, 그리고 리큐어 한 잔이 놓여 있었다. 때는 1730년 12월, 오후 3시를 조금 지난 시각이었다.

이 정도면 피상적인 관찰자가 방 안을 들여다볼 때 볼 수 있는 모습을 대부분 묘사한 셈이다. 그렇다면 안락의자에 앉은 채 바깥을 바라보는 애슈턴 박사의 눈에는 어떤 모습이 비치고 있었을까? 그가 있는 위치에서는 정원의 모습이라고는 관목과 과일나무의 꼭대기 정도밖에 보이지 않았으나, 정원의 서쪽 면을 둘러싼 붉은 벽돌 벽만은 대부분 보였다. 벽 가운데에는 화려한 운형 장식이 된 이중문 하나가 있었고, 이 문을 통해 그 너머의 풍경이 어느 정도 보였다. 철문 너머로 급격한 비탈을 내려가면 골짜기가 나오고, 여기서는 보이지 않는 시냇물을 지나면 다시 반대편에서 급경사를 이루며 올라갔다. 그 위에는 마치 정원 같은, 당연하게도 지금은 가지만 앙상한 떡갈나무들이 서 있는 평원이 이어졌다. 나무가 그리 빽빽하지 않아 줄기들 사이로 하늘과 지평선이 보였다. 하늘은 이제 금빛으로 물들고, 멀리 숲이 바라보이는 지평선은 보랏빛을 띠고 있었다.

하지만 이런 풍경을 오랫동안 감상한 후 애슈턴 씨가 내뱉은 말은 이것뿐이었다. "끔찍하군!"

바로 다음 순간, 귀를 기울이고 있던 관찰자라면 서둘러 서재 쪽으로 다가오는 발소리를 알아차렸을 것이다. 그 울림으로 보아 훨씬 큰 방을 지나가고 있는 것이 분명했다. 애슈턴 박사는 무언가를 기대하는 눈빛으로 의자에 앉은 채 몸을 돌렸다. 들어온 사람은 한 여인, 당대의 복식을 걸친 풍채가 좋은 숙녀였다. 박사의 복장에 대해서는 약간이나마 묘사하려는 시도를 했지만, 그 부인의 복장에 대해서는 생략하기로 하겠다. 어쨌든 방금 들어온 사람은 박사의 부인이었다. 표정은 어딘가 걱정스럽다고 해야 하나, 심지어 상당히 마음이 산란한 기색이 드러나 있었고, 애슈턴 박사 가까이 머리를 가져다 대고 거의 속삭이듯이 말하는 목소리에는 불안한 기색이 어려 있었다. "그 아이는 아주 슬픈 상황인 모양이에요, 여보, 더 나빠진 것 같기만 해요." "쯧쯧, 그렇단 말인가?" 그는 의자에 몸을 기대고 아내의 얼굴을 쳐다보았다. 그녀가 고개를 끄덕였다. 바로 이 순간, 그리 멀리 떨어지지 않은 높은 곳에서부터 장중한 종소리가 두 번 울려 30분을 알렸다. 애슈턴 부인은 깜짝 놀랐다. "아, 혹시 오늘 밤은 시계탑에서 종을 울리지 말라고 지시해 주실 수 있나요? 종이 그 아이의 방 바로 위에 있어서 아이가 잠을 이루지 못하거든요. 그 아이의 유일한 희망은 휴식을 취하는 것뿐이랍니다." "물론 그럴 수야 있지. 정말로, 확실히 필요하다면 충분히 가능한 일이야. 가볍게 내릴 수 있는 결정은 아니지만. 그래서, 프랭크의 회복이 종소리의 유무에 달려 있는 게 확실한가?" 애슈턴 박사가 말했다. 크고 험악한 목소리였다. "저는 분명 그렇다고 생각해요." 부인이 말했다. "그렇다면, 꼭 그렇게 해야만 한다면, 심킨스에게 몰리를 보내서 내 권한으로 해 질 녘부터 종 치는 일을 중단하도록 지시하시오. 그리고, 그래, 그다음에는 사울 경에게 즉시 이 방에서 만나고 싶다고 전하시오." 애슈턴 부인은 서둘러 방을 나섰다.

다른 방문객이 등장하기 전에 일단 상황을 설명하는 편이 좋겠다.

애슈턴 박사는 다른 여러 직함과 더불어 휘트민스터 지역의 부유한 참사회 성당의 명예 참사회원도 맡고 있었다. 이 건물은 대성당 편람에는 오르지 못했지만, 수도원 파괴와 종교개혁을 견뎌 내고, 내 이야기 속의 시점으로부터 백 년 후까지도 그 법령과 자산을 유지한 곳이다. 성당의 본 건물, 주임 사제와 명예 참사회원 두 명이 거주하는 사제관, 성가대석과 부속 건물에 이르기까지 모두 건재했으며, 여전히 사용되고 있다. 1500년이 얼마 지나지 않았을 때 건축에 열정을 가진 성직자가 부임해 교회와 연결되는 널찍한 사각형 붉은 벽돌 건물을 세워서 주요 성직자와 관리자들의 거처로 쓰도록 했다. 이제 당시 존재하던 관리자들의 일부는 더 이상 필요하지 않다. 그 직책은 그저 이름만 남아서 도시나 이웃 지역의 성직자나 법률가들의 직함으로만 남아 있을 뿐이다. 따라서 처음에는 여덟 명에서 열 명의 사람들을 위해 만들어졌던 건물은 이제 세 사람, 즉 주임 사제와 성직록을 받은 참사회원 두 명만이 이용하고 있을 뿐이다. 애슈턴 박사의 구역에는 공용 홀과 식당이 있는데, 중정으로 통하는 한쪽 면 전체를 차지했다. 그 끝에는 성당으로 통하는 전용 문도 있었다. 그리고 반대쪽은 앞서 살펴본 대로 교외를 조망하고 있었다.

사제관을 묘사하는 건 이쯤 해 두자. 가족에 대해 말하자면, 애슈턴은 부유했지만 아이는 없었고, 다만 고아가 된 처형의 아들 하나를 입양했다고 해야 하나, 맡아 키우고 있었다. 아이의 이름은 프랭크 시덜이고, 이 집에 온 지 몇 달이 지났다. 그러던 어느 날 킬도난 백작이라는 한 아일랜드 귀족(애슈턴 박사가 대학 시절에 알던 사람이었다)으로부터 편지가 한 통 왔는데, 백작의 후계자인 사울 자작과 함께 지내고, 그의 가정교사를 맡아 주지 않겠냐는 부탁이 적혀 있었다. 킬도난 경은 곧 리스본 대사관에 근무하기로 되어 있는데, 사울 소년이 여행을 할 만한 상태가 아니었던 것이다. '건강이 좋지 못하다는 이야기는 아니라네.' 백작은 이렇게 적었다. '조금 변덕스러운 성격이라고들 할 뿐이지. 사실 나도 최근에야 그렇게 생각했지만 말이야. 실은 오늘도 나이 든 유모가 황급하게 달려와서는 그 아이에게 유령이 들린 것이 분명하다고 말하지 뭔가. 여하튼 그 일은 넘어가세. 자네라면 이 정도는 쉽사리 바로잡을 수 있을 걸세. 옛날부터 자네의 팔은 강건했고, 나는 자네에게 그 팔을 마음대로 사용할 수 있는 무조건적인 권한을 줄 테니 말이네. 사실 이곳에는 이 아이가 어울릴 만한 연령이나 품성의 소년들이 없어서 아이는 늘 혼자 마음대로 언덕이나 공동묘지 따위를 쏘다니기만 했다네. 그리고 그런 곳에서 하인들의 정신을 쏙 빼는 무시무시한 이야기를 듣고 오기도 하고 말이야. 그저 자네와 부인께 미리 경고드리는 것뿐이네.' 어쩌면 아일랜드의 주교 자리(백작의 편지 한구석에서 슬쩍 암시된 바 있는)와, 소년과 함께 들어오는 연 100기니의 수입이 애슈턴 박사의 결정에 영향을 끼쳤을지도 모르겠다.

그리하여 소년은 9월의 어느 날 밤 이곳에 도착했다. 역마차에서 내린 소년은 우선 마부에게 가서 요금을 지불하고 말의 목을 쓰다듬었다. 그러면서 말을 놀래는 행동을 했는지는 알 수 없지만, 그로 인해 상당히 고약한 사건이 일어날 뻔했다. 짐승이 격렬하게 반응하는 바람에 미처 대응하지 못한 마부가 땅바닥으로 굴러떨어졌고, 나중에 안 사실이지만 막 받은 요금도 떨어트리고 말았다. 또한 정문 기둥에 긁혀 마차의 칠이 약간 벗겨졌으며, 짐을 나르던 남자가 마차 바퀴에 발을 밟히기도 했다. 그사이 사울 경은 계단을 올라가 현관의 등잔 불빛 아래에 섰다. 애슈턴 박사는 그곳에서 소년을 기다리고 있었다. 박사가 보기에는 소년은 16세 정도였고, 마른 체구에다 그런 부류의 인물들에게 흔한 검은 직모 머리카락에 안색이 창백했다. 소년은 예의 사고와 소동을 차분하게 받아들이고는, 다쳤거나 다칠 뻔한 사람들에 대한 적절한 우려를 표했다. 목소리는 부드럽고 온화했으며, 묘하게도 아일랜드 사투리는 전혀 찾아볼 수 없었다.

프랭크 시덜은 보다 나이가 어려서 한 11세나 12세 정도였던 모양이다. 그러나 사울 경은 나이 차이와 관계없이 이 아이와 기꺼이 함께 어울렸다. 프랭크는 사울이 아일랜드에서 알지 못했던 여러 놀이를 가르쳐 주고, 사울은 금세 그런 놀이를 배웠다. 책 역시 마찬가지였는데, 사울은 고향에서 정규교육을 전혀(또는 거의) 받지 못했음에도 학습 속도가 상당히 빨랐다. 얼마 지나지 않아 그는 성당의 무덤에 적힌 비명을 판독하며 돌아다녔고, 때로 박사에게 서재에 있는 고서의 내용에 대해 질문하기도 했는데, 그 질문에 대한 답변은 박사로서도 한동안 곰곰 생각을 해야 할 정도였다. 하인들에게도 친절했는지 그가 도착한 지 열흘도 지나지 않아 하인들이 경쟁적으로 그의 시중을 들려고 할 정도였다. 하지만 동시에 애슈턴 부인은 새로운 하녀를 찾느라 애를 써야 했다. 일을 그만둔 이들이 제법 많았는데, 하녀를 추천해 주던 도시의 몇몇 가문에서도 더 이상 보낼 사람이 없었기 때문이다. 그녀는 보다 멀리까지 가서 하녀를 구해 와야만 했다.

이런 일반적인 정보는 박사가 일기장과 편지에서 언급한 내용으로부터 모아들인 것이다. 개략적인 내용은 이쯤 하고, 이제 이야기의 진행을 위해 보다 명확하고 세세한 내용으로 들어가겠다. 사건은 그해 말에 시작된 듯하다. 필요한 정보는 아마도 사건이 종결된 후에 정리된 듯한 일기에서 얻었다. 그러나 너무 단시간에 적은 내용이라서, 저자가 실제로 일의 경과를 정확하게 기억하고 있었는지에 대해서는 의문의 여지가 남아 있다.

금요일 아침, 여우 아니면 고양이가 애슈턴 부인이 가장 아끼던 검은 수평아리를 물어 가 버렸다. 하얀 털이라고는 한 올도 없어서, 남편이 종종 로마 의약의 신 아에스쿨라피우스에게 바치는 제물로 적합할 것이라는 농담을 하던 병아리였다. 부인은 그런 농담만으로도 불편한 기색을 보일 정도로 병아리를 아꼈기에, 도무지 위로할 수도 없을 만큼 상심했다. 아이들은 새의 흔적을 찾아 사방을 뒤졌다. 사울 경이 깃털 몇 개를 찾아왔는데, 정원의 쓰레기 더미에 묻혀 반쯤 불탄 모양이었다. 같은 날 애슈턴 박사는 위층의 창문에서 정원을 내려다보다 문득 두 소년이 한구석에서 이해가 되지 않는 놀이를 하는 모습을 목격했다. 프랭크가 열심히 손바닥 위에 있는 무언가를 들여다보고 있었고, 사울은 그 뒤에 서서 귀를 기울이고 있었다. 잠시 후 사울이 아주 살짝 프랭크의 머리에 손을 올렸고, 바로 그 순간 프랭크가 갑작스레 들고 있던 것을 떨어트리더니 손을 눈에 가져다 대고 풀밭에 주저앉았다. 사울이 엄청난 분노가 떠오른 얼굴로 그 물건을 집어 들었는데, 박사의 눈에는 반짝이는 무언가라는 것밖에는 보이지 않았다. 사울은 그대로 물건을 주머니에 집어넣고 풀밭 위에 엎드린 프랭크를 내버려 두고 몸을 돌려 돌아가려고 했다. 애슈턴 박사가 아이들의 주의를 끌려고 창문을 두드리자 사울은 흠칫 놀란 듯 위를 올려다보더니 서둘러 프랭크에게 달려가서 팔을 잡아 일으킨 다음 그대로 끌고 함께 자리를 떴다. 그날 저녁 식사 자리에서 사울은 자기들이 라다미스투스의 비극에서 한 부분을 연기하고 있었다고 설명했다. 여주인공이 손에 든 수정구를 통해 아버지의 왕국에 닥칠 운명을 읽어 내는데, 그만 끔찍한 모습을 보고 좌절하는 장면이라고 했다. 이런 설명을 하는 동안 프랭크는 아무 말도 하지 않고 당황한 표정으로 사울을 바라보기만 했다. 애슈턴 부인은 그저 프랭크가 젖은 잔디 때문에 감기에 걸린 것이라고 생각했다. 그날 저녁 내내 프랭크가 열에 달뜬 듯 혼란스러운 태도를 보였기 때문이다. 그리고 그 혼란은 육체만이 아니라 정신에도 영향을 끼친 모양이었다. 프랭크는 애슈턴 부인에게 뭔가 하고 싶은 말이 있는 것 같았지만 부인은 집안일에 너무 정신이 없어서 미처 그에게 관심을 기울이지 못했다. 부인이 평소에 하던 대로 아이들의 방에 불이 꺼졌는지 확인하고 취침 인사를 하기 위해 방으로 갔을 때 아이는 잠들어 있었다. 부인이 생각하기에 얼굴에 비정상적인 홍조가 떠올라 있기는 했지만 말이다. 반면 사울 경은 창백한 얼굴로 조용히 잠들어 있었고, 꿈을 꾸며 웃었다.

다음 날 아침, 애슈턴 박사는 교회 업무와 다른 일 때문에 아이들의 수업을 봐 줄 수가 없었다. 그래서 아이들에게 과제를 남기고 자신에게 확인을 받으라는 글을 남겼다. 프랭크는 적어도 세 번 서재 문을 두드렸는데, 우연하게도 그때마다 박사가 다른 방문객과 대화를 나누고 있느라 매번 꽤나 거칠게 쫓겨났다. 박사는 나중에 이 행동을 후회하게 된다. 그날 저녁에는 성직자 두 명이 함께 자리했는데, 두 사람 모두—한 가정의 아버지였기 때문에—아이가 열병에 걸린 듯하다고 말했다. 그들의 추측은 정확한 사실이었으며, 만약 아이를 그대로 침대로 보냈다면 상황은 훨씬 나아졌을지도 모른다. 한두 시간 후 저녁 시간에 아이가 참으로 끔찍한 목소리로 울부짖으며 집 안으로 달려 들어왔다. 그러고는 애슈턴 부인에게 매달려 자신을 보호해 달라고 애원하며 "저들이 오지 못하게 해 주세요!"라고 계속 소리쳤다. 아이가 심각한 병에 걸렸다는 사실은 이제 분명해졌다. 아이는 방을 바꾸어 침대에 누웠고, 곧 의사가 도착했다. 의사는 아이의 질병이 심각한 것이며 두뇌에 영향을 끼치고 있다면서, 자신이 처방한 진정제를 복용하고 완벽하게 안정을 취하지 않는다면 목숨이 위험할 수도 있다고 진단했다.

이제 이전과 다른 시점에서 사건을 바라보도록 하자. 교회 종소리는 멎었고, 사울 경은 서재 문간에 서 있었다.

"가엾게도, 프랭크가 저런 상태가 된 것에 대해 뭔가 아는 게 없으시오?" 이것이 애슈턴 박사가 한 첫 번째 질문이었다. "글쎄요, 박사님, 이미 알고 계신 내용 외에는 별로 없는데요. 어제 보신 그 바보 같은 연극 도중에 프랭크를 놀라게 한 것은 제 잘못이지만요. 어쩌면 제 말을 제 생각보다 더 심각하게 받아들인 것 같아요." "어떤 말이오?" "글쎄요, 아일랜드에서 주워들은 두 번째 시각인가 하는 한심한 이야기를 해 줬거든요." "두 번째 시각이라고! 그게 대체 어떤 능력이오?" "그게, 저희 동네의 무지한 농민들이 믿는 바로는, 앞으로 일어날 일을 보는 능력을 가진 사람이 있다고 합니다. 유리나 허공에 떠오른다는 거죠. 킬도난에는 그런 능력을 가진 척하는 노파도 한 명 있었죠. 그런데 제가 그 이야기를 하면서 너무 허풍을 섞었던 모양이에요. 하지만 프랭크가 그 이야기를 저렇게 심각하게 받아들일 줄은 정말로 몰랐어요." "자작님, 그런 미신적인 행위에 손을 대다니 정말로 잘못하신 거요. 게다가 이곳이 주님의 집이라는 점, 그리고 그런 행동이 나 자신을 비롯해 자작님의 성품과 인격에 좋지 못한 영향을 끼친다는 점을 생각했어야 했소. 하지만 대체 그쪽 말대로 그저 연극일 뿐이었다면, 대체 왜 저렇게 놀란 것이오?" "저도 그 점은 도무지 알 수가 없어요, 박사님. 처음에는 전쟁과 사랑과 클레오도라와 안티게네스에 대한 대사를 읊고 있었는데, 갑자기 전혀 이해가 되지 않는 소리를 지껄이더니 보셨다시피 쓰러져 버리더라고요." "그랬지요. 그게 그 아이의 머리에 손을 올렸을 때가 아니었소?" 사울 경은 순간 질문자를 훔쳐보았다. 순간이었지만 증오가 서린 눈길이었다. 그리고 대화 중 처음으로 답변을 준비하지 못한 질문을 받은 듯이 보였다. "그때쯤이었을지도 모르겠네요. 기억을 해 보려고 해도 확신은 할 수 없네요. 어쨌든 그때 제가 뭘 했는지는 중요한 일이 아니잖아요." "아!" 애슈턴 박사가 말했다. "글쎄요, 자작님, 내 불쌍한 조카가 겁에 질린 일이 아주 안 좋은 결과로 이어졌다는 걸 숨겨서는 안 될 것 같소. 의사의 말로는 상태가 아주 좋지 않다고 합니다." 사울 경은 손을 맞잡고 진지한 표정으로 애슈턴 박사를 바라보았다. "나로서는 자작님께 나쁜 의도는 없었다고 믿고 싶소. 그 아이에게 악의를 품을 이유가 없으니 말이오. 하지만 이 사태에 그쪽에게 책임이 없다고 말하기는 힘들 것 같군요." 애슈턴 박사가 말을 끝맺는 사이 다시 서두르는 발소리가 들렸고, 애슈턴 부인이 양초를 들고 방 안으로 들어왔다. 그동안 어스름이 깔리고 있었던 것이다. 그녀는 매우 동요하고 있었다. "어서 오세요!" 그녀가 소리쳤다. "빨리 오세요. 프랭크가 세상을 떠날 것 같아요." "죽어? 프랭크가? 어찌 그런 일이? 벌써?" 박사는 몇 마디 말이 되지 않는 단어를 내뱉으며, 탁자에서 기도서를 집어 들고 부인의 뒤를 따라 달려갔다. 사울 경은 잠시 그 자리에 멈춰 서 있었다. 하녀 몰리는 그가 몸을 굽히고는 양손으로 얼굴을 감싸 쥐는 것을 보았다. 훗날 몰리는 아무리 보아도 그가 격렬하게 웃음이 터지려는 것을 참고 있는 듯했다고 말했다. 그러고 나서 경은 곧 조용히 다른 이들을 따라갔다.

슬프게도 애슈턴 부인의 예상이 맞았다. 그 마지막 장면을 세세하게 상상하고 싶지는 않다. 애슈턴 박사가 기록한 내용, 또는 그가 받아들인 내용 쪽이 이야기에 더 중요할 것이다. 그들은 프랭크에게 놀이 동무인 사울 경을 다시 보고 싶으냐고 물었다. 아이는 그 순간에는 상당히 안정을 되찾은 것으로 보였다. "아뇨." 아이가 말했다. "보고 싶지 않아요. 하지만 제가 '형은 이제 매우 추워질 거예요'라고 말했다고 전해 주세요." "그게 무슨 뜻이니, 얘야?" 애슈턴 부인이 물었다. "그거면 돼요." 프랭크가 대답했다. "또한 저는 이제 그들의 손에서 벗어났지만 형은 조심해야 할 거라고도요. 그리고 그 까만 수평아리 일은 죄송해요, 이모. 하지만 형이 그 새를 써야 한다고 말했어요. 볼 수 있는 것을 전부 보려면요."

얼마 지나지 않아 아이는 세상을 떠났다. 애슈턴 부부는 슬픔에 빠졌다. 당연히 부인 쪽의 슬픔이 더 컸지만, 감정적인 사람이 아닌 박사조차도 이런 때 이른 죽음에는 연민을 느꼈다. 게다가 사울이 모든 사실을 이야기하지 않았으며, 자신이 생각하는 것 이상의 일이 벌어지고 있다는 의심이 점점 커져 갔다. 애슈턴 박사는 죽은 아이가 누워 있는 방을 나와 안뜰을 지나서 교회지기의 집으로 향했다. 종탑에서 가장 큰 종인 조종弔鐘을 울리고, 교회 안뜰에 무덤도 파야 했기 때문이다. 시계탑 종을 울리지 않을 이유도 사라졌고. 천천히 어둠 속을 돌아오면서 그는 다시 사울을 만나 봐야겠다고 생각했다. 검은 수평아리 문제―사소한 문제로 보이기는 했지만―역시 해명을 들을 필요가 있었다. 물론 아픈 아이의 환각이었을 수도 있지만, 만약 그렇지 않다면 작은 제물을 바치며 의식을 벌이고 연기를 하는 행위는 마녀재판에 회부될 만한 증거가 아니던가? 그래, 사울을 다시 만날 필요가 있었다.

사실 이런 그의 생각은 일기에 증거가 남아 있는 것이 아니라 내가 추측한 내용일 뿐이다. 면담이 한 번 더 있었다는 것은 사실이다. 또한 사울이 프랭크의 말에 대해 해명하지 않았다는(그의 말에 따르자면 '못했다'는) 것 역시 사실이다. 그러나 프랭크가 임종 시에 전해 달라고 한 말은 그에게 끔찍한 효과를 나타낸 듯했다. 그러나 그 대화의 자세한 내용은 남아 있지 않다. 그저 사울이 온종일 서재에 앉아 있었으며, 마침내 머뭇거리며 취침 인사를 할 때가 오자 박사에게 기도를 올려 달라고 부탁했다는 사실만이 기록되어 있을 뿐이다.

1월의 막바지에 이르러 리스본 대사관의 킬도난 경은 편지 한 통을 받았는데, 허영심이 강한 남자이자 무책임한 아버지인 그조차도 그 내용에는 깊이 상심했다. 사울이 죽은 것이다. 프랭크의 장례식 때 상당히 충격을 받은 모양이었다. 그날은 어두침침하고 바람이 몰아치는 끔찍한 날이었다. 성당 현관에서 나와서 무덤까지 가는 동안 관을 나르는 일꾼들은 펄럭이는 검은 관보 때문에 시야가 가려 애를 먹었다. 애슈턴 부인은 자기 방에 있었다. 당시의 법도로는 친족의 장례식에 여인은 참석하지 않았기 때문이다. 반면 사울은 장례용 예복을 입고 참석했는데, 얼굴이 마치 죽은 사람처럼 창백하고 경직되어 있었다. 서너 번 정도 갑자기 왼쪽으로 고개를 틀며 뒤를 넘겨다볼 때만 제외하고 말이다. 그럴 때면 그의 얼굴에는 참혹한 공포가 명확하게 떠올라 있었다. 그가 자리를 떠나는 모습을 본 사람은 없었다. 그리고 그날 저녁 그를 발견한 사람도 없었다. 돌풍이 밤새도록 교회의 높은 창문을 때려 댔고, 고지대 위에서 울부짖은 다음 숲 속을 휘몰아 나갔다. 바깥을 수색해 봐야 소용이 없었다. 아이를 찾아 외치는 소리도, 도움을 청하는 소리도 들릴 리 없었기 때문이다. 애슈턴 박사가 할 수 있는 일이라고는 교회 사람들과 마을의 관리들에게 사건을 알린 다음 혹시 소식이 들어오지 않는지 기다리며 밤을 새우는 것뿐이었고, 그는 충실히 이 일을 수행했다. 다음 날 아침에야 교회지기로부터 새로운 소식이 왔다. 7시에 아침 감사성찬례 때문에 교회 문을 열려고 나갔다가 무언가를 봤는지 그가 놀란 눈에 까치집 머리를 한 하녀를 올려 보내 주인을 데려오게 한 것이었다. 두 남자는 서둘러 종탑 남쪽 문을 통해 나갔다. 그곳에는 사울 경이 커다란 문고리에 매달린 채로 비참하게 죽어 있었다. 머리는 어깨 사이로 축 늘어트리고, 스타킹은 누더기가 되고, 신발은 사라지고, 다리는 찢기고 피투성이가 된 채였다.

킬도난 경에게는 이 사실을 있는 그대로 전할 수밖에 없었으며, 이 야기의 첫 부분은 여기서 끝난다. 프랭크 시덜과 킬도난 백작 윌리엄의 외아들이자 후계자였던 사울 자작은 한 무덤에 묻혀 있다. 휘트민스터 교회 안뜰에 석조 제단 형태의 묘석이 남아 있다.

애슈턴 박사는 이후로도 30년이 넘도록 사제관에 살았다. 얼마나 조용한 삶이었는지는 모르겠지만, 적어도 눈에 띄는 문제는 없었던 듯하다. 그의 후임자는 도시에 있는 원래의 집을 선호했고, 그로 인해 수석 참사원의 사제관은 빈집이 되었다. 이들 두 사람은 18세기가 끝나고 19세기가 시작되는 모습을 목격하게 되었는데, 애슈턴의 후임자였던 하인즈 씨는 29세의 나이로 수석 참사회원이 되었고 89세에 사망했기 때문이다. 따라서 그 직위를 맡은 사람이 이 사제관을 집으로 삼게 된 것은 1823년이나 1824년이 되어서였다. 그 후계자는 헨리 올디스 박사였는데, 독자들 중에서는 그를 『올디스 문집』이라는 일군의 전집 저자로 기억하는 사람이 있을지도 모르겠다. 그 저작은 기릴 만한 가치가 있는데, 여러 훌륭한 도서관에서 육중하게 자리를 차지한 채 거의 사람들의 손이 닿지 않고 있기 때문이다.

올디스 박사와 조카딸, 그리고 하인들이 가구와 책들을 도싯셔의 사제관으로부터 휘트민스터의 사각형 안뜰로 옮겨 오고 정리를 끝마치는 데는 몇 달이 소모되었다. 그러나 결국 모든 일이 끝났고, (거주자가 없어도 항상 깔끔하고 비바람이 들이치지 못하게 관리된) 사제관은 잠에서 다시 깨어나 오퇴유의 몬테크리스토 저택처럼 살아나고, 노래하며, 다시 한 번 활짝 피어났다. 그곳이 특히 더 아름다워 보이는 6월의 어느 날 아침, 올디스 박사는 식사를 하기 전에 정원을 거닐며 종탑의 붉은 지붕과 네 모서리를 타고 올라가는 금빛 장식, 그리고 그 배경으로 선명하게 푸른 하늘과 선명하고 하얀 작은 구름들을 바라보고 있었다.

"메리." 그가 식탁에 앉으며 무언가 단단하고 반짝이는 물건을 식탁보에 내려놓았다. "방금 아이가 찾아낸 물건이란다. 너는 나보다 영리하니까, 어쩌면 이 물건의 정체를 밝혀낼 수 있을지도 모르겠구나." 예의 물건은 투명한 유리로 만들어진 것 같은 둥글고 완벽하게 매끄러운 명판이었다(두께는 3센티미터 정도였다). "제법 매력적인 물건이네요." 메리가 말했다. 그녀는 금발에 커다란 눈을 가진 아름다운 여인으로, 문학에 취미가 있었다. "그렇지." 그녀의 삼촌이 말했다. "네가 좋아할 줄 알았다. 아무래도 이 집에 있던 물건인 것 같은데, 구석 잡동사니 더미에 있더구나." "하지만 마음에 드는지는 잘 모르겠어요." 잠시 후 메리가 말했다. "대체 왜 그렇게 생각하는 거니, 얘야?" "저도 도무지 영문을 모르겠어요. 그냥 기분 탓일지도 모르죠." "그래, 물론 기분과 연애 이야기 때문이겠지. 그러고 보니 그 책이 뭐였더라. 네가 어제 종일 푹 빠져서 읽던 책 제목 말이다." "월터 스콧 경의 소설인 『부적』이에요, 삼촌. 아, 이 물건이 부적이라면 얼마나 멋질까요!" "그래, 『부적』이라. 아, 뭐, 원하는 책은 뭐든 읽어도 좋다. 나는 일을 하러 가야겠구나. 집안에 별일은 없지? 지내기는 괜찮으냐? 하인들 쪽에서 불만은 없고?" "아뇨, 없어요. 사실 이보다 더 매혹적일 수는 없을 것 같아요. 장롱 자물쇠 말고 다른 작은 불만이 있다면, 저번에 말씀드렸던 건데, 메이플 부인이 중앙 홀 끝으로 나갈 때 지나가는 그 방에서 계속 잎벌*

이 나온다고 투덜대는 것뿐이에요. 그러고 보니 삼촌 침실은 그 방으로 괜찮으세요? 다른 방들하고 멀리 떨어져 있잖아요." "괜찮냐고? 당연히 아주 마음에 들지. 사실 네 방과 멀리 떨어져 있을수록 더 낫지 않겠느냐. 자, 그렇게 나를 때릴 것까지는 없지 않니. 내 사과하마. 하지만 잎벌이 대체 무슨 벌레냐? 외투를 먹어 치우기라도 하려나? 그렇지 않다면 그냥 방 하나쯤은 내줘도 되지 않겠느냐. 그 방을 사용할 일도 없을 텐데." "물론 그렇지요. 글쎄요, 그 잎벌이라고 부르는 벌레들은 빨간색에 꼭 각다귀처럼 생겼는데 크기는 조금 더 작고, 그 방 근처에 아예 둥지를 틀고 잔뜩 모여 있는 모양이에요. 마음에 들지는 않지만 딱히 해를 끼칠 것 같지는 않네요." "이렇게 쾌청한 아침인데도 마음에 들지 않는 것들이 꽤 많은 모양이로구나." 삼촌은 이렇게 말하며 문을 닫고 나섰다. 올디스 양은 자리에 앉아 한동안 손에 든 명판을 살펴보았다. 그녀의 얼굴에 떠올라 있던 미소가 천천히 사라지고, 그 자리에 호기심과 거의 경직에 가까운, 집중하는 표정이 떠올랐다. 그러나 메이플 부인이 등장하며 평소 말버릇대로 "아, 올디스 양, 실례지만 잠깐 말씀 좀 여쭐까요?"라고 말을 걸자 그녀의 몽상도 끝나고 말았다.

다음으로 하루 이틀 정도 후에 올디스 양이 리치필드의 친구에게 보낸 편지를 살펴보기로 하겠다. 당시 여성 사상의 지도자라고 할 수 있는, 흔히 '리치필드의 백조'라고 불리는 안나 수어드 양의 영향을 엿볼 수 있는 편지다.

---

* 아마도 진짜 잎벌이 아니라 맵시벌을 말하는 듯하다. [원주]

내가 정말 사랑하는 에밀리는 우리(사랑하는 삼촌과 나)가 마침내, 예전의 여러 사람들에게 그랬듯이 이제는 우리를 주인(아니, 주인과 여주인)으로 섬기는 저택에 둥지를 틀게 되었다는 이야기를 들으면 정말로 기뻐하겠지. 우리는 여기서 현대의 우아함과 과거의 고색창연함이 뒤섞인 분위기를 맛보고 있단다. 우리 둘 모두 예전에 겪어 보지 못한 훌륭한 삶이야. 마을은 별로 크지는 않지만, 과거에 나누었던 예의 바른 교제의 추억을 희미하기는 해도 분명하게 떠올리도록 해 준단다. 주변 시골의 사람들 중에는 대도시의 유명한 상점과 계약을 맺어 매년 새로운 물건을 들여놓는 저택들도 있지만, 어떤 이들은 고풍스럽고 소박한 친절을 베풀어 주는데, 비교를 해 보자면 종종 그 즐거움과 훌륭함에서는 조금도 뒤지지 않는단다. 친구들의 저택과 응접실에도 질려 있었기 때문에, 우리는 기꺼이 매일 계속되는 재치 겨룸이나 일상의 잡담에서 벗어나서 이곳의 오래된 교회가 보여 주는 장중한 아름다움이며 우리에게 매일 '무릎을 꿇고 기도하게' 하는 은빛 종소리를 만끽하고, 온화한 마음으로 고요한 무덤 사이의 그늘진 오솔길을 걸으면서, 젊은이, 아름다운 이, 노인, 현명한 이, 선한 이들을 기리는 비문에 눈가가 촉촉해지는 경험을 하곤 한단다.

(그리고 여기서 갑자기 내용과 문체 모두 급격하게 변화한다.)

하지만 사랑하는 에밀리, 더 이상은 네가 받아 마땅한, 그리고 우리 모두가 좋아하는 이런 노력을 기울여 글을 이어 나갈 수가 없을 것 같

아. 방금 이야기한 내용과는 완전히 다른 이야기를 하나 해야 하거든. 오늘 아침에, 삼촌이 식사 자리에 정원에서 찾은 물건 하나를 가져오셨어. 이런 모양으로 생긴 유리 아니면 수정 평판인데(그녀는 간략하게 모습을 그려 놓았다), 그걸 나한테 건네주셨지. 그건 삼촌이 자리를 뜨신 다음에도 내 앞의 식탁에 놓여 있었는데, 이유는 모르겠지만, 나는 그날의 일거리 때문에 누군가가 나를 부르기 전까지 계속 그걸 바라보며 앉아 있었어. 그리고 네가 틀림없이 믿을 수 없다는 듯 웃음 짓겠지만, 그 안에서 방에 있지 않은 사물과 풍경이 비쳐 보였어. 너라면 별로 놀라지 않겠지만, 그런 경험을 한 나는 그 물건이 놀라운 힘을 가진 부적이라고 생각하고 기회가 오자마자 방에 틀어박혔지. 그리고 내 생각은 틀리지 않았어. 에밀리, 우리 둘 모두에게 소중한 기억에 걸고 단언하는데, 오늘 오후에 내가 겪은 일은 그 이전에 가능하리라 믿었던 그 어떤 한계도 뛰어넘는 경험이었거든. 그러니까 여름 한낮에 침실에 앉아서 작고 둥근 수정 평판의 깊은 곳을 들여다보니 이런 것이 보인 거야. 먼저 내 눈에는 제법 묘하게 보이는, 잡초가 무성한 거친 언덕의 풍경이 떠올랐는데, 그 가운데에는 돌로 만든 폐허가 있고, 주변으로 조잡한 돌담이 둘러쳐 있었어. 그 안에 붉은 망토와 누덕누덕한 치마를 걸친 아주 못생긴 노파가 한 명 서서는, 백여 년 전의 복식으로 보이는 옷을 걸친 소년에게 이야기를 하고 있었어. 노파는 뭔가 반짝이는 물건을 소년의 손에 쥐어 줬고, 소년은 노파에게 무언가를 건넸는데, 아무래도 돈이었던 것 같아. 노파의 떨리는 손에서 동전 한 닢이 풀밭으로 떨어졌거든. 그리고 장면이 바뀌었어. 그러고 보니 하나 더 언급해야겠는데, 그 돌벽으로 둘러싸인 곳에 뼛조각, 심지어는 해골이 여기저기 흩어져 있었어. 그리고 다음으로 두 명의 소년이 나

타났어. 하나는 이전 광경에 나왔던 아이고, 다른 아이는 더 어렸지. 둘은 벽으로 둘러싸인 정원 한구석에 서 있었는데, 배치도 다르고 나무도 더 작았지만, 대번에 내 방 창문에서 내려다본 이곳 정원이라는 것을 알아볼 수 있겠더라고. 아이들은 묘한 놀이를 하고 있었어. 땅에서 뭔가를 태웠는데, 나이 많은 쪽이 그 위에 손을 가져다 대더니 마치 기도하는 듯이 손을 들어 올렸어. 그리고 순간 나는 그 아이의 손에 피가 잔뜩 묻어 있다는 사실을 깨달았어. 하늘은 우중충했지. 그 아이는 이제 정원 벽 쪽으로 얼굴을 돌리고는 양손을 하늘로 치켜들고 무언가를 읊조리기 시작했어. 그와 동시에 벽의 윗부분에서 무언가가 움직이는 것이 보이더라고. 짐승이나 인간의 머리, 아니면 뭐 다른 부분인 것 같기도 하고, 정확히 뭐였는지는 모르겠어. 그 순간 나이 많은 쪽 아이가 재빨리 몸을 돌리더니 (그동안 계속 땅바닥만 내려다보고 있던) 어린 쪽 아이의 팔을 잡아채 함께 서둘러 사라져 버렸어. 그러자 풀밭 위의 모습이 눈에 들어왔는데, 벽돌이 쌓여 있고, 핏자국과 검은 깃털 같은 것들이 흩어져 있었어. 이 장면은 여기서 끝났고, 다음으로 나타난 건 너무 음침해서 도저히 무슨 뜻인지 상상도 할 수 없는 장면이었어. 어떤 사람이 나타났는데, 거친 바람에 시달리는 나무나 관목 사이에 몸을 낮추고 숨어 있다가 갑자기 매우 빠른 속도로 달리기 시작했어. 그러면서 누군가가 쫓아오기라도 하는 양 창백한 얼굴로 계속 뒤를 돌아보았지. 실제로 추적자들이 그를 맹렬히 따라가고 있었어. 수는 서넛 정도, 모습은 희미하게밖에 보이지 않았는데, 전체적으로 보아 다른 짐승보다 개와 비슷했어. 하지만 우리가 알고 있는 개는 분명 아니었어. 이 끔찍한 광경 앞에서 눈을 감을 수 있었다면 나는 즉시 그렇게 했을 거야. 하지만 그럴 방도가 없었어. 마지막으로 본 것은 희생양이 아치 아래로 달려 들어가 무언가를 잡고 매달리는 모습이었어. 그리고 그를 쫓던 것들이 그 위를 덮쳤고, 절망의 비명이 울려 퍼지는 소리가 내게까지 들리는 것만 같았지. 어쩌면 여기서 의식을 잃었던 것도 같아. 잠시 어둠 속에 있다가 낮의 햇살 때문에 잠에서 깨어난 듯한 기분이 들었거든. 에밀리, 이게 내가 오늘 오후에 본 환상이야. 환상이 아니라면 다른 어떤 단어를 사용해야 할지 모르겠어. 혹시 내가 이 저택과 연관이 있는 비극의 한 장면을 우연히 목격하게 된 건 아닐까?

(편지는 다음 날 계속 이어졌다.)

어제의 이야기는 내가 펜을 내려놓았을 때까지도 끝난 것이 아니었어. 나는 그날의 경험을 삼촌께는 전혀 이야기하지 않았단다. 너도 알다시피 삼촌은 지독하게 상식적인 분이라 그런 현상을 받아들일 리도 없고, 그런 경우에는 검은 약*이나 포트와인 한 잔이 특효약이라고 생각하시는 분이잖니. 조용한, 조용하지만 음울하지는 않은 저녁 시간이 지나고 나서 나는 침실로 물러갔어. 아직 침대에 들기 전에 멀리서 크게 고함치는 소리가 들렸는데, 그 소리의 주인이 이때껏 격렬한 소리를 낸 적이 없던 삼촌이라는 사실을 깨달았을 때 내가 얼마나 놀랐을지 상상해 보렴. 삼촌의 침실은 이 커다란 저택에서도 가장 멀리 떨어진 구석에 있는데, 그곳에 가려면 족히 20여 미터는 되는 오래된 홀과 높은 벽판이 달린 거실, 사용하는 사람이 없는 침실 두 곳을 지나가야 해. 그리고 그중 두 번째 침실에서—가구라고는 거의 없는 방이었

---

* 19세기에서 20세기 초까지 강장제로 사용된 약물.

는데—부서진 촛대를 바닥에 떨어트린 채로 삼촌이 어둠 속에 쓰러져 계셨지. 내가 불빛을 가지고 달려 들어가자 삼촌이 그대로 나를 껴안으셨는데, 나는 삼촌이 몸을 떠는 모습을 난생처음 보았어. 삼촌은 그대로 신께 감사를 드리고는 나를 재촉해 방 밖으로 나오셨어. 무엇 때문에 그렇게 놀랐는지는 전혀 말씀하지 않고, "내일, 내일 이야기하자꾸나"라고만 하셨지. 서둘러 내 옆방에 삼촌이 주무실 침실이 준비되었어. 아마 삼촌도 나만큼이나 잠을 제대로 이루지 못하셨을 거야. 나는 동이 튼 지 한참이 지나고 나서야 간신히 잠이 들었는데, 그러고도 아주 우울한 꿈을 꾸었단다. 특히 내 뇌리에 깊이 각인된 꿈이 하나 있는데, 그 기억이 사라지기 전에 여기 적어 두어야 할 것 같아. 나는 무언가 사악한 것에 쫓기는 듯한 기분으로 내 방에 들어와서는 이유를 알 수 없는 초조함과 불안을 느끼며 서랍장으로 향했어. 맨 위 서랍을 열었는데, 그 안에는 리본과 손수건밖에 없었지. 두 번째 서랍에도 딱히 경계할 만한 물건은 없었어. 그런데, 아, 세 번째이자 마지막 서랍에는, 깔끔하게 개켜 놓은 리넨 이불보가 가득했어. 그런데 그 안에서, 처음에는 호기심으로, 그리고 다음 순간에는 공포에 질려서 바라보고 있었는데, 무언가가 움직이더니 곧 분홍색 손이 삐져나와 힘없이 허공을 움켜쥐려고 하는 거야. 나는 더 이상 견딜 수 없어서 서둘러 방에서 나와 문을 닫은 다음 온 힘을 다해 문을 잠그려 했지. 그런데 열쇠가 구멍에서 제대로 돌아가지를 않는 거야. 문 안에서는 무언가가 부스럭거리고 부딪치는 소리가 들려오고, 천천히 문 가까이 다가오는 기척이 났어. 왜 계단으로 도망치지 않았는지는 모르겠어. 나는 계속 문손잡이를 잡고 있었는데, 저항할 수 없는 힘에 문이 휙 열리는 순간, 정말 다행히도 잠에서 깨어났어. 네게는 별로 두렵지 않은 걸지도 모르겠지

370

만, 내게는 분명 무시무시한 꿈이었단다.

아침에 삼촌은 매우 말수가 적었는데, 내 생각에는 우리를 놀라게 해서 부끄러우셨던 것 같아. 하지만 나중에 내게 와서 스피어먼 씨가 아직 도시에 있는지 물어보셨단다. 아직 머릿속에 상식이라는 것이 남아 있는 젊은이라고 덧붙이시면서 말이야. 사랑하는 에밀리, 너도 알고 있겠지만, 나 역시 삼촌의 생각에 대해 별달리 반대 의견은 없단다. 그분의 질문에 대답할 수 있었던 것도 물론이고 말이야. 삼촌은 그대로 스피어먼 씨를 만나러 갔고, 그 후로 아직 돌아오지 않으셨어. 이제 이 묘한 소식 뭉치를 네게 보내야 할 것 같네. 그러지 않으면 다음번에 집배원이 올 때까지 기다려야 할 테니까 말이야.

*

독자 여러분도 짐작하셨겠지만, 메리 양과 스피어먼 씨는 그해 6월이 지나고 얼마 되지 않아 맺어졌다. 스피어먼 씨는 젊은 인재로, 휘트민스터 근방에 훌륭한 영지를 가지고 있었다. 표면적으로는 사업상의 이유로 종종 이 부근의 킹스 헤드 여관에서 며칠씩을 보내곤 했다. 분명 여가 시간도 꽤나 많았던 모양인데, 그의 일기장에 상당히 자세한 기록이 남아 있으며, 특히 이 이야기가 벌어지고 있는 당일에는 더욱 그러했기 때문이다. 아마도 이 사건에 대해 최대한 자세한 기록을 남긴 데는 메리 양의 요청도 있지 않았을까 생각된다.

*

   오늘 아침 올디스 숙부님이—머지않아 당당하게 이런 호칭으로 그 분을 부를 수 있게 된다면 얼마나 기쁠지!—방문하셨다. 진부한 주제 에 대해 여러 가지 간략한 의견을 표출한 다음에, 그분은 마침내 "스피 어먼, 묘한 이야기를 하나 들어 주었으면 하는데, 당분간은 비밀을 지 켜 줄 수 있겠나. 자세한 내용이 밝혀질 때까지 말이네"라고 말씀하셨 다. "물론이죠, 저를 믿으셔도 됩니다." 나는 대답했다. "이 일을 대체 어떻게 생각해야 할지 모르겠네." 그분이 말씀하셨다. "자네도 내 침 실을 알고 있겠지. 다른 방들과는 한참 떨어져 있는 데다, 널찍한 홀 과 다른 방 두세 개를 지나야 도착할 수 있는 방 말일세." "종탑 옆의 맨 끝에 있는 방 아닙니까?" 내가 물었다. "그래, 그 방일세. 그런데 말 이네, 어제 아침에 우리 메리가 내 침실 바로 옆방에 무슨 파리 종류가 잔뜩 끼었는데, 가정부가 없애지를 못하겠다고 했다고 말하더군. 해명 이 가능한 일인지 모르겠더군. 자네 생각은 어떤가?" "글쎄요, 무엇에 대한 해명인지를 아직 말씀하지 않으신 것 같습니다만." "확실히 그렇 지, 말하지 않은 것 같군. 하지만 한 가지씩 하세나. 잎벌이란 것이 대 체 뭔가? 그게 크기가 얼마나 되는 벌레인 건가?" 나는 혹시 숙부님이 머리를 다치신 것은 아닐지 걱정되기 시작했다. "보통 잎벌이라고 부 르는 곤충은 말입니다." 나는 참을성 있게 설명했다. "붉은색 벌레로, 각다귀와 비슷하게 생겼지만 그보다는 작은데, 아마 3센티미터나 그 보다 더 작은 크기일 겁니다. 몸통은 매우 단단하고, 제 생각에는," 이 어서 "그다지 공격적이지는 않을 겁니다"라고 덧붙이려는데 그분이 끼어들었다. "그래, 그래, 3센티미터 이하란 말이지. 그러면 맞지가 않아." "저는 그저 제가 아는 내용을 말씀드릴 뿐입니다. 무엇 때문에 고민하는지를 처음부터 말씀해 주시면, 그 문제에 대한 제 의견을 말씀드릴 수도 있을 텐데요." 그러자 그분은 생각에 잠겨 나를 바라보셨다. "그럴지도 모르지. 오늘 아침에, 메리에게 자네 머릿속에 일말의 상식이랄 것이 남아 있다고 생각한다고 말한 참이라네." 여기서 나는 목례로 감사를 표했다. "문제는 그 이야기를 하는 것이 부끄럽다는 것일세. 지금까지 내게 이런 일이 일어난 적이 없거든. 그러니까, 어젯밤 11시 정도, 아니면 그보다 조금 시간이 지났을 때 나는 양초를 들고 침실로 향하고 있었네. 다른 손에는 책이 들려 있었지. 잠들기 전까지 뭔가 읽는 버릇이 있거든. 위험한 버릇이지. 권하고 싶지는 않네. 하지만 나는 촛불과 침대 커튼을 관리하는 법을 아니까. 그런데 여기서 일단, 서재를 나와 그 옆의 널찍한 홀에 발을 들여놓고 문을 닫자마자 갑자기 촛불이 꺼졌네. 아무래도 문을 너무 급하게 닫아서 바람이 일어나 촛불이 꺼졌나 보다는 생각에 짜증이 났지. 내 침실에 도착할 때까지는 부싯깃 통이 없거든. 그래도 침실로 가는 길은 잘 알고 있었으니 나는 그대로 어둠 속을 나아갔다네. 다음에는 손에 들려 있던 책이 어둠 속으로 떨어져 나갔다네. 아니, 누군가가 책을 강제로 빼앗아 간 느낌에 더 가까웠어. 책은 그대로 바닥에 떨어져 버렸지. 나는 책을 주워 들고 계속 앞으로 나갔는데, 아까보다 더 짜증이 나고, 약간 놀라기도 한 상태였지. 하지만 자네도 알다시피, 그 홀에는 커튼이 달리지 않은 창문도 아주 많고, 요즘 같은 여름밤에는 가구들의 위치 정도가 아니라, 무언가 움직이는 것들이 있는지까지 쉽사리 볼 수 있질 않나. 그런데 움직이는 것은 전혀, 아무것도 없었다네. 그래서 나는 홀을 가로질러 그 옆응접실로 들어갔는데, 거기에도 큰 창문들이 있질 않나. 그래서 이어

내 침실로 통하는 다른 침실로 들어갔는데, 여기에는 창문에 커튼이 드리워져 있어서 발걸음을 조심하며 보다 천천히 나아가야 했지. 그리고 두 번째 침실에 이르렀을 때 나는 거의 숨이 멎을 뻔했네. 문을 열자마자 뭔가가 잘못됐다는 게 느껴졌지. 고백하건대, 두 번이나 그대로 몸을 돌려 침실에 이르는 다른 길을 찾는 편이 낫지 않을까 생각했네. 그러다 스스로 부끄러운 마음도 들고, 사람들이 뭐라고 말할까 하는 생각도 나서 말이네, 글쎄, 대체 뭐라고 지껄여 댔을지 짐작도 가지 않지만 말일세. 그럼 어디 한번 당시 내 경험을 정확하게 설명해 보겠네. 내가 들어간 방에는 메마르고, 가볍게 부스럭거리는 소리가 가득했네. 그리고 내가 들어가자—그 방이 완전히 캄캄했다는 사실은 기억하고 있겠지—무언가가 내게 달려드는 느낌이 들었는데, 여기서—어떻게 표현해야 할지 모르겠군—길고 가는 팔인지, 다리인지, 아니면 촉수인지가 내 얼굴과 목과 몸을 온통 더듬기 시작하는 걸세. 거기에 근력이랄 것은 느껴지지 않았지만, 스피어먼, 내가 기억하는 한 지금까지 살아오는 동안 그토록 놀라거나 혐오감을 느낀 적은 또 없는 것 같네. 게다가 그 때문에 내 안에 있던 무언가가 터져 나왔네. 나는 온 힘을 다해 고함을 지르고는, 촛대를 마구 사방으로 휘두르면서, 내가 지금 창문 근처에 있다는 것을 알았기 때문에, 주변이 보이도록 빛이 충분히 들어오게 하려고 커튼을 뜯어냈네. 그 순간 내 위에서 휘젓고 있던 것이, 그 모양으로 보아 곤충의 다리라는 점이 분명해졌네. 하지만 세상에, 그 크기라니! 그 짐승은 분명 덩치가 나 정도는 되었을걸세. 그런데 자네 말을 듣자니 잎벌은 고작해야 3센티미터 크기라는 것 아닌가. 자네 생각은 어떤가, 스피어먼?"

"부디 선생님 이야기를 먼저 끝마쳐 주십시오." 내가 말했다. "그런 이야기는 지금껏 들어 본 적도 없군요." "아, 더 이상 말할 것도 없네. 메리가 조명을 들고 달려왔는데, 그때는 이미 아무것도 남아 있지 않았지. 그 아이에게는 무슨 일이 있었는지는 말하지 않았네. 그래서 어젯밤에는 다른 방에서 잤고, 앞으로도 그럴 생각이네." "그 묘한 방을 살펴보신 적이 있습니까?" 내가 물었다. "거기 보관하시는 물건이 있습니까?" "우리는 그 방을 사용하지 않네. 오래된 장롱이 하나 있고, 다른 작은 가구가 몇 개 있을 뿐이지." "그 장롱 안에는요?" 내가 물었다. "나도 모르네. 여는 모습을 본 적이 없거든. 하지만 잠겨 있는 건 알고 있네." "그렇다면 일단 그 안을 살펴보게 하는 편이 좋겠습니다. 그리고 시간이 되신다면, 저도 호기심이 생기니 직접 한번 그곳을 보고 싶습니다만." "자네에게 그런 부탁을 할 생각은 아니었네만, 그렇게 말해 주기를 기대하긴 했네. 언제가 괜찮은지 말해 주면 그리 데려가겠네." "바로 지금이야말로 딱 좋은 시간이지요." 나는 바로 대답했다. 이 사태를 그대로 놔둔 채로는 아무 일도 하지 못하실 것이 분명해 보였기 때문이다. 그분은 즉시 자리에서 일어나 나를 바라보았는데, 그 모습으로 미루어 아무래도 기꺼이 허락하시는 듯했다. 그러나 그분은 "따라오게"라고 단 한 마디를 하더니 저택에 이를 때까지 아무 말도 하지 않으셨다. 나의 메리(그분이 공적인 장소에서, 그리고 내가 사적인 장소에서 부르는 이름인)도 호출되었고, 우리는 함께 방으로 갔다. 박사님은 어젯밤 그곳에서 무서운 경험을 했다는 정도만 말씀하신 듯했고, 그 내용은 아직 밝히지 않으신 모양이었다. 우리가 그 장소 근처에 도착하자 그분은 발걸음을 멈추고 내가 먼저 가 보게 하셨다. "바로 저 방이네. 스피어먼, 들어가 보고 무엇이 있는지 알려 주게나." 자정이었다면 어떤 끔찍한 느낌을 받았을지 모르지만, 정오인 지금은 두려운 일이 일어나지 않을 듯했다. 나는 문을 활짝 열어젖히고 안으로 발을 옮겼다. 오른쪽에 큰 창문이 달려 있어 햇빛이 잘 드는 방이었는데, 내 생각에 공기는 잘 통하지 않을 듯했다. 가장 눈에 띄는 가구는 어두운색 목재로 만든 골동품 장이었다. 또한 기둥이 네 개 달린 침대 틀도 있었는데, 말 그대로 뼈대밖에 없어서 아무것도 숨을 수가 없어 보였다. 그 외에는 서랍장 하나뿐이었다. 창틀과 근처 바닥에는 잎벌의 시체가 수백 마리 있었는데, 한 마리가 아직 꿈틀대고 있어서 기꺼이 죽이며 만족감을 맛보았다. 장롱은 문을 당겨 보았지만 전혀 열리지 않았다. 서랍장 역시 잠겨 있었다. 어디선가 희미하게 부스럭거리는 소리가 들렸으나 그 위치는 파악할 수가 없었고, 밖의 사람들에게 보고할 때도 그 이야기는 하지 않았다. 그러나 나는 다음으로 해야 할 일은 저 잠겨 있는 장롱 속을 살펴보는 것이라고 명확하게 말했다. 올디스 숙부님이 메리를 보며 말씀하셨다. "메이플 부인을 불러오너라." 메리가 곧 방 밖으로 달려갔다. 그녀처럼 경쾌하게 발걸음을 옮기는 이는 또 없을 것이다. 그리고 곧 보다 침착한 발걸음으로 그녀가 사려 있어 보이는 노부인 한 사람을 데리고 돌아왔다.

"저 물건들의 열쇠가 있소, 메이플 부인?" 올디스 숙부님이 말씀하셨다. 이 간단한 질문에 메이플 부인은 홍수처럼(격렬하다는 의미가 아니라 양이 많다는 의미로) 말을 쏟아 냈다. 만약 사회적 지위를 한두 단만 더 올릴 수 있다면, 메이플 부인은 베이츠 양*의 모델로 손색이 없었을 것이다.

"어머, 박사님, 메리 양, 그리고 선생님도요." 그녀가 내 존재를 알아

---

* 제인 오스틴의 소설 『에마』(1815)에 등장하는 입담 좋은 노처녀.

채고 목례를 꾸벅하고는 말을 이었다. "거기 열쇠 말씀이죠! 우리가 처음 여기를 인계받았을 때 왔던 신사분이 누구셨더라, 양복을 입은 신사분이셨죠. 작은 식당에서 점심 정찬을 드셨는데, 그때까지 큰 식당은 우리가 바라는 만큼 준비가 끝나지 않았거든요. 그래서 치킨에, 애플파이에, 마데이라 와인도 한 잔 드렸는데, 어머, 어머, 메리 양, 또 제가 수다를 떨기 시작한다고 생각하시죠. 하지만 저는 그저 기억을 되새기려고 하는 것뿐이랍니다. 이제 생각이 나네요. 가드너 씨였죠. 지난주에 설교가 있었을 때 아티초크를 더해서 차려 낸 것과 똑같은 음식이었어요. 그래서, 그 가드너 씨가 주신 열쇠에는 전부 꼬리표가 붙어 있었는데, 그 하나하나가 전부 이 저택 어딘가에 있는 문이나 그런 것들과 관련 있었고요. 가끔은 두 개가 있었고. 그리고 여기서 문이라는 것은 방문을 말하는 거지, 저기 장롱의 문 같은 것을 말하는 게 아니에요. 그래요, 메리 양, 저도 잘 알아요. 그저 아가씨 숙부님과 여기 계신 선생님께 명확하게 설명하려는 것뿐이랍니다. 그런데 그 신사분이 제게 맡긴 상자가 또 하나 있었는데, 그분이 돌아가신 다음에 저는 별 해가 없을 거라고 생각하고, 아가씨 숙부님 물건이라는 것을 잘 알고 있으니만큼, 흔들어 보았죠. 제가 감쪽같이 속은 게 아니라면 그 상자 안에 들어 있던 것도 열쇠가 분명했어요. 하지만 박사님, 어디 열쇠인지는 도무지 알 수가 없었답니다. 그 상자를 열어 볼 마음조차 먹지 않은 것은 물론이고 말이에요."

이런 장광설이 이어지는 동안 올디스 숙부님은 묘하게도 잠자코 듣고만 계셨다. 예상했던 바이지만 메리는 그 이야기에 꽤나 즐거워진 모양이었고, 아마 숙부님은 경험상 제지해 봤자 소용이 없다는 것을 알고 계셨던 모양이다. 어쨌든 숙부님은 이야기가 끝나고 나자 그저

"그 상자를 지금 가지고 있소, 메이플 부인? 그렇다면 이리 가져와 주시오"라고만 말씀하셨다. 그러자 메이플 부인은 비난을 하는지, 아니면 당당히 승리를 통고하는지 모를 동작으로 그분을 가리켰다. "박사님, 제가 박사님 입에서 나올 말을 고를 수 있다면 바로 정확하게 그 단어를 고르겠어요. 그리고 바로 그 문제 때문에 제가 여섯 번만 더 자책을 하게 된다면, 그 총 횟수가 거의 쉰 번에 다다르겠죠. 침대에 누워서도 그랬고, 의자에 앉아서도 그랬고, 제게 20년이나 일했다고 박사님과 메리 양이 휴가를 주신 날도 그랬고, 다른 어떤 분도 이보다 더 잘해 주실 수는 없었겠지만, 그래요, 메리 양, 분명한 사실이죠. 다른 사람이었다면 또 다를 수도 있었겠지만요. 저는 이렇게 혼잣말을 하곤 했죠. '모든 것이 잘되어 가고 있어. 하지만 만약, 박사님이 그 상자를 원하신다면 대체 뭐라고 해야 하지?' 아뇨, 박사님, 박사님이 제가 들어 본 그런 주인들과 같은 분이시거나 제가 이름을 댈 수 있는 다른 하인들과 같은 사람이었다면, 제가 이 일을 쉽게 처리할 수 있을지도 모르죠. 하지만 솔직히 말해서 지금 이 상태로는, 제가 택할 수 있는 유일한 길은 그저 메리 양이 제 방으로 와서 제 기억을 떠올리는 일을 돕고, 그 영민한 머리로 제가 놓치고 지나간 것들을 짚어 주지 않으면, 작은 상자기는 하지만 앞으로도 한동안은 그 물건을 직접 보기는 힘드실 거라고 말씀드리겠어요."

"메이플 부인, 그러면 그냥 제게 상자를 찾는 것을 도와 달라고 말씀하지 그러셨어요." 나의 메리가 말했다. "아뇨, 이유를 설명하지는 않으셔도 돼요. 바로 가서 함께 찾아봐요." 그들은 서둘러 자리를 떠났다. 그리고 메이플 부인이 이유를 설명하는 소리가 들리기 시작했는데, 분명 그 가정부의 구역으로 들어간 다음에도 한동안 계속되었을 것이다.

올디스 숙부님과 나만 그곳에 남게 되었다. "훌륭한 하녀지." 그분은 이렇게 말하며 문 쪽으로 고갯짓을 하셨다. "저 사람이 맡으면 잘못될 일이 없다네. 보통은 3분 이상 이야기를 하는 일도 없고." "대체 올디스 양이 어떻게 부인에게 그 상자를 기억나게 할 수 있다는 겁니까?" 내가 물었다.

"메리 말인가? 아, 그저 일단 앉게 하고, 저 부인의 숙모님이 마지막으로 병상에 누웠을 때나 벽난로 장식 위에 올려놓을 도자기 강아지를 누가 주었는지 따위를 물어볼 걸세. 그러면 메이플 부인의 말대로 한 가지 기억이 다른 기억을 불러오기 마련이고, 결국 자네 생각보다 훨씬 더 빠르게 제대로 필요한 기억이 떠오르게 되지. 저것 보게! 벌써 돌아오는 모양이로군."

그 말대로 메이플 부인이 쭉 뻗은 손에 예의 상자를 들고 활짝 웃으며 메리보다 앞장서 서둘러 올라오고 있었다. "제가 뭐랬어요." 그녀가 우리 쪽으로 다가오며 말했다. "도싯셔를 떠나서 여기에 오기 전에 제가 뭐라고 했었죠? 제가 도싯 사람은 아니고, 굳이 그럴 필요도 없긴 하지만 '안전하게 보관하면 안전하게 찾게 된다'라고 했었죠. 그러니까 당연히 제가 넣어 둔 장소에 있었던 거예요. 그렇죠? 두 달 전에 말이에요." 그녀가 올디스 숙부님께 상자를 건넸고, 나와 그분은 함께 그것에 주의를 기울였다. 덕분에 더 이상 앤 메이플 부인에게는 신경을 쓰지 않았지만, 이후로도 한동안 그 상자가 정확히 어디에 있었는지, 그리고 메리가 어떤 식으로 그것에 대한 기억을 떠올리도록 도와주었는지에 대해 떠들어 댔다는 사실은 알고 있다.

제법 오래되어 보이는 상자는 분홍색 끈으로 묶여 봉인되어 있었고, 뚜껑에는 옛 잉크로 '수석 참사원 저택, 휘트민스터'라고 적힌 꼬리표가 붙어 있었다. 열어 보니 안에는 중간 크기의 열쇠 두 개와 종이 한 장이 있었는데, 종이에는 뚜껑의 꼬리표와 동일한 글씨로 '사용하지 않는 방에 있는 장롱과 서랍장 열쇠'라고 적혀 있었다. 또한 다음과 같은 기록도 눈에 띄었다.

이 장롱과 서랍장의 소유권은 킬도난 가문, 그리고 존재한다면 그 후 계자들의 신탁에 의해 내게 맡겨졌으며, 이후 이 저택을 물려받는 자들 에게 이어질 것이다. 나는 해당 귀족 가문이 완전히 멸문했음을 확인하 기 위해 가능한 모든 조사를 했다. 악명 높았던 마지막 백작은 바다에서 행방불명되었으며, 그의 외아들이자 후계자는 나의 집에서 목숨을 잃었 다(그 음울한 사고를 알리는 부고문은 서기 1753년 3월 21일에 내 손으 로 작성되어 신문에 게재되었다). 나는 또한 심각한 문제가 일어나지 않 는 이상 킬도난 가문이나 이 저택의 계승자가 아닌 사람의 손에 이 열쇠 들이 들어가서는 곤란하며, 가능하면 모든 것을 현 상황 그대로 놓아두 기를 권한다. 그 이유는 여기에 충분히 적을 수가 없다. 또한 이 문서에 언급된 사건에 대해 의견을 나눈 바가 있는 대학과 교회의 임원들 역시 내 판단에 동의를 표했다는 사실도 기쁜 마음으로 덧붙여 두기로 하겠 다.

토머스 애슈턴, 신학 교수, 수석 참사회원

윌리엄 블레이크, 신학 교수, 주임 사제

헨리 굿먼, 신학학사, 참사원

"아!" 올디스 숙부님이 말씀하셨다. "심각한 문제라! 그렇다면 무슨 일이 벌어질 것이라고 생각했던 모양이로군. 아마 이 젊은이였던 모양인데." 그는 열쇠로 '외아들이자 후계자'라는 대목을 짚으며 말을 이었다. "뭐라고, 메리? 킬도난의 자작은 사울이라는 이름이었단다." "그걸 어떻게 아세요, 삼촌?" 메리가 물었다. "모를 리가 있겠느냐? 존 데브렛의 『준남작 명부』에 전부 나오는 내용인데. 두꺼운 책 두 권이지. 하지만 사실 무덤 사이로 난 길을 걷다가 본 내용이란다. 거기 묻혀 있거든. 대체 무슨 일이 있었던 걸까? 혹시 메이플 부인, 아는 것이 있으시오? 아, 그리고 보니 부인이 말한 잎벌을 여기 창틀에서 봤소만."

동시에 두 가지 주제를 마주한 메이플 부인은, 두 가지 모두에 충실하고자 약간 머뭇거렸다. 솔직히 올디스 숙부님이 그녀에게 이런 기회를 주려 한 것은 성급한 행동이 아닐 수 없었다. 그분이 손에 들고 있는 열쇠를 사용해야 할지 망설이는 것은 아닌가 하는 의심이 들 뿐이었다.

"아, 그 벌레들이요, 박사님, 아가씨, 요 사나흘 동안 얼마나 끔찍했는데요. 그리고 선생님도, 아무도 얼마나 고약했는지 짐작도 못 하실 거예요! 게다가 어찌나 달려드는지! 처음에 방을 확인했을 때는 창이 열려 있었는데, 분명히 그대로 몇 년은 열려 있었을 텐데, 그때는 벌레가 한 마리도 안 보였거든요. 그런데 힘들여서 창을 닫은 다음에 그대로 하루를 놔뒀다가, 다음 날 빗자루질을 좀 하라고 수전을 보냈더니, 2분도 지나지 않아서 앞이 보이지도 않을 듯한 몰골로 아래로 내려오지 뭐예요. 말 그대로 때려서 벌레를 떨어내야 했죠. 모자나 머리카락 색깔을 알아보지 못할 정도로 벌레가 잔뜩 들러붙어 있었는데, 글쎄 눈가에까지 매달려 있지 뭐예요. 그 아이가 둔감했기에 망정이지, 저였더라면 그 끔찍한 것들이 기어 다니는 상상만 해도 정신이 나가 버릴 것 같아요. 그런데 이제 시체가 그렇게 쌓여 있단 말이죠. 글쎄요,

월요일만 해도 그렇게 팔팔했는데, 그때가 목요일이던가, 어머 아니지, 금요일이었죠. 방 근처에 가기만 해도 문가에서 날갯짓 소리가 들리고, 문을 열면 꼭 잡아먹을 것처럼 덤벼들었죠. 저는 이렇게 생각했죠. '이게 박쥐였으면 오늘 밤에는 어떻게 했으려나?' 평범한 벌레가 아니라서 그대로 짓이겨 버릴 수도 없는 노릇이잖아요. 어쨌든 뭔가를 알아낼 수 있다면 감사할 따름이죠. 그리고 그 무덤 말인데요." 그녀는 다른 사람이 끼어들까 봐 걱정하는 듯 서둘러 두 번째 주제로 옮아갔다. "불쌍한 아이 두 명의 무덤이었죠. 불쌍하다고는 하지만, 생각해 보면 그게 심킨스 부인, 그러니까 교회지기의 아내와 차를 마실 때 나온 이야기 같은데 말이죠. 그런데 그 교회지기 일가는 박사님과 메리 양이 오시기 전에 얼마더라, 아마 백 년쯤 전부터 이 저택에 산 사람들이잖아요. 그래서 그런지 묘지에 있는 묘비나 묘석 중에서 아무거나 짚어도 바로 이름과 연도를 말해 주더라고요. 그런데 그 젊은이에 대해서 심킨스 씨가 해 준 말이, 그게!" 그녀는 입술을 오므리고는 여러 번 고개를 주억거렸다. "이야기해 주세요. 메이플 부인." 메리가 말했다. "계속하게." 올디스 숙부님도 말씀하셨다. "그 아이가 어쨌다는 겁니까?" 내가 물었다. "이곳에서는 그런 일을 본 적이 없다고 하더라고요. 메리 여왕 때와 교황과 뭐 그런 시절 이후로는요." 메이플 부인이 말했다. "있잖아요, 그 아이가 바로 이 집에 살았다는 걸, 그 아이와 함께 묻힌 다른 사람들까지도, 그것도 바로 이 방에서 살았다는 사실을 알고 계세요?" 그녀는 불안하게 바닥에서 발을 움직여 보였다. "같이 묻힌 것이 누구라는 거요? 이 집안 사람들 말이오?" 올디스 숙부님이 미심쩍은 듯이 물었다. "사람들이라고 부를 만한 것이 아니에요, 박사님. 절대 아니죠." 이런 대답이 돌아왔다. "그 아이가 아일랜드에서 가져온 무언가라고 말해야 할 거예요. 그렇죠, 이 집 사람들은 그 아이가 무슨 일을 하는지 마지막 순간까지도 알지 못했대요. 그러나 마을 사람들은 모두 그 아이가 밤마다 외출한다는 사실을 알고 있었다더군요. 여러 명을 거느리고요. 무덤 속에 들어간 아이의 껍질을 벗겨 낸 것 같은 모습이었는데, 마음이 메마르면 그런 흉측하고 희미한 유령들이 나온다고 심킨스 씨가 그러더군요. 하지만 그 사람 이야기에 따르면, 마침내 어느 날 유령들이 반기를 들어 그 아이를 잡아 쓰러트렸고, 그 흔적이 아직도 종탑 문에 남아 있다네요. 그 흔적을 진짜로 보여 주기도 했는데, 누가 뭐래도 사실이라고 하더라고요. 그 아이는 성경에 나오는 사악한 왕의 이름을 가지고 있었고, 귀족이라고 하던데, 대체 그 아이의 대부는 무슨 생각을 하고 있던 걸까요." "사울이라는 이름이었네." 올디스 숙부님이 말씀하셨다. "분명 사울이었겠죠, 박사님. 고마워요. 그리고 보니 죽은 자들의 무덤에서 잠자는 혼백을 깨워 일으켰다는 사람이 분명 그 사울 왕*이 아니었던가요. 이 젊은 도련님도 똑같은 이름을 가지고 있었다니 정말 이상한 일이죠. 심킨스 씨의 할아버지는 어두운 밤이면 창문을 통해서 그 도련님이 촛불을 들고 이리저리 무덤을 찾아 헤매는 모습을 보았다고 했다네요. 그리고 그를 따라서 풀밭 위를 거닐던 다른 존재들도요. 어느 날 밤에는 심킨스 노인의 방문 앞까지 와서는, 무덤 쪽을 향해 나 있는 창문에 얼굴을 붙이고 혹시 안에 자신을 보았을 만한 사람이 없는지 확인했다고 하더군요. 바로 그때 심킨스 노인은 뭐랄까, 그대로 조용히 창문 아래에 몸을 숨기고 숨소리도 내지 않으면서 돌아가는 발소리가 날 때까지 꼼짝도 않

---

* 『사무엘상』 28장 7~20절에서 사울은 엔도르의 무당을 시켜 사무엘의 유령을 불러내게 한다.

고 있었다고 하더라고요. 못된 아이였다는 것은 분명하지만, 결국에는 그 대가를 치러야 했던 거죠. 이후로도 계속." "이후로도?" 올디스 숙부님이 얼굴을 찌푸리며 물었다. "아, 그럼요, 박사님. 심킨스 노인 시절에, 그리고 그의 아들, 그러니까 우리 심킨스 씨의 아버님 시절과, 우리 심킨스 씨의 때까지도요. 바로 그 창문에서, 특히 쌀쌀한 밤에 방에 불을 지피고 있으면, 그 아이가 얼굴을 유리창에 바짝 붙인 채로 손을 휘저으며 한동안 입을 옴짝달싹하다가 결국 다시 어두운 묘지로 돌아간다네요. 물론 그 사람들도 추위 속에서 오갈 데 없는, 그리고 날이 밝아 감에 따라 조금씩 희미하게 사라져 가는 그 아이를 불쌍하게 여기기는 하지만, 감히 그럴 때 창문을 열어 줄 엄두는 내지 못했다고들 하네요. 글쎄요, 사실, 심킨스 씨의 할아버지가 '메마른 심장은 흉측하고 여윈 유령을 만든다'라고 말씀하셨다는데, 분명 사실인 것 같아요."

"나도 그렇게 생각하네.'" 갑자기 올디스 숙부님이 입을 열었다. 너무 갑작스러워 메이플 부인이 말을 멈출 정도였다. "고맙네. 자, 그럼, 모두 나가기로 하지." "왜 그러세요, 삼촌." 메리가 말했다. "결국 저 장롱을 열지 않으실 건가요?" 올디스 숙부님은 얼굴을 붉혔다. 실제로 얼굴이 붉어졌다. "애야, 나를 겁쟁이라고 부르든 아니면 신중한 사람이라고 칭찬하든 네 마음대로 하거라. 하지만 나는 저 장롱도, 서랍장도 직접 열 생각이 없단다. 너나 다른 사람에게 열쇠를 넘겨줄 생각도 물론 없고. 메이플 부인, 사람을 한두 명 불러서 저 가구들을 다락방으로 옮겨 줄 수 있겠소?" "그리고 그렇게 할 때 말이에요, 메이플 부인." 메리가 덧붙였다. 나로서는 이유를 모르겠지만 숙부님의 결정에 실망하기보다는 도리어 안도한 것처럼 보였다. "그 가구들과 함께 넣어 주었으면 하는 물건이 있어요. 작은 꾸러미 하나지만요."

우리는 그 수상쩍은 방을 꽤나 기꺼운 마음으로 떠났던 듯하다. 바로 그날 올디스 숙부님의 명령은 실행에 옮겨졌다. 이렇게 해서,

스피어먼 씨는 다음과 같은 결론을 내렸다. '휘트민스터에는 푸른 수염의 방*이 생겼으며, 나는 앞으로 수석 참사회원의 거처를 물려받게 될 사람들이 깜짝 놀랄 수수께끼를 마주하게 되리라고 생각하고 있다.'

---

* 샤를 페로의 민담집에서, 연쇄 살인범 푸른 수염은 자기 아내들의 시체를 성의 금지된 방 안에 보관해 놓았다고 한다.

포인터 씨의 일기장

The Diary of Mr. Poynter

런던에 있는 유서 깊고 유명한 서적 경매장은 당연하게도 수집가나 사서, 도매상들의 훌륭한 회합 장소다. 실제 경매가 벌어질 때보다 오히려 판매할 책을 공개할 때가 더욱 그런 성향이 강하다. 내가 들은 독특한 사건은 바로 이런 경매장 중 한 곳에서 벌어졌다. 이 이야기를 들은 것은 고작해야 몇 달 전인데, 문학박사나 런던 고고학협회 회원 등 온갖 직함을 가지고 있으며, 트리니티 홀에도 한동안 있었고, 현재, 아니 근래 한동안 워릭의 렘콤 장원에 머물고 있던, 그 사건과 상당한 연관이 있는 제임스 덴턴 씨가 들려준 내용이다.

그리 오래전은 아닌 몇 년 전 어느 봄날, 그는 런던에서 며칠 머물며 여러 가지 일을 처리하고 있었다. 그 대부분은 최근 렘콤에 완성한 저택의 내부 단장과 관련된 일이었다. 렘콤 저택이 신축 건물이라는 사실에 여러분은 조금 실망했을지도 모르겠다. 하나 나로서는 어찌할 수 없는 일이다. 사실 그 전에 오래된 건물이 있기는 했는데, 미적으로도 학술적으로도 별다른 점은 없는 저택이었다. 설령 그렇지 않다 해도, 내 이야기로부터 한두 해 전 집을 폭삭 무너지게 만든 그 끔찍한 화재를 미적 요소나 흥미 따위로 막아 낼 수는 없는 일 아니겠는가. 저택 안의 귀중품을 전부 무사히 빼냈고, 건물이 보험에 들어 있던 게 다행이라고 할 수 있을 것이다. 덕분에 덴턴 씨는 비교적 가벼운 마음으로 유일한 가족인 고모님과 자신이 살기 편한 건물을 짓는 일에 착수할 수 있었다.

런던에서 시간이 조금 남은 데다 조금 전 슬쩍 언급한 경매장에서 그리 멀지 않은 곳에 있었기 때문에 덴턴 씨는 한 시간 정도 경매장을 둘러보기로 마음먹었다. 특히 그가 사는 워릭셔 지방의 역사나 지리를 수록해 놓은 유명한 토머스 고문서 컬렉션이 전시 중이라고 들었기 때문이기도 했다.

그는 건물로 들어가서 카탈로그를 하나 구입한 다음 경매장으로 올라갔다. 여느 때와 마찬가지로 수많은 책들이 책장에 꽂혀 있거나 긴 탁자 위에 펼쳐져 있었다. 책장 주변을 서성이거나 탁자 주변에 둘러앉은 사람들 중 상당수가 그에게는 낯이 익었다. 그는 몇몇 사람과 가볍게 목례를 나누거나 반갑게 인사하고는 자리를 잡고 앉아 카탈로그를 훑어보며 눈길이 가는 물건을 찾기 시작했다. 가끔씩 책장에서 책을 한 권씩 가져와 훑어보기도 하면서 500개의 항목 중 200개 정도를 살펴보았을 무렵, 누군가가 어깨에 손을 얹어 그는 책에서 시선을 떼었다. 그의 시선에 들어온 사람은 19세기의 마지막 사반세기 동안 넘쳐흐를 정도로 많아진, 뾰족한 콧수염에 플란넬 셔츠를 걸친 지식인 부류의 남자였다.

　여기에 그들이 나눈 대화를 전부 옮길 생각은 없다. 그저 그 대화의 대부분이 공통의 지인에 대한 것이었다는 정도만 언급하겠다. 예를 들어 덴턴 씨 친구의 조카가 최근 결혼해서 첼시에 정착했는데, 신부는 덴턴 씨 친구의 처제였고, 그 아가씨가 건강이 좋지 않다가 이제 좀 나아졌다든가, 또는 그가 몇 달 전에 괜찮은 도자기를 그 가치에 비해 상당히 저렴한 가격에 구매했다는 따위의 이야기 말이다. 지금까지의 내용에서 그 대화가 독백에 가까웠을 것이라고 짐작했다면 여러분은 정확하게 추측한 것이다. 그러나 마침내 그 친구라는 사람도 덴턴 씨가 뭔가 목적을 가지고 이곳에 왔으리라는 사실을 깨달았다. "딱히 찾는 물건이 있나? 별로 대단한 물건은 없어 보이는데." "글쎄, 워릭셔 지방에 관한 전집이 있을지도 모른다고 생각했는데, 이 카탈로그의 워릭 항목에는 그런 물건이 없어 보이는군." "그래, 그렇군." 친구가 말했다. "그렇기는 해도 뭐였더라, 워릭셔 일기장이라는 물건을 본 것도 같은데. 이름이 뭐였더라? 드레이턴? 포터? 페인터? P인지 D인지를 모르겠군. I가 들어가는 건 확실한데 말이야." 그는 빠른 손길로 책장을 넘겼다. "그래, 여기 있군. 포인터. 물품 번호 486번. 자네의 관심을 끌 만한 물건일지도 모르겠어. 저기 탁자 위에 있는 책들 속에서 본 것 같은데. 누군가가 훑어보고 있었어. 자, 그럼 나는 이만 실례하겠네. 잘 지내라고. 우리 집에 들러 주겠지? 오늘 오후에 올 수 있겠나? 4시에 작은 연주회가 있을 예정인데. 아, 그래, 그럼 다음에 올라올 때 한번 보세나." 그리고 그는 떠났다. 덴턴 씨는 시계를 힐긋 보고는 짐을 찾고 기차에 오르려면 시간이 아주 조금밖에 남지 않았음을 깨닫고 당황했다. 그 짧은 시간 동안 살펴본 결과로는 고작해야 그 일기가 네 권의 묵직한 책으로 구성되어 있으며, 1710년경의 물건이고, 그 안 여기저기에 다양한 종이쪽지가 끼어 있다는 정도를 파악할 수 있을 뿐이었다. 그래도 25파운드를 달아 놓을 만한 가치는 있어 보이는 물건이었다. 자리를 뜨기 직전에 그가 평소 거래하던 대리인이 등장해 그는 거래를 성사시키고 경매장을 나설 수 있었다.

그날 저녁 덴턴 씨는 고모와 함께 살고 있는 임시 거처에 도착했다. 장원에서 수백 미터도 떨어지지 않은 곳에 있는 조그마한 저택이었다. 다음 날 아침 두 사람은 이미 몇 주 동안 계속된 새 저택의 가구에 대한 이야기를 재개하였다. 덴턴 씨는 도시에서 가져온 결과물을 늘어놓기 시작했다. 주요 물품은 양탄자, 의자, 옷장, 침실용 도자기 등이었다. "그래, 얘야." 고모가 말했다. "하지만 꽃무늬 커튼이 보이지 않는구나. ── 가게에 들러 보았니?" 덴턴 씨는 바닥에 발을 구르며─바닥이 아니면 대체 어디다 발을 구를 수 있겠느냐만은─말했다. "아 이런, 이런. 딱 그거 하나만 놓쳤군요. 정말 죄송합니다. 사실 거길 가던 중에 로빈스에 들르게 되어서 말이죠." 고모가 머리 위로 손을 내저었다. "로빈스! 그럼 이제 곧 말도 안 되는 가격이 붙은 끔찍한 낡은 책들이 배달되어 오겠구나. 제임스, 나는 너를 위해 이 모든 고생을 하고 있는데, 넌 내가 특별히 유념해 달라고 부탁한 물건 한두 가지도 제대로 챙기지 못하다니. 날 위해 부탁한 것도 아니잖니. 너는 내가 그런 물건으로부터 즐거움을 얻는다고 생각할지 모르지만, 솔직히 말해 정반대란다. 내가 그런 물건들 때문에 얼마나 고심하고 걱정하고 마음 쓰는지 너는 짐작조차 못 할 거야. 너는 그저 가게에 가서 물건을 주문하기만 하면 되는 거잖니." 덴턴 씨는 후회의 신음을 그 사이에 끼워 넣으려고 시도했다. "아, 고모님." "그래, 그건 그렇다고 치자꾸나, 얘야. 나도 잔

소리를 하고 싶은 마음은 없으니까. 하지만 너도 이게 얼마나 짜증 나는 일인지 알아야 해. 특히 이 일이 우리 계획에 얼마나 영향을 끼치는지를 말이야. 오늘은 수요일이지. 내일이면 심슨 가족이 올 텐데, 그러면 네가 당연히 이 자리에 있어야겠지. 그리고 너도 알다시피 토요일에는 친구들이 테니스를 치러 오잖니. 그래, 네가 직접 가서 초대하기는 했지. 하지만 초대장을 쓴 사람은 나였단다, 제임스. 그런데 이런 엉망인 꼴을 보이면 내 체면이 뭐가 되겠니. 교양인이라면 때때로 이웃과 어울려야 하는 법이란다. 음침하다는 평판을 들을 수는 없잖니. 내가 어디까지 말했더라? 어쨌든 이렇게 되었으니 말인데, 최소한 다음 주 목요일까지는 다시 도시로 나갈 수가 없는데, 그 꽃무늬 커튼이 없으면 다른 일은 단 한 가지도 마무리할 수가 없단다."

덴턴 씨는 대담하게도 페인트칠과 벽지 문제는 해결했으니, 고모님의 말씀이 너무 지나치신 것 아니냐는 의견을 표출했다. 그러나 고모는 이런 의견을 받아들일 준비가 되어 있지 않았다. 물론 다른 의견이 었다면 받아들였을 것이라는 뜻은 아니다. 그러나 그날 하루를 지내는 동안 그녀는 조금 기분이 풀어져서 조카가 제시한 견본품과 가격표를 훑어보며 자신의 의견을 약간이나마 뒤로 물렸고, 심지어 어떤 부분에서는 조카의 선택을 수용하기까지 했다.

덴턴 씨로 말하자면 책임을 다하지 못했다는 생각으로 다소 의기소침해져 있었다. 그러나 그를 더욱 괴롭힌 것은 정원에서 벌어지는 테니스 파티였다. 계절이 8월이라면야 필요악 정도로 여기고 넘어갈 수도 있지만, 5월에 그런 것을 두려워하게 될 줄은 상상조차 하지 못했기 때문이었다. 그러나 금요일 아침, 12파운드 10실링으로 묵직한 포인터의 일기장 네 권을 낙찰받았다는 소식이 도착하자 그는 약간이나

마 기분이 풀어졌다. 그리고 다음 날 아침 일기책이 도착하자 훨씬 기분이 나아졌다.

토요일 아침에는 심슨 씨와 부인을 차로 모셔다 드려야 했고 오후에는 이웃과 손님들이 도착했기 때문에, 그는 토요일 밤이 되어 손님들이 전부 물러간 후 침실로 돌아오기 전까지 겨우 소포를 뜯기나 할 수 있을 정도였다. 그리고 그제야 그는 자신이 짐작한 대로 그 일기장이 애크링턴(그의 교구에서 6킬로미터 정도 떨어진 곳이다)의 지주였던 윌리엄 포인터 씨의 물건이라는 사실을 확인할 수 있었다. 이 포인터 씨는 한때 토머스 헌을 중심으로 만들어진 옥스퍼드 고고학 클럽 회원으로, 종국에는 다른 수많은 사람과 마찬가지로 헌과 지독한 논쟁을 벌였다고 한다. 헌의 수집품들과 마찬가지로 포인터의 일기장 역시 일상생활뿐만 아니라 인쇄된 서적에서 따온 문구, 그가 관심을 가졌던 동전이나 기타 골동품들에 대한 설명, 그런 주제에 관한 편지 초안 등으로 가득했다. 덴턴 씨는 경매장의 카탈로그만으로는 그 일기장이 이토록 흥미로운 물건일 것이라고는 상상도 하지 못했고, 상당히 늦은 시간까지 일기장의 첫째 권을 읽으며 시간을 보냈다.

일요일 오전, 교회에 다녀온 다음 그의 고모가 서재로 들어왔다. 그러고는 서탁에 놓인 네 권의 묵직한 갈색 가죽 장정 서적을 보고는 하려던 말을 잊어버렸다. "이게 대체 뭐니?" 그녀는 의심으로 가득한 목소리로 물었다. "새로 산 거지? 아! 이것 때문에 내 꽃무늬 커튼을 잊은 거니? 그럴 줄 알았어. 끔찍하구나. 여기에 대체 얼마나 쏟아부었는지 궁금하구나. 10파운드가 넘는다고? 제임스, 이건 죄악이야. 그래, 이따위 물건에 낭비할 돈이 있으니 우리 생체 해부 반대 모임에도 꽤나 많은 돈을 기부해 줄 수 있겠구나. 정말이야, 제임스. 네가 그러지 않는다면 나는 정말 기분이 나쁠…… 잠깐 누가 썼다고? 애크링턴의 포인터 씨? 그래, 이웃의 고문서를 모아들이는 일 자체야 흥미로울 수도 있지. 하지만 10파운드라니!" 그녀는 조카가 든 것 말고 다른 일기장 한 권을 집어 들고는 아무 쪽이나 펼쳐 보았다. 그리고 다음 순간 책장 사이에서 집게벌레 한 마리가 기어 나오는 것을 보고는 기겁하여 책을 바닥에 떨어트렸다. 덴턴 씨는 속으로 욕설을 내뱉으며 책을 집어 들었다. "불쌍한 일기장! 고모님은 포인터 씨에게 너무 가혹하게 구시는 것 같네요." "그랬니, 얘야? 미안하지만 나는 저런 끔찍한 벌레들은 견딜 수가 없단다. 어디 책이 망가지기라도 했는지 한번 보자꾸나." "아뇨, 별문제는 없는 것 같습니다. 하지만 여기 펼치신 곳에 이런 게 있네요." "세상에, 그렇구나, 얘야! 정말 흥미로워. 제임스, 그거 빼서 이리 좀 줘 보려무나."

그것은 문양이 그려진 4절판 정도 크기의 천 조각으로, 고풍스러운 핀으로 일기장 사이에 고정되어 있었다. 제임스는 천 조각을 빼 고모에게 건넨 다음 핀을 다시 조심스레 일기장에 꽂았다.

자, 나는 그 천이 어떤 종류였는지는 알지 못한다. 그러나 그 위에 그려진 문양은 덴턴 양을 완전히 사로잡았다. 그녀는 황홀경에 빠져 천 조각을 벽에 대 보기도 하고, 멀리서 한번 봐야겠다며 조카를 시켜 벽에 대 보게도 했다. 그러고는 눈 가까이 가져다 대고 살펴보더니 이 견본품을 일기장에 보관하는 훌륭한 생각을 해낸 고故 포인터 씨의 취향을 따뜻한 말로 추어올리는 것으로 감정을 끝냈다. "정말로 아름다운 문양 아니니?" 그녀가 말했다. "게다가 솜씨도 훌륭하고. 제임스, 여기 선이 물결치는 모양 좀 보거라. 마치 머리카락처럼 보이지 않니? 게다가 여기 사이사이에 리본 매듭이 들어간 모양도 잘 보고. 정말로 딱 걸맞은 색감 아니니. 혹시," 제임스가 정중하게 말을 이었다. "저도 그 말을 하려고 했습니다. 그리 많은 돈을 들이지 않고도 이 문양을 우리 커튼으로 옮길 수 있지 않을까 해서요." "옮겨? 제임스, 이 문양을 어떻게 옮긴다는 거니?" "글쎄요, 방법은 저도 잘 모르지만, 찍어 낸 문양인 듯하니 목판이나 금속판으로 찍어 낼 수 있지 않을까요." "세상에, 그거 정말로 훌륭한 생각이로구나, 제임스. 정말로 너무 기뻐서 네가 그런 짓을, 그러니까 네가 월요일에 꽃무늬 커튼을 잊고 온 것조차 잊어버릴 정도로구나. 어쨌든 네가 이 문양을 옮겨 준다면 그 일은 전부 용서하고 잊도록 하마. 그 누구도 이와 비슷한 문양은 찾지도 못할 테니까. 그리고 제임스, 우리가 이걸 팔지 않을 거라는 사실도 명심하거라. 이제 가 봐야겠구나. 처음에 무슨 얘기를 하려고 여기 왔는지를 완전히 잊었네. 걱정 말거라, 대단한 일은 아니었을 테니."

고모가 사라진 다음 제임스 덴턴은 아직 자세히 살펴볼 기회가 없었던 그 문양을 몇 분 동안 들여다보았다. 그는 고모가 왜 이 문양에 강렬하게 빠져들었는지 영문을 알 수가 없었다. 그가 보기에는 딱히 대단하지도, 아름답지도 않았기 때문이다. 물론 커튼에 쓰기에 적당해 보이기는 했다. 세로로 늘어선 문양은 양 끝을 보면 서로 이어지는 모양일 듯했다. 또한 고모의 말처럼 주 문양은 물결치는, 아니 거의 곱슬인 머리 타래를 떠올리게 하는 데가 있었다. 어쨌든 중요한 일은 이런 오래된 문양을 복제해 줄 수 있는 공방이나 사업체를 찾는 일이었다. 이런 부분에서 독자를 지루하게 하고 싶지는 않으니 덴턴 씨가 목록을 하나 뽑아내고 하루 시간을 내어 그 천을 가지고 몇 군데를 방문하고 다녔다는 정도로만 언급하고 넘어가겠다.

처음 두 번의 방문에서는 별 성과가 없었다. 그러나 행운은 항상 홀수에 깃드는 법이다. 목록에서 세 번째에 있는, 버먼지에 있는 상회가 이런 유의 일을 여러 번 해 본 적이 있는 모양이었다. 그들이 제시하는 내용을 보니 믿고 맡겨도 될 것 같았다. '우리 캐텔 씨'가 그런 종류의 일에 상당히 개인적인 흥미를 가지고 있다는 것이다. 캐텔 씨는 이렇게 말했다. "고무적인 일 아닙니까, 선생님. 이런 훌륭한 중세 시절의 보물들이 전혀 주목받지 못한 채로 시골 저택에 잠들어 있다는 생각을 해 보십시오. 물론 많은 수가 단순히 쓰레기 취급을 받고 처분될 위기에 놓여 있겠지요. 셰익스피어가 뭐라고 했더라, '주목받지 못하는 하찮은 물건'*이라고 했던가요. 아, 가끔 보면 셰익스피어는 모든 상황에 걸맞은 경구를 가지고 있었던 것 같습니다. 이렇게 셰익스피어 이야기를 하면서도, 저도 시도 때도 없이 인용해 대는 것이 곤란하다는 정도는 알고 있습니다. 한번은 작위를 가진 어떤 신사 양반이 오셨는데, 그분 성질을 돋운 적도 있지요. 그분이 어떤 주제에 대해 책을 쓰고 있다고 하셨는데, 제가 그만 헤라클레스와 색이 들어간 천에 대한 이야기를 해 버렸지 뭡니까. 세상에 그런 소동이 또 없었죠. 하지만 지금 맡겨 주신 이 물건은 최선을 다해 저희의 모든 기술을 투입해서라도 반드시 만들어 내고야 말겠습니다. 몇 주 전에 다른 명망 높은 신사분께도 말씀드렸지만, 사람이 한 일이라면 응당 다른 사람도 해낼 수 있는 법 아니겠습니까. 별문제 없다면, 3~4주 정도 후에 이 경구가 사실이라는 것을 증명해 보이겠습니다, 선생님. 주소를 받아 적어 주겠나, 히긴스 씨."

캐텔 씨가 덴턴 씨와 처음 만났을 때의 대화는 이런 방향으로 흘러

---

* 윌리엄 셰익스피어의 『겨울 이야기』에서 인용한 문장이다.

갔다. 그로부터 한 달 후 견본품을 살펴봐 달라는 소식에 덴턴 씨는 그를 다시 만났고, 그가 디자인을 훌륭히 복제해 냈다는 것을 확인하고 만족할 수 있었다. 앞서 언급한 대로 줄무늬가 세로로 계속 이어지도록 하라는 조건도 훌륭히 지켜져 있었다. 그러나 원래 문양과 같은 색감을 내기 위해서는 아직 작업이 더 필요했다. 캐텔 씨는 몇 가지 기술적인 수준의 제안을 했는데, 여기에 그 내용을 자세히 옮겨 여러분을 수고롭게 하지는 않겠다. 캐텔 씨는 또한 일반 시장에서는 이 문양이 그리 큰 인기를 얻지 못할 것이라고도 말했다. "선생님께서는 이 문양이 선생님께 직접 허가를 받은 지인들을 제외한 다른 사람들의 손에 넘어가지 않길 바란다고 하셨죠. 그렇게 하겠습니다. 이런 물건을 혼자서만 가지고 싶어 하시는 것도 이해가 됩니다. 여기에 맞는 격언을 하나 인용해도 되겠지요? '모두의 물건은 그 누구의 물건도 아니다.'"

"이게 시장에 나가면 인기를 끌 것 같습니까?" 덴턴 씨가 물었다.

"그럴 것 같지는 않습니다." 캐텔 씨는 수염을 쓰다듬으며 답했다. "그렇지는 않을 겁니다. 인기는 없을 겁니다. 판목을 만든 사람도 별로 좋아하지 않았으니까요. 그렇지 않나, 히긴스 씨?"

"작업이 힘들었나요?"

"이유는 말하지 않았습니다만, 아무래도 예술적 성향 때문인 것 같습니다. 우리 회사의 장인들은 한 사람 한 사람이 모두 예술가니까요. 세상에서 자기가 예술가라고 주장하고 다니는 사람들만큼이나 진정한 예술가요. 때때로 말도 안 되는 이유 때문에 호오를 표출하기도 하는데, 이번 경우도 그런 예라고 해야 할 것 같습니다. 두세 번 작업 상황을 살피러 방문했는데, 그때마다 이해가 안 되는 소리를 하더군요. 흔히 있는 일이죠. 제가 보기에는 예쁘기만 한데 그렇게 혐오감을 표출하다니, 저로서는 도무지 이유를 알 수가 없더군요." 캐텔 씨는 이렇게 말하며 눈을 가늘게 뜨고 덴턴 씨를 바라보았다. "마치 이 문양에서 무언가 사악한 것의 냄새를 맡은 듯이 보이더군요."

"그렇습니까? 그 사람이 실제로 그런 말을 했나요? 내가 보기에는 전혀 괴상한 구석은 없는데 말입니다."

"저도 그렇습니다, 선생님. 저도 그렇게 대답했죠. '이봐, 개트윅. 대체 그러는 이유가 뭔가? 자네의 그 편견의―도저히 다른 단어로는 표현할 수 없어서 그러네만―근거가 뭔가?' 그런데 전혀! 전혀 제대로 된 설명을 하지 못하더군요. 그러니 저야 그냥 지금처럼 영문을 모른 채로 어깨나 으쓱하고는 '누구의 이득인가?'*라고 중얼거릴 수밖에 없었죠. 어쨌든 물건은 여기 있습니다." 그러고는 그는 다시 기술적인 문제로 돌아갔다.

배경 색조 선택과 가장자리의 마무리, 리본 매듭 문제가 가장 오래 걸렸고, 원래의 문양과 새로 만든 견본품이 계속해서 오갔다. 8월 며칠과 9월 동안에는 덴턴 가족도 장원에서 떨어진 곳에서 시간을 보냈다. 덕분에 예정대로 침실 서너 곳에 커튼으로 쓸 수 있는 양을 제작하는 일이 끝난 것은 10월이 되어서였다.

성 시몬과 성 유다의 축일**이 되자 고모와 조카는 장원에 들러 모든 작업이 끝난 것을 확인했고, 전반적으로 모든 내용에 완벽하게 만

---

* cui bono. 로마의 정치인이자 유명한 웅변가였던 마르쿠스 툴리우스의 키케로의 말로, 범죄로 인해 가장 큰 이득을 본 사람에게 혐의를 두는 것을 가리키는 라틴어 법률 용어이다.
** 10월 28일. 예수의 열두 제자 중 '혁명당원 시몬'과 '야고보의 아들 유다'를 말한다. 위경인 『시몬과 유다 수난기』에는 페르시아에서 이들 두 사도가 설교하다가 순교하였다고 기록되어 있는 등, 두 사도가 함께 순교했다는 구전 때문에 종종 같이 언급되며, 가톨릭에서 같은 축일을 공유한다.

족했다. 특히 새로 만든 커튼은 주변 환경과 무척이나 잘 어울렸다. 덴턴 씨는 저녁 만찬을 위해 옷을 차려입으면서 커튼 천을 듬뿍 쓴 자기 방을 둘러보다가, 고모의 부탁을 잊게 만든 한편 그 실수를 만회할 놀랍도록 효율적인 방법을 제공해 준 그 행운에 여러 번에 걸쳐 찬사를 보냈다. 저녁 식사 자리에서 그는 그 문양이 대단히 평온하지만 동시에 전혀 지루하지 않다고 말했다. 그리고 고모 덴턴 양도—무슨 이유에선지 자기 방에는 그 커튼을 달지 않았는데—그의 의견에 상당한 동의를 표했다.

다음 날 아침 식사 시간에 그는 자신의 만족감을 상당한 만큼 표현하려고 했으나 아주 약간 마음에 걸리는 부분이 있었다. "한 가지 후회되는 점이 있습니다." 그가 말했다. "세로 줄무늬의 양 끝이 계속 연결되게 만든 일 말인데요, 그냥 놔둘 걸 그랬다는 생각이 드네요."

"그래?" 고모가 그게 무슨 뜻이냐는 듯 되물었다.

"네. 어젯밤에 침대에서 책을 읽고 있는데 계속 눈길이 가더군요. 가끔 보면 문득 그쪽을 쳐다보고 있게 되는 겁니다. 마치 누군가가 커튼 어딘가에서 계속 엿보고 있는 듯한 느낌이 들어요. 가장자리가 아닌데도 말입니다. 아무래도 세로 줄무늬가 계속 이어지게 만들어서 그런 게 아닌가 싶습니다. 그것 말고 거슬리는 것은 바람밖에 없었습니다."

"어머나, 하지만 어제는 바람 한 점 없었지 않니."

"제 방이 있는 쪽에만 불었는지도 모르지요. 어쨌든 바람 덕분에 커튼이 제가 바라는 것보다 훨씬 더 흔들리고 바스락거리더군요."

그날 밤 제임스 덴턴의 독신 친구가 하룻밤을 지내러 왔다. 그는 집주인과 같은 층이지만 긴 복도 끝에 떨어져 있는 방에 묵었다. 그 복도 가운데에는 공기의 흐름과 소음을 막기 위해 붉은색 나사 천을 씌운

문이 하나 설치되어 있었다.

　세 사람은 각기 자기 방으로 돌아갔다. 덴턴 양이 훨씬 먼저 자리를 떴고, 두 남자는 11시쯤 헤어졌다. 아직 잠자리에 들고 싶지 않았던 제임스 덴턴은 안락의자에 자리를 잡고 한동안 독서를 했다. 그러다가 살짝 졸다 깨어났는데, 문득 자신의 침실에서 함께 자는 갈색 스패니얼 강아지가 따라 올라오지 않았다는 점을 알아차렸다. 그러나 다음 순간 그는 자신이 잘못 생각했다고 여기게 되었다. 안락의자 팔걸이에서 바닥 가까이 늘어져 있던 자신의 손등에 무언가 부드러운 털이 스쳐 지나가는 느낌이 들었기 때문이다. 그는 손을 뻗어서 그곳에 있는 둥그런 무언가를 쓰다듬고 토닥여 주었다. 그러나 그 감촉, 그리고 예의 존재가 자신의 손길에 반응해 움직이는 것이 아니라 완벽하게 꼼짝 않고 있다는 사실을 깨닫고, 그는 팔이 있는 쪽을 넘겨다보았다. 그러자 그가 만지고 있던 무언가가 눈을 들어 그를 올려다보았다. 바닥에 엎드린 존재는, 적어도 그가 기억하기로는 인간의 형상처럼 보였다. 그러나 덴턴의 얼굴에서 겨우 몇 센티미터 떨어진 곳에서 머리를 들고 있는 그 존재의 얼굴에서는 머리카락 외에는 다른 어떤 형상도 알아볼 수 없었다. 얼굴 윤곽이 보이지 않는데도 그 주변에 감도는 악의가 너무도 끔찍해서, 덴턴은 의자에서 퉁기듯 일어나 문으로 달려가는 와중에도 자신이 내뱉은 공포에 질린 신음을 들을 수 있었다. 즉시 방에서 도망쳐 나온 것이 현명한 행동이라는 점에는 의심의 여지가 없었다. 그는 복도를 둘로 나누고 있는 덧문에 이르렀고, 문이 자기 쪽으로 열린다는 사실을 잊고는 온 힘을 다해 문에 몸을 부딪쳤다. 동시에 그는 무언가 힘없는 손길이 자신의 등을 할퀴려고 하는 것을 느꼈다. 추격자의 분노가 점점 집중되어 갈수록 그 존재의 손, 또는 그 위치에 달려 있는 손보다 끔찍한 어떤 기관이 조금씩 더 실체를 얻어 가는 것만 같았다. 마침내 그는 문의 구조를 기억해 내고 열어서 건너 편으로 가 문을 닫았다. 그는 친구의 방에 도착했고, 우리가 알 필요가 있는 것도 여기까지다.

포인터의 일기장을 구입한 이후 상당한 시간이 지났는데도 제임스 덴턴이 예의 문양이 붙어 있던 부분의 설명을 찾아낼 수 없었다는 것 은 꽤나 이상한 일이다. 일기장을 통독하는 동안에는 그 문양과 관련 된 내용을 찾을 수 없었고, 따라서 그는 그 문양에 대해 별로 기록할 점이 없었던 것 같다는 결론을 내렸다. 그러나 지금까지 내가 묘사한 끔찍한 사건이 발생한 그다음 날 그는 렌콤 장원을 떠나며—언제 돌 아오게 될지는 그도 알 수 없었다—그 일기장을 가져갔다. 그리고 해 변의 별장에 도착해서 문양이 처음 발견된 부분을 보다 주의 깊게 살 펴보았다. 그가 의심한 바는 사실로 드러났다. 일기장 두세 장이 풀로 봉합된 후 덧쓰여 있었던 것이다. 불빛에 비추니 분명히 보였다. 풀의 접착력이 떨어졌기 때문에 수증기를 쐬니 종이는 손쉽게 떨어졌고, 그 안에는 문양과 관계된 기록이 있었다.

1707년에 작성된 항목이었다.

오늘 애크링턴의 캐스버리 씨가 찾아와 젊은 에버라드 샬럿 경에 대 한 이야기를 들려주었다. 당시에는 유니버시티 칼리지의 일반 생도였는 데, 현재 동 대학의 학장을 맡고 있는 아서 샬럿 박사의 친족이었을 것이 라고 기억하고 있다. 이 샬럿 경은 매력적인 젊은 신사였지만 가벼운 무 신론자이며 '차력꾼'이었다고 하는데, 이는 당시에, 그리고 내가 아는 바 로는 지금도 음주를 과하게 즐기는 사람을 일컫는 단어다. 그의 방종은 꽤나 유명했으며 여러 번에 걸쳐 지탄을 받았다. 만약 그의 방탕한 생활이 낱낱이 알려졌다면 그는 퇴학을 면치 못했을 것이다. 물론 캐스버리 씨가 의심하는 대로 그에게 관심을 기울이는 다른 사람이 없었다면 말이다. 그는 매우 아름다운 용모를 가지고 있었고, 가발 대신 자신의 머리카락을 휘날리며 다녔다고 한다. 바로 이 사실과 그의 방탕한 생활 때문에 그는 '압살롬'*이라고 불리곤 했다. 그 스스로도 자신이 늙은 다윗의 명줄을 줄였다고 말하고 다녔는데, 이는 선량한 기사였던 그의 아버지 잡샬럿 경을 일컫는 말이었다.

캐스버리 씨는 에버라드 샬럿 경이 사망한 해를 정확히 기억하지 못한다고 했는데, 아마도 1692년 아니면 1693년이었을 것이다. 그는 10월에 갑작스러운 죽음을 맞이했다.

에버라드 샬럿 경의 불쾌한 행동과 악명 높은 비행에 관한 내용 몇 줄은 생략하겠다.

바로 전날 밤 샬럿 경의 유쾌한 행동을 목도했던지라 캐스버리 씨는 그가 사망했다는 사실에 놀라지 않을 수 없었다. 그는 마을 옆 도랑에서 발견되었는데, 머리에서 머리카락이 깨끗하게 뽑혀 나가 있었다. 귀족이었기 때문에 옥스퍼드에 있는 대부분의 종이 그를 위해 울렸으며, 그는 다음 날 밤 동쪽의 성 베드로 성당에 묻혔다. 하지만 2년 후 유족이 가문의 영지로 유해를 옮기려고 할 때 실수로 관이 부서졌는데, 그때에는 머리카락이 거의 온전히 자라 있었다고 한다. 흥미롭게 들리는 이야기지만

---

* 「험프리스 씨의 유산」의 339쪽 두 번째 주석 '압살롬'에 대한 설명에 더해, 『사무엘하』 14장 25~26절에는 압살롬의 머리카락이 가진 아름다움과 풍요로움이 언급되어 있다.

플롯 박사의 『스태퍼드셔의 역사』에 동일한 이야기가 기록된 적이 있다고 기억된다.

이후 그의 방을 재개장하게 되었을 때 캐스버리 씨가 벽지의 일부를 손에 넣게 되었다고 한다. 그 벽지는 예의 샬럿 경이 자신의 머리카락을 기념하기 위해 특별히 도안한 것이라고 하는데, 도안을 맡은 선임 연구원에게 자신의 머리카락 한 다발을 직접 건네주었다고 한다. 내가 여기 붙여 놓은 천 조각은 캐스버리 씨가 내게 준 바로 그 물건이다. 그의 말로는 이 그림에는 어딘가 미묘한 문제가 있다고 하는데, 도저히 오래 들여다보고 있을 마음이 들지 않아 무엇이 잘못되었는지는 알아내지 못했다고 한다.

그 커튼을 제작하는 데 쓰인 돈은, 결국 그 커튼 자체와 마찬가지로 불 속에 던져 버린 꼴이 되고 말았다. 캐텔 씨는 이 이야기를 듣고는 셰익스피어에서 따온 구절 하나로 반응했다. 어떤 구절이었는지는 쉽사리 추측할 수 있으리라. '더 많은 것들이 있다'*로 시작하는 구절이었다.

* 셰익스피어의 『햄릿』 제1막에는 '하늘과 땅에는 더 많은 것들이 있다네, 호레이쇼. / 자네의 머릿속에서 꿈꾸는 것들보다도'라는 구절이 나온다.

대성당의 옛이야기
An Episode of Cathedral History

일전에 한 학식 있는 신사가 사우스민스터 대성당의 문서고를 살펴보고 기록을 남기려고 했던 적이 있었다. 이런 고문서를 연구하는 일에는 상당한 시간이 소요되기 때문에 그는 대성당이 있는 도시에 머무는 편이 나을 것 같다고 생각했다. 대성당에서는 이런 손님들을 성의를 다해 받아들이기는 하지만 레이크 씨는 자신의 일정이 교회의 성무일도*에 얽매이는 것을 원하지 않았다. 마땅히 그럴 만한 일이었다. 이윽고 대성당의 주임 사제는 레이크 씨에게 편지를 보내, 아직 방을 구하지 못했다면 워비 씨에게 연락해 보라고 권했다. 워비 씨는 성당의 수석 관리인으로, 대성당에서 가까운 곳에 살고 있으며 3~4주

---

* 매일 정해진 시간에 하느님을 찬미하는, 교회의 공적이고 공통적인 기도.

동안 머물 조용한 하숙인을 찾고 있었다. 레이크 씨가 원하는 바에 딱 들어맞는 조건이었다. 교섭은 수월하게 진행되었고, 12월 초가 되자 그는 (스스로 생각하기를) 대처리 씨*처럼 고풍스럽고 '대성당스러운' 편안한 방에서 머물게 되었다.

레이크 씨와 같이 대성당 교구의 관습에 익숙하고, 또한 특정 대성당의 주임 사제와 참사회의 호의를 한 몸에 받는 사람이라면, 응당 수석 관리인으로부터 존경받게 마련이다. 워비 씨는 심지어 다른 투숙객이나 손님들에게 몇 년 동안 적용해 오던 숙박 규칙을 바꾸기까지 했다. 레이크 씨 쪽에서도 이 관리인과 어울리는 걸 즐기게 되어, 하루 일이 끝난 후에는 그와 담소를 나눌 수 있는 기회가 생기면 놓치지 않으려고 했다.

어느 날 밤 9시경 워비 씨가 투숙객의 방문을 두드렸다. "레이크 씨, 마침 대성당을 지나갈 일이 생겼습니다. 다음에 이런 일이 생기면 한밤중의 대성당이 어떤 모습인지 구경시켜 드리겠다고 약속했었지요. 날씨도 쾌청하고 비가 올 기미도 없으니 원한다면 지금 가시지요."

"물론 그래야지요, 생각해 주셔서 정말 감사합니다, 워비 씨. 일단 외투부터 챙겨야겠군요."

"여기 있습니다, 선생님. 그리고 등불도 하나 더 가져왔지요. 달이 없는 밤이라 계단을 조심하셔야 할 테니까요."

"누가 보면 재스퍼와 더들스**가 다시 나타난 줄 알겠습니다. 그렇지

---

* 찰스 디킨스의 미완성 유작 『에드윈 드루드의 비밀』 등장인물로, 결국 그 정체가 밝혀지지 않은 수수께끼의 인물이다. 딕 대처리라는 이름으로 불린다.
** 『에드윈 드루드의 비밀』 등장인물. 존 재스퍼는 클로이스터럼 성당의 선창자로 가장 주요한 악당 용의자이며, 더들스는 술을 좋아하는 석공이다. 3장에서 두 사람은 클로이스터럼 성당의 지하 무덤들을 둘러보며 그 기원과 공법에 대해 이야기를 나눈다.

않나요?" 대성당 경내로 들어서며 레이크가 말했다. 그는 관리인도 역시 『에드윈 드루드의 비밀』을 읽었을 것이라 확신하고 있었던 것이다.

"글쎄요, 그럴 수도 있겠지요." 워비 씨가 가볍게 웃으며 대꾸했다. "별로 칭찬으로 들리지는 않는 말이지만요. 대성당을 그런 식으로 운영하다니 참 괴상하다는 생각이 듭니다. 그렇지 않습니까, 선생님? 1년 내내 정식으로 성가대를 동원해서 7시에 아침 감사성찬례를 올린다니요. 요즘 아이들 목으로는 견딜 수가 없을 겁니다. 성직자분들이 그런 일을 벌이려고 하시면 어른들 한둘은 봉급 인상을 요구할 테고요. 특히 알토들이 말이지요."

이제 그들은 남서쪽 문으로 들어가고 있었다. 워비 씨가 자물쇠를 여는 동안 레이크가 입을 열었다. "혹시 실수로 이 안에 갇혔던 사람은 없습니까?"

"두 번 있었죠. 한 명은 술 취한 선원이었습니다. 어떻게 들어왔는지는 알 길이 없고요. 제 짐작으로는 설교 도중에 잠든 게 아닐까 합니다만. 제가 그 사람을 발견했을 즈음에는 지붕이 무너져라 고래고래 기도를 드리고 있더군요. 세상에! 얼마나 지독한 소음이었는지! 10년 만에 처음으로 교회에 와 보는 거라고, 그리고 두 번 다시 오지 않을 거라고 말하더군요. 다른 한 명은 옛날 교구민이었는데, 어릴 적에 장난삼아 그런 놀이를 했다더군요. 그 이후로는 두 번 다시 그러지 않았지만 말입니다. 이제 선생님도 우리 교구가 어떤 곳인지 아시겠지요. 돌아가신 주임 사제님께서는 항상 손님들을 불러들였는데, 주로 달이 밝은 밤이었고, 그럴 때마다 스코틀랜드의 어느 성당을 묘사하는 시를 읊어 주곤 하셨습니다. 제가 보기에는 아무래도 이렇게 완전히 깜깜한 밤이 더 분위기가 사는 것 같은데 말입니다. 어둠 속에서는 성당이 더욱 크고 웅장해 보이지요. 제가 성가대석 쪽에 가서 일을 보는 동안 본랑 쪽에 잠시 있어 보면 무슨 말인지 이해가 되실 겁니다."

레이크는 그 말에 따라 기둥에 기대서서 기다렸다. 불빛이 흔들리며 성당을 가로질러 나아가더니 계단을 올라 성가대석으로 들어갔다. 그러고는 칸막이나 다른 부속물에 가로막힌 듯 사라지고, 벽과 천장에 반사되는 희미한 빛만이 남았다. 얼마 지나지 않아 워비의 불빛이 다시 성가대석 입구 쪽에서 모습을 나타냈고, 다시 합류하자는 신호를 보내듯이 흔들렸다.

"워비가 맞겠지, 다른 무언가가 아니라." 레이크는 중얼거리며 본랑을 가로질렀다. 물론 별다른 일은 없었다. 워비는 자신이 이곳에 온 이유인, 주임 사제의 자리에서 꺼내 온 서류 몇 장을 보여 주고는 레이크에게 이곳의 모습이 어땠느냐고 물었다. 레이크는 확실히 볼 만한 가치가 있었다고 말했다. "아무래도," 그가 워비와 함께 제단 쪽으로 걸어가며 덧붙였다. "밤에 이곳을 자주 드나들다 보니 두려움이 없으신 모양입니다. 그래도 가끔 흠칫 놀랄 때는 없으십니까? 책이 떨어지거나 문이 휙 열리거나 할 때 말입니다."

"아뇨, 레이크 씨. 요즘은 그런 소음에는 별로 신경을 쓰지 않습니다. 가스가 새거나 벽난로 연통이 터지는 일이 훨씬 더 무섭죠. 한참 옛날에는 신경 썼던 적도 있었습니다만. 저쪽에 있는 석관 보셨습니까. 우리는 15세기 정도의 것으로 생각하는데, 선생님은 어떻게 생각하시는지요? 음, 보지 못했다면, 죄송하지만 돌아가서 한번 보고 오실 수 있겠습니까?" 예의 석관은 성가대석의 북쪽 면에 있었는데, 무덤이 있기에는 꽤나 묘한 위치였다. 성가대석의 석조 칸막이에서 1미터 정도밖에 떨어지지 않은 곳이었기 때문이다. 관리인 말대로 꽤나 평범해 보이는 물건으로, 평범한 석판을 대어 만든 것으로 보였다. 유일하게 주의를 끄는 것은 북쪽 면에 붙은 (그리고 칸막이 바로 옆에 있는) 커다란 금속 십자가뿐이었다.

레이크는 이 석관이 수직 양식* 시대 이후의 것으로 보인다는 사실에 동의했다. "하지만 뭔가 특출한 사람의 관이 아닌 이상에야, 실례지만 전혀 특기할 점이 없는 물건으로 보입니다만."

"글쎄요, 아무래도 역사적으로 중요한 사람의 무덤이라고는 할 수 없겠지요." 워비는 건조한 미소를 띠며 말했다. "석관의 주인에 대한 기록이 전혀 남아 있지 않으니 말입니다. 레이크 씨, 일단 30분만 기다려 주시면 집에 도착한 다음에 그 석관에 얽힌 이야기를 하나 들려 드릴 수도 있습니다. 여기서 시작하지는 않겠습니다. 날씨가 싸늘하니 여기 밤새 머무를 수는 없는 노릇이니까요."

"물론 정말로 듣고 싶습니다."

"좋습니다, 선생님. 들려 드리지요. 일단 지금 한 가지 여쭙고 싶은 게 있습니다만." 성가대석을 지나 나가면서 그가 말을 이었다. "우리 고장의 안내 책자와 우리 대성당이 실려 있는 편람에 보면, 이 건물의 이쪽 부분은 12세기 이전에 만들어졌다고 나와 있습니다. 물론 저도 그 말이 사실이라면 정말로 기쁘겠습니다만—거기 계단 조심하십시오, 선생님—제 말은 그러니까," 그가 열쇠로 한쪽 벽을 두드렸다. "이쪽 벽 부근의 돌이 선생님께서 보시기에 색슨족 양식 같습니까? 그렇죠, 아닐 겁니다. 제가 보기에도 그렇습니다. 저도 그 친구들에게 똑같은 말을 했습니다. 우리 성당의 유인물을 만드는 사서에게도, 런던에

* 중세 후기의 고딕 건축양식. 크고 화려한 스테인드글라스와 수직선을 많이 활용했으며, 1350년대부터 1500년대까지 유행했다.

서 일부러 여기까지 찾아오는 사람들에게도 그랬죠. 적어도 50번은 말했을 겁니다. 하지만 이 돌벽에 대고 말하는 것만큼이나 아무 소용이 없더군요. 글쎄요, 뭐 사람들이란 제각기 자기 의견이 있는 법일 테니까요."

이런 괴상한 인간 본성에 대한 논의는 두 사람이 집에 도착할 때까지 이어졌다. 레이크가 거처하는 곳의 거실 벽난로 불을 살펴본 후 워비 씨는 자기 쪽 거실로 가서 밤을 보내자고 제안했다. 잠시 후 그들은 거실에 편안하게 자리를 잡고 앉았다.

워비 씨는 이야기를 길게 이어 갔고, 나는 그의 말을 그대로 옮기거나 그 이야기의 흐름을 그대로 따라가는 수고를 할 생각이 없다. 레이크는 이야기를 듣자마자 자신의 보고서에 그 내용을 옮겨 적었고, 그러면서 자기 마음속에 각인된 대화 일부를 그대로 옮기기도 했다. 아무래도 그의 기록을 어느 정도 축약해서 들려주는 편이 용이할 듯싶다.

워비 씨가 태어난 것은 1828년 즈음인 모양이었다. 그의 아버지도 대성당과 연고가 있었고, 할아버지 역시 마찬가지였다. 아버지나 할아버지, 혹은 두 사람 모두 한때 성가대원이었으며, 성인이 된 후에는 성당 건물에 관계하는 목수이자 미장이로 일했다. 워비 본인 역시 평온하고 솔직하게 인정했듯이 10세 즈음에 성가대원으로 뽑혔다.

1840년에 이르러 사우스민스터 대성당에도 고딕 부활 양식*의 열풍이 밀려왔다. "그 때문에 여러 훌륭한 부분들이 사라져 버렸지요." 워비가 한숨을 쉬며 말했다. "아버지는 성가대석을 부수라는 명령을 들

---

* 19세기 영국에서 유행했던 중세 건축양식의 재발견으로, '빅토리아 고딕'이라고도 불린다.

고 귀를 의심하셨습니다. 막 새 주임 사제가 부임한 무렵이었는데—버스코 사제라는 분이셨죠—아버지는 도시의 훌륭한 소목점에서 도제 일을 한 터라 뛰어난 작품을 보는 안목이 있는 분이셨지요. 처음 만들어졌을 때만큼이나 훌륭한 떡갈나무 세공 판자에, 나뭇잎과 과실이 화관처럼 얽혀 있는 부조, 금박을 입혀 놓은 가문의 문장과 오르간의 파이프까지, 그걸 전부 들어내다니 너무 끔찍한 일이라고 말씀하시곤 했습니다. 그 모든 것은 목재 창고로 가 버렸습니다. 여기 벽난로 장식 선반 위에 있는, 성모 경당에서 가져온 작은 조각상들만 빼고요. 글쎄요, 저만의 생각일지도 모르지만, 우리 성가대석은 그때만큼 훌륭했던 때가 없어요. 물론 우리 성당에는 아직 오래된 부분이 많이 남아 있고, 사실 그 당시에 수리가 필요한 곳도 있기는 했어요. 아마 얼마 버티지 못할 부분도 있었을 겁니다. 그러나 결과적으로는 우리 성당 역사의 정수가 사라져 버린 셈이지요." 레이크 씨는 자신도 수복 작업에 대해 워비와 같은 의견이라고 말했지만, 그러면서 동시에 이대로는 절대로 본론에 이르지 못할 것 같다고 우려를 표했다. 어쩌면 그의 생각이 옳았을지도 모른다.

워비가 서둘러 그의 걱정을 덜어 주었다. "이 주제에 대해서는 한자리에서 몇 시간이고 얘기할 수도 있고, 또 기회가 닿을 때마다 얘기하게 되는군요. 하지만 버스코 사제님은 고딕 양식에 푹 빠져 있었고, 거기다 모든 것을 그 기준에 맞게 바꿔야만 성이 차는 분이셨지요. 결국 어느 날 아침 감사성찬례가 끝난 후 그분이 아버지께 성가대석으로 오라고 하고는, 제의실에 들러 제의를 벗어 놓고 돌아오셨습니다. 손에 두루마리 종이 하나를 들고 와 관리인이 가져온 탁자 위에 펼치고는 기도서로 눌러 놓았죠. 그들을 돕던 아버지는 종이 위에 어떤 성당의 성가대석이 그려져 있는 것을 보았습니다. 성격이 급했던 주임 사제는 즉시 말을 꺼냈죠. '자, 워비, 이걸 어떻게 생각하나?' 아버지는 대답했습니다. '글쎄요, 경험이 부족해서 이게 어디의 모습인지 정확하게 모르겠군요. 헤리퍼드 대성당 같기도 합니다만, 사제님?' '아닐세, 워비.' 주임 사제가 말했습니다. '이건 몇 년 후에 우리가 보게 될 사우스민스터 대성당의 모습일세.' '그렇군요, 사제님.' 아버지는 그날 내내 이 말만 계속 반복하셨답니다. 적어도 주임 사제에게는요. 그러나 내게는 이렇게 털어놓으시더군요. 편안하고 성당과 잘 어울리는 우리의 성가대석을 둘러본 다음에, 어떤 런던 건축가 놈이 그린 그 무미건조한 그림을 들여다보게 되니 졸도해 버릴 지경이었다고 말이죠. 자, 제가 하고 싶은 말도 바로 그겁니다. 선생님도 이 옛 모습을 보면 제 의견에 동의하게 되실 겁니다."

워비는 벽에서 그림이 든 액자 하나를 가져오며 말을 이었다. "결국 요점은, 주임 사제가 옛 성가대석을 깨끗이 쓸어버리라는 명령서를 참사회에서 받아다가 제 아버지에게 건넸다는 겁니다. 당시 마을에서 새로 설계 중이던 성가대석을 설치하기 위해서 말이죠. 아버지는 인부들을 소집하고 그걸 직접 때려 부수게 되었죠. 자, 여기 그림을 보면 설교단의 위치가 보이실 겁니다. 한번 눈여겨봐 주세요." 설교단을 찾기는 어렵지 않았다. 돔 형태의 공명판이 달린, 묘하게 커다란 목조 구조물이 성가대석 북쪽 자리의 동쪽 끝에 서 있었다. 주교좌를 정면으로 마주하는 위치였다. 워비는 계속해서 공사가 진행되는 동안에는 본랑에서 감사성찬례를 진행했으며, 따라서 주일을 기다리던 성가대원들은 실망할 수밖에 없었고, 특히 오르간 주자는 제법 큰 비용을 들여 런던에서 임대해 온 소형 오르간을 일부러 망가트렸다는 의심을 받기도

했다고 설명을 이어 갔다.

처음 철거 작업을 시작한 곳은 성가대석 칸막이와 오르간 지지대였고, 거기에서 천천히 동쪽으로 나아가며 (위비의 말대로) 수많은 오래된 작품들을 파괴해 나갔다. 이런 일이 진행되는 동안 당연하게도 참사회원들이 성가대석 주변을 상당히 자주 오락가락하게 되었는데, 위비의 아버지는 자연스럽게 그들의 대화를 엿들으면서 지금 실행에 옮기고 있는 작업에 대해 상당히 많은 반대 의견이 있었다는 사실을 알게 되었다. 특히 나이 많은 참사회원들 사이에서 말이다. 어떤 이들은 본랑의 찬 바람을 막아 주는 칸막이가 없는 자리에 앉으면 감기에 걸려 죽어 버릴 거라고 생각했다. 또 어떤 이들은 측랑에 자리 잡은 사람들에게 모습을 보이게 된다는 생각에 반대했다. 특히 설교 중에 사제님 말씀에 귀를 기울이기 위해 흔히 취하곤 하는 자세가 오해를 불러일으킬 수도 있다고도 여겼다. 가장 큰 반대 의견은 참사회에서 가장 나이 든 회원의 것이었는데, 그는 최후의 순간까지 설교단을 없애면 안 된다고 강하게 반대했다. "그걸 건드리면 안 되오, 사제님." 어느 날 아침, 그가 주임 사제와 함께 설교단 앞에 서서 강조했다. "무슨 곤란한 일이 벌어질지 모르는 것 아니오." "곤란한 일? 이건 누가 딱히 이득을 얻자고 하는 일이 아닙니다, 참사회원님." "나를 참사회원이라고 부르지 마시오." 노인이 거친 말투로 말했다. "30년 동안 사람들은 나를 아일로프 박사라고 불렀소. 사제님도 나를 그렇게 불러 주시면 정말 고맙겠소. 그리고 설교단에 대해서 말인데—내가 30년 동안 설교한 곳이기도 하오, 그리 염두에 둘 필요는 없지만—내가 한마디 조언하자면, 나는 저걸 없애면 안 된다는 사실을 알고 있다고 말해 두겠소." "하지만 친애하는 박사님, 저것만 그대로 놔둬야 할 이유가 뭡니까? 성가대석을 전부 뜯어내고 다른 양식으로 교체하는 와중에 말입니다. 그럴 만한 논리적인 이유가 있는 겁니까? 보기에 좋지 못하다는 사실을 감안할 정도로 말입니다." "논리, 논리라!" 아일로프 박사가 말했다. "무례하게 굴고 싶지는 않소만, 주임 사제님, 만약 당신네 젊은이들이 항상 논리를 요구하는 대신 진짜 논리에 귀를 기울일 줄만 안다면 세상은 훨씬 나아질 거라오. 하지만 이제 됐소. 내 할 말은 다 했으니까." 그러고 나서 노신사는 절뚝거리며 퇴장했고, 운명의 장난으로 두 번 다시 대성당에 들어오지 못하게 되었다. 그해 여름은 유달리 더웠고, 얼마 안 가 온갖 질병이 대기를 가득 채웠기 때문이다. 아일로프는 처음 목숨을 잃은 사람들 중 하나였다. 흉부 근육에 염증이 생겨서 고통에 시달리다 어느 날 밤 세상을 떴다고 한다. 감사성찬례에 나오는 성가대원들과 아이들의 수도 줄어들기 시작했다.

그사이 마침내 설교단이 철거되었다. 사실 설교단 위에 달린 돔 모양의 공명판은(그중 일부는 팰리스 가든의 여름 별장에서 테이블이 되어 살아 남았다) 아일로프 박사의 항변으로부터 한두 시간도 지나지 않아 끌어 내려졌다. 기단부를 철거하는 작업은 예상보다 까다로웠는데, 보이지 않는 곳에 제단 형태의 석관이 하나 숨어 있었기 때문이었다. 복원 담당자들은 열광했다. 그것이 그날 밤에 워비가 레이크에게 보여 준 바로 그 석관이었다. 석관의 주인을 밝혀내기 위해 조사가 이어졌지만 아무 소용이 없었다. 그때부터 지금에 이르기까지 아무도 그 석관의 주인을 밝혀내지 못했다. 석관은 아주 주의 깊게 설교단 기단부 안에 숨겨져 있어서 석관 위의 부조도 조금도 손상되지 않은 상태였다. 북쪽 면에만 약간의 흠이 남아 있었다. 측면을 구성하고 있는 두 장의 석관 사이에 공간이 있었던 것이다. 그래 봤자 5센티미터가량

밖에는 되지 않았다. 미장이 팔머는 성가대석 주변에서 다른 가벼운 작업을 하러 왔다가 한 주 안에 그 공간을 메우라는 지시를 받았다.

그해 여름은 분명 아주 힘겨웠다. 교구가 소문대로 원래 늪지대였던 곳에 위치했기 때문인지 아니면 다른 이유 때문인지는 모르지만, 성당 주변에 사는 사람들은 8월과 9월에 걸쳐 낮의 햇살도, 고요한 밤의 적막도 누리지 못했다. 나이 든 사람들은, 앞서 살펴본 아일로프 박사의 경우와 마찬가지로 건강에 치명적인 위협을 받기도 했다. 그러나 젊은 이들도 거의 대부분이 침대에서 몇 주 동안 요양하거나, 아니면 끔찍한 악몽을 동반한 우울증에 시달렸다. 이윽고 사람들 사이에서 한 가지 의심이 피어올랐고, 이 의심은 얼마 지나지 않아 확신으로 변했다. 대성당 개축이 이런 현상의 원인이라는 것이었다. 사우스민스터 대성당의 참사회에서 연금을 받는 옛 관리인의 미망인이 어떤 꿈을 꾸고는 그 내용을 친구들에게 퍼트린 것이 발단이었다. 어둠이 깔리면 어떤 존재가 남쪽 교차랑의 쪽문을 열고 나와서 매일 밤 이리저리 돌아다니는데, 보통 경내를 떠돌다가 주택가 쪽으로 사라졌다가는 새벽이 밝아 오면 다시 모습을 드러낸다는 것이었다. 그 형상은 움직이는 존재라는 것 외에는 전혀 모습을 알아볼 수가 없었다고 한다. 그러나 단하나, 오직 꿈이 막바지에 이르러 그것이 교회로 돌아올 때면 늘 고개를 돌리는데, 그때마다 왜인지는 모르지만 그놈의 눈이 붉게 타오르고 있는 것 같다는 기분이 들었다. 워비는 그 노파가 교회 서기의 집에서 열린 다과회에서 그 이야기를 한 것을 기억하고 있었다. 그는 어쩌면 그런 꿈을 계속 꾼다는 것 자체가 병증이 다가온다는 신호일지도 모른다는 생각도 했다. 어쨌든 9월이 다 가기 전에 그 노파 역시 무덤에 들어가고 말았다.

이 대성당 복원 작업에 관심과 흥분을 보인 것은 그 지방 사람들만
이 아니었다. 그해 여름 어느 날, 나름 명성이 있는 런던 고고학협회
회원이 그곳을 방문했다. 그곳의 발견을 기록하여 협회에 제출하기 위
해서였다. 동행한 부인은 보고서에 첨부할 그림을 그릴 예정이었다.
부인은 아침부터 성가대석의 전체 모습을 스케치하고는 오후가 되자
세부 묘사를 시작했다. 그녀는 먼저 새로 발견된 석관을 그리고, 석관
을 다 그린 다음 그 뒤의 칸막이에 새겨진 아름다운 다이아몬드형 부
조를 발견하고는 남편을 불렀다. 석관과 마찬가지로 그 부조 역시 설
교단에 완전히 가려져 있었다. 남편은 당연하게도 그 부조 역시 그림
으로 남겨야 한다고 말했고, 그 말에 따라 부인은 석관에 걸터앉은 채
로 해가 질 때까지 부조를 세밀하게 그림으로 옮겼다.

남편 역시 그때쯤에는 측량과 기록을 다 끝냈다. 두 사람은 이제 호
텔로 돌아갈 때가 되었다는 데 동의했다. "내 치맛자락 좀 털어 주겠어
요, 프랭크." 부인이 말했다. "분명 먼지투성이가 되었을 것 같으니 말
이에요." 남편은 충직하게 그 명령에 따랐다. 하지만 잠시 머뭇거리더
니 이렇게 말했다. "여보, 이 드레스가 특별히 당신 마음에 드는 것인
지는 모르겠지만, 아무래도 이제 예전만큼 훌륭한 모습은 아니게 된
것 같구려. 상당히 많은 부분이 사라졌소." "사라져요? 어디로요?" 그
녀가 물었다. "어디로 갔는지는 모르겠지만, 이쪽 아랫단이 완전히 뜯
겨 나갔소." 그녀는 서둘러 치맛단을 끌어당겨 직접 눈으로 확인했고,
안감에 이르기까지 거칠게 찢겨 나간 것을 보고 공포에 질리고 말았
다. 그녀의 말에 따르면 마치 개가 물어뜯은 것과 같은 흔적이었다고
한다. 어쨌든 그 드레스가 완전히 못쓰게 된 것은 분명했기 때문에 부
인은 상당히 속이 상한 모양이었다. 사방을 찾아보아도 뜯겨 나간 조

각은 눈에 띄지 않았다. 그들은 결국 성가대석에 낡은 목재 가구와 튀어나온 못이 가득하니 이런 일은 어떻게든 일어날 수 있다고 결론을 내렸다. 어딘가에 옷자락이 걸려 찢어져 버렸고, 그날 내내 사방에서 눈에 띄던 인부들 중 하나가 그 옷자락이 걸린 나뭇조각을 그대로 가져가 버렸다고 생각하기로 한 것이다.

워비의 생각으로는, 그가 키우던 강아지가 뒤뜰에 있는 개집으로 나갈 시간이 되면 초조한 기색을 보이기 시작한 것이 아마도 그때쯤인 듯했다. (그의 어머니가 개를 집 안에서 재우도록 허락해 주지 않았기 때문이다.) 어느 날 밤 그가 강아지를 안아 들고 밖으로 내보내려고 하자 강아지가 "마치 기독교인처럼 저를 바라보며 꼬리를 흔들었지요. 그리고 저는, 글쎄요, 강아지들이 어떤지 아시지 않습니까. 결국에는 녀석을 외투 아래에 숨긴 채로, 끌어안고 2층으로 올라갔지요. 슬프게도 선량하신 어머님께 거짓말을 할 수밖에 없었지만 말입니다. 강아지는 취침 시간이 오기 전까지 30분도 넘게 침대 밑에서 꼼짝도 않고 숨어 있었고, 덕분에 어머니는 그 사실을 전혀 알아채지 못하셨습니다." 물론 워비는 강아지와 함께 잘 수 있어서 아주 기뻤다. 특히 사우스민스터 사람들이 아직까지 기억하고 있는 '비명'이 들려오던 때였기 때문에 더욱 그랬다.

"밤이면 밤마다," 워비가 말을 이었다. "강아지는 그 비명이 찾아온다는 사실을 알고 있는 듯했습니다. 그럴 때면 잔뜩 겁에 질려 침대로 기어들어 와서는 제 옆에 딱 붙어서 몸을 둥글게 말고 바들바들 떨었죠. 그리고 비명이 들려오면 완전히 정신이 나가 제 팔 아래로 머리를 밀어 넣곤 했습니다. 저도 녀석만큼 겁에 질려 있었죠. 예닐곱 번 정도 그렇게 소리가 들렸고, 그러다 녀석이 곯아떨어지면 그날 밤의 비명이

414

끝났다는 것을 알 수 있었죠. 그 비명이 대체 무엇이었냐고요, 선생님? 다른 사람들의 대화 속에서 그 비명을 언급하는 내용은 단 한 번밖에 들어 본 적이 없습니다. 성당 경내에서 놀던 중에 참사회원 두 명이 만나서 서로 아침 인사를 나누는 소리가 들리더군요. '밤새 잘 잤소?'라고 한쪽이 물었습니다. 질문한 쪽은 헨슬로 씨였고, 상대방은 라이얼 씨였죠. '그다지.『이사야』34장 14절*이 너무 과도해서 견딜 수가 없더군.' 라이얼 씨가 대답했습니다. 헨슬로 씨는 '34장 14절이라니, 그게 뭐요?'라고 물었죠. '그러면서 성경 낭독자 일을 어떻게 하는 거요!' 라고 라이얼 씨가 대답했습니다. (헨슬로 씨는 평소에 시메온**의 말을 항상 인용해 대는 사람이었습니다. 소위 복음주의자라고 부르는 그런 부류의 사람이었죠.) '직접 가서 찾아보시오'라고 덧붙이기까지 했죠. 저도 대체 그가 무슨 말을 하는지를 알고 싶어서 집으로 달려가서 제 성경을 꺼내 그 구절을 찾아보았습니다. '염소 귀신이 제 또래를 부르고'라는 구절이 있더군요. 저는 지난밤에 들었던 비명이 이것이었나 하는 생각이 들었습니다. 소름이 끼쳐 어깨 너머를 한두 번 돌아보게 되더군요. 물론 이 일이 있기 전에도 부모님께 그 소리가 무엇인지 여쭈어 본 적이 있었지만, 부모님들은 아마도 고양이일 것이라고만 말씀하시더군요. 하지만 아주 짤막하게 말씀하실 뿐이었고, 그럴 때마다 얼굴에 수심이 어렸지요. 고양이라니요! 마치 굶주린 듯, 결코 오지 않을 누군가를 부르는 듯한 소리였습니다. 그 소리가 다시 시작되기를 기다리노라면, 옆에 제발 다른 사람이 함께 있어 주었으면 하는 생각만 들었습니다. 2~3일 정도 어른들이 경내에 제각기 서서 그 비명의

---

* 「참사회 사제 알베릭의 수집책」의 24쪽 주석 참조.
** 찰스 시메온(1759~1836). 영국 국교회 복음주의 설교자.

정체를 알아내려고 한 적도 있다고 합니다. 그러나 정작 그들도 겁에 질려 한쪽에 모여 서 있을 뿐이었고, 가까이 간다고 해도 주 대로에서 벗어나지 못할 정도였다고 합니다. 물론 아무것도 알아내지 못했고요.

그리고 다음으로 이런 일이 있었습니다. 저와 소년들 중 하나가—지금은 아버지와 마찬가지로 시내에서 식료품점을 운영하고 있습니다만—아침 감사성찬례가 끝난 다음에 성가대석 쪽으로 가 보았는데, 미장이 팔머 씨가 인부 하나에게 고래고래 소리를 지르고 있었습니다. 우리는 좀 더 가까이 가 보았지요. 팔머 씨가 성마른 노친네라는 사실을 알았고, 무언가 재미있는 일이 벌어질 것만 같았기 때문입니다. 보아하니 팔머 씨가 인부에게 낡은 석관에 나 있는 틈새를 메우라고 지시한 모양이더군요. 인부는 계속 자기가 최선을 다했다고만 말했고, 팔머 씨는 성이 잔뜩 나서 윽박질렀습니다. '저걸 제대로 했다고 하는 건가?' 그가 말했죠. '그게 참말이라면 네놈을 당장 해고해 버릴 거야. 내가 왜 봉급을 지불하고 있다고 생각하나? 주임 사제님과 참사회 사람들이 이리로 와서 네놈이 석고와 회반죽과 원, 온갖 것을 가져다 사방에 뿌려 놓은 꼴을 보시면 내가 뭐라고 말해야겠나? 그분들이 언제 올지 모르는데 말이야.' '하지만 주인어른, 저는 정말로 최선을 다했습니다요.' 인부가 말했습니다. '대체 어쩌다가 이게 떨어져 나왔는지 주인님만큼도 짐작이 안 갑니다요. 바로 이 구멍에다가 틀어막았는데 말입지요. 그런데도 떨어져 나오다니, 정말 모르겠습니다.'

'떨어져 나와?' 팔머 씨가 말했습니다. '회반죽이 틈새 가까운 곳에 떨어진 것도 아닌데. 튕겨져 나왔다고 해야겠지.' 이렇게 말하며 그는 회반죽 한 덩이를 주워 들었습니다. 저도 칸막이에서 1미터 정도 떨어진 곳에 있는 회반죽을 집어 보았는데, 아직 채 마르지 않았더군요. 팔머 씨는 영문을 모르겠다는 표정으로 회반죽을 살피더니 내 쪽을 돌아보고 물었습니다. '너희 혹시 여기서 뭔 장난질을 치던 것은 아니냐?' 그래서 저는 이렇게 대답했죠. '아뇨, 팔머 씨. 저희는 방금 전까지 이 근처에는 오지도 않았어요.' 제가 말하는 동안 다른 아이, 에번스가 틈새를 들여다보았는데, 순간 헉하고 숨을 들이키는 소리가 들리더군요. 그러더니 재빨리 눈을 떼고 우리를 돌아보았습니다. '저 안에 뭔가 있는 것 같아요. 반짝이는 것이 보였어요.' '뭐라고! 무슨 소리를!' 팔머 씨가 외쳤습니다. '뭐, 여기서 낭비할 시간은 없으니까. 거기 너, 윌리엄, 지금 가서 회반죽을 더 가져와서 이번에는 확실하게 마무리를 지어 놔라. 제대로 못 하면 작업장에 돌아가서 고생 좀 할 줄 알아.'

인부는 그렇게 자리를 떠났고, 팔머 씨도 곧 가 버렸습니다. 우리, 두 명의 아이들만 뒤에 남았죠. 저는 에번스에게 말했습니다. '정말로 저 안에 뭔가 있었어?' '응, 진짜로 봤어.' 그가 대답했습니다. 그래서 저는 '그럼 뭔가 밀어 넣어서 끄집어내 보자'라고 말했지요. 우리는 주변에 널려 있던 나뭇조각들을 가져와서 시험해 봤지만, 죄다 너무 크더군요. 그러자 에번스가 품에 지니고 있던 악보를 꺼냈습니다. 기억은 안 나는데 송가나 예식용 성가였을 겁니다. 그가 악보를 가늘게 말아 틈새로 밀어 넣었습니다. 두세 번 정도 해 봤지만 아무런 일도 벌어지지 않더군요. '나한테 줘 봐.' 이번에는 제가 직접 시도해 보았습니다. 여전히 아무 소용이 없더군요. 순간 왜 그런 생각을 했는지는 모르겠지만 저는 틈새 바깥쪽에 대고 손가락 두 개를 입에 물고는—어떤 동작인지 아시겠죠—크게 휘파람을 불었습니다. 그러자 뭔가 움직이는 소리가 들리는 것 같더군요. 저는 에번스를 돌아보며 말했습니다. '어서 가자. 뭔가 이상해.' '아, 무슨 소리야. 그거 이리 좀 줘 봐.' 그리고 에번스가 악보를 가져가서 다시 틈새로 밀어 넣었습니다. 다음 순간, 그는 제가 지금까지 본 그 누구보다도 창백한 얼굴이 되었습니다. '워비, 여기.' 그가 말했습니다. '어디 걸린 것 같아. 아니면 누군가가 끄트머리를 잡은 거든가.' '빼든 놔두든 알아서 해.' 제가 말했습니다. '빨리, 얼른 여기서 나가자.' 그래서 에반스는 악보를 힘껏 잡아당겼고, 악보는 틈새에서 빠져나왔습니다. 적어도 대부분은요. 끄트머리는 찢겨 나가 있었죠. 에번스는 그 끄트머리를 잠시 바라보더니 꾸륵거리는 소리를 내고는 악보를 땅에 떨어트렸고, 우리는 함께 최대한 서둘러 그곳을 빠져나왔습니다. 밖으로 나오자 에번스가 말하더군요. '그 종이 끄트머리 봤어?' '아니, 찢어진 건 봤는데.' '맞아, 찢어져 있었지. 거기다 젖어 있고, 까만 게 묻어 있었다고!' 글쎄요, 절반은 공포 때문에, 그리고 절반은 하루 이틀 안에 그 악보가 필요하다는 사실 때문에 우리는 결국 오르간 주자에게 이 이야기를 털어놓았습니다. 다른 이들에게는 아무 말도 하지 않았고, 아마 찢어진 악보는 인부가 다른 쓰레기와 함께 치워 버렸겠지요. 그러나 그날 있었던 일에 대해 에번스에게 물어보면 그는 계속 찢어진 자리가 젖어 들고 검게 변해 있었다고 주장했습니다."

그 사건 이후로 아이들은 성가대석을 피해 다니게 되었다. 따라서 워비는 미장이들이 다시 틈새를 메운 후 무슨 일이 벌어졌는지 알지 못했다. 성가대석 쪽에서 오는 인부들의 대화를 엿듣고 주인어른 (아마도 팔머 씨)이 직접 그 작업을 했다는 정도를 짐작할 뿐이었다. 얼마 후 그는 우연히 팔머 씨가 주임 사제관의 문을 두드리고 집사가 맞이하는 모습을 목격했다. 그로부터 하루 이틀 정도 지나서, 그는 아침 식사 자리에서 아버지가 다음 날 아침 감사성찬례가 끝난 후에 성당에서 무언가 평범하지 않은 일이 벌어질 것이라고 말하는 것을 주워들었다. "기왕이면 오늘이었으면 하는데 말이야." 아버지가 덧붙였다. "더 이상 위험 부담을 짊어져야 할 이유가 있나."

"그래서 제가 말했습니다. '아버지, 내일 대성당에서 무슨 일을 하시는데요?' 그러자 아버지는 생전 처음 보는 사나운 표정으로 저를 돌아보셨습니다. 나의 친애하는 아버지는 항상 선량하고 침착한 분이셨는데 말이죠. '애야, 어른들과 훌륭한 분들의 말을 엿듣고 다니면 혼쭐이 날 줄 알거라. 예의에 어긋나는 나쁜 행동이야. 내가 내일 성당에서 무슨 일을 하든 그건 네가 신경 쓸 일이 아니다. 만약 네가 내일 그 주변에서 돌아다니는 걸 보면, 흠씬 꾸짖은 다음 집으로 돌려보낼 거다. 잘 기억하고 있거라.' 저는 당연히 정말로 잘못했다고 대답했지만, 당연히 에번스를 불러서 계획을 꾸몄습니다. 교차랑의 한쪽 구석에 기둥 위 통로로 올라갈 수 있는 계단이 하나 있다는 것을 알았거든요. 그리고 당시 그 문은 거의 언제나 열려 있었고, 설령 잠겨 있더라도 열쇠가 바로 옆의 양탄자 아래 숨겨져 있는 것까지 알고 있었죠. 이미 음악 따위는 신경도 쓰이지 않았습니다. 그래서 우리는 다음 날 아침 다른 소년들이 성당을 떠날 때 재빨리 충계를 올라가 기둥 위에 자리를 잡고 무슨 작업이 시작되는지 구경했습니다.

바로 그 전날 밤, 저는 아이들이 보통 그렇듯 깊이 잠들어 있었는데, 갑자기 강아지가 침대로 기어들어 와서는 저를 깨웠습니다. 저는 이번에는 더 고약하겠구나, 하고 생각했죠. 녀석이 평소보다 더 겁에 질려 있었으니까요. 한 5분쯤 지나자 역시나 비명이 들리기 시작했습니다. 그게 어떤 느낌이었는지는 도저히 표현을 못 하겠군요. 이번에는 정말로 가까웠습니다. 그때까지 중 최고로 가까웠어요. 그리고 묘한 것이 말입니다, 레이크 씨. 이 경내에서 소리가 어떻게 울리는지 알고 계시지 않습니까? 특히 측면에 서 있을 때는요. 그런데 그때의 비명에서는 전혀 울림이 느껴지지 않았던 겁니다. 그날 밤의 비명은 정말 끔찍할 정도로 가까이에서 들려왔고, 그걸로 놀란 것으로는 부족했는지 이번에는 문밖 복도에서 부스럭거리는 소리가 들려오기 시작했습니다. 이제 저는 진짜로 끝장이구나 하고 겁에 질려 있었죠. 그러나 반면에 강아지는 조금 기운을 내는 듯했어요. 그리고 다음 순간, 문간에서 누군가가 속삭이는 소리가 들려왔습니다. 저는 크게 웃어젖힐 뻔했죠. 아버지와 어머니가 소리 때문에 잠에서 깨어나신 것이었습니다. '저게 대체 뭘까요?' 어머니가 말씀하셨죠. '쉿! 나도 모르겠소.' 아버지 역시 흥분된 목소리로 말씀하시며 이렇게 덧붙이셨습니다. '이러다 애가 깨겠소. 아무것도 듣지 못했으면 좋으련만.'

부모님이 바로 문밖에 계시다는 사실에 저도 조금 용기가 생겼습니다. 그대로 침대에서 빠져나와 대성당 경내가 보이는 긴 창문 쪽으로 다가갔지요. 강아지는 바로 침대 밑으로 파고들어 갔지만요. 저는 밖을 내다보았습니다. 처음에는 아무것도 보이지 않았습니다. 그런데 다음 순간, 외벽 기둥 아래 그림자에서 붉게 빛나는 점 두 개를 본 것만 같았습니다. 어두운 붉은색이었죠. 등잔이나 불 같은 것이 아니라, 검은 그림자 속에서 간신히 알아볼 수 있을 정도였습니다. 그리고 저는 그 소리로 인해 잠에서 깨어난 사람이 우리만이 아님을 알 수 있었습니다. 왼쪽 집의 창문에서 불빛이 움직이는 것이 보였으니까요. 그러나 그걸 확인하려고 잠시 고개를 돌렸다가 다시 성당 쪽을 쳐다보자 어둠 속의 붉은빛은 사라진 후였습니다. 계속 그 방향을 살펴봐도 두 번 다시 보이지 않았죠. 그리고 이윽고 그날 밤의 마지막 공포가 찾아왔습니다. 무언가가 제 맨다리를 스치고 지나간 겁니다. 다행히 별다른 일은 아니었습니다. 강아지가 침대 아래에서 나와 제게 다가온 것뿐이었죠. 신 나서 혀를 빼물고 깡충거리며 돌아다니더군요. 저는 녀석이 활기를 찾은 것을 보고는 다시 침대로 데려가서 아침이 될 때까지 함께 푹 잠을 잤습니다.

다음 날 아침 저는 어머니께 방에 강아지를 데리고 있었다고 고백했습니다. 그러고는 일전에 그토록 엄격하게 말씀하셨음에도 어머니께서 이번에는 차분하게 그 사실을 받아들이셔서 놀랐죠. '그랬었니? 그래, 나 몰래 그런 일을 하다니 평소라면 아침을 굶겨야겠지만, 별다른 일은 없었으니 이번만은 용서해 주마. 다음에는 먼저 허락을 받도록 하거라. 알겠지?' 잠시 후 저는 아버지께 고양이 소리를 또 들으셨는지 여쭈어 보았습니다. '무슨 고양이?' 아버지가 말씀하시면서 어머니를 돌아보더니, 어머니가 헛기침을 해 보이자 황급히 덧붙이셨습니다. '아! 음! 그래, 고양이 말이구나. 나도 고양이 소리를 들은 것 같구나.'

어딘지 우스꽝스러운 아침이었죠. 모든 일이 제대로 돌아가지 않는 것만 같았습니다. 오르간 주자는 늦잠을 자서 오지 못했고, 성가대 담당자는 그날이 19일이라는 것을 잊고 아침 시편 송가를 넘어가 버렸습니다. 그리고 성가대 담당자가 직접 오르간 주자의 대리를 맡아 저녁 기도 찬송을 연주하기 시작했지요. 주임 사제 쪽 성가대원들은* 너무 웃느라 제대로 노래를 부르지도 못할 지경이었죠. 찬양을 드릴 차례가 왔는데도 독창을 맡은 아이는 웃느라 정신도 못 차리고 있다가, 결국 코피가 난다고 둘러대고는 제 앞으로 악보를 밀어 놓지 뭡니까.

---

* 성가대원은 주임 사제 쪽(남쪽)과 선창자 쪽(북쪽)으로 나뉘어 자리를 잡는다.

저는 그 구절은 연습하지도 않은 데다 제대로 부를 실력도 되지 않았는데 말입니다. 뭐, 50년 전에는 세상이 훨씬 거칠었기 때문에 결국 저는 뒤에 서 있던 카운터테너한테 한 대 얻어맞았죠.

뭐, 어떻게든 감사성찬례가 끝났고, 성가대의 어른이건 아이건 조금도 그곳에서 지체할 생각은 없었습니다. 수석 참사회원인 헨슬로 씨가 제의실로 찾아와서 혼쭐을 낼 때까지 머뭇거리고 있을 수는 없었으니까요. 물론 실제로 그러지는 않았겠지요. 일단 그조차도 난생처음 성경의 잘못된 부분을 낭독한 후였으니까요. 어쨌든 에번스와 저는 별어려움 없이 빠져나가 계단을 올라갔고, 기둥 위 통로에 도달해서는 석관 바로 위쪽까지 이동한 다음, 그대로 납작하게 엎드려 머리만 빼꼼 내놓았습니다. 우리가 자리를 잡자마자 관리인의 소리가 들렸습니다. 처음에는 정문의 쇠창살을 내리더니 이윽고 남서쪽의 문과 교차랑의 쪽문까지 잠그더군요. 덕분에 우리는 곧 뭔가가 벌어질 것이라고, 그 때문에 사람들이 들어오지 못하게 막은 것이라는 사실을 깨달았지요.

그러더니 주임 사제님과 참사회원들이 북쪽 문을 열고 들어왔습니다. 그 뒤로 저희 아버지와 팔머 씨, 그리고 가장 우수한 일꾼 몇이 따라오더군요. 팔머 씨는 성가대석 가운데에 서서 사제님과 잠시 이야기를 나누었습니다. 그는 밧줄 꾸러미를 들고 있었고, 인부들은 쇠지레를 챙겨 왔더군요. 모두가 불안한 표정이었습니다. 그렇게 대화를 나누는 동안 제가 알아들은 내용은 사제님의 말씀 정도였습니다. '나는 낭비할 시간이 없다네, 팔머. 이걸로 사우스민스터의 주민들이 만족할 것 같다면 일을 벌이도록 허락은 하겠네. 하지만 한마디 덧붙이자면, 나는 자네같이 현실적인 사람에게서 이런 말도 안 되는 소리를 들을 거라고는 상상도 못 했다네. 자네도 내 말에 동의하지 않나, 헨슬로?' 헨슬로 씨는 대충 이렇게 대답한 것 같습니다. '아 이런! 사제님, 성경에서 다른 이를 함부로 가늠하지 말라고 하지 않던가요?' 그러자 주임 사제님은 코웃음을 치더니, 석관 앞으로 걸어가서 칸막이에 등을 대고 자리를 잡고 섰습니다. 다른 이들은 아주 조심스럽게 석관으로 다가갔지요. 헨슬로는 남쪽 면에서 턱을 긁으며 서 있었습니다. 이윽고 주임 사제님이 소리 높여 말했습니다. '팔머, 어느 쪽이 더 쉽겠나? 상판을 벗겨 내겠나, 아니면 측면 석판을 떼어 내겠나?'

팔머 노인과 인부들은 상판의 모서리와 동서남쪽의 측면 석판들을 살펴보며 한동안 꾸물거렸습니다. 북쪽만은 손대지 않더군요. 헨슬로는 빛도 더 많이 들어오고 공간도 널찍한 남쪽에서 작업하는 게 어떻겠느냐는 식으로 이야기했습니다. 그러자 한동안 그들을 바라보고 있던 저희 아버지가 북쪽으로 돌아가서 무릎을 꿇고 앉더니, 틈새 주변의 석판을 만져 보고는 자리에서 일어나 무릎의 먼지를 털고 말씀하셨습니다. '실례합니다만, 사제님. 팔머 씨라면 이쪽 석판을 상당히 손쉽게 떼어 내실 수 있을 것 같습니다. 인부 하나가 틈새로 쇠지레를 밀어 넣으면 빼낼 수 있을 것 같군요.' '아! 고맙네, 워비, 훌륭한 제안이로군.' 주임 사제님이 말씀하셨습니다. '팔머, 이리로 사람을 한 명 보내서 방금 말대로 해 주겠나?'

그래서 인부 하나가 북쪽으로 돌아와서 틈새에 쇠지레를 넣고 힘주어 눌렀습니다. 그렇게 그들 모두가 관을 굽어보고, 우리가 기둥 위 통로에서 머리를 쭉 빼고 있던 바로 그때, 성가대석 서쪽 끝에서 그때껏 들어 보지 못한 엄청난 굉음이 들렸습니다. 마치 커다란 통나무 더미가 통째로 계단에서 굴러 내려온 것 같은 소리였지요. 그 순간 벌어진 모든 일을 깔끔하게 설명하기는 힘듭니다. 엄청난 소란이었지요. 석판이 떨어져 나오는 소리와 쇠지레가 바닥에 떨어지는 소리도 들렸고, 주임 사제님이 '신이시여!' 하고 외치는 소리도 들렸습니다.

다시 아래를 내려다보자 주임 사제님이 바닥에 넘어져 있는 모습이 보였습니다. 인부들은 성가대석을 달려 내려가 도망치고 있었고, 헨슬로는 주임 사제님을 일으켜 드리는 중이었고, 팔머는 인부들을 말리러 가고 있었고(본인이 나중에 해명한 바로는요), 아버지는 손에 얼굴을 묻은 채로 제단 앞 계단에 앉아 계셨습니다. 주임 사제님은 화가 단단히 나신 모양이더군요. '앞을 좀 보고 움직여야 하지 않겠나, 헨슬로.' 그가 말했습니다. '통나무가 좀 떨어진다고 해서 다들 펄쩍 뛰고 난리를 피우다니 도저히 이해할 수가 없네.' 헨슬로는 자신이 석관 반대편에 있었다고 항변했지만, 주임 사제님은 화를 풀지 않으셨습니다.

잠시 후 팔머가 돌아와서는 그 소리의 정체를 모르겠다, 아무것도 떨어지지 않았다고 보고했습니다. 주임 사제님의 분이 좀 가라앉자 사람들은 모두 한데 모였습니다. 저희 아버지만 여전히 아까 그대로 그 자리에 앉아 계셨고요. 누군가가 양초에 불을 붙이고, 모두 함께 석관 속을 들여다보았습니다. '아무것도 없구먼.' 주임 사제님이 말씀하셨습니다. '내가 뭐라고 했나? 잠깐! 여기 뭔가 있군. 이게 뭔가? 악보 쪼가리에, 찢어진 천 조각 아닌가. 옷감으로 보이는군. 요즘 물건이야. 아무 가치도 없군. 다음에는 제발 교육받은 사람의 충고를 받아들이도록 하게나.' 그는 이런 이야기를 늘어놓으며, 다리를 절뚝이면서 북쪽 문으로 퇴장했습니다. 마지막으로 들려오는 것이라고는 문을 열어 놓았다고 팔머를 꾸짖는 소리뿐이었죠. 팔머는 '죄송합니다. 사제님'이라고 소리치기는 했지만, 그러면서 어깨를 으쓱했습니다. 헨슬로가 말했습니다. '사제님이 뭔가 착각하신 것 같구먼. 들어오면서 문을 닫았는데 말이지. 하지만 저렇게 화가 나신 상태이니 원.' 그리고 팔머가 말했습니다. '이런, 워비는 어디 있어?' 그리고 그들은 아버지가 계단에 앉아 계신 것을 발견하고 그쪽으로 다가갔지요. 아버지는 제정신을 차리는 중인 듯 손으로 이마를 쓸어내리셨습니다. 다행히도 팔머 씨가 아버지를 부축해 일으켰습니다.

너무 멀어서 무슨 말을 하는지 들을 수는 없었지만, 아버지는 측랑의 북쪽 문을 가리키며 뭐라고 말씀하셨고, 팔머 씨와 헨슬로 씨는 둘 다 아주 놀라고 겁먹은 표정을 지었습니다. 잠시 후 아버지와 헨슬로 씨는 교회를 떠났고, 다른 이들은 최대한 서둘러 석판과 회반죽을 원래의 상태로 되돌려 놓았습니다. 그리고 12시 종이 울리자 대성당은 다시 문을 열었고, 우리 둘은 최대한 서둘러 집으로 돌아갔습니다.

저는 가엾은 우리 아버지를 그토록 놀라게 한 것이 무엇인지 정말로 궁금해졌습니다. 집에 돌아오자 아버지는 독한 술 한 잔을 따라 놓고 자리에 앉아 계셨고, 어머니는 그 옆에 서서 불안한 눈빛으로 아버지를 바라보고 계셨습니다. 저는 지금까지 어디에 있었는지를 부모님들께 털어놓을 수밖에 없었습니다. 그러나 아버지는 별로 신경을 쓰지 않으시는 듯했습니다. 적어도 화를 내지는 않으셨죠. '너도 거기 있었구나, 얘야. 그래, 그걸 봤니?' '저도 전부 봤어요, 아버지. 그 소리가 어디서 났는지만 빼고요.' '사제님을 넘어뜨린 것이 무엇이었는지는 봤니?' 아버지가 말씀하셨습니다. '그 석관 안에서 무엇이 나왔는지? 못 봤다고? 그래, 정말 다행이구나.' '왜 그러세요? 그게 뭐였는데요, 아버지? 어서요, 분명 보셨을 거 아녜요.' '정말 보지 못했느냐? 인간처럼 생겼지만 온몸에 털이 나 있고, 두 눈이 커다란 그놈을?'

당시 아버지로부터 들은 말이라고는 그게 전부였습니다. 그리고 그 이후로는 그토록 놀랐던 것이 부끄러웠는지 제가 질문을 할 때마다 회피하시더군요. 그러나 한참이 지나 제가 성인이 되자 우리는 그 사건에 대해 자주 이야기를 나누게 되었고, 아버지는 언제나 똑같은 말씀을 하셨습니다. '검은색이었고, 털이 잔뜩 나 있고, 다리가 두 개에, 눈 안에서는 불길이 타오르고 있었다'라고요.

자, 그 석관에 대한 이야기는 이게 전부입니다, 레이크 씨. 손님들에게 해 드릴 만한 이야기는 아니지요. 부디 제가 세상을 떠날 때까지는 이 이야기를 퍼트리지 말아 주셨으면 합니다. 에번스 역시 아마 저와 비슷한 생각일 겁니다."

에번스 씨 역시 그의 말대로였다. 그러나 이제 20년이 넘는 세월이 흘렀고, 워비와 에번스는 이미 푸른 잔디 아래 몸을 누인 지 오래다. 따라서 레이크 씨는 아무런 문제 없이 1890년 당시 기록한 내용을 내게 건네주었다. 그 기록에는 석관의 스케치와 라이얼 씨의 기증에 의해 석관 북쪽 면에 고정된 금속 십자가에 새겨진 명문 내용이 첨부되어 있었다. 불가타판 성경에서 인용한 『이사야』 34장의 내용이었는데, 적힌 것은 단 세 단어뿐이었다. 'IBI CUBAVIT LAMIA(밤의 마녀가 그곳에 있을 것이니).'

사라짐과 나타남의 이야기
The Story of a Disappearance and an Appearance

지금 여기에 수록하는 편지들은 내가 유령 이야기에 관심이 있음을 아는 어떤 사람이 최근에 내게 보내 준 것이다. 그 진실성에는 의문의 여지가 없다. 기록에 사용한 종이, 잉크, 그리고 전체 형태를 보아 본문의 시기가 사실임은 분명하다.

명확하지 않은 것이라고는 오직 작자의 신원뿐이다. 그는 이니셜만으로 서명을 했고, 편지 봉투가 남아 있지 않기 때문에 결혼한 형제로 보이는 답신인의 성 역시 수수께끼일 뿐이다. 더 이상의 사전 설명은 필요하지 않을 듯하다. 다행히 첫 편지를 보면 상세한 내용은 전부 파악할 수 있을 것 같다.

편지 I. 그레이트크리스 홀, 1837년 12월 22일

사랑하는 로버트,

나로서도 참으로 개탄스러운 일이며, 너 또한 상당히 유감을 표하리라고 생각한다만, 이번 크리스마스에 너희 가족과 함께할 수 없다는 사실을 알리고자 이 편지를 쓴다. 이유를 들으면 너도 어쩔 수 없는 일이라는 점에 동의하게 될 것이다. 몇 시간 전 B——의 헌트 부인에게 편지를 받았는데, 헨리 숙부가 갑자기 수수께끼처럼 사라져 버렸으니 내게 바로 그곳으로 와서 수색 작업에 동참해 달라고 애원하는 내용이더구나. 나, 그리고 내 생각에는 아마도 너 역시 그 숙부를 거의 본 적이 없다는 사실을 감안하면, 이 요청을 가볍게 여겨서는 안 되리라는 결론을 내렸다. 그래서 즉시 B——로 떠날 것이며, 밤늦게 도착할 것이라는 답장을 오늘 오후에 보냈다. 목사관이 아니라 킹스 헤드 여관에 묵을 테니 그 주소로 편지를 보내 주길 바란다. 얼마 안 되는 액수의 수표를 동봉하니 부디 아이들을 위해 사용해 다오. 매일 편지를 보내 그곳에서 벌어지는 일을 알려 주기로 하겠다(하루 이상 시간이 소모될 경우에 말이지만). 그리고 만약 그곳의 일이 빨리 해결되어 장원으로 갈 시간이 난다면, 내가 반드시 갈 것이라고 확신해도 좋다. 이제 시간이 얼마 남지 않았구나. 너희 모두에게 마음속 깊은 곳에서 우러난 사랑과 깊은 유감을 보낸다. 진심이다. 사랑하는 형.

W. R.

편지 II. 킹스 헤드, 1837년 12월 23일

사랑하는 로버트,

일단 아직 H. 숙부의 소식이 없다는 것부터 전해야겠다. 그러니 너도 이제 내가 크리스마스에 깜짝 등장을 하리란 생각을—희망이라고 말하지는 않으마—버려도 될 듯하다. 그러나 내 마음은 항상 너희와 함께 있을 것이며, 정말로 행복한 축일을 보내기를 진심으로 기원한다. 사촌이나 조카들이 용돈을 쪼개어 내 선물을 사는 일이 없도록 해 주거라.

여기 도착한 이후로 나는 계속해서 H. 숙부의 일을 그렇듯 가벼운 마음으로 떠맡은 것을 깊이 후회하고 있다. 여기 사람들 말에 따르면 숙부가 아직도 살아 있을 가능성은 거의 없다고 한다. 그러나 그분이 사고 때문에 목숨을 잃었는지, 아니면 인간의 계획에 희생당하신 것인지는 아직 알 도리가 없다. 밝혀진 사실은 이렇다. 19일 금요일에, 숙부님은 평소와 마찬가지로 저녁 감사성찬례를 위해 5시 조금 전에 집을 나서서 교회로 향했다. 감사성찬례가 끝난 후 교회 서기가 전언을 하나 가져왔는데, 숙부님이 그걸 읽고는 3킬로미터 정도 떨어진 외곽의 오두막에 사는 병자를 방문하러 가셨다고 한다. 이것이 그분의 마지막 모습이셨다. 이곳 사람들은 숙부의 실종에 매우 슬퍼하고 있다. 너도 알다시피 여러 해 동안 이곳에 계셨으며, 그리 상냥하지도 않고 군인처럼 엄격하게 규율을 강요하는 경향이 있었지만 여러 선행을 벌이고 또 그 와중에 자신의 고생도 기꺼이 감수하셨던 분이니 말이다.

불쌍한 헌트 부인. 그 사람은 우들리를 떠나 온 이후로 숙부의 가정부였다고 하는데, 충격에 세상이 끝난 것처럼 보이는 모습이었다. 목사관에 묵으려는 생각을 하지 않아서 정말 다행이었다. 이곳 사람들의 친절한 권유도 여러 번 뿌리쳐야 했다. 나는 홀로 있는 편을 좋아하고, 이 여관은 꽤나 편안하니 말이다.

물론 너라면 심문과 수색 과정에서 벌어진 일에 대해 알고 싶을 것이다. 우선 목사관 수색에서는 애초에 기대할 만한 것도 없었다. 그리고 간단히 말해 기대를 뛰어넘는 일은 벌어지지 않았다. 나는 이전의 다른 사람들과 마찬가지로 헌트 부인에게 그녀의 고용주가 갑작스러운 심장마비나 발작 등의 전조가 될 만한 증상을 보였는지, 또는 평소에 그런 우려를 할 만한 이유가 있었는지 물어보았는데, 그녀와 주치의 모두 양쪽 전부 없었다고 확실하게 말했다. 평소와 같이 건강한 상태였다는 것이다. 그다음으로는 당연히도 연못과 냇물의 바닥을 뒤지고, 그분이 마지막으로 방문한 지역의 들판을 수색했는데, 아무 소득도 없었다. 나는 직접 교구 교회의 서기, 그리고 그보다 더 중요한, 그분이 마지막으로 방문한 집의 사람들과 이야기를 해 보았다.

그 사람들이 해코지를 하지 않았다는 점에는 의문의 여지가 없었다. 집안의 유일한 남자는 병석에 누워 있고, 매우 쇠약한 상태였다. 부인과 아이들은 당연히 아무것도 할 수 없는 상태였으며, 그들 중 하나가 가엾은 H. 숙부를 꾀어내 그분이 돌아가는 와중에 습격했을 가능성은 전혀 없었다. 그들은 이미 다른 이들에게 자신들이 아는 내용을 전부 말한 후였으나, 부인이 다시 내게 그 내용을 되풀이해 주었다. 목사님은 평소와 같은 모습이었다고 한다. 병자 곁에 그리 오래 머물지도 않았다. 그녀는 이렇게 말했다. "목사님은 그리 기도에 재능 있는 분이 아니셨어요. 하지만 모두가 그렇다면 교회 사람들은 어떻게 먹고살겠어요?" 숙부는 떠나기 전에 돈을 조금 남겼고, 아이들 중 하나가 숙부가 울타리를 넘어 옆 들판으로 건너가는 모습을 보았다고 한다. 평소와 같은 차림이었다. 견대도 착용하고 있었는데, 내 생각에는 그런 것을 걸치는 마지막 사람이 아니었나 싶다. 적어도 이 지역에서는.

너도 보다시피 나는 모든 것을 적고 있다. 사실 다른 할 일이 없기 때문이기도 하다. 사업과 관계된 서류도 전혀 가져오지 않았으니까. 게다가 내 머릿속을 정리하고, 간과했던 내용을 다시 떠올리는 데도 도움이 된다. 따라서 나는 여기서 일어난 일을, 필요하다면 대화까지도 전부 기록할 생각이다. 읽든 읽지 않든 그건 네 마음이지만, 부디 편지를 보관해 주길 바란다. 이렇게 충실히 기록하는 데에는 다른 이유도 있지만, 그 부분은 아직 확실하지가 않다.

내가 직접 오두막 근처 벌판을 수색해 봤는지를 물어볼지도 모르겠다. 앞서 언급한 대로 다른 사람들이 이미 꽤나 샅샅이 그 작업을 수행한 모양이지만, 나는 내일 직접 그쪽으로 나가 볼 생각이다. 보 가街* 에는 이미 연락을 했고, 오늘 밤 합승마차로 사람을 보낼 것이라는 답신이 왔지만, 별로 도움이 되지는 않을 듯싶다. 눈이 내렸다면 도움이 되었을지도 모르겠지만. 들판은 그저 사방이 트인 초원일 뿐이다. 물론 오늘 다녀오는 길에 주변에 단서가 있지는 않을지 주의하며 움직이기는 했다. 그러나 돌아오는 길에는 짙은 안개가 끼어 있었고, 나는 잘 알지 못하는 초지를 떠돌아다니는 일을 별로 좋아하지 않는다. 특히 덤불이 사람처럼 보이고, 멀리서 들려오는 암소 울음소리가 최후의 심판 날의 나팔 소리처럼 울리는 저녁나절에는 말이다. 만약 헨리 숙부가 길과 맞닿아 있는 숲 속에서 잘린 머리를 겨드랑이에 낀 채로 걸

---

* 헨리 필딩이 1749년 조직한 '보 가의 뜀박질쟁이들'을 말한다. 런던 최초의 전문 경찰 조직이었다.

어 나왔다고 해도, 당시의 나로서는 딱히 더 불편하지도 않았을 것 같다. 솔직히 말하자면 그와 비슷한 일이 일어나기를 내심 기대하고 있었던 것도 같다. 하지만 지금은 일단 펜을 내려놓아야겠다. 부목사 루카스 씨가 오신 모양이다.

귀환. 루카스 씨가 들렀다 가셨는데, 평범한 배려에서 나온 예의 바른 언행 외에는 그다지 소득이 없었다. 그는 이미 목사가 살아 있을 것이라는 희망을 버린 모양이었고, 그 때문에 진심으로 유감을 느끼는 듯했다. 또한 헨리 숙부가 루카스 씨처럼 친절한 사람과도 강한 유대 관계를 형성하지 못했다는 사실 역시 짐작할 수 있었다.

루카스 씨 외에도, 흔히 여관 주인이라 부르는 다른 방문자가 들르기도 했다. 이 킹스 헤드 여관의 경영자로, 내게 더 필요한 것은 없는지 물어보러 온 모양이었는데, 정말로 그를 제대로 묘사하려면 보즈*의 펜이라도 빌려야 할 듯하다. 그는 처음에는 매우 진중하고 근엄한 태도로 이렇게 말했다. "글쎄요, 선생님. 아무래도 제 불쌍한 마누라의 말버릇대로, 불행이 닥칠 때면 우리는 그저 고개를 숙일 수밖에 없지 않겠습니까. 지금까지 제가 들은 바로는 돌아가신 목사님의 가죽이나 터럭 하나도 발견되지 않은 모양이더군요. 물론 성경 말씀에서 그 단어를 쓰던 대로 털이 많던 분이라는 말은 아닙니다만."**

나는 최대한 말을 골라 그렇지는 않았을 거라고 대답했지만, 그 뒤에 목사님이 조금은 대하기 힘든 사람이었다는 말을 들었노라고 덧붙이지 않을 수 없었다. 그러자 보먼 씨는 한동안 나를 날카로운 눈으로

---

* 찰스 디킨스가 초년 시절에 사용했던 필명. 이 작품의 시기에서 한 해 전인 1836년에는 『보즈의 스케치집』이라는 단편 소품집이 엄청난 성공을 거두었다.
** 『창세기』 27장 11절의 내용으로, 야곱과 에사오의 이야기이다. '보시다시피 형 에사오는 털이 많고 저는 이렇게 털이 없습니다'라고 야곱이 어머니 리브가에게 말한다.

바라보더니, 순간 정중한 애도의 말을 멈추고 격정적으로 열변을 토하기 시작했다. "그 사람이 바로 이 방에서 겨우 맥주 한 통 때문에 나한테 쏘아붙인 그 말을 생각만 하면—제 말마따나 가족을 가진 남자에게는 언제든 벌어질 수 있는 일인데 말입니다—물론 당시에는 오해를 하고 있었고, 저도 그 사실을 알고 있기는 했지만, 그렇다고 해도 그런 말을 하다니 너무 충격을 받아서 도저히 뭐라 할 말을 찾을 수가 없더군요."

그는 갑작스레 말을 멈추더니 당황한 눈초리로 나를 바라보았다. 나는 고작해야 이렇게 말할 수밖에 없었다. "그거 참, 의견이 맞지 않는 일이 있으셨다니 유감이로군요. 이 교구 사람들이 숙부를 꽤나 그리워하겠지요?" 보먼 씨는 깊이 한숨을 쉬었다. "아, 그럼요! 선생님의 숙부님이시죠! 순간 선생님의 친척분이라는 사실을 잠시 잊었군요. 이해해 주시겠지요, 자연스러운 일 아닙니까. 선생님은 그분과 닮은 점이라고는 전혀 없으니까요. 말도 안 되는 소리입죠. 어쨌든 뭐, 제가 마음속에 무엇을 품고 있든, 선생님께서는 분명 기분이 상하셨을 테니, 제가 마땅히 입을 더 잘 간수했어야 하는데 말입니다. 적어도 그런 일을 입에 올리지는 말았어야 하는데."

나는 그의 생각을 충분히 이해한다고 말하고는 그 내용을 더 자세히 물어보려고 했지만, 그는 여관 일 때문에 곧 자리를 뜰 수밖에 없었다. 어쨌든 그가 불쌍한 헨리 숙부의 실종에 대한 질문을 두려워했다고 여길 필요는 없을 듯하다. 물론 밤이 되면 그에게 내가 그렇게 의심할지도 모른다는 생각이 떠오를 테니, 내일 보다 상세한 내용을 들을 수 있으리라 기대하고 있지만 말이다.

이만 줄여야겠다. 저녁 마차 편에 편지를 보내야 하니까.

편지 III. 1837년 12월 25일

사랑하는 로버트,

크리스마스 당일에 쓰는 편지 내용치고는 조금 묘하지만, 사실 별 내용은 없다. 아니, 있을지도 모르지. 네가 직접 판단하거라. 적어도 결정적인 사건은 없었다. 보 가 사람들 말은 결국 단서를 전혀 찾지 못했다는 것이었다. 시간이 상당히 경과한 데다 기후 상태가 좋지 못해 발자국이 전부 희미해져서 거의 쓸모가 없었다. 고인의—애석하게도 이 단어를 사용할 수밖에 없을 모양이다—발자국은 전혀 찾아낼 수 없었다.

예상했던 대로 다음 날 아침에 보면 씨는 꽤나 불안해 보였다. 이른 시간부터 그가 매우 명료한 목소리로—내 생각으로는, 의도적으로—바에서 보 가 경찰들에게 이야기를 하고 있었는데, 목사님이 사라진 일로 인해 이 마을이 얼마나 많은 것을 잃었는지, 그리고 진실을 찾아내기 위해서 모든 것을 철저히 파헤쳐야 한다는—꽤나 장중한 표현을 사용해서 말하더구나—내용이었다. 아무래도 연회 자리에서 연설가로 인기가 좋을 듯한 사람이다.

아침 식사 시간에는 직접 내 시중을 들더니, 머핀을 하나 건네면서 그것을 기회로 내게 낮은 소리로 말을 걸었다. "선생님, 친척분에 대한 제 감정이 소위 악의라고 부르는 감정으로 오염된 것이 아님을 알아주셨으면 합니다. 일라이저, 방은 그대로 놔두거라. 내가 직접 이 신사분이 필요하신 것이 없는지 확인할 테니까. 선생님, 부디 이해해 주시길 바랍니다. 사람이 항상 자신을 다스리지는 못한다는 것은 잘 알고 계시겠지요. 그리고 사람이 말투나 표현 때문에 감정이 상하게 되면 말입니다, 감히 말씀드리건대 도저히 입에도 담을 수 없는……" 그는 계속해서 목소리가 커지고 얼굴이 붉어졌다. "아닙니다, 선생님. 그, 만약 허락해 주신다면, 간략하게 몇 마디로 이 사건이 어떻게 되었는지를 설명해 드리고 싶습니다. 그 맥주 통이, 더 정확하게 말하자면, 작은 나무통이라고 해야 할 듯한데……"

나는 이쯤에서 끼어들어야 한다고 생각하고는, 그렇게까지 자세한 내용을 들어 봤자 별로 도움이 될 것 같지 않다고 말했다. 보면 씨는 마지못해 동의하고는, 조금 마음을 가라앉힌 후 이야기를 계속했다.

"글쎄요, 선생님, 선생님 의견을 받아들이겠습니다. 그리고 선생님 말씀대로 이쪽이든 저쪽이든 아마 현재의 의문점에는 별다른 도움이 안 되겠지요. 그저 저로서는 제가 선생님만큼이나 우리가 마주한 사건에 대해 기꺼이 도울 준비가 되어 있다는 점을 선생님이 알아주셨으면 하는 것뿐입니다. 제가 45분쯤 전에 경찰분들에게 말했던 것처럼, 이 끔찍한 사건에 아주 약간의 실마리라도 제공할 수 있는 일이라면 모든 것을 철저하게 파헤쳐야 한다는 것은 물론이고요."

사실 보면 씨는 우리의 탐사에 동참하기는 했지만, 도움이 되고 싶다는 진실한 소망에도 불구하고, 실제로는 아무래도 그리 큰 도움이 되지는 못했다. 그는 들판을 어정거리고 있을 헨리 숙부나 숙부의 실종에 책임이 있는 사람을 만날 수 있으리라는 생각을 했던 모양인지, 손으로 눈을 가린 채 멀리 보이는 소나 일꾼들을 지팡이로 가리키며 우리의 주의를 흐트러트리기만 했다. 그곳에서 만난 노파 몇 명과 오랫동안 대화를 나누기도 했는데, 꽤나 깐깐하고 꼬장꼬장하게 굴더니 결국 매번 우리에게 돌아와서 이렇게 말했다. "글쎄요, 저 여자는 이 슬픈 사건과 별 연관이 없는 것 같군요. 제가 보기에는 그 이상의 단서는 없다고 확신할 수 있습니다. 물론 저 여자가 의도적으로 뭔가를 숨기고 있지 않다면 말이죠."

서두에서 말했듯이 제대로 된 결과물은 나오지 않았다. 보 가 사람들은 마을을 떠났다. 런던으로 갔는지는 모르겠다.

그날 저녁에는 방문판매인 한 명과 어울렸는데, 아주 영리한 친구였다. 그는 이 부근을 잘 알았고, 이 부근에서 한동안 돌아다녔지만 수상한 부류는 보지 못했다고 말해 주었다. 불량배나 떠돌이 선원, 집시 따위 말이다. 그는 바로 그날 W——에서 본 훌륭한 〈펀치와 주디〉* 공연에 푹 빠져 있었는데, 그 공연단이 여기에 들렀었는지 물어보고는 오면 절대로 놓치지 말라고 충고하기까지 했다. 지금까지 그가 본 최고의 펀치 씨에 최고의 강아지 토비였다는 것이다. 물론 강아지 토비는 최근에 들어서야 공연에 추가된 등장인물이다. 나도 직접 본 적은 한 번밖에 없지만, 얼마 지나지 않아 모든 공연자들이 한 마리씩 들여놓지 않을까 싶다.

자, 너도 내가 왜 구태여 이런 모든 내용을 편지에 적었는지 궁금하겠지? 또 다른 어리석고 시시한 사건—분명 이렇게 생각하게 될 거다—하나와 연관이 있어서 어쩔 수가 없다. 내가 겪은 불안한 환상을—분명 그렇겠지—생각하면 여기 적어야만 할 것 같다. 이제 내가 꾼 꿈의 내용을 여기에 기록하려고 하는데, 지금까지 꾼 꿈 중에서 가장 괴이했다고 자신 있게 말할 수 있을 듯하다. 방문판매인과의 대화와 헨리 숙부의 실종 때문에 이런 꿈을 꾸게 된 것일까? 다시 한 번 말

---

* 이탈리아의 '코메디아 델라르테'에서 유래한 영국의 인형극으로, 폭력적이고 제멋대로이며 지팡이를 들고 있는 펀치 씨(푼치넬로)가 여러 부류의 등장인물을 때려눕히는 이야기이다. 흔히 등장하는 인물은 아내 주디, 경관, 악어, 다양한 외국인, 아기, 토비라는 이름의 개, 처형인 잭 케치, 심지어 악마까지 등장한다.

하지만 판단은 네 몫이다. 나는 지금 그리 냉정하지도, 판단력이 살아 있지도 못한 상태니 말이다.

꿈은 처음에는 커튼을 양쪽으로 걷는 듯한 느낌이라고밖에는 설명할 수 없는 방식으로 시작되었다. 나는 실내인지 실외인지 모를 어떤 곳에 앉아 있었다. 양옆으로는 몇 명의 사람이 있었는데, 아는 사람도 아니었고, 그들에 대해 그리 깊이 생각하지도 않았다. 입을 아예 열지도 않았는데, 내가 기억하는 바로는 모두 침울하고 창백한 얼굴로 눈도 돌리지 않고 정면을 바라보고 있었던 듯하다. 정면에서 〈펀치와 주디〉가 공연되고 있었는데, 일반적인 무대보다는 꽤나 크게 만들어졌고, 주황색의 무대에 검게 칠한 커튼이 내려와 있었다. 그 뒤와 양옆은 어둠뿐이었는데, 앞쪽에만은 제법 조명이 밝게 비추고 있었다. 나는 상당히 기대하며 잔뜩 긴장해 있었고, 팬파이프와 루-투-투-잇 소리에 집중해서 귀를 기울였다. 그런데 갑자기 엄청나게─다른 단어를 찾지 못하겠다─엄청나게 큰 종소리가 한 번 들렸다. 얼마나 떨어진 곳이었는지는 모르겠지만, 뒤편에서 들렸다. 커튼이 젖혀지고 공연이 시작되었다.

예전에 누군가 펀치 쇼를 진지한 비극으로 고쳐 쓰려는 시도를 했던 적이 있지 않았던가. 그게 누구였든, 이 공연은 그의 구미에 딱 들어맞았을 것이다. 이 공연의 주인공에게는 어딘가 악마적인 구석이 있었다. 그는 자신의 공격 방식을 다양하게 바꾸었다. 어떤 희생자의 경우에는 숨어 있다 기습을 했다. 그리고 그의 끔찍한 얼굴이─참고로 말하자면, 누렇게 뜬 허여멀건 얼굴이었다─객석을 둘러보는 모습을 볼 때면 푸젤리의 사악한 악몽 그림에 등장하는 흡혈귀가 떠오를 지경이었다. 그는 다른 이들에게 정중하게, 특히 대사라고는 '샬라발라'*뿐인 불행한

외국인에게는 특히 더 정중하게 아부를 해 댔는데, 펀치가 정확하게
무슨 말을 하는지는 도저히 알아들을 수가 없었다. 일반적인 공연에서
의 (내가 좋아하는) 머리를 딱 치는 지팡이 소리 대신 마치 뼈가 내려
앉는 듯한 부서지는 소리가 났고, 희생자들은 땅에 쓰러져서도 발버둥
을 치며 경련을 해 댔다. 아기는—이야기를 계속할수록 더 황당해지
는 느낌인데—그 아기는 분명 살아 있는 실제 아기였다. 펀치가 아기
의 목을 졸랐을 때 새어 나오던 신음성은 그게 실제 소리가 아니었다
면 나는 현실에 대해 아무것도 모르는 셈일 것이다.

매번 범죄를 저지를 때마다 무대는 조금씩 더 어두워졌고, 마침내
어둠 속에서 살인을 저지르는 시점에 이르렀다. 때문에 나는 희생자를
전혀 볼 수 없었으며, 내용을 이해하는 데에도 시간이 걸렸다. 거친 숨
소리와 입이 막힌 듯한 끔찍한 웅얼거림이 들렸고, 일을 끝낸 펀치는
앞으로 나와서 발판에 걸터앉았다. 그러고는 손으로 부채질을 하면서
피투성이가 된 신발을 내려다보고는 머리를 한쪽으로 갸웃거리며 참
으로 잔혹해 보이는 웃음을 머금었다. 그 모습에 내 옆에 있던 사람들
중 몇몇은 얼굴을 가리기도 했는데, 나도 정말로 그러고 싶었다. 그러
나 그러는 동안 펀치 뒤쪽의 배경이 사라지고 다른 모습이 등장했다.
평범한 건물 앞이 아니라 보다 거창한 배경으로, 숲과 나지막한 언덕,
그리고 매우 자연스러운—사실 진짜라고 해도 될 만한—달이 그 위
를 비추고 있는 모습이었다. 이 배경 위로 무언가가 하나 천천히 떠올
랐는데, 곧 그것이 머리에 무언가 묘한 것을 올린 인형이라는 것을 알

* 찰스 디킨스의 『골동품 상점』 내용이다. '예의 외국인 신사는 언어에 익숙하지 못해서, "샬
  라발라"라는 단어를 세 번 명확하게 뇌까리는 것 외에는 자신의 생각을 정확히 설명하지 못
  했다'라는 구절이 있다.

수 있었다. 처음에는 그 형체를 잘 알아볼 수가 없었는데, 보아하니 두 발로 서 있는 것이 아니라 등을 돌리고 앉은 펀치를 향해 기어가거나 몸을 질질 끌면서 거리를 좁혀 가고 있었다. 그리고 이때쯤 나는 (이 시점까지는 전혀 눈치채지 못했는데) 이 공연에서 인형극이라는 느낌이 모두 사라져 버렸다는 사실을 깨닫게 되었다. 펀치는 여전히 펀치였지만, 그를 향해 다가오는 인물과 마찬가지로 그 역시 살아 있는 존재의 느낌이 들었다. 즉, 둘 모두 자신의 의지로 움직이고 있다는 게 명백해졌다.

다시 펀치를 돌아보았을 때에도 그는 여전히 사악한 생각에 빠져 있는 중이었다. 그러나 다음 순간 무언가가 그의 주의를 끈 듯했고, 그는 바로 몸을 일으키더니 몸을 돌려서 자신을 향해 다가오고 있는, 그리고 이제 꽤나 가까운 곳까지 온 사람의 존재를 눈치챘다. 그리고 그가 분명한 공포의 기색을 드러냈다. 그대로 지팡이를 들고는 숲으로 달려갔는데, 추적자를 향해서는 고작해야 팔을 휘두를 뿐이었다. 예의 추적자는 갑자기 몸을 날려 그에게 덤벼들었다. 이제 형상을 드러낸 그 추적자는 혐오를 느끼지 않고는 쉽사리 묘사하기 힘든 모습이었다. 검은 옷으로 몸을 감싼 강건한 체구의 사람이었는데, 내 생각대로 견대를 착용하고 있었다. 머리에는 흰 두건을 쓴 채였다.

이후 벌어진 추격전이 얼마나 걸렸는지는 잘 모르겠다. 숲 속 나무 사이로, 들판의 경사로를 따라, 가끔 양편이 번갈아 몇 초씩 시야에서 사라지기도 했지만, 상대방에게 여전히 자신이 주변에 있다는 것을 알리는 소리를 들려주면서. 마침내 탈진한 것이 분명한 펀치가 왼편에서 걸어 나와 나무 사이로 몸을 던졌다. 얼마 지나지 않아 추적자가 등장하고 망설이면서 이곳저곳을 살피기 시작했다. 그리고 마침내 땅바닥에 쓰러져 있는 그를 발견하고는, 자기 역시 자리에—관객들에게 등을 돌린 채로—잽싸게 주저앉아서 머리의 두건을 벗고는, 얼굴을 펀치의 눈앞에 들이밀었다. 바로 그 순간 모든 것이 어둠에 휩싸였다.

크고 오싹한 비명이 길게 이어졌고, 잠에서 깨어난 나는 한 얼굴을 정면으로 마주하고 있다는 것을 깨달았다. (무엇이었을 것 같으냐?) 내 침대 머리맡 창틀에 앉은 커다란 부엉이였는데, 마치 가운을 걸친 팔처럼 양 날개를 활짝 펼치고 있더구나. 그 누렇고 강렬한 눈빛을 정면으로 마주한 후 놈은 날아가 버렸지. 큰 종소리가 한 번 더 들렸고—너도 그렇게 생각하겠지만, 교회의 종소리일 수도 있겠지. 하지만 내 생각은 다르다—마침내 나는 잠에서 완전히 깨어났다.

이 모든 것이 바로 전 반 시간 동안 일어난 일이다. 다시 잠을 청할 수 있을 가능성은 없어 보여서 나는 자리에서 일어나 몸을 따뜻하게 유지할 수 있을 정도의 옷을 걸친 다음, 이런 앞뒤가 맞지 않는 편지를 쓰며 크리스마스 새벽을 보내고 있는 것이다. 무언가 빼놓은 것이 있던가? 그래, 강아지 토비는 등장하지 않았고, 〈펀치와 주디〉 공연의 무대 앞에 적혀 있는 이름은 '키드먼과 갤럽'이었다. 분명 그 방문판매인이 찾아보라고 일러 준 그 이름은 아니었다.

이제 조금 잠을 청할 만한 기분이 된 듯하니, 편지는 풀을 붙여서 봉하기로 하겠다.

편지 IV. 1837년 12월 26일

  사랑하는 로버트,

  모든 것이 끝났다. 시체가 발견됐다. 어젯밤 우편 마차로 소식을 전
하지 않은 사실에 대해 딱히 변명하지는 않겠다. 그저 도저히 펜을 종
이 위에 올릴 수가 없었다는 단순한 이유 때문이었으니까. 시체의 발
견과 함께 일어난 사건들에 너무도 충격을 받아서, 하룻밤 휴식을 취
하지 않고는 도저히 그 사태를 되새겨 볼 수 없을 지경이었다. 이제 어
제 내가 겪은 일을 상세하게 적어 보겠다. 이런 기괴한 크리스마스는
지금까지 겪어 본 적도 없고, 앞으로도 겪지 못할 것이다.

  첫 사건은 그다지 심각한 것이 아니었다. 내 생각에 보면 씨는 크리
스마스이브의 풍습을 철저하게 지키면서 동시에 조금 심술을 부리고
싶었던 모양이다. 적어도 내게 들린 소리로 판단해 보건대, 보면 씨는
그날 아침 그리 일찍 일어나지 않았으며, 하인과 하녀들이 그를 유쾌
하게 하지 못하고 있는 모양이었다. 하녀들은 분명 울먹이고 있는 듯
했고, 보면 씨의 목소리 역시 그리 남자다운 자세를 유지하지는 못하
고 있었다. 어쨌든 내가 아래층으로 내려오자 그는 쉰 목소리로 크리
스마스 인사를 건넸다. 그리고 늘 그렇듯이 아침 식사 중인 내 식탁으
로 왔을 때는, 도저히 성탄 분위기라고 말할 수는 없는 모습이었다. 거
의 바이런과 같은 자세로 삶을 관조하는 모습이었다.

  "선생님께서도 저와 같은 생각이신지는 모릅니다만, 크리스마스가
올 때마다 저는 이 세계가 조금씩 더 무의미해 보이기만 합니다. 글쎄
요, 예를 들어 지금 제 눈길 바로 아래에서 일어난 일을 보십시오. 제
하녀 일라이저가 있지 않습니까, 그 애는 저와 함께 15년을 일했습니

다. 저는 그 애를 믿을 수 있다고 생각했습니다. 그런데 바로 오늘 아침에, 그러니까 세상 모든 날 중에서 가장 축복받을 크리스마스 아침, 종소리도 울리고 뭐 이것저것 여하튼 그런 일들이 가득인 날인데, 그러니까, 하필이면 오늘 아침에 말입니다. 주께서 우리 모두를 굽어보시지 않았더라면, 그 아이는—제가 이렇게까지 말해야 할지는 모르겠지만—선생님의 아침 식사 식탁에 치즈를 올려놓았을지도 모른다는 말입니다." 그는 내가 말을 꺼내려 하는 것을 눈치채고는 손을 흔들었다. "선생님이라면 '네, 보먼 씨, 하지만 직접 치즈를 치워서 선반 안에 넣고 문을 잠그지 않으셨습니까'라고 간단하게 말씀하실지도 모르죠. 네, 그랬습니다. 여기 바로 그 열쇠가 있지요. 또는 바로 그 열쇠와 거의 같은 크기의 비슷한 열쇠가 말입니다. 분명 그 말씀은 사실입니다만, 그런 행동이 제게 무슨 영향을 끼쳤을 것 같습니까? 저로서는 제 발아래 땅이 갈라지는 느낌이 들었다고 해도 과언이 아니죠. 그래서 제가 이런 내용을 일라이저에게 말했는데, 분명히 말씀드리지만 고약하게 한 것이 아니라 그저 단호하게 말한 것뿐이었습니다만, 그 아이가 뭐라고 대답했는지 아십니까? '아, 그런가요, 그 때문에 뭐 뼈가 부러진 사람이 있는 건 아니잖아요'라지 뭡니까. 선생님, 제가 할 수 있는 말은 상처를 받았다는 것뿐입니다. 너무도 상처를 받아서, 지금은 도저히 생각조차 하고 싶지가 않아요."

그리고 불길한 침묵이 흘렀다. 나는 "그래요, 매우 안타깝군요"였나 뭐 그런 말을 꺼내고는 교회 감사성찬례가 언제 열리는지 물었다. "11시입니다." 보먼 씨는 무거운 한숨을 쉬며 말했다. "아, 불쌍한 루카스 씨와는 돌아가신 목사님과 그랬던 것 같은 다툼을 겪을 일이 없겠지요. 그분과 저 사이에 사소한 견해 차이가 있기는 했습니다만, 그 때문

442

에 더 슬퍼지는군요."

그가 예의 맥주 통과 관련된 이야기를 꺼내지 않기 위해 상당한 노력을 필요로 한다는 사실은 분명해 보였고, 그는 어쨌든 간신히 자신을 제어할 수 있었다. "하지만 이 말만은 하겠습니다. 설교자라고 하는 사람이 자기 권한을, 또는 자기 권한이라고 여기는 것을 확실히 지킬 줄 안다면—아니, 이건 지금 꺼낼 이야기가 아니죠—예를 들어 저 같은 사람이라면, 절대 그런 것을 봐주지 않는 법입니다. 사람들이 '그 사람 연설이 어땠소?'라고 물으면 저라면 이렇게 대답하겠습니다. '글쎄, 이쪽보다는 당신네들 삼촌 쪽이 더 나았을 것 같군.' 또 사람들이 '그 사람이 신도들을 잘 이끌었소?'라고 묻는다면, 저는 '그건 관점에 따라 다르지'라고 대답하겠습니다. 하지만 제 말은—알겠다, 일라이저, 애야, 금방 가마—11시입니다, 선생님. 킹스 헤드 여관 가족석을 찾아가시면 됩니다." 내가 보기에는 일라이저가 문 가까이 서서 이야기를 듣고 있었던 것 같은데, 이 고마움을 팁을 줄 때 반영할 생각이다.

다음 사건은 교회에서 일어났다. 루카스 씨는 크리스마스 분위기를 내는 데 꽤나 어려움을 겪고 있었고, 보면 씨의 말과는 달리 전체적으로 동요와 애도의 분위기가 펼쳐져 있던 듯했다. 그의 대처가 그다지 뛰어났던 것 같지는 않다. 나는 불편한 기분이었다. 크리스마스 성가를 부르는 도중에 오르간이 두 번이나 늑대 소리를 냈고—무슨 말인지 알 것이다. 바람이 빠져나가는 소리 말이다—설교 도중 가장 큰 종이 거의 1분에 한 번씩 희미하게 울렸는데, 아무래도 종 치는 사람들이 일을 제대로 하지 않았기 때문인 듯했다. 교회 서기가 사람을 하나 올려 보내 상황을 살펴보도록 했는데, 별달리 할 수 있는 일이 없는 모양이었다. 마침내 감사성찬례가 끝나자 나는 안도하는 마음이 들었다.

게다가 감사성찬례 전에도 묘한 일이 있었다. 나는 제법 일찍 도착했는데, 남자 두 명이 교구 관대*를 탑 아래의 원래 자리로 되돌려 놓는 모습을 맞닥뜨린 것이다. 그들의 대화를 엿들은 바로는 그 자리에 없는 누군가가 그걸 실수로 꺼낸 모양이었다. 또한 교회 서기가 황급하게 좀먹은 벨벳 관보를 덮는 모습도 보았다. 크리스마스 날에 흔히 볼 수 있는 광경은 아니질 않니.

나는 이후 곧 식사를 했고, 별로 밖에 나가고 싶지 않은 기분이라 한동안 아껴 온 『픽윅 페이퍼』**의 남은 몇 장을 펴 들고 응접실 벽난로 옆에 자리를 잡았다. 나는 내가 깨어 있을 줄 알았지만, 결국 우리 친구 스미스만큼이나 좋지 못한 태도를 보인 모양이다. 2시 반쯤 되었을 때 시장 쪽에서 들리는 날카로운 호각 소리와 웃음소리, 사람들이 떠드는 소리가 나를 깨웠다. 펀치와 주디였다. 분명 예의 방문판매인이 W——에서 본 바로 그 공연이었을 것이다. 나는 반쯤 즐거운 기분이 들었다. 반쯤이었던 이유는 그 기분 나쁜 꿈이 다시 생생하게 떠올랐기 때문이다. 그래도 어쨌든, 나는 공연을 직접 보기로 마음먹고고, 일라이저에게 1크라운을 건네고 가능하면 내 창문 쪽을 보고 공연해 줄 수 있느냐고 물어보도록 보냈다.

예의 공연은 상당히 영리하고 새로운 것이었다. 공연자들의 이름은—구태여 이런 것까지 말할 필요는 없지만—이탈리아 이름이었는데, 포레스타와 칼피지였다. 내가 기대한 것처럼 토비라는 이름의 개도 있었다. B——의 모든 사람이 밖으로 나왔지만 내 시야를 가리지는

* 관을 안치하거나 옮길 때 쓰는 틀.
** 『보즈의 스케치집』에 이어 발표한 찰스 디킨스의 첫 번째 장편소설로, 그는 이 작품으로 폭발적인 인기를 누리면서 유명 작가가 되었다.

않았다. 나는 2층의 커다란 창문으로 내다보았고, 공연은 창문에서 채 10미터도 떨어지지 않은 곳에서 열렸기 때문이다.

교회 종이 3시 15분을 울리자 공연이 시작되었다. 과연 공연은 훌륭했다. 그리고 나는 펀치가 불운한 손님들을 상대로 벌인 학살극에 대해 느끼게 된 꿈속의 혐오감이 그저 일시적인 감정이라는 사실을 깨닫고 안도했다. 나는 수도국 직원, 외국인, 재판소 수위, 그리고 심지어는 아기가 세상을 뜨는 것을 보면서도 크게 웃을 수 있었다. 유일한 단점이라면 강아지 토비가 틀린 장면에서 울부짖었다는 것뿐이었다. 아마 무언가가 녀석을 동요하게 만든 듯한데, 제법 심각한 일이었던 모양이다. 정확히 어느 시점이었는지는 잊었는데, 녀석이 정말로 구슬프게 울더니 무대 위에서 뛰어내리고는 쏜살같이 달려 시장을 가로질러서 옆 골목으로 사라져 버렸기 때문이다. 무대 위의 인형들은 잠시 멈칫거렸지만, 순간뿐이었다. 공연자들은 개를 쫓아가 봤자 소용없고, 어차피 저녁이 되면 다시 나타날 것이라고 여긴 듯했다.

그래서 공연은 계속되었다. 펀치는 충실하게 주디를, 아니 그녀만이 아니라 등장하는 모든 사람을 처리했다. 그리고 마침내 교수대가 세워지고, 케치 씨*가 등장하는 훌륭한 장면이 나올 때가 되었다. 내가 아직도 제대로 이해하지 못하는 그 사건이 벌어진 것은 바로 이때였다. 너도 교수형을 본 적이 있으니, 두건을 쓰고 있는 범죄자의 머리가 어떤 모습인지는 알고 있을 것이다. 너도 나와 같다면 두 번 다시 그 모습을 떠올리고 싶지 않을 테니 구태여 상세하게 묘사해서 일깨우지는 않겠다. 약간 높은 위치에서 공연장 안을 보니 바로 그런 머리가 하나

---

* 잭 케치(?~1686). 찰스 2세 시대의 처형인. 그의 이름은 이후로 모든 처형인을 가리키는 칭호로 사용되었다.

보였던 것이다. 그러나 관객들은 처음에는 그 모습을 보지 못한 듯했다. 나는 곧 그 머리가 관객들 앞에 모습을 드러내리라고 생각했지만, 그 대신 아무것도 쓰지 않은 얼굴 하나가 천천히 떠올랐는데, 그 위에는 내가 상상조차 하지 못한 끔찍한 공포의 표정이 서려 있었다. 그 사람이 누구든, 팔이 뒤로 묶인 채로 무대 위의 작은 교수대 위로 끌려올라가고 있는 건 분명했다. 그 뒤편으로 바로 그 두건을 쓴 머리가 보였다. 비명과 뭔가가 부서지는 소리가 들렸다. 무대 전체가 뒤편으로 무너졌다. 산산조각 난 무대 사이로 발버둥 치는 다리가 보였고, 두 사람이―사람들 말에 따르면 그렇다. 나는 한 명밖에 보지 못했으니까―빠르게 광장을 지나 들판으로 향하는 도로로 달려가는 모습이 보였다.

물론 모두가 그 뒤를 쫓았다. 나 역시 따라갔다. 그러나 걸음이 너무 빨라서, 사망 현장에 도착한 사람은 몇 되지 않았다. 사건이 벌어진 곳은 석회를 캐는 구덩이였다. 남자가 미처 아래를 보지 못하고 도망가다 떨어져 목이 부러진 것이었다. 사람들은 다른 한 명을 찾아 사방을 뒤졌지만, 나는 문득 그가 애초에 시장을 떠났을지도 모른다는 생각을 하고 사람들에게 물어보았다. 모두가 그렇다고 말했지만, 돌아와서 살펴보니 그는 무너진 무대 아래 시체가 되어 있었다.

불쌍한 헨리 숙부의 시체가 발견된 곳은 바로 그 석회 구덩이였다. 머리에는 자루가 씌워져 있고, 목이 심각하게 손상된 상태였다. 사람들이 그를 발견하게 된 것은 자루의 한쪽 끝이 흙에서 삐져나와 있었기 때문이었다. 그 이상은 도저히 자세하게 기록하지 못하겠다.

그 사람들의 진짜 이름이 키드먼과 갤럽이라는 사실을 언급하는 것을 잊은 듯하다. 어디선가 들은 이름인 것 같기도 한데, 이곳의 누구도

446

그들에 대해서는 알지 못하는 눈치다.

　장례식이 끝나면 될 수 있는 한 빨리 너를 만나러 가겠다. 이 사건에 대한 내 의견은 만나서 이야기하도록 하자.

두 의사
Two Doctors

내 경험에 따르면 낡은 책 안에 끼워진 쪽지는 꽤나 흔히 찾아볼 수 있다. 그러나 그 안에서 무언가 흥미로운 내용을 발견하는 경우는 정말로 드물다. 하지만 드문 일이라도 일어나기는 하는 법인지라 쪽지의 내용을 살펴보지도 않고 파기해서는 곤란하다. 전쟁이 나기 전에 나는 종종 질 좋은 종이로 만들어지고 공란이 많은 오래된 장부를 사서는, 그 안의 종이를 잘라 내 메모를 하거나 글을 쓰곤 했다. 1911년에 나는 푼돈을 주고 그런 장부를 하나 손에 넣었다. 제본은 튼튼했지만, 수년에 걸쳐 추가로 종이를 끼워 넣었기 때문에 양쪽 표지가 불룩하게 휘어 있었다. 이렇게 끼워 넣은 종이의 4분의 3 정도는 살아 있는 그 어떤 인간에게도 쓸모없는 내용이었다. 그러나 서류 묶음 하나는 그렇지 않았다. 내용으로 보건대 법조인이 적은 것인 듯했다. 제목은 '내가 목격한 가장 괴이한 사건'이었고, 그 아래에는 이니셜과 그레이 법조인 구역*의 주소가 적혀 있었다. 안의 내용물은 사건 하나에 대한 자료로, 여러 목격자들의 증언 내용이 첨부되어 있었다. 하지만 피고나 죄수로 보이는 사람은 한 번도 등장하지 않았다. 서류의 내용물은 온전하지 않았지만, 남아 있는 서류만으로도 초자연적 현상이 개입한 사건이라는 사실 정도는 분명히 확인할 수 있었다. 직접 그 내용을 보고 판단하기 바란다.

이하의 내용은 내가 유추해 낸 사건의 배경이다.

배경은 1718년 6월의 이슬링턴 지역이다. 화창한 계절 아름다운 시골에서 일어난 일이라고 할 수 있다. 어느 날 오후 아벨 박사는 그날의 왕진을 나가기 위해 말을 기다리며 집 정원을 거닐고 있었다. 그때 20년간 그를 충직하게 보필한 하인 루크 제넷이 다가왔다.

"저는 주인님께 직접 이야기할 게 있다고, 아마도 15분 정도는 걸릴 거라고 말했습니다. 그랬더니 그분이 산책을 하는 테라스 길에서 이어져 있는 서재로 이끄셨고, 우리는 들어가서 자리에 앉았습니다. 저는 이러고 싶지는 않지만 다른 일자리를 알아봐야겠다고 말했죠. 그분은 그토록 오랫동안 함께 지냈는데 왜 떠나고 싶어 하느냐고 물었습니다. 저는 부디 친절을 베푸셔서 무례를 용서해 달라고 말했죠. 왜냐하면 저는 항상 주변에 마음 내키는 일만이 존재하기를 원하는 사람이기 때문이라고요(아무래도 이런 표현은 1718년에도 꽤나 흔했던 모양이다). 제 기억으로 그분은 자신도 그런 사람이라고 하고는, 그토록

* 런던에 있는 네 곳의 법조인 구역 중 하나로, 독립 행정구역 취급을 받는다. 홀번 지역에 있다.

오래 견뎌 왔는데 왜 갑작스레 마음을 바꾸었냐고 물었습니다. 그러고는 '자네가 지금 나를 떠난다면 내 유언장에서 자네를 언급하지 않겠네'라고 덧붙였죠. 저는 그것 역시 감안하고 있다고 대답했습니다.

그러자 그분이 말씀하시더군요. '뭔가 불만이 있는 모양인데, 가능하면 내가 그 불만의 이유를 바로잡아 주겠네.' 그래서 저는 도저히 숨길 수 없다고 판단하고 모든 것을 털어놓았습니다. 저는 이전에 했던 법정 선서와 하인실의 침대 난간에 대해서 말하고, 그런 일이 벌어지는 집에서는 견딜 수가 없다고 했죠. 그 말을 하니 그분은 험악한 표정으로 나를 바라보며 어리석은 짓이라고 말한 다음, 아침에 임금을 마저 지불해 줄 거라고 말했습니다. 그리고 말이 기다리고 있기 때문에 일어나서 밖으로 나갔죠. 그래서 그날 밤 저는 매형과 함께 배틀 브리지 근처의 집에서 하룻밤을 보냈고, 다음 날 아침 일찍 전 주인님을 만나러 갔습니다. 그랬더니 어젯밤 제가 그 집에서 자지 않았다는 사실을 꼬투리 삼아서 밀린 임금에서 1크라운을 떼더군요.

그 이후로는 여기저기에서 하인 일을 했습니다. 한곳에서 오래 머물지는 않았고, 퀸 박사님 하인으로 이슬링턴의 도드 저택에서 일하기 전까지는 그분을 다시 만난 적이 없습니다."

이 진술을 보면 한 군데 내용 파악이 힘든 부분이 있다. 즉 이전에 한 법정 선서와 하인실의 침대 난간의 문제에 대한 부분이다. 이전 선서문은 서류 뭉치 속에 포함되어 있지 않았다. 상당히 괴이한 내용이라 읽어 보려고 빼낸 다음 되돌려 놓지 않은 것이 아닐까 싶다. 그 이야기가 어떤 것인지는 이후 추측해 보도록 하겠지만, 아직 우리 손에는 아무런 단서도 존재하지 않는다.

다음으로 불려 나온 사람은 이슬링턴의 목사인 조너선 프랫이었다.

그는 아벨 박사와 퀸 박사의 지위와 명성에 대해 여러 설명을 덧붙였다. 두 사람 모두 자신의 교구에 살면서 의술을 행했다고 했다.

"의사가 아침과 저녁 기도 시간이나 수요일 설교 시간마다 매번 참석할 수 있을 것이라고 여기는 분은 없겠지요. 하지만 그 두 분은 시간이 될 때마다 최대한 참석해서 영국 국교회의 영예로운 신도로서의 임무를 수행하셨습니다. 여기에 한 가지 덧붙이자면 (제 개인적인 평가입니다만) 학문적 용어로 두 사람은 논리적 변별이 가능한, 확연히 다른 성향의 소유자들이었습니다. 아벨 박사는 저를 항상 당황하게 만들었고, 퀸 박사는 제가 보기에는 평범하고 정직한 신도로 신앙의 여러 면모에 대해 날카로운 질문을 던지는 대신 자신의 소명에 묵묵히 매진하는 분이었습니다. 아벨 박사는 우리가 아직 답을 알 수 없는 부분에 신의 섭리가 어떻게 간여하는지를 묻곤 했죠. 예를 들어 여러 피조물 중에서 반역 천사들이 타락할 때, 신앙을 지키지도 않고 그 배반자들에게 온전히 동조하지도 않은 이들에게는 어떤 계획이 주어져 있는가를 묻기도 했지요.

당연한 일이지만 저는 먼저 그 질문에 답하는 대신 그분에게 되물었습니다. 대체 그런 자들이 존재할 것이라고 믿는 이유가 무엇이냐고 말이죠. 그도 알고 있듯이 성경에는 그런 존재들이 등장하지 않으니 말입니다. 제 생각에는 히에로니무스가 기록한 안토니우스와 사티로스의 대화*에 기반을 두고 그런 이야기를 한 듯했습니다. 그러나 그는 성경에도 자신의 이론을 뒷받침하는 내용이 있다고 생각하는 듯하더

---

* 기독교의 4대 교부 중 한 사람이자, 라틴어 성경의 역자인 성 히에로니무스(347~420)가 쓴 『성 바오로 전기』를 말한다. 여기서는 성 안토니우스가 사티로스, 켄타우로스와 나눈 대화를 기록하고 있다. 성인은 기적에 의해 그들의 언어를 말할 수 있었고, 결국 사티로스는 성인에게 축복을 부탁하게 된다.

군요. '또한 밤낮을 가리지 않고 쏘다니는 사람들 사이에서는 이런 믿음이 보편적이라는 사실을 알고 계시겠지요. 목사님이 저처럼 시도 때도 없이 왕진을 다니느라 한밤중에 시골길을 다녀 본다면 제 의견에 그 정도로 놀라지는 않으실 겁니다.' 그래서 저는 대답했습니다. '박사는 존 밀턴과 같은 생각을 하는 모양이구려. 그 시구처럼 말이오—수백만의 정령들이 대지를 걸어 다닌다. 우리가 깨어 있든 잠들어 있든, 눈에 보이지 않는 채로.' '밀턴이 무슨 뜻으로 "보이지 않는다"고 말했는지는 모르겠군요. 물론 그 구절을 썼을 때는 이미 눈이 멀어 있었을 테지만 말입니다. 하지만 다른 부분에서는, 그래요, 그의 말이 옳다고 생각합니다.' '흠, 박사만큼은 아니지만 나도 한밤중에 불려 나가는 일이 있다오. 하지만 지금까지 우리 이슬링턴의 길에서 요정을 만난 적은 단 한 번도 없소만. 만약 박사가 그런 행운을 맞이하게 된다면 왕립 학회에서 그 발견을 기꺼이 받아들여 주지 않겠소.'

이 시시한 대화를 기억하는 이유는 아벨 박사가 제 농담을 너무 진지하게 받아들인 나머지 저와 같은 거만하고 재수 없는 목사들이 기도와 와인에 의지하지 않고는 도저히 참고 들을 수 없는 그런 말을 던지고 발을 쿵쿵대며 방에서 나갔기 때문입니다.

하지만 우리의 대화가 묘한 방향으로 흘러간 것은 그때가 처음이 아니었습니다. 어느 저녁에는 유쾌하고 호의적인 태도로 들어와서는 벽난로 앞에 앉아서 담배를 피우는 동안 묘하게 분위기가 나빠지기도 했지요. 저는 기운을 북돋아 주려고 최근에는 묘한 친구들을 만나지 않는 모양이라고 경쾌하게 말을 걸어 보았습니다. 그랬더니 실제로 갑자기 기운이 돋는 모양이더군요. 겁을 먹은 듯 얼빠진 얼굴로 주변을 둘러보더니 저를 향해 말하는 겁니다. '거기 가 본 적이 없으십니까? 목사님은 없었는데. 누가 목사님을 데려온 겁니까?' 그러더니 잠시 후에 조금 절제된 목소리로 '대체 무슨 회합을 말하는 거죠? 아무래도 잠시 졸았던 듯하군요'라고 했습니다. 그 말에 저는 한밤중의 시골길에서 만나는 판이나 켄타우로스를 말한 것이지 마녀의 집회를 말한 것이 아니었다고 대답했죠. 그러나 박사는 제 말을 다르게 해석한 모양이더군요.

'글쎄요, 어느 쪽이든 만난 적은 없습니다. 하지만 목사님은 성직자의 옷을 입은 분치고는 꽤나 회의론자신 모양이군요. 만약 한밤중의 시골길에 대해 알고 싶다면 어릴 적에 그 시골길 끝에 살았던 제 가정부에게 한번 물어보시기 바랍니다.' 그래서 저는 대답했죠. '그래, 그리고 구빈원의 노파들이나 오두막의 부랑아들에게도 물어볼 수 있겠지. 내가 박사라면 자네 형인 퀸에게 사람을 보내서 정신을 맑게 해 주는 환약을 하나 얻어 오겠소.' 그러자 그는 말했습니다. '망할 퀸. 그 작자 이야기는 하지 마시죠. 이번 달만 해도 가장 훌륭한 환자 네 명을 훔쳐 갔습니다. 아마도 그 작자의 빌어먹을 하인, 제넷 때문일 겁니다. 원래는 내 하인이었는데, 도저히 자기 혀를 간수하지 못하는 놈이죠. 그 내용을 적어서 형틀에 세워야 마땅한 놈인데.' 제 생각에 그가 퀸 박사나 제넷을 향해 악의를 드러낸 것은 그때가 유일했던 것 같습니다. 그리고 저는 직업이 직업이니만큼 최선을 다해 퀸 박사나 제넷에 대해 잘못 생각하고 있는 거라고 설득했지요. 물론 우리 교구에서 가장 명망 높은 몇몇 집안에서 별다른 이유를 밝히지 않고 그를 냉대하기 시작한 것은 사실입니다. 결국 그는 자신이 이슬링턴에서 별달리 나쁜 일을 벌이지 않았으니 다른 어느 지방에 가더라도 안락한 삶을 누릴 수 있을 것이라고 하고는, 어쨌든 퀸 박사에게 악의를 품지는 않았다고 덧붙였습니다. 돌이켜 생각해 보면 이후 그가 어떤 생각을 이어 갔는지 제가 추측할 수 있게 된 경로를 알 것도 같습니다. 동인도에 있는 제 동생이 마이소르*를 다스리는 왕의 궁정에서 본 마술 재주를 화제로 올렸을 때의 일이었지요. 아벨 박사는 제게 말했습니다. '움직이지 않는 사물에 움직임과 힘을 불어넣을 방법이 있다면 꽤나 편리할 것 같군요.' '도끼를 손에 드는 순간 바로 그 사람을 공격하게 한다든가 말이오?' '글쎄요, 제가 생각한 것은 그런 건 아니었습니다만. 하지만 선반에서 책을 날아오게 한다든가, 원하는 쪽을 펼치게 하는 일 같은 걸 할 수 있지 않겠습니까.'

추운 밤이었던지라 그는 벽난로 앞에 앉아 있었는데, 한쪽 손을 불 쪽으로 뻗어 보이더군요. 그랬더니 갑자기 난로 연장들이, 적어도 부지깽이 하나가 그를 향해 쓰러지면서 엄청난 소리를 내지 뭡니까. 때문에 무슨 말을 하는지는 마저 듣지 못했습니다만. 하지만 저는 그가 말하는 소위 '방법'이라는 것이 쉽지 않을 것이라고 대답했습니다. 그런 부류의 행위는 기독교인이 감당할 수 있는 이상의 대가를 요구하기 마련이라고요. 그는 '하지만 그런 계약이 가능하다면 상당히 마음이 끌릴 것 같지 않습니까. 그렇다고 해도 원하지 않는다는 말씀이시죠, 목사님? 그래요, 아닌 모양이로군요.'

제가 아벨 박사의 정신에 대해, 그리고 그 두 의사의 관계에 대해 아는 것은 이것이 전부입니다. 퀸 박사는 평범하고 정직하며, 사업상의 문제가 생기면 찾아갈 만한 사람이고, 실제로 찾아가 조언을 구한 적도 있습니다. 그러나 그 역시 때때로, 특히 요즘 들어서는 고약한 환상

---

* 인도 남부 카르나타카 주의 도시. 힌두교 전승에 따르면, 마이소르는 예전에 악마 마히샤수라가 다스리던 땅이었다.

으로 고생했지요. 한번은 꿈 때문에 너무도 괴로워진 나머지 입을 다물고 있을 수가 없어서 지인들에게 털어놓은 적도 있는데, 그중에는 저도 있었지요. 그의 집에서 저녁 식사를 하던 중이었는데, 시간이 되었는데도 제가 가지 말았으면 하는 눈치더군요. '목사님이 가시면 저도 잠자리에 들어야 할 텐데, 그러면 또 번데기의 꿈을 꾸게 될 겁니다.' '더 나쁜 악몽도 있지 않겠나.' 제가 말했습니다. '아뇨, 제가 보기에 그건,' 그러고는 자신의 생각에 기분이 나빠진 듯 몸을 부르르 떨었습니다. '그러니까 제 말은, 번데기는 순결한 존재라는 겁니다. 하지만 이 번데기는 아니에요. 상상조차 하고 싶지 않습니다.'

그러나 제가 떠나는 것이 더 두려웠던지 그는 결국 어쩔 수 없이 모든 것을 털어놓았습니다. (제가 강요했으니까요.) 최근 여러 번 반복해서 꾸는 꿈인데, 심지어 하룻밤에 여러 번 꾸기도 한다고 했습니다. 꿈속에서 그는 일어나서 밖으로 나가야 할 것만 같은 엄청난 충동을 느끼며 잠에서 깨어나고는 옷을 챙겨 입고 정원으로 나가지요. 문 옆에는 반드시 가져가야만 하는 삽이 한 자루 놓여 있고, 그는 그 삽을 들고 정원으로 나가서 관목 덤불 사이의 달빛이 비치는 빈 공간으로 나가 무언가를 파내야만 한다는 충동을 느낍니다. 꿈속에서는 항상 만월이라고 하더군요. 그리고 잠시 후 희뿌연 물체 하나가 땅속에서 모습을 드러내는데, 리넨이나 모직물인 것처럼 보인다고 했습니다. 뒤이어 손으로 그 물체의 흙을 떨어내야 할 것만 같은 충동이 찾아오지요. 언제나 똑같은 내용이라고 합니다. 사람 크기만 하고 나방의 번데기처럼 생긴 것으로, 한쪽 끝이 열릴 것처럼 접혀 있는 모양이라고 하더군요.

여기까지 오면 모든 일을 멈추고 집으로 도망칠 수 있다면 얼마나 기쁠지 말로 표현하기 힘들 지경이 됩니다. 하지만 그렇게 간단히 도망칠 수는 없었던 모양입니다. 그는 신음을 하며 어떤 결과를 가져올지 잘 알면서도 접혀 있는 옷감인지 얇은 막인지 모를 것을 손으로 뜯어냅니다. 그 생명체가 움찔거리는 바람에 껍질이 뜯어지면 안이 보이고, 거기에는 부드러운 살색 껍질에 감싸인 사람 머리가 있답니다. 그리고 그 얼굴은, 죽은 자신의 얼굴이라는 겁니다. 이 이야기를 하는 것만으로도 그는 너무 참혹한 표정이 되어서, 저는 동정심 때문에라도 그와 함께 밤을 지새우며 관계없는 이야기를 나눌 수밖에 없었습니다. 그는 그런 꿈을 꾸고 잠에서 깨면 매번 숨이 가빠 헐떡였다고 하더군요."

이 시점에서 루크 제넷의 장황한 진술서 내용이 다시 한 번 인용된다.

"이웃 사람들에게 우리 주인어른, 아벨 박사님의 이야기를 한 적은 없습니다. 다른 집에서 일할 때 동료 하인들에게 침대 난간의 문제 이야기를 한 적은 있지만, 그 이야기에 등장하는 사람이 저나 그분이라고 밝힌 적은 단 한 번도 없었으며, 워낙 믿어 주는 사람이 없어서 결국은 아무한테도 이야기하지 않는 편이 좋겠다는 결론에 이르렀지요. 제가 결국 이슬링턴으로 돌아갔을 때 교구를 떠났다고 들었던 아벨 박사님이 여전히 남아 계신 걸 보고 저는 그렇게 입을 다물고 있었던 것이 정말 다행임을 확연히 깨달았습니다. 저는 그분이 정말 두려웠고, 제가 그분에 대한 나쁜 소문을 퍼트리고 다닐 처지가 아닌 것 역시 명백했으니까요. 새 주인어른인 퀸 박사님은 매우 정직하고 공명정대한 분이었고, 고약한 짓이라고는 절대 저지르지 않는 분이셨습니다. 사람들이 아벨 박사님을 떠나 자신에게 오게 하는 손짓 하나, 언질 하나 하지 않으셨을 것이 분명합니다. 아뇨, 만약 그런 사람들이 오더라도 진찰을 하지 않으려고 하셨습니다. 진찰을 해 주지 않으면 도시로 사람을 보내 의사를 불러오겠다고 하지 않는 이상 말이지요.

아벨 박사님이 우리 주인어른의 집에 여러 번 찾아오신 사실이 그 증거가 될 수 있다고 생각합니다. 하트퍼드셔에서 가정부를 한 명 새로 들였는데, 그녀가 주인어른이 안 계실 때 찾아왔던 남자는 대체 누구냐고 묻더군요. 퀸 박사님이 계시지 않아서 정말로 낙심했다고요. 한데 그 사람이 누군지는 몰라도 집 안 구조를 정말로 잘 알고 있어서, 서재에서 다용도실, 마지막으로 침실까지도 속속들이 돌아다녔다고 하더군요. 저는 그 남자가 어떻게 생겼냐고 물었는데, 그녀의 묘사로는 아벨 박사가 분명했습니다. 또 그녀가 나중에 교회에서 그 남자를 발견했는데, 누군가가 그가 의사 선생이라고 말해 주더랍니다.

우리 주인어른이 악몽을 꾸기 시작한 것은 바로 그 직후부터였습니다. 저나 다른 사람들에게 이런저런 불평을 했는데, 특히 베개와 잠옷이 불편하다고 하시더군요. 편안한 걸로 새로 사야겠다고 말씀하시고는 직접 주문도 하셨습니다. 그리고 곧 그분께 어울리는 품질의 물건이 도착했습니다. 어디서 구입하신 것인지는 알 도리가 없었습니다. 왕관과 새 모양의 자수가 놓아져 있었다는 것밖에는요. 여자들은 쉽게 보기 힘든 훌륭한 물건이라고 말했고, 주인님은 그게 지금까지 써 본 것들 중 가장 편안하다고 말씀하셨지요. 그 이후로 그분은 편안하게 푹 주무실 수 있게 되었습니다. 깃털 베개 역시 최고급품이라서, 마치 구름에 휩싸인 것처럼 머리가 푹 파묻히더군요. 아침에 그분을 깨우러 가서 몇 번 직접 목격한 것이 있는데, 베개 속에 파묻혀 거의 얼굴이 보이지 않을 지경이더라고요.

이슬링턴에 돌아온 이후로는 아벨 박사님과 연락을 한 적이 없었습니다만, 어느 날 거리를 걷다가 그분과 마주친 적이 있었습니다. 제게 다른 일자리를 찾고 있지 않느냐고 물으시더군요. 저는 지금의 일자리가 제게 딱 맞는다고 대답했는데, 그분은 제가 까다로운 족속이라며 얼마 지나지 않아 그 말을 다시 생각해 보게 될 거라고 말씀하셨습니다. 그리고 그 말은 사실로 드러났습니다."

다음으로 아까 중단된 곳에서부터 프랫 목사의 진술이 이어진다.

"16일에, 아침 햇살이 모습을 드러내자마자 제게 연락이 왔습니다. 아마 5시 즈음이었지요. 퀸 박사가 죽었거나 죽어 가고 있다는 겁니다. 그의 집으로 들어가는 동안 그 말이 사실이라는 게 분명해졌지요. 저를 들여보내 준 사람을 제외하고 모든 가솔이 이미 그분의 방 침대 옆에 서 있었거든요. 그러나 누구도 그분을 만지지는 않았습니다. 퀸 박사는 그 어떤 고통의 흔적도 없이 침대에 누워 있었는데, 그대로 장례식을 치러도 될 것만 같은 모습이었습니다. 심지어 양팔이 가슴팍에 엑스 자 모양으로 포개져 있기까지 했지요. 괴상한 점은 얼굴이 전혀 보이지 않았다는 겁니다. 베갯잇 양 끝이 얼굴 위까지 끌어 올려져 얼굴을 덮고 있더군요. 제가 즉시 베갯잇을 치우자 동시에 집안사람들이 전부 공포에 질리더군요. 특히 그 하인은 단 한 번도 주인을 도우러 오지 않았습니다. 그저 저를 바라보며 고개를 저을 뿐이었지요. 저와 마찬가지로 앞에 놓인 것이 이미 시체일 뿐이라는 사실을 아는 모양이었습니다.

전혀 경험이 없는 사람이 보아도 그 시체가 그냥 죽은 것이 아니라 질식사했다는 사실이 너무도 분명했지요. 게다가 그저 베갯잇이 실수로 얼굴 위를 덮어 사망한 것이 아니라는 사실도요. 그런 압박을 느끼면 손을 들어 치우면 그만 아닙니까? 그러나 그분의 얼굴 위를 뒤덮고 있던 베갯잇은 조금도 흐트러지지 않은 상태였습니다. 이제 의사를 불러와야 했지요. 집을 떠날 때 이미 이 생각을 했기 때문에 아벨 박사에게 사람을 보내 놓은 상태였습니다. 그런데 박사가 집에 없다는 소식이 돌아온 겁니다. 그래서 다른 가까운 의사를 부르자 그는 부검을 해보지 않고는 우리가 이미 알고 있는 것 이상을 알 수 없다고 말하더군요.

누군가 사악한 목적을 가지고 이 방에 들어온 사람이 있다면 말입니다만, (자세한 내용은 차후에 언급하겠습니다) 문의 빗장이 떨어져 나간 것은 분명히 보였습니다. 빗장 걸쇠가 완력에 의해 문설주에서 뽑혀 나온 모양이더군요. 대장장이를 비롯해 많은 사람이 제가 도착하기 얼마 전에 이런 일이 벌어졌다는 사실을 확인해 줄 수 있을 겁니다. 게다가 침실은 저택의 꼭대기 층에 있고, 창문에는 가 닿기도 쉽지 않을 뿐더러 그곳으로 나간 흔적도 없었습니다. 창틀이나 창문 아래에 있는 부드러운 흙에도 발자국 하나 보이지 않았으니까요."

물론 의사의 부검 기록 역시 증거 목록에 포함되어 있지만, 주요 장기에는 손상이 없으며 몸 여기저기에 피가 응고되어 있다는 것밖에는 별다른 내용이 없으니 굳이 여기에 다시 옮기지는 않겠다. 결론은 '신의 방문에 의한 죽음'이었다.

그 안의 여러 서류 중에는 처음에는 실수로 이 서류 뭉치에 흘러들어 온 것이 아닌가 간주했던 서류가 하나 있었다. 조금 더 사건에 대해 알게 된 지금으로서는 왜 그 서류가 여기 들어 있는지를 추론할 수 있을 것 같다.

그 서류는 미들섹스 지방의 어느 평원에 있던 납골당의 도굴에 대한 내용을 다루고 있다(현재는 철거되었다고 한다). 여기서 이름을 밝히지 않을 어떤 귀족 가문의 납골당이다. 그곳의 참상은 평범한 도굴꾼의 솜씨가 아니었다. 아마도 절도가 목적이었던 듯하다. 사건의 세부 사항은 참으로 끔찍하므로 구태여 여기 옮기지는 않겠다. 그리고 북런던의 중개상 한 명이 이 사건에서 발생한 장물을 인수한 죄목으로 꽤나 무거운 벌금형을 선고받은 모양이다.

유령 들린 인형의 집[*]
The Haunted Dolls' House

"이런 물건이 자주 손에 들어오는 모양이오?" 딜렛 씨는 지팡이로 물건 하나를 가리키며 입을 열었다. 그 물건이 어떤 것인지는 때가 되면 설명하기로 하자. 그리고 이 질문은 당연하지만 뻔뻔한 거짓말이었고, 본인도 그 사실을 알고 있었다. 치튼던 씨가 대여섯 나라에서 잊힌 보물을 빼내는 일에 능숙한 사람이기는 했지만, 이런 물건을 손에 넣는 것은 20년에 한 번, 아니 평생에 한 번도 있을까 말까 한 일이었다. 따라서 방금 한 질문은 그저 수집가의 허식일 뿐이었고, 그 사실은 치튼던 씨가 듣기에도 명백했다.

---

[*] 1920년 에드윈 러티엔스 경이 설계한 윈저 성의 '메리 여왕의 인형의 집'의 서재를 위해 쓴 작품이다. 이 서재에 들어간 다른 초소형 서적으로는 아서 코넌 도일, 힐러리 벨록, 토머스 하디 등의 작품이 있다.

"이런 물건이라니요, 딜렛 씨! 이건 박물관에나 들어갈 작품입니다."

"글쎄, 온갖 잡동사니를 죄다 받아 주는 박물관도 있다고는 알고 있소만."

"이 정도 수준은 아니지만, 비슷한 물건은 몇 년 전에 본 적이 있습니다." 치튼던 씨는 진중하게 답변했다. "하지만 그런 물건은 시장에 나오지 않을 겁니다. 그리고 바다 건너편에는 세기의 걸작이라 할 만한 작품도 하나 있다더군요. 그게 전부입니다. 딜렛 씨, 저는 진실만을 말하는 겁니다. 아무런 제약 없이 손에 넣을 수 있는 최상의 상품을 주문하신다면—저는 그럴 만한 지식도 있고, 나름대로 명성을 지켜야 하기 때문이기도 합니다만—저는 즉시 이 상품 앞으로 모셔 와서 '이보다 더 뛰어난 물건은 구할 수 없습니다, 선생님'이라고 말할 겁니다."

"대단하군, 대단해!" 딜렛 씨는 지팡이 끝으로 상점 바닥을 두드리며 비꼬는 듯한 찬사를 보냈다. "그런 식으로 순진한 미국인 고객들을 얼마나 속여 넘긴 거요?"

"아, 저는 미국인이든 아니든 고객분들께 좋지 못한 마음을 먹은 적이 없습니다. 자, 보시죠, 딜렛 씨. 사실 이런 겁니다. 제가 이 물건의 내력에 대해 조금만 더 알고 있었어도,"

"아니면 조금 더 몰랐거나." 딜렛 씨가 끼어들었다.

"하하! 농담도 잘하시는군요, 선생님. 아닙니다. 만약 제가 이 작품에 대해 조금만 더 알고 있었더라면—물론 누가 봐도 모든 면에서 명품임이 분명하지만 말입니다—그리고 가게에 들어온 후로 점원 한 명이 이 물건에 손을 대지만 않았더라면, 저는 이 물건의 가격에 한 자릿수를 더했을 겁니다."

"그래서 그 가격이 얼마나 되는 거요. 스물하고 다섯?"

"그 금액의 세 배를 주면 이 물건의 주인이 되실 겁니다, 선생님. 제가 매긴 가격은 75기니입니다."

"그럼 50기니를 부르겠소." 딜렛 씨가 말했다.

당연하게도 그들은 두 가지 금액 사이의 어느 한 지점에서 타협했다. 정확히 어디인지는 중요한 일이 아니다. 아마 60기니 정도였을 것이다. 반 시간 후 상품 포장이 끝났고, 한 시간 후에 딜렛 씨는 자동차에 물건을 싣고 떠났다. 치튼던 씨는 수표를 손에 든 채로 만면에 미소를 지으며 그를 배웅한 후, 여전히 웃으면서 가게로 돌아와서는 아내가 차를 준비하고 있는 거실로 들어갔다. 그가 문간에서 멈췄다.

"그걸 치워 버렸소." 그가 말했다.

"정말 다행이로군요!" 치튼던 부인이 찻주전자를 내려놓으며 말했다. "딜렛 씨라고 했죠?"

"그래, 그 사람이오."

"음, 다른 사람이 아니라 그 사람이라니 차라리 낫네요."

"나는 잘 모르겠소. 못된 사람은 아니지 않소, 여보."

"그건 당신 생각이죠. 제 생각에는 인과응보예요. 어쨌든 이제 그 물건이 우리 손을 떠난 것은 분명하니, 그거 하나만은 감사해야겠죠."

그렇게 치튼던 씨와 부인은 둘러앉아 차를 마셨다.

그렇다면 딜렛 씨와 그의 새 수집품은 어떻게 되었을까? 그 물건의 정체는 이 이야기의 제목에서 이미 알 수 있을 것이다. 그 물건이 어떤 모양인지는, 이제 여기서 가능한 한 자세히 설명하도록 하겠다.

좌석에는 그 물건이 딱 들어갈 정도의 공간밖에 없어서 딜렛 씨는 운전사와 나란히 앉아야 했다. 차를 천천히 몰아야 했음은 물론이다. 인형의 집 안에 있는 방이란 방은 모두 부드러운 솜을 채워 둔 상태였지만, 그 안을 가득 채운 수많은 작은 소품들로 인해 심하게 흔들리면 곤란했기 때문이다. 만반의 채비를 끝낸 상태임에도 15킬로미터여를 달려가는 동안 그는 불안해 어쩔 줄 몰라 했다. 마침내 저택 정문에 도착하자 집사인 콜린스가 밖으로 나왔다.

"여기 좀 보게, 콜린스. 이걸 좀 도와줘야겠어. 아주 조심해야 하거든. 똑바로 들어야 하네. 알겠지? 작은 물건들이 가득 들어 있는데, 최대한 제자리에서 벗어나지 않게 해야 한단 말이네. 보자, 이걸 어디다 가져다 놓아야 한다? (잠시 생각하느라 말을 멈춘 후) 아무래도 일단은 내 방에다 가져다 놓는 편이 좋을 것 같군. 그 커다란 탁자에다 말이야. 그게 좋겠어."

계속되는 말참견 속에서 그 물건은 2층 딜렛 씨의 방으로 옮겨졌다. 저택 진입로가 내려다보이는 널찍한 방이었다. 포장지를 벗기고 집 전면을 활짝 열어 놓은 다음 딜렛 씨는 이후 한두 시간을 인형의 집 안을 채운 완충재를 빼내고 내용물을 제자리에 정리하며 보냈다.

너무도 기꺼운 노동이 끝나고 나자 딜렛 씨의 서랍 탁자 위에 놓인 인형의 집은 스트로베리 힐 고딕 양식*의 정수라고 부를 수 있는 완벽하고 아름다운 모습이 되었다. 세 개의 창에서 비스듬히 들어오는 저녁 햇살이 이 물건에 내리쬐었다.

앞에서 바라보았을 때 왼쪽에 있는 경당 또는 기도실로 보이는 건물과 오른쪽의 마구간을 포함해 크기가 족히 2미터는 되는 물건이었다. 주 건물은 앞서도 말했듯이 고딕풍 저택이었다. 그러니까 창문은 뾰족

---

* 영국 최초의 고딕 소설 『오트란토 성』(1764)의 작가 호러스 월폴은 1748년 런던 서부 리치먼드 근처의 스트로베리 힐 저택을 사들여 웅장한 신고딕 양식으로 개축하였다. 이 집의 양식은 '스트로베리 힐 고딕'이라고 불리면서 19세기 고딕 부활 시기에 건축학적 본보기로 영향을 끼쳤다.

한 아치 모양에, 위에는 맞보 차양이라 불리는 구조물이 달렸는데, 흔히 성당 벽면의 무덤 지붕에서 볼 수 있는 것 같은 덩굴무늬와 꼭대기 장식이 돋을새김되어 있었다. 각 모서리에는 아치형 널빤지가 달린 작은 탑이 있었다. 경당에는 첨탑과 부벽, 종탑과 색유리 스테인드글라스 장식까지 갖추어져 있었다. 저택의 전면을 열자 네 개의 커다란 방이 보였다. 침실, 식당, 거실과 주방이었는데, 각기 용도에 맞는 가구가 완벽하게 들어차 있었다.

오른쪽의 마구간은 2층으로 되어 있었고, 그에 걸맞은 말과 마차와 마부들이 들어 있었으며, 커다란 시계와 고딕풍의 둥근 지붕 안에 시계 종도 들어 있었다.

저택의 외부 모습에 대해서는 이대로 몇 쪽이고 묘사할 수 있을 것이다. 프라이팬이 몇 개나 되는지, 금박 입힌 의자가 몇 개나 있는지, 그림이 어떠하며 양탄자, 샹들리에, 사주식 침대, 테이블보, 유리잔, 도자기 그릇과 쟁반이 얼마나 되는지 말이다. 그러나 남은 모든 것은 상상에 맡기겠다. 그저 저택이 서 있는 기단부 혹은 대좌에 (정문과 난간이 달린 테라스로 통하는 계단을 달 수 있도록 기단부가 제법 두터워서) 얇은 서랍이 몇 개 달려 있어서, 그 안에 자수 커튼이나 거주자들이 갈아입을 옷가지 등, 말하자면 무한히 다양한 장면을 만들어 볼 수 있는 가장 훌륭하고 흥미로운 물품들이 준비되어 있었다는 정도만 언급해 두겠다.

'호러스 월폴의 정수라고 할 만하군. 그 사람이 이걸 만드는 데 관여한 것이 분명해.' 딜렛 씨는 경외에 차서 그 앞에 무릎 꿇고 앉으며 생각했다. '그저 대단하군! 분명 행운이 넘치는 날이야. 아침에는 내가 신경도 쓰지 않던 장식장 덕분에 500파운드를 벌고, 이제는 시내에서 구입했더라면 적어도 열 배의 가격이 붙었을 물건이 이렇게 내 손으로 굴러들다니. 좋아, 좋아! 이거 반작용으로 뭔가 나쁜 일이 일어나지는 않을지 걱정될 지경이로구먼. 그럼 이제 주민들을 좀 살펴보기로 할까.'

그리하여 그는 사람들을 일렬로 죽 늘어놓았다. 어떤 사람은 여기서 기회를 놓치지 않고 온갖 복식을 세세하게 설명할지도 모른다. 그러나 내게는 무리다.

주인 신사와 부인이 하나씩 있었는데, 각각 푸른 공단과 문양이 들어간 비단 정장을 차려입고 있었다. 아이들은 소년과 소녀 하나씩이었다. 그 외에도 요리사 하나, 간호사 하나, 하인 하나, 그리고 마구간 하인들과 마차 기수 둘, 마차꾼 하나, 말을 돌보는 하인 둘이 있었다.

"더 있으려나? 흠, 여기도 있을 법하겠군."

침실에 있는 사주식 침대는 네 측면 모두 커튼이 굳게 드리워져 있었다. 그는 커튼 사이로 손가락을 넣어 침대를 만져 보았다. 순간 안에 무언가가 느껴져─움직인 것은 아니겠지만, 마치 살아 있는 것을 만진 듯한 부드러운 느낌이 들어서─그는 황급히 손가락을 뺐다. 그리고 그는 실제처럼 침대 기둥에 달려 있는 커튼을 젖힌 다음 안에서 긴 리넨 잠옷과 모자를 쓴 백발의 늙은 신사 한 명을 끄집어내 다른 사람들과 함께 늘어놓았다. 이걸로 모든 것이 완벽해 보였다.

저녁 식사 시간이 가까워져서 딜렛 씨는 남은 5분 동안 부인과 아이들을 거실에, 주인을 식당에, 하인들을 주방과 마구간에, 그리고 노인을 침대 위로 되돌려 놓았다. 그러고는 옆의 준비실로 퇴장했고, 이제 밤 11시가 될 때까지 다시 등장하지 않는다.

그는 자신의 수집품 중에서 가장 훌륭한 것들에 둘러싸여 자고 싶을 때가 있었다. 지금까지 그가 있던 커다란 방은 침실이었다. 욕조, 옷장, 그리고 모든 복장과 관계된 물건들은 바로 옆의 준비실에 있었다. 그러나 그 자체가 값비싼 수집품인 그의 사주식 침대는 그가 종종 글을 쓰거나 앉아서 시간을 보내거나 가끔 손님을 맞이하기까지 하는 큰방 쪽에 있었다. 그날 밤 그는 대단히 흡족한 마음으로 잠자리에 몸을 누였다.

그의 주변에는 종이 울리는 시계가 없었다. 층계참에도, 마구간에도, 멀리 떨어진 교회의 탑에도. 그러나 딜렛 씨를 잠에서 깨운 것은 분명히 1시를 알리는 종소리였다.

너무 깜짝 놀라서 그는 그저 자리에 누워 눈을 껌뻑이는 정도가 아니라 아예 침대에 벌떡 일어나 앉았다.

방 안에 조명이 전혀 없음에도 탁자 위에 놓인 인형의 집이 너무나 선명하게 보였지만, 그는 아침이 되기 전까지 그 사실에 의문을 품지도 않았다. 그러나 그것은 사실이었다. 마치 흰 석조 저택 위를 가을의 밝은 보름달이 비추는 듯했다. 500미터 정도 떨어진 느낌이었지만 모든 사물이 또렷했다. 주변에는 나무도 있었다. 경당과 저택 뒤로 나무 그림자가 보였다. 마치 서늘한 9월 밤의 냄새가 느껴지는 듯했다. 마구간 쪽에서는 이따금 말들이 움직이는 듯 발을 구르거나 철컥이는 소리가 들려왔다. 그리고 그는 저택 뒤로 보이는 것이 그림이 걸린 자기 방 벽이 아니라 선명한 푸른 밤하늘이라는 것을 깨닫고 다시 한 번 충격을 받았다.

창문 여기저기에서는 불빛이 보였다. 다음 순간 그는 그 저택이 앞면이 열리는 방 네 개짜리 인형의 집이 아니라 수많은 방과 층계가 있는 집, 실제 집이라는 사실을 깨달았다. 마치 망원경 끝이 반대로 향한 느낌이 들었다.

"뭔가를 보여 주고 싶은 모양이로군." 그는 혼잣말을 중얼거리고는 불이 켜진 창문을 열심히 들여다보았다. 물론 현실의 창문이라면 닫혀 있거나 커튼이 드리워져 있었겠지만, 여기에는 방 안에서 벌어지는 일을 감추는 장애물은 전혀 존재하지 않았다.

불빛이 보이는 방은 두 군데였다. 1층의 현관 바로 오른쪽의 방 하나, 그리고 2층 왼쪽의 방 하나. 전자는 조명이 상당히 환했지만, 후자는 흐릿했다. 1층의 방은 식당이었다. 식기가 준비되어 있었으나 식사는 이미 끝난 모양이었고, 이제 식탁 위에 남은 것은 와인과 유리잔뿐이었다. 방 안에는 푸른색 공단 정장 차림의 남자와 비단 드레스 차림의 여자, 둘뿐이었고, 둘은 한쪽에 붙어 앉아 식탁 위에 팔꿈치를 괸채로 진지하게 이야기를 나누고 있었다. 그리고 가끔씩 대화를 멈추고는 무언가에 귀를 기울였다. 한번은 남자가 자리에서 일어나 창가로 와서는 창문을 열어 밖으로 머리를 내밀고 귀를 기울이기도 했다. 보조 탁자 위에 놓인 은촛대에는 초 하나가 타고 있었다. 남자는 창가에서 돌아와서는 그대로 방을 나가려는 듯했다. 하지만 여자는 그대로 촛대를 들고 서서는 계속 귀를 기울였다. 그녀의 얼굴에는 자신을 잠식해 들어오는 공포를 억누르려는 표정이 떠올라 있었고, 여자는 이윽고 그것을 이겨 낸 듯했다. 여자의 얼굴은 흉했다. 둥글넓적하고 교활해 보이는 얼굴이었다. 곧 남자가 돌아오자 그녀는 무언가 작은 물건을 받아 들고는 서둘러 방에서 나갔다. 남자 역시 그녀를 따라 사라졌지만 금세 다시 시야에 나타났다. 이번에는 현관문을 열고 나와서는 바깥 층계참 위에 서서 이리저리 시선을 돌리더니 위층 창문의 불빛을 향해 몸을 돌리고 주먹을 흔들어 보였다.

이제 위층 창문을 살펴볼 때가 되었다. 그 안으로는 사주식 침대가 보였다. 간병인 혹은 하인으로 보이는 사람 하나가 안락의자에 앉아 깊이 잠들어 있었다. 침대에는 늙은 남자가 하나 누워 있었다. 잠들지 못하고 몸을 뒤척이며 손가락으로 침대보를 두드리는 모습이 어딘가 불안해 보이기도 했다. 곧 침대 너머의 문이 열렸다. 천장에 불빛이 비추고 여자가 안으로 들어왔다. 그녀는 촛대를 탁자 위에 올려놓고 벽난로 옆으로 와서 간병인을 깨웠다. 그녀의 손에는 예스럽게 생긴 와인 병이 들려 있었다. 이미 코르크 마개를 딴 상태였다. 간병인은 와인 병을 받아 들더니, 그 내용물을 작은 은색 냄비에 약간 따르고는 탁자 위의 용기에서 향신료와 설탕을 약간 꺼내 집어넣고 벽난로 불에 데우기 시작했다. 그러는 동안 침대에 있는 노인이 힘없이 여자를 불렀다. 여자는 웃으며 노인에게 다가가서 맥을 짚으려는 듯 손목을 만져 보더니 깜짝 놀란 듯 입술을 깨물었다. 노인은 초조하게 그녀를 바라보더니 창문을 가리키며 뭐라고 중얼거렸다. 그녀는 고개를 끄덕이고는 아래층의 남자가 했던 것처럼 창문을 열고 과장된 동작으로 귀를 기울였다. 그리고 노인을 돌아보며 고개를 젓자 노인은 한숨을 쉬는 듯했다.

이때쯤 벽난로의 냄비에서 김이 올라오기 시작했고, 간병인은 양쪽에 손잡이가 달린 작은 은식기에 그것을 따라서 침대가로 가져갔다. 노인은 별로 식욕이 없는지 음료를 물리려고 했으나 여자와 간병인이 함께 노인에게 얼굴을 들이대며 강요하는 듯했다. 노인이 항복했는지 그들은 노인을 일으켜 앉힌 다음 그릇을 입가에 대어 주었다. 노인은 몇 번에 걸쳐 음료를 거의 다 마셨고, 그들은 다시 그를 눕혀 주었다. 여자는 노인을 향해 웃으며 인사를 한 다음, 와인 병과 은식기를 챙겨

방을 나섰다. 간병인은 자기 자리로 돌아갔고, 한동안 완벽한 침묵만
이 흘렀다.

갑자기 노인이 침대 위에 벌떡 일어나 앉았다. 그리고 아무래도 뭔
가 소리를 지른 모양이었다. 간병인이 깜짝 놀라 자리에서 일어나 침
대 쪽으로 한 발짝 걸어갔기 때문이다. 노인은 슬프고 끔찍한 모습이
었다. 얼굴은 검붉게 달아오르고, 흰자위가 허옇게 뜬 채 양손으로 가
슴을 움켜쥐고 입가에 거품을 물었다. 간병인은 잠시 노인을 내버려
두고 문가로 달려가 문을 활짝 열어젖히고 큰 소리로 도움을 청한 후,
노인에게로 돌아와 어떻게든 그를 진정시키고 자리에 눕히려 했다. 안
주인과 그녀의 남편, 그리고 여러 하인들이 겁에 질린 얼굴로 방에 도
착했을 무렵 노인은 간병인의 손길 아래 침대에 몸을 누인 후였다. 고
통과 분노로 일그러진 얼굴 역시 조금씩 평온을 찾아 가고 있었다.

잠시 후 저택 왼편에 불빛이 나타나더니 횃불을 단 마차 한 대가 달
려왔다. 검은 옷에 흰 가발을 쓴 남자 하나가 잽싸게 뛰어내리고, 작은
가죽 상자를 들고 계단을 올라갔다. 현관에는 남편과 아내가 나와 있
었다. 아내 쪽은 손수건을 움켜쥐었고, 남편 쪽은 수심 어린 표정이
지만 감정을 억제하고 있는 듯했다. 부부가 남자를 식당으로 이끌자 남
자는 상자에서 서류를 꺼내 식탁 위에 펼쳐 놓고는 부부가 좌절한 표
정으로 늘어놓는 이야기를 듣고 있었다. 그는 연신 고개만 끄덕이다가
곧 손을 가볍게 내저었다. 무언가 마시고 묵어가라는 권유를 거절하는
듯했다. 남자는 몇 분 지나지 않아 다시 계단을 내려와서 마차에 올라
타고 왔던 길로 되돌아갔다. 푸른 옷의 남자는 현관 계단 위에서 그가
떠나는 모습을 지켜보고 있었다. 다음 순간 그의 창백하고 투실투실한
얼굴에 기분 나쁜 웃음이 천천히 떠올랐다. 마차의 불빛이 멀어져 가

자 무대에는 어둠이 드리웠다.

그러나 딜렛 씨는 여전히 침대에 앉아 있었다. 그의 짐작대로 이야기의 다음 편이 이어졌다. 얼마 지나지 않아 저택 앞이 다시 밝아졌다. 그러나 이번에는 다른 점이 한 가지 있었다. 불빛이 다른 창문에서 나타난 것이다. 하나는 저택의 최상층, 다른 하나는 경당의 스테인드글라스 안쪽이었다. 어떻게 색유리 안이 보이는지는 이해할 수 없었지만, 여하튼 그에게는 경당 내부가 보였다. 경당은 저택의 다른 부분과 마찬가지로 깔끔하게 정돈되어 있었다. 책상 위의 작은 붉은색 쿠션, 고딕풍의 성가대석 덮개, 서쪽의 회랑과 금빛 파이프가 달린 오르간까지. 검은색과 하얀색의 포석 가운데에는 관대가 하나 있었다. 관대 네 귀퉁이에서 네 개의 커다란 양초가 타오르고, 관대 위에는 검은색 벨벳 천이 덮인 관이 하나 놓여 있었다.

그가 바라보노라니 천이 움직이기 시작했다. 한쪽 끝에서 들려 올라가는 것 같았다. 곧 천이 아래로 미끄러져 떨어졌고, 은제 손잡이와 명판이 달린 검은색 관이 모습을 드러냈다. 그리고 커다란 양초 하나가 흔들리더니 아래로 떨어졌다. 그럼 이제 딜렛 씨가 황급히 그랬듯이, 눈을 돌려 저택 꼭대기 층의 불빛을 살펴보도록 하자. 그 안에는 남자아이와 여자아이가 이동식 침대 위에 누워 있었고, 그 너머로 유모를 위한 사주식 침대가 보였다. 지금 유모는 없는 듯했고 대신 아버지와 어머니가 있었다. 둘 다 상복 차림이었지만 애도하는 기색은 조금도 보이지 않았다. 오히려 크게 웃으며 활기차게 떠들어 댔다. 때로는 자기들끼리, 때로는 아이들을 바라보면서, 그리고 그 대답으로 다시 크게 웃으면서. 그러다 갑자기 아버지가 문가에 걸려 있던 흰옷을 들고는 살금살금 방을 나서며 문을 닫았다. 잠시 후 문이 다시 천천히 열리고 허연 형체가 웅얼거리며 고개를 들이밀었다. 형체가 구부정한 모습으로 아이들 침대 가까이 다가가더니 갑자기 팔을 활짝 들어 올렸다. 그 바람에 아래에 있던—당연하지만—아이들의 아버지가 모습을 드러냈다. 아이들은 잔뜩 겁에 질려 있었다. 남자아이는 침대보를 머리에 뒤집어쓰고, 여자아이는 침대에서 뛰쳐나와 어머니의 품으로 달려들었다. 한동안 아이들을 달래려는 시도가 이어졌다. 부모는 아이들을 무릎에 앉히고 토닥인 다음, 흰 가운을 집어 들고 무해한 물건이라는 것을 확인시켜 주었다. 그리고 마침내 아이들을 다시 침대로 돌려보낸 후 기운을 북돋우려는 듯 손을 흔들어 주고 방을 나섰다. 그들과 엇갈려 유모가 방으로 들어왔고, 곧 방의 조명이 꺼졌다.

딜렛 씨는 여전히 꼼짝 않고 바라보고 있었다.

등잔이나 촛불이 아닌 새로운 불빛, 희미하고 기분 나쁜 불빛이 방 뒤편에 드리우기 시작했다. 다시 문이 열렸다. 딜렛 씨는 방 안으로 들어온 존재를 다시 떠올리고 싶지 않았다. 그의 말에 따르면 마치 개구리 같았다. 사람 크기에, 머리에는 백발이 듬성듬성 돋아 있는 개구리. 놈은 한동안 분주하게 침대 주변을 돌아다니다가 곧 움직임을 멈추었다. 멀리서 들려오는 듯 희미하지만, 그럼에도 너무나 끔찍한 울음소리가 그의 귓가에 와 닿았다.

집 안 여기저기에서 끔찍한 일이 일어나고 있었다. 불빛이 오르락내리락하고, 문이 반복적으로 열리고 닫혔으며, 수수께끼의 그림자가 창문 뒤편에서 달려가는 모습도 보였다. 그리고 마구간 위의 시계가 1시를 알리자 다시 저택 위로 어둠이 깔렸다.

그러다 마지막으로 다시 한 번 어둠이 걷히고 저택 현관이 보였다. 계단 아래에는 검은 옷의 사람들이 횃불을 들고 두 줄로 열을 지어 서 있었다. 또 다른 한 무리의 검은 옷을 입은 사람들이 계단을 내려왔다. 작은 관 하나, 그리고 또 하나를 어깨에 메고 있었다. 곧 횃불을 든 사람들이 관을 들고 오른쪽으로 사라졌다.

밤은 계속 흘러갔다. 딜렛 씨에게는 너무도 느리게만 흘러갔다. 그는 천천히 다시 침대에 몸을 눕혔다. 그러나 도저히 눈을 붙일 수가 없었다. 다음 날 이른 아침이 되자 그는 의사에게 사람을 보냈다.

의사는 그에게 신경증이라는 진단을 내리고 바닷바람을 쐬고 오라고 권했다. 그는 동부 해안에 자동차로 갈 수 있는 조용한 휴양지에서 요양하기로 했다.

그가 바닷가에 도착하자마자 만난 사람들 중에는 치튼던 씨가 있었다. 그 역시 마찬가지로 아내를 데리고 잠시 휴양하라는 권유를 받은 모양이었다.

그를 만난 치튼던 씨는 어딘지 어물쩍거리는 듯했다. 물론 이유 없는 머뭇거림은 아니었다.

"음, 조금 기분이 나쁘시다고 해도 놀랍지는 않습니다, 딜렛 씨. 네? 아, 네, 분명 아주 끔찍하게 기분이 나쁘시겠지요, 저와 제 가엾은 아내가 직접 겪은 일을 생각해 보면 말입니다. 하지만 딜렛 씨, 한두 가지는 짚고 넘어가야겠습니다. 제가 그런 훌륭한 작품을 처분해야 했겠습니까? 아니면 고객분들에게 '여기 옛날에 실제 일어났던 비극을 담은 활동사진이 있습니다. 새벽 1시마다 정기적으로 공연하지요'라고 말했어야 했겠습니까? 글쎄요, 그랬더라면 선생님은 뭐라고 하셨겠습니까? 아마도 치안판사 두어 명이 개입할 것이고, 곧 불쌍한 치튼던 내외는 호송용 마차에 실려 주립 정신병원으로 실려 가는 신세가 되지 않았겠습니까. 거리의 사람들은 '아, 저럴 줄 알았어. 남편이 엄청나게 마셔 대더니!'라고 말할 테고요. 선생님도 아시다시피 금주가, 아니면 거의 완전히 금주가인 저를 보고 말입니다. 일단 제 상황은 그랬습니다. 네? 그걸 다시 가게로 돌려주시겠다고요? 글쎄요, 진심이십니까? 아뇨, 제 생각을 말씀드리죠. 제가 처음 구입했을 때 쓴 10파운드는 빼고 나머지 돈은 돌려 드리겠습니다. 그 물건은 알아서 처리하시죠."

그날 저녁 무례하게도 호텔의 '흡연실'이라고 부르는 곳에서 두 남자는 한동안 소리 죽여 대화를 나누었다.

"그 물건에 대해서 실제로 얼마나 알고 있는 거요? 그리고 대체 어디서 손에 넣었소?"

"딜렛 씨, 솔직해 말해서 저도 잘 모릅니다. 물론 누구나 짐작할 수 있는 대로 시골의 어떤 저택 헛간에서 나오기는 했겠지요. 아마 이 장소에서 150킬로미터도 채 떨어지지 않은 곳일 겁니다. 하지만 방향이나 거리는 정확하게 알 도리가 없어요. 그저 추측을 해 볼 뿐이지요. 실제로 대금을 받아 간 사람은 정규 고객이 아니었고, 그 후로 다시 본 적도 없습니다. 하지만 이 부근 사람의 분위기더군요. 제가 말할 수 있는 것은 그게 전부입니다. 하지만 딜렛 씨, 사실 한 가지 마음에 걸리는 점이 있습니다. 마차를 타고 현관으로 왔던 늙은이가 있잖습니까. 그렇죠, 보셨을 거라고 생각했습니다. 선생님 생각에 그 사람이 의사인 것 같습니까? 제 아내는 그렇다고 말하는데, 제가 보기에는 아무래도 법률가인 것 같단 말입니다. 서류를 가지고 왔는데, 그게 반듯하게 접혀 있었으니 말입니다."

"내 생각도 그렇소." 딜렛 씨가 말했다. "곰곰 생각해 보니, 서명을 받아야 하는 노인의 유언장이었을 것 같구려."

"저도 그렇게 생각했습니다." 치튼던 씨가 말했다. "그리고 아마 그 유언장에서는 그 젊은이들이 상속 대상에서 빠져 있었겠지요? 글쎄, 어쨌든 저는 교훈을 얻었습니다. 더 이상 인형의 집을 사지 않을 것이고, 그림에 돈을 낭비하지도 않을 겁니다. 그리고 조부를 독살하는 일에 대해서는, 글쎄요, 저로서는 그쪽에는 취향이 없다고밖에 말할 수 없군요. 세상사는 되는 대로 흘러가는 거죠. 이게 제 평생의 좌우명이었고, 그게 그다지 나쁘다는 생각은 들지 않는군요."

치튼던 씨는 이렇게 한창 감정이 고양된 채 자기 숙소로 돌아갔다. 다음 날 딜렛 씨는 지역 공문서 보관소에 들러 자신을 사로잡은 수수께끼의 단서를 찾으려 했다. 그리고 길고 긴 '캔터베리와 요크 협회'에서 편찬한 교구록 일람을 살펴보며 좌절감을 느껴야 했다. 층계참이나 복도에 걸린 그림들 중에서도 그의 악몽 속 저택과 비슷해 보이는 것은 없었다. 그는 좌절해서 마지막으로 유기물 창고에 들렀다. 그런데 문득 먼지 낀 유리 상자 속에 놓인 콕섬의 성 스티븐 성당 모형이 눈에 들어왔다. 1877년 일브리지 하우스의 J. 미어웨더 씨가 만든 물건으로, 1786년에 사망한 선조 제임스 미어웨더의 작품을 모방한 것이라고 쓰여 있었다. 그 양식은 어딘가 희미하게 악몽 속의 집을 떠올리게 하는 데가 있었다. 그는 발길을 돌려 이전에 보았던 벽면 지도로 돌아가 콕섬 교구에 있는 일브리지 하우스를 찾아냈다. 콕섬은 다행히도 기록물상의 이름을 그대로 유지하고 있는 교구 중 하나였고, 그는 얼마 지나지 않아 로저 밀포드의 매장 기록을 찾아낼 수 있었다. 76세, 1757년 9월 11일이었다. 그리고 로저와 엘리자베스 미어웨더가 각각 9세와 7세의 나이로 같은 달 19일에 매장되었다. 사소한 단서기는 하지만 따라갈 가치가 있어 보였다. 그날 오후 그는 콕섬으로 차를 몰았다. 성당의 북쪽 회랑 동쪽 끝에는 밀포드 경당이 있었고, 그 북쪽 벽에는 예의 사람들의 석판이 붙어 있었다. 나이 든 로저는 '아버지이자 치안판사, 그리고 남자'로서 명망이 있던 모양이었다. 이 기념 경당을 세운 사람은 그 옆자리에 묻힌 딸 엘리자베스였다. 그녀는 '평생 그녀를 보살펴 주었던 부모님과 사랑스러운 두 아이의 죽음을 견뎌 내지 못한' 모양이었다. 아이들에 대한 내용은 최초의 문구에다 덧붙인 것이 분명해 보였다.

그 이후의 것으로 보이는 석판은 엘리자베스의 남편, 제임스 미어웨더의 것으로, '삶의 여명에서부터 연마한 기술을 계속 실행에 옮겨 나름 성공을 거두었으며, 가장 훌륭한 비평가들에 의해 영국의 비트루비우스*라는 별칭을 얻었다. 그러나 사랑하는 아내와 자식들을 앗아 간 불행의 방문을 받았으니, 그 때문에 전성기를 우아한 은둔 생활로 보냈다. 그의 조카이자 상속자는 채 얼마 되지 않았던 그 훌륭한 기술의 발현에 깊은 애도를 표한다'라고 적혀 있었다.

아이들을 기리는 말은 간단했다. 둘 모두 9월 12일 밤에 죽은 모양이었다.

딜렛 씨는 일브리지 하우스가 그가 목격한 극의 무대라고 확신할 수 있었다. 낡은 스케치북이나 판화 등을 뒤져 보았다면 그 생각이 옳다는 증거를 얻을 수 있었을지도 모른다. 그러나 현대의 일브리지 하우스는 그가 찾던 모습이 아니었다. 1740년대에 지어진 엘리자베스 양식의 건물로, 석조 귀퉁이 장식이 달린 붉은 벽돌 건물이었다. 그 건물에서 약 500미터 떨어진 한 공원의 저지대에, 담쟁이덩굴에 뒤덮인 채

---

* 마르쿠스 비트루비우스 폴로(기원전 1세기). 로마의 건축가이자 기사. 그의 저작 『데 아르키텍투라』는 르네상스 시기에 재발견되어 신고전주의 건축의 가장 중요한 참고서 역할을 했다.

로 얽힌 오래된 나무들 사이로 무너진 테라스 발코니의 흔적이 풀에 뒤덮여 있었다. 여기저기 석조 난간 조각이 흩어져 있고, 덩굴무늬가 새겨진 석재가 곳곳에 무더기로 쌓여 담쟁이와 쐐기풀에 뒤덮여 있었다. 누군가가 알려 준 바에 따르면 이곳에 더 오래된 저택이 있었다고 한다.

차를 몰아 마을을 나오는데 교회의 종이 4시를 알렸다. 딜렛 씨는 화들짝 놀라 손으로 귀를 틀어막았다. 처음 들어 본 종소리가 아니었던 것이다.

대서양 건너편에서 날아올 구매 소식을 기다리며, 그 인형의 집은 조심스럽게 포장된 채로 딜렛 씨의 마구간 다락방에 그대로 남아 있다. 딜렛 씨가 바닷가로 요양을 떠난 날 콜린스가 옮겨 놓은 모습 그대로.

*

마땅히 그럴 만도 하지만, 이 이야기가 예전에 집필한 「동판화」의 변주일 뿐이라고 말하는 사람도 있으리라고 본다. 동일한 주제를 반복해 사용한 사실을 배경의 차이로 무마할 수 있기를 바랄 뿐이다.

희귀한 기도서
The Uncommon Prayer-Book

I

데이비슨 씨는 1월 첫 주를 시골 마을에서 홀로 보내고 있었다. 그가 이런 극단적인 상태에 놓이게 된 것은 여러 사건이 겹쳐 일어났기 때문이다. 가장 가까운 가족들은 해외에서 겨울 스포츠를 즐기고 있었으며, 친절하게도 가족 역할을 대신해 주려던 친구들은 전염성이 있는 병에 걸려 손님의 방문을 받지 못하게 되었다. 이제 그는 자신의 처지를 딱하게 여겨 줄 사람을 찾아야 할 상황에 처했지만, 문득 이런 생각이 들었다. '대부분은 이미 파티 계획을 세웠을 테고 어차피 길어 봤자 사나흘 정도만 혼자 버티면 되는데, 그동안 레벤소프 논문의 서문을 쓰면 딱 좋을 것 같군. 이 시간을 이용해서 최대한 골스퍼드 근처로 가

서 주변 사람들과 친교를 쌓는 편이 좋겠어. 레벤소프 가문의 저택과 무덤, 성당도 보고 싶고 말이야.'

롱브리지의 스완 호텔에 도착한 첫날은 폭풍이 너무 심해 간신히 담배 가게에나 다녀올 수 있을 정도였다. 다음 날은 비교적 하늘이 밝아져서 그는 이 기회를 이용해 골스퍼드에 들렀고, 꽤나 흥미로운 것을 여러 가지 보았으나 결국 딱히 얻은 것은 없었다. 셋째 날은 1월의 보석이라고 부를 만한, 실내에 머물기에는 너무 화창한 날이었다. 지주의 말에 따르면, 여름철에 방문하는 손님들은 보통 아침 기차를 타고 서쪽으로 역을 몇 개 지나갔다가 텐트 골짜기를 따라 걸어서 돌아오곤 하는 듯했다. 그러면 스탠퍼드 세인트토머스와 스탠퍼드 맥덜린을 지나오게 되는데, 두 마을 모두 상당히 경치가 좋은 곳으로 알려져 있다고 했다. 그는 그 말을 따르기로 마음먹었다. 그리하여 우리는 이제 오전 9시 45분 삼등 객차에 타고 킹스번 나들목으로 향하면서 인근 지도를 살펴보는 그의 모습을 발견하게 된다.

동료 승객은 파이프를 물고 있는 노인 하나밖에 없었는데, 대화를 나눌 마음이 있는 듯이 보였다. 그래서 데이비슨 씨는 필요한 온갖 수사와 날씨에 대한 이야기를 한 후 노인에게 멀리 가느냐고 물었다.

"아뇨, 선생님. 별로 멀리는 아니죠, 오늘 아침에는요, 선생님." 노인이 말했다. "사람들이 킹스번 나들목이라고 부르는 곳까지만 가려고 합니다요. 이곳과 그곳 사이에는 역이 두 개밖에 없지요. 그래요, 킹스번 나들목이라고 하더군요."

"저도 그리 갑니다." 데이비슨 씨가 말했다.

"아, 그러시군요, 선생님! 그 지역을 잘 아시나요?"

"아뇨, 그저 롱브리지까지 걸어서 돌아오면서 시골 풍경을 관찰할 생각입니다."

"아, 그러시군요, 선생님! 산책을 좋아하는 신사분에게는 정말 아름다운 날씨입죠."

"확실히 그렇지요. 킹스번에 도착한 다음에도 한참 더 가셔야 하는 겁니까?"

"아뇨, 선생님, 킹스번 나들목에 도착하면 거의 다 온 셈입죠. 저는 딸내미를 보러 가는 중입니다요, 선생님. 그 애는 브록스톤에 살지요. 킹스번 나들목에서 3킬로미터 정도 들판을 지나는 곳에 있을 겁니다. 그 지도에 나와 있을 것 같은데요, 선생님."

"그렇겠군요. 어디 보자, 브록스톤이라고 하셨죠? 아, 여기가 킹스번이군요. 그리고 브록스톤이 스탠퍼드에서 어느 쪽에 있나요? 아, 여기 있군요. 브록스톤 장원, 들판 한가운데군요. 하지만 마을은 안 보이는데요."

"네, 선생님, 브록스톤 마을은 없습니다요. 브록스톤 장원하고 경당만 있지요."

"경당? 아, 그래요, 여기 실려 있군요, 경당이라. 장원에 가까운 곳에 있는 모양입니다. 이 장원에 딸린 건가요?"

"예, 선생님. 장원에서 한 발짝만 나오면 있지요. 예, 장원에 딸린 경당입니다. 있잖습니까, 선생님, 제 딸내미가 그곳 관리인의 마누라입니다. 그리고 지금은 주인 가족이 떠났으니까, 거기에 살면서 저택을 관리하고 있죠."

"그럼 지금은 아무도 거기에 살지 않는 겁니까?"

"그렇습죠, 선생님. 몇 년은 됐습니다. 제가 꼬맹이일 적에는 노신사분이 계셨고, 그다음에 오신 숙녀분은 거의 90세가 될 때까지 사셨죠.

그리고 그분이 돌아가시고 나서 물려받은 분들은 다른 집을 하나 사셨다고 하더군요. 워릭셔였던 것 같은데, 그러고 나서 이쪽 저택은 세를 놓거나 뭐 그럴 생각조차 하지 않으시더군요. 하지만 와일드먼 대령님이 수렵 허가를 가지고 계시고, 부동산 중개인인 젊은 클라크 씨가 몇 주마다 한 번씩 와서 상황을 보고 가시고, 제 사위가 관리를 맡고 있지요."

"그럼 경당은 누가 사용합니까? 아마 주변에 사는 사람들 정도겠죠?"

"아, 아뇨, 경당은 아무도 쓰지 않습니다요. 그게, 갈 사람이 아무도 없거든요. 주변에 사는 사람들은 전부 스탠퍼드 세인트토머스 성당으로 갑니다. 하지만 제 사위는 이제 킹스번 성당에 다니죠. 그게, 스탠퍼드의 목사 양반은 그 그레고리 노래*인가를 부르게 하는데, 사위는 그게 마음에 들지 않는다나요. 늙은 나귀가 울어 대는 소리는 한 주 내내 들을 수 있으니 일요일에는 그보다 조금 더 쾌활한 노래를 듣고 싶다지 뭡니까." 노인이 손으로 입을 가리고 웃었다. "제 사위가 그렇게 말했다니까요. 늙은 나귀가 울어 대는 소리는," 기타 등등 다 카포.**

데이비슨 씨 역시 마음껏 웃었다. 동시에 브록스톤 장원과 경당도 산책 경로에 포함시킬 만할지도 모른다고 생각했다. 지도를 보니 브록스톤을 통해서도 킹스번과 롱브리지 사이의 길을 통하는 것만큼이나 쉽게 텐트 골짜기로 내려갈 수 있어 보였기 때문이다. 사위의 재치 있는 입담이 불러온 유쾌함이 잦아들자 그는 다시 질문을 시작했고, 그

---

* 그레고리안 성가. 19세기에 영국 국교회의 가톨릭주의 전통을 강조한 신학 운동인 옥스퍼드 운동과 함께 보급되었다.
** da capo. 악보에서 처음부터 악곡을 되풀이하여 연주하라는 말.

저택과 경당 두 곳 모두 흔히 '고풍스러운 장소'라고 불리는 부류의 건물임을 확신했다. 노인은 기꺼이 그를 데려가 줄 모양이었고, 딸아이가 최선을 다해 모든 것을 보여 줄 것이라고 장담했다.

"하지만 볼만한 것이 그리 많지는 않습니다, 선생님. 살고 있는 가족이 있는 것도 아니고. 겨울에는 전부 천을 씌워 놓기도 하고요. 그림까지요. 커튼과 양탄자도 죄다 접어서 치워 놓았고요. 하지만 한두 개 정도는 보실 수 있을지도 모르겠군요. 나방이 들어가지 않게 하려고 살펴보곤 하니까 말입니다."

"그 이상 폐를 끼칠 수는 없지요. 감사하군요. 제가 가장 보고 싶은 것은 경당 안인데, 혹시 볼 수 있을까요?"

"아, 그거야 바로 보여 드릴 수 있습죠, 선생님. 딸내미가 그곳 문 열쇠를 가지고 있고, 거의 매주 들어가서 먼지를 떨어내거든요. 그 경당, 꽤나 괜찮습니다. 사위 말로는 그곳에서는 그 그레고리 노래를 절대 부르지 않았을 거라고 하더군요. 세상에! 그 늙은 나귀 이야기만 생각하면 웃음이 나와서 견딜 수가 없군요. '나귀 울어 대는 소리는 한 주 내내 들을 수 있어요'라니, 아, 근데 정말 맞는 말 아닙니까, 선생님. 만날 듣겠죠."

킹스번에서 들판을 지나 브록스톤으로 가는 길은 상당히 즐거웠다. 길은 계속 고지대로 이어졌고, 덕분에 주변의 언덕이며 경작지와 목초지, 검푸른 숲이 아주 잘 내려다보였다. 그 모두가 오른쪽으로 이어지다 서쪽으로 흐르는 큰 강이 내려다보이는 구릉지에 막혀 제법 갑작스럽게 끝났다. 그들이 가로질러 간 마지막 들판의 경계에는 관목 숲이 있었는데, 그 숲으로 들어서자마자 길이 급경사를 이루며 아래로 향하기 시작하더니 곧 갑작스럽게 브록스톤 장원이 위치한 좁은 계곡

지대가 나타났다. 얼마 지나지 않아 연기가 나지 않는 석조 굴뚝과 석조 타일을 올린 지붕이 보이기 시작했다. 그로부터 몇 분 후 그들은 브록스톤 저택의 뒷문 앞에서 신발을 닦고 있었다. 관리인의 개들이 보이지 않는 어딘가에서 맹렬하게 짖어 댔다. 포터 부인은 연달아 개들에게 조용히 하라고 빠르게 소리 지르고, 아버지에게 인사를 하고, 두 사람 모두를 안으로 들게 했다.

II

데이비슨 씨가 저택의 주요한 방들을 모두 안내받는 운명에서 벗어날 수 있었을 리는 없을 것이다. 전혀 사람이 살 준비가 되어 있지 않은 상태였음에도 말이다. 에이버리 노인의 말대로 그림과 양탄자와 커튼과 가구 모두 천으로 덮여 있거나 치워진 상태였으며, 우리 친구가 보내려고 준비한 모든 찬사는 방의 비율이나 천장화 하나에 낭비되는 운명을 맞게 되었다. 그 천장화는 대역병 시대*에 런던에서 도망쳐 온 예술가가 '충성의 승리와 혼란의 패배'를 그린 것이었는데, 데이비슨 씨는 여기에 대해서는 거짓이 아닌 흥미를 보일 수 있었다. 크롬웰, 아이어턴, 브래드쇼, 피터스** 등의 사람들이 치밀하게 구상된 고통 속에서 신음하고 있었고, 화가는 아무리 봐도 그런 느낌을 주는 데 심혈을 기울인 듯했다.

"새들리어 노부인이 그리게 하신 그림입죠. 경당에 있는 것과 같습

---

* 1665년부터 이듬해까지 선페스트가 휩쓸어 거의 10만 명의 런던 시민의 목숨을 앗아 간 때를 말한다.

니다. 소문에 따르면 그분은 올리버 크롬웰의 무덤 위에서 춤추기 위해 런던으로 달려간 첫 번째 사람이라고 하더군요." 에이버리 씨는 이렇게 말하고 생각에 잠겨 덧붙였다. "글쎄요, 아마 나름 만족감을 느끼셨을지도 모르겠습니다만, 저라면 고작 그런 일을 하기 위해서 런던까지 왕복 기차 요금을 지불하고 싶을 것 같지는 않군요. 제 사위도 똑같은 말을 했습니다. 고작 그런 일을 하기 위해 그 돈을 내고 싶지는 않다더군요. 메리, 얘야, 기차에서 이 신사분께 해리가 여기 스탠퍼드에서 그레고리 노래에 대해 했던 말을 이야기해 드렸단다. 덕분에 꽤나 웃으시지 않았습니까, 선생님?"

"네, 분명히 그랬죠. 하! 하!" 데이비슨 씨는 다시 한 번 관리인의 재치에 대해 긍정적인 평가를 내리려고 안간힘을 썼다. "하지만 포터 부인께서 경당을 보여 줄 수 있다면, 가능하면 지금 해 주셨으면 합니다. 요즘은 날이 길지가 않고, 저는 완전히 어두워지기 전까지 롱브리지로 돌아가고 싶으니 말입니다."

브록스톤 저택이 《전원의 삶》에 묘사된 적이 없다 해도(아마도 그랬겠지만), 굳이 여기서 그곳의 훌륭한 점을 하나하나 설명하고 싶은 생각은 없다. 그러나 그 경당에 대해서만은 한마디 하고 넘어가야겠다. 저택에서 100미터 정도 떨어진 곳에 있는 경당은 작은 묘지가 하나 딸렸고 그 주변에는 나무들이 서 있었다. 약 20미터 길이의 석조 건물로,

---

** 영국 내전기(1641~1651) 의회파의 주요 인물들. 모두 국왕 살해자라는 오명을 얻었다. 올리버 크롬웰(1599~1658)은 의회파 군대의 수장이었으며 호국경의 지위에 올라 1653년부터 1658년까지 잉글랜드를 다스렸다. 헨리 아이어턴(1611~1655)은 크롬웰의 사위로, 의회군의 장군이었다. 존 브래드쇼(1602~1659)는 찰스 1세의 재판을 주재했던 판사였으며, 훗날 잉글랜드 공화국 국무회의 의장을 맡았다. 휴 피터스(1598~1660)는 명망 높은 크롬웰파 설교자였다.

17세기 중반 사람들이 고딕 양식이라고 생각하던 모습 그대로였다. 전체적으로 보아 옥스퍼드의 몇몇 칼리지에 딸린 경당과 흡사했다. 교구 성당처럼 성단소가 따로 딸려 있고, 남서쪽에 돔 지붕을 얹은 화려한 종탑이 솟아 있는 것만이 차이였다.

서쪽 문이 활짝 열리자 데이비슨 씨는 내부의 화려함과 온전함을 마주하고 기쁨과 놀라움의 탄성을 억누를 수 없었다. 칸막이 장식, 설교단, 좌석, 창문, 그 모두가 같은 시대의 작품이었다. 그리고 본랑을 지나 서쪽 회랑에서 금색의 장식 파이프가 달린 오르간까지 목격하자, 그의 컵에는 만족감이 가득 차오르게 되었다. 본랑 창문의 스테인드글라스는 대부분 여러 가문의 문장을 그려 놓은 것이었다. 성단소에는 인물화가 그려져 있었는데, 도레 수도원이나 스쿠더모어 경의 작품에서 볼 수 있는 그런 것이었다.

그러나 지금은 고고학 해설 시간이 아니다.

데이비슨 씨가 오르간의 잔해를 열심히 관찰하는 동안(아마도 댈럼 가문*의 누군가가 만든 오르간일 것이다) 에이버리 노인은 힘겹게 성단소로 올라가 푸른색 벨벳 쿠션과 성가대석 탁자에서 먼지막이 천을 벗겨 내고 있었다. 그 가족이 앉았던 곳임이 분명했다. 문득 데이비슨 씨의 귀에 작지만 놀란, 노인의 목소리가 들렸다. "메리, 여기 책들이 또 전부 펼쳐져 있지 않느냐!"

그에 포터 부인은 놀라기보다는 짜증이 난 투로 대답했다. "쯧쯧, 뭐, 그래요, 내가 한 건 아닌걸요!"

포터 부인은 아버지가 서 있는 곳으로 갔고, 그들은 계속 낮은 소리

---

* 17세기의 유명한 오르간 장인 가문. 토머스 댈럼(1575~1630)이 케임브리지 킹스 칼리지의 오르간을 제작했다고 한다.

로 대화를 나누었다. 데이비슨 씨는 그들이 무언가 평범하지 않은 의논을 하고 있음을 즉시 알아챌 수 있었고, 그대로 회랑 계단을 내려와 그들에게 갔다. 깔끔하고 청결한 경당의 다른 곳과 마찬가지로 성단소 역시 딱히 어지럽혀진 흔적은 없었다. 그러나 성가대석 탁자의 쿠션 위에 놓인 2절판 기도서 여덟 권이 전부 펼쳐져 있었다.

포터 부인은 그 일에 짜증이 나는 듯했다. "대체 어떻게 이런 짓을 벌이는 거람?" 그녀가 말했다. "열쇠라고는 내 것밖에 없고, 문도 우리가 들어온 곳 하나뿐이고, 창문에는 전부 빗장이 걸려 있는데. 마음에 안 들어요, 아버지, 정말로요."

"무슨 일입니까, 포터 부인? 뭐가 문제라도 있습니까?" 데이비슨 씨가 물었다.

"아뇨, 선생님, 딱히 문제가 있는 건 아니에요. 그저 이 책들이 성가실 뿐이죠. 제가 여기에 들어올 때마다 매번 책을 덮고 먼지가 앉지 않게 천을 덮어 놓거든요. 제가 처음 왔을 때 클라크 씨가 당부하셔서요. 그런데 매번 이러는 거예요. 게다가 항상 같은 쪽이고. 방금 말씀드린 대로 문도 창문도 전부 닫혀 있는데 누가 이런 짓을 할 수 있겠어요. 그리고 저처럼 혼자 여기에 들어와야 한다면 정말 이상한 기분이 들 거란 말이죠. 뭐 딱히 제가 그렇다는 것은 아니고요. 제 말은, 저는 그렇게 쉽게 겁먹지 않거든요. 게다가 여기에는 쥐 새끼 한 마리 없답니다. 물론 쥐가 저런 짓을 할 이유가 없겠지만요. 그렇죠, 선생님?"

"아무래도 그렇겠지요. 하지만 정말 이상한 일 같군요. 항상 같은 쪽이 펼쳐져 있다고 하셨죠?"

"항상 같은 쪽이에요, 선생님. 『시편』 중 하나인데, 처음 한두 번 정도는 인식도 못 했지요. 붉은 글씨가 적힌 줄이 있는 것을 알아채기 전까지는 말이에요. 한 번 그러고 나니까 계속 눈길이 가지 뭐예요."

데이비슨 씨는 성가대석을 따라 걸어가 펼쳐진 책을 살펴보았다. 확실히 모든 책이 같은 쪽에 펼쳐져 있었다.『시편』109장*이었는데, 그 첫머리의 숫자와 '내 찬미의 하느님' 사이에 붉은 글씨로 '4월 25일을 위하여'라는 내용이 인쇄되어 있었다.『공동 기도서』**의 역사에 대해 정밀한 지식이 있는 것은 아니었지만, 이렇게 덧붙은 내용이 매우 괴상하고 불경스러운 것임은 그도 쉽사리 알 수 있었다. 그리고 4월의 바로 그날이 성 마르코 축일이라는 사실을 기억해 내기는 했어도, 도저히 이 과격한『시편』구절이 어떤 식으로든 그날의 축제와 어울릴 수 있다는 상상은 할 수가 없었다. 살짝 의심이 생긴 그는 책을 넘겨 표지를 살펴보고는, (이런 일에는 특히 정확함이 필요하다는 것을 알고 있었기 때문에) 10분이나 들여 그 내용을 있는 그대로 정확하게 베꼈다. 연도는 1653년이었다. 출판인의 이름은 '앤서니 캐드먼'이었다. 그는 특정 날짜에 어울리는『시편』목록을 확인했다. 여기에도 역시 똑같이 이해할 수 없는 항목이 추가되어 있었다. 4월 25일을 위하여,『시편』109장. 전문가라면 그 외에도 조사할 필요가 있는 부분을 여러 군데 찾아냈겠지만, 앞서 말했듯이 이 골동품 애호가는 전문가는 아니었다. 그러나 그는 푸른색 가죽으로 만든 훌륭한 압형 장정을 세밀하게 살피고는 회중석 창문에서 보았던 문장 여러 개가 섞여 찍혀 있다는 사실을 알아챘다.

그가 마침내 포터 부인을 보며 물었다. "이 책들이 이렇게 펼쳐지는

---

* 「바체스터 대성당의 성가대석」의 276쪽 주석 참조. 매우 야만적인 저주의 내용이다.
** 영국 국교회의 감사성찬례 순서를 정리해 놓은 책으로 영국 종교개혁 직후에 처음 등장했고, 1549년에서 1622년 사이에 여러 다양한 판본이 출판되었다. 청교도였던 올리버 크롬웰의 통치가 시작된 이후로는 금서가 되기도 했다.

일이 얼마나 자주 일어납니까?"

"저도 정확히는 모르겠어요, 선생님. 하지만 이제까지 꽤나 여러 번 일어났답니다. 아버지, 제가 이걸 알아채고 처음 말씀드렸던 때가 언제인지 기억나세요?"

"그건 기억나는구나, 얘야. 네가 정말로 놀라 있었으니 기억이 나는 것도 당연하지. 5년 전 미카엘 축일*에 너를 찾아왔을 때였는데, 네가 티타임에 들어오더니 이렇게 말하지 않았느냐. '아버지, 천 아래 책들이 또 펼쳐져 있어요.' 그래서 선생님, 아시겠지만 저는 딸내미가 무슨 소리를 하는지 짐작도 가지 않았지요. 그래서 제가 '책들?'이라고 묻자 전부 술술 털어놓더군요. 하지만 해리가—제 사위 말입니다만, 선생님—'대체 누가 그럴 수 있겠어? 문도 하나뿐이고, 자물쇠로 잠가두었는데, 창문도 전부 남김없이 빗장을 채워 놓았잖아. 어쨌든, 잡기만 하면 두 번 다시 그런 짓을 못 하게 하겠어'라고 말하더군요. 뭐 그런다고 다시 안 하지는 않겠지만요, 선생님. 여하튼 그게 5년 전 일이고, 그 이후로 네가 말하는 대로 계속 같은 일이 일어난 것이 아니겠느냐. 젊은 클라크 씨는 이게 별일이 아니라고 생각하는 모양이지만, 그 사람은 여기 살지 않잖습니까. 그리고 어두운 저녁나절에 여기 들어와 청소하는 당사자도 아니고 말입니다."

"여기서 일할 때 다른 이상한 일은 없었던 모양입니다, 포터 부인?" 데이비슨 씨가 물었다.

"네, 없었어요." 포터 부인이 말했다. "사실 이상한 일이 없었다는 것이 이상한 거죠. 여기에 있으면 누군가가 앉아 있는 듯한 기척이 느껴

---

* 9월 29일.

지거든요—아뇨, 반대쪽요. 성가대석 칸막이 안쪽 말이에요—게다가 제가 2층의 회랑이며 신도석을 청소하고 있는 동안 저를 내내 지켜보고 있는 것 같아요. 하지만 속담에서 말하는 것처럼, 저 자신보다 끔찍한 것을 본 적은 없어요. 그리고 부디 평생 못 보았으면 좋겠네요."

III

이후 이어진 대화에서도—그리 긴 대화는 아니었다—이 사건에 대해 추가로 밝혀진 내용은 없었다. 에이버리 노인과 그의 딸과 인사를 나누고 헤어진 다음 데이비슨 씨는 1.5킬로미터에 달하는 산책길에 올랐다. 브록스톤 장원이 위치한 작은 계곡은 곧이어 보다 넓은 텐트 골짜기로 이어졌고, 곧이어 스탠퍼드 세인트토머스가 나왔다. 그는 그곳에서 잠시 휴식을 취했다.

롱브리지에 이르는 여정을 전부 따라갈 필요는 없었다. 하지만 저녁 식사 전에 양말을 갈아 신다가 그는 갑자기 움직임을 멈추고 크게 혼잣말을 했다. "세상에, 정말 기묘한 일이로군!" 그때까지 1653년에 출판된 기도집이 존재한다는 사실 자체가 기묘하다는 것을 알아차리지 못했던 것이다. 왕정복고 7년 전, 크롬웰이 사망하기 5년 전이 아닌가. 당시에는 출판은 고사하고 그 책을 사용하는 일 자체가 범죄였던 것이다. 표지에 이름과 출판년도를 적어 넣다니 정말 대담한 사람이 분명했다. 아니, 데이비슨 씨의 생각으로 아마 그 이름은 본명이 아니었을 것이다. 힘든 시기의 출판업자들은 교활하게 행동하기 마련이니까.

그날 저녁 그가 스완 호텔의 중앙 홀에서 기차 시간표를 확인하고 있으려니 정문 앞에 작은 자동차 한 대가 와서 멈추었다. 모피 외투를 입은 작은 남자 한 명이 내리더니 계단에 서서 시끄러운 외국 억양으로 운전사에게 지시를 내렸다. 호텔로 들어온 남자는 검은 머리에 흰 얼굴로 턱수염은 뾰족하고 짧게 다듬었으며 금테 코안경을 걸치고 있었다. 전반적으로 매우 깔끔한 차림새였다.

그는 자기 방으로 향했고, 데이비슨 씨는 저녁 시간이 될 때까지 그와 마주치지 못했다. 그날 밤은 그들 둘이서만 식사를 했기 때문에 새로 도착한 사람은 별다른 핑계 없이 데이비슨 씨와 대화를 나눌 수 있었다. 그는 데이비슨 씨가 왜 이런 계절에 이 동네를 찾아왔는지 궁금해하는 눈치였다.

"여기서 알링워스까지 거리가 얼마나 되는지 아시나요?" 그가 처음 한 질문 중 하나는 이것이었는데, 그로부터 그의 계획을 나름 유추할 수 있었다. 기차역에서 데이비슨 씨는 알링워스 저택에서 경매가 열린다는 광고문을 봤기 때문이다. 낡은 가구, 그림, 책 등이었다. 그렇다면 남자는 런던의 중개상이 분명했다.

"아니요. 그곳에는 가 보지 못했습니다. 아마 킹스번 외곽일 테지요. 멀어 봤자 20킬로미터 안팎일 겁니다. 거기서 경매가 열린다는 소문은 들었습니다만."

상대방은 탐문하는 듯 그를 살펴보았고 데이비슨 씨는 웃음을 터트렸다. "아닙니다." 그는 마치 질문에 대답하듯 말했다. "저를 경쟁자로 생각하고 겁먹으실 필요는 없습니다. 저는 내일 여길 떠날 생각이거든요."

이 대답 덕분에 분위기가 밝아졌고, 홈버거라는 이름의 중개상은 자신이 책에 관심을 가지고 있다는 사실을 인정했다. 그리고 이 부근의 오래된 시골 저택 서재에는 이런 여행을 할 만한 가치를 지닌 상품이 있을지 모른다는 생각을 밝혔다. "우리 잉글랜드 사람들에게는 가장 어울리지 않는 장소에 귀중품을 감추어 두는 훌륭한 재능이 있으니 말이지요. 그렇지 않나요?"

그날 저녁 내내 그는 자신을 비롯해 누군가가 발견한 물건들 중 가장 흥미로운 것들에 대한 이야기를 늘어놓았다. "이번 경매가 끝나면 이 기회를 이용해 주변 지역을 돌아볼 생각입니다. 혹시 괜찮은 장소를 추천해 줄 수 있으신가요, 데이비슨 씨?" 브록스톤 저택에서 꽤나 흥미로워 보이는 자물쇠가 채워진 서가를 여러 곳 보았음에도, 데이비슨은 조언을 삼가는 쪽을 택했다. 홈버거 씨가 그리 마음에 들지 않았기 때문이다.

다음 날 기차에 앉아 있노라니 어제의 수수께끼를 해결해 줄 만한 작은 단서가 하나 떠올랐다. 그는 어쩌다 새해맞이로 구입한 연감 일기장을 꺼내게 되었는데, 순간 4월 25일에 어떤 기록해 둘 만한 사건이 있었는지 찾아보자는 생각이 떠오른 것이다. 그리고 이런 내용이 있었다. '성 마르코 축일. 올리버 크롬웰 출생. 1599년.'

여기에다 예의 천장화를 더하면 꽤나 많은 일이 설명되는 듯했다. 새들리어 노부인의 모습이 그의 상상 속에서 보다 생생하게 살아났다. 교회와 왕을 사랑하는 마음이, 점차 교회를 침묵시키고 왕을 도륙해 버린 그 권력자에 대한 격렬한 증오로 바뀌게 되었으리라. 그녀와 그 동조자들은 대체 그 외따로 떨어진 계곡에서 매년 어떤 사악한 감사성찬례를 드렸던 것일까? 그리고 대체 어떻게 권력자들의 눈을 속인 것일까? 그리고 하나 더, 계속 기도서가 펼쳐지는 묘한 사건이 그가 상상하는 노부인의 모습과 기묘하게 어울리지 않는가?

4월 25일에 브록스톤 근처에 오는 사람이 있다면, 경당 안을 들여다보며 무언가 기묘한 일이 벌어지는지 살펴보는 것도 꽤나 흥미로울 듯했다. 그렇게 생각하고 나니 자신이 바로 그 사람이 되지 말라는 법도 없어 보였다. 자신과, 그리고 가능하다면 마음이 맞는 친구들과 함께. 그는 바로 그렇게 하리라고 마음먹었다.

자신이 기도서 출판에 대해 제대로 아는 것이 없음을 알고 있었기 때문에 그는 이유를 누설하지 않은 상태로 최대한 많은 단서를 모아야겠다고 생각했다. 하지만 그의 조사는 아무 소용이 없었다고 단언할 수 있을 것 같다. 19세기 초기에 서적에 대해 시끄럽게 장광설을 늘어놓던 작가가 하나 있었는데, 그는 공화정 시기에 만들어진 어떤 반反크롬웰 기도서에 대해 들어 본 적이 있다고 서술했다. 그러나 그 판본을 직접 본 적은 없었고, 누구도 그의 말을 믿어 주지 않았다. 관련 내용을 조사해 본 결과 데이비슨 씨는 그 주장이 롱브리지 근처에 살았던 사람과의 서신 교환에서 유래했다는 사실을 알아냈다. 따라서 그는 여기서 말하는 책이 브록스톤의 기도서라고 생각하기에 이르렀고, 이는 잠깐 그의 흥미를 끌었다.

몇 달이 흘러 성 마르코 축일이 가까워 왔다. 브록스톤을 방문하려는 데이비슨 씨의 계획에 장애가 되는 일은 아무것도 없었고, 그가 설득하여 함께 가기로 한 친구의 경우에도 마찬가지였다. 그가 수수께끼를 털어놓은 것은 오직 그 친구에게만이었다. 두 사람은 데이비슨이 1월에 탑승한 것과 똑같은 9시 45분 기차를 타고 킹스번으로 갔고, 똑같은 들판을 지나 브록스톤으로 향했다. 그러나 오늘은 노란 꽃을 따기 위해 꽤나 여러 번 발걸음을 멈춰야 했다. 멀리 보이는 숲과 고지의 경작지는 예전과 다른 색을 띠고 있었으며, 관목 숲에서는 포터 부인의 말처럼 '끊임없이 아름다운 새소리가 들려와서 때때로 도저히 마음이 설레어 진정되지 않았기' 때문이다.

포터 부인은 데이비슨 씨를 바로 알아보고는 아무 거리낌 없이 그들을 경당으로 안내해 주었다. 새로운 방문자인 위덤 씨 역시 데이비슨 씨와 마찬가지로 그 안의 상태가 훌륭하게 보존된 데 깊이 감명받았다. "잉글랜드에 이런 곳은 다시 없을 걸세."

"책들이 또 열려 있던가요, 포터 부인?" 데이비슨은 성단소 쪽으로 걸어가며 물었다.

"글쎄요, 네, 아마 그렇겠죠, 선생님." 포터 부인이 천을 걷으며 말했다. "자, 보세요!" 그리고 다음 순간 그녀가 소리쳤다. "그런데 전부 닫혀 있네요! 이런 적은 처음이에요. 하지만 신사분들, 이건 제가 신경 쓸 일이 아니겠지요. 지난주에 왔을 때 책을 덮고는 천을 덮었거든요. 그 신사분이 저쪽 창문 사진을 찍으셨을 때였는데, 그때는 책이 전부 덮여 있었고 제가 매듭을 지은 부분도 그대로 남아 있었거든요. 생각해 보면 그 전에는 이렇게 하지 않았었는데. 어쩌면 제가 매듭을 지어 놓아서 책을 여는 일을 그만두었는지도 모르겠네요. 누가 한 일이든요. 자, 당연한 일이죠? 처음에 성공하지 못하면 계속 다른 방식으로 시도해 볼 것."

그러는 동안 두 남자는 책들을 살펴보고 있었고, 이윽고 데이비슨이 입을 열었다.

"이런 문제가 생기게 되어 유감입니다만, 포터 부인. 책들이 바뀐 것 같군요."

포터 부인의 비명과 뒤이은 질문을 일일이 기록하기에는 너무 시간이 오래 걸릴 것이다. 간략하게 정리하자면 사건은 다음과 같이 일어났다. 1월 초에 '그 신사'가 경당에 와서 한동안 구경을 하더니 봄이 되면 다시 찾아와서 사진을 좀 찍겠다고 하고 갔다고 한다. 그리고 바로 지난주에 그 사람이 자동차를 몰고 와서 건판이 든 꽤 무거운 상자를 들고 내렸고, 그가 '긴 폭발'*이 어쩌고 하는 소리를 해서 무언가가 망가질까 봐 두려웠다고 한다. 그는 폭발이 아니라고 설명했지만, 어쨌든 건판에 쓰는 랜턴인지 뭔지가 매우 느리게 작동한다고 해서, 그녀는 그를 경당 안에 두고 문을 잠그고 나갔다가 한 시간 후 돌아와 문을 열어 주었다고 했다. 그리고 그는 상자와 몇 가지 물건들을 차에 싣고 명함을 준 다음 떠났는데, 아, 세상에, 세상에, 어떻게 그런 일을 벌일 수가! 그 작자가 책을 바꿔치기하여 원래 놓여 있던 책을 상자에 싣고 떠난 것이 분명했다.

"어떤 사람이었습니까?"

"아, 세상에, 작은 체구의 신사분이었어요. 그런 행동을 벌인 다음에도 신사라고 부를 수 있다면 말이지만. 검은 머리에, 그걸 머리라고 부를 수 있다면 말이지만. 그리고 금테 안경에, 그걸 금이라고 부를 수 있다면 말이지만. 정말로, 요즘은 사람을 믿어도 될지를 모르겠네요. 그때도 그 사람이 진짜 잉글랜드 사람이 아닐지도 모른다고 생각했는데, 그래도 우리말을 할 줄 알고, 명함에 적힌 이름도 별로 괴상하지가 않아서."

"그렇겠지요. 명함 좀 봐도 되겠습니까? 그렇군요. T. W. 헨더슨, 그리고 주소는 브리스틀 근처군요. 어디 봅시다, 포터 부인. 이 소위 헨더슨이라는 작자가 여덟 권의 기도서를 들고 나가면서 비슷한 크기의

---

* long explosion. 내용상 '긴 노출long exposure'을 부인이 잘못 들은 듯하다.

기도서 여덟 권을 그 자리에 대신 두고 나간 건 거의 확실한 것 같습니다. 이제 제 말을 잘 들으세요. 제 생각에 부인은 남편분께만 이 사실을 알리고, 부인도 남편분도 다른 사람에게는 알리지 않는 편이 좋을 것 같습니다. 혹시 여기 중개인의 주소를 주실 수 있다면―클라크 씨였던가, 그랬지요?―제가 그에게 편지를 써서 정확히 무슨 일이 벌어졌는지, 그리고 그게 부인의 잘못이 아니었다는 사실을 일러 주겠습니다. 하지만 어쨌든 이 일은 매우 은밀하게 처리해야 합니다. 왜냐고요? 그 기도서를 훔쳐 간 남자는 분명 한 번에 한 권씩 팔려고 할 테니 말입니다. 꽤나 값어치가 나가는 물건이거든요. 그리고 그에게서 그 물건을 되찾으려면 아무 말 하지 않고 주변을 날카롭게 살펴보고 있어야 할 겁니다."

같은 조언을 여러 방식으로 반복한 결과 그들은 정말로 침묵을 지킬 필요가 있다는 사실을 포터 부인에게 각인시키는 데 성공했다. 그러나 얼마 후에 방문할 예정이었던 에이버리 씨의 경우에는 예외를 인정하지 않을 수 없었다. "하지만 아버지에게는 괜찮을 거예요." 포터 부인이 말했다. "아버지는 말수가 많은 분이 아니시잖아요."

데이비슨의 경험으로는 딱히 그렇지도 않았다. 그러나 브록스톤 주변에는 이웃이 많지 않았고, 심지어 에이버리 씨 같은 사람도 그런 주제에 대해 잡담을 나누었다가는 포터 일가가 다른 직업을 찾아야 할 신세가 될 것임은 알고 있을 터였다.

마지막 질문은 예의 헨더슨이라는 사람의 동행이 있었는가 하는 것이었다.

"아뇨, 선생님, 혼자 왔어요. 직접 자동차를 몰고 왔고, 짐은, 어디 보자. 짐칸에 그 랜턴과 건판이 든 상자가 있었는데, 경당으로 들어가고 내오는 것을 제가 직접 도왔죠. 사실을 알기만 했더라면! 그리고 저기 묘비 옆의 커다란 주목 아래로 차를 몰고 가는데, 처음에 몰고 올 때는 보지 못했던 하얀 꾸러미가 좌석에 놓여 있었어요. 하지만 선생님, 그 작자는 앞자리에 앉아 있었고, 뒤에는 그 상자밖에 없었어요. 그리고 선생님, 진짜로 그 사람 이름이 헨더슨이 아니었다고 생각하시는 건가요? 아 세상에, 정말 끔찍한 일이에요! 아무 잘못 없는 선량한 사람이 곤경에 빠질 수도 있다는 생각은 하지도 않는 걸까요!"

그들은 훌쩍이는 포터 부인을 남겨 두고 그곳을 떠났다. 돌아오는 길에 그들은 출품 가능한 경매를 어떤 식으로 감시해야 할지 의견을 나누었다. 헨더슨(홈버거)이—그들이 동일인이라는 사실은 거의 의심할 여지가 없었다—바꿔치기한 2절판 기도서는 칼리지 경당 등에서 사용하다 치운 낡은 기도서로, 장정 방식 때문에 겉보기에는 그곳에 있던 옛날 기도서와 거의 차이가 없었고, 진짜 서적과 멋대로 바꿔치기한 것이 분명했다. 그리고 절도 행각이 밝혀지지 않은 채 이미 일주일이나 흘렀다. 그 책이 희귀한 물건이라는 사실을 알아내는 데는 시간이 얼마 걸리지 않았을 것이며, 당연하지만 그 작자는 조심스레 물건들을 감춰 놓았을 것이다. 데이비슨과 위덤은 서적 매매 업계에서 일이 진행되는 방식을 잘 알고 있었기 때문에, 철저하게 가능한 모든 지역을 훑어보기로 마음먹었다. 그들에게 있어 유일한 문제는 헨더슨(홈버거)이 사업차 사용하는 이름을 알지 못한다는 것이었다. 그러나 그런 문제에는 또 나름의 해결 방법이 있는 법이었다.

결과적으로 이 모든 계획은 쓸모없는 것이 되었지만 말이다.

IV

이제 같은 4월 25일, 런던의 한 사무실로 자리를 옮기도록 하자. 오후 늦은 시간, 굳게 닫힌 문 안에 경찰 경위 두 명과 골동품 중개인 한 명, 그리고 젊은 사무원 한 명이 앉아 있었다. 후자의 두 명은 창백한 얼굴에 초조해 보이는 모습으로, 의자에 앉아 심문을 받고 있었다.

"자네들 이 포슈위츠 씨라는 사람에게 얼마 동안 고용되어 있었다고 했지? 6개월? 무슨 일을 하는 사람이었나? 여러 곳의 경매에 참여해서 책 꾸러미를 잔뜩 들고 돌아왔더라. 다른 곳에 가게를 가지고 있었나? 아니라고? 여기저기 분산해서 팔아넘겼고, 때로는 개인 수집가와 거래했다, 이거지. 좋아. 그럼 이제, 그가 마지막으로 간 곳이 어딘가? 일주일 전 말고. 어디로 간다고 이야기를 하던가? 아니라고? 이틀 전에, 다음 날은 자기 집에서 보내고 사무실에는 나오지 않겠다고 했다고. 그 사무실이 여기지, 음? 자네들은 평소와 같이 출근할 예정이었고. 그의 집이 어딘가? 아, 이 주소인가. 노우드 길이라. 알겠네. 가족은 없던가? 이 나라에는 없어? 자, 그럼, 그가 돌아온 후에 무슨 일이 벌어졌는지 설명해 줄 수 있겠나? 화요일에 돌아왔다고 했지? 그리고 오늘은 토요일이고. 책을 가져왔던가? 꾸러미 하나라. 어디 있나? 금고인가. 열쇠는 있나? 아니, 그냥 물어본 거네. 당연히 이미 열었지. 돌아왔을 때 기분이 어때 보이던가. 즐거워 보였나? 흠, 묘해 보였다니 그게 무슨 뜻인가? 병에 걸린 것 같았다고. 그 자신이 그런 말을 한 거지? 묘한 냄새를 맡기 시작했는데 떨쳐 버릴 수가 없었다고. 누가 찾아오면 들여보내지 말고 누구인지 일단 알리라고 했다고. 보통은 그러지 않았다는 거지? 수요일, 목요일, 금요일도 마찬가지였고. 자주 밖으

로 나갔는데, 대영박물관으로 간다고 했다고. 평소에도 사업상 질문을
하러 자주 갔다는 거지. 사무실에 나올 때마다 묘하게 오르락내리락했
다는 건가? 최근 방문한 사람은? 대부분 그가 외출해 있는 동안 왔었
다고. 그가 있는 동안 온 사람은? 음. 콜린슨 씨? 콜린슨 씨가 누군가?
단골이라 이거지. 주소는 알고 있나? 좋아, 나중에 넘기게. 자, 그럼 오
늘 아침은 어떤가? 12시에 포슈위츠 씨를 여기에 남겨 두고 집으로 갔
다는 거지. 자네를 본 사람은 있나? 중개인 당신이 봤다고? 그러고는
우리가 호출할 때까지 집에 머물렀다라. 좋아.

자, 그럼 중개인 양반. 당신 이름이 뭐더라…… 왓킨스군. 그렇지?
좋아, 진술을 시작하게. 너무 빨리는 말하지 말고. 받아 적어야 하니
까."

"저는 평소보다 더 늦게까지 남아 있었습니다. 팟위치 씨가 남아 있
으라고 부탁했거든요. 그러고는 팟위치 씨를 위해 주문 배달 점심을
시켰지요. 11시 30분부터는 로비에 있었는데, 사무원 블라이 씨가 12
시에 나가는 걸 봤습니다. 그 후에는 팟위치 씨의 점심이 1시에 도착
한 것 이외에는 아무도 들어오지 않았고, 배달원은 5분쯤 있다가 떠
났습니다. 오후가 되자 저는 기다리다 지쳐서 2층으로 올라가 보았죠.
사무실로 들어가는 바깥문이 활짝 열려 있었고, 저는 여기에 있는 유
리창이 달린 문으로 다가갔지요. 팟위치 씨는 책상 뒤에 서서 시가를
피우다가 벽난로 장식 위에 내려놓고는 바지 주머니를 더듬어 열쇠
를 꺼낸 다음, 방을 가로질러 금고 쪽으로 갔어요. 저는 유리문에 노크
를 했는데, 그분이 제가 들어와서 재떨이를 치워 주기를 바랄지도 모
른다고 생각했거든요. 그런데 그분은 제가 있다는 사실을 눈치채지 못
했는지 금고 문에만 매달려 있었습니다. 그러더니 문을 열고 몸을 굽

히고는 금고 바닥에서 무언가 꾸러미를 들어 올리는 듯하더군요. 그런데 그 순간, 경위님, 1~2미터 높이는 되어 보이는 지저분한 흰 플란넬 천 자락 같은 것이 금고 안에서 뻗어 나오더니, 그대로 허리를 굽히고 있는 팻위치 씨의 어깨로 떨어지지 뭡니까. 팻위치 씨는 꾸러미를 든 채로 몸을 일으키고는 크게 소리를 질렀어요. 제가 말씀드리는 내용을 그대로 믿어 주시리라고 생각하지는 않지만, 저는 진짜로 그 천 자락의 반대편에 얼굴 같은 게 달려 있는 것을 보았습니다, 경위님. 저는 그보다 더할 수 없을 정도로 놀랐는데, 제가 산전수전 다 겪은 사람이기는 해도…… 네, 원한다면 묘사해 드리겠습니다, 경위님. 여기 벽과 거의 비슷한 색깔이었는데," 사무실 벽에는 황토색의 수성도료가 칠해져 있었다. "아래쪽에는 띠가 하나 묶여 있고, 눈은 메마른 느낌에다가, 구멍 안에 커다란 거미 두 마리가 있는 느낌이었고…… 머리카락요? 아뇨, 머리카락은 못 본 것 같습니다. 머리에 플란넬 천이 덮여 있었고…… 그게 머리가 아닌 것은 분명해 보이지만요. 아뇨, 아주 잠깐밖에 보지 못했습니다. 그래도 꼭 사진으로 찍은 것같이 선명하게 기억이 납니다. 잊어버리고 싶지만…… 네, 경위님, 그대로 팻위치 씨의 어깨를 덮치고 얼굴을 그분 목에 묻었어요. 네, 경위님, 바로 그 상처가 있던 부위에 말입니다. 마치 토끼를 사냥하는 족제비 같았는데, 그분은 그대로 땅에 넘어져 굴렀고, 저는 문을 열고 들어가려 했지만, 경위님도 아시다시피 안에서 잠겨 있지 않았습니까, 그래서 제가 할 수 있는 일이라고는 사방에 전화를 거는 것뿐이었고, 의사 선생이 오고, 경찰과 여러분이 오셨고, 나머지는 아시는 그대로입니다. 오늘 제가 더 필요한 일이 없으시다면 이만 집으로 돌아가고 싶습니다. 아무래도 제가 좀 심하게 충격을 받아서요."

"글쎄." 사람들이 나가고 나자 한 경위가 말했다. "글쎄?" 다른 경위가 대답했다. 잠시 침묵이 흐른 후. "의사의 검시 보고서는 어땠다고? 거기 있잖아. 그래. 혈액에 가장 치명적인 뱀독 같은 것이 들어갔다고. 거의 즉시 사망했다는 건가. 그 친구에게는 다행한 일이로구먼. 정말로 끔찍한 광경 아니겠나. 어쨌든 저 왓킨스라는 친구를 구금할 필요는 없겠어. 저 친구에 대해서는 잘 알고 있으니까. 그러면 이 금고는 어떻게 해야겠나? 아무래도 다시 살펴보는 게 좋겠는데. 게다가 사망 당시에 열심히 살펴보고 있던 그 꾸러미도 열지 않았고."

"뭐, 조심해서 다루게나." 다른 경위가 말했다. "어쩌면 그 안에 뱀이 숨어 있을지도 모르니까. 그리고 저쪽 구석으로 전등도 좀 가져오고. 흠, 작은 사람이 서 있을 정도 크기는 되는구먼. 하지만 공기가 통하려나?"

"그럴 수도 있지." 다른 쪽이 손전등으로 금고를 살펴보며 천천히 말했다. "어쩌면 공기가 별로 필요 없었을지도 모르지. 세상에! 이 안쪽 공기가 따뜻한데! 꼭 납골당 같지 않나. 그런데 왜 이리 방 전체가 먼지 구덩이인 거야? 문이 열렸을 때 들어온 게 분명한데. 움직이면 그대로 쓸려 나가지 않나. 봤지? 이걸 어떻게 설명해야겠나?"

"설명을 해? 이 사건에서 설명이 되는 것이 있기나 한가? 내 생각에 이 사건은 런던의 수수께끼 중 하나로 남을 것 같네. 그리고 사진 상자에 가득 찬 큼지막한 옛날 기도책들은 별 단서가 될 것 같지 않군. 그 꾸러미 정체가 그건가 본데."

당연하지만 조금 성급한 의견이었다. 앞서의 이야기를 살펴보면 사건을 재구성할 만한 상당한 증거가 존재함을 확인할 수 있을 것이다. 그리고 데이비슨과 위덤 씨가 스코틀랜드 야드*에 가서 자신들의 이야기를 털어놓자 곧 수사 공조가 이루어졌고, 모든 수수께끼가 풀리게 되었다.

포터 부인에게는 다행스럽게도, 브록스톤의 주인들은 기도서를 경당에 다시 되돌려 놓지 않기로 했다. 내가 들은 바로는 그 책들을 도시의 안전금고에 보관해 두었다고 한다. 경찰은 특정 사건을 신문에 실리지 않게 하는 나름의 방법을 가지고 있는 모양이다. 그렇지 않다면 포슈위츠 씨의 죽음에 대한 왓킨스의 증언이 여러 언론의 표제 기사를 장식하지 않은 이유를 설명하기 힘들기 때문이다.

---

* 영국 런던 수도 경찰국의 별칭. 1829년 내무부 장관 로버트 필이 창설했다.

네 이웃의 경계석*
A Neighbour's Landmark

　책을 읽거나 쓰는 일에 많은 시간을 소비하는 이들은 당연하게도 책이 모여 있는 곳을 지날 때면 비상한 관심을 기울이는 경향이 있다. 그런 이들은 노점이든, 상점이든, 심지어는 침실의 책꽂이조차도 제목 몇 개를 훑어보지 않고는 그냥 지나치지 못한다. 그리고 그런 이들이 처음 가 보는 서재에 들어서게 된다면, 집주인은 더 이상 그들을 대접하려고 노력할 필요조차 없다. 서로 떨어져 있는 전질을 한데 모으거나 성마른 가정부가 먼지를 털다 뒤집어 놓은 책들을 바로 정리하는 일 따위는 이들에게 가벼운 자선 행위 정도에 지나지 않는다. 이런 일

* 『공동 기도서』에 수록된 죄인에게 보내는 경고의 저주 중 하나이다. '네 이웃의 경계석을 옮기는 자는 저주를 받으리라.' 『신명기』 19장 14절의 '너희는 너희 하느님 야훼께서 너희에게 주시어 차지하게 한 땅에서 너희에게 배당된 구역과 이웃 구역 사이에 옛 어른들이 그어 놓은 경계선을 옮기지 못한다'에서 유래한 것이다.

에 행복하게 몰두해서, 때때로 18세기의 8절판 책을 들추어 보며 '그게 무슨 내용인지'를 확인하고는 5분 정도가 지난 후 이 책은 지금 누리는 은둔 생활을 즐길 자격이 있다는 결론을 내리는 등의 행복을 만끽하며 나는 베턴 코트에서 습기 찬 8월의 오후 시간을 보내고 있었다.

*

"자네 완전히 빅토리아풍으로 시작하는구먼." 내가 말했다. "계속 그럴 생각인가?"

"부디 이걸 기억해 주게." 내 친구가 안경 너머로 나를 바라보며 말했다. "나는 태생과 교육에서 빅토리아 시대의 사람이며, 빅토리아 시대의 나무는 응당 빅토리아 시대의 열매를 맺게 된다는 사실을 말이지. 게다가 요즘은 빅토리아 시대에 대한 어마어마한 양의 지적이고 철학적인 쓰레기들이 저술되는 시대 아닌가. 자, 그러면," 그가 문서를 무릎 위에 올려놓으며 말을 이었다. "그 사설,《타임스》의 주간 문예 특집에 실렸던「고통스러운 나날」은 거기 있나? 물론 있겠지. 아! 생각만 해도 내 영혼과 육체가 아파 올 지경이로군. 부디 그걸 이쪽으로 건네줄 수 있겠나? 자네 옆의 탁자에 있다네."

"자네가 직접 쓴 글을 읽어 줄 거라고 생각하고 있었네만." 나는 꿈쩍도 하지 않고 말했다. "하지만, 자네가 원한다면야."

"그래, 나도 알고 있지." 그가 말했다. "좋아, 그러면 일단 내 글부터 시작하겠네. 하지만 그다음에는 내가 무슨 뜻에서 한 말인지 보여 주지. 어쨌든," 그리고 그는 종이 한 장을 들어 올리며 안경을 고쳐 썼다.

                        *

베턴 코트에는 몇 세대 전 두 곳의 시골 저택 서재를 하나로 합쳐 만든 서재가 있었는데, 양쪽 저택의 후손들 모두 장서를 골라내거나 겹치는 책을 빼내려는 시도조차 하지 않았다. 굳이 여기에 내가 발견할 수 있었던 귀중한 책들을 열거하거나, 정치 팸플릿으로 싼 4절판 셰익스피어 책을 언급할 생각은 없다. 지금 나는 수색 도중에 겪은 한 가지 경험, 나의 일상생활에 끼워 넣을 수도, 설명할 수도 없는 그 경험에 대한 이야기를 하고 싶다.

아까 말한 대로 습기 찬 8월의 오후였다. 바람이 꽤 불고, 제법 따뜻했다. 창밖으로는 커다란 나무들이 비바람에 휘날렸고, 그 사이로 녹색과 황색의 시골 풍경이 스쳐 지나갔다. (베턴 코트는 언덕 중턱 높은 곳에 있었다.) 빗방울이 만들어 낸 장막으로 인해 멀리 푸른 언덕은 흐릿하게 보였다. 그 위로 하늘에는 낮게 깔린 구름이 쉬지 않고 꿈틀거리며 북서쪽을 향해 흘러가고 있었다. 나는 잠시 작업을 멈추고—이런 일을 작업이라고 부를 수 있다면 말이지만—창가에 서서 이런 모든 모습, 온실 지붕에 떨어진 물방울이 흘러내리는 모습, 그리고 그 뒤에 서 있는 교회 종탑을 바라보았다. 모든 것이 내 마음에 맞게 천천히 흘러갔고, 가까운 시간 내에 자리를 비울 일은 없어 보였다. 따라서 나는 책장으로 돌아가서는 여덟아홉 권 정도의 소책자 묶음 한 질을 꺼내 보다 자세히 확인하기 위해 책상으로 날랐다.

대부분은 앤 여왕 시대의 내용이었다. 「근년의 평화」, 「근년의 전쟁」, 「동맹군의 행실」 같은 내용을 찾아볼 수 있었다. 또한 「대주교회의에 보내는 서신」, 「성 미카엘 퀸히스 교회의 설교집」, 「경애하는 원체스터 주교 각하께서 휘하 목자들에게 보내는 질문」(윈턴일 가능성이 더 높아 보이지만) 등도 보였다. 한때는 매우 활기찬 내용이었으며 사실 아직도 옛적의 날카로움을 제법 많이 간직하고 있었기에, 나는 창가의 안락의자로 가서 처음 계획한 것보다 더 많은 시간을 할애할까 하는 유혹에 빠졌다. 게다가 낮 동안 제법 지치기도 했다. 교회의 시계가 4시를 알렸고, 1889년에는 일광절약제*가 없었으니만큼 실제 시각도 4시였다.

그래서 나는 자리를 잡고 앉았다. 처음에는 전쟁 소책자를 훑어보고는, 그 안의 여러 이름 없는 저자들 사이에서 문체만으로도 알아볼 수 있는 스위프트의 저작을 골라내며 즐거움을 만끽했다. 그러나 전쟁 소책자를 해독하는 데는 저지대 국가**들에 대해 내가 알고 있는 것 이상의 지식이 필요했다. 나는 교회 문건 쪽으로 관심을 돌렸고, 캔터베리 대주교가 기독교지식보급회***의 1711년 회합에서 한 발언에 대해서 몇 쪽을 읽었다. 성직록을 받는 성직자가 C――r의 주교에게 보낸 서한에 도달했을 때 나는 슬슬 열의를 잃기 시작한 상태였고, 별로 놀라지도 않은 채로 다음 문장을 한동안 바라보았다.

이러한 남용은―저 자신은 그 행위에 이런 호칭을 붙일 자격이 있다고 생각합니다―주교 각하께서―인지하고 계시다면 말이지만―최대한 자제심을 발휘해 멀리하셔야 한다고 생각합니다. 그러나 또한 주교님께서 아시는 내용은 (이 지방의 민요에 나오는) 다음의 몇 구절 이상은 아

---

* 서머타임을 말한다. 영국에는 윌리엄 윌렛의 꾸준한 주장에 따라 1916년 처음 도입되었다.
** 유럽 북해 연안의 벨기에, 네덜란드, 룩셈부르크로 구성된 지역.
*** 영국 국교회에서 가장 오래된 선교 단체로, '악덕과 패륜에 대적하기 위해' 토머스 브레이가 1698년 설립했다.

닐 것이라 여기고 있습니다.

베턴 숲 속을 거니는 자는
왜 걷는지, 왜 우는지를 알고 있다네.

그리고 나는 당연히도 자세를 바로잡고 앉아, 내가 제대로 읽은 것인지 확인하고자 손가락으로 방금 전에 읽은 내용을 훑었다. 실수한 것이 아니었다. 소책자의 나머지 부분에는 다른 정보는 전혀 실려 있지 않았다. 다음 문장으로 넘어가니 명확하게 주제가 바뀌었다. '그러나 이 주제에 대해서는 충분히 말한 것 같으니'가 다음 문장의 서두였다. 이 성직록을 받은 성직자는 자신의 이름을 감추는 일에 온 힘을 다한 모양이라, 이니셜도 사용하지 않고, 편지를 런던에서 인쇄하기까지 했다.

누구라도 이런 수수께끼를 보면 가벼운 호기심이 일어났을 것이다. 민담을 다룬 저작을 꽤나 섭렵한 나에게 이 기록은 정말로 흥분되는 것이었다. 나는 이 수수께끼를 풀기로 마음먹었다. 즉, 이 편지 뒤에 숨겨진 이야기가 어떤 것인지를 찾아내겠다고 결심한 것이다. 그리고 한 가지 운이 좋은 측면도 있었다. 내가 이 문장을 마주친 곳이 멀리 떨어진 어느 대학 도서관이 아니라 이 사건이 벌어진 곳인 베턴이었다는 것이다.

교회 시계가 5시를 알렸고, 그 뒤를 이어 종소리가 한 번 더 이어졌다. 이건 티타임을 알리는 종이었다. 나는 안락의자에서 몸을 일으켜 그 호출에 복종하기로 했다.

코트에는 집주인과 나뿐이었다. 집주인은 지주의 직무를 수행하느라 비에 젖은 채로 들어왔고, 내가 이 교구에 아직 베턴 숲이라고 불리는 곳이 남아 있느냐고 물을 때까지 한동안 사소한 지역 소식들을 늘어놓았다.

"베턴 숲은 여기서 얼마 떨어지지 않은 베턴 언덕의 등성이에 있었다네. 아버님이 떡갈나무 가지보다 곡물을 키우는 쪽이 더 돈이 되는 시대가 오자 전부 잘라 내셨지. 그런데 베턴 숲은 왜 찾는 건가?"

"지금 읽고 있는 낡은 소책자에 그 지명이 언급된 두 줄짜리 민요가 하나 실려 있어서 말이네. 그걸 보니 그 지역에 얽힌 이야기가 있을 것 같아서. 어떤 사람이, 다른 사람이 이 노래에 나오는 내용 이상은 모른다고 적어 놓았거든. '베턴 숲 속을 거니는 자는 / 왜 걷는지, 왜 우는지를 알고 있다네'라는 민요네."

"세상에, 그 때문이었는지도 모르겠군…… 미첼 노인에게 물어봐야겠군." 그리고 그는 무언가를 중얼거리고는 생각에 잠긴 채 차를 홀짝였다.

"그 때문이었는지도 모르겠다는 말이라 함은?" 내가 말했다.

"아, 그래, 그게 아버님께서 숲을 베어 버린 이유일지도 모른다는 말이었다네. 방금 전에는 경작할 땅을 더 확보하기 위해서 그랬다고 말했지만, 사실 그게 진짜 이유인지는 나도 확신하지 못하겠거든. 애초에 땅을 제대로 갈지도 않았고, 그 당시에는 거친 목초지로만 사용했으니까. 하지만 그와 관련된 일을 기억하는 사람이 적어도 한 명은 있지. 미첼 노인 말이야." 그가 자기 시계를 들여다보았다. "지금 당장 내려가서 그에게 물어봐야겠네. 같이 가지 않는 편이 나을 것 같군." 그는 말을 이었다. "주변에 낯선 사람이 있으면 이상하다고 느껴지는 이야기는 해 주지 않을 테니까."

"그러면 그 노인이 말하는 내용을 남김없이 기억만 해 주게나. 나는 날이 개면 밖으로 나가고, 그렇지 않으면 계속 책이나 붙들고 있겠네."

곧 날씨가 적어도 가까운 언덕으로 올라가 주변을 둘러봐도 괜찮을 정도로 개었다. 나는 이 주변의 지형을 잘 알지 못했다. 필립슨을 방문한 것은 이번이 처음이고, 오늘은 그 첫날이었던 것이다. 그래서 정원으로 내려가 꽤나 열린 마음으로 젖은 관목 덤불 사이의 길로 들어가 갈림길이 나올 때마다 왼쪽을 택하라고 속삭이는 흐릿한 충동에—그러나 돌이켜 보면 그 충동이 그렇게 희미했던가?—저항하지 않고 걸어 나갔다. 그 결과 나는 10분 정도 물이 뚝뚝 떨어지는 회양목과 월계수와 쥐똥나무 덤불 사이로 걸어 나가 영지 전체를 두르고 있는 석벽 가운데 박힌 고딕 양식의 석조 아치에 이르게 되었다. 문은 용수철식 자물쇠로 잠기게 되어 있었고, 나는 도로로 빠져나가며 조심스레 문을 살짝 비껴 열어 놓는 것을 잊지 않았다. 도로를 따라가니 덤불 사이에 위로 올라가는 좁은 비탈길이 보였다. 나는 그 길을 따라 1킬로미터 정도 경쾌하게 걸음을 옮겼고, 그 끝에 위치한 들판으로 나가게 되었다. 나는 이제 장원과 마을 전체, 그리고 주변 풍경을 조망할 만한 위치에 올라 있었다. 나는 옆의 문에 기대 서쪽과 아래쪽을 내려다보았다.

우리 모두가 그곳의 지형에는 익숙하리라고 생각한다. 버킷 포스터였던가, 아니면 더 선대 화가의 작품이었나? 우리 아버지와 할아버지들의 응접실 탁자에 놓여 있던 시집에 삽화로 쓰인 목판화들 말이다. '세공 양식, 양각 장정'이라는 부류의 책들이었던 듯한데, 나 자신도 그런 책을 좋아한다. 특히 그런 책에 삽입된, 농부가 덤불 옆 문에 기댄 채 산등성이 아래 나이 먹은 나무들의 품에 안긴 교회 첨탑을 바라보는 그림이 마음에 든다. 산울타리가 가로지르는 비옥한 들판이 있고, 그 너머로 멀찍이 들판을 둘러싸고 언덕이 솟아 있으며, 그 너머로는 낮을 밝히던 빛의 구슬이 지평선으로 넘어가며(또는 솟아오르는 것일 수도 있다) 낮게 깔린 구름을 마지막(또는 갓 피어나는) 빛으로 물들인다. 여기에 내가 적은 내용은 모두 내 마음속에 간직하고 있는 그런 그림들에서 나온 것이다. 기회가 된다면 계곡과 숲, 오두막과 큰 물을 모두 그려 보고 싶었다. 어쨌든 내게 있어 몹시도 아름다웠던 그런 풍경화들이 바로 지금 내 앞에 펼쳐져 있었다. 어떤 숙녀가 선곡하여 1852년에 밀리센트 그레이브스가 친구 엘리너 필립슨에게 생일 선물로 준 『주옥 같은 성가집』에서 바로 뛰쳐나온 듯한 풍광이었다. 순간 나는 마치 벌에 쏘인 듯 뒤를 돌아보았다. 무언가 놀랍도록 날카로운 목소리, 마치 박쥐의 비명을 열 배로 증폭시킨 듯한 소리가 오른쪽 귀를 통해 들어와 머리를 꿰뚫었던 것이다. 머리가 어딘가 잘못된 것이 아닌가 생각하게 만드는 소리였다. 나는 숨을 멈추고 귀를 감싸며 몸을 떨었다. 혈액순환에 문제가 있는 것이 분명했다. 나는 1~2분 정도 더 있다가 집으로 돌아가자고 생각했다. 그 전에 이 풍광을 좀 더 확실하게 마음속에 새겨 둘 필요가 있었다. 그러나 다시 언덕 아래로 시선을 돌리자 그 아름다움은 이미 사라지고 없었다. 태양은 언덕 너머로 사라졌고, 들판의 햇빛도 누그러들었으며, 교회 첨탑의 종소리가 7시를 알렸다. 그러자 더 이상 부드러운 저녁 시간의 휴식이나 저녁 공기를 메우는 꽃향기와 나무 냄새, 그리고 근방 농장에 있는 사람들이 "비가 내리고 나서인지 오늘 밤에는 베턴의 종소리가 정말 선명하게 들리는데!"라고 말하리라는 것 따위에는 생각이 미치지 않았다. 그 대신 탑의 먼지 낀 들보며 징그러운 거미, 잔인한 올빼미들, 주인 없는 무덤과 그 아래에 묻혀 있을 끔찍한 존재들, 흘러가는 시간과 그와 함께 사라지는 내 생애의 남은 시간들이 떠오르기 시작했다. 바로 그때 왼쪽 귀로, 마치 내 머리에서 불과 몇 센티미터 떨어진 곳에 입술을 대고 말하듯, 놀랍도록 가까운 곳에서 다시 그 끔찍한 비명이 들려왔다.

이제는 의심의 여지가 없었다. 내 머리 밖에서 난 소리였던 것이다. '말소리가 아니라 비명일 뿐이네.'* 순간 이런 문구가 머릿속을 스쳐 갔다. 그때까지, 그리고 그 이후로도 그토록 흉측한 소리는 들어 본 적이 없다. 그러나 거기에는 어떤 감정도 느껴지지 않았고, 아무래도 지성 역시 조금도 곁들여 있지 않은 듯했다. 그것은 모든 즐거움의 흔적이나 가능성을 전부 앗아 갔고, 이곳에 더 이상 한 순간도 머물지 못하도록 만들었다. 물론 눈에 보이는 것은 아무것도 없었다. 그러나 나는 여기서 조금 더 있다가는 그 존재가 자신의 목적도 끝맺음도 없는 그 소리를 계속 선사할 것이며, 세 번째로 들었다가는 나 스스로가 도저히 견디지 못할 것이라는 결론을 내렸다. 나는 서둘러 오솔길로 돌아와 언덕을 내려왔다. 담장에 있는 아치 입구까지 왔을 때 나는 걸음을 멈추었다. 시시각각 더 어두워지는 저 축축한 오솔길에서 제대로 길을 찾을 수나 있을지! 아니, 내가 겁에 질려 있었다는 사실을 고백해야겠다. 언덕에서 들은 그 소리가 내 신경 사이사이에 잔뜩 들어차서 이제는 수풀의 작은 새나 토끼조차도 감당하지 못할 지경이었다. 나는 돌벽과 나란히 난 도로를 따라 걸어갔고, 마침내 정문과 오두막 앞에 이르러 때마침 마을 쪽에서 올라오고 있던 필립슨을 보았다. 정말로 다행이라는 생각이 들었다.

* 앨프리드 테니슨의 시 「A. H. H.를 추모하며」(1849)에서 인용한 문장.

"그래서 어디 가 있었나?" 그가 말했다.

"돌담에 달린 석조 아치로 나가서 언덕에 올라갔다 왔다네."

"아! 그랬군. 그러면 예전에 베턴 숲이 있던 바로 근처까지 다녀온 셈이로군. 적어도 꼭대기까지 올라가서 벌판으로 나갔었다면 말이야."

그리고 독자 여러분이 믿어 준다면 말이지만, 바로 이때 나는 처음으로 모든 게 맞아떨어진다는 것을 깨달았다. 내가 그 즉시 필립슨에게 무슨 일이 벌어졌는지를 털어놓았을까? 그러지 않았다. 나는 그때까지 소위 초자연적, 또는 초현실적이거나 초물리적이라고 불리는 현상을 겪어 본 적이 없었고, 결국 얼마 지나지 않아 그 경험을 입 밖에 내게 된다 해도 당장은 조급하게 모든 것을 털어놓고 싶지 않았다. 그리고 어디선가 이런 증상이 일반적인 것이라는 내용을 읽은 듯도 했다.

그래서 나는 그저 이렇게만 말했다. "아까 말한 노인장은 만나고 왔나?"

"미첼 노인 말인가? 그래, 그랬지. 그리고 이야기 하나를 끄집어냈다네. 저녁 식사 후까지 기다리게나. 정말로 꽤나 묘한 이야기였어."

그래서 우리는 저녁 식사를 마치고 자리를 잡고 앉았다. 그가 (적어도 자기 말로는) 충직하게 그때의 대화를 그대로 옮기기 시작했다.

곧 여든 살이 되는 미첼 노인은 안락의자에 앉아 있었다. 그와 함께 살고 있는 결혼한 딸이 분주히 안팎을 오가며 차를 준비했다.

언제나와 같은 인사를 나누고 나서 필립슨이 물었다. "미첼, 숲에 대한 이야기를 해 주었으면 좋겠네."

"무슨 숲 말씀입니까요, 레지널드 주인님?"

"베턴 숲 말이네. 기억나나?"

미첼은 천천히 손가락을 들더니 비난하듯 검지를 뻗었다. "베턴 숲을 끝장낸 것은 주인님의 아버님이셨습니다, 레지널드 주인님. 그 정도는 말씀드릴 수 있지요."

"그래, 나도 알고 있네, 미첼. 그게 내 잘못인 것처럼 노려볼 필요는 없지 않나."

"주인님 잘못이오? 아닙니다, 그 일을 한 분은 아버님이셨지요. 선대에 벌어진 일입니다."

"그래, 그리고 내가 제대로 알고 있는 것이라면 그걸 권한 사람은 자네 아버지였어. 나는 그 이유를 알고 싶네." 미첼은 조금 즐거운 듯 보였다. "글쎄요. 제 아버님은 숲지기로 주인님의 아버님을 섬겼고, 그 전에는 할아버님을 섬겼습니다. 그러니 자기 일을 제대로 파악하지 못했다면 도중에 쫓겨났겠지요. 그러니 그런 조언을 했다면 분명 합당한 이유가 있었을 겁니다. 그렇지요?"

"당연히 그랬겠지. 그리고 나는 자네가 그 이유를 말해 줬으면 좋겠네."

"그런데요 레지널드 주인님, 얼마나 오래전인지도 모를 그런 일을 제가 기억하리라고 생각하시는 이유가 뭡니까?"

"글쎄, 분명 오래된 일이긴 하지. 그리고 자네가 알고 있었다고 해도 이미 잊어버렸을 수도 있을 거야. 그렇다면 이제 엘리스 노인에게 가서 뭔가 기억나는 것이 있는지 물어보는 수밖에 없겠군."

이 이름은 그가 원하던 바로 그 효과를 불러왔다.

"엘리스라니!" 노인이 으르렁댔다. "엘리스 그 작자가 뭔가 도움이 될 수도 있다는 소리는 생전 처음 듣는군요. 레지널드 주인님, 주인님이 그보다는 더 나은 분이신 줄 알았습니다. 엘리스가 저보다 베턴 숲에 대해서 잘 알고 있을 것이라고 생각하는 이유가, 그리고 그 작자를 저보다 더 앞에 놓으시는 이유가 뭔지 저는 꼭 알고 싶습니다. 그 작자의 부친은 숲지기가 아니었습니다. 쟁기꾼이었지요. 그 작자도 마찬가지고요. 그 작자는 다른 사람들보다 조금도 더 아는 것이 없단 말입니다."

"그렇기는 하지, 미첼. 하지만 자네가 베턴 숲에 대해서 알고 있으면서도 털어놓지 않을 생각이라면, 나도 최선을 다해 다른 방안을 생각해 내고, 다른 사람에게서 이야기를 들어야 하지 않겠나. 그리고 엘리스도 거의 자네만큼이나 이곳에 오래 살았고."

"그렇지 않습니다. 18개월은 차이가 날 텐데요! 제가 숲에 대해 아무 것도 말해 주지 않을 거라고 누가 그럽니까? 딱히 반대하는 것도 아닙니다. 그냥 괴상하기도 하고, 우리 교구에는 어울리지 않는 이야기라고 생각할 뿐입죠. 애야, 리지, 부엌에 좀 가 있거라. 나는 주인님과 둘이서만 할 이야기가 있단다. 하지만 먼저 한 가지 알고 싶은데요, 레지널드 주인님. 무엇 때문에 오늘 그 이야기를 꺼내시게 된 겁니까?"

"아! 글쎄, 어쩌다가 베턴 숲을 걸어 다니는 무언가에 대한 경구를 듣게 됐거든. 그래서 그게 숲을 없앤 이유와 관련이 있는지 궁금해졌을 뿐이라네. 그게 전부야."

"네, 그 말씀이 맞습니다, 레지널드 주인님. 그런 이야기를 어디서 들으셨든, 제가 이 교구에서 그 이야기의 진실을 가장 잘 아는 사람이라는 것은 분명합죠. 엘리스 따위는 상대도 안 된다는 말입니다. 이쪽에 길이 있잖습니까. 이 길이 숲을 통해서 알렌의 농장으로 가는 가장 짧은 길이었는데, 어릴 적에 제 불쌍한 어머니는 주중에 여러 번 농장에 가서 우유 1리터씩을 얻어 오곤 하셨습니다. 당시 농장을 소유하고 있던 알렌 씨는 주인님의 아버님 밑에 있던 분이었는데, 선량한 분이라 어린아이가 있는 집에는 주중에는 얼마든지 우유를 나눠 주셨거든요. 굳이 지금 주인님이 신경 쓰실 일은 아닙니다만. 그리고 제 어머니는 숲을 지나가는 것을 좋아하지 않으셨습니다. 그 장소에 얽힌 이런저런 소문이 있었기 때문이죠. 방금 말씀하신 그 이야기도 있었고요. 하지만 일이 늦어지면 결국 숲을 지나가는 지름길을 이용하실 수밖에 없었지요. 그리고 그럴 때마다 어머니는 항상 숨을 헐떡이며 돌아오셨지요. 부모님이 그 문제에 대해 이야기를 나누시던 게 생각납니다. 아버지가 '뭐, 그래도 그게 당신에게 해를 입히지는 못한다는 것은 알잖소, 에마'라고 말씀하시자 어머니가 대답하셨죠. '아! 하지만 당신은 그게 어떤 느낌인지 몰라요, 조지. 바로 제 머릿속을 통과해 지나갔다고요. 혼비백산해서 내가 어디에 있는지도 모를 지경이었어요. 있잖아요, 조지. 당신은 해 질 녘에는 숲에 들어가지 않지요. 항상 낮에만 들어가죠. 안 그런가요?' 그러면 아버지는 '글쎄, 당연히 그렇지. 내가 바보요?'라고 대답하셨지요. 늘 이런 식의 대화가 이어지곤 했습니다. 그렇게 시간은 흘러갔고, 제 생각에는 그런 경험이 어머니를 쇠약하게 만든 것 같습니다. 어차피 오후가 되기 전까지는 가 봤자 아무런 소용도 없었고, 우리가 겁에 질릴까 봐 절대 대신 보내지도 않으셨으니까요. 어머니는 이렇게 말씀하시곤 했죠. '안 돼. 내가 겪는 것만으로 충분하단다. 다른 사람은 그 누구도 숲을 지나가지도, 그곳에 대한 이야기를 듣지도 않았으면 좋겠구나.' 그러나 한번은 이런 말씀을 하셨습니다. '처음에는 주변의 덤불이 흔들리면서 빠르게 움직이는데, 때에 따라 정면에서 오기도 하고 뒤따라오기도 하지. 그러다가 한쪽 귀에서 다른 쪽 귀로 통과해 나가는 듯한 비명이 들리는데, 요즘 들어서는 그 소리가 두 번씩 들리는 거야. 하지만 다행히도 세 번 들은 적은 없어.' 그래서 제가 '그럼 숲 속을 누군가가 계속 오락가락하고 있다는 건가요?' 하고 묻자, 어머니는 '그래, 그렇단다. 그리고 그녀가 무얼 원하는지는 짐작도 못 하겠구나' 하고 대답하셨죠. '여자예요, 어머니?' 제가 묻자 어머니는 이렇게 대답하셨습니다. '그래. 여자라고 들었단다.'

어쨌든 결국에는 제 아버지가 주인님의 아버님께 가서는 그 숲이 나쁜 숲이라는 말씀을 드렸지요. '사냥감도 하나 없고, 새둥주리 하나 찾아볼 수가 없습니다. 주인님께 어떤 식으로도 쓸모가 없을 겁니다.' 한동안 이야기가 이어진 후 선대 주인님이 직접 와서 제 어머니를 만나보고, 어머니가 아무것도 아닌 일에 신경증을 보이는 그런 여인이 아님을 확인하고는, 숲 안에 무언가가 있다는 데 동의하셨습니다. 그러고 나서는 주변 사람들에게 한동안 묻고 다니더니 그 내용을 문서에 옮겨 장원에 보관하셨다고 합니다, 레지널드 주인님. 그러고는 나무를 전부 베어 넘기라고 하셨지요. 지금 기억해 보면 항상 낮에만 작업을 했던 것 같은데, 3시가 지나서는 아무도 숲에 발을 들여놓지 않았던 듯합니다."

"무언가 해명이 될 만한 단서를 찾지는 못했나, 미첼? 해골이나 그런 것이 나오지는 않았고?"

"전혀 없었습니다, 레지널드 주인님. 그저 그 가운데에서 울타리와 도랑의 흔적을 발견했을 뿐이지요. 아마 지금 산사나무 울타리가 있는 부근일 겁니다. 그리고 나중에 그렇게 땅을 파헤쳐 댔으니 무언가가 있었다면 분명 발견되었겠지요. 그런데 결국 그게 소용이 있었는지는 잘 모르겠습니다. 여기 사람들은 그 장소를 예전과 별다를 바 없이 꺼리거든요."

"내가 미첼에게 들은 것은 대략 이런 내용이었네." 필립슨이 말했다. "하지만 처음의 문제는 조금도 해결이 되지 않은 듯하질 않나. 아무래도 그 문서를 찾아봐야겠어."

"자네 아버님이 왜 그 이야기를 하지 않으신 걸까?" 내가 물었다.

"아버님은 내가 학교에 들어가기도 전에 돌아가시지 않았나. 그런 이야기로 어린아이들을 겁에 질리게 하고 싶지 않으셨던 모양이지. 어느 겨울날 저녁에, 보통보다 늦은 시간에 그 길을 따라 올라가다가 유모에게 꾸지람을 듣고 뺨을 맞았던 기억이 나는군. 하지만 낮에는 우리가 그 숲에 들어가도 아무도 신경을 쓰지 않았다네. 뭐, 우리 쪽에서 내키지 않아 했지만."

"흠!" 나는 말을 이었다. "자네 아버님께서 작성하신 문서를 찾을 수 있을 것 같나?"

"그럼." 그가 말했다. "찾을 수 있지. 아마도 자네 뒤쪽 벽장 정도에 있을 거야. 그 안에는 특별히 한쪽으로 옮겨 놓은 서류 뭉치가 한두 개 있는데, 나도 때때로 그걸 들여다보곤 한다네. 그 안에 베턴 숲이라는 제목이 붙은 서류가 하나 있던 기억이 나는구면. 하지만 이제는 베턴 숲이라는 곳이 남아 있지 않으니까, 그걸 열어 볼 필요가 있을 거라는 생각을 한 적도 없고, 열어 본 적도 없지만 말이네. 이제는 열어 봐야 할 것 같지만."

"그러기 전에 일단," 내가 말했다. 아직 망설여지기는 했지만 이 정도에서 털어놓는 편이 좋을 것 같았다. "일단 내가, 숲을 없앴어도 모든 일이 나아진 것 같지는 않다는 미첼 노인의 말에 동의한다는 걸 말해 두겠네." 그리고 나는 여러분에게 이미 한 이야기를 그에게 해 주었다. 필립슨은 두말할 나위 없이 흥미를 가졌다. "아직도 있다고? 그거 대단하군. 이보게, 지금 나와 같이 그리로 가서 무슨 일이 벌어지는지 확인해 보지 않겠나?"

"그런 짓을 할 생각은 없네." 내가 말했다. "그리고 자네가 그게 어떤 느낌인지 안다면 분명 기꺼이 그 반대쪽으로 20킬로미터는 걸어갈 걸세. 그런 이야기는 꺼내지도 말게. 자네 서류 봉투나 열어 보지 그러나. 자네 아버님이 뭐라고 쓰셨는지나 보자고."

그는 그렇게 했고 안에 들어 있던 서너 쪽의 비망록을 내게 읽어 주었다. 문서 맨 위에는 월터 스콧의 「글렌핀라스」에서 따온 경구가 적혀 있었는데, 내가 보기에는 괜찮은 선택인 듯했다.

사람들이 말하기를, 비명 지르는 유령이 활보한다 하는 곳이로다.

그 뒤로 미첼 노인의 어머니와 나눈 대화 기록이 이어졌는데, 그중에서는 이 정도만 발췌하기로 하겠다.

나는 그녀에게 예의 소리와 연관이 있는 무언가를 본 적이 없느냐고 물었다. 그녀는 단 한 번 그런 적이 있다고 했는데, 숲을 지나왔던 때 중에서도 가장 어두운 저녁이었다고 한다. 뒤쪽에서 덤불이 부스럭대는 소리가 들려 돌아보자 무언가가 누더기를 걸치고 양팔을 앞으로 내민 채 엄청난 속도로 달려오고 있었다. 그 모습에 그녀는 울타리 쪽으로 도망가서 넘어가려다가 옷자락이 울타리에 걸려 찢어져 버렸다고 한다.

그러고 나서 나는 다른 두 사람을 만나러 갔는데, 둘 다 꽤나 말을 아졌다. 다른 이유도 있었겠지만 아무래도 그런 이야기가 이 교구의 불명예라고 여기는 듯했다. 그러나 에마 프로스트 부인이 자신의 어머니가 들려준 이야기를 그대로 말해 주었다. 그 존재는 두 번 결혼한 전력이 있는 좋은 가문의 여인이었다고 한다. 첫 남편은 브라운이라는 이름이었다고 하는데, 브라이언일 수도 있다고 했다. (이때 "그래, 우리 가문이 이사 오기 전에 이 장원에서 브라이언 가문이 살았다고 하더군" 하고 필립슨이 끼어들었다.) 그녀는 이웃 땅의 경계석을 치웠고, 그 결과로 베턴 교구에서 가장 좋은 목초지를 손에 넣은 것이었다. 그런데 그곳은 자기 의견을 표할 방도가 없는 두 어린아이의 땅이었다. 여인의 행실은 날이 갈수록 나빠져서, 종국에는 런던에서 위조 서류를 만들어 와서 수천 파운드의 돈을 얻어 내려고까지 했다. 그녀는 법정에서 그 서류가 거짓으로 밝혀지고 나서 재판을 거쳐 사형에 처해질 위기에 처했지만 어찌어찌하여 간신히 형벌에서는 벗어날 수 있었다. 그러나 이웃의 경계석을 옮긴 이들은 그 누구도 저주에서 벗어날 수 없으니, 그녀는 누군가가 그 경계석을 제자리로 되돌려 놓기 전까지는 베턴을 벗어날 수 없는 운명이라 한다.

서류 마지막에는 대강 이런 내용의 기록이 덧붙어 있었다.

숲 옆 초지의 이전 소유자가 누군지에 대해서는 도저히 단서를 찾을 수 없었다. 만약 그 소유자의 대리인을 찾아낼 수 있다면, 나는 주저하지 않고 먼 옛날 그들이 겪은 그릇된 일을 보상하기 위해 최선을 다할 것이다. 그 숲이 이 지역 사람들이 말하는 대로 기묘하게 어그러진 상태임은 의심할 여지가 없기 때문이다. 강탈한 초지가 얼마나 되는지, 그리고 그 정당한 주인이 누구인지 현재의 나는 전혀 알지 못하기 때문에, 나로서는 이 영지의 일부에서 벌어들인 수입의 일부를 따로 기록해 놓는 정도밖에는 할 수 없으며, 그에 따라 약 6천 평 정도의 땅에서 나온 수입을 교구에 기부하여 자선 용도로 사용하도록 해 두겠다. 내 후계자 역시 이 관습을 이어 가기를 바란다.

선대 필립슨 씨의 문서에 적힌 내용은 이것이 전부였다. 나와 같은 재판 기록을 읽은 사람들이라면 이 사건에 대해 훨씬 많은 내용을 알 수 있을 것이다. 이를테면 1678년과 1784년에 걸쳐 과거 테오도시아 브라이언이라고 불렸던 아이비 양이 섀드웰에 있는 매우 귀중한 토지 일부를 두고 연속으로 벌어진 몇 건의 재판에서 세인트폴 성당의 주임 사제와 참사회에 대해 원고와 피고 역할로 참석하였다는 사실, 수석 재판관 제프리스의 주재하에 열린 마지막 재판에서 그녀가 증거로 사용한 서류가 본인이 직접 만들게 한 위조 서류로 밝혀졌다는 사실, 그리고 그녀가 위증과 위조로 인한 유죄를 선고받은 후 감쪽같이 사라져 버렸다는 사실 등을 말이다. 게다가 너무 감쪽같이 사라져서 그 어떤 전문가도 이후 그녀의 운명을 밝혀내지 못했다고 한다.

내가 지금까지 들려준 이야기를 고려해 보면, 그녀가 아직도 자신이 과거 약탈에 성공했던 곳에서 목소리를 들려주고 있다고 해도 되지 않을까?

*

나의 친구는 종이를 접으며 말했다. "이것이 내가 직접 겪은 독특한 경험의 신뢰할 수 있는 기록이었네. 그럼 이제,"

그러나 그에게 물어야 할 것이 너무도 많았다. 예를 들어 그의 친구가 그 토지의 정당한 주인을 찾아 주었는지, 그 산울타리에 대해 다른 조치를 취하지는 않았는지, 지금도 그 소리를 들을 수 있는지, 그 소책자의 정확한 제목과 연대가 어떻게 되는지 등을 말이다. 취침 시간이 찾아왔다가 그대로 흘러가 버렸고, 결국 그는 《타임스》의 주간 문예 특집을 읽을 기회를 잡을 수가 없었다.

*

존 폭스 경의 훌륭한 조사 덕분으로 우리는 그의 저서 『아이비 양의 재판』(옥스퍼드, 1929)을 통해 이제 그 여주인공이 1695년 자신의 저택 침대에서 죽음을 맞이했다는 사실을 알고 있다. 분명 그녀에게 책임이 있었던 위조죄에서는 무죄를 선고받았는데, 어떻게 그럴 수 있었는지는 오직 하늘만이 아실 것이다.

언덕 위의 풍경
A View from a Hill

제법 긴 연휴의 첫날, 일등 객차를 홀로 차지하고 앉아 정차 역마다 멈추며, 흘러가는 잉글랜드의 낯선 시골 풍경을 바라보는 일이 얼마나 즐거울지 상상해 보라. 무릎 위에는 지도를 펼쳐 놓고, 좌우로 지나가는 교회 종탑을 보며 그 이름을 추측해 본다. 역에 멈출 때마다 느끼는 그 완벽한 정적에 놀라움을 느낀다. 가끔씩 자갈을 밟는 발자국 소리가 들려와 그 정적을 깰 뿐이다. 이런 경험은 해가 진 다음에야 가장 훌륭하게 음미할 수 있을 터이지만, 내가 들려줄 이야기의 여행객은 애석하게도 6월 하순의 어느 화창한 오후에 여행을 하고 있었다.

그는 시골 깊숙이 들어와 있었다. 정확하게 특정하기보다는 잉글랜드의 지도를 네 부분으로 나누면, 남서부 지역에 있었을 것이라고만 말하고 넘어가도록 하자.

그는 학문에 뜻을 둔 사람이었고, 얼마 전에 학기가 끝난 참이었다. 지금은 자신보다 나이가 많은, 사귄 지 얼마 되지 않은 친구를 만나러 가는 길이었다. 도시에서 조사위원회 활동을 하다 처음 만난 두 사람은 여러 공통된 취향과 습관을 가지고 있다는 점을 알고는 서로를 마음에 들어 했다. 그 결과 지주인 리처즈 씨가 팬쇼 씨에게 보낸 초대장이 지금 효력을 발휘하고 있는 것이었다.

5시쯤 되어 기차 여행은 막을 내렸다. 활기찬 짐꾼이 팬쇼 씨를 보고는 저택에서 보낸 자동차가 역에 도착했지만, 운전사가 약 1킬로미터쯤 떨어진 곳에서 가져올 물건이 있으니 신사분께서 잠깐 기다려 주실 수 있겠냐고 말했다고 전했다. "하지만 제 생각에는 말입니다." 짐꾼이 말을 이었다. "자전거를 가지고 있으니 직접 그리로 올라가시는 편이 더 좋을지도 모르겠습니다. 여기 길을 쭉 따라가다가 첫 갈림길에서 왼쪽으로 가시면 됩니다. 3킬로미터도 채 안 되니까요. 짐은 제가 알아서 차에 실어 드리죠. 무례한 제안이기는 합니다만, 아무래도 자전거 타기에 딱 좋은 저녁 아닙니까. 예, 선생님. 건초 말리기에 딱 좋은 날씨죠. 어디 보자, 여기 자전거 짐표가 있군요. 고맙습니다, 선생님. 꽤 즐거웠습니다. 길만 쭉 따라가시면 될 겁니다."

과연 저택에 이르는 3킬로미터는 바로 그에게 딱 맞는 것이었다. 기차에서 하루를 보내며 쌓인 노곤함을 떨치고, 티타임을 향한 욕구를 불러일으키는 데는 말이다. 곧이어 눈에 들어온 저택의 모습 역시 며칠 동안 온갖 위원회며 학사 회의 등으로 지친 그에게 딱 맞는 조용한 안식처로 보였다. 흥미로울 정도로 오래되지도, 우울해질 정도로 신식도 아닌 건물이었다. 팬쇼는 진입로로 들어서며 회반죽을 바른 벽, 내리닫이 창문, 오래된 나무들, 깔끔한 정원 등을 보았다. 60세 정도의 건장한 남성인 리처즈 씨는 기쁨을 감추지 못한 채 현관에서 그를 기다리고 있었다.

"차를 먼저 들겠나?" 그가 물었다. "아니면 알코올이 들어간 쪽이 낫겠나? 아니라고? 좋아, 정원에 차가 준비되어 있네. 이리 오게. 자네 기계는 하인들이 간수해 줄 걸세. 나는 이런 날이면 시냇물 옆의 라임 나무 아래에서 차를 즐기지."

그 이상의 장소를 요구할 수는 없을 정도였다. 한여름 오후, 커다란 라임 나무 그늘 아래에서 라임 향기가 나고, 5미터 옆에서 차가운 시냇물이 굽이쳐 흘러갔다. 둘 다 한참이 지나도록 자리를 옮기자는 말을 꺼내지 않았다. 6시쯤이 되자 리처즈 씨가 자세를 바로 하고 파이프 재를 떨고는 이렇게 말했다. "이것 보게. 자네가 혹시 생각이 있다면 말이네만, 이제 산책을 해도 될 정도로 서늘해진 것 같지 않은가. 좋아. 그러면 들판을 지나 언덕 위로 올라가 주변 풍경을 한번 둘러보도록 합세. 지도를 가져가면 어디에 무엇이 있는지도 알려 줄 수 있을 걸세. 자네가 운동을 원하는지 아닌지에 달린 일이네만, 자네 기계를 타고 가도 좋고, 자동차를 탈 수도 있지. 자네 준비가 끝났다면, 지금 출발해서 아주 가볍게 산책을 하면 8시 전까지 돌아올 수 있을 걸세."

"저는 준비가 됐습니다. 하지만 지팡이는 가져와야 할 것 같군요. 그리고 혹시 쌍안경을 빌릴 수 있을까요? 지난주에 누군가에게 빌려 줬는데, 그걸 가지고 신께서만 아실 만한 곳으로 사라져 버렸지 뭡니까."

리처즈 씨는 잠시 생각에 빠졌다. "물론, 그럴 수 있지. 하지만 나는 그런 물건을 잘 사용하지 않을뿐더러 내 물건이 자네에게 괜찮을지 모르겠군. 꽤나 구식인 데다 요즘 만드는 물건보다 배는 무거우니 말일세. 자네에게 줘도 좋지만, 내가 들고 가지는 않을 걸세. 그런데 말일세, 저녁 식사 후에 무얼 마시고 싶나?"

뭐든 상관없다는 대답은 즉각 반려되었고, 중앙 홀에 도착할 때쯤에는 원만한 결론이 내려졌다. 그곳에서 팬쇼 씨는 지팡이를 찾았고, 리처즈 씨는 무언가를 생각하며 아랫입술을 쓰다듬다가, 홀에 있는 탁자의 서랍을 열고 열쇠를 하나 꺼낸 다음, 방을 가로질러 벽장 선반으로 가서 문을 열더니, 그 안에서 상자를 하나 꺼내 탁자 위에 올려놓았다. "쌍안경은 이 안에 있네. 이걸 여는 방법이 있었던 것 같은데, 그게 생각이 안 나는군. 자네가 시도해 보게." 그 말에 따라 팬쇼 씨는 상자를 열려고 시도해 보았다. 열쇠 구멍도 보이지 않았고, 상자는 무겁고 튼튼하고 매끄러웠다. 틈을 벌리려면 어딘가 정확한 위치를 눌러야 할 것 같았다. 그가 혼잣말을 중얼거렸다. "모서리가 가능성이 높겠군. 그런데 정말 모서리를 날카롭게 깎았어." 그는 아래쪽 모서리에 힘을 주어 본 다음 엄지를 입안에 넣으며 덧붙였다.

"무슨 일인가?" 지주가 물었다.

"글쎄요, 선생님의 지독한 보르자 상자*가 저를 할퀸 모양입니다. 젠장." 팬쇼가 말했다. 그 말에 지주는 무덤덤하게 웃었다. "뭐, 어쨌든 상자를 열긴 했지 않나."

"그렇군요! 뭐, 합당한 목적을 위해 피 한 방울 흘린 것을 아까워할 필요는 없겠지요. 여기 쌍안경이 있군요. 선생님 말씀대로 꽤나 무겁지만, 괜찮을 것 같습니다."

"정말인가?" 지주가 말했다. "그럼 출발하지. 정원을 통해 나가면 될 걸세."

---

* 독살로 악명 높았던 이탈리아의 보르자 가문을 염두에 둔 표현이다.

그래서 그들은 언덕 쪽으로 경사가 진 들판으로 나갔다. 팬쇼가 기차에서 본 대로 언덕은 주변 풍광을 압도하는 위치에 있었다. 그 뒤로 뻗은 구릉지대의 발톱 끝과 같은 곳이었는데, 주변 지역에 익숙한 지주는 전쟁 때의 참호 같은 게 있을 것이라고 여겨지는 곳을 여기저기 가리켜 보였다. "그리고 여기는," 그는 큼지막한 나무들이 원을 그리며 서 있는, 경사가 완만한 집터에 서서 말했다. "백스터의 로마 저택이라네."

"백스터요?" 팬쇼 씨가 물었다.

"이런, 잠시 깜빡했군. 자네는 그 사람을 모르지. 내가 그 쌍안경을 구입한 노인네를 말하는 거라네. 내 생각에 그 사람이 직접 만든 것 같아. 저 아랫마을에 살았던 나이 든 시계공인데, 상당한 골동품 애호가였지. 작고하신 부친께서 그 친구에게 마음에 드는 곳은 어디든 파헤칠 권리를 주었고, 그가 무언가를 발견할 때마다 인부를 두엇 보내 발굴을 돕게 하셨다네. 그리고 그가 죽었을 때—아마 10년인가 15년 전이었을 거야—나는 그의 수집품을 전부 사들여서 마을 박물관에 기증했다네. 여기 머무는 동안 한번 들러서 구경해 보도록 하게. 그 쌍안경도 다른 수집품과 함께 사들인 거지만, 당연히 그 정도의 물건은 내가 간직해야 하지 않겠나. 잘 보면 아마추어의 작품이라는 것을 알 수 있을 걸세. 물론 경통만 말이지. 당연하지만 렌즈는 그가 직접 만든 것이 아니거든."

"네, 다른 직종에 종사하는 영리한 장인이 만듦 직한 물건으로 보이는군요. 하지만 대체 왜 이렇게 무겁게 만들었는지는 모르겠습니다. 그리고 그 백스터라는 사람이 실제로 여기서 로마 시대 건물터를 찾아낸 겁니까?"

"그렇다네. 우리가 서 있는 여기를 보면 뒤집힌 포석이 보이지. 발굴해서 가져가기에는 너무 거칠고 평범한 물건이긴 하네만. 하지만 스케치는 해 갔다네. 그리고 여기서 나온 소품이나 항아리 등은 상당히 훌륭한 유물이라네. 백스터 노인은 참으로 영리한 사람이었어. 이런 부류의 물건을 찾아내는 데 비상한 본능 같은 것이 있었던 모양이야. 우리 나라의 고고학자들에게는 참으로 소중한 존재일 테지. 가끔가다 가게를 며칠씩 닫아걸고는 주변을 둘러보면서 자신이 냄새 맡은 지역을 측량도 위에 표시하곤 했다네. 이 부근에 대해 보다 자세한 내용을 기록해 놓은 책도 한 권 가지고 있었지. 그가 죽은 후에 거기에 쓰인 곳들을 제법 많이 확인해 봤는데, 언제나 그렇게 관심을 가질 만한 무언가가 발견되곤 했다네."

"정말 훌륭한 사람이군요!" 팬쇼 씨가 말했다.

"훌륭하다?" 지주가 퉁명스러운 말투로 되물었다.

"그러니까 이런 곳에 있으면 상당히 도움이 되는 사람이라는 말이었습니다." 팬쇼 씨가 말했다. "그러면 그 사람이 악당이었다는 말입니까?"

"그랬다는 생각도 들지는 않네만." 지주가 말했다. "그냥 이렇게만 말해 두지. 그가 선량한 사람이었다면, 아마도 상당히 불운했던 것이겠지. 그리고 사람들은 그 친구를 좋아하지 않았어. 나도 좋아하지 않았고." 그는 잠시 사이를 두고 덧붙였다.

"그런가요?" 팬쇼가 재촉하는 투로 말했다.

"그래, 좋아하지 않았다네. 백스터 이야기는 이제 그만두지. 여기부터는 경사가 좀 더 가팔라지거든. 말하면서 걷고 싶지는 않다네."

그 말대로 그날 저녁은 잔디로 뒤덮여 미끄러운 경사를 오르기에는 더운 날이었다. "지름길로 가자고 말한 쪽은 나였지." 지주가 헐떡이며 말했다. "그러지 말 걸 그랬어. 어쨌든 돌아가서 목욕을 하는 것도 나쁘지 않을 듯싶군. 자, 이제 도착했네. 저기 자리가 있다네."

나이 든 스코틀랜드 전나무들이 언덕 위의 한 지점에 모여 서 있었다. 그리고 그 가장자리에는 전망이 가장 좋은 위치에 널찍하고 튼튼한 의자가 놓여 있었다. 두 남자는 의자에 털썩 주저앉아 이마를 훔치며 숨을 골랐다.

"자, 그럼 이제." 지주는 제대로 말할 수 있을 만큼 상태가 나아지자마자 입을 열었다. "자네가 가져온 쌍안경을 사용해 볼 때일세. 하지만 먼저 주변을 전체적으로 쭉 돌아보게나. 이런 세상에! 오늘은 지금까지 본 풍경 중에서도 최고로구먼."

내가 글을 쓰고 있는 이곳은 겨울바람이 컴컴한 창문에 부딪치고, 백 미터도 안 되는 곳에서 파도가 밀려오는 소리가 들리는 곳이다. 이런 상황에서는 이 사람의 입을 빌려 6월 저녁의 아름다운 잉글랜드 풍경을 전달할 단어를 떠올리는 일이 쉽지가 않다.

두 사람은 넓게 펼쳐진 평야 너머로 이어지는 구릉지를 바라보았다. 서쪽 하늘로 기울었지만 아직 지평선 근처로는 내려오지 않은 태양의 빛이 일부는 초지로, 일부는 숲으로 뒤덮인 커다란 언덕들 위로 내리쬐고 있었다. 들판은 전부 비옥하고 푸르렀으나 그곳을 가로지르는 강물은 보이지 않았다. 숲과 푸른 밀밭, 산울타리와 목초지도 보였다. 저녁 기차가 작게 뭉쳐서 움직이는 하얀 구름을 만들었다. 그리고 붉은 밭과 회색의 집들, 그리고 조금 더 가까운 곳에 있는 농가들이 눈에 들어온다. 그러면 바로 언덕 아래에 있는 저택이 보인다. 굴뚝에서 솟아나는 푸른 연기는 하늘을 향해 똑바로 뻗어 나간다. 공기 중에는 건초 냄새가 떠돈다. 가까운 덤불에는 들장미 꽃이 피어 있다. 여름의 절정이라 할 만한 때다.

잠시 동안 아무 말 없이 풍경을 음미한 후 지주는 언덕과 계곡 등 눈에 띄는 지형들을 비롯해 도시와 마을의 위치를 짚어 주기 시작했다. "자, 그럼 이제," 그가 말했다. "쌍안경을 쓰면 풀너커 수도원을 볼 수 있을 걸세. 저기 녹색 들판 가운데를 죽 가로지른 다음 그 너머 숲을 지나쳐 언덕 위 농장 뒤편을 보도록 하게나."

"네, 보입니다." 팬쇼가 말했다. "저거군요. 훌륭한 탑인데요!"

"자네 방향을 잘못 잡은 모양인데." 지주가 말했다. "내 기억하는 한 그 부근에는 탑이라 할 만한 것이 남아 있지 않거든. 자네가 본 것이 올드번 성당이 아니라면 말이지. 그리고 그걸 훌륭한 탑이라고 한다면, 자네 취향이 꽤나 관대한 모양일세."

"글쎄요, 훌륭하다고 할 만한데요." 팬쇼는 여전히 쌍안경을 눈에 댄 채로 말했다. "올드번이든 다른 탑이든 간에요. 게다가 꽤나 큰 성당인 모양입니다. 제가 본 것은 중앙 탑인 것 같은데, 모서리에는 첨탑이 네 개 있고, 그 사이사이에는 작은 탑들이 있어요. 저기는 꼭 가 봐야겠습니다. 얼마나 걸릴까요?"

"올드번까지는 15킬로미터 정도 될 걸세." 지주가 말했다. "그곳에 가 본 지도 꽤 오래됐는데, 그렇게 훌륭한 곳이라고 생각한 적은 없는데 말이지. 그럼 이제 다른 것을 보여 주겠네."

팬쇼는 쌍안경을 내렸지만 여전히 올드번 쪽을 바라보고 있었다. "안 보이는군요. 맨눈으로는 아무것도 알아볼 수가 없어요. 이번에는 무얼 보여 주실 겁니까?"

"왼쪽으로 죽 시선을 돌려 보게. 별로 찾기 어렵지 않을 거야. 외따로 떨어진 언덕이 하나 보이나? 정상에 제법 나무가 많이 자라 있는 언덕 말이야. 산등성이에 커다란 나무 한 그루가 자라 있는 언덕과 같은 선상에 있는데."

"보입니다." 팬쇼가 말했다. "그리고 저 언덕의 이름은 별로 어렵지 않게 추측할 수 있을 것 같군요."

"오, 그런가?" 지주가 말했다. "어디 한번 말해 보게."

"당연히, 교수대 언덕이겠죠."

"어떻게 추측한 건가?"

"글쎄요, 그렇게 이름을 감추고 싶다면야, 그 위에 가짜 교수대와 매달려 있는 남자 모양의 인형을 가져다 놓으면 안 되는 것 아니겠습니까."

"그게 무슨 소린가?" 지주가 갑작스레 말했다. "저 언덕에는 숲 외에 아무것도 없는데."

"그 말씀과는 정반대로," 팬쇼가 말했다. "언덕 꼭대기에는 제법 넓은 평야가 있고, 가운데에 가짜 교수대가 서 있는데요. 그리고 처음 봤을 때는 무언가가 있는 것도 같았고요. 이제는 아무것도 보이지 않는군요. 아니, 무언가가 있나? 잘 모르겠군요."

"아니야, 말도 안 돼, 팬쇼, 저 언덕에는 가짜 교수대든 뭐든 아무것도 없다네. 게다가 숲이 꽤나 빽빽할 텐데. 제법 최근에 식수한 곳이란 말이야. 내가 직접 방문한 지도 1년이 안 지났는데. 쌍안경 이리 줘 보게. 별다른 것이 보일 것 같지는 않지만." 그리고 잠시 후 말했다. "그래, 이럴 줄 알았지. 이 쌍안경은 아무것도 보이지 않는구먼."

그러는 동안 팬쇼는 언덕을 훑어보고 있었다. 고작 3~4킬로미터밖에 떨어지지 않은 곳이기 때문이었다. "그렇군요, 정말 이상한데요. 쌍안경을 치우니 꼭 숲처럼 보이지 않습니까." 그는 다시 쌍안경을 받아들었다. "이런 괴상한 효과는 난생처음입니다. 교수대도 풀밭도 똑똑히 보이고, 심지어는 그 주변에 사람들과 마차들, 아니 사람이 타고 있는 마차 하나가 보이는 것 같으니 말입니다. 그런데 쌍안경을 치우면 아무것도 없다니요. 분명 오후의 햇빛 때문에 뭔가 잘못 보이는 모양입니다. 빛이 정면으로 내리쬐는 한낮에 올라와 봐야겠요."

"저 언덕에 사람들과 마차가 보였다고 했나?" 지주가 회의적인 태도로 말했다. "만약 나무가 없다고 쳐도, 사람들이 이런 시간에 저런 곳에서 뭘 한다는 말인가? 말이 되는 소리를 해야지. 다시 한 번 보게."

"글쎄요, 분명히 보았다고 생각했는데요. 그래요, 아직 몇 명 있습니다. 장소를 정리하는 모양이군요. 그리고 이제, 세상에, 무언가가 교수대에 매달려 있는데요. 하지만 이 쌍안경이 끔찍하게 무거워서 오랫동안 똑바로 들고 있을 수가 없네요. 어쨌든 숲이 없는 것은 분명합니다. 지도에서 길을 알려 주시면 내일 제가 직접 저기로 가 보지요."

지주는 한동안 무언가를 곱씹었다. 마침내 그는 자리에서 일어서며 말했다. "그래, 그러는 편이 가장 확실하게 결론이 날 것 같군. 그럼 이제 돌아가도록 하세나. 목욕을 하고 저녁 식사를 하는 편이 좋겠군." 돌아오는 동안 그는 말수가 줄어들어 있었다.

그들은 정원을 통해 저택으로 돌아왔고, 지팡이와 가져갔던 물건들을 제자리에 되돌려 놓으려고 중앙 홀로 들어갔다. 그곳에는 나이 든 집사 패튼이 상당히 초조해하며 그들을 기다리고 있었다. "실례합니다만, 헨리 주인님." 패튼이 그들을 보자마자 입을 열었다. "아무래도 누가 여기서 장난질을 친 것이 아닌지 모르겠습니다." 그는 쌍안경이 들어 있던 상자가 열려 있는 모습을 가리켰다.

"겨우 이 정도 가지고 그런 말을 하는 건가, 패튼?" 지주가 말했다. "내 쌍안경을 꺼내서 친구에게 빌려 준 것이 뭐 그리 큰 잘못이란 말인가? 자네도 기억하겠지만, 내 돈으로 산 물건이 아닌가? 백스터 노인의 유품 중에서 말이야."

패튼은 그 말로도 안심이 안 되는 듯 고개를 꾸벅했다. "아, 알겠습니다, 헨리 주인님. 누가 그런 것인지만 아신다면 상관없는 일이죠. 저는 그저 확실히 해 두고 싶었을 뿐입니다. 주인님께서 처음 그 선반에 상자를 둔 후로 꺼내신 적이 없으니까요. 그리고 실례지만, 그런 일이 벌어진 다음이니……" 그는 목소리를 낮추었고, 덕분에 나머지 말은 팬쇼의 귀에는 들리지 않았다. 지주는 몇 마디 말과 퉁명스러운 웃음으로 답하고는, 팬쇼를 불러 묵을 방을 보여 주겠다고 말했다. 그리고 내 생각으로는, 그날 밤에는 지금 하는 이야기와 관계된 다른 일은 일어나지 않았던 듯하다.

예외가 있다면 아마도 팬쇼가 새벽에 묘한 기분을 느낀 것 정도일 것이다. 풀려나서는 안 될 것이 풀려나고 말았다는 그런 느낌이었다. 그 느낌은 꿈을 통해 다가왔다. 그는 어느 정도 익숙한 느낌이 드는 정원을 거닐다가 오래된 세공석이며 교회 창문의 장식 격자, 심지어는 성인상도 몇 점 떼어 내 와서 꾸민 바위 정원 앞에서 걸음을 멈추었다. 전시물 중 하나가 그의 관심을 끌었다. 풍경이 새겨진 장식 기둥 머리처럼 생긴 석재였다. 그는 그 기둥을 움직여야 한다는 생각이 들었고, 막상 일에 착수하자 놀라울 정도로 손쉽게 기둥을 끌어당길 수 있었다. 그때 주석 명찰이 땡그랑 소리를 내며 그의 발치에 떨어졌다. 그는 그것을 집어 들고 글자를 읽어 보았다. '무슨 일이 있어도 이 돌을 움직이지 말 것. J. 패튼 올림.' 꿈에서 일어나는 일들이 흔히 그렇듯이 이 명령은 극도로 중요한 것처럼 여겨졌다. 거의 고뇌에 가까울 정도로 초조해하면서 그는 실제로 돌이 움직였는지 확인해 보았다. 물론 돌은 움직인 후였다. 사실 더 이상 돌이 보이지도 않았다. 돌이 없어지자 토굴 입구가 드러났고, 그는 고개를 숙여 안을 들여다보았다. 암흑 속에서 무언가가 움직였다. 공포에 사로잡혀 그 모습을 바라보고 있으려니 손 하나가, 셔츠와 외투의 소매 단 사이로 깨끗한 오른손이 마치 악수를 청하기라도 하듯 어둠 속에서 삐져나왔다. 그는 그 손을 그대로 두는 게 무례한 일은 아닐까 고민했다. 그러나 그렇게 바라보고 있으려니 그 손이 순식간에 더럽고 수척하고 털투성이로 변하기 시작했고, 움직임 역시 팔을 뻗어 그의 다리를 움켜쥐려는 듯한 모습으로 변했다. 그것을 보자 그는 예의 같은 생각은 전부 집어치우고 도망가기로 결심하고는 비명을 지르다가 제 풀에 잠에서 깨어났다.

이것이 그가 기억하는 꿈이었다. (이 또한 종종 있는 일인데) 비슷한 느낌의 꿈을 이전에도 여러 번 꾼 것 같았지만, 이 정도로 집요한 것은 없었던 듯했다. 그는 한동안 자리에 누운 채로 꿈의 마지막 부분을 세세하게 곱씹었다. 특히 그 장식 기둥에 그려져 있던 풍경이 무엇이었는지 기억해 내고 싶었다. 분명 무언가 앞뒤가 맞지 않는 부분이 있었다. 그러나 그가 기억할 수 있는 내용은 이것이 전부였다.

꿈 때문인지, 아니면 휴일의 첫날이어서 그랬는지 그는 그다지 일찍 일어나지 않았다. 또한 즉시 시골 풍경을 탐사하러 나가지도 않았다. 그는 절반은 느긋한 마음에서, 그리고 절반은 무언가 유용한 것을 찾아내고자 하는 생각에서 지역 고고학협회의 발굴 내용이 적힌 인쇄물들을 훑어보았다. 그 안에는 백스터 씨가 부싯돌 도구, 로마 시대의 집터, 수도원 건물의 폐허 등을 찾아낸 내용들이 적혀 있었다. 사실상 그의 공헌은 대부분의 고고학 영역에 걸쳐 있었다. 모든 내용이 기묘하고, 도도하고, 제대로 된 교육을 온전히 받지 못한 문투로 쓰여 있었다. 팬쇼는 그 남자가 어린 나이부터 교육을 받았더라면 분명 훌륭한 고고학자가 되었을 것 같다고 생각했다. 또는 (이 생각은 나중에 합당한 것으로 밝혀졌는데) 이미 훌륭한 고고학자였지만, 반대와 언쟁을 너무 좋아하고, 보다 뛰어난 지식을 가지고 있는 자로서 가르치는 태도를 취하기 때문에 듣는 사람을 불쾌하게 하는 그런 부류의 사람이었을 수도 있겠다는 생각이 들었다. 또한 그는 매우 훌륭한 예술가였던 듯했다. 수도원의 복원도를 정면에서 그려 놓은 도면이 있었는데, 뛰어난 상상력이 드러난 작품이었다. 가장 눈에 띄는 것은 가운데에 솟아 있는 훌륭한 첨탑이었는데, 팬쇼는 그 탑을 보자 자신이 언덕에서 내려다본 탑과 지주가 올드번 성당일 것이라고 말한 사실이 떠올랐다. 그러나 그곳은 올드번이 아니었다. 바로 풀너커 수도원이었던 것이다. "아, 그런가." 그가 중얼거렸다. "어쩌면 올드번 성당도 풀너커의 수도사들이 지었고, 백스터는 올드번 탑을 베낀 것일지도 모르겠군. 여기 인쇄물들 중에 그에 대한 내용이 있으려나? 아, 이 사람이 죽은 다음에 출간된 모양이군. 문서들 속에서 찾아낸 모양이야."

점심 식사 후 지주는 팬쇼에게 그날의 계획을 물었다.

"글쎄요." 팬쇼가 대답했다. "4시쯤 자전거를 타고 나가서 올드번까지 가 본 다음, 돌아오면서 교수대 언덕에 들르려고 합니다. 그러면 아마도 25킬로미터 정도 되지 않을까요?"

"그 정도겠지." 지주가 말했다. "그러면 램스필드와 윈스톤을 지나가게 될 텐데 양쪽 다 구경할 가치가 있다네. 램스필드에는 장식 유리창이 있고, 원스톤에는 묘석이 있지."

"좋군요." 팬쇼가 말했다. "차는 도중에 마시면 될 것 같습니다. 그리고 쌍안경을 가져가도 되겠습니까? 자전거 짐칸에 묶어 두면 될 것 같은데요."

"물론, 원하는 대로 하게." 지주가 말했다. "정말로 더 나은 것을 사야겠어. 오늘 마을로 내려가게 되면 하나 구입할 수 있는지 알아보겠네." "직접 쓰지도 않으면서 왜 구태여 새 걸 사시려는 겁니까?" 팬쇼가 물었다. "글쎄, 모르겠네. 누구나 좋은 쌍안경 정도는 가지고 있어야 하지 않겠나. 그리고, 글쎄, 패튼 노인은 저게 쓸 만한 물건이 아니라고 하더군."

"그 사람이 판단을 내리는 겁니까?"

"뭔가 알고 있는 것이 있다더군. 나도 모르겠네. 죽은 백스터 노인에 관한 이야기라던데. 내게 전부 말해 주겠다고 나서기에 그러라고 했다네. 어젯밤부터 그 생각이 머릿속에서 떠나지 않는 모양이야."

"그건 또 왜입니까? 저처럼 악몽이라도 꾸었답니까?"

"뭔가 일이 있었던 것은 분명해 보이더군. 오늘 아침에 보니 나이가 부쩍 들어 보였고, 어젯밤에 조금도 눈을 붙이지 못했다고 하더군."

"좋습니다. 그 사람 이야기는 제가 돌아올 때까지 미뤄 주시죠."

"알겠네, 가능하면 그렇게 하지. 그런데 이보게, 자네 아무래도 늦지 않겠나? 만약 절반쯤 가서 바퀴에 바람이 빠져 걸어서 돌아오게 되면 어떻게 하겠나? 나는 저 자전거라는 물건을 신용하지 않아. 아무래도 오늘 저녁에는 찬 음식을 준비하라고 해야겠군."

"제가 빨리 오든 늦게 오든, 찬 음식도 상관없습니다. 바퀴에 구멍이

나도 그걸 때울 도구도 있습니다. 그럼 이제 가 보지요."

팬쇼는 지주가 찬 음식을 준비하도록 지시한 것이 정말 다행이라고 생각했다. 물론 그날 저녁 처음으로 든 생각은 아니었다. 9시가 다 되어 자전거를 끌고 진입로를 올라오면서 이미 한 생각이었기 때문이다. 지주 역시 홀에서 그를 맞이하며 여러 번 그런 생각을 했고, 그것을 입 밖으로 표현하기도 했다. 더위에 지치고 갈증에 시달려 꼴이 엉망이 된 친구에게 동정심을 품기보다는 자전거에 대한 자신의 주장에 확증을 얻게 되어 기쁜 마음이 더 강한 모양이었다. 그가 입 밖으로 낸 가장 친절한 말은 "오늘 밤 한잔해야겠지? 사이다 컵으로 되겠나? 좋아. 잘 들었지, 패튼? 사이다 컵, 얼음 듬뿍 넣어서"였다. 그러고는 팬쇼를 돌아보며 말했다. "밤새 목욕만 하고 있지는 말게나."

9시 30분이 되어 그들은 식탁에 앉았고, 팬쇼는 진척 상황을 보고했다. 그걸 진척이라고 부를 수 있다면 말이다.

"램스필드까지는 아무런 문제 없이 도착했고, 유리창도 보았습니다. 상당히 흥미로운 물건이더군요. 한데 그 위에 새겨진 글자를 읽을 수가 없더군요."

"쌍안경으로도 말인가?" 지주가 물었다.

"선생님의 쌍안경은 교회 안에서는 아무런 쓸모도 없는 것 같던데요. 아니면 실내라서 그런 걸지도 모르죠. 어쨌든 제가 그걸 가지고 들어간 곳들이 죄다 교회뿐이라."

"흠! 계속해 보게." 지주가 말했다.

"어쨌든 창문의 사진을 찍었습니다. 제 생각에는 사진을 확대하면 제가 원하는 것을 볼 수 있을 것 같더군요. 다음은 윈스톤에 갔습니다.

그 비석은 꽤나 주변에 어울리지 않는 물건이던데요. 그런 유의 골동품에 대해서는 잘 알지 못하지만 말입니다. 그 아래 무덤을 파 본 사람이 있습니까?"

"백스터가 그러고 싶어 했지만, 그 땅 농부가 허가해 주지 않았지."

"아, 그런가요. 제 생각에 파 볼 가치가 있을 것 같던데요. 어쨌든 다음은 풀너커와 올드번에 갔습니다. 그 있잖습니까, 언덕 위에서 본 그 탑은 정말로 뭔가 이상하던데요. 올드번 성당은 제가 본 모습과는 완전히 달랐고, 풀너커에는 중앙 탑의 흔적은 있어도 10미터를 넘는 건물은 전혀 없더군요. 제가 그 이야기를 드렸던가요? 백스터가 풀너커를 상상해서 그린 그림에 제가 본 것과 똑같은 탑이 있었다는 것 말입니다."

"자네 생각에 그랬다는 거겠지." 지주가 한마디 덧붙였다.

"아뇨, 개인적인 의견의 문제가 아니었습니다. 그 그림을 보니 실제로 제가 본 모습이 떠올랐고, 저는 그림의 설명을 보기 전까지 올드번 성당이라고만 생각하고 있었거든요."

"글쎄, 백스터는 건축을 잘 알던 친구였으니까. 아마 아직 남아 있는 건물을 보고는 제대로 추측을 해낸 거겠지."

"물론 그럴 수도 있습니다만, 전문가라고 해도 그렇게 정확하게 맞힐 수 있을까 싶습니다. 풀너커에는 그 탑을 지탱하던 벽 위의 지지대 밖에는 남아 있는 것이 없던데요. 어쨌든 기묘한 일은 그게 다가 아니었습니다."

"교수대 언덕은 어떤가?" 지주가 물었다. "이보게, 패튼, 이 이야기 좀 들어 보게. 팬쇼가 언덕 위에서 무엇을 보았는지는 아까 말해 주었지."

"예, 헨리 주인님, 분명 그러셨습니다. 그리고 생각해 보면 그리 놀랄 일도 아니지요……"

"좋아, 좋아. 그 이야기는 나중을 위해 미뤄 두게나. 지금은 오늘 팬쇼가 경험한 내용을 듣고 싶으니까. 계속하게, 팬쇼. 방향을 돌려서 액퍼드와 소르필드를 지나서 돌아온 거겠지?"

"네, 두 성당 모두 들렀죠. 그런 다음에 교수대 언덕의 꼭대기로 향하는 길로 방향을 돌렸습니다. 자전거를 끌고 꼭대기의 들판까지 올라가면 그 반대쪽의 돌아오는 길을 탈 수 있을 것 같았거든요. 언덕 꼭대기까지 올라가니 6시 반이 되었고, 오른쪽에 문이 하나 있었습니다. 그리로 가면 언덕을 둘러싸고 있는 숲으로 통할 것 같았죠."

"자네 들었나, 패튼? 둘러싸고 있는 숲이라지 않나."

"그렇게 생각은 했죠. 가운데에 들판이 있을 거라고. 그런데 그렇지 않았습니다. 선생님 말씀이 옳았고, 제가 완전히 틀렸던 거죠. 이해할 수가 없었습니다. 언덕 꼭대기 전체가 나무로 빽빽하더군요. 저는 자전거를 질질 끌고 숲으로 들어갔습니다. 매 순간 공터가 나타나리라고 기대하면서 말이죠. 그리고 그곳에서 제 불운이 시작되었습니다. 아마 가시를 밟은 거겠죠. 처음에는 앞바퀴 타이어가 늘어지더니 이어서 뒤쪽도 그렇게 되더군요. 거기에서 멈춰서 할 수 있는 일이라고는 타이어가 터진 곳을 찾아 표시하는 것 정도였는데, 그마저도 실패했습니다. 그래서 저는 계속 앞으로 갔고, 갈수록 그 장소가 더 마음에 들지 않아졌습니다."

"그 숲에서 사냥하는 사람은 없겠지, 음, 패튼?" 지주가 물었다. "물론 없습니다, 헨리 주인님. 애초에 그 숲에 들어가려는 사람도 별로 없고……"

"그래, 나도 알고 있네. 그걸로 됐어. 계속하게, 팬쇼."

"그곳에 들어가려는 사람이 없다 해도 이상한 일은 아니죠. 사람들이 좋아하지 않는 온갖 환상을 다 겪었으니까요. 제 뒤에서 나뭇가지를 밟으며 따라오는 발자국 소리, 제 앞의 나무 뒤편에서 들리는 사람들의 움직임 소리, 심지어는 제 어깨에 손을 올리는 느낌까지요. 그 느낌에 깜짝 놀라서 주변을 둘러보았는데, 그런 느낌을 일으킬 만한 나뭇가지나 관목 따위는 보이지도 않더군요. 그리고 그 숲의 가운데쯤에 도달했을 때 저는 누군가가 위쪽에서 저를 내려다보고 있다는 확신이 들었습니다. 전혀 호의 같은 것은 품고 있지 않은 채로요. 저는 다시 발을 멈췄습니다. 아니면 적어도 걸음을 늦추고 위를 올려다보기는 했지요. 그런데 그러자마자 넘어져 버려서 종아리를 끔찍하게 긁히고 말았습니다. 무엇에 긁혔다고 생각하십니까? 위쪽에 커다란 사각형 구멍이 뚫린 큼직한 석재였어요. 그리고 몇 걸음 앞에 그것과 똑같은 돌이 두 개 더 있더군요. 세 개가 삼각형을 이루며 놓여 있었습니다.* 자, 그 돌들이 왜 거기 놓여 있는지 짐작이 가십니까?"

"짐작이 가는군." 매우 심각한 얼굴로 이야기에 푹 빠져 있던 지주가 말했다. "자리에 앉게, 패튼."

노인이 의자에 짚은 한 손에 무게를 싣고 힘겹게 서 있었다는 점을 생각하면 꽤나 적절한 조치였다. 그는 의자에 털썩 주저앉아 상당히 떨리는 목소리로 말했다. "그 돌들 사이로 들어가신 건 아니겠지요, 선생님?"

---

* 내용상 흔히 '삼단 교수형 나무'라고 불리던 삼중 교수대의 흔적을 의미하는 듯하다. 기둥 세 개를 삼각형으로 배열한 다음 그 위에 교수대를 걸쳐 적은 공간에 많은 사형수를 목매달 수 있도록 고안한 교수대이다.

"그러지는 않았습니다." 팬쇼가 열정적으로 말했다. "제가 바보였다는 것은 분명하지만, 제가 어디에 있는 것인지를 깨달은 다음에는 그대로 자전거를 어깨에 둘러메고 온 힘을 다해 도망쳤습니다. 불경스럽고 사악한 묘지에 온 것 같은 느낌이 들었고, 해가 가장 긴 계절이라 아직 햇빛이 비친다는 사실이 정말 고맙더군요. 수백 미터밖에 되지 않았겠지만, 저는 정말로 정신없이 도망쳤습니다. 계속 무언가에 어딘가가 걸리더군요. 핸들이며 바퀴살이며 짐받이며 페달이며. 제 상상일지도 모르지만, 무언가가 맹렬하게 손을 뻗어 대는 느낌이었습니다. 적어도 다섯 번은 넘어졌을 겁니다. 마침내 산울타리가 눈에 들어왔는데, 도저히 문을 찾을 수가 없더군요."

"우리 쪽으로는 문이 나 있지 않다네." 지주가 덧붙였다.

"그랬다면 시간을 낭비하지 않은 것이 다행이로군요. 저는 어떻게든 자전거를 산울타리 너머로 넘기고 가까운 곳에 있던 틈새로 머리부터 들이밀었습니다. 마지막 순간에 나뭇가지인지 다른 무엇인지가 제 발목을 잡더군요. 어쨌든 무사히 숲을 빠져나왔고, 그렇게 고마움을, 또는 전신의 노곤함을 느낀 적은 그리 많지 않았던 것 같습니다. 그러고 나니 이제 바퀴의 구멍을 처리해야 했죠. 장비는 충실히 갖추고 있었고, 저도 제법 솜씨가 있는 편입니다. 하지만 이번에는 정말로 가망이 없더군요. 숲에서 나왔을 때가 7시였는데 타이어를 부여잡고 50분이나 씨름했더라고요. 하지만 구멍을 찾아서 때우고 바람을 넣자마자 그대로 다시 납작해지더군요. 결국 그래서 걸어가기로 마음먹었죠. 그 언덕까지 5킬로미터 거리는 아니겠지요?"

"들판을 가로질러 가면 그 정도겠지만, 길을 따라 가면 8킬로미터 가까이 되지."

"그럴 것 같았습니다. 자전거를 끌고 간다고 해도 8킬로미터를 걷는 데 한 시간이 넘게 걸릴 리는 없으니까요. 자, 제 이야기는 여기까지입니다. 선생님과 패튼의 이야기를 들려주시죠?"

"나? 나는 이야기랄 것이 없는데." 지주가 말했다. "하지만 그 장소가 묘지라고 생각한 것은 그다지 동떨어진 추측은 아니네. 아마 꽤나 많은 사람이 거기 묻혔을 테니까. 그렇게 생각하지 않나, 패튼? 교수대에서 썩어 떨어진 그대로 놔두었을 것 같은데."

패튼은 얼마나 이야기에 열중했는지 입을 열지도 못하고 고개만 끄덕였다. "그 이야기는 그만하죠." 팬쇼가 말했다. "자, 그럼 패튼." 지주가 말했다. "자네, 팬쇼 씨가 어떤 일을 겪었는지 잘 들었겠지. 뭔가 생각나는 것이 있나? 백스터 씨와 관련이 있는 일인가? 포트와인 한잔하고, 우리에게 말해 주게나."

"아, 이제 좀 살 것 같군요, 헨리 주인님." 그가 앞에 놓인 와인을 기껍게 마시고 입을 열었다. "정말로 제가 무슨 생각을 했는지 알고 싶으신 거라면 기꺼이 전부 말씀드리도록 하겠습니다. 그래요." 그가 조금씩 기운을 찾으며 말을 이었다. "팬쇼 씨가 오늘 경험한 일은 상당 부분 주인님께서 언급하신 바로 그 사람 때문이라고 말씀드려야겠습니다. 그리고 헨리 주인님, 이 문제에 있어서는 제가 이런 말을 할 만한 위치에 있다고 생각합니다. 저는 오랫동안 그자와 알고 지냈고, 10여 년 전 검시관의 심문에서 선서를 하고 배심 역할도 했으니 말입니다. 기억이 나실지 모르겠지만 당시 헨리 주인님은 해외를 여행하던 중이었고, 여기에는 주인님 가문을 대표할 만한 사람이 없었으니까요."

"검시라고요?" 팬쇼가 물었다. "백스터 씨가 죽었을 때 검시를 했다는 말입니까?"

"네, 선생님. 바로, 바로 그 사람의 시체를 말이죠. 그런 일이 벌어지게 된 연유는 이렇습니다. 아마도 충분히 짐작하시겠지만, 고인은 상당히 독특한 습관을 가진 사람이었습니다. 적어도 제 생각에는 그랬고, 그 내용을 알게 된 사람 모두가 그렇게 생각했죠. 그는 혼자 살다시피 했고, 여편네도 아이들도 없었다고 합니다. 그래서 그가 무엇으로 소일거리를 했는지 추측할 수 있는 사람은 거의 없지요."

"그는 드러나지 않는 삶을 살았으며, 그가 언제 세상을 떠났는지 아는 사람이 아무도 없더라."* 지주는 파이프를 문 채로 이렇게 말했다.

"실례합니다만, 헨리 주인님, 제가 바로 그 말씀을 드리려던 참이었습니다. 하지만 제가 소일거리라고 부르기는 했지만 말입니다, 솔직히 말해 우리는 그자가 이 근방의 역사에 대해 얼마나 들쑤시고 파헤치고 다녔는지, 그리고 어떤 것들을 모아들였는지 잘 알고 있지 않습니까. 백스터의 박물관 근방 몇 킬로미터 안에 사는 사람이라면 누구나 알고 있겠지요. 그리고 백스터는 자기가 기분이 내키고 제가 시간이 있을 때면 그동안 모아들인 항아리나 뭐 그런 물건들을 보여 주곤 했거든요. 그자의 주장으로는 고대 로마 시대의 물건이라고 하더군요. 하지만 그런 일에 대해서는 헨리 주인님께서 저보다 더 잘 아시겠지요. 제가 말하려던 것은 이겁니다. 재미있는 사람이고 훌륭한 이야기꾼이기는 했지만, 그자에게는 무언가 묘한 구석이 있었어요. 음, 예를 들어 감사성찬례 시간에 그를 성당이나 경당에서 본 사람은 아무도 없었지요. 이런 일에는 자연스레 뜬소문이 붙기 마련입니다. 목사님이 그의 집을 방문하신 것은 단 한 번뿐이었습니다. 사람들이 캐물으면

* 윌리엄 워즈워스의 「그녀는 인적 없는 길에 살았네」와 비교해 보자. '그녀는 드러나지 않는 삶을 살았고, 루시가 언제 세상을 떠났는지 아는 사람은 아무도 없더라.'

목사님은 '그자가 무슨 말을 했는지는 묻지 마시오'라고만 말씀하시더 군요. 게다가 대체 밤마다 무슨 짓을 한 것일까요? 특히 바로 이 계절에 말입니다. 일꾼들이 일터로 나가다 한두 번 그가 돌아오는 모습을 보았다고 하는데, 한 마디 말도 하지 않고 지나치는 모습이 마치 정신 병원에서 방금 나온 사람 같았다는군요. 흰자위를 사방으로 희번덕거 리면서요. 항상 생선 바구니를 들고 똑같은 길을 따라 돌아오는 모습을 보았다고도 하지요. 그래서인지 그자가 무언가를 하는데, 아마 썩 좋지는 않은 짓거리일 거라는 소문이 돌았죠. 음, 아마 선생님이 저녁 7시에 계셨던 곳에서 그리 멀지 않은 지점이었을 겁니다.

그런 밤을 보낸 후면 백스터 씨는 가게 문을 걸어 잠근 다음 집안일을 봐주던 노파에게 들어오지 말라고 했답니다. 그의 말버릇을 잘 알고 있던 노파는 그 말에 완벽하게 따랐고요. 그런데 어느 날 그런 일이 벌어진 겁니다. 오후 3시 정도였고, 앞서 말씀드린 대로 집 문은 잠겨 있었는데, 안에서 난리 법석이 났는지 끔찍한 소리가 들리더니 창문에서 연기가 피어오르고, 백스터가 고통에 신음하는 듯한 소리가 들린 거지요. 그래서 옆집에 살던 남자가 뒤편으로 돌아가 문을 부수고 들어갔고, 다른 사람들도 그 뒤를 따랐다고 합니다. 그는 제게 평생 그토록 끔찍한, 뭐랄까, 악취는 맡아 본 적이 없다고 말하더군요. 부엌은 그 냄새로 가득했다고 합니다. 백스터가 솥에 무언가를 끓이다가 실수로 뒤엎어 다리에 쏟은 모양이었습니다. 그는 부엌 바닥에 쓰러진 채 비명을 억누르려고 했는데, 도저히 그럴 수 없는 지경이었던 모양입니다. 그리고 사람들이 들어온 것을 보자 그대로 욕설을, 아, 상태는 나쁘지 않아 보였답니다, 그 작자의 혀가 상처를 입은 다리보다 더 끔찍하게 부르텄다고 해도 그의 잘못은 아닐 테지요. 어쨌든 사람들은 그를 일으켜 의자에 앉히고는 의사를 부르러 사람을 보냈고, 사람들 중 하나가 솥을 집어 들려고 하자 백스터는 그걸 그대로 놔두라고 소리를 질러 댔답니다. 그 사람은 순순히 물러섰지만, 그러면서도 솥 안에 든 게 갈색으로 변색된 뼈라는 건 볼 수 있었다는군요. 사람들이 '로런스 박사님이 곧 오실 겁니다, 백스터 씨. 금방 고쳐 주실 거예요'라고 말하자 그는 다시 난리를 피웠답니다. 자기 방으로 가야 한다느니, 박사님이 여기 들어와서 이 난장판을 보게 할 수는 없다느니, 그 위에 뭐든 천을 덮어 놓아야 한다며 응접실의 식탁보를 벗겨 오라느니 하는 소리를 했답니다. 뭐, 그래서 사람들은 그의 말대로 해 주었습니다. 하지만 그 솥 안에 있던 것이 독물이었던 것은 분명합니다. 백스터가 다시 밖으로 나오게 되기까지 두 달은 걸렸으니 말이죠. 실례합니다만, 주인님, 뭔가 말씀하려고 하지 않으셨습니까?"

"그래, 그랬네." 지주가 말했다. "자네가 왜 그 이야기를 진즉에 들려주지 않았는지 모르겠군. 어쨌든, 나는 로런스가 백스터를 진찰했던 때의 이야기를 들었던 기억이 난다고 말하려던 참이었네. 묘한 친구였다고 하더군. 어느 날 로런스가 그의 침실에 있다가 검은 벨벳으로 싸인 작은 가면을 보고 장난삼아 뒤집어쓰고는 거울로 가서 자기 모습을 보려고 했다네. 그런데 병상의 백스터 노인이 소리를 지르는 바람에 제대로 볼 시간도 없었다는 거야. '당장 그거 내려놓게, 이 한심한 작자야! 죽은 사람의 눈을 통해 보고 싶은 건가?' 그는 너무 깜짝 놀라서 가면을 내려놓고는 백스터에게 그게 무슨 뜻인지 물었다지. 백스터는 가면을 달라고 하고는, 자신이 그것을 구입한 사람이 이미 죽었다느니, 그런 말도 안 되는 소리만 지껄였다고 하네. 그러나 로런스가 가면을 넘겨주면서 느낀 건, 그 물건이 두개골의 앞부분으로 만들어졌다는 점이란 거네. 그는 백스터의 물건을 처분할 때 증류기를 하나 샀는데, 도저히 사용할 수가 없었다는군. 아무리 열심히 청소하고 사용해도 모든 물질이 오염되고 만다고 말이야. 어쨌든 계속하게, 패튼."

"예, 헨리 주인님. 이제 이야기는 거의 끝났습니다. 그리고 시간도 된 듯하군요. 하인들이 슬슬 저에 대해 험담을 시작하고 있을 듯하니 말입니다. 어쨌든 그 화상 사건이 일어난 것은 백스터가 세상을 뜨기 몇 년 전이었는데, 그는 회복되자 예전과 같은 일상을 보내기 시작했습니다. 그리고 그가 착수한 마지막 작업 중 하나가 바로 선생님이 지난밤에 가지고 나가신 그 쌍안경을 만드는 일이었습니다. 보면 아시겠지만 꽤나 예전에 만들어 둔 동체에 쌍안경의 렌즈를 끼운 물건이지요. 하지만 그걸 완성하는 일을 상당히 기대하고 있었던 모양입니다. 어느날 제가 그 동체를 집어 들고 '백스터 씨, 이 물건은 왜 마무리를 짓지 않는 겁니까?' 하고 물었거든요. 그러자 그는 이렇게 말했습니다. '아, 그걸 끝내는 날이면 분명 대단한 소식을 듣게 될 거요. 내 장담하지. 그 안을 채운 다음 봉인을 하고 나면 세상에 둘도 없는 쌍안경이 될 테니까 말이오.' 그렇게 말하다 그가 문득 말을 멈추어서, 저는 그에게 물었습니다. '아니, 백스터 씨, 무슨 와인 병이라도 되는 것처럼 말씀하시는군요. 채우고 봉인한다니, 그럴 필요가 있는 겁니까?' '내가 채우고 봉인한다고 했소?' 그가 대답했습니다. '아, 이런, 혼잣말을 하던 것이 새어 나간 모양이군.' 그러고 나서 지금 같은 여름이 돌아왔고, 어느 쾌청한 저녁나절 저는 집에 가는 길에 그의 가게 근처를 지나고 있었습니다. 그 사람이 잔뜩 만족한 표정으로 문가에 나와 있었는데, 저를 보고 말하더군요. '이제 전부 든든하게 끝났다오. 내 최고의 작품이 완성됐소. 내일은 그걸 가지고 밖으로 나가 볼 생각이라오.' 제가 말했지요. '아, 쌍안경을 완성하신 모양이군요? 한번 봐도 되겠습니까?' 그가 대답했습니다. '아니, 안 되지. 오늘 밤은 침대에 재워 두었고, 그걸 보게 된다면, 장담하는데 엿보는 대가를 지불해야 할 거요.' 그것이 제가 들은 그의 마지막 말이었습니다.

그게 6월 17일의 일이었고, 일주일 후 묘한 일이 벌어졌지요. 바로 그 때문에 검시 보고서에 '타락한 정신'이라는 표현이 들어간 겁니다. 그것을 제외하면, 사업상 백스터에게 불리한 증언을 할 만한 사람은 아무도 없었으니까요. 그러나 당시부터 지금까지 그의 옆집에 산 조지 윌리엄스는, 그날 밤 백스터의 땅에서 무언가가 넘어지고 구르는 소리를 들었고, 자리에서 일어나 거리를 내다보는 창문으로 가서 주변에 거친 손님이 있는지 확인했답니다. 매우 밝은 밤이어서 다른 사람이 없는 것도 확인할 수 있었고요. 그래서 그는 그 자리에 서서 귀를 기울여 보았는데, 백스터가 매우 느리게 한 걸음씩 현관 계단을 내려오는 소리가 들렸다는군요. 한데 마치 누군가가 온 힘을 다해 무언가를 밀거나 끄는 듯한 소리였답니다. 그 뒤를 이어 거리로 향하는 문이 열리는 소리가 들렸고, 외출복을 입고 모자까지 갖추어 쓴 백스터가 걸어 나왔답니다. 팔은 옆구리에 딱 붙이고, 혼잣말을 중얼거리면서 좌우로 머리를 흔드는 모습이 마치 자기 의지에 반해 끌려가는 사람인 양 괴상했다고 하더군요. 조지 윌리엄스가 창가에 바짝 붙어 서자 그가 이렇게 말하는 소리가 들렸답니다. "아, 신사분들, 제발 자비를!" 그러더니 마치 누군가가 손으로 그의 입을 막은 듯 갑자기 입을 다물었다더군요. 백스터는 그대로 고개를 뒤로 젖혔고, 그 바람에 모자가 떨어졌지요. 윌리엄스는 그의 비참한 표정을 알아보고 이렇게 소리칠 수밖에 없었다고 합니다. "왜 그러시오, 백스터 씨. 몸이 안 좋은 겁니까?"

그리고 로런스 박사님을 불러다 주는 게 좋을지를 물어보려고 하는데 이런 답변이 들렸답니다. "자네 일에나 신경 쓰지 그러나. 이쪽에 끼어들지 말고." 하지만 그 거칠고 희미한 목소리가 백스터의 것이었는지는 도저히 확신할 수가 없었다는군요. 그러나 거리에는 그를 제외하면 아무도 없었고, 윌리엄스는 그 어조에 기분이 나빠져서 창가에서 물러나 침대로 가서 앉았다고 합니다. 백스터가 길을 따라 걷는 발자국 소리가 계속 들려와서 윌리엄스는 그대로 1~2분 정도 지나 다시 밖을 내다보았는데, 백스터는 여전히 조금 전과 마찬가지로 묘한 자세로 걷고 있더랍니다. 그리고 한 가지 기억나는 점은, 백스터가 모자를 주우려고 몸을 굽힌 것을 본 기억이 없는데 그 모자가 다시 머리 위에 올라가 있었다는 겁니다. 자, 헨리 주인님, 그 뒤로 한 주 동안 백스터를 목격한 사람은 그가 유일했습니다. 사람들은 그가 가게에서 손을 뗐다느니, 곤경에 처해서 도주했다느니 떠들어 댔지만, 주변 몇 킬로미터 안의 사람들은 그를 잘 알고 있었고, 기차역이나 여관에서 그를 보았다는 사람은 아무도 없었습니다. 그래서 연못 속을 뒤졌는데도 시체는 나오지 않았죠. 그러다 마침내 어느 날 저녁 언덕에서 마을로 내려온 양치기 페익스가, 교수대 언덕이 새 떼로 까맣게 뒤덮여 있는데 평소에는 짐승들이 가까이 가지도 않던 곳에 그런 일이 벌어지다니 참으로 묘하다고 말하는 겁니다. 사람들은 서로를 마주 보다가 누군가가 먼저 이렇게 말했습니다. "내가 올라가 보지." 그러자 다른 사람이 "자네가 가겠다면 나도 가겠어"라며 나섰고, 결국 밤이 되자 예닐곱 명이 함께 언덕을 오르게 되었습니다. 로런스 박사님도 모시고 갔지요. 그리고 헨리 주인님도 아시다시피, 그자가 목이 부러진 채로 그 세 개의 돌 사이에서 발견되었습니다."

이 이야기가 이후 어디로 흘러갔을지를 상상하는 것은 부질없는 일이리라. 추리할 필요도 없는 일이다. 그러나 패튼은 이야기를 끝내기 전에 팬쇼에게 말했다. "실례지만 선생님, 오늘 그 쌍안경을 가져가셨던가요? 그럴 것 같았습니다. 그럼 그 쌍안경을 사용하셨는지 여쭤도 될까요?"

"그렇습니다. 성당에서 뭔가를 보려고 사용했지요."

"아, 과연, 그 쌍안경을 성당에 가지고 들어가셨군요, 선생님."

"네, 그랬습니다. 램스필드 성당이었죠. 그러고 보니 자전거 짐받이에 묶어 둔 채 그대로 두었군요. 아마 마구간 앞뜰에 있을 겁니다."

"걱정하실 필요 없습니다, 선생님. 내일 아침에 바로 나가서 가져오지요. 부디 그다음에 그걸 살펴봐 주시길 바랍니다."

그 말에 따라 평온하고 깊은 수면을 취한 뒤 팬쇼는 아침 식사 시간 전에 정원으로 나가서 쌍안경으로 멀리 있는 언덕을 바라보았다. 그는 즉시 쌍안경을 내려 앞뒤를 살펴보고 나사를 조절하면서 몇 번에 걸쳐 다시 시도해 본 다음, 어깨를 으쓱하고는 홀의 탁자 위에 내려놓았다.

"패튼, 이거 완전히 망가졌는데요. 아무것도 안 보입니다. 마치 누군가가 렌즈에 검은 종이를 붙여 놓은 것 같아요."

"내 쌍안경을 망가트린 건가?" 지주가 말했다. "고맙군. 내 유일한 쌍안경이었는데."

"직접 확인해 보시죠." 팬쇼가 말했다. "저는 아무 짓도 안 했으니까요."

그래서 아침 식사를 하고 나서 지주는 쌍안경을 들고 테라스로 나가 계단 위에 섰다. 몇 번 부질없는 시도를 한 끝에 그가 짜증 난 목소리로 "세상에, 이거 정말 무겁군!"이라고 소리치며 돌 위에 쌍안경을 떨어트렸다. 렌즈가 산산조각 나고 경통에 금이 갔다. 석판 위에 액체가 새어 나와 고이는 것이 보였다. 칠흑 같은 검은색이었고, 형용할 수 없을 정도의 악취가 피어났다.

"채우고 봉했다, 이건가?" 지주가 말했다. "저걸 감히 만질 생각이 든다면 그 봉인을 찾을 수 있을 것 같군. 그렇게 끓이고 증류한 결과가 저 액체란 말이지? 악귀 같은 늙은이!"

"대체 무슨 소립니까?"

"이 친구야, 이해가 안 되나? 그가 의사 선생에게 죽은 자의 눈을 통해 본다고 말한 것이 기억나지 않나? 그래, 저게 그 다른 방법인 셈이겠지. 하지만 어쨌든 그 사람들은 자기네 뼈로 국물을 내는 일이 마음에 들지 않았던 모양이야. 덕분에 결국 그가 원하지 않는 곳으로 끌고 간 셈 아니겠나. 자, 가서 삽을 가져올 테니 저 물건을 당장 묻어 버리도록 하세."

둔덕을 잘 다진 후 지주는 그 모습을 경건하게 지켜보고 있던 패튼에게 삽을 넘기고 팬쇼를 향해 말했다. "자네가 이 물건을 성당으로 가지고 들어간 것이 정말 아쉬울 지경이로군. 자네가 본 그 이상을 보았을지도 모르는데 말이야. 내 짐작에 백스터는 고작해야 일주일 정도 가지고 있었던 것 같은데, 그 짧은 시간에 대체 뭘 얼마나 볼 수 있었겠나."

"저는 잘 모르겠군요." 팬쇼가 말했다. "그 풀너커 수도원 성당의 그림이 있지 않습니까."

호기심 많은 이에게 보내는 경고
A Warning to the Curious

    독자 여러분은 동부 해안의 시버러라는 곳을 떠올려 주길 바란다. 지금도 내 어린 시절과 모습이 크게 달라지지 않은 곳이다. 남쪽에는 수로가 가로지르는 늪지대가 펼쳐져 있는데, 찰스 디킨스의 『위대한 유산』의 초반 장면을 떠올리게 한다. 북쪽으로는 너른 벌판이 내륙의 황야와 뒤섞인다. 히스 덤불, 전나무 숲, 무엇보다 가시금작화가 무성한 곳이다. 마을 전체적으로 길게 뻗은 해변과 대로 하나가 있고, 그 뒤로 플린트석으로 지어진 널찍한 교회가 있는데, 큼직하고 튼튼한 서쪽 탑에는 여섯 개의 종이 줄지어 달려 있다. 8월의 무더운 여름날, 먼지투성이의 허연 비탈길을 따라 교회로 향하던 도중에 들려오던 그 종소리가 아직도 기억 속에 선연하다. 교회는 짧고 가파른 비탈길 꼭대기에 있었다. 그렇게 더운 날이면 종소리도 단조롭게 쩔그렁거리며 울렸지만, 날이 온화해지면 종소리도 그에 맞춰 부드러워졌다. 그 길을 계속 따라가면 철로가 끝나는 작은 종착역이 나온다. 역에 이르기 바로 전에 멋들어진 흰색 풍차가 하나 있고, 마을 남쪽 끝 판잣집 옆에 하나가 더 있으며, 북쪽의 고지대에도 몇 개가 더 있다. 밝은 붉은색 벽돌 벽 위에 슬레이트 지붕을 얹은 집들도 있는데…… 그런데 내가 왜 이렇게 평범한 묘사로 여러분을 지루하게 만들고 있는 것일까? 솔직하게 말하자면, 시버러에 대해 적어 내려가기만 하면 이런 모든 풍광이 연필 끝으로 몰려와 붐비기 시작한다. 그중에서 괜찮은 것들을 골라서 종이로 옮겼는지 확인해 보아야겠다. 하지만 아직은 때가 아니다. 글자로 그려 내는 그림이 채 끝나지 않았으니까.

바닷가에서 걸어 나와 마을로 들어와서, 기차역을 지난 다음 오른편의 길을 따라 걸어가 보도록 하자. 철로와 나란히 뻗어 있는 모랫길이다. 그 길을 따라가면 제법 높은 곳에 이른다. 왼편을 보면(여러분은 이제 북쪽으로 걷고 있다) 황무지가 보이고, 오른편을 보면(바다를 향한 쪽이다) 풍파에 시달려 꼭대기 부분만 무성한, 바닷가의 오래된 나무들이 그렇듯이 비스듬히 서 있는 전나무들이 보인다. 기차에서 나무와 하늘이 만나는 모습만 보아도—미처 모르고 있었다면 말이지만—바람이 심한 바닷가에 가까워지고 있다는 걸 알 수 있는 그런 모습이다. 자, 그래서 나의 작은 언덕을 꼭대기까지 올라가면, 바다를 향해 뻗은 등성이를 따라 이런 전나무들이 줄지어 서 있는 모습이 보인다. 그 등성이는 잡초투성이인 평탄한 둔덕으로 이어지며 끝난다. 그곳에는 전나무 한 무리가 모여 있다. 따뜻한 봄날이면 여기에 앉아서 푸른 바다와 하얀 풍차, 붉은 오두막, 밝은 녹색의 잔디, 교회의 종탑, 그리고 멀리 남쪽으로 보이는 해안 감시탑까지 전부 볼 수 있다.

말했듯이 나는 어릴 적부터 시버러를 알아 왔다. 그러나 어린 시절 경험한 시버러와 지금의 시버러 사이에는 상당히 오랜 세월이 가로놓여 있다. 그래도 그곳은 여전히 내가 사랑하는 장소로, 그곳에 관한 이야기는 언제나 내 흥미를 끈다. 그런 이야기 중의 하나가 지금 소개하게 될 이야기다. 시버러에서 꽤나 떨어진 곳에서, 한때 내게 은혜를 입은 적이 있는 사람으로부터 우연히 들은 이야기다. 그는 그것 때문에 이 이야기를 털어놓을 수 있을 정도로 나를 신뢰하게 되었다고 말했다. 그 친구의 말을 그대로 옮겨 보도록 하겠다.

*

나는 그 지역을 꽤나 잘 알고 있다네. 봄철이면 골프를 치러 시버러에 정기적으로 들렀거든. 보통은 친구와 함께 베어 호텔에 묵는데, 그럴 때면 대개 거실이 딸린 방을 빌려서 죽치고 즐기곤 했지. 자네가 아는 사람일지 모르겠는데 헨리 롱이라는 친구일세. ("안면은 있지" 하고 내가 말했다.) 그 친구가 죽은 후로는 그곳에 갈 생각이 안 들더군. 사실 우리가 마지막으로 들렀을 때 생겼던 일 때문에 어찌 되었든 다시 들를 엄두가 나지 않았을 것 같지만 말일세.

4월 19일이었네. 웬일인지 호텔에는 우리 말고 다른 손님은 거의 보이지 않았지. 그래서 일반실은 거의 텅 비어 있었다네. 때문에 저녁 식사를 하고 난 후에 우리 숙소의 거실 문이 열리고 젊은이 하나가 고개를 들이밀었을 때 우리는 꽤나 놀라지 않을 수 없었지. 일전에 본 적이 있는 얼굴이었네. 금발에 푸른 눈, 빈혈기가 있어 보이는 소심한 청년이었지. 하지만 나름 호감이 가는 얼굴이었어. 그래서 그 친구가 "실례합니다만, 여기는 개인실인가요?"라고 물었을 때 우리는 으르렁대는 대신 "그렇소만" 하고 순순히 대답해 주었다네. 그리고 나인지 롱인지가—사실 별 상관 없는 일이지만—"잠시 들어오시오" 하고 덧붙였지. "아, 그래도 되겠습니까?" 그가 안도하는 표정을 짓는 것 같더군. 어쨌든 그 친구가 말동무를 원하는 것은 분명했고, 제법 상식이 있는 사람으로 보였기 때문에—보자마자 자기 가문의 내력을 통째로 상대방에게 퍼붓는 사람은 아니었다는 말일세—우리는 편안하게 있으라고 말했지. "다른 방들은 조금 을씨년스럽지 않겠소." 내 말에 그도 그렇게 생각하는 듯하더군. 그러고는 자신을 받아 주다니 우리가 정말 너무 친절하다, 뭐 그런 인사치레가 이어졌다네. 그런 다음 그가 책을 읽는 시늉을 하기 시작했네. 롱은 혼자 페이션스 카드놀이를 했고, 나는 글을 쓰고 있었지. 얼마쯤 시간이 지나자 우리의 손님이 신경이 잔뜩 곤두서 있다는 게 명백하게 느껴졌네. 그래서 나는 쓰던 글을 치워 두고 그와 대화를 나누었지.

지금은 기억이 나지 않는 몇 가지 잡담을 나누고 나서 그가 보다 내밀한 이야기를 꺼냈네. "제가 좀 이상하게 보이실지도 모르지만, 사실 저는 조금 충격을 받은 상태입니다." 뭐, 해서 기운을 북돋울 만한 음료를 권하고 함께 마셨다네. 그래서 이야기 도중에 잠시 웨이터가 끼어들었는데, 우리 젊은 친구는 문이 열리자 눈에 띄게 놀라더군. 얼마 지나지 않아 그는 다시 근심 속으로 빠져들었네. 여기에는 그가 아는 사람이 아무도 없었는데, 우리 두 사람이 누구인지는 알고 있는 모양이었네(알고 보니 마을에 공통의 지인이 있더군). 그리고 우리가 괜찮다면 무언가 조언을 해 주길 바라는 눈치였어. 물론 우리는 "물론이오" "거리낄 것 없소"라고 말했고, 롱은 카드를 치웠지. 우리는 자세를 바로 하고 그의 곤란한 처지에 귀를 기울이기 시작했네.

"모든 일이 시작된 것은 일주일하고도 며칠 전입니다." 그가 말했다네. "저는 자전거를 타고 겨우 10여 킬로미터 떨어진 곳에 있는 프로스턴의 교회를 보러 가고 있었습니다. 저는 건축에 관심이 많은데, 그곳에는 벽감과 문장紋章 딸린 훌륭한 현관 포치가 있거든요. 제가 사진을 찍고 있으니 정원을 가꾸던 노인이 다가와서는 교회 안쪽을 구경해 보겠느냐고 물었습니다. 제가 그러겠다고 하자 노인은 열쇠를 꺼내 저를 들여보내 줬죠. 안에는 딱히 눈에 띄는 것은 없었지만 저는 훌륭하고 아담한 교회이며, 정돈도 잘되어 있다고 칭찬했습니다. '하지만 저기 포치 천장의 장식이 제일 멋지군요.' 저는 이렇게 말했죠. 그때 우리는 바로 현관 바깥에 있었습니다. 그러자 그가 말했습니다. '아, 그래요, 훌륭한 포치 장식이죠. 그러면 선생, 저기 있는 문장이 무엇을 가리키는지 알아보시겠소?'

세 개의 왕관이 그려진 문장으로, 제가 비록 문장학자는 아니지만 알아볼 수 있다고 대답하는 것 정도는 가능했습니다. 제 생각에는 이스트앵글리아* 왕국의 옛 문장인 듯하더군요.

'그 말씀대로요, 선생.' 그가 말했습니다. '그러면 그 위에 그려진 세 개의 왕관이 무엇을 의미하는지는 아시겠소?'

저는 그 의미가 알려져 있다는 건 알지만 직접 들은 기억은 없다고 말했지요.

'그렇다면, 선생,' 그가 말했습니다. '선생이 학자기는 한 모양이지만, 내가 선생이 모르는 것 한 가지를 가르쳐 줄 수 있을 것 같구려. 저 왕

---

* 현재의 노퍽과 서퍽 지방. 영국에 정착한 앵글로색슨족의 7왕국 중 하나로, 동쪽 앵글로족의 땅이라는 의미이다.

관들은 독일인들의 상륙을 막으려고 해안 근처에 묻은 세 개의 성스러운 왕관을 나타낸다오. 아, 믿지 못하는 모양이시로군. 하지만 내 장담하는데, 그 성스러운 왕관들 중 하나가 원래 위치에 묻혀 있지 않았다면 독일인들이 수도 없이 이리로 상륙해 왔을 거요. 배를 대고 상륙해서 남자와 여자와 어린아이들을 침대에서 자고 있는 그대로 도륙해 버렸을 것이라는 말이오. 지금 내가 한 말은 전부 진실이오. 내 말을 믿지 못하겠거든 목사님께 여쭈어 보시오. 저기 오시는군. 어서 여쭈어 보시란 말이오.'

주변을 둘러보자 인자한 얼굴의 나이 든 목사님이 길을 따라 걸어오고 있었습니다. 제가 믿지 못하는 것이 아니라고 하면서 꽤나 흥분한 노인 양반을 진정시키기도 전에 목사님이 끼어드셨습니다.

'이건 또 무슨 일인가, 존? 안녕하십니까, 신사분. 우리 작은 교회는 볼만하시던가요?'

목사님과 제가 잠시 담소를 나누는 사이 노인은 흥분을 가라앉혔고, 목사님은 노인에게 다시 한 번 무슨 일이냐고 물으셨습니다.

'아, 아무것도 아닙니다요. 그냥 여기 신사분께 세 개의 성스러운 왕관에 대해 목사님께 여쭈어 보라고 말하던 중이었지요.'

'아, 그런가, 확실히,' 목사님이 말씀하셨습니다. '참 흥미로운 이야기 아니오? 하지만 여기 신사분이 우리 옛날이야기에 관심이 있으실지 잘 모르겠구먼.'

'아, 금방 흥미가 생기실 겁니다.' 노인이 말했습니다. '목사님이 말씀하시는 내용은 분명 신뢰할 테니까요. 목사님은 잘 아시잖습니까, 그 윌리엄 에이거 부자의 경우라든가요.'

여기서 저는 정말로 그 이야기를 듣고 싶다는 말로 끼어들었습니다.

얼마 지나지 않아 목사님께서 교구민들과 몇 마디 나눌 말이 있다고 하며 마을로 내려가셨습니다. 저도 따라가서 목사님과 함께 마을 거리를 거닐다가 목사관에 도착했고, 우리는 서재에 자리 잡았지요. 그곳까지 가는 동안 그분은 제가 단순한 참견꾼이 아니라 진실로 민담에 대한 지적 호기심을 가진 사람이라는 것을 알게 되셨지요. 그래서 기꺼이 모든 이야기를 해 주셨는데, 저로서는 그런 민담이 아직까지 출판된 적이 없다는 사실이 놀라울 지경이었습니다. '이 지방에는 언제나 그 세 개의 성스러운 왕관에 대한 이야기가 전해져 왔다오. 나이 든 사람들은 그 왕관들이 해변 곳곳에 하나씩 묻혀 있어 덴마크인이나 프랑스인, 독일인의 침략을 막아 준다고들 하지. 그중 하나는 오래전에 파내어졌고, 다른 하나는 바닷물이 들어와 사라졌으며, 아직 하나가 남아서 여전히 자기 소임을 다하고 있어 외적을 물리친다고 믿고 있다오. 만약 선생이 이 지방의 안내 책자나 역사에 대해 읽어 본 적이 있다면, 아마 1687년에 렌들샴에서 이스트앵글로족 왕인 레드왈드의 왕관이 발견되었다는 걸 알 거요. 아, 참으로 통탄스럽게도 그 왕관이 기록이나 그림으로 남기기도 전에 팔려가 녹아 버리고 말았다는 사실도. 글쎄, 렌들샴은 해변은 아니지만 그리 내륙 깊숙한 마을도 아니고, 매우 중요한 상륙 지점과 연결되어 있다오. 나는 그 왕관이야말로 사람들이 말하는 파내어진 왕관이라고 믿고 있소. 그리고 보이지는 않겠지만 남쪽에는 바닷물에 잠겨 버린 옛 색슨족의 궁성이 하나 있다오. 나는 그곳에 두 번째 왕관이 있다고 생각한다오. 그리고 그 두 개 외에도 세 번째 왕관이 있다고들 하지.'

'어디에 있는지 알려 주는 내용이 있습니까?' 저는 당연히 이렇게 물었습니다.

그분은 '그래요, 물론 있기는 하지만 그것만으로는 알 수가 없다오' 라고 말씀하셨습니다. 그분의 태도를 보니 응당 이어져야 할 질문을 할 마음이 안 들더군요. 그 대신 저는 잠시 기다렸다가 말했습니다. '노인분이 목사님께서 윌리엄 에이거를 알고 계신다고 한 말은 무슨 뜻입니까? 마치 왕관과 관련된 일인 것 같지 않습니까?'

　　'엄밀히 말해 그건 조금 다른 부류의 기이한 이야기라오.' 그분이 말씀하셨습니다. '에이거 일가는 이 지역에 꽤나 오래 산 사람들인데, 그 가문이 지역의 명사나 대지주로 알려진 적은 없다오. 하지만 그들의 가문이 바로 그 마지막 왕관의 수호자라는 소문은 계속 있었지요. 내가 처음으로 안면을 튼 사람은 너대니얼 에이거라는 노인이었는데— 나는 이 근방에서 태어나서 어린 시절을 보냈다오—그는 1870년의 전쟁*이 벌어지는 동안 내내 어떤 장소에서 야영을 하며 보냈다오. 그의 아들인 윌리엄도 남아프리카 전쟁** 동안 똑같은 일을 했지. 손자인 윌리엄 2세는 꽤 최근에 목숨을 잃었는데, 그 지점 근처의 민가에서 묵었다오. 내 생각에 분명 그 때문에 그의 죽음이 앞당겨진 것 같소. 밤새 그곳을 지키고 서 있느라 폐병이 심해졌으니 말이오. 그리고 그가 가문의 마지막 후계자였지. 그 친구는 자신이 마지막이라는 생각 때문에 엄청난 근심에 사로잡히곤 했지만, 별달리 할 수 있는 일이 없었다오. 가장 가까운 친족은 식민지에 가 있었으니 말이오. 나는 그에게 가족의 중요한 사업을 맡아 달라고 애원하는 편지를 써 보내기도 했지

---

* 보불전쟁을 말한다. 영국은 여기에 참전하지는 않았으나 독일인의 침략을 물리친다는 왕관의 목적에는 들어맞는 것으로 보인다.
** 1899년부터 1902년까지 벌어진 보어전쟁을 말한다. 영국이 남아프리카의 금이며 다이아몬드를 획득하기 위해 보어인이 건설한 트란스발 공화국과 오렌지 자유국을 침략하여 벌어진 전쟁이다.

만, 여태껏 답장이 없었다오. 이렇게 해서 마지막 성스러운 왕관은, 만약 그런 게 있다면 말이지만, 이제 수호자를 잃어버리게 된 것이라오.'

제가 목사님의 이야기에 얼마나 흥분했는지는 충분히 짐작되실 겁니다. 목사님과 작별하면서 저는 오로지 그 왕관이 묻힌 장소를 찾아낼 방법만을 생각하고 있었습니다. 그 왕관을 그대로 놔두었다면 좋았을 것을.

하지만 그 왕관과 저 사이에는 무언가 운명이 얽혀 있었던 모양입니다. 자전거를 타고 교회 정원을 지나 돌아가고 있는데, 문득 상당히 최근에 만들어진 묘석 하나가 눈에 띈 겁니다. 그 묘석에는 윌리엄 에이거의 이름이 새겨져 있었습니다. 당연히 저는 자전거에서 내려서 비문을 읽어 보았지요. 거기에는 '당 교구 출생, 시버러에서 사망, 19—년, 향년 28세'라고 새겨져 있었습니다. 바로 이곳이었던 겁니다. 적당한 곳에서 제대로 된 질문을 몇 번 던지기만 하면 적어도 그 장소 주변의 민가 정도는 찾아낼 수 있을 것이 분명했죠. 그리고 다시 한 번 운명이 찾아왔습니다. 운명은 저를 저쪽 방향에 있는 골동품 상점으로 데려갔고, 저는 고서들을 뒤지다가 1740년경에 만들어진, 꽤나 훌륭하게 제본된 기도서를 하나 발견했습니다. 원하신다면 잠시 가서 가져오지요. 제 방에 있으니까요."

그가 갑자기 나가는 바람에 우리는 깜짝 놀랐지만, 우리가 미처 의견을 교환하기도 전에 젊은이가 헐떡이며 돌아와서는 우리에게 책의 속표지를 펼쳐 보여 주었다네. 그 안에는 휘갈겨 쓴 글씨체로 다음과 같은 내용이 적혀 있었지.

너대니얼 에이거가 나의 이름이며 잉글랜드는 나의 조국이네,

시버러는 나의 거처이며 주 그리스도는 나의 구원이네,

내 죽어 무덤에 묻히고, 모든 뼈가 썩어 버린 다음에도,

모두가 나를 잊어도 주께서 나를 기억해 주시기를.

이 시에는 1754년이라는 연도가 덧붙어 있었고, 그 외에도 너대니얼, 프레드릭, 윌리엄 등 에이거 가문의 사람들이 쓴 내용이 꽤나 많았다네. 그리고 마지막은 19—년 윌리엄이 적은 내용이었고.

"보시다시피 누구라도 이걸 엄청난 행운이라고 여길 겁니다." 그가 말을 이었네. "저 역시 그랬지만 이제는 잘 모르겠습니다. 물론 가게 주인에게 윌리엄 에이거에 대해서 물어보았고, 그는 윌리엄이 북부 평원 근처의 민가에 묵었으며 그곳에서 죽었다는 사실을 기억하고 있었죠. 마치 누군가가 제가 나아갈 길을 가르쳐 주는 것 같았습니다. 딱 보기만 해도 어느 집인지 알 수가 있었지요. 그 부근에서 그럴 만한 크기의 오두막은 하나밖에 없었으니까요. 다음 단계는 거기 사람들과 어느 정도 친교를 맺는 것이었고, 저는 즉시 그 임무에 매진했습니다. 개 한 마리가 저를 도와주더군요. 저를 향해 너무도 격렬하게 짖어 대는 바람에 사람들이 달려와서 때려서 쫓아내야 했거든요. 그러고 나서 그들은 자연스레 제게 용서를 구했고, 우리는 그렇게 이야기를 시작했습니다. 저는 에이거의 이름을 언급하고는 제가 그를 알고 있는, 또는 안다고 생각한다는 척을 하였습니다. 그러자 한 여자가 그렇게 젊은 나이에 죽다니 참 안된 일이라고 입을 열었고, 분명 추운 날씨에 밖에서 지내다가 그렇게 되었을 것이라고 말했습니다. 저는 자연스레 '밤에 바다에 나간 겁니까?'라고 물었고, 그녀는 '오, 아니요, 저쪽에 나무가 자라 있는 낮은 언덕이었어요'라고 대답했죠. 결국 제가 찾아낸 겁니

다.

저는 옛 무덤을 파는 법을 어느 정도는 알고 있습니다. 해안 지방에서 무덤을 여러 곳 발굴한 적이 있거든요. 그러나 그 당시의 작업은 주인의 허락하에, 백주에 사람들의 도움을 받으며 하는 일이었습니다. 그리고 삽을 뜨기 전에는 주변을 주의 깊게 살펴야 했습니다. 둔덕을 가로질러 호를 팔 수도 없었고, 주변에 오래된 전나무들이 서 있으니 골치 아픈 나무뿌리에 가로막힐 것도 분명했으니까요. 그래도 토양이 부드럽고 모래 토질이라 삽이 쉽게 들어가는 편이었으며, 토끼 굴 같은 것이 하나 있어서 안에 굴이 파여 있을 듯도 했습니다. 골치 아픈 것은 묘한 시간에 호텔을 출입해야 한다는 사실이었습니다. 발굴 방법을 결정하고 나서 저는 호텔 주인에게 마을 사람에게 밤샘 초대를 받아서 하루 묵고 올 예정이라고 말해 두었지요. 저는 그대로 굴을 파고 들어갔습니다. 굴을 지탱한 방법이나 일을 끝내고 나서 다시 메운 방법 같은 걸 늘어놓아 귀찮게 해 드리지는 않겠습니다. 중요한 것은 제가 그 왕관을 손에 넣었다는 겁니다."

당연하게도 우리는 놀라움과 흥분으로 탄성을 질렀다네. 무엇보다 나는 렌들샴에서 발굴된 왕관에 대해 알고 있었고, 종종 그 왕관의 운명을 애석하게 여겼기 때문이지. 앵글로색슨의 왕관을 직접 본 사람은 아무도 없었거든. 적어도 지금까지는. 그러나 우리의 젊은이는 슬픈 눈으로 우리를 바라보았다네. "그래요. 그리고 가장 끔찍한 점은, 제가 그 왕관을 제자리로 되돌려 놓을 방법을 모른다는 겁니다."

"되돌려 놓다니?" 우리는 소리쳤지. "아니, 이보게. 자네는 지금 이 나라에서 가장 놀라운 발견을 해낸 참 아닌가. 그 왕관은 마땅히 런던 탑에 있는 보석 전시실로 가야 하지 않겠나. 문제가 뭔가? 만약 그 땅의 주인이나 매장물 관련법 때문에 고민하는 거라면 우리가 자네를 도와줄 수 있네. 이런 유의 발견에서는 그 누구도 사소한 법률 따위로 고민하지 않을 걸세."

우리는 아마 이보다 더 많은 말을 한 것 같네만, 그가 한 일이라고는 손으로 얼굴을 감싸고는 이렇게 중얼거리는 것뿐이었네. "어떻게 되돌려 놓아야 할지 모르겠어요."

마침내 롱이 말했네. "무례라면 부디 용서해 주게나. 하지만 자네, 실제로 그 왕관을 손에 넣은 것 맞나?" 나 역시도 같은 질문을 하고 싶었다네. 당연하지만 가만히 곱씹어 보면 이 이야기 자체가 광인의 꿈처럼 들리지 않는가. 그러나 나는 이 불쌍한 젊은이의 기분을 상하게 할까 봐 차마 그 질문은 꺼내지 못했네. 그러나 젊은이는 꽤나 침착하게 롱의 질문을 받아들이는 듯했어. 절망에 빠진 자의 침착함이라고 해야 할까. 그는 자세를 바로 하고 앉으며 말했지. "아, 물론입니다, 그건 의심의 여지가 없어요. 저는 이 호텔, 제 방에, 자물쇠 달린 가방 안에 그 왕관을 가지고 있습니다. 원한다면 제 방으로 와서 직접 보셔도 좋습니다. 이리 가져올 생각은 없으니까요."

그런 기회를 놓칠 수는 없었지. 우리는 그와 함께 몇 호 떨어진 그의 방으로 향했다네. 복도에는 신발을 정리하는 구두닦이 한 명만 보이더군. 적어도 그 당시에는 그렇게 생각했다네. 나중에는 확신할 수 없었지만. 우리의 젊은이는—그의 이름은 팩스턴이었네—이전보다 훨씬 더 몸을 떨고 있었지. 그가 서둘러 방으로 들어가더니 따라오라고 손짓하고는 불을 켜고 조심스레 문을 닫았다네. 그리고 여행 가방에서 무언가를 조심스럽게 싼 깨끗한 손수건 무더기를 꺼내더니 그것을 침대 위에 내려놓고 안의 물건을 꺼냈네. 나는 이때 진품 앵글로색슨 왕관을 보았다고 자신 있게 말할 수 있다네. 렌들샴의 왕관과 마찬가지로 은제고, 보석으로 장식되어 있었네. 대부분의 보석은 음각 세공이나 카메오 형태였는데, 세공 자체는 평범하다고 할까, 거칠다고 할 만한 솜씨였지. 동전이나 필사본 등에서 흔히 볼 수 있는 그런 형태였어. 그 왕관이 9세기 이후의 물건이라고 여길 만한 이유는 전혀 없었네. 나는 극도로 흥미를 느끼고 그 물건을 직접 손에 들고 이리저리 돌려 보고 싶었지. 한데 팩스턴이 제지하더군. "만지지 마십시오. 제가 하지요." 그러고는 장담하는데 참으로 끔찍하게 들리는 한숨을 쉬며 그걸 집어 들고는 내가 잘 볼 수 있게 이리저리 돌려 보였네. "충분히 보셨습니까?" 마침내 그가 묻자 우리는 고개를 끄덕였지. 그는 왕관을 다시 잘 싸서 가방에 넣고 자물쇠를 잠근 다음, 멍하게 우리를 보며 서 있었지. "우리 방으로 돌아가지. 뭐가 문제인지 알려 주게나." 롱이 말했네. 그는 우리에게 감사를 표하고 "먼저 좀 가서 혹시 위험이 없는지 살펴봐 주시겠습니까?"라고 하더군. 지금까지처럼 그리 명확한 의사 표현도 아니었고, 아까 말한 대로 호텔이 거의 텅 비어 있어서 꽤나 수상쩍은 주문이기도 했지. 그러나 우리도 뭔지 모를 그의 불안감을 함께 느끼고 있었네. 긴장감이란 것이 애초에 전염성이 강하지 않던가. 그래서 우리는 먼저 문을 열고 밖을 둘러보았고, 그림자 하나, 또는 그림자 이상의 무언가가, 소리도 내지 않고 복도로 나오는 우리 앞을 스쳐 지나가는 환상을 보았네. 우리 둘 모두가 말이지. "아무 문제 없네." 우리는 팩스턴에게 속삭였네. 속삭여야 할 것만 같았거든. 그리고 그를 우리 둘 사이에 서게 하고 다시 우리 숙소로 돌아왔네. 나는 방에 도착하자마자 방금 본 특별한 유물에 대한 황홀경에 빠질 만반의 준비를 하고 있었는데, 팩스턴의 얼굴을 보자 그러기에는 너무 분위기가 어색하다는 생각이 들어서 결국 그가 먼저 말을 꺼내도록 양보하기로 했지.

"어떻게 해야 할까요?" 그의 첫마디는 바로 이러했네. 롱은 (나중에 내게 설명한 바로는) 정공법을 써 보기로 결심했지. "그 땅의 주인이 누군지 알아내서 그에게 직접 말하면," "아, 안 됩니다! 안 돼요!" 팩스턴이 조급하게 끼어들었네. "정말 죄송합니다. 친절하게 대해 주신 건 알지만, 저 물건이 자기 자리로 돌아가야 한다는 것을 모르시겠습니까? 하지만 저는 밤이면 그곳에 갈 엄두도 나지 않고, 낮에는 아예 불가능합니다. 어쩌면, 음, 모르시는지도 모르겠군요. 그게, 사실은, 저는 저 왕관을 처음 만진 이후로 혼자였던 적이 없습니다." 나는 장난기 넘치는 추임새를 준비하고 있었는데, 롱이 내 눈을 바라보는 바람에 그만두었지. 롱이 입을 열었네. "알 것도 같구먼. 하지만 우리에게 사태를 정확하게 알려 주면 조금 더 도움이 되지 않겠나?"

그러자 모든 이야기가 쏟아져 나왔지. 팩스턴은 어깨 너머를 넘겨다보고는 우리에게 조금 더 가까이 오라고 손짓한 다음 낮은 소리로 말을 시작했네. 우리는 물론 주의를 기울여 그의 이야기를 들었지. 게다가 나중에 각자의 기록을 비교해 본 다음 내가 두 기록을 취합해 대화를 정리한 만큼, 여기서는 대화 내용을 거의 그대로 옮긴 것이라고 보아도 좋을 걸세. 그는 이렇게 말했다네. "처음 제가 주변 지질을 조사할 때부터 시작되어서 이후로도 계속 저를 따라다니고 있습니다. 전나무 옆에 언제나 어떤 사람이, 한 남자가 서 있는 겁니다. 대낮에 말이죠. 절대로 제 정면에는 나타나지 않습니다. 언제나 제 오른쪽이나 왼쪽 시선 끝에 등장하고, 제가 정면으로 바라볼 때는 절대 모습을 드러내지 않아요. 자세를 낮추고 한참을 주의 깊게 주변을 살펴볼 때는 모습을 보이지 않다가도, 아무도 없다는 것을 확인하고 일어나서 탐사를 시작하면 다시 나타나는 겁니다. 그리고 그자가 제게 단서를 주기 시작했지요. 그 기도서를 어디에 넣어 놓든—마침내 가방에 넣고 자물 쇠를 채운 다음에는 더 이상 그러지 않았지만—제가 방으로 돌아올 때마다 항상 그 책이 책상 위에 나와 있는 겁니다. 늘 그 이름들이 적힌 속표지가 펼쳐져 있고, 종이가 넘어가지 않도록 제 면도칼 하나가 그 위에 올려진 상태로요. 적어도 제 가방을 열지 못한다는 사실은 분명합니다. 그렇지 않았더라면 더 심각한 일이 벌어졌을 테니까요. 가볍고 약한 존재입니다만, 그래도 저로서는 도저히 마주치고 싶지 않습니다. 그런 다음에 실제로 굴을 파기 시작하니까 상황은 더욱 심각해졌습니다. 만약 그토록 열망하던 일이 아니었더라면 전부 포기하고 도망쳤을지도 모릅니다. 마치 항상 누군가가 제 등을 긁어 대는 느낌이 들었습니다. 한동안은 등에 흙이 떨어지는 것이라고 생각했지만, 그 물건, 바로 그 왕관에 가까워지기 시작하자 도저히 다르게 생각할 수가 없더군요. 마침내 왕관을 파내고 손으로 잡아 끌어내자 제 뒤에서 무언가 비명 같은 소리가 들렸습니다. 아, 그게 얼마나 고통스럽게 들렸던지 말로 표현할 수 없을 지경이었죠! 끔찍할 정도로 위협적이기도 했고요. 때문에 발견에 따르는 기쁨이 모두 엉망이 되어 버렸습니다. 즐거움은 순식간에 사라졌지요. 제가 이런 한심한 바보가 아니었다면 그 즉시 왕관을 원래 자리에 가져다 두고 도망쳤을 겁니다. 하지만 저는 그러지 않았죠. 당당하게 호텔에 돌아가려면 몇 시간은 기다려야 했습니다. 처음에는 굴을 메우고 흔적을 지우느라 시간을 보냈는데, 그러는 동안 그는 계속 저를 방해하려 했습니다. 제 눈에 보이기도하고 보이지 않기도 했는데, 순전히 자기 마음대로인 듯했습니다. 계속 그곳에 있으면서도 보는 사람의 눈에 영향을 끼치는 거지요. 글쎄요, 저는 해가 뜨기 얼마 전에야 그곳을 벗어났고, 시버러로 향하는 건널목에 가서 기차를 타고 돌아가야 했습니다. 얼마 지나지 않아 해가 뜰 모양이었지만, 설령 해가 떴다고 해서 상황이 더 나아졌을 것 같지는 않군요. 길가에는 항상 관목 숲이나 가시금작화 덤불, 또는 울타리가 둘러져 있었습니다. 일종의 엄폐물인 셈이었던 거죠. 그래서 저는 단 한 순간도 안심할 수 없었습니다. 그러다 일터로 향하는 사람들을 이따금 마주쳤는데, 그때마다 그 사람들이 계속 묘한 눈길로 저를 돌아보는 겁니다. 그런 이른 시간에 누군가를 만났다는 사실 자체에 놀란 것일 수도 있겠죠. 하지만 제 생각에는 단순히 그 이유 때문이었을 것 같지는 않습니다. 글쎄요, 그 시선이 저를 향하는 것 같지가 않더군요. 기차역의 경비원도 마찬가지였습니다. 제가 객차에 올라탄 다음에도 경비원이 마치 누가 더 올라타기라도 하는 양 계속 문을 열고 있었습니다. 아, 이게 단순히 제 상상이 아니라는 걸 아시겠지요." 그는 좌절이 묻어 나오는 너털웃음을 터트리고는 다시 말을 이었네. "그리고 설령 제가 그 물건을 되돌려 놓는다고 해도 그는 저를 용서하지 않을 겁니다. 분명해요. 2주 전까지만 해도 그토록 행복할 수가 없었는데." 그리고 그는 의자에 몸을 묻었고, 내 생각에는 울기 시작한 것 같았네.

무슨 말을 해야 할지 전혀 알 수 없었네. 하지만 적어도 이 친구를 도와주어야 한다는 생각은 들었고, 따라서—할 수 있는 일은 그것뿐인 것 같았으니—왕관을 제자리에 가져다 두기로 결심한 거라면 우리가 도와주겠다고 말했다네. 지금까지 들은 이야기를 생각해 보면 그게 옳은 행동인 것 같았고, 그 불쌍한 젊은이가 그렇듯 끔찍한 대가를 치렀다면, 실제로 그 왕관에 무언가 묘한 힘이 깃들여 있어서 외적들로부터 해안을 지켜 주는 것일 수도 있지 않나? 적어도 나는 그렇게 생각했고, 롱도 그랬지. 팩스턴은 우리의 제안을 매우 기껍게 받아들였지. 언제 해야 할까? 이미 시간은 10시에서 30분이 지나 있었다네. 호텔 사람들이 밤 산책을 기꺼이 받아들여 줄 만한 평계를 생각해 낼 수 있을까? 우리는 창밖을 내다보았네. 보름달이 환히 빛나고 있었지. 유월절의 달이었어. 롱이 나가서 구두닦이를 상대하고 비위를 맞추기로 했다네. 한 시간도 안 걸리기는 할 텐데, 만약 산책길이 즐거우면 조금 더 밖에 머무를 수도 있긴 하지만, 적어도 그에게는 피해가 가지 않게 하겠노라고 말할 생각이었지. 글쎄, 우리는 이 호텔의 단골손님이었고, 별로 손해를 끼친 적도 없으며, 하인들에게도 제법 후한 팁을 주는 사람으로 통했네. 덕분에 구두닦이는 우리의 설명을 받아들이고는 해안가로 나가게 해 준 다음 (나중에 들은 바로는) 우리 뒤를 지켜보고 있었다고 하네. 팩스턴은 팔에 큼직한 외투를 걸치고 있었는데, 그 안에 손수건으로 싼 왕관이 있었지.

　우리는 그렇게 한동안 이 괴상한 사명을 수행하기 위해 걸었네. 하지만 조금 시간이 지나자 머릿속에 이게 얼마나 말도 안 되는 계획이냐는 생각이 떠오르더군. 일부러 이 부분을 간략하게 설명했는데, 그렇게 해야 우리가 얼마나 서둘러 계획을 세우고 행동에 들어갔는지 알 수 있을 것 같아서 그랬네. 우리가 잠시 멈춰 서서 호텔 쪽을 바라보고 있으니 팩스턴이 말했네. "가장 빠른 길은 언덕을 올라가서 교회 묘지를 지나가는 겁니다." 주변에는 아무도 없었다네. 단 한 사람도. 농사철이 아닐 때의 시버러는 고요하고 예스러운 곳이거든. "오두막 옆 수로를 따라갈 수는 없습니다. 개가 있거든요." 내가 앞에 놓인 들판을 가로지르는 지름길로 보이는 쪽을 가리키자 팩스턴이 반대했지. 그 이유면 충분했지. 우리는 길을 따라 교회까지 올라간 다음 안뜰 문을 열고 들어갔네. 솔직히 말해서 그곳에 누가 우리의 계획을 눈치채고 잠복하고 있는 것만 같다는 생각이 들었네. 하지만 만약 그렇다면 지금까지 우리를 감시해 온 누군가가 있을 것이 분명한데, 그런 자의 기척은 느끼지 못했거든. 어쨌든 그곳에서 분명 누군가가 지켜보는 느낌이 들기는 했네. 그 전에는 경험해 본 적이 없는 느낌이었지. 특히 우리가 교회 정원을 빠져나와 키 큰 관목으로 둘러싸인 좁은 길에 들어서자 더욱 강하게 느껴졌어. 우리는 계곡을 지나가는 크리스천처럼* 서둘러 그곳을 지나갔고, 곧 넓은 들판으로 나오게 되었지. 나는 최대한 빨리 뒤에 누가 있는지를 확인할 수 있는 탁 트인 공간으로 나가고 싶었지. 울타리 문 한두 개를 지나 왼쪽으로 크게 돌아서 길을 따라가자 얼마 지나지 않아 산등성이를 따라 예의 둔덕에 도달하게 되었네.

그곳에 다가갈수록 헨리 롱과 나는 그저 희미한 존재들이라고밖에는 부를 수 없는 무언가가 우리를 기다리고 있다는 걸 느꼈지. 그뿐만 아니라 우리와 함께 있는 자보다 훨씬 실제적인 존재를 가진 다른 누군가도 말일세. 팩스턴이 줄곧 얼마나 초조해했는지는 도저히 제대로 묘사할 자신이 없구먼. 그 젊은이는 쫓기는 사냥감처럼 숨을 헐떡였는데, 우리로서는 도저히 그의 얼굴에 떠오른 표정을 바라볼 엄두가 나지 않았네. 그 장소에 도착하면 어떻게 버텨 낼지 짐작도 가지 않더군. 별로 어렵지 않다고 확신하는 듯이 보였는데 말이야. 실제로 그리 힘들지도 않았고. 그 친구는 지금까지 들도 보도 못한 속도로 둔덕 한쪽으로 달려들더니 즉시 땅을 파 들어가기 시작했는데, 얼마 지나지 않

---

* 「호각을 불면 내가 찾아가겠네, 그대여」의 128쪽 주석 참조. 『천로역정』의 크리스천이 겸손의 계곡을 지나가는 장면을 이른다.

아 몸이 거의 보이지 않게 될 정도의 속도였네. 우리는 손수건 뭉치와 외투를 들고 서서는, 인정하겠는데 공포에 질린 눈으로 주변을 둘러보고 있었네. 아무것도 보이지 않았어. 우리 뒤로는 검은 전나무들이 하늘을 가리고 있었고, 오른쪽으로는 나무들과 교회 종탑, 왼쪽으로는 지평선 위에 서 있는 집들과 풍차 하나, 정면으로는 쥐 죽은 듯 고요한 바다와 수로 너머 오두막에서 희미하게 들려오는 개 짖는 소리만이 존재했지. 보름달이 수면을 비추어 바다를 가로지르는 빛의 길을 만들었고, 머리 위에서는 스코틀랜드 전나무가, 정면에서는 바다가 끊임없이 속삭였어. 하지만 이 모든 고요함 속에서도, 적의를 감추고 있는 명확하고 혹독한 존재 하나가 우리 근처에 있다는 것이 느껴졌다네. 언제라도 달려들 준비가 된, 누군가가 목줄을 잡고 있는 사냥개같이 말이야.

팩스턴이 구덩이 안에서 몸을 일으키더니 우리 쪽을 향해 손을 뻗었네. "이리 주시죠." 그가 속삭였지. "손수건을 풀어서요." 우리는 손수건을 헤치고 그의 손에 왕관을 건넸지. 그가 왕관을 잡아채는 순간 바로 그 위로 달빛이 내리비추었어. 우리는 그 금속부를 전혀 만지지 않았는데, 아무래도 잘한 일이었다는 생각이 계속 들더군. 다음 순간 팩스턴은 다시 구덩이 밖으로 나와서는 피가 흐르는 손으로 계속 흙을 퍼 넣었네. 우리의 도움은 전혀 구하지 않더군. 작업 전체에서 가장 오래 걸린 부분은 누군가가 그 장소를 건드린 적이 없는 것처럼 되돌려 놓는 일이었네. 자세한 방법은 모르겠지만 그 친구는 꽤나 훌륭하게 마무리했다네. 마침내 그의 마음에 들 정도로 작업이 끝나자 우리는 발길을 돌렸지.

언덕에서 200미터 정도 걸어갔을 때 문득 롱이 그에게 말했다네.

"자네 외투를 놓고 온 모양이군. 저러면 안 되지 않나. 저기 보이나?" 분명히 보였지. 그 구덩이가 있던 곳에 길고 검은 외투가 놓여 있는 모습이 말이야. 그러나 팩스턴은 걸음을 멈추지 않았네. 고개를 젓고는 자기 팔에 걸치고 있는 외투를 들어 보일 뿐이었지. 우리가 그를 따라가자 그 친구는 전혀 흥분하지 않은 채로 이제는 아무것도 상관없다는 듯 말했다네. "그건 제 외투가 아닙니다." 그 말대로 우리가 다시 돌아보자 그 검은 형체는 사라지고 없었다네.

그리고 우리는 길로 들어가서 빠른 걸음으로 온 길을 되짚어 호텔로 돌아왔지. 이미 12시가 다 되어 있었고, 나와 롱은 표정을 관리하려고 애쓰면서 얼마나 산책하기 좋은 밤인지 떠들어 댔지. 구두닦이가 우리를 마중하러 나와 있었고, 우리는 호텔로 들어서면서 계속 비슷한 대화를 지껄여 댔다네. 그런데 구두닦이가 정문을 닫기 전에 다시 한 번 해변을 둘러보고는 우리에게 물었네. "사람들은 별로 없었겠지요, 선생님?" "전혀 없었지, 단 한 사람도 보지 못했다네." 그때 팩스턴이 묘한 눈으로 나를 바라보던 모습이 기억나는군. "그런데 선생님들을 따라 누군가가 역 앞길을 올라가는 모습을 보았던 것 같은데 말입니다." 구두닦이가 말했지. "하지만 선생님들은 세 분이 같이 가셨고, 그 사람이 해코지를 할 것같이는 보이지 않아서요." 나는 뭐라고 대꾸해야 할지 알 수 없었다네. 롱은 그냥 "편히 쉬게"라고 말하고, 불을 전부 끄고 몇 분 안에 잠자리에 들겠다고 약속하고는 위층으로 올라갔네.

방으로 돌아와서 우리는 최선을 다해 팩스턴의 기분을 되돌리려 애썼네. "왕관은 무사히 돌아가지 않았나. 그걸 아예 만지지 않았으면 더 좋았겠지만(그 친구는 이 말에 깊이 동의했다네), 실제로 해를 입은 것은 없고, 그 근처에 갈 만큼 정신머리 없는 사람에게는 결코 털어

놓지 않을 걸세. 게다가 자네도 기분이 좀 나아지지 않았나? 내 고백하지만." 나는 말을 이었지. "그곳으로 가는 동안에는 자네가 말한 대로, 그러니까, 누군가가 따라오고 있다는 느낌을 받았네. 하지만 돌아올 때는 전혀 다르지 않았던가?" 하지만 이런 말도 소용없었네. "선생님들은 신경 쓰실 필요 없습니다. 하지만 저는 아직 용서를 받지 못했어요. 저는 여전히 그 끔찍한 불경에 대한 죗값을 치러야 합니다. 무슨 말씀을 하실지 알고 있습니다. 교회가 도움이 될 수도 있겠지요. 그래요, 하지만 고통으로 죗값을 치러야 하는 쪽은 제 육신입니다. 지금 당장 밖에 그가 기다리고 있다는 느낌이 드는 것은 아닙니다. 하지만……" 그는 여기서 말을 멈추었네. 그리고 우리를 돌아보며 감사를 표했고, 우리는 그 즉시 겸양을 표하며 답했지. 그러고는 당연하지만 다음 날도 우리 거실에서 함께 어울리자고 권하고 함께 외출해도 좋을 것 같다고 말했지. 아니면 혹시 골프를 치든가. 그는 골프도 좋다고 말했지만, 사실은 그리 내일에 대해 생각할 필요가 없다는 듯한 태도였어. 글쎄, 우리는 그에게 내일 느지막하게 일어나서 우리가 골프를 치는 동안 거실에 와서 있다가, 오후에 함께 산책을 나가는 것이 어떻겠느냐고 권했네. 그는 매우 순종적인 태도로 모든 권유에 고개를 끄덕였지. 우리가 최선이라고 생각하는 대로 따를 모양이었지만, 분명 마음속으로는 자신에게 찾아올 운명을 피하거나 막을 수 없다고 생각하는 듯했네. 왜 우리가 그 친구를 그의 집으로 데려가 형제나 다른 누군가의 보호하에 안전하게 맡기지 않았는지 궁금하겠지. 사실 그에게는 다른 가족이 없었다네. 도시에서 하숙을 하고 살고 있었는데, 최근에는 스웨덴에 가서 살기로 결정하고 방을 비우고 가구를 먼저 보낸 다음, 떠나기 전에 2~3주 정도 여기저기 돌아다니고 있었던 거였어.

어쨌든 당장은 자면서 잊어버리는 수밖에 없을 듯했다네. ……별로 잠을 이루지 못할 수도 있지만. 내 경우에는 그랬는데, 사실 다음 날 아침이 되어 기분이 어떻게 변할지 확인하는 것밖에는 딱히 할 수 있는 일도 없었지.

다음 날, 롱과 나는 최고로 아름다운 4월 아침을 맞아 상당히 기분이 호전되어 있었네. 아침 식사 시간에 보니 팩스턴 역시 상당히 달라진 모습을 하고 있더군. 그 친구는 "지금까지 이토록 행복한 밤을 보냈던 적이 없는 것 같습니다"라고 말했네. 그래도 그는 우리가 결정한 대로 행동하기로 했네. 오전 내내 호텔에 머무르다가 나중에 우리와 함께 외출하기로 말이지. 우리는 골프장으로 향했지. 다른 사람들을 만나서 오전 내내 골프를 치고, 너무 늦지 않도록 비교적 이른 시간에 그곳에서 점심을 먹었다네. 하지만 아무 소용 없는 일이었지. 이미 죽음의 올가미가 그 친구를 사로잡고 말았으니까.

그 운명을 막을 수 있었을지는 나도 잘 모르겠네. 내 생각에는 결국 우리가 무슨 일을 했어도 그렇게 될 운명이었던 것 같아. 어쨌든 일은 이렇게 된 거라네.

우리는 그대로 방으로 돌아갔네. 팩스턴은 조용히 앉아서 책을 읽고 있었지. "반 시간 안에 외출할 수 있겠나?" 롱의 물음에 그가 "물론이죠"라고 대답했네. 나는 우리는 일단 옷을 갈아입고, 아마 몸도 좀 씻은 다음 반 시간 후에 그를 부르겠다고 말했네. 나는 먼저 몸을 씻은 후 침대에 드러누워 한 10분 정도 낮잠을 잤네. 우리는 동시에 방에서 나와 함께 거실로 갔지. 팩스턴은 그곳에 없었다네. 책만 놓여 있지. 그의 방에도, 아래층에도 보이지 않았어. 우리가 소리쳐 그를 찾으니 하녀 하나가 나와서 말하더군. "어라, 선생님들은 이미 나가신 줄 알았는데요. 다른 신사분도요. 여러분이 저쪽 길에서 부르는 소리를 들었다면서 서둘러 뛰어가시더라고요. 커피실 창문으로 내다봤더니 선생님들은 안 보이셨지만요. 어쨌든 그분은 저쪽 방향으로 해서 해변으로 달려가셨어요."

우리 역시 더 이상 아무 말도 하지 않고 그쪽으로 달려갔네. 어젯밤의 모험이 있었던 쪽과는 정반대 방향이었지. 4시도 되지 않은 시간에, 날씨는 전만큼은 아니지만 아직 맑은 편이었다네. 따라서 그렇게 초조해할 필요는 없었다고 말할 수도 있겠군. 사람들이 오가고 있는데 험한 꼴을 당할 리 없으니 말이야.

그러나 달려 나가는 우리의 표정이 영 심상치 않았는지 하녀가 계단으로 나오면서 한쪽을 가리키며 말하더군. "그래요, 저쪽으로 가셨어요." 우리는 널빤지 제방 위에까지 올라가서 멈춰 섰지. 갈 수 있는 길이 여러 곳 보였어. 해안에 늘어선 집들 앞에 펼쳐진 거리로 달려가거나, 아래쪽 백사장으로 내려갈 수도 있었지. 간조 때라 해변이 꽤 널찍하게 펼쳐져 있었거든. 수많은 제방을 계속 타넘으면서 양쪽 모두를 어느 정도 살펴볼 수도 있었겠지만, 그러기에는 너무 힘들 것 같았지. 우리는 사람이 적은 백사장 쪽을 선택했네. 그쪽이 인적이 드물어서였지. 누군가가 해코지를 하려 든다면 사람들의 눈이 적은 쪽을 선택하리라고 생각했기 때문이야.

롱은 한참 앞에 팩스턴이 보인다고 말하고는 달려가며 지팡이를 휘둘렀지. 앞에 있을 사람들에게 신호를 보내려는 듯이 말이야. 나는 그다지 확신하지 못했다네. 남쪽에서 바다 안개가 엄청난 속도로 밀려오고 있었거든. 내가 알아볼 수 있는 것은 그저 누군가가 있다는 것 정도였네. 그리고 백사장에는 누군가가 달려간 듯한 구두 자국이 남아 있었고. 또한 그보다 먼저 지나간, 신발을 신지 않은 발자국도 보였지. 구두 자국들이 때때로 그 발자국 위로 찍히거나 모습을 지우기도 했으니 그렇게 여길 만했지. 아, 물론 이런 이야기를 뒷받침해 줄 수 있는 증거는 아무것도 없네. 롱은 죽었고, 우리가 스케치를 남기거나 발자국 모양을 틀로 뜰 시간도 없었으니까 말이야. 다음 밀물이 모든 것을 쓸어 가 버리기도 했고. 우리가 할 수 있는 것이라고는 서둘러 따라가면서 그 발자국을 살펴보는 일밖에 없었지. 하지만 우리 앞으로 계속 이어지는, 분명 맨발임이 분명한 발자국은, 맨살보다는 뼈가 더 많이 드러나 있는 모습이었다네.

팩스턴이 이런 존재를 따라갔으며, 또 그것이 자신이 찾고 있는 친구들이라고 여겼다는 생각을 하니 우리는 겁에 질릴 수밖에 없었네. 우리가 무슨 생각을 했는지 알 만하겠지. 쫓아가는 그 존재가 갑자기 걸음을 멈추고 우리를 돌아보면, 안개 속에 반쯤 가려진 그 얼굴이 대체 어떤 몰골이겠나. 이때쯤 안개는 더욱 짙어지고 있었네. 그 불쌍한 친구가 대체 어떻게 그런 것을 우리라고 생각했는지 궁금해하면서 달리던 도중에, 문득 그가 "보는 사람의 눈에 영향을 끼치는 거예요"라고 한 말이 떠올랐네. 이제 나는 이 사건의 결말이 어떻게 날지 걱정되기 시작했지. 그 친구가 종말을 피할 수 없다고 체념하고 있었으니까. 게다가, 아니, 안개 속을 달려가며 내 머릿속을 스쳐 간 그 수많은 끔찍하고 비참한 생각들을 다 털어놓을 필요는 없겠지. 태양이 아직 하늘에서 환하게 빛나고 있는데 아무것도 보이지 않는다는 점도 참으로 이상했네. 주택가를 지나서 옛 해안 감시탑 근처의 공터까지 왔다는 정도밖에는 아무것도 알 수가 없었지. 그 포탑을 지나면 아무 것도 없다는 건 자네도 알지? 집도 없고, 사람도 없고. 그저 오른쪽으로는 강이, 왼쪽으로는 바다가 보이는, 제방이 늘어서 있는 자갈밭에 가까운 모래톱뿐이니까.

하지만 바로 그 전에, 감시탑 바로 옆의 해안에 옛 포대가 하나 있다는 것은 기억하나? 아마 지금은 콘크리트 블록 몇 개밖에 남아 있지 않을 거야. 나머지는 전부 바다에 쓸려 가 버렸으니까. 그러나 당시에는, 마찬가지로 폐허기는 해도 훨씬 많은 흔적이 남아 있었다네. 그곳에 도착한 우리는 최대한 빨리 포대 위로 올라가서는 숨을 헐떡이며 눈앞의 제방들을 바라보았네. 어쩌면 안개를 뚫고 무언가를 볼 수 있을지도 모른다고 기대하면서 말이야. 잠시 휴식을 취하기도 해야 했고. 적어도 2킬로미터는 달려온 셈이었거든. 앞에는 여전히 아무것도 보이지 않았고, 우리는 다시 내려가서 계속 가망 없이 달려가기로 의견 일치를 보았네. 그런데 바로 그 순간, 웃음이라고밖에 할 수 없는 소리가 들렸네. 숨이 차서 공기가 다 빠져나간 듯한 웃음이라고 하면, 어떤 것인지 상상이 되나? 아마 짐작도 안 될 걸세. 그 소리는 아래쪽에서 들려왔고, 안개 속으로 방향을 돌려 사라지는 것 같았어. 이 정도면 충분했네. 우리는 벽 아래를 내려다보았지. 팩스턴이 그곳, 아래쪽에 있었네.

그 친구가 죽어 있었다는 사실은 말할 필요도 없겠지. 발자국을 보니 포대 한쪽 측면으로 달려와서는 모퉁이에서 급하게 방향을 틀고 약간 머뭇거리면서 그곳에서 기다리고 있던 누군가의 품으로 그대로 달려들어 간 모양이더군. 입속에는 모래와 자갈이 가득했고, 이와 턱은 산산조각이 나 있었어. 나는 그 얼굴을 다시 쳐다볼 엄두도 내지 못했지.

우리가 탑에서 기어 내려와 시체에게로 다가가려던 바로 그 순간,

한 남자가 뭐라고 소리치며 감시탑 쪽에서 둑길을 달려 내려오는 모습이 눈에 들어왔네. 그곳에 배치된 감시 요원이었는데, 늙었지만 날카로운 그의 눈이 이 안개를 뚫고 무언가가 잘못되었다는 사실을 간파한 거지. 그는 팩스턴이 쓰러지는 모습을 보았고, 바로 그다음 순간 우리가 뛰어오는 모습도 목격했다고 하네. 정말 다행스러운 일이지. 그렇지 않았더라면 우리가 그 끔찍한 죽음과 연관되어 있다는 의심을 피하지 못했을 테니까. 우리는 그에게 우리 친구를 공격한 사람의 모습을 목격하지 못했느냐고 물었지. 그는 확신하지 못하는 듯했어.

우리는 도움을 청하러 그를 보내고는 사람들이 들것을 들고 돌아올 때까지 죽은 이의 곁을 지켰네. 그가 어느 길을 통해 왔는지 확인한 것은 그때였네. 포대 아래의 좁은 모랫길을 따라온 거였어. 그 외에는 제방이 늘어서 있을 뿐이었고, 이곳에 있던 다른 사람이 어디로 갔는지는 도저히 판별할 수가 없었네.

신문訊問을 받을 때 뭐라고 말했느냐고? 당시에는 왕관의 비밀이 신문에 실리는 일을 막는 게 우리의 의무라고 생각했네. 자네가 그 자리에 있었다면 어느 정도나 말했을지는 모르겠지만, 우리는 그렇게 합의했네. 우리는 그 전날에 팩스턴과 만났을 뿐이며, 그에게서 자신이 윌리엄 에이거라는 사람에게 위협받고 있다는 이야기를 들었다고. 또한 해변을 따라 그를 추적하는 동안 팩스턴 외의 다른 사람의 발자국도 보았다고 말이지. 그러나 물론 그때쯤에는 백사장 위의 모든 흔적이 사라진 다음이었지.

다행히도 그 지역 사람들 중에 살아 있는 윌리엄 에이거를 아는 사람은 없었다네. 감시탑의 노인 덕분에 우리는 모든 의심을 벗었고 말일세. 남은 것은 수수께끼의 범인(또는 범인들)이 의도적으로 살인을 저질렀다는 판결뿐이었지.

팩스턴에게는 정말로 친척이라고 할 만한 사람이 없어서 이후 벌어진 모든 심리는 결국 막다른 길에 부딪치게 되었지. 그리고 나는 이후 단 한 번도 시버러에, 심지어는 그 근처에조차 가 본 적이 없네.

저녁 시간의 이야기
An Evening's Entertainment

옛날 책에서 쉽게 찾아볼 수 있는 광경 중 하나는, 겨울철 난롯가에서 나이 든 할머니가 둥글게 둘러앉은 아이들에게 유령과 요정의 이야기를 하나씩 계속 들려주며 꼬마 청중들에게 즐거운 두려움을 불러일으키는 모습이다. 하지만 우리는 그런 이야기가 실제로 어떤 것인지는 듣지 못한다. 물론 침대보를 뒤집어쓰고 둥그런 눈만 내놓은 유령이라든지 그보다 더 흥미로운 '해골과 피투성이 뼈들'(옥스퍼드 영어사전에 수록된 표현으로, 그 어원이 1550년까지 거슬러 올라간다) 이야기야 다들 알고 있겠지만, 이런 이미지는 너무 충격적이라 오히려 별 도움이 되지 못한다.

따라서 이 문제는 오랫동안 나를 괴롭혀 왔다. 그러나 문제의 최종 해결책은 쉽사리 찾을 수 없을 듯했다. 나이 든 할머니들은 이미 사라져 버렸고, 민담 수집가들이 잉글랜드 지방에서는 작업을 너무 늦게 시작하는 바람에 그런 할머니들이 들려주던 실제 이야기는 대부분 구제할 수 없게 되었다. 그러나 그런 이야기는 쉽사리 소멸되지 않는 법이라 여기저기 흩어져 있는 단서를 그러모은 다음 상상력을 가미하면, 그런 저녁나절의 이야기를 하나 그려 낼 수 있을지도 모른다. 마르셋 부인의 『저녁 대화집』이라든가, 조이스 씨의 『화학에 관한 대화』나, 아니면 누군가가 스포츠 본연의 모습에서 '실수와 미신'을 제거하고, '효율성과 진실'을 추구하기 위해 쓴 『스포츠의 철학』 등을 이용해 보기로 하자. 그럼 다음과 같은 내용이 완성된다.

찰스 아버지, 저 말이에요, 저번 토요일에 친절하게 설명해 주신 지렛대의 원리를 이제는 이해할 수 있는 것 같아요. 그런데 이제는 진자 운동이 너무 궁금해졌어요. 시계추를 멈추면 시계가 더 이상 움직이지 않는 이유는 무엇인가요?

아버지 (이놈! 복도에 있는 시계에 장난질을 친 게 너란 말이냐? 얼른 이리 오너라!—아니, 이런 내용이 이야기 속에 끼어들면 곤란한데—) 그래, 아들아, 내 감독 없이 귀중한 과학적 기구의 유용성을 저해시킬 수 있는 실험을 한 행동을 용납할 수는 없지만, 내 최선을 다해 진자 운동의 원리를 설명해 주마. 내 서재 책상 서랍에서 튼튼한 채찍 끈 하나를 가져오고, 요리사에게 부탁해서 주방에서 사용하는 저울추를 하나 얻어 오도록 하거라.

이렇게 우리는 끝장이 난다.

과학의 여명이 아직 스며들지 않은 가정이라면 모든 일이 얼마나 다를 것인가! 지주 어르신은 자고새를 쫓느라 힘든 하루를 보낸 후, 음식과 술을 배불리 먹고 벽난로 앞 한쪽을 차지하고 앉아 코를 골고 있다. 나이 든 그의 어머니는 반대편에 앉아서 뜨개질을 하고 있으며, 아이들은(해리와 루시 같은 이름이 아니라 찰스와 패니라는 이름을 가진 아이들이다. 나는 전자의 이름들을 도저히 견딜 수가 없다) 할머니 무릎 주위에 모여 앉아 있었다.

할머니 자, 애들아, 아주 조용하고 얌전히 앉아 있지 않으면 너희 아버지가 깨어날 거다. 그러면 무슨 일이 벌어질지 알고 있겠지?
찰스 네, 알아요. 무지막지하게 화를 내면서 우리를 잠자리로 보내버리겠죠.
할머니 (뜨개질을 멈추고 꾸짖으며) 방금 뭐라고 했지? 부끄러운 줄 알거라, 찰스! 그런 버릇없는 말투를 쓰다니. 이야기를 해 줄 생각이었는데, 그런 단어를 쓴다면 관둬야겠구나. ("아, 할머니!" 하고 아이들이 소리 죽여 항의한다.) 쉿! 쉿! 너희 때문에 너희 아버지가 깨어난 모양이야!
지주 (잠에 취한 소리로) 저기, 어머니, 애들을 조용하게 하지 못하신다면……
할머니 그래, 존, 알았다! 미안하구나. 다시 한 번 이러면 침대로 보낼 거라고 말하고 있었단다.

지주는 다시 잠든다.

할머니 자, 잘 봤겠지, 애들아? 내가 뭐라고 했니. 이제 조용하고 얌

578

전하게 앉아 있어야 한다. 이건 어떠니. 내일 검은딸기를 따러 가는 거야. 너희가 바구니 가득 검은딸기를 따 오면, 내가 잼을 만들어 주마.

찰스 네, 할머니, 만들어 주세요! 끝내주는 검은딸기가 어디 있는지 알아요. 오늘 봤거든요.

할머니 어디서 봤니, 찰스?

찰스 콜린스의 오두막 옆으로 올라가는 좁은 길에서 봤어요.

할머니 (뜨개질거리를 내려놓으며) 찰스! 무슨 일이 있어도 그 길에서는 단 하나라도 검은딸기를 따서는 안 된단다. 너도 알지 않니. 아니지, 네가 알 리가 없지. 무슨 생각을 한 거람. 어쨌든 내 말 단단히 새겨듣거라.

찰스와 패니 하지만 왜요, 할머니? 왜 거기서 검은딸기를 따면 안 되는데요?

할머니 쉿! 쉿! 좋아, 알겠다. 그 이유를 들려주마. 도중에 끼어들지 말거라. 그럼 어디 보자. 내가 어린아이였을 때 그 길은 좋지 못한 곳으로 여겨졌단다. 요즘 사람들은 기억하지 못하는 것 같지만 말이야. 그러던 어느 날—세상에, 마치 오늘 밤에 일어난 일같이 생생하구나. 여름 저녁 시간이었지—나는 저녁 시간에 집으로 와서는 어머님께 어디를 산책하고 왔는지 말씀드렸단다. 그 길 꼭대기의 언덕에 까치밥나무와 구스베리가 잔뜩 열린 관목 숲이 있다는 것까지 말이야. 그런데 세상에, 어머님이 얼마나 충격을 받으시던지! 그분은 나를 잡아 흔들고는 뺨을 때리고 "이 고집 센 것 같으니라고! 그 길에는 들어가지도 말라고 스무 번도 넘게 말하지 않았니? 그런데도 날이 저문 다음에 그곳에 가다니." 이런 식으로 계속 꾸짖으셨지. 어머니가 말을 멈추셨을 때 나는 너무 당황해서 아무 말도 할 수 없었단다. 하지만 어머니께 그런 말을 들은 것이 이번이 처음이라고 설득하는 데는 성공했지. 그게 사실이었으니까. 그러고 나니 어머니께서 화를 낸 것을 사과했고, 그 보상으로 저녁 식사를 끝낸 후 그곳에 얽힌 이야기를 전부 해 주셨단다. 이후로도 나는 종종 나이 든 사람들에게 같은 이야기를 들었고, 그 외에도 그곳에 무언가가 있다고 믿게 될 만한 상황을 겪었지.

자, 그래서 그 길 끝에 대해서 말인데, 어디 보자, 비탈길 왼쪽이던가, 아니면 오른쪽이던가? 아마 왼쪽일 거야. 그쪽을 보면 풀밭에 관목과 수풀이 무성하게 우거진 곳이 있단다. 그 사이에는 제법 오래된 구스베리와 까치밥나무 관목이 섞여 있지. 아니, 그 길을 올라가 본 지도 꽤 됐으니 이제는 없을지도 모르겠구나. 어쨌든 그 앞에는 오두막이 하나 서 있었지. 그리고 내가 태어나기도 전 까마득한 옛날에, 그곳에는 데이비스란 남자가 살고 있었단다. 이 교구에서 태어난 사람은 아닌 것 같고, 내가 아는 한은 주변에 그런 이름을 가진 사람도 없었지. 어쨌든 데이비스 씨는 거의 자급자족하며 살았고, 술집에도 한 번 내려오는 일이 없었어. 농부들에게 품앗이 일을 받지도 않았으니 혼자 살아갈 만큼의 돈이 있다고들 생각했지. 하지만 장이 열리는 날이면 마을로 내려와 우체국에 가서 맡아 둔 우편물을 챙겨서 돌아가곤 했단다. 그러던 어느 날 그 사람이 장터에 나타났는데, 젊은이를 한 명 데리고 왔지 뭐니. 그 젊은이는 한동안 그와 함께 살고, 함께 다녔단다. 그 사람이 단순히 데이비스 씨의 집안일을 해 주던 사람인지, 아니면 데이비스 씨에게 무언가를 배우고 있는 것인지는 아무도 몰랐어. 내가 들은 바로는 창백하고 못생긴 젊은이인데, 말을 거의 하지 않았다고 하더구나. 글쎄, 대체 남자 두 명이 함께 살며 무엇을 하고 있던 것일까? 물론 너희에게는 사람들이 했던 온갖 한심한 생각을 절반도 말해 줄 수가 없단다. 이미 죽어 사라진 사람들이라 해도 진실인지 확인할 수 없는데 함부로 험담을 하고 다니면 안 되는 거잖니. 어쨌든 조금 전에 말했듯이 두 남자는 아침부터 저녁까지, 평지에서도 숲 속에서도 항상 붙어 다녔단다. 그리고 특히 한 달에 한 번 정기적으로 어딘가로 향했는데, 그 목적지가 바로 아까 말했던 그 언덕 위에 있는 옛날 사람의 그림*이었단다. 여름이면 그들이 그곳에서 밤새 야영을 하는 모습이 사람들의 눈에 띄곤 했지. 그곳 아니면 근처의 장소에서 말이야. 한번은 아버님이, 그러니까, 너희 증조부님이 말이다, 그 문제에 대해 데이비스 씨와 대화를 나누었다고 하시더구나(그가 살던 곳이 그분의 땅이었으니 말이야). 왜 그곳에 가는 것을 그리도 좋아하느냐고 물었더니 이렇게 대답했다고 하더구나. "아, 어르신, 그야 꽤나 멋지고 오래된 장소니 그렇지요. 저는 옛사람들의 흔적을 좋아합니다. 그리고 그 친구와—자신의 하인을 말하는 것이었겠지—제가 함께 그곳에 있노라면, 옛날의 모습이 생생하게 떠오르거든요." 아버님은 이렇게 말씀하셨단다. "흠, 그쪽은 마음에 드는 모양이지만, 나라면 한밤중에 그런 적막한 곳에 가고 싶지 않을 것 같소." 그러자 데이비스 씨가 웃었고, 그때까지 가만히 듣고 있던 젊은이가 말했단다. "아, 그럴 때 사람들이 있으면 곤란하지요." 그리고 그때 아버님은 데이비스 씨가 무언가 재빨리 신호를 보내자 젊은이가 황급히 말을 덧붙이는 것 같

---

* 아마도 서른 압바스 거인 그림을 말하는 듯하다. 도싯 지방 서른 압바스의 백악 언덕 위에 그려져 있는 커다란 사람 그림으로, 보통 이교의 풍요의 신을 그린 것으로 여겨진다.

다는 느낌을 받으셨다는구나. "그러니까 제 말은, 데이비스 씨와 제가 동행하는 것만으로도 충분하다는 말입니다. 그렇지 않습니까, 주인님? 그리고 여름밤의 상쾌한 공기가 있고, 달빛 아래 풍경은 대낮에 보는 것과는 너무도 다르니까요. 있잖습니까, 언덕 아래로 보이는 그 풍경이며,"

이 시점에서 젊은이가 너무 열을 올린다는 것을 눈치챈 데이비스 씨가 끼어들었단다. "아, 그래요, 옛날 흔적이 남아 있는 장소 아닙니까, 나으리? 그곳이 어떤 용도로 사용되던 곳 같습니까?" 그래서 아버님은—그런데 세상에, 아직까지 내가 이걸 전부 기억하고 있다니 참 묘한 일이로구나. 하지만 그때는 정말 흥미로웠단다. 너희에게는 지루할지도 모르지만, 이야기를 시작했으니 끝낼 수밖에 없겠구나—그래서, 아버님은 "글쎄, 데이비드 씨, 그 일대가 전부 무덤이었다고 들었을 뿐이오. 사실 여러 번 무덤을 파낸 적이 있지만 그저 오래된 뼈와 항아리 몇 개가 나왔을 뿐이었소. 하지만 어떤 사람들의 무덤인지는 모르겠군. 사람들의 말로는 한때 이 지방에 고대 로마인이 많이 살았다고 하지만, 로마인들이 그런 식으로 매장을 했는지는 나도 잘 모르겠으니 말이오" 하고 말씀하셨단다. 그러자 데이비스 씨는 고개를 저으며 뭔가를 생각하고는 입을 열었단다. "아, 확실히 그렇군요. 하지만 제가 보기에는 고대 로마보다 더 예전인 것 같습니다. 옷차림이 다르니까요. 그러니까 제 말은, 삽화를 보면 로마인들은 갑옷을 입고 있지 않습니까. 그런데 말씀하신 것을 듣자 하니 갑옷은 찾지 못하신 것 같은데요?" 그러자 아버님은 살짝 놀라서 대답하셨지. "갑옷에 대한 이야기는 전혀 하지 않은 것 같소만, 사실 갑옷을 발견한 기억이 없는 것은 맞소. 하지만 마치 그걸 직접 보기라도 한 듯한 말투군요, 데이비스 씨." 그러자 데이비스 씨는 젊은이와 함께 크게 웃고 나서 말했지. "직접 보았다고요, 나으리? 요즘 같은 시기에는 쉽지 않은 일이겠지요. 저는 그저 옛날에 살았던 사람들에 대해 더 많이 알고 싶을 뿐입니다. 그들이 무엇을 섬겼는지도요." "섬기다니? 흠, 내 생각에는 언덕의 그 거인을 숭배했을 것 같소만." "아, 그렇군요! 당연히 그렇겠죠." 그리고 아버님은 그들에게 이교도와 그들의 희생 의식에 대해 읽고 들은 내용을 설명하셨단다. 너희도 학교에 가서 라틴어를 배우면 다 알게 될 내용이지. 두 사람은 매우 흥미로운 듯이 경청했지만, 아버님 말씀으로는 자신이 말한 내용을 이미 전부 알고 있는 듯하다는 인상을 지울 수가 없으셨다더구나. 그분이 데이비스 씨와 길게 이야기를 나누신 것은 오직 그때뿐이었단다. 그리고 특히 그 젊은이가 다른 사람이 없었으면 한다고 말한 사실이 뇌리에 깊이 남으셨단다. 그 당시 마을에서 온갖 소문이 오가고 있었거든. 아버님이 끼어들지 않았더라면 사람들이 노파한 명을 마녀로 몰아 물에 빠트려 죽였을지도 모르는 일이란다.

찰스 그게 무슨 얘기예요, 할머니? 노파를 마녀로 몰아 물에 빠트려요? 여기에 아직도 마녀가 살아요?

할머니 아니, 아니란다, 얘야! 세상에, 이야기가 왜 그쪽으로 빠진 거람. 아니, 아니, 그건 완전히 다른 얘기란다. 내 말은, 이 주변 사람들은 그 남자가 있던 언덕에서 밤마다 어떤 집회가 열린다고 믿었고, 그곳에 갔던 사람들은 좋지 못한 취급을 받았다는 말이지. 하지만 시간이 늦어지고 있으니 더는 끼어들지 말거라. 음, 내 기억에 데이비스 씨와 그 젊은이는 3년을 같이 살았던 것 같구나. 그러더니 갑자기 끔찍한 일이 일어났단다. 이걸 얘기해 줘도 좋을지 모르겠네.

("얘기해 주세요, 네, 할머니, 제발요" 등의 소리가 이어졌다.) 그래, 그러면 한밤중에 겁에 질려서 비명을 지르거나 하지 않겠다고 약속해야 한다. ("네, 네, 안 그럴게요, 당연히요!") 계절이 바뀌는 시기의 어느 이른 아침이었단다. 내 기억에는 9월이었던 것 같아. 벌목꾼 하나가 작업장 한 곳의 일이 거의 끝나서 숲 위쪽으로 올라가려는데, 커다란 떡갈나무가 드문드문 서 있는 숲 속 공터에 안개 사이로 사람 비슷한 희뿌연 형체가 하나 보이는 거야. 그는 한동안 어쩔까 고민하다가 계속 숲 속으로 들어가기로 결심했지. 가까이 가 보니 그 형체는 사람이 맞았어. 그것도 데이비스 씨와 함께 다니는 젊은이였던 거야. 하얀 가운을 입은 채로, 가장 큰 떡갈나무 가지에 목이 매달려 있었지. 이미 숨이 끊어진 것이 분명했어. 그리고 그의 발치에는 끔찍하게 피가 묻은 손도끼가 하나 있었단다. 그런 외딴 장소에서 그런 모습을 보게 되다니 얼마나 끔찍한 일이니! 그 불쌍한 남자는 거의 혼이 나가 버릴 지경이었단다. 그는 손에 들고 있던 것을 전부 떨어트리고 최대한 빠르게 목사관으로 뛰어가서, 그곳 사람들을 깨워 자기가 본 것을 설명했단다. 당시 목사님이었던 화이트 씨가 그 남자에게 가장 뛰어난 일꾼 두셋을 불러오게 하셨지. 대장장이와 교회 관리인인가 뭐 그랬을 거야. 목사님은 그동안 옷을 챙겨 입고, 시체를 집으로 싣고 올 말도 한 필 데리고 사람들과 함께 그 끔찍한 장소로 가셨단다. 그곳에 도착해 보니 모든 것이 그 벌목꾼의 말대로였어. 하지만 시체가 입고 있는 옷을 보고 모두 충격을 받았단다. 특히 화이트 씨가 더했지. 그분께는 교회의 중백의를 대놓고 모욕하는 것으로 보였거든. 물론 나중에 아버님이 들으신 바로는 교회 옷과는 다른 양식이었다고 하지만 말이야. 시체를 떡갈나무에서 끌어

내리고 나서 사람들은 바퀴 모양의 작은 펜던트가 달린 금속 사슬이 시체의 목에 걸려 있는 걸 알게 되었지. 아주 오래된 물건 같았다고 하더구나. 그러는 동안 그들은 데이비스 씨의 집으로 아이를 하나 보내 그가 집에 있는지 확인해 보게 했단다. 의심을 할 수밖에 없었을 테니 당연한 일이지. 화이트 씨는 이웃 교구로 사람을 보내 순경도 데려와야 하고, 다른 치안판사에게(그분도 치안판사셨으니까) 전언을 보내야 한다고 주장했고. 사람들은 부산하게 움직이기 시작했단다. 사실 우리 아버님을 가장 먼저 불렀어야 할 테지만 하필이면 아버님은 그날 밤 집을 비우신 상태였어. 시체를 말에 올렸을 때는 말이 겁에 질려 날뛰는 바람에 도망가지 못하도록 온 힘을 다해 진정시켜야 했다는구나. 그래서 사람들은 말의 눈을 가리고 숲을 나와 마을로 돌아왔단다. 그런데 와 보니까 차꼬로 쓰이는 커다란 나무 아래에 여자들이 모여 있는 거야. 그 가운데에는 데이비스 씨의 집으로 보냈던 소년이 종잇장처럼 하얗게 질려서는 아무 말도 못 하고 누워 있었지. 그걸 본 사람들은 뭔가 더 끔찍한 일이 남아 있음을 직감했지. 그들은 서둘러 데이비스 씨의 집이 있는 비탈길을 올라갔어. 그런데 그곳에 가까이 가니까 끌고 가던 말이 다시 한 번 공포로 미쳐 날뛰더니, 울부짖으며 뒷발로 서서는 앞발로 자신을 끌고 가던 남자를 걷어찼지. 거의 죽을 뻔했을 거야. 그 바람에 시체가 말 등에서 떨어져 버렸지. 화이트 씨는 서둘러 말을 끌고 내려가게 한 다음 시체를 들고 거실로 들어갔단다. 문이 열려 있었거든. 그리고 곧 그들은 불쌍한 소년이 무엇을 보고 겁에 질렸는지를 알게 됐지. 말이 왜 미쳐 날뛰었는지도 말이야. 말은 시체의 피 냄새를 견디지 못하거든.

방 안에는 사람 키보다 더 긴 탁자가 하나 있었는데, 그 위에 데이비스 씨의 시체가 누워 있었단다. 눈은 리넨 천으로 가려져 있고, 팔은 등 뒤로 돌려져 묶여 있었으며, 발목도 끈으로 묶인 상태였지. 하지만 가장 끔찍한 것은 도끼로 내려쳤는지 가슴이 반으로 쪼개져서 가슴뼈가 드러나 있었던 것이었단다! 아, 정말 끔찍한 광경이었다지. 그걸 본 사람들은 하나같이 정신이 혼미해지거나 토악질을 했고, 신선한 공기를 쐬러 밖으로 나가야 했단다. 심지어는 강건한 남성이라고 불러 마땅한 화이트 씨조차도 그 광경에 압도당해 정원으로 나가 힘을 달라고 기도를 올릴 지경이었지.

마침내 사람들은 데이비스 씨의 시체를 최대한 조심해서 방에 내려 누이고는, 이런 끔찍한 사건이 벌어지게 된 이유를 찾아보려 했단다. 찬장에서 상당한 양의 약초와 액체가 든 단지가 발견되었는데, 그런 쪽으로 능통한 사람들이 살펴본 바로는 그 액체가 사람을 잠에 빠트리는 물약이었다고 하더구나. 그들은 사악한 젊은이가 이 물약을 음료에 섞어 데이비스 씨를 저런 꼴로 만든 다음에 다가오는 죄책감을 이기지 못하고 세상을 저버리게 된 거라는 결론을 내렸지.

자, 너희는 아마도 검시관과 치안판사들이 수행한 온갖 법률적인 문제에 대해서는 이해하지 못할 거야. 하지만 그 후 하루 이틀 정도는 수많은 사람이 마을을 방문했단다. 그리고 우리 교구의 사람들이 한데 모여 도저히 그 두 사람을 기독교도들과 함께 교회 무덤에 매장할 수 없다는 결론을 내렸지. 화이트 씨와 다른 성직자가 서랍과 찬장에서 찾아낸 서류와 기록들을 살펴보고는, 그들이 우상숭배의 죄를 저질렀다는 판결문에 직접 서명을 했거든. 그리고 인근에도 이같이 사악한 행위를 하는 자들이 또 있을지도 모른다고 생각하고 회개하지 않으면 그 남자들에게 벌어진 끔찍한 운명이 그들에게도 내릴 것이라고 경고했단다. 그 문서들은 태워 버렸고, 교구민들의 생각에 동의한 화이트 씨는 열두 명의 남자들을 직접 선발해 들것과 검은 천을 준비하고는 한밤중에 그 사악한 집으로 갔지. 그사이에 바스콤이나 윌콤으로 가는 갈림길에서는 다른 남자들이 구덩이를 파 놓고 기다리고 있었고, 사방에서 몰려온 사람들이 구경을 하고 있었지. 남자들은 모자를 쓴 채로 집에 들어갔고, 네 남자가 검은 천으로 덮인 시체를 실은 들것을 들고 내려왔단다. 아무도 입을 열 생각을 하지 않았어. 그들은 시체를 구덩이 속에 던져 버리고 돌과 흙으로 덮었고, 화이트 씨가 모여든 사람들에게 설교를 하기 시작했어. 아버님은 그 소식을 듣자마자 마을로 돌아와 거기 계셨는데, 그 괴상한 광경을 절대 잊지 못하겠다고 하시더구나. 횃불이 타오르는 가운데 검은 꾸러미 둘을 구덩이에 던져 넣는데, 아무도 한 마디 말도 하지 않았다는 거야. 겁에 질려 신음성을 내는 아이나 여인들을 제외하면 말이지. 그리고 마침내 화이트 씨가 설교를 끝내자 사람들은 모두 그곳을 떠났단다.

아직까지도 그 장소는 말들이 좋아하지 않는 곳이라고 한단다. 그 이후로도 한동안 그곳에 안개나 불빛이 보인다는 소문이 돌았지만, 그게 사실인지는 모르겠어. 하지만 한 가지는 확실하게 알고 있지. 다음 날 아버님이 일 때문에 그 길가의 공터를 지나가셔야 했는데, 사람들 서너 무리가 각기 다른 곳에 서서 무언가를 신경 쓰고 있었다지. 그래서 아버님은 말을 몰아 가까이 가서는 무슨 일이냐고 물으셨지. 그러자 사람들이 몰려와서는 "아, 지주 나으리! 피가 있어요! 저 피 좀 보세요!" 하고 계속 소리쳤단다. 아버님이 말에서 내리자 사람들이 상황을 보여 주었는데, 길가 네 곳에 피가 배어 나와 있었다고 해. 하지만 눈으로는 정확하게 그것이 피인지는 확인할 수 없었지. 커다란 검은 파리들이 그 위를 뒤덮은 채 꼼짝 않고 그 자리를 지키고 있었으니까. 그리고 그 피는 데이비스 씨의 시체를 운반할 때 비탈길에 떨어진 것이었지. 글쎄, 아버님은 그 끔찍한 광경을 받아들이실 수밖에 없었어. 그리고 그곳에 있던 남자 하나에게 지시하셨지. "서둘러 통이나 손수레를 가지고 교회 무덤으로 가게. 그곳의 깨끗한 흙을 퍼다 여기에 뿌려야겠네. 자네가 돌아올 때까지 내가 여기서 기다리도록 하지." 남자는 당시 교회지기였던 노인과 함께 곧 돌아왔어. 삽과 교회 흙을 담은 손수레와 함께 말이야. 그리고 그들은 첫 장소에 가서 흙을 뿌리기 시작했단다. 그런데 흙을 뿌리니까 무슨 일이 일어났는지 알겠니? 그 위를 덮고 있던 파리들이 공중으로 날아올라서는 구름처럼 한데 모여 비탈길을 거슬러 올라가 집으로 날아가더라는 거야. 교회지기가—교회 서기 일도 겸임했던 사람인데—손을 멈추고는 파리 떼를 보면서 아버님께 말했지. "나으리, 파리의 군주*입니다요." 그 이상 다른 말은 하지 않았어. 다른 세 군데의 핏자국에서도 똑같은 일이 일어났단다.

찰스 그게 무슨 뜻인데요, 할머니?

할머니 글쎄, 애야. 내일 루카스 씨한테 교습을 받으러 갈 때 물어보려무나. 지금은 그 얘기를 오래 하고 있을 수가 없구나. 너희 자러 갈 시간이 이미 훨씬 지나지 않았니. 그런 일이 있은 후에 아버님은

---

* 베엘제붑. 히브리어로 '파리의 군주'라고 알려져 있는데, 보통 그 악마 본인이나 지옥의 군주 중 하나를 지칭한다. 『마태오 복음』 12장 24절과 『마르코 복음』 3장 22절, 『루가 복음』 11장 15절에서는 '마귀의 두목'이라고 나온다.

그 집에 다시는 누구도 살지 못하게 하고, 그 안의 물건이 누구 손에도 들어가지 않게 하겠다고 결심하셨단다. 그래서 이 땅에서 가장 멋진 곳 중 한 곳이었음에도, 그 집을 완전히 없애 버릴 것이라고 언질을 돌리셨지. 원한다면 누구든 그곳을 태우는 데 필요한 땔나무를 한 단씩 가져와도 좋다고도. 일은 아버님 말씀대로 진행되었단다. 거실에 나뭇단을 쌓고 불이 오랫동안 타도록 그 위에 짚을 올리고 불을 붙였지. 화덕과 굴뚝 외에는 벽돌을 쓴 곳이 없었기 때문에 그 집은 얼마 지나지 않아 깨끗이 타 버렸지. 어릴 적에 그 굴뚝을 보았던 기억이 나는구나. 하지만 그 굴뚝도 결국에는 제 풀에 무너져 버리고 말았단다.

　이제 이야기를 마무리해야겠구나. 사람들은 오랫동안 데이비스 씨와 젊은이를 목격했다고 말하곤 했단다. 숲 속에서는 혼자, 그리고 집이 있던 장소에는 둘이 함께 있다고들 했지. 그리고 봄이나 가을이면 비탈길을 따라 걸어가는 모습을 볼 수 있다고도 한단다. 나로서는 사실인지 알 도리가 없지만, 만약 유령이라는 것이 실제로 존재한다면, 그런 부류들이 얌전히 누워 있을 리는 없겠지. 다만 내가 겪은 일이 하나 있단다. 3월의 어느 날 저녁, 너희 할아버지와 내가 결혼하기 직전에 있었던 일인데, 우리는 함께 숲길을 걷고 꽃을 꺾으며 이야기도 하고, 사랑에 빠진 젊은이들이 흔히 하는 행동을 하고 있었단다. 서로에게 너무 빠져 있어서 정확히 어디로 가는지도 모르고 있었어. 그런데 갑자기 무언가가 손등을 쏴서 나는 비명을 질렀고, 너희 할아버지가 왜 그러느냐고 물으셨지. 손등을 보니까 검은 벌레가 한 마리 앉아 있어서 나는 다른 손으로 그것을 때려죽였단다. 그리고 그 벌레를 너희 할아버지께 보여 드렸지. 그런 온

갖 사소한 것들에 신경을 쓰는 분이셨거든. "세상에, 이런 파리는 여
태껏 본 적도 없군"이라고 말씀하시더구나. 내 눈으로 보아도 평범
한 벌레는 아닌 것 같았고, 당연히 그분의 말을 믿었지.

그러고 나서 주변을 둘러보았는데, 세상에, 우리가 바로 그 비탈
길, 바로 그 집이 서 있던 자리에 와 있지 뭐니. 그리고 나중에 들은
바로는, 사람들이 정원 문을 나오기 전에 잠시 들것을 내려놓았던
바로 그 자리라고 하더구나. 당연히 우리가 서둘러 그곳에서 빠져나
왔을 거라고 생각하겠지? 적어도 나는 너희 할아버지가 빨리 그곳
을 나오게 하기는 했단다. 나는 정말로 거기 있고 싶지 않았거든. 하
지만 그냥 놔뒀더라면 너희 할아버지는 호기심 때문에 계속 거기 있
었을 거야. 사실 눈에 보이는 것 이상의 다른 무엇이 있었을지는 잘
모르겠구나. 어쩌면 그 끔찍한 파리의 독 때문에 이상한 기분이 든
것일지도 모르지. 내 팔과 손이 엄청나게 부어올랐거든! 얼마나 퉁
퉁 부었는지 차마 말도 못 하겠구나! 게다가 어찌나 아프던지! 어머
님의 그 어떤 치료법도 아무런 소용이 없었단다. 결국에는 나이 든
유모의 설득으로 바스콤에서 현명한 노인을 데려온 다음에야 그 고
통에서 벗어날 수 있었지. 그런데 노인은 그 증상을 아는 모양이었
어. 내가 처음 그런 일을 당한 사람이 아니라고 말이야. "태양이 힘
을 모을 때도, 창공 높이 떠오를 때도, 힘을 잃어 갈 때도, 쇠약해질
때도, 그 비탈길에 머무르는 존재는 절대 건드려서는 안 됩니다." 하
지만 자기가 내 팔에 바른 물질과 거기에 대고 중얼거린 주문이 무
엇인지는 절대 말해 주지 않더구나. 나는 얼마 지나지 않아 다시 건
강해졌지만, 그 후로도 종종 나와 비슷한 고통을 겪은 사람의 소문
이 들리곤 했단다. 최근 들어서는 아주 드물게 일어나는 것 같지만

말이야. 어쩌면 그런 종류의 존재들도 시간이 지나가면 죽어 없어지는 모양이지.

찰스, 내가 그 골목길에서 검은딸기를 따거나 먹으면 절대 안 된다고 말한 것은 바로 이런 이유 때문이란다. 이제 너도 전부 알게 되었으니 그러지 않을 테지. 자! 어서 침대로 돌아가거라. 왜 그러니, 패니? 방에 불을 켜 달라고? 대체 무슨 생각을 하는 거니! 즉시 옷을 벗고 저녁 기도를 하거라. 그러면 너희 아버지가 잠에서 깼을 때 나를 찾지 않으면 너희 침실에 들를 테니까. 그리고 찰스 너, 침대로 가면서 여동생이 겁먹을 만한 소리를 하면, 그 즉시 너희 아버지에게 일러 줄 거다. 저번에 무슨 일이 있었는지 기억하고 있겠지.

문이 닫히고, 할머니는 잠시 주의 깊게 귀를 기울인 다음, 다시 뜨개질을 시작한다. 지주는 아직도 잠들어 있다.

교회 묘지 옆에 한 남자가 살았다
There Was a Man Dwelt by a Churchyard

여러분도 아시다시피 제목으로 사용한 문장은 셰익스피어의 작품 세계에서 가장 착한 아이인 마밀리우스*가 어머니인 왕비와 궁중 여관들에게 요정과 도깨비에 대한 이야기를 해 준다며 운을 떼는 대목이다. 그 직후 왕이 경비병을 이끌고 들어와 왕비를 감옥으로 데려가는 덕분에 이 이야기는 이어지지 못한다. 마밀리우스는 이야기를 끝맺을 기회도 없이 곧 세상을 떠나기 때문이다. 자, 소년의 이야기는 대체 어떤 것이었을까? 분명 셰익스피어는 알고 있었을 것이며, 대담한 주장이지만 나 자신도 알고 있다고 감히 말해 보겠다. 새로운 이야기는 아닐 것이다. 여러분 대부분이 들어 본 적이 있을 것이며, 심지어 직접

---

* 『겨울 이야기』의 등장인물. 레온테스와 에르미오네의 아들로, 어머니가 간통죄로 감옥에 갇히자 상심한 나머지 얼마 지나지 않아 숨을 거둔다.

들려준 적도 있을 것이라고 생각한다. 배경 같은 것들은 제각기 원하는 대로 설정해도 좋다. 내 이야기는 다음과 같다.

교회 묘지 옆에 한 남자가 살았다. 그의 집은 1층은 석조, 2층은 목조 건물로 이루어져 있었다. 앞쪽 창으로는 마을의 거리가, 뒤쪽 창으로는 교회 묘지가 보였다. 한때는 교구 목사가 사용하던 집이었지만 (엘리자베스 여왕 시절의 일이었다), 그 목사는 결혼을 한 몸이어서 더 많은 방이 필요했다. 게다가 그의 아내는 한밤중에 침실 창문으로 교회 묘지가 보이는 상황을 좋아하지 않았다. 그녀의 말로는 무언가가 보였다고, 아니, 무슨 말을 했는지는 넘어가도록 하자. 어쨌든 그래서 아내는 마을 대로변에 있는 더 큰 집으로 이사하자고 끔찍하게 남편을 졸라 댔고, 그래서 예전 목사관에는 홀아비인 존 풀이 혼자 살게 되었다. 그는 자기 관리를 잘하는 노인이었는데, 사람들은 그가 구두쇠라고 숙덕거리곤 했다.

사람들의 말은 분명 사실이었다. 게다가 그는 다른 측면에서도 오싹한 면이 있었다. 당시에는 한밤중에 횃불 불빛에만 의지해 시체를 매장하는 일이 흔했다. 한데 존 풀은 장례식이 진행될 때마다 언제나 1층 또는 2층의 창문에 들러붙어 있었다. 마치 그 광경이 더욱 잘 보이는 쪽을 찾아다니는 듯이 말이다.

어떤 노파를 매장할 때의 일이었다. 그녀는 제법 부유하지만 사람들의 호의를 받지 못하는 여인이었다. 사람들은 종종 그녀가 기독교도가 아니며, 미드서머 이브나 만성절 밤*이면 집을 비우곤 한다고 숙덕였

---

* 미드서머 이브(6월 23일) 밤과 만성절, 또는 만성절 전날인 헬러윈(10월 31일)은 마녀의 집회가 열리는 날로 알려져 있다.

다. 붉은 눈에 무섭게 생긴 얼굴이었기 때문에, 걸인조차 그녀의 집 문을 두드리지 않을 정도였다. 그러나 죽기 직전 그녀는 상당한 양의 돈을 교회에 기부하였다.

그날 딱히 폭풍이 휘몰아친 것은 아니었다. 청명하고 고요한 밤이었다. 그러나 상여꾼이나 횃불잡이를 구하는 일이 영 쉽지 않았다. 노파가 일반적인 액수보다 많은 금액을 남기고 죽었는데도 말이다. 그녀는 관도 없이 천에 싸인 채로 매장되었다. 꼭 필요한 사람 외에는 아무도 참석하지 않았다. 물론 창문으로 밖을 내다보는 존 풀은 있었지만. 무덤에 흙을 뿌리기 전에 목사는 허리를 굽히고 무언가 짤랑이는 것을 시체 위로 내려놓으면서 낮게 중얼거렸다. "그대의 돈은 그대와 함께 사라지리라", 대충 이렇게 들리는 소리였다. 그리고 그는 걸음을 돌려 빠르게 사라졌고, 다른 인부들도 그 뒤를 따랐다. 흙을 퍼 넣는 교회지기와 그의 아들, 그리고 불빛을 비추는 횃불잡이만이 뒤에 남았을 뿐이었다. 작업의 결과물은 별로 깔끔하지 못했고, 일요일인 다음 날, 교회에 온 신도들은 그 무덤이 묘지에서 가장 끔찍한 모습을 하고 있다고 교회지기에게 가혹한 소리를 해 댔다. 자기 눈으로 직접 확인하고자 다시 묘지를 찾은 교회지기는, 그 묘지가 어젯밤에 작업을 마쳤을 때보다 더 엉망이 되어 있는 것 같다고 생각했다.

그러는 동안 존 풀은 묘한 분위기를 풍기며 주변을 오락가락했다. 반쯤은 의기양양하고 반쯤은 초조한 듯한 태도였다. 하룻밤 이상 여관에서 묵기도 했는데, 평소의 습관과는 명백히 반대되는 행동이었다. 그와 이야기를 나눈 사람은 조금 돈이 생겨서 보다 나은 집을 찾고 있다는 언질을 받았다고 한다. "글쎄, 이상한 일도 아니죠." 어느 날 밤 대장장이가 말했다. "나라면 영감님 집 같은 곳에서는 살지 않을 테니 말입니다. 밤마다 온갖 상상이 들 것 같거든요." 지주는 무슨 상상을 할 것 같으냐고 물었다.

"음, 무언가가 침실 창문으로 기어올라 온다든가, 그런 상상 말입죠." 대장장이가 말했다. "글쎄요, 월킨스 노파가 묻힌 게 한 주 전이었던가요?"

"이봐, 자네 사람의 마음을 좀 생각하고 말해야 하지 않겠나." 지주가 말했다. "풀 선생이 그런 말을 들으면 기분이 어떻겠나. 안 그렇소, 선생?"

"풀 선생님은 신경 쓰지 않으실 겁니다." 대장장이가 말했다. "그 집에 산 지도 꽤 오래되셨잖아요. 그냥 저라면 거기 살지 않을 거라는 말입죠. 장례가 있으면 종소리가 지나가고 횃불 불빛이 비추고, 아무도 없으면 무덤들만 조용히 줄지어 있는 셈 아닙니까. 물론 도깨비불이 보인다는 소문은 있지만요. 도깨비불을 본 적은 없으십니까, 풀 선생님?"

"아니, 불빛을 본 적은 없네." 풀 선생은 부루퉁하게 대답하며 술 한 잔을 더 청했고, 늦은 밤이 되어서야 집으로 향했다.

그날 밤 그가 2층의 침대에 누워 있는 동안 신음하는 듯한 바람 소리가 집 안에 울려 퍼지기 시작해 잠을 이룰 수가 없었다. 그는 자리에서 일어나 방을 가로질러 벽에 붙은 작은 찬장으로 향했다. 그러고는 무언가 짤랑이는 물건을 꺼내 품속에 넣었다. 그리고 그는 창가로 가서 묘지를 내다보았다.

교회에서 수의를 입은 사람의 조상을 본 적이 있는가? 수의란 것은 정수리 꼭대기에 독특한 매듭이 지어져 있다. 그와 비슷한 형상 하나가, 존 풀이 아주 잘 알고 있는 교회 묘지의 한 지점에서 밖으로 솟아

나와 있었다. 그는 즉시 침대로 뛰어들어 꿈쩍 않고 누웠다.

곧 층계참에서 희미하게 짤랑거리는 소리가 들리기 시작했다. 겁에 질려 주저하면서도 존 풀은 그쪽으로 눈길을 돌렸다. 세상에!

그와 달빛 사이에, 머리 위에 독특한 매듭을 얹은 검은 그림자가 하나 보였다…… 형체가 곧 방 안으로 들어왔다. 마른 흙이 바닥으로 부스스 떨어졌다. 낮고 갈라지는 목소리가 "그건 어디 있지?"라고 말하며 여기저기로 움직였다. 다리에 문제가 있는 양 절룩거리면서. 그것은 계속 움직이며 가끔씩 모습을 드러냈다. 구석을 살펴보기도 하고, 몸을 굽혀 의자 아래를 살펴보기도 했다. 마침내 벽의 찬장 문을 더듬거리며 여는 소리가 들려왔다. 긴 손톱이 텅 빈 찬장을 긁는 소리가 이어졌다. 그 형체가 휙 몸을 돌리더니, 순식간에 침대 옆에 모습을 드러내고는 팔을 번쩍 치켜들고 쉰 목소리로 외쳤다. "네가 가지고 있구나!"

이 시점에서 (분명 나보다 훨씬 더 간략하게 이야기했을 것이 분명한) 왕자 마밀리우스 전하는 크게 소리치면서 가장 나이 어린 궁중 여관의 품으로 뛰어들고, 그녀 역시 같은 강도의 찢어지는 비명으로 화답한다. 에르미오네 왕비 전하는 즉시 왕자를 붙들고는 터져 나오려는 웃음을 억누르며 고개를 젓고 볼기를 세게 때려 주었을 것이다. 왕자는 얼굴이 빨개지고 거의 울음을 터트릴 지경이 되어 침실로 보내질 위기에 처한다. 그러나 그 순간 충격에서 회복된 희생양이 그 상황에 끼어들면서 왕자 전하는 평소와 같은 시간까지 이곳에 남아 있을 수 있게 된다. 그리고 그 시간이 찾아올 때쯤에는 왕자 전하 또한 여인들에게 밤 인사를 하고, 다음번에는 지금 들려준 이야기보다 세 배는 더 무서운 이야기를 해 줄 것이라고, 기회가 생기기만을 기다리고 있겠다고 말할 수 있을 정도로 생기를 되찾는다.

쥐
Rats

"그리고 만약 당신이 지금 침실을 거닐어 보면, 곰팡이가 슬어 누더기가
된 침대보가 바다처럼 물결치는 모습이 보일 겁니다." "무엇이 그 아래에
서 움직이고 있느냐고요?" 그가 말했다. "당연히 쥐 새끼들이죠."
—찰스 디킨스, 「땅따먹기 놀이」 중에서

　하지만 그것이 정말로 쥐들이었을까? 내가 이런 질문을 던지는 이
유는, 다른 이야기에서는 그 정체가 쥐가 아니었기 때문이다. 이 일화
가 언제 일어난 일인지는 정확히 알 도리가 없지만, 이야기를 처음 들
었을 때 나는 어린아이였고, 이야기를 들려준 사람은 노인이었다. 어
딘가 균형이 맞지 않는 이야기라고 할 수도 있겠지만, 그건 오로지 내
책임이지 이야기를 들려준 쪽의 책임은 아니다.

이 일은 서쪽의 해안 지방에서 일어났다. 도로가 갑자기 경사가 급한 내리막이 되었다가 다시 오르막으로 변하는 곳이 있는데, 그 비탈 끝에 도달할 때까지 북쪽으로 달리면 길 왼쪽으로 집이 한 채 보인다. 제법 높직한 데 비해 폭이 좁은 붉은 벽돌 건물로, 아마도 1770년경에 지어졌을 것이다. 정면 꼭대기에는 뾰족한 삼각 지붕이 덮여 있고, 그 가운데 둥그런 창문이 있다. 건물 뒤편으로는 마구간이나 살림용 건물 등이 있으며, 건물에 어울리는 정원도 하나 딸려 있다. 가까운 곳에 스코틀랜드 전나무 숲이 있고, 그 주변에는 가시금작화로 뒤덮인 들판이 펼쳐져 있다. 건물 정면 꼭대기의 창문으로는 멀리 바다가 보인다. 현관 앞에는 간판이 하나 서 있다. 아니, 명망 있는 여관이었던 과거에는 서 있었을 것이다. 내 생각에 지금은 없을 것 같다.

나의 지인인 톰슨 씨는 젊은 시절 이 여관에 왔다. 화창한 봄날이었고, 쾌적한 환경에서 홀로 독서를 할 수 있는 곳을 찾아 케임브리지 대학에서 찾아온 모양이었다. 이 여관은 그런 조건에 맞는 곳이었다. 주인과 아내는 오랫동안 숙박업에 종사해 온지라 손님을 편하게 모시는 방법을 알았으며, 다른 손님도 없었기 때문이다. 그는 도로와 건너편 풍경이 내다보이는 2층 방에 묵게 되었다. 방이 동향이라는 점 정도는, 글쎄, 어쩔 수 없는 일이었다. 건물이 튼튼하고 따뜻했으므로 별문제는 없었다.

평온하고 별다른 사건 없는 하루하루가 흘러갔다. 그는 오전 동안은 일하고, 오후에는 시골길을 따라 주변을 산책하고, 저녁때면 마을 사람들이나 여관의 주인 부부와 담소를 나눈 후 물 탄 브랜디를 즐기며 조금 더 책을 읽거나 글을 쓴 후 잠자리에 들곤 했다. 그는 이런 생활에 만족해서 한 달을 보냈으며, 그동안 그의 작업도 상당한 진척을 보였다. 그리고 그해의 4월은 몹시도 쾌청했다고 한다. 기상학자인 올랜도 휘슬크래프트가 '훌륭한 해'라고 기록해 놓은 것을 보면 믿을 만한 이야기라고 생각된다.

그가 산책하는 길 중에는 고지대의 널찍한 공유지를 가로지르는 '히스'라고 불리는 북쪽 길이 있었다. 그가 처음 그 길로 가 보기로 마음먹은 어느 쾌청한 오후, 길 왼쪽으로 수백 미터 떨어진 곳에서 문득 흰색 물체가 눈에 띄었다. 그는 물체의 정체를 확인해 보기로 했다. 그곳까지 가는 데는 얼마 걸리지 않았고, 그 물건의 정체는 기둥 밑단 모양으로 다듬은 네모난 흰색 석재로 밝혀졌다. 석재의 위쪽에는 네모난 구멍이 파여 있었다. 요즘 세포드 히스에서 볼 수 있는 그런 기단부 석재 말이다. 석재를 찬찬히 살펴본 후 그는 한동안 주변 경치를 둘러보았다. 교회 첨탑 한두 개, 오두막의 붉은 지붕과 햇빛을 받아 반짝이는 창문들, 그리고 마찬가지로 때때로 반짝이며 일렁이는 바다까지. 그리고 그는 다시 발걸음을 옮기기 시작했다.

저녁 시간에 여관 카운터에서 두서없는 잡담을 나누던 중에 그는 그 흰색 석재가 왜 공유지에 놓여 있는지 물어보았다.

"그건 오래된 물건이죠." 주인 베츠 씨가 말했다. "우리가 태어나기도 전에 거기 놓인 물건입니다." "그 말이 맞아요." 다른 사람이 말했다. "꽤 크던데요." 톰슨 씨가 말했다. "오래전에는 바닷길의 이정표 역할을 했던 것 같군요." "아! 그렇죠." 베츠 씨도 동의했다. "예전에는 바다에서도 보였다고 합니다. 하지만 그게 뭐였든지 이미 오래전에 무너져 버린걸요." "잘된 일이죠." 세 번째 사람이 말했다. "좋은 건물이 아니었어요. 늙은이들은 그 건물이 고기잡이에 좋지 못하다고 하던 것 같던데요." "왜 좋지 못하다는 겁니까?" 톰슨이 물었다. 그러나 "글쎄요, 뭐

제가 직접 본 것도 아니고" 같은 대답만 돌아올 뿐이었다. "하지만 좀 우습게 들리기는 하지요. 그러니까 제 말은, 노친네들은 묘한 구석이 있단 말입니다. 무슨 터무니없는 상상을 했는지는 그다지 알고 싶지도 않네요."

이보다 더 자세한 답변은 얻을 수 없었다. 애초에 그다지 입심 좋은 편이 아니었던 술손님들은 곧 입을 다물었고, 얼마 지나지 않아 마을 일과 작물 등으로 화제가 옮아갔다. 대화를 재개한 사람은 베츠 씨였다.

톰슨이 매일 시골길을 걸으며 건강을 추구한 것은 아니었다. 매우 쾌청한 어느 오후, 그는 3시까지 바쁘게 글을 쓰고 있었다. 그러다 그는 기지개를 켜고는 자리에서 일어나 방에서 나왔다. 복도 앞에는 다른 방 하나와 층계참이 있었고, 그 너머에 방문 두 개가 더 있었다. 하나는 뒤뜰로, 다른 하나는 남쪽으로 면해 있는 방이었다. 복도의 남쪽 끝에는 창문이 하나 있었다. 그는 이런 화창한 오후를 이렇게 낭비해 버린 것을 애석해하며 창문으로 다가갔다. 하지만 지금은 작업에서 가장 중요한 부분이었다. 따라서 그는 한 5분 정도 쉬다가 다시 일로 돌아갈 생각이었고, 베츠 가족이 딱히 반대할 리는 없을 테니 그 5분을 지금까지 한 번도 본 적이 없는 복도의 다른 방들을 둘러보는 일에 사용하기로 마음먹었다. 집 안에는 아무도 없는 듯했다. 장이 열리는 날이라 모두가 마을로 내려간 모양이었다. 아마 카운터를 지키고 있을 하녀 한 명 정도를 제외하고는 말이다. 집 안은 너무나 고요했고, 태양은 뜨겁게 빛났다. 때 이른 파리들이 창틀에 앉아 윙윙대고 있었다. 그리하여 그는 탐험에 나섰다. 자신의 방 맞은편에 있는 방은 베리 세인트에드먼스를 그린 오래된 판화를 제외하면 별 특징 없는 방이었다.

복도 같은 편에 있는 방 두 개는 화려하고 청결했으며, 창문 두 개가 있는 그의 방과는 달리 창문이 하나씩 있었다. 남은 것은 건너편 끝에 위치한 남서쪽 방뿐이었다. 이 방은 잠겨 있었다. 그러나 톰슨은 잠재울 길 없는 호기심에 깊이 사로잡힌 상태였고, 이렇게 손쉽게 도달할 수 있는 위치에 끔찍한 비밀이 있을 리 없다는 점을 확신한 나머지, 자기 방의 열쇠를 가지러 방으로 돌아갔다. 그리고 자기 방 열쇠가 맞지 않자 다른 세 방의 열쇠까지 가지고 왔다. 그중 하나가 자물쇠에 맞았고, 그는 문을 열었다. 이번 방에는 남쪽과 서쪽에 창문이 하나씩 달려 있어서 그 이상 밝고 후덥지근할 수가 없을 것처럼 보였다. 양탄자 없이 판자가 깔린 맨바닥이 드러나 있었고, 그림도 세면대도 없이 먼 구석에 침대가 하나 놓여 있을 뿐이었다. 매트리스와 덧베개가 놓여 있는 철제 침대에는 푸른색 체크무늬 침대보가 덮여 있었다. 이토록 별 특징 없는 방은 쉽사리 상상이 가능하겠지만, 톰슨은 무언가 묘한 기분을 느끼고 서둘러 방문을 닫고 나와서는, 복도의 창가에 기댄 채로 한동안 말 그대로 온몸을 떨며 서 있었다. 침대보 아래에 누군가가 있었던 것이다. 그 형상은 몸을 뒤척이기까지 했다! 무언가가 아니라 누군가인 것은 분명했다. 덧베개 위로 머리의 형상이 보였기 때문이다. 그러나 침대보가 그 사람의 몸을 완벽하게 덮고 있었고, 그렇게 머리까지 덮인 것은 죽은 사람일 수밖에 없었다. 그러나 몸을 뒤척이고 떠는 모양을 보면 분명 죽은 것은, 적어도 완전히 죽은 것은 아니었다. 만약 새벽 어스름이나 흔들리는 촛불 빛 아래에서 이런 광경을 목격했다면 톰슨은 자신이 환상을 보았다고 생각하며 스스로를 위로했을 것이다. 그러나 훤한 대낮에는 그럴 수도 없었다. 이제 어떻게 해야 하나? 일단 어떻게 해서든 문을 잠가야 했다. 그는 조심스레 문으로 다가가 몸을 굽히고 숨을 죽인 채로 안쪽의 소리를 들어 보았다. 어쩌면 거센 숨소리나 별것 아닌 말소리가 들려올지도 몰랐다. 그러나 완벽하게 아무 소리도 들려오지 않았다. 떨리는 손으로 열쇠를 구멍에 넣고 돌리자 절그렁대는 소리가 났고, 그 즉시 무언가가 발을 절름거리고 질질 끌면서 문 쪽으로 다가오는 소리가 들리기 시작했다. 톰슨은 즉시 놀란 토끼처럼 자기 방으로 돌아가 문을 잠갔다. 물론 그도 아무 소용 없는 짓임을 잘 알고 있었다. 저 사람이 그가 의심하는 그런 존재라면, 문이나 자물쇠가 그의 앞길을 막을 수 있겠는가? 그러나 당시 떠오르는 생각은 그것밖에 없었고, 실제로 별다른 일이 일어나지는 않았다. 그저 끝없는 공포, 그리고 어찌해야 할지 알 수 없는 좌절의 시간만이 흘러갔을 뿐이었다. 물론 그런 끔찍한 거주자를 들이고 있는 집에서 최대한 빨리 빠져나가고픈 충동이 일기는 했다. 그러나 바로 그 전날에 적어도 한 주는 더 머무르겠다고 말해 놓은 터라 자신과 아무 관계 없는 곳에 코를 들이밀었다는 것을 들키지 않고 일정을 바꾸기는 힘들 듯했다. 베츠 가족은 그 거주자에 대해 알면서도 집을 떠나지 않았을 수도 있고, 아니면 아무것도 모르고 있는 것이 분명했다. 양쪽 모두 딱히 겁낼 것이 없거나, 아니면 그저 문을 잠가 놓기만 해도 그 이상 정신에 영향을 받지는 않는 상태임은 분명했다. 어느 쪽이든 두려워할 일이 별로 없어 보이긴 했으며, 그가 끔찍한 경험을 한 것도 아니었다. 전반적으로 계속 머물지 않을 이유는 별로 없어 보였다.

그래서 그는 그렇게 한 주를 더 머물렀다. 그동안 문 너머를 들여다볼 일은 전혀 일어나지 않았고, 가끔씩 조용한 낮이나 밤마다 복도에서 귀를 기울여 보아도 그쪽 방향에서는 아무 소리도 들려오지 않았다. 여러분은 톰슨이 그 여관과 연관된 이야기를 캐내려고 노력했으리라고 짐작할지도 모르겠다. 베츠 가족에게서는 무리였겠지만, 교구 목사나 마을의 노인들로부터 말이다. 그러나 그는 그러지 않았다. 이토록 괴이한 경험을 하고 그것을 철석같이 믿는 사람들로부터 흔히 찾아볼 수 있는 과묵함이 그를 사로잡았기 때문이다. 그러나 이곳에 머물 날이 끝나 갈수록 설명을 원하는 갈망이 커져 갔다. 홀로 산책을 하는 동안 그는 가장 눈에 띄지 않을 만한 계획을 꾸미기 시작했고, 이윽고 한 가지 생각을 떠올렸다. 그는 오후 4시경 기차를 타고 떠날 예정이었다. 대기 중인 마차에 짐을 싣는 동안 그는 마지막으로 자기 방을 한번 둘러보며 짐을 꾸리다 놓친 물건이 없는지 확인하겠다고 하고 2층에 올라가 미리 기름을 축여 놓은 열쇠를 이용해―그게 대체 무슨 도움이 되겠느냐마는!―그 문을 다시 한 번 열어 볼 생각이었던 것이다.

그리하여 모든 일이 계획대로 진행되었다. 숙박비를 지불하고 마차에 짐을 싣는 동안 가벼운 잡담이 이어졌다. "아주 즐거운 곳이었습니다. 주인장과 부인 덕분에 아주 편안하게 보냈어요. 꼭 나중에 다시 올 생각입니다." 한쪽에서는 이렇게 말했고, 다른 쪽에서는 "마음에 드셨다니 다행입니다, 선생님. 최선을 다했죠. 손님분들로부터 칭찬을 듣는 일은 언제나 기쁩니다. 물론 날씨가 쾌청했던 것도 정말 다행이었지만요" 같은 대답이 이어졌다. 그리고 그는 "잠깐 2층으로 가서 책이나 뭐 그런 걸 놓고 오지 않았는지 확인해 보고 오겠습니다. 아니, 그러실 필요 없습니다. 곧 돌아올 테니까요" 하고 말했다. 그리고 그는 최대한 소리를 내지 않고 문 앞에 서서 열쇠를 돌렸다. 이렇게 환상이 깨질 줄이야! 그는 크게 웃어 버릴 뻔했다. 침대 모서리에 기대어져 있달까, 걸터앉아 있달까 하는 물체는, 살아 있는 존재가 아니라 허수아

604

비였던 것이다! 정원에 서 있다가 여기 버려진 방에 던져 넣은 것이 분명했다…… 그렇다. 그러나 그의 즐거움은 다시 순간 가라앉았다. 허수아비에 뼈밖에 남지 않은 맨발이 붙어 있던가? 머리가 어깨에 기댄 듯 기울어져 있던가? 목에 쇠고리를 두르고 있고, 거기에 쇠사슬이 연결되어 있던가? 자리에서 일어나 비틀대며 움직일 수도 있고, 머리를 흔들고 팔을 몸에 붙인 채 방을 가로질러 걸어올 수도 있던가? 몸을 떨 수도 있던가?

그는 문을 닫고 층계참으로 와 아래층으로 달려온 다음 곧바로 기절해 버렸다. 정신을 차리자 베츠 부부가 브랜디 병을 든 채로 서서 비난하는 듯한 표정으로 그를 내려다보고 있었다. "그런 짓을 하시면 안 됩니다, 선생님. 정말 그러시면 안 되는 겁니다. 선생님을 위해 모든 것을 다 해 드렸는데 이런 식으로 갚으시면 곤란하지요." 톰슨은 대충 이런 말을 들었지만, 그 대답으로 무슨 말을 했는지는 기억나지 않았다. 거기에다 베츠 씨는, 그리고 베츠 부인은 그의 사과와 여관의 평판을 더럽힐 만한 말은 입 밖에 내지 않겠다는 맹세를 받아들이기 힘든 듯했다. 그러나 결국 그들도 그를 믿기로 했다. 이미 기차 시간에 맞출 수는 없는 터라 그들은 톰슨을 마을로 데려가서 그곳의 숙소를 주선해 주기로 했다. 그가 떠나기 전 베츠 가족은 그에게 자신들이 알고 있는 얼마 안 되는 내용을 알려 주었다. "오래전에 이곳의 지주였다고 하더군요. 히스에 살던 도둑놈들과 내통하고 있었다고 합디다. 그리고 저렇게 최후를 맞았다지요. 사슬에 묶인 채로, 선생이 본 그 돌 위에 서 있던 교수대에 매달려서 말이지요. 그래요, 어부들이 그걸 치웠습니다. 바다에서 보이면 고기들이 도망간다고 생각했던 거지요. 그래요, 우리보다 전에 살던 사람들에게서 들은 이야기입니다. '문을 잠가 놓으세요. 하지만 침대는 치우면 안 됩니다. 그러면 아무 문제 없을 겁니다'라고 말했지요. 그리고 지금까지 아무 문제 없었습니다. 그놈이 집 안으로 나온 적도 없었죠. 이제부터는 놈이 무슨 짓을 벌일지 모르지만 말입니다. 어쨌든 우리가 이곳에 온 이후로 놈을 본 사람은 선생이 처음입니다. 저는 놈을 직접 본 적도 없고, 볼 생각도 없어요. 그리고 하인 숙소도 마구간에 만들어 놓았으니 아무런 문제도 없었죠. 선생, 제가 원하는 것은 이것뿐입니다. 우리 여관 평판을 생각해서 입을 다물고 있어 달라는 거지요." 대충 이런 말이 계속되었다.

침묵의 약속은 오랜 세월 지켜졌다. 마침내 내가 그 이야기를 얻어 듣게 된 것은 이런 이유에서였다. 톰슨 씨가 내 부친의 집에 머무르려고 왔을 때 그를 안내해 방을 보여 준 사람은 바로 나였다. 그는 내가 방문을 열도록 하는 대신 한 걸음 앞으로 나서서 직접 방문을 활짝 열어젖혔고, 그대로 문간에 서서 촛불을 든 채로 눈을 찌푸리며 한동안 방 안을 살펴보았다. 그러다 마침내 정신을 가다듬고 나를 돌아보며 말했다. "이거 미안하구나. 우스꽝스러워 보이겠지만, 이러지 않을 수가 없었단다. 그럴 만한 이유가 있거든." 그 이유에 대해서는 며칠 후에 듣게 되었고, 이제 나는 그 이야기를 여러분께도 들려 드리게 된 것이다.

어스름 속 운동장*에서
After Dark in the Playing Fields

늦은 저녁 시간, 날은 청명했다. 둑의 물소리 외에는 완벽한 정적뿐이었다. 나는 시프스 다리에서 얼마 떨어지지 않은 곳에 발을 멈추고 그 정적에 귀를 기울이고 있었다. 그러나 다음 순간 내 머리 바로 위에서 커다란 부엉 소리가 나를 놀라게 했다. 놀라는 일은 언제든 기분 좋을 리 없지만, 나는 항상 부엉이를 좋아하는 편이었다. 그리고 조금 전의 울음소리가 매우 가까운 곳에서 들려왔기 때문에 나는 위쪽을 둘러보며 울음소리의 주인공을 찾았다. 놈은 3~4미터 정도 위에 있는 나뭇가지에 몸을 부풀린 채 앉아 있었다. 나는 지팡이로 놈을 가리키

* 이곳의 운동장은 이튼 칼리지의 '플레잉 필드'를 가리킨다. 축구, 럭비, 하키, 크리켓 등의 시합이 벌어지는 여러 운동장의 총칭으로, 이튼 졸업생인 아서 웰즐리 웰링턴이 "워털루 전투는 이튼의 플레잉 필드에서 승리했다"라고 언급한 일이 유명하다.

며 말했다. "방금 너였냐?" "관두시지." 부엉이가 말했다. "그게 평범한 지팡이가 아니라는 것은 알지만, 그래도 마음에 들지 않는군. 그래, 당연히 나지. 내가 아니었다면 누구였을 것 같나?"

내가 얼마나 놀랐는지는 서술하지 않고 넘어가기로 하자. 나는 지팡이를 내렸다. "좋아." 부엉이가 말했다. "대체 왜 놀라는 건가? 이런 미드서머에 이곳으로 나오면 당연히 이런 일을 겪게 되지 않겠나?" "이거 참 실례했군요." 내가 대답했다. "미처 떠올리지 못했습니다. 오늘 밤에 선생을 만나게 되어 매우 운이 좋았다고 해야 할까요? 잠시 담소를 나눌 시간이 있으신지요?" "글쎄." 부엉이가 퉁명스럽게 대답했다. "오늘 밤은 별 상관 없을지도 모르겠군. 이미 저녁은 챙겨 먹었고, 너무 길어지지만 않는다면, 아-훗-훗!" 별안간 놈이 크게 소리를 지르며 격렬하게 날개를 퍼덕이더니 몸을 앞으로 숙이고 발톱으로 가지를 단단히 붙든 채 계속 비명을 질러 댔다. 무언가가 놈을 뒤에서 끌어당기는 모양이었다. 다음 순간 그 힘이 갑자기 사라졌는지 부엉이는 떨어질 뻔하다가 간신히 몸을 추스른 후 잔뜩 깃털을 곤두세운 채로 내 눈에 보이지 않는 무언가를 격렬하게 쪼아 댔다. "아, 미안해." 작고 명료한 어떤 목소리가 걱정하는 투로 말했다. "덜렁거리는 깃털로 골랐는데. 아팠던 건 아니지?" "아프지 않았냐고?" 부엉이가 화난 목소리로 말했다. "당연히 아팠지, 너도 뻔히 알면서, 이 꼬마 악마야. 그 깃털도 다른 것들만큼이나 제대로 붙어 있었는데, 아, 네놈을 잡을 수만 있다면! 이제 자세가 완전히 흐트러졌잖아. 1~2분이라도 좀 평화롭게 앉아 있을라치면 네놈들이 기어 나와서는, 그래, 이번에는 성공했겠지. 즉시 본부로 가서 네놈을," (이미 상대방이 사라진 것을 알아채고는) "이놈, 또 어딜 가 버린 거야? 아, 정말 끔찍하군, 정말로!"

"세상에!" 내가 말했다. "이런 식으로 골탕을 먹은 것이 처음이 아니신 모양입니다. 정확히 무슨 일이 벌어진 건지 여쭈어 봐도 되겠습니까?"

"물론, 물어봐도 되지." 부엉이는 여전히 눈을 가늘게 뜨고 대답했다. "하지만 그 답을 들으려면 다음 주말까지는 내내 설명해야 할걸. 몰래 다가와서 큰 깃을 뽑아 가다니! 그게 얼마나 끔찍하게 아픈데. 대체 뭐에 쓰려는 건지 알려 주기라도 하든가. 대답 좀 하라고! 대체 왜 뽑아 가는 건데?"

나는 문득 머릿속에 떠오른 시구를 중얼거렸다. "불평쟁이 부엉이는 밤마다 울어 대며 우리의 기이한 상상을 부추기네."* 녀석이 들을 거란 생각은 못 했지만 부엉이는 즉시 날카롭게 되쏘았다. "뭐라고 했지? 아, 되풀이할 필요는 없어. 나도 들었으니까. 내가 몸소 그 이유를 설명해 주지. 잘 들으라고." 그러고는 놈이 나를 향해 고개를 숙이고 둥근 머리를 몇 번이나 까닥이며 말했다. "자부심! 쓸쓸한 자긍심! 바로 그거라네! '우리 요정 여왕님 근처로 오지 말아요.'"** (이 대목에서 수치심을 느낀 기색이 내비쳤다.) "오지 말라고! 우리는 그쪽에게는 부족하게 여겨지는 모양이야. 들판에서 가장 훌륭한 노래를 부른다고 알려진 우리조차 말이지. 너무한 일 아닌가?"

"글쎄요." 나는 미심쩍은 투로 대답했다. "저도 선생님의 노래는 듣고 싶지만, 어떤 사람들은 지빠귀나 나이팅게일 쪽을 선호하지 않습니까. 그런 의견도 들어 본 적이 있으시겠지요? 그러니까 말인데, 물론 저야 아는 바가 없지만, 어쩌면 선생님의 노래는 그쪽 친구들의 춤에

---

* 윌리엄 셰익스피어의 『한여름 밤의 꿈』에서 인용한 문장이다.
** 『한여름 밤의 꿈』에서 인용한 문장이다.

조금 어울리지 않는다고 생각하기 때문이 아니겠습니까?"

"어울리지 않기를 바랄 수밖에 없겠지." 부엉이는 몸을 추켜올리며 대답했다. "우리 가문은 대대로 춤판에 흥미를 가진 적이 없고, 앞으로도 절대 그러지 않을 테니까. 뭐, 자네가 무슨 생각을 하든 상관없네만!" 놈은 점점 핏대를 올려 가며 말했다. "그곳에서 녀석들에게 장단을 맞춰 준다면 보기야 좋겠지." 여기서 잠시 말을 멈추고 상하좌우를 조심스레 둘러본 후 놈은 보다 큰 소리로 말을 이었다. "그 꼬맹이 신사 숙녀분들 말이야. 내가 녀석들한테 어울리지 않는다면, 당연히 녀석들도 나한테 어울리지 않을 테지. 그리고," (다시 핏대를 올리며) "춤판이나 벌이며 바보짓을 계속하는 주제에 내가 한마디 꺼내지도 못할 거라고 생각했다면, 내 말해 두겠지만, 그건 분명 엄청난 실수라고."

조금 전에 벌어진 일로 보건대 나는 방금의 언사가 무모한 것이 아닌지 두려워졌다. 나의 걱정은 곧 기우가 아닌 것으로 드러났다. 부엉이가 마지막 한마디를 강조하듯 고개를 끄덕이자마자, 바로 위의 가지에서 네 개의 가녀린 형체가 떨어지더니 풀로 만들어진 반짝이는 밧줄을 불행한 부엉이의 몸 주변으로 얽어맨 것이다. 그들은 큰 소리로 항의해 대는 부엉이를 허공으로 들어 올려서는 연구원 연못 쪽으로 날아가기 시작했다. 이내 첨벙 소리와 꼬르륵대는 소리, 날카롭고 무정한 웃음소리가 울려 퍼졌고, 나는 서둘러 걸음을 옮겼다. 무언가가 내 머리 위를 스치듯 날아서 숲 쪽으로 돌아갔고, 내가 연못가에 도착해 아래를 내려다보자, 이 모든 소란 속에서 화가 잔뜩 난 채 엉망인 모습으로 부엉이가 연못을 헤치며 힘겹게 연못가로 올라오는 모습이 보였다. 놈은 내 발치까지 기어 나와서 몸을 털고 날개를 펄럭이며 쉭쉭대는 소리로 한참을 차마 글로 옮길 수 없는 말들을 계속했다.

놈은 곧 나를 바라보며 말했다. 그 목소리 속에 억눌린 분노 때문에 나는 황급히 한두 발짝 뒤로 물러서야 할 지경이었다. "방금 그거 들었나? 정말 미안하다고 하더군. 내가 오리인 줄로 착각했다고 말이야. 아, 사람이 그런 식으로 정신이 나가 있으면 온 사방의 물건들을 박살내고 돌아다니는 것도 당연하지." 놈은 분을 이기지 못했는지 주변의 풀을 뿌리째 물어뜯어 뽑기 시작했다. 그런데 세상에! 풀이 목구멍으로 들어가 버리는 바람에 놈은 사레가 들려 컥컥대기 시작했고, 나는 놈의 뇌혈관이 터지지는 않을까 정말로 걱정되었다. 그러나 발작은 곧 끝났고, 부엉이는 눈을 껌뻑이며 숨을 헐떡였지만 크게 다치지는 않은 상태로 일어나 앉았다.

무언가 동정심을 보여야 할 것만 같았다. 그러나 지금 놈의 정신 상태로 보아 내가 진심을 담아 말하더라도 새로운 모욕으로 받아들일 것만 같았기에 망설여졌다. 그래서 우리는 어색하게 서로를 바라보며 한동안 서 있었다. 그리고 다음 순간 새로운 사건이 우리의 신경을 끌었다. 처음에는 희미하게 운동장 옆 시계의 종소리가, 그리고 더 육중한 쿼드랭글 성의 종소리, 그리고 가까운 럽톤 탑의 종소리가 이어지며 커퓨 탑의 종소리를 덮어 버렸다.

"방금 뭐지?" 부엉이가 갑자기 쉰 목소리로 물었다. "자정이 된 것 같군요." 나는 대답하며 시계의 시간을 맞추었다. "자정이라고?" 부엉이가 엄청나게 놀라서 울부짖었다. "지금은 흠뻑 젖어서 1미터도 날아갈 수가 없는데! 어서, 나를 들어서 나무에 올려 주게. 아니, 그러지 말고, 다리를 타고 올라갈 테니까. 두 번 다시 이럴 거라고는 생각도 하지 말고. 됐어, 이제 서두르게!" 나는 순순히 그 말에 따랐다. "어느 나무로 가고 싶으십니까?" "어디긴, 당연히 내 나무지! 저기 저 나무!" 놈

은 벽 쪽을 향해 고갯짓을 해 보였다. "알겠습니다. '나쁜 금속' 나무*
말이죠?" 나는 그쪽으로 달리며 물었다. "너희가 무슨 한심한 이름을
붙이는지 내가 어떻게 알겠나? 저기 문이 달린 것처럼 생긴 나무 말이
야. 더 속도를 내라고! 놈들이 금방 이리 들이닥칠 거야." "누구요? 무
슨 일인 겁니까?" 나는 젖은 새를 움켜쥐고 달리며 물었다. 길게 자란
잔디에 미끄러져 함께 구르게 되지 않을까 하는 걱정도 들었다. "안 그
래도 곧 보게 될 거야. 나무에 올려 주기만 하면 나는 괜찮을 테니까."
부엉이가 이기적인 말을 내뱉었다.

그리고 그 말처럼 놈은 안전했을 것 같다. 날개를 펼치고 잽싸게 나
무를 기어올라 가더니 감사의 말 한 마디 없이 옹이구멍으로 들어가
박혔으니 말이다. 나는 자못 불안한 마음으로 주변을 둘러보았다. 커
퓨 탑에서는 여전히 성 데이비드의 곡조**와 종소리가 흘러나오고 있
었다. 마지막인 세 번째였다. 그러나 다른 탑들의 소리는 이미 그친 후
였다. 곧이어 정적이 찾아왔다. 이제 다시, 정적을 깨는 것이라고는 '끊
임없이 변하는 강둑의 소리'***뿐이었다. 아니, 그 소리가 오히려 정적
을 강조하고 있었다.

부엉이는 왜 그리 초조하게 숨으려고 애를 썼던 것일까? 그 생각이
머리에서 떠나지 않았다. 무엇, 아니면 누가 오고 있든 지금은 텅 빈

---

* 이튼에서 전통적으로 하는 구기 경기인 '이튼 월' 게임에서 사용하는 용어이다. 한쪽 골대
  는 운동장으로 들어오는 출입문으로 '좋은 금속'이라고 불리고, 반대쪽 골대는 선임 연구원
  연못 근처의 문처럼 생긴 느릅나무로 '나쁜 금속'이라고 불린다. '나쁜 금속' 나무의 그루터
  기는 1994년에 뽑혔다.
** 〈성 데이비드〉는 『이튼 칼리지 성가집』의 140번 곡이다.
*** 윌리엄 모리스의 장편 서사시 『지상 낙원』의 한 구절. '양치기 종소리와 끊임없이 변하는
   강둑의 소리, / 이 모든 작은 소리는 청명한 음악이 된다네. / 8월의 뜨거운 하늘 아래서 /
   그래도 우리는 즐거운 여름을 생각한다네.'

운동장을 가로질러 갈 때가 아닌 듯했다. 나무 그늘에 숨어 최대한 기척을 숨기려고 애써야 할 것 같았다. 그리고 나는 그렇게 했다.

*

이 이야기는 예전 일광절약제가 생기기 전에 있었던 일이다. 나는 여전히 가끔 어스름 나절에 운동장으로 나서긴 하지만 항상 자정이 되기 전에 돌아온다. 그리고 6월 4일의 불꽃놀이*와 같이, 어둠 안에서 군중 속으로 들어가야 하는 행사는 그다지 끌리지 않는다. 알겠지만, 아니, 당신은 몰라도 나는 알고 있지만, 그곳에는 수많은 기묘한 얼굴들이 있기 때문이다. 그런 얼굴을 가진 이들은 묘한 동작으로 사방을 가볍게 돌아다니며, 당신이 기척을 눈치채기도 전에 코앞으로 다가와서는, 마치 누군가를 찾고 있는 것처럼 가까이서 얼굴을 지그시 들여다본다. 분명 그들의 사냥감은 들키고 싶지 않을 것이다. "그런 사람들이 어디서 옵니까?" 글쎄, 물속에서 나오는 이들도, 땅속에서 나오는 이들도 있을 것이다. 그런 것처럼 보이는 존재들이니까. 하지만 나는 될 수 있으면 그들을 알아차린 내색을 하지 않으며, 그들과 접촉하지도 않으려고 애쓴다.

그리고 물론, 나는 낮 시간 동안 운동장에 보이는 이들을 어스름 깔린 이후의 주민들보다 훨씬 더 좋아한다.

---

* 6월 4일은 이튼에서 가장 큰 축일로, 가장 훌륭한 후원자였던 조지 3세를 기리는 날이다.

울부짖는 우물*
Wailing Well

19—년 어떤 유명한 사립학교 부속 스카우트단에 두 명의 단원이 있었는데, 각각 이름이 아서 윌콕스와 스탠리 저킨스였다. 둘은 같은 나이에, 같은 기숙사에 묵었고, 같은 행동단에 속해 있었으며, 당연하게도 같은 수색단의 단원이었다. 둘은 외모마저 너무도 흡사해서, 상급자들로부터 다양한 근심과 문제, 심지어 짜증마저 불러일으켰다. 그러나 그 두 남자, 아니 소년들의 내면은 말로 형용하기 힘들 정도로 달랐다!

---

* 이 작품은 이튼의 보이스카우트 단원들을 위해 특별히 집필한 것이며, 1927년 6월 27일 위버로 만의 보이스카우트 야영장에서 처음으로 낭독되었다. 이후 작가 본인이 이튼 칼리지 교지에 기록한 바에 따르면 '이야기 속의 장소가 야영지에서 얼마 떨어지지 않은 곳이었기 때문에, 여러 소년이 그날 밤 잠을 이루지 못했다'고 한다. 이후 한정 인쇄본의 형태로 출판되었으며, 곧이어 단편집에 수록되었다.

아서 윌콕스가 방으로 들어왔을 때 스카우트 대장은 만면에 웃음을 띠며 고개를 들었다. "이런, 윌콕스, 네가 여기 계속 있으면 상품이 부족해지겠구나! 자, 여기 『켄 주교의 생애와 업적』 양장본을 받거라. 그리고 너와 네 훌륭하신 부모님께 진심으로 축하를 해야겠다." 학장이 운동장을 지나가다 잠깐 멈추어 서서 부학장을 보며 한마디 건넨 것도 윌콕스에 관한 일이었다. "저 아이는 이마가 참 잘생겼군!" "말씀하신 대로입니다." 부학장이 말했다. "저런 이마를 가진 사람은 천재 아니면 뇌수종에 걸린 것이죠."

스카우트단에서 윌콕스는 자신이 참가한 모든 시합에서 압도적인 성적으로 배지를 획득했다. 요리 배지, 지도 작성 배지, 구명 배지, 쓰레기 수거 운동 배지, 소리 내지 않고 기숙사 문을 닫는 배지 등 수도 없이 많았다. 구명 배지에 대해서는 스탠리 저킨스의 이야기를 할 때마저 하기로 하겠다.

호프 존스 씨가 자신의 노래마다 아서 윌콕스를 기리는 구절을 덧붙이기로 결정한 일도 그리 이상하지 않다. 부학감이 훌륭한 자주색 상자에 담은 선행장 메달을 건네며 울음을 터트린 일도 그렇다. 그 메달은 3학년 학생 전체의 만장일치로 그에게 주어진 것이었다. 방금 내가 만장일치라고 했던가? 실수였다. 사실 거부 의견을 표한 사람이 하나 있었는데, 바로 스탠리 저키스의 동생이었다. 그의 말에 따르면 그런 행동에는 나름의 이유가 있다고 했다. 어쩌면 윌콕스가 자기 형과 같은 방을 쓴다는 사실이 그 이유일지도 모르겠다. 그러나 이후 윌콕스가 최초이자 최후로 기숙생도와 교외 통학생도 양측의 회장직을 맡게 되었고, 그 두 가지 임무와 일반 학생으로서 해야 할 일이 너무 과중하게 몰리는 바람에 6개월 동안 완전 휴식을 취하게 되었으며, 결국 주치의로부터 세계 일주 여행이라는 엄중한 처방을 받았다는 것 정도는 말하고 넘어가야겠다.

그가 지금 누리고 있는 화려한 명성에 이르게 된 경위를 따라가는 일은 물론 즐겁겠지만, 일단 지금은 아서 윌콕스 이야기는 그만하기로 하자. 시간이 별로 없으니 이제 완전히 다른 이야기로 넘어가야겠다. 스탠리 저킨스, 그러니까 형 저킨스의 이야기 말이다.

스탠리 저킨스 역시 아서 윌콕스와 마찬가지로 상급자들의 관심을 끌었지만, 그 이유는 완전히 달랐다. 부학감은 유쾌한 웃음 없이 그에게 이렇게 말하곤 했다. "뭐야, 또 너냐, 저킨스? 이런 식으로 계속 규율을 준수하지 않으면, 너는 이 학교에 들어온 것 자체를 후회하게 될 거다. 얌전히 맞아라, 한 대 더. 그리고 여기랑 여기를 맞지 않은 것을 고맙게 여겨라!" 학장이 운동장을 지나가던 중에 상당히 세게 날아온 크리켓 공을 발목에 맞았을 때 그의 눈에 띈 학생 역시 저킨스였다. 조금 떨어진 곳에서 "고맙습니다. 이리 넘겨요!" 하는 소리가 들린 것이다. 학장은 잠시 멈춰 서서 발목을 문지르며 말했다. "저 아이가 직접 크리켓 공을 가지러 와야 하는 것 같은데!" "당연한 말씀입니다." 부학장이 말했다. "그리고 저 아이가 제 손이 닿는 곳에 오기만 하면, 저는 최선을 다해 공 말고 다른 것을 그 아이에게 날려 주겠습니다."

스카우트단에서 스탠리 저킨스는 다른 조의 단원들로부터 훔쳐 온 것을 제외하고는 받은 배지가 없었다. 요리 시합에서는 옆방의 고기 솥에 폭죽을 넣으려다가 걸렸고, 재봉 시합에서는 두 소년을 단단하게 꿰매 붙여서 일어나려던 소년들이 참혹한 사태를 맞이하게 만들었다. 청결 배지 시합에서는 조기 탈락 했는데, 그해의 여름 학기가 상당히 더웠고, 그는 단지 시원하다는 이유로 잉크병에 손을 담근 채 빼지 않았기 때문이다. 종이쪽지 한 장을 주울 때마다 적어도 여섯 조각의 바나나나 오렌지 껍질을 떨어뜨리곤 했다. 나이 든 여인들은 그가 다가올 때면 제발 물 양동이를 길 건너편으로 옮겨 주지 않아도 된다고 눈물을 머금고 애원했다. 어떤 결과가 나올지 너무 뻔했기 때문이다. 그러나 가장 끔찍하고 오랜 영향을 끼친 스탠리 저킨스의 행실은 구명 시합 때 일어났다. 여러분도 아시다시피 이 시합은 적당한 체구의 하급생을 선발해 옷은 그대로 두고 손발을 묶은 채 뻐꾸기 둑*의 가장 깊은 곳에 빠트려서 단원들이 그를 구출하는 시간을 측정한다. 이 시합을 할 때마다 스탠리 저킨스는 가장 중요한 순간에 다리에 쥐가 나서 물에서 끌어 올려졌고, 지독한 비명을 지르며 땅바닥을 굴러다니곤 했다. 이럴 때마다 물속에 들어간 아이들은 그쪽으로 신경이 쏠렸고, 아서 윌콕스가 없었더라면 이로 인해 막대한 인명 손실이 일어날 뻔하기도 했다. 결국 부학감은 단호하게 이 시합을 중지해야 한다고 명령하기에 이르렀다. 비슬리 로빈슨 씨는 네 번의 시합 동안 실제로 목숨을 잃은 하급생은 네 명밖에 없었다는 헛된 변명을 하기에 이르렀다. 그에 대하여 부학감은 스카우트의 일에 끼어드는 것이 이번이 마지막이었으면 한다고 생각하지만, 그중 세 명은 성가대의 소중한 단원이었으며, 자신과 레이 박사 둘 다 그 시합으로 인한 이점이 소년들이 목숨을 잃은 일을 상쇄하지는 못한다는 결론을 내렸다고 말했다. 더욱이 이 소년들의 부모가 보이는 반응 역시 성가신 수준을 넘어 그들을 괴롭히기 시작했다. 학부모들은 지금까지 흔히 보내곤 하던 동일 양식의 서류만으로는 만족하지 않고, 그들 중 한 명 이상이 직접 이튼을 방

---

* 1950년까지 이튼에서 수영 시험을 봤던 뻐꾸기 둑 연못.

문해 불평을 늘어놓으며 부학감의 소중한 시간을 낭비하게 만들기도 했다. 그리하여 구명 시합은 이제 과거의 유물이 되어 버렸다.

요약하자면 스탠리 저킨스는 스카우트에 전혀 보탬이 되지 않는 인물이었다. 그에게 더 이상 스카우트 활동에 참여하지 말라고 권고하자는 이야기도 여러 번에 걸쳐 나왔다. 이런 의견은 특히 램버트 씨가 강하게 피력했는데, 결국에는 보다 온건한 의견이 지지를 얻게 되어서 그 소년에게 한 번 더 기회를 줘 보자는 결론이 내려졌다.

그 덕분에 저킨스는 19—년 여름방학이 시작되는 시기에 아름다운 D(또는 Y) 지방의 W(또는 X) 지역에 있는 스카우트 캠프에 참가하게 되었다.

상쾌한 아침이었고, 스탠리 저킨스와 그의 친구 한두 명이—아직도 친구가 남아 있는 게 신기하지만—작은 언덕 위에 누워 햇살을 쬐고 있었다. 스탠리는 손에 턱을 괴고 엎드린 채로 먼 곳을 바라보고 있었다.

"저게 뭔지 모르겠네." 그가 말했다.

"뭘 말하는 거야?" 소년 하나가 물었다.

"저 아래 들판에 뭔가 툭 튀어나온 곳이 있잖아."

"어, 그러네! 내가 그걸 어떻게 알겠어?"

"왜 그걸 알고 싶은 건데?" 또 다른 소년이 물었다.

"글쎄, 그냥 생김새가 마음에 들어. 저거 이름이 뭐지? 지도 가진 사람 없어?" 스탠리가 물었다. "스카우트 단원이면서 지도도 없나!"

"여기 지도 있어." 항상 준비성이 뛰어난 윌프레드 핍스퀵이 말했다. "여기 표시는 되어 있는데. 그런데 금지 구역이잖아. 저 안으로는 들어

가면 안 돼."

"금지 구역 따위 알 게 뭐야?" 스탠리가 말했다. "네 한심한 지도에도 이름은 안 적혀 있잖아."

"뭐, 그렇게 알고 싶으면 저기 노친네한테 가서 물어보지그래." '저기 노친네'란 언덕을 올라와서 그들 뒤편에 서 있던 늙은 양치기를 가리키는 말이었다.

"안녕하신가, 젊은 신사분들." 양치기가 말했다. "밖에서 활동하기에는 좋은 날 아닌가?"

"네, 고맙습니다." 천성적으로 예의 바른 앨저넌 드 몽모랑시가 말했다. "저기 보이는 둔덕이 뭔지 알려 주실 수 있나요? 그리고 그 안에는 대체 뭐가 있는지도요."

"물론 이야기해 줄 수 있지." 양치기가 말했다. "저건 '울부짖는 우물' 이야. 하지만 여기서는 저것 때문에 걱정하지는 않아도 된단다."

"저 안에 우물이 있어요? 누가 쓰는데요?" 앨저넌이 물었다.

양치기가 크게 웃었다. "다행히도 이 부근에서 양을 치는 사람들은 절대 울부짖는 우물을 쓰지 않지. 내가 여기 사는 동안은 항상 그랬고."

"그럼 오늘 그 기록이 깨지겠군." 스탠리 저킨스가 말했다. "내가 저기 가서 차 끓일 물을 가져올 테니까!"

"세상에, 젊은 신사 양반, 그런 생각은 하지도 말아!" 양치기가 깜짝 놀라 말했다. "그런 식으로 말하면 안 돼! 너희 상급자가 저곳에 가지 말라는 주의를 주지 않았나? 당연히 그랬어야 할 텐데."

"네, 주의는 줬어요." 윌프레드 핍스큌이 말했다.

"닥쳐, 멍청아!" 스탠리 저킨스가 말했다. "대체 왜 그러는 거지? 물이 안 좋은가? 어쨌든 끓이기만 하면 괜찮을 거 아냐."

"물에 문제가 있는지는 알 수가 없어." 양치기가 말했다. "내가 아는 것이라고는, 이 늙은 개도 저 들판으로는 들어갈 생각을 하지 않는다는 거지. 머릿속에 한 웅큼이라도 뇌수가 들어 있는 존재라면 누구라도 말이야."

"멍청이만 한가득이군." 스탠리 저킨스는 무례하고 문법에 맞지 않는 말을 입에 올린 후 덧붙였다. "저기 들어가서 다친 놈이라도 있나?"

"여자 셋에 남자 하나." 양치기가 무겁게 말했다. "제발 내 말 좀 새겨들어라. 나는 이 지방을 잘 알고 너희는 잘 모르지 않니. 그런 내가 하는 말인데, 지난 10년 동안 저 들판에서는 양 한 마리도 풀을 뜯지 않았고, 곡식 이삭 하나도 영글지 않았어. 비옥한 땅인데도 말이야. 여기서 보면 가시덤불에 잡초에 온갖 종류의 쓰레기가 보이지 않나. 거기 젊은 신사분은 망원경이 있구먼." 그가 윌프레드 핍스퀵에게 말했다. "그거라면 잘 보일 텐데 말이야."

"그러네요." 윌프레드가 말했다. "하지만 오솔길도 보여요. 저길 지나다니는 사람이 있기는 한 모양인데요."

"오솔길이라!" 양치기가 말했다. "사람이 지나다닌 흔적이 네 개는 있겠지. 여자 셋에 남자 하나 말이야."

"여자 셋에 남자 하나라니, 그게 무슨 소리야?" 스탠리가 처음으로 고개를 돌려 양치기를 바라보며 물었다. (그는 이때까지 계속 뒤도 돌아보지 않고 말하고 있었다. 버릇없는 아이였으니까.)

"무슨 소리냐니? 말 그대로지, 여자 셋에 남자 하나."

"그게 누군데요?" 앨저넌이 물었다. "왜 저리 가는 거죠?"

"그들이 누구'였는지' 말해 줄 수 있는 사람들이 있을지도 모르지."

양치기가 말했다. "하지만 그들이 최후를 맞이한 것은 내가 태어나기도 전이었어. 그리고 왜 그들이 아직 저곳에 존재하는지는 사람의 아들로 태어난 자는 누구도 알 수가 없지. 내가 들은 거라고는 다들 살아생전에 고약한 사람들이었다는 것뿐이야."

"세상에, 정말 괴상한 이야기네요!" 앨저넌과 윌프레드가 중얼거렸다. 그러나 스탠리는 코웃음 치며 거만한 투로 말할 뿐이었다. "어, 그럼 그놈들이 죽은 시체라는 말이네? 뭔 개소리야! 그런 말을 믿다니 정말 한심한 놈들이군. 직접 본 사람이 있기나 한 건가?"

"내가 직접 보았지, 젊은 신사 양반!" 양치기가 말했다. "저쪽 저 언덕 근처에서 마주쳤지. 여기 이 늙은 개도 말을 할 수만 있다면 그때 같이 보았다고 말해 줄 거야. 시간은 4시 정도였고, 오늘과 비슷하게 화창한 날이었지. 그놈들이 수풀 속에서 밖을 내다보더니 하나씩 일어서서는 저 오솔길을 따라 우물이 있는 수풀 쪽으로 다가오는 모습이 보이더군."

"어떻게 생겼는데요? 얘기 좀 해 주세요!" 앨저넌과 윌프레드가 노인의 이야기에 잔뜩 몰입해서 말했다.

"누더기에 뼈밖에 없었다네, 젊은 신사분들. 넷 다 허연 뼈다귀 위에 누더기를 펄럭이고 있었지. 가까이 다가오는 동안 절그럭거리는 소리가 들리는 것만 같았지. 주변을 이리저리 둘러보면서 아주 천천히 움직이더군."

"얼굴은 어땠어요? 잘 보이던가요?"

"얼굴이라고 할 만한 것도 없었지." 양치기가 말했다. "그래도 이빨은 있는 것 같더군."

"세상에!" 윌프레드가 말했다. "수풀에 도착한 다음에는 뭘 하던가요?"

"그건 말해 줄 수가 없어." 양치기가 말했다. "그곳에 머물러 있을 수가 없었거든. 계속 있었다가는 나중에 우리 개를 찾아 한참을 돌아다녀야 했을 테니까. 그때까지 한 번도 그런 적이 없는데, 이놈이 갑자기 몸을 돌려 달아나 버리지 뭔가! 마침내 이놈을 따라잡고 보니까 이놈이 나도 못 알아보고 입에 거품을 문 채로 내 목을 물어뜯으려고 덤비는 거야. 하지만 한참을 내 목소리를 들려주고 달래니까 마침내 내 목소리를 알아들은 모양인지, 용서를 구하는 어린아이처럼 내 곁으로 기어오더군. 이놈이 그렇게 날뛰는 모습은 본 적이 없어. 이놈이든, 아니면 다른 개든 말이야."

그 개는 양치기를 따라와서 소년들과 어울리고 있었는데, 주인의 말에 돌아보며 그 말이 전부 사실이라는 듯 동의를 표하는 몸짓을 보였다.

소년들은 방금 들은 이야기를 한동안 곰곰 생각해 보았다. 그러다 문득 윌프레드가 물었다. "그런데 왜 저걸 울부짖는 우물이라고 부르는 건가요?"

"겨울날 해 질 녘에 이 부근을 돌아다녀 보면 그 답을 알 수 있을 거야." 양치기는 이렇게만 대답했다.

"글쎄, 나는 눈곱만큼도 믿지 못하겠는데." 스탠리 저킨스가 말했다. "기회가 되면 당장 가 봐야겠어. 이런 기회를 놓치면 내가 병신이지!"

"그러면 내 말을 듣지 않겠다는 건가?" 양치기가 말했다. "아니면 가까이 가지 말라는 그쪽 대장들 말도? 이보게, 젊은 신사 양반, 한번 잘 생각해 봐. 내가 자네들에게 거짓말을 잔뜩 늘어놓을 이유가 뭐가 있겠나? 저 들판으로 누가 가든 말든 나한테는 한 푼의 이득도 돌아오지 않아. 하지만 나는 자네 같은 생기 넘치는 젊은이가 목숨을 잃는 것을 바라지 않아."

"아, 당연히 푼돈보다 훨씬 더 큰 것이 걸려 있겠지." 스탠리가 말했다. "저기 어딘가 위스키 상자나 뭐 그런 걸 숨겨 놔서 사람들이 다가가지 못하게 하려는 거 아니겠어? 뻔한 장난질이야. 돌아가자, 얘들아."

그렇게 그들은 발걸음을 돌렸다. 다른 두 명의 소년은 양치기에게 "잘 가요"나 "고마웠습니다" 같은 인사를 건넸지만 스탠리는 아무 말도 하지 않았다. 양치기는 어깨를 으쓱해 보이고는 그곳에 그대로 서서 슬픔이 담긴 눈으로 소년들을 좇고 있었다.

캠프로 돌아오는 길에 소년들은 꽤나 시끌벅적하게 말싸움을 벌였고, 두 소년은 스탠리에게 '울부짖는 우물'에 간다면 정말로 한심한 바보라고 불릴 것이라고 대놓고 말했다.

그날 저녁에 몇 가지 공지 사항을 전달하면서 비슬리 로빈슨 씨는 지도마다 금지 구역이 표시되어 있는지를 확인했다. "절대로 그 안으로 들어가면 안 된다." 그가 말했다.

몇 명의 소년이—그중에는 스탠리 저킨스의 부루퉁한 목소리도 있었다—그에게 물었다. "왜 안 됩니까?"

"내가 금지했기 때문이다." 비슬리 로빈슨 씨가 말했다. "그걸로 부족하다면 어쩔 수 없지." 그는 몸을 돌려 램버트 씨에게 나지막하게 속삭이고는 다시 말을 이었다. "이 말만은 해 두마. 스카우트 단원들이 그 들판 근처에 가지 못하게 해 달라는 부탁을 받았다. 이 지역에서 야영을 하게 허락해 준 것만으로도 고마워해야 한다. 우리로서는 적어도 그 부탁을 존중해야 되지 않겠나. 너희 모두 그 사실에 동의하리라고 믿는다."

모두가 "알겠습니다!"라고 대답했다. "부탁 따위 얼어 죽을!"이라고 중얼거린 스탠리 저킨스만 제외하고 말이다.

이튿날 점심 무렵 이런 대화가 이어졌다.

"윌콕스, 너희 텐트 인원은 전부 있나?"

"아뇨, 대장님. 저킨스가 없습니다!"

"그놈은 이 세상에 태어난 모든 존재 중에서 가장 지독한 악질이야! 그놈이 어딜 갔을 것 같나?"

"전혀 모르겠습니다, 대장님."

"아는 사람 없나?"

"대장님, 혹시 울부짖는 우물 쪽으로 간 게 아닌가 싶은데요."

"방금 누구지? 핍스퀵인가? 울부짖는 우물이 대체 뭔가?"

"저 옆 들판에 있는, 그러니까 대장님, 저 벌판 가운데에 나무들이 모여 있는 곳에 있는 우물입니다."

"금지 구역 안에 있는 곳 말인가? 나 참 세상에! 놈이 왜 그리로 갔을 거라고 생각하는 건가?"

"글쎄요, 어제 거기가 어떤 곳인지 정말 알고 싶어 했습니다. 그러다가 양치기와 대화를 나누었는데, 그 사람이 우리에게 여러 가지 이야기를 해 주고는 절대 그리로 가지 말라고 당부했습니다. 그런데 저킨스는 그의 말을 믿지 않고 꼭 가고야 말겠다고 말했습니다."

"멍청한 자식!" 호프 존스 씨가 말했다. "뭔가 가져가지는 않았나?"

"제 생각에 밧줄과 금속 양동이를 가져간 것 같습니다. 저희는 거기에 가는 것이 바보짓이라고 말리기는 했습니다."

"조그만 악당 놈이! 비품을 그렇게 함부로 가져가다니 무슨 짓이야! 거기 세 명, 나와 함께 가자. 놈을 쫓아가야겠다. 대체 왜 이런 간단한 명령조차도 지키지 못하는 거지? 그 양치기가 무슨 말을 했느냐? 아니, 여기서 지체하지 말고, 가면서 말해 주려무나."

그들은 함께 길을 떠났다. 앨저넌과 윌프레드는 빠르게 말을 이었고, 호프 존스 씨와 윌콕스는 그 이야기를 들으며 점점 걱정이 커져 갔다. 마침내 그들은 그 전날 양치기의 이야기에 등장했던, 들판이 내려다보이는 언덕 위에 올라서게 되었다. 그곳에서는 전체 풍경이 아주 잘 보였다. 마른 덤불과 앙상한 스코틀랜드 전나무 사이로 우물도 보였고, 그 주변의 잡초와 가시덤불 사이로 나 있는 네 개의 오솔길도 보였다.

청명하고 후끈거리는 날이었다. 바다는 금속판처럼 매끈하게 빛났다. 바람 한 점 없었다. 언덕 꼭대기에 오르자 그들은 모두 지쳐서 제각기 뜨거운 잔디 위로 몸을 내던졌다.

"아직까지 놈의 흔적은 없군." 호프 존스 씨가 말했다. "하지만 일단 여기서 멈춰야겠다. 나는 고사하고 너희도 전부 지쳤으니 말이야. 주변을 잘 둘러보거라." 잠시 머뭇거린 후 그가 덧붙였다. "방금 저쪽 풀숲이 움직인 것 같은데."

"그렇습니다, 저도 봤어요." 윌콕스가 말했다. "저기…… 아니, 저건 아닌 것 같은데요. 누군가가 있는 것은 분명합니다만. 몇 명이 고개를 들고 있는 것 같지 않습니까?"

"나도 그런 것 같다만, 확신하지는 못하겠다."

잠시 침묵이 흘렀다. 윌콕스가 다시 입을 열었다.

"저기 저쪽이 저킨스가 분명하군요. 반대쪽 덤불을 넘어가고 있습니다. 보이십니까? 반짝이는 것을 들고 있어요. 저 킨스가 가져간 양동이인 것 같습니다."

"그래요, 저기 있네요. 게다가 그대로 우물 쪽으로 다가가고 있어요."

바로 그 순간 온 힘을 다해 그쪽을 바라보던 앨저넌이 큰 소리를 질렀다.

"저기 오솔길에 저거 뭐야? 네발로 달리고 있어, 아, 여자잖아. 아, 안돼, 저걸 보면 안 돼, 날 보지 못하게 해!" 그러고는 몸을 둥글게 말고 잔디를 쥐어뜯으며 그 아래에 머리를 숨기려고 했다.

"그만둬라!" 호프 존스 씨가 크게 소리쳤지만 아무 소용 없었다. "자, 주목. 내가 저리로 내려가 보겠다. 윌프레드, 너는 여기 남아서 이 아이를 돌보거라. 윌콕스, 최대한 빨리 캠프로 돌아가서 도와줄 사람들을 데려오거라."

두 사람은 동시에 언덕을 달려 내려갔다. 윌프레드는 앨저넌과 단둘이 남아 최선을 다해 친구를 진정시키려고 했다. 그러나 그 자신 역시 별로 좋은 기분이 아니었다. 때때로 그는 언덕 아래를 내려다보았다. 호프 존스 씨가 그쪽을 향해 빠른 걸음으로 다가가는 것이 보였다. 그러나 놀랍게도 순간 걸음을 멈추더니, 한동안 주변을 둘러보고는 빠르게 반대 방향으로 발걸음을 돌렸다! 대체 이유가 뭘까? 윌프레드는 주변을 둘러보다가 끔찍한 모습을 하나 발견했다. 누더기가 된 검은 옷 사이로 군데군데 허연 것이 드러난 존재가 서 있었던 것이다. 길고 가는 목 위에 얹힌 머리는 검게 그을린 보닛*으로 반쯤 가려져 있었다. 놈은 가까이 다가오는 존스 씨를 향해, 마치 떨쳐 내려는 듯 가느다란

---

* 여자나 어린아이들이 쓰는 모자의 하나. 턱 밑에서 끈을 매게 되어 있다.

팔을 휘둘었다. 그리고 그 둘 사이의 공기가 지금까지 한 번도 보지 못한 식으로 흔들리고 반짝이기 시작했다. 그 모습을 바라보자니 갑자기 머릿속이 어지럽고 울렁이기 시작했다. 이보다 더 가까이 있는 사람은 어떤 영향을 받을지 상상조차 되지 않았다. 그는 얼른 고개를 돌렸고, 그러자 스탠리 저킨스가 꽤나 빠른 걸음으로 우물을 향해 다가가는 모습이 눈에 들어왔다. 제대로 된 스카우트의 자세로, 잔가지를 밟아 소리를 내거나 가시덤불에 옷이 걸리지 않도록 주의하는 듯했다. 아직까지 아무것도 보지 못했는데도 무언가가 매복해 있을 거라고 생각했는지 소리를 내지 않으려고 애쓰고 있었다. 그러나 윌프레드의 눈에는 그보다 더 많은 것들이 보였다. 나무 사이에 누군가가 숨어 기다리는 모습이 눈에 띄자, 윌프레드는 공포로 심장이 내려앉는 것만 같았다. 그리고 다른 하나의 끔찍한 검은 형체가, 양치기가 말한 대로, 주변을 홱홱 둘러보며 천천히 오솔길을 따라 반대 방향으로 움직이고 있었다. 가장 끔찍한 것은, 분명 남자로 보이는 네 번째 형상이 못된 스탠리의 뒤쪽으로 몇 미터 떨어지지 않은 곳에서 모습을 드러내더니, 천천히 그 뒤를 밟으며 따라 움직이고 있었다는 점이다. 불쌍한 사냥감은 이제 완벽히 포위된 상태였던 것이다.

윌프레드는 어쩔 줄 몰라 하면서 앨저넌에게 달려가 그를 흔들었다. "얼른 일어나. 소리쳐! 최대한 크게 소리치라고. 아, 호루라기만 있었어도!"

앨저넌은 정신을 차리는 듯했다. "호루라기 하나 있어. 윌콕스 거야. 떨어트리고 간 모양인데."

그래서 한 명은 호루라기를 힘껏 불었고, 다른 한 명은 소리를 질렀다. 바람 한 점 없는 공기 속으로 소리가 울려 퍼졌다. 스탠리가 그 소리를 들은 듯 발걸음을 멈추고 몸을 돌렸다. 그러더니 다음 순간 언덕 위에 있던 소년들의 소리보다 더 높고 끔찍한 소리가 울려 퍼졌다. 너무 늦은 것이다. 뒤에서 기어 오던 형체가 스탠리에게 달려들어 허리께를 잡아챘다. 일어선 채로 팔을 흔들던 놈은 다시 팔을 휘두르기 시작했는데, 이번에는 환희에 찬 듯한 느낌이었다. 나무 사이에 숨어 있던 놈이 그 뒤로 따라 나왔고, 마찬가지로 팔을 뻗어 자기 쪽으로 떨어진 무언가를 집어 올렸다. 가장 멀리 있던 놈이 기쁜 듯이 고개를 끄덕이며 빠르게 그쪽으로 다가왔다. 소년들은 끔찍한 정적 속에서 모든 광경을 똑똑히 목격했다. 그 끔찍한 형체와 사냥감 사이에 벌어지는 사투를 숨도 쉬지 못하고 바라볼 수밖에 없었다. 스탠리는 유일한 무기인 양동이를 휘둘렀다. 검은 형체의 머리에 있던 망가진 검은 보닛이 떨어지면서 머리카락으로 보이는 얼룩이 있는 하얀 백골이 드러났다. 이때쯤 되자 여자 중 하나가 그들이 있는 곳에 도착해서는 스탠리의 목에 감겨 있던 밧줄을 잡아당기기 시작했다. 두 명이 달려들자 스탠리는 순식간에 제압당하고 말았다. 끔찍한 비명 소리는 잦아들었고, 그 셋은 전나무 숲 속으로 들어가 버렸다.

그러나 다음 순간 구조의 손길이 가 닿을 것만 같았다. 호프 존스 씨가 갑자기 걸음을 멈추더니 몸을 돌려 눈을 비비고는 다시 벌판 쪽을 향해 달려가기 시작한 것이다. 그뿐이 아니었다. 소년들이 뒤를 돌아보자 캠프에서 온 사람들이 다음 언덕 위로 올라가는 모습이 보였다. 예의 양치기도 자기네들 쪽 언덕으로 올라오고 있었다. 소년들은 양치기를 향해 소리치고 애원하고 그쪽으로 조금 뛰어갔다가 돌아왔다. 양치기가 걸음을 서둘렀다.

소년들은 다시 한 번 벌판을 내려다보았다. 아무것도 보이지 않았다. 아니, 나무 사이로 무언가가 보이는 것 같기도 했다. 왜 나무 사이에 뿌옇게 안개가 끼어 있는 것일까? 호프 존스 씨가 덤불을 헤치고 들어가는 모습이 보였다.

양치기가 헐떡이며 소년들의 옆에 와서 섰다. 그들은 양치기한테로 가서 팔에 매달렸다. "그 애를 잡아갔어요! 수풀 속으로요!" 소년들은 계속 그 말밖에는 할 수가 없었다.

"뭐라고? 내가 어제 그토록 말했는데 저 안으로 들어갔다는 소린가? 불쌍한 아이! 불쌍한 아이야!" 그는 뭔가 더 말을 이으려 했지만 다른 목소리가 끼어들었다. 캠프에서 온 구조대가 도착한 것이다. 잠시 급하게 몇 마디 말을 나누고 모두가 함께 언덕을 달려 내려갔다.

그들은 벌판에 도착하자마자 호프 존스 씨와 마주쳤다. 그는 어깨에 스탠리 저킨스의 시체를 메고 있었다. 나뭇가지를 잘라서 나무에 매달려 흔들리고 있던 시체를 끌어 내렸다고 한다. 저킨스의 시체에는 피가 한 방울도 남아 있지 않았다.

다음 날 호프 존스 씨는 도끼 한 자루를 들고, 그 숲의 모든 나무를 베어 버리고 들판의 모든 잡초를 태워 버리겠다는 각오로 그 안으로 들어갔다. 하지만 다리에 심한 상처를 입고 부서진 도끼 자루를 든 채로 돌아왔다. 수풀에는 불똥 하나 붙일 수 없었고, 나무에는 도끼가 조금도 들어가 박히지 않았다고 했다.

내가 들은 바에 따르면 이제 울부짖는 우물이 있는 들판에는 여자 셋, 남자 하나, 소년 하나가 살고 있다고 한다.

앨저넌 드 몽모랑시와 윌프레드 핍스퀵은 이 사건으로 인해 큰 충격을 받았다. 두 소년 모두 그 즉시 캠프를 떠났고, 뒤에 남은 이들은 잠시나마 우울한 기분에 사로잡혔다. 가장 먼저 기운을 차린 사람은 동생 저킨스였다.

젊은 신사 여러분, 지금까지 스탠리 저킨스와 아서 윌콕스의 이야기 중 일부를 들려 드렸다. 아마 지금까지 다른 곳에서는 들을 수 없었던 이야기일 것이다. 이 이야기에 교훈이란 것이 있다면 그 내용은 명백하리라고 생각한다. 교훈을 얻지 못했다면, 그거야 내 입장에서 어찌할 도리가 없는 일일 테고.

실험
―섣달그믐의 유령 이야기

The Experiment–A New Year's Eve Ghost Story

교구 목사인 홀 박사는 서재에서 한 해 동안의 교구 기록부*를 정리하고 있었다. 그에게는 세례식, 결혼식, 장례식이 있을 때마다 공책에 기록해 놓았다가 12월 말이 되면 교구 성구함 속에 보관하는 양피지 책에 옮겨 기입하는 습관이 있었다.

가정부가 눈에 띄게 부산을 떨며 그에게 다가왔다. "아, 목사님. 무슨일이 난 줄 아세요? 영주 어르신이 돌아가셨어요!"

"영주라니? 볼스 씨 말인가? 그게 지금 무슨 말인가? 어제까지만 해도……"

"네, 저도 압니다, 알아요, 목사님. 그런데 정말이라니까요. 교회 서

---

* 특별히 영국에서 교구는 지방 행정의 최소 단위로 기능했는데, 헨리 8세는 교구로 하여금 출생(세례식), 결혼(결혼식), 사망(장례식)을 기록하게 했으며 이 장부가 교구 기록부이다.

기 위컴이 종을 울리러 가다가 제게 알려 줬다고요. 이제 금방 종소리
가 들릴 거예요. 아, 봐요, 지금 들리네요."

고요한 밤의 적막을 깨는 종소리가 분명히 들려왔다. 목사관과 교회
가 제법 떨어져 있었기 때문에 그리 크게 들리지는 않았다. 홀 박사는
서둘러 자리에서 일어났다.

"끔찍해, 끔찍하군." 그가 말했다. "지금 당장 저택으로 가 봐야겠어.
어제까지만 해도 훨씬 나아진 것 같던데." 그는 잠시 머뭇거렸다. "혹
시 이 근방으로 역병이 다가오고 있다는 소문은 없던가? 노리치에서
는 아무 말도 없었는데. 너무 갑작스러운 일이야."

"아뇨, 목사님, 그런 건 아니에요. 위컴의 말로는 그냥 심하게 사레가
들려서 돌아가셨답니다. 이런 일이 나면 기분이 좋지 않죠. 사실 아주
잠깐 주저앉아 있었어요. 그 이야기를 들으니까 묘한 기분이 들어서.
또 듣기로는 아주 서둘러서 장례식을 끝내고 싶어 한다고 하더라고요.
집 안에 차가운 시체가 누워 있는 것을 견디지 못하는 사람들이 있잖
아요. 그래서,"

"알겠네. 그런 이야기는 볼스 부인에게 직접 듣거나 아니면 조지프
씨에게 물어보도록 하지. 내 외투 좀 이리 주게. 아, 그리고 위컴에게
종 울리는 일이 끝나면 나를 보러 와 달라고 전해 주겠나?" 그리고 그
는 서둘러 달려 나갔다.

한 시간 후 목사는 목사관으로 돌아왔고, 위컴이 그를 기다리고 있
었다. "자네가 해 줄 일이 있다네, 위컴." 그가 외투를 벗으며 말했다.
"그리고 지체 없이 즉각 착수해 줬으면 하네."

"네, 목사님." 위컴이 대답했다. "교회 안에 매장할 자리를 마련해야

겠지요."

"아니, 아니. 내가 받은 부탁은 그런 내용이 아닐세. 가족들 말로는 영주가 성단소에 묻히지 않는 것을 조건으로 돈을 지불했다더군. 바깥의 교회 안뜰에, 그것도 북쪽 측면에 묻히고 싶다는 거야." 그는 교회 서기의 얼굴에 떠오른 경악의 표정을 눈치채고 말을 멈추었다. "왜 그러나?"

"죄송합니다만, 목사님." 위컴이 충격을 받은 목소리로 말했다. "방금 제가 제대로 알아들은 것이 맞습니까? 교회 안이 아니라 북쪽 안뜰에 묻히고 싶다고요? 쯧쯧! 대체 그 불쌍한 신사 양반이 무슨 생각을 하고 있었던 걸까요."

"글쎄, 내가 보기에도 이상하긴 하다네." 홀 박사가 말했다. "하지만 아니, 조지프 씨의 말에 따르면 그게 아버님이—아니, 의붓아버님이라고 해야겠지—원하던 바였다는 거야. 한두 번 그런 것도 아니었고, 심지어는 건강할 때에도 그런 말을 했다더군. 야외에서 깨끗한 흙 속에 묻히고 싶다고. 자네도 알겠지만, 그 영주분 꽤나 괴팍한 양반이었질 않나. 내게는 자기 망상을 털어놓은 적이 없지만 말일세. 그리고 한 가지가 더 있다네, 위컴. 관을 쓰지 말라고 했다네."

"아, 세상에, 세상에, 목사님." 위컴은 더욱 충격을 받고 뇌까렸다. "아, 하지만 그러면 온갖 이야기가 다 돌 겁니다. 장의사는 또 얼마나 실망하겠습니까! 그 친구는 영주님을 위해 아주 훌륭한 자재를 몇 년 동안이나 간직해 왔는데 말입니다."

"자, 자. 그 가족분들이 장의사에게 어떤 식으로든 보상을 해 주지 않겠나." 목사는 조금 초조해진 듯 말했다. "자네가 해야 할 일은 이걸세. 내일 밤 10시까지 무덤 자리를 파서 준비를 마쳐 놓을 것. 장의사에게서 횃불을 받아 오는 것도 잊어서는 안 되네. 이렇게 서두르느라 수고한 일에 대해서는 분명 보상이 있을 것이라고 장담할 수 있네."

"알겠습니다, 목사님. 저야 최선을 다해 명을 실행에 옮길 뿐이지요. 내려가는 길에 염할 여자들을 불러서 저택으로 보내도 되겠습니까?"

"아니. 그건, 내 생각에는—확신할 수 있네만—그런 말은 듣지 못했네. 그럴 사람이 필요하면 조지프 씨가 알아서 사람을 보낼 걸세. 아니, 자네는 그쪽으로는 신경 쓰지 않아도 되네. 그럼 이만 가 보게, 위컴. 이 슬픈 소식을 들었을 때 나는 교구 기록부를 정리하고 있었다네. 이 항목을 덧붙이게 될 줄은 미처 몰랐지만 말이야."

모든 일이 깔끔하게 순서대로 치러졌다. 횃불을 앞세운 장례 행렬이 저택에서 들판으로, 그리고 가로수가 늘어선 시골길을 따라 언덕 위 교회로 이어졌다. 마을 사람들은 모두 장례식에 참석했고, 몇 시간 안에 소식이 가 닿을 수 있는 이웃 마을에서도 사람들이 찾아왔다. 그렇게 일을 서두르는 데 크게 놀라는 사람은 없었다.

당시에는 법에 따른 예식이 존재하지 않았기 때문에 장례 과정을 지나치게 서둘렀다는 이유로 상심에 빠진 과부에게 비난의 화살을 돌리는 사람은 없었다. 또한 누구도 그녀가 장례 행렬을 따라오는 모습을 보지 못했다. 상주 역할을 맡은 사람은 그녀가 컬버트인지 요크셔인지에서의 첫 번째 결혼에서 낳은 자식인 조지프였다.

사실 영주 볼스 씨에게는 친족이라 부를 만한 사람이 남아 있지 않았다. 영주 양반이 두 번째 결혼식 때 작성한 유언장에 따르면 그의 모든 유산은 볼스 부인에게 남겨지게 되어 있었다.

그리고 그 '모든' 유산은 무엇이던가? 물론 토지, 저택, 가구, 그림,

식기 등이 있었다. 그러나 상당량의 현금 역시 어딘가에 있을 터였다. 하지만 대리인들의—모두 정직하며 횡령을 할 만한 사람들은 아닌— 손에 맡겨진 수백 파운드 정도를 제외하고는 현금은 전혀 찾아볼 수 없었다. 프랜시스 볼스가 여러 해 동안 제법 많은 지대를 받았고, 지출이 별로 없었던 것을 생각하면 묘한 일이었다. 그렇다고 해서 그가 구두쇠였다는 말은 아니다. 식탁에는 훌륭한 음식이 올라왔고, 아내와 의붓아들은 넉넉하게 쓸 만큼의 돈은 항상 받고 있었다. 조지프 컬버트는 사립학교와 대학 내내 별 고생을 하지 않고 생활을 꾸려 나갈 수 있었다.

그렇다면 대체 그 돈을 전부 어디에 써 버린 것일까? 저택을 아무리 뒤져 봐도 돈 더미 따위는 발견되지 않았다. 고참이든 신참이든 하인들 역시 묘한 시각에 수상한 곳에서 주인어른과 마주친 적은 없다고 말했다. 볼스 부인과 아들은 어찌할 바를 몰랐다. 어느 날 밤 그들은 다시 한 번 그 문제를 의논하고자 자리에 마주 앉았다.

"오늘 책과 서류를 다시 한 번 살펴봤겠지, 조지프?"

"네, 어머니. 하지만 전혀 진전이 없었어요."

"만날 적어 내려가던 내용은 뭐였던 거니? 그리고 왜 항상 글로스터의 파울러 씨에게 편지를 보낸 거지?"

"글쎄요, 그 양반이 영혼의 중재 상태에 잔뜩 빠져 있었다는 건 아시잖아요. 그 사람하고도 항상 그런 이야기만 계속한 모양이던데요. 마지막까지 쓰고 있던 것도 그런 편지였는데, 결국 마무리를 못 한 것 같더라고요. 가서 가져오죠…… 자, 또 늘 하던 그런 이야기뿐인데요."

"존경하는 친구여, 우리 연구에 미미하지만 진전이 있었던 것 같소.

하지만 이런 책들을 얼마나 믿을 수 있을지는 모르겠구려. 최근 우연히 손에 넣게 된 책에 따르면 죽은 후의 영혼은 특정한 성령의 영향하에 들어간다고 하오. 라파엘*이나 아니면 내가 읽기로는 '나레스'**라고 불리는 존재 등 말이지. 그러나 이는 아직 삶에 가까운 상태라서 영혼에게 기도를 올리면 그들이 직접 등장해 살아 있는 자들의 세계에서의 일을 매듭지어 준다고 하는구려. 제대로 소환하면 직접 등장하기도 한다는데, 이는 실험해 볼 가치가 있을 것 같소. 그러나 일단 영혼을 불러서 입을 열게 하면 소환자는 자신이 원하던 숨겨진 보물 이상의 것들을 보고 듣게 될 가능성이 있을 거요. 이 실험은 그 보물에 대한 질문을 가정하고 수행하는 것이니 말이오. 그러나 일단은 모든 것을 동봉해 보내는 편이 가장 좋을 것 같구려. 여기 무어 주교의 호의 덕분에 손에 넣게 된 소환 방법이 있소."

여기서 조지프는 읽기를 멈추고 아무 말 없이 종이를 내려다보기만 했다. 한동안 둘 다 아무 말이 없었다. 결국 볼스 부인은 수틀에서 바늘을 빼어 들고 바라보며 목청을 가다듬고 말했다. "그걸로 끝이니?"

"예, 어머니."

"그래? 그거 참 이상한 편지로구나. 그 파울러 씨라는 사람을 만나 본 적은 있니?"

"예. 옥스퍼드에서 한두 번 정도는요. 교양 있는 신사분이던데요."

"내 생각에는 말이다." 그녀가 말했다. "여기서 일어난 일을 그분께도 알려 드리는 편이 좋을 것 같구나. 가까운 친구 사이였으니 말이야.

---

* 히브리어로 '신의 치유'란 뜻으로, 『토비트』에서 신의 사자로 등장하는 천사이다. 토비트의 눈을 치유하고 악한 귀신 아스모데오를 물리치기도 한다.
** 라틴어로 '콧구멍'이라는 뜻으로, 죽어 가는 몸에서 호흡을 훔치는(따라서 영혼을 가져가는) 악마라고 한다.

그래, 조지프. 그렇게 하려무나. 뭐라고 써야 할지는 너도 알겠지. 게다가 이 편지는 어차피 그분께 갈 것이었지 않니."

"어머니 말씀이 옳아요. 당장 시작하죠." 그리고 그는 즉시 자리에 앉아 글을 쓰기 시작했다.

노픽에서 글로스터는 그리 쉽게 갈 수 있는 거리가 아니다. 그러나 편지는 도착했고, 그 답으로 묵직한 꾸러미가 하나 도착했다. 그리고 그날 저녁 저택의 독실에서는 더 많은 대화가 오갔다. 1시가 될 무렵 결국 이런 말이 나왔다. "그렇게 확신한다면 오늘 밤 직접 들판 쪽으로 해서 가 보자꾸나. 그래, 여기 이 천을 사용하면 될 것 같네."

"그건 무슨 천인가요, 어머니? 냅킨인가요?"

"그래, 뭐 비슷한 거지. 무슨 상관이니?" 그래서 그는 정원을 가로질러 갔고, 그녀는 현관에서 입에 손을 가져다 댄 채로 생각에 빠져 있었다. 그녀가 문득 손을 내리며 낮게 외쳤다. "그렇게 서두르지만 않았더라면! 하지만 그게 얼굴 천이었던 것은 사실이니까."

아주 어두운 밤이었고, 봄바람이 검은 들판 위로 사나운 소리를 내며 들이쳤다. 그 어떤 외침이나 부름도 묻어 버릴 만한 소리였다. 누군가를 부른다고 해도 들리지 않았을 것이며, 그 부름에 응하거나 귀를 기울일 사람도 없었을 것이다. 아직까지는.

다음 날 아침, 조지프의 어머니는 일찍 그의 침실로 찾아갔다. "그 천을 이리 다오. 하녀들의 눈에 띄면 안 되니까. 그리고 어서, 어떻게 됐는지 이야기해 보거라!"

조지프는 손으로 머리를 감싼 채 침대 귀퉁이에 앉아서 핏발 선 눈으로 어머니를 바라보았다. "우리가 입을 열게 했어요. 대체 왜 얼굴에 아무것도 덮지 않은 거죠?"

"별수 없잖니? 내가 그날 얼마나 서둘렀는지 보지 못했어? 어쨌든 그걸 봤다는 거지?"

조지프는 신음하며 다시 손으로 머리를 감쌌다. 그러고는 마침내 낮은 목소리로 다시 입을 열었다. "어머니도 그걸 보셨어야 할 거라고 말하더군요." 그녀가 지독한 한숨을 내쉬며 침대 기둥을 잡고 매달렸다.

"아, 화가 잔뜩 나 있던데요." 조지프가 말을 이었다. "분명 때를 기다리고 있는 거예요. 제가 말을 내뱉자마자 그 아래쪽에서 개가 으르렁대는 것 같은 소리가 들렸다고요." 그는 자리에서 일어나 방 안을 왔다 갔다 하기 시작했다. "우리가 어떻게 해야 하죠? 그가 풀려났어요! 저는 절대 그 작자를 만나고 싶지 않아요! 그걸 마시고 그가 있는 곳으로 갈 생각도 없고요! 여기서는 이제 단 하루도 더 있을 수 없어요. 아, 대체 왜 그런 짓을 하신 거예요? 그냥 기다리면 되는 거였잖아요."

"조용히 하거라." 어머니가 말했다. 입술이 바짝 말라 있었다. "나 혼자 한 일이 아니잖니, 너도 똑같아. 어쨌든 이렇게 떠들어 봤자 무슨 소용이겠니. 잘 듣거라. 아직 6시밖에 되지 않았어. 바다를 건너가기에 충분한 돈이 있잖니. 그들이 따라오지 못할 곳으로 말이야. 야머스에는 네덜란드로 가는 밤배가 많다고 들었다. 거기까지는 금방 가고. 말을 준비하거라. 나는 마저 채비를 할 테니까."

조지프는 멍하니 어머니를 바라보았다. "여기 사람들이 뭐라고 하겠어요?"

"뭐라고? 나 참, 목사한테 가서 지금 암스테르담에 가서 손에 넣지 않으면 잃어버리게 될 유산이 있다고 하면 되지 않겠니? 자, 어서 움직이거라. 움직일 만한 배짱도 없으면 그냥 오늘 밤 여기서 다리를 뻗고 누워 있든가." 그는 몸을 떨고는 즉시 자리를 떴다.

그날 저녁 땅거미가 내린 후, 선원 한 명이 야머스 부두의 한 여관으로 기어들어 왔다. 그곳에는 남녀 한 쌍이 가방 하나를 바닥에 두고 기다리고 있었다.

"자, 준비되셨습니까, 부인분과 신사분?" 그가 말했다. "정시가 되기 전에 출항할 예정이고, 다른 손님분은 부두에서 기다리고 계십니다. 설마 짐은 이게 전부인가요?" 이렇게 물으며 그가 가방을 집어 들었다.

"그래요, 가볍게 여행하는 쪽이 좋아서요." 조지프가 말했다. "그런데 우리 말고도 네덜란드로 가는 손님이 있는 건가요?"

"한 분뿐입죠." 선원이 말했다. "그분은 더 가볍게 여행하시는 모양이더군요."

"아는 사람인가요?" 볼스 부인이 물었다. 그녀는 손으로 조지프의 팔에 몸을 의지하고 문가에 서서 대답을 기다렸다.

"그렇지는 않습니다만, 두건을 뒤집어쓰고 있어도 금방 알아볼 수 있습죠. 말투가 아주 괴상하더라고요. 그리고 왠지 그분이 말씀하시는 투가 여러분을 아는 것 같던데요. '가서 그들을 데려오시오. 나는 여기서 기다리겠소'라고 하셨거든요. 아마 분명 지금쯤 이쪽으로 오고 계실 겁니다."

*

당시에는 남편을 독살하는 일은 저급한 죄악으로 여겨졌고, 그런 혐의를 받은 여성은 목이 졸린 다음 화형에 처해졌다. 노리치의 순회재판 기록을 살펴보면 그런 형벌을 받은 여인이 존재하며, 뒤이어 그녀의 아들도 교수형을 당했다고 한다. 그들은 교구 목사 앞에서 스스로 죄상을 고백했다고 하는데, 나는 여기서 그 목사의 이름은 밝히지 않을 생각이다. 그곳에는 아직 숨겨진 보물이 있기 때문이다.

무어 주교의 의례집은 현재 케임브리지 대학 도서관에 소장되어 있으며, Dd 11, 45 항목에서 찾아볼 수 있다. 그리고 144쪽을 찾아보면 다음과 같은 내용이 적혀 있다.

지금까지 여러 번 진실로 밝혀진 실험 기록에 의거해 말하나니, 강도, 학살, 그 외의 죄상에 의해 땅속에 숨겨진 보물을 찾아내는 비법이 있노라. 사자死者가 묻힌 무덤으로 가서, 묘석 앞에 서서 그의 이름을 세 번 부르고 이렇게 말하거라. 그대여, 이름, 이름, 이름, 나는 그대를 부르노니, 나는 그대를 원하노니, 나는 그대에게 부과하노니, 주 그리스도의 이름으로 그대는 라파엘과 나레스의 품을 떠나 이날 밤 내게로 와서 이곳에 숨겨진 보물의 소재를 말하여 달라. 그리고 죽은 육신이 잠든 무덤의 흙을 퍼내어 리넨 천 위에 펼쳐 놓은 다음, 오른쪽 귀 옆에 두고 잠들도록 하여라. 그대가 어디서 눕거나 잠들든지, 그날 밤 그가 찾아와 깨어 있건 잠들어 있건 그대에게 비밀을 일러 주리라.

무생물의 악의

The Malice of Inanimate Objects

　무생물이 가진 악의는 내 오랜 친구 한 명이 논의하기 좋아했던 주제인데, 여기에는 그럴 만한 이유가 있었다. 짧든 길든 모든 사람은 살아오면서 적어도 한 번은 세상 모든 것이 자신을 적대시하고 있다는 끔찍한 사실을 수긍할 수밖에 없는 비참한 때를 보내기 마련이다. 나는 친구와 친지로 연결되어 있는 인간의 세상을 말하는 것이 아니다. 모든 현대 소설가들은 인간의 세상을 탐구하며, 작품 속에서 '인생'이라는 이름을 붙이고는 수많은 인간관계를 뒤섞어 보여 준다. 그러나 내가 말하는 세상은 말하거나 일을 하지도, 회의나 집회를 열지도 않는 것들의 세상이다. 소매 단추나 잉크병, 벽난로, 면도날, 그리고 나이가 들면서 점차로 느껴지는, 있어야 하는데 없거나 없어야 하는데 있는 마지막 계단 한 단과 같은 것들 말이다. 이런 것들, 그리고 이와 비숫한 것들은—내가 여기서 말한 것들은 극히 일부에 불과하므로—계속 자기들끼리 의견을 나누며, 인간에게 비참한 날을 선사한다. 수탉과 암탉이 지주 코르베스 씨*를 찾아가는 이야기를 기억하는가? 그들은 여행길에 여러 사건을 겪으며 아는 사람을 만날 때마다 다음과 같은 말을 하며 사기를 북돋운다.

우리는 코르베스 씨네 집에 간다네.
방문 약속을 해 놓았기 때문이지.

이렇게 해서 그들은 바늘, 달걀, 오리, 그리고 아마도 고양이(잘 기억이 나지 않지만), 그리고 마침내 돌로 만든 이정표와도 동행하게 된다. 그리고 코르베스 씨가 잠시 집을 비웠다는 사실을 알게 되자 그들은 제각기 그의 저택에 자리를 잡고 앉아 코르베스 씨가 돌아오기를 기다린다. 그리고 코르베스 씨는 분명 종일 온갖 일을 건사하느라 잔뜩 지친 채 집으로 돌아온다. 처음에는 수탉의 울음소리가 그의 신경을 긁는다. 그는 안락의자에 몸을 던졌다가 바늘에 깊숙이 찔린다. 그는 세수를 하고 정신을 차리려고 개수대로 갔다가 오리 때문에 물을 뒤집어쓴다. 그리고 수건으로 물을 닦으려다가 얼굴에 대고 계란을 깨트리고 만다.

지금은 잘 기억이 나지 않지만 암탉과 그 공범들에게도 꽤나 끔찍한 꼴을 당한 다음, 마침내 고통과 공포에 사로잡혀 뒷문을 열고 나가려다가, 마침 딱 그 위치에 자리 잡고 있던 돌로 된 이정표가 떨어지

---

* 『그림 동화』의 40번째 이야기 「코르베스 씨」.

는 바람에 코르베스 씨는 머리가 박살 나 죽고 만다. 이 이야기는 이렇게 끝난다. '분명 코르베스 씨는 아주 사악하거나 아주 불행한 사람이었을 겁니다.' 나는 이 중 후자 쪽의 손을 들어 주고 싶다. 이 이야기에는 그에게 불명예를 안겨 줄 그 어떤 내용도 등장하지 않을뿐더러, 방문객들 역시 전혀 복수할 만한 이유를 가지고 있지 않기 때문이다. 이 이야기야말로 내가 묘사하는 그런 종류의 악의를 명백하게 보여 주고 있지 않은가? 물론 나도 코르베스 씨의 손님들이 엄밀하게 말해 무생물은 아니라는 점을 알고 있다. 그러나 그런 악의를 체현하는 존재가 진실로 영기를 가지고 있지 않다고 말할 수 있겠는가? 이런 의심을 정당화해 줄 만한 이야기가 한 가지 있다.

성년에 이른 두 남자가 아침 식사를 하고 난 후 평화로운 안뜰에 앉아 있었다. 한 명은 신문을 읽고 있었고, 다른 한 명은 팔짱을 낀 채로 깊은 생각에 잠겨 있었다. 생각에 잠긴 쪽의 얼굴에는 반창고가 하나 붙었고, 얼굴에는 깊은 주름이 새겨져 있었다. 맞은편 남자가 신문을 내리며 말했다. "왜 그러고 있는 건가? 화창한 아침에 새들은 노래하고, 비행기나 오토바이 소리도 들리지 않는데."

"물론 그렇지." 버턴 씨가 말했다. "충분히 괜찮은 날이라는 말에는 동의하지만, 내 앞에는 끔찍한 날이 펼쳐져 있을 뿐이라네. 아침에 면도하다 얼굴을 베었고, 그다음에는 치약 가루를 쏟았지."

"저런." 매너스 씨가 말했다. "운은 한쪽으로만 쏠리는 법 아닌가." 그리고 그는 동정 어린 얼굴로 다시 신문을 펴 들었다. "이런." 그가 외마디 소리를 지르고는 잠시 후 말을 이었다. "조지 윌킨스가 죽었구먼! 적어도 자네가 이 친구 때문에 귀찮아질 일은 더 이상 없겠는데."

"조지 윌킨스?" 버턴 씨는 상당히 들떠서 말했다. "저런, 그 친구가 아픈 줄도 몰랐는데."

"이제는 더 이상 아프지 않겠지, 불쌍한 친구. 패배를 인정하고 스스로 목숨을 끊은 모양이군그래." 매너스 씨가 말했다. "검시 결과를 보면 며칠 된 모양이야. 걱정과 우울증에 시달렸나 보군. 대체 무엇 때문에? 자네가 질책한 일 때문이었으려나?"

"질책?" 버턴 씨는 화가 나서 말했다. "애초에 질책이랄 게 있었나? 놈한테는 근거랄 것도 없었어. 제대로 된 증거 하나 입에 담지도 못하는 주제에. 아니, 이유야 대여섯 가지는 있었을 테지. 하지만 세상에! 그게 뭐든 그놈이 그리 심각하게 받아들였다는 사실 자체가 놀랍군."

"글쎄, 모르겠네." 매너스 씨가 말했다. "내 생각에 그 친구는 뭐든 심각하게 받아들이는 사람이었던 듯하네. 그 때문에 계속 자신을 질책했겠지. 글쎄, 그리 자주 보던 사람은 아니지만 나도 유감이로구먼. 목을 그어 자살할 정도면 상당히 힘겨웠을 것 아닌가. 길게 보자면, 나라면 절대 그런 자살 방식을 택하지 않을 걸세. 하이! 어쨌든 가족이 없었다니 다행이로군. 이보게, 점심 전에 잠깐 산책이라도 하지 않겠나? 마을로 심부름 갈 일이 있다네."

버턴 씨는 자못 내키지 않는 듯 자리에서 일어섰다. 아마도 무생물들이 자신에게 덤벼들 기회를 주고 싶지 않았던 것이리라. 그리고 그의 생각은 옳았다. 그는 계단 맨 위의 단에 놓여 있던 흙 털개에 걸려 제대로 넘어졌고, 가시나무 가지가 모자를 치는 바람에 손가락에 생채기가 났으며, 경사진 들판을 오르던 와중에는 허공에서 무언가에 걸린 듯 그대로 코를 박고 넘어지기까지 했다. "대체 무슨 일인가?" 뒤따라오던 친구가 물었다. "엄청나게 긴 줄이잖나! 대체 어디서, 아, 알겠군. 저 연에 달린 줄이었어." (그 연은 비탈 위의 풀밭에 놓여 있었다.)
"이제 어떤 망할 작은 짐승이 저걸 두고 갔는지 보기만 하면 아주 혼쭐
을 내 주겠네. 아니, 저 연을 두 번 다시 보지 못할 테니 그걸로도 충분
하려나. 꽤나 괜찮은 연인데." 그들이 연에 가까이 다가가자 순간 바람
이 불어 연이 솟아올랐다. 끄트머리가 아직 땅에 닿아 있어서, 마치 일
어나 앉아 몸체에 그려진 한 쌍의 크고 둥근 붉은색 눈으로 그들을 바
라보고 있는 듯한 모습이었다. 눈알 아래에는 I. C. U.라는 활자체의
붉은 글씨가 적혀 있었다. 매너스 씨는 호기심이 생긴 듯 조심스레 연
을 살펴보았다. "훌륭하군. 당연하지, 이건 단어의 일부였던 거야. 'Full
Particulars(자초지종)'이라는 단어였던 모양이군." 반면 버턴 씨는 그
다지 감동받지 않은 듯 지팡이로 연을 찔렀다. 매너스 씨는 그러지 않
았으면 하는 눈치였다. "물론 그런 취급을 당해 마땅하긴 하지만, 이걸
만들려고 상당히 고생했을 텐데 말이지."

"누가 말인가?" 버턴 씨가 날카로운 말투로 물었다. "아, 그렇군. 아
이 말이지."

"당연하지, 그럼 누구겠나? 하지만 이제 진정 좀 하게나. 점심 전에
심부름을 끝내야 하니까." 그들이 대로의 모퉁이를 돌자 쉰 듯한 목소
리가 어디선가 들려왔다. "조심하라고! 내가 찾아갈 테니까." 두 사람
은 마치 총에 맞기라도 한 듯 동시에 걸음을 멈추었다.

"그거 누구였지?" 매너스 씨가 말했다. "분명 내가 아는 목소리인데."
다음 순간 그는 거의 웃음을 터트리다시피 하며 지팡이로 한쪽을 가
리켰다. 길 건너 창문에 회색 앵무새가 든 새장이 매달려 있었던 것이
다. "세상에, 정말로 놀랐다네. 자네도 놀라지 않았나?" 그러나 버턴은
대답하지 않았다. "자, 금방이면 될 걸세. 자네는 저기 저 새와 친교라

도 쌓고 있게나." 그러나 다시 버턴과 만났을 때 그는 새와도 인간과도 대화를 나눌 생각이 없어 보였다. 한참 앞서서 제법 빠른 걸음으로 멀어져 가고 있던 것이다. 매너스는 잠시 앵무새가 있는 창가에 멈췄다가 크게 웃으며 서둘러 버턴을 따라갔다. "폴리와 즐거운 대화를 나누었나?" 그가 버턴을 따라가며 물었다.

"아니, 당연히 아니지. 나는 저 짐승에게는 아무 볼일도 없으니까." 버턴이 무뚝뚝하게 대꾸했다.

"뭐, 사실 대화를 나누려고 했어도 별로 얻을 것이 없었을 걸세." 매너스가 말했다. "금방 기억이 나더군. 저놈은 저 창문에 몇 년 동안 걸려 있었으니까. 박제 앵무새거든." 버턴은 뭔가 대꾸를 하려다 참는 듯했다.

전반적으로 버턴에게는 괜찮은 날이 아니었다. 점심때는 사레가 들리고, 파이프를 깨트렸으며, 양탄자에 걸려 넘어졌고, 정원 연못에 책을 빠트렸다. 나중에는 이튿날 도시로 와 달라는 전화가 왔다며 참인지 거짓인지 모를 말을 하고는, 일주일 동안 머무르기로 했던 일정을 단축하겠다고 통보했다. 버턴이 그날 저녁 내내 너무도 우울해 보여서 평소라면 유쾌한 동료였을 그를 보내는 매너스 쪽에서도 그렇게 크게 실망감을 느끼지는 않았다.

아침 식사 시간 동안 버턴 씨는 전날 밤에 대해서는 거의 입에 올리지 않았다. 그러나 주치의를 만나야겠다는 언급을 했다. "손이 너무 떨려서 면도를 할 엄두도 나지 않더군."

"그거 유감이로군." 매너스 씨가 말했다. "내 하인이 도와줄 수 있었을 텐데. 하지만 지금 당장은 그럴 시간이 없구먼."

작별 인사가 이어졌다. 무슨 수를 썼는지, 그리고 왜인지는 모르지만, 버턴 씨는 객실 한 칸을 통째로 예약할 수 있었다. (객차가 가운데 통로 형식이 아니었던 모양이다.) 그러나 이렇게 주의를 한다고 해도 죽은 이의 분노를 피해 가기는 어려운 법이다.

여기서 점이나 별을 찍는 것은 내 취향이 아니다. 그저 누군가가 기차에서 버턴 씨에게 면도를 해 주려고 시도했으며, 전반적으로 보아 그다지 성공적인 시도는 아니었다고 말하고 넘어가기로 하겠다. 그러나 어찌 됐든 결과에는 만족했던 듯싶다. 버턴 씨의 가슴팍에 펼쳐져 있던, 한때는 흰색이었던 냅킨에 GEO. W. FECI(조지 윌킨스가 이것을 만들다)*라는 붉은색 서명이 적혀 있었으니 말이다.

실제로 벌어졌던 이런 사건들이, 무생물의 악의 뒤에 무생물이 아닌 무언가가 숨어 있다는 내 의견에 대한 근거가 될 수 있을까? 이런 악의가 실제로 체현되기 시작하면 그 사건을 보다 면밀하게 분석하고, 가능하다면 우리가 최근에 저지른 불의를 바로잡아야 한다는 주장을 펼 만한 근거가 될 수 있을까? 그리고 이런 사건들로부터, 코르베스 씨의 경우와 마찬가지로 버턴 씨가 아주 사악하거나 아니면 아주 특별하게 불행한 사람이었다는 결론을 이끌어 내지 않을 수 있을까?

* George Wilkins made this.

소품
A Vignette

시골 목사관에 딸린 널찍한 정원을 떠올려 보길 바란다. 옆에는 꽤
나 넓은 들이 있고, 그 사이에는 사람의 손으로 심은, 나이를 추론할
수 있는 숲이 경계를 만들고 있다. 넓어 봤자 폭이 30~40미터 정도의
숲이다. 정원 주변의 길을 돌다 보면 닫혀 있는 떡갈나무 쪽문을 마주
치게 되는데, 이쪽으로 들어가려면 문에 있는 네모난 구멍에 손을 넣
어 걸쇠를 들어 올려야 한다. 문을 나서면 이윽고 숲 쪽에서 들로 나가
는 철문을 만나게 된다. 추가로 덧붙이자면 목사관의 창문은 들보다
더 지대가 낮은 곳에 위치하고, 그곳으로 문에 이르는 길과 떡갈나무
쪽문까지 전부 내다볼 수 있다. 그 주변에 둘러서 있는 스코틀랜드 전
나무를 비롯한 여러 나무들은 제법 굵직하지만 알 수 없는 음침한 느
낌이나 불길한 분위기는 조금도 풍기지 않는다. 비애감이나 장례식 같

은 것과도 조금도 연관이 없다. 물론 숲이 무성해서 수풀 사이에 숨겨진 구석이나 은둔처가 있기는 하겠지만, 무섭도록 황량한 느낌이나 짓누르는 듯한 어둠은 느껴지지 않는다. 사실 생각해 보면 이토록 평범하고 즐거운 장소에서 무언가 불안한 기분이 느껴진다면 도리어 그편이 더욱 놀라운 일일 것이다. 우리가 그곳에 살았던 어린 시절에도, 그보다 더 나이가 들어 다시 찾았을 때에도, 그 장소에 얽힌 (옛날 또는 근래의) 불길한 전설이나 유물에 대해 듣지 못했기 때문에 더욱 그렇다.

그러나 심지어는 어린 시절의 나, 놀랍도록 행복한 어린 시절을 보내고, 훈육으로서가 아니라 조심스러운 사랑으로 괴이한 상상이나 공포로부터 보호를 받던 나조차도 그런 두려움을 느끼곤 했다. 그런 주의조차도 공포가 들어오는 문을 모두 걸어 잠글 수는 없었던 것이다. 처음으로 숲으로 통하는 쪽문에 불안감을 느낀 것이 언제였는지는 잘 기억이 나지 않는다. 어쩌면 내가 학교에 들어가기 바로 전이었을 수도 있다. 어쩌면 희미하게 기억나는 어느 늦여름 오후, 혼자 들판을 돌아다니다 돌아오던 때였는지도 모른다. 티타임 시간에 맞춰 저택으로 돌아가던 때였던 것도 같다. 어쨌든 나는 혼자였고, 우연히 나와 마찬가지로 집으로 돌아가던 마을 사람을 마주쳐 숲으로 가는 갈림길에서 헤어졌다. 우리는 작별 인사로 이야기를 마무리하고 헤어졌는데, 잠시 시간이 흐른 후 돌아보니 그 사람이 여전히 그대로 서서 나를 바라보고 있었다. 그러나 서로 딱히 다른 말은 하지 않았기 때문에 나는 그대로 걸어갔다. 철문을 지나 들판에서 나왔을 때쯤에는 이미 땅거미가 내려 있었다. 그러나 아직 햇빛이 남아 있었고, 당시의 나에게 흔히들 묻는 대로 숲 속에서 다른 누군가의 존재가 느껴졌느냐고 묻는다면,

나는 자신 있게 '아니'라고 말하지는 못할 것이다. '예'라고 대답할 수 있었더라도 별로 기쁘지는 않았을 것이다. 그곳에서 뭔가를 하는 사람이 있을 리가 없었기 때문이다. 솔직히 말해 숲 속과 같은 곳에서는 누군가가 나뭇등걸 뒤에 숨어서 당신의 뒤를 밟고 있다고 해도 알아차리기가 쉽지 않다. 나는 그저 만약 그런 자가 있었다면 분명 내 지인이나 이웃은 아니었을 것이며, 아마도 후드나 망토를 뒤집어쓰고 있었을 것이라는 정도의 말을 하고 싶을 뿐이다. 하지만 그때는 평소보다 더 빠르게 걸었던 듯하며, 철문을 잠갔는지를 평소보다 주의 깊게 살폈던 듯하다. 그날 저녁 이후로 그 숲을 생각할 때마다 내 마음속 어딘가에는 햄릿이 '사소한 근심'이라고 부른 것이 자리 잡은 듯했다. 그 방향으로 나 있는 창문을 바라보며, 혹시 나무들 사이로 무언가가 움직이는 모습이 보이지 않을까 궁금해했던 기억도 난다. 만약 내가 유모에게 그런 말을 했다면, 어쩌면 실제로 했을지도 모르는데, 유모는 "그런 생각을 하다니!"라고 대답하며 즉시 침대로 들어가라고 명령했을 것이다.

새벽에 창밖으로 보이는 달빛에 반짝이는 풀밭을 바라보며, 정원의 반쯤 가려진 모서리에서 무언가가 움직이는 것을 본 일이 단순히 상상이었기를 바랐던 기억도 난다. 그날 밤이었는지 아니면 더 훗날의 일이었는지는 확신할 수가 없지만, 분명 얼마 지나지 않아 나는 원하지 않는 여러 부류의 꿈을 꾸게 되었다. 나는 실제로 명확한 두려움에 사로잡혔고, 그 두려움은 예의 숲으로 통하는 문에 집중되어 있었다.

여러 해가 흘러가는 와중에도 때때로 기분 나쁜 꿈이 나를 찾아왔다. 당황스러운 꿈과는 또 다른 문제다. 예를 들어 목욕을 끝낸 후 몸을 말리면서 침실 문을 열었더니 사람들로 가득한 기차역으로 나가게 되고, 자신의 단정치 못한 복장 상태에 대한 말도 안 되는 이유를 황급히 꾸며 대야만 하는 상황에 놓이는 그런 꿈들 말이다. 이런 꿈은 두 번 다시 고개를 들지 못할 정도로 좌절스러운 경험일 수는 있지만, 그 자체가 두려운 것은 아니다. 그러나 내가 지금 말하는 그런 꿈은, 자주까지는 아니라도 내가 원하는 것보다 훨씬 더 많이 나를 찾아왔다. 그런 꿈이 시작되면 나는 곧 상황이 안 좋게 흘러가리라는 사실을 알았지만, 아무리 애를 써도 밝고 명랑한 꿈으로 돌아갈 수가 없었다.

창밖을 내다보면 정원사 엘리스가 갈퀴와 삽을 들고 작업에 열중해 있는 모습이 보였다. 다른 눈에 익은 사람들 역시 아무런 해도 끼치지 않고 오가는 모습이 보였다. 그러나 나는 속지 않았다. 정원사와 다른 사람들이 자기 물건을 챙겨 들고 길을 따라 집이나 다른 안전한 바깥 세상으로 사라져 버리는 때가 찾아오리라는 것을 알고 있었기 때문이다. 그러면 정원은, 말하자면, 평범한 이들과 어울리고 싶어 하지 않으며 그들이 전부 자기네 거처로 '사라져 버리기만을' 기다리는 거주민들의 세상이 된다.

이제 주변은 점차 위협적인 모습이 되기 시작한다. 햇빛이 힘을 잃고, 당시의 나는 몰랐지만 이후 그 명칭을 알게 된 일식의 생기 없는 빛으로 바뀌어 간다. 나는 갈수록 불길한 예감에 사로잡히고, 불안하게 주변을 둘러보면서, 내 공포가 실제 형체를 갖추게 되지는 않을까 두려워한다. 그리고 어디를 봐야 할지는 명확하게 알고 있다. 저 덤불 너머, 나무 사이에서, 무언가가 움직이는 것이다. 그래, 분명하다. 그것은 말도 안 될 정도로 빠르게 다가와서 이제 나무 사이가 아니라 우리 집으로 향하는 길 위에 서 있다. 나는 여전히 창문에 매달려 있는데, 이 새로운 공포에 미처 적응하기도 전에 누군가가 층계를 올라와 문고리에 손을 올리는 기분이 든다. 처음에는 꿈이 이 시점에서 끝났다. 그리고 내게 있어서는 이 정도만으로도 충분했다. 계속 이어지면 무슨 일이 벌어질지 상상도 되지 않았다. 아주 끔찍할 것이라는 점을 제외하고는.

내 꿈의 시작에 대한 내용은 이 정도면 충분할 것이다. 그저 반복적으로 찾아오는 시작일 뿐이었다. 얼마나 자주였는지는 잘 모르겠다. 하지만 실제로 정원의 그 지점에 홀로 남는 것이 두려워질 정도기는 했다. 나는 마을 사람들이 특정 지점을 넘어갈 때마다 무언가를 두려워하며, 들판 구석으로 갈 때는 여럿이 뭉쳐 가는 것만 같다는 상상을 하기 시작했다. 그러나 이는 별로 강조하고 싶지 않은 것이, 아까도 말했지만 그곳에 얽힌 이야기를 들은 적이 전혀 없기 때문이다.

그러나 그곳에 얽힌 이야기가 예전에 존재했으리라는 가능성은 무슨 수를 써도 부정할 수 없는 것 아닌가.

그 숲 전체가 으스스한 곳이었다는 인상을 준 것이 아니었으면 좋겠다. 그곳에는 올라가서 책을 읽기에 딱 좋은 나무들도 있었고, 돌벽 위로 올라가 수백 미터를 걸어가면 사람들이 많이 지나다니는 도로가 나타나기 때문에, 그를 따라 농장이나 잘 아는 집들로 갈 수도 있었다. 그리고 일단 나름대로 나무와 물이 있는 들판에 도착하면 수상쩍은 것은 조금도 보이지 않았다. 아니, 이건 너무 과한 말일지도 모르겠다. 적어도 예의 그 숲으로 통하는 문을 암시하는 것은 조금도 보이지 않았다.

그러나 지금까지 적은 내용을 보면, 우리는 그저 변죽만 울리며 실제 사건에 대해서는 거의 이야기를 하지 않았으며, 따라서 뿌린 것을 거두게 된다는 악마의 비판이야말로 정당한 것으로 보일 법하다. 이렇게 한참을 지면과 시간을 낭비하면서 조금도 이야기를 꺼내지 않은. 예의 그 사건의 결말은 대체 어떻게 시작된 것일까? 자, 그 일은 이런 식으로 진행되었다. 어느 날 오후, 날이 흐리지도 비가 내리지도 않는 날이었는데, 나는 우리 집 2층 창문에서 바깥을 내다보고 있었다. 가족은 아무도 집에 없었다. 나는 사용하지 않는 방의 책장에서 책을 한 권 가져왔는데, 별로 읽기에 어렵지 않은 느낌이었다. 사실 어떤 소설의 연재분을 모아 놓은 잡지 묶음이었다.* 지금은 그 소설이 무엇이었는지를 알지만 그때는 몰랐는데, 당시 그 내용은 매우 충격적이었고 내 마음을 사로잡았다. 한 남자가 황혼 무렵에 아일랜드의 어떤 오래된 저택 옆길을 걷고 있다. 상상력이 풍부한 그는 사람의 손길이 닿지 않은 오래된 나무의 그림자 너머로 갑작스레 '오래된 저택의 몽환적인 형상이, 그 독특한 악의와, 성스러움과, 육중함을 갖춘 건물이 나타나자' 감탄한다는 내용이다. 이 몇 개의 단어만으로도 나의 상상력은 음침한 궤도에 오르고 말았다. 결국 나는 그 숲으로 통하는 문을 바라보고 또 바라보게 되었다. 당연히 그 문은 잠겨 있었으며, 그곳으로 통하거나 그 안으로 이어지는 길에는 아무도 보이지 않았다. 그러나 앞서 말했듯이, 그 문에는 손을 넣어 걸쇠를 들어 올리기 위한 네모난 구멍이 하나 있었다. 그리고 그 구멍 속으로—마치 조리개를 통해 보는 것처럼—전체적으로 혹은 부분적으로 하얀 무언가가 보였다. 도저히 견딜 수가 없을 지경이었지만 일종의 용기 비슷한 감정을 느끼며—사실 오히려 절망 쪽에 가까웠을 것이다. 최악의 것을 알아야만 한다는 결

* J. 셰리든 레퍼뉴의 『교회 무덤 옆의 집』이다. 1861년부터 1863년까지 《더블린 유니버시티 매거진》에 연재되었다. '오래된 저택의 몽환적인 형상이, 그 독특한 악의와, 성스러움과, 육중함을 갖춘 건물이 나타났다. 마치 수치와 죄책감 때문에 무성한 독초와 쐐기풀, 그리고 우울한 느릅나무 고목 사이에 모습을 감추고 은둔한 듯한 모습이었다.'

단을 내리는 기분이었으니까―나는 몸을 낮추고는 아무 쓸모 없이 덤불 뒤에 몸을 숨기며 그 철문과 구멍 근처까지 다가갔다. 그러나 세상에, 사태는 내 생각보다 훨씬 나빴다! 그 구멍을 통해 얼굴 하나가 나를 바라보고 있었으니 말이다. 괴물도 아니고, 창백하지도, 살점이 떨어져 나가지도, 유령 같지도 않은 얼굴이었다. 사악하다는 생각은 들었으며, 아직도 그렇게 생각한다. 어쨌든 놈은 눈을 크게 뜨고 시선을 고정하고 있었다. 열기가 넘치는 분홍색 눈이었다. 눈썹에서 눈 바로 위까지 하얀 리넨 천이 내려와 있었고.

예상하겠지만, 네모난 틀 안에서 얼굴 하나가 밖을 내다보는 모습은 참으로 끔찍하다. 특히 그 시선이 명확하게 나를 향하고 있을 때는 더욱 그렇다. 그 표정으로는 앞으로 무슨 일이 벌어질지 조금도 예측할 수 없다는 점도 전혀 도움이 되지 않는다. 방금 나는 그 얼굴이 사악하다고 여겼다고 말했고, 분명 그렇게 생각했지만, 정작 그 표정에서는 적극적인 혐오나 격렬한 감정은 찾아볼 수 없었다. 사실 전혀 감정이 없는 듯한 얼굴이었다. 그저 눈동자 주변의 흰자위가 위아래로 완전히 드러나 있었으며, 그런 눈이 흔히 보여 주는 광기의 일면이 느껴질 뿐이었다. 움직이지 않는 그 얼굴만으로도 내게는 충분했다. 나는 도망쳤지만, 본능적으로 안전하다고 여겨지는 거리에 도착하자 발걸음을 멈추고 뒤를 돌아보았다. 문의 구멍에는 이제 하얀 것이 보이지 않았다. 나무들 사이로 휘날리는 천 뭉치 같은 것이 비척비척 걸어가는 모습이 보였을 뿐이었다.

다시 가족을 만나게 되었을 때 내가 어떤 반응을 보였는지는 과도하게 캐묻지 말아 달라. 내가 무언가를 목격하고 놀랐다는 사실은 분명했지만, 무엇을 보았는지 설명하고 싶은 욕망은 전부 거부했던 것이 틀림없다. 그런데 왜 이제 와서 그 사건을 서술하려는 어리석은 시도를 하는 것일까. 솔직히 나로서도 제대로 설명할 수가 없다. 그 사건이 내 상상 속에 여러 해 동안 머물며 강력한 힘을 발휘한 것은 분명하다. 심지어 아직까지도 그 숲으로 통하는 문은 돌아서 지나가려 하니까. 그리고 가끔씩 그 질문이 나를 괴롭힌다. 아직도 숲 속 은밀한 장소에는 그런 괴이한 존재들이 여전히 돌아다니고 있는지. 옛 시절에는 매일 누구나 그 모습을 보고 대화를 나눌 수 있던, 그리고 이제는 몇 년에 한 번 드물게 마주쳐서 간신히 그 존재를 인식하게 되는 그런 존재들이 말이다. 어쩌면 평범한 사람들이 마음의 평화를 얻기 위해서는 지금의 상태가 더 좋을지도 모르겠다.

참고 | 영국 국교회 성당의 구조

1. 개인 기도실
2. 성가대 교차랑
3. 성구 보관실
4. 성가대석 칸막이

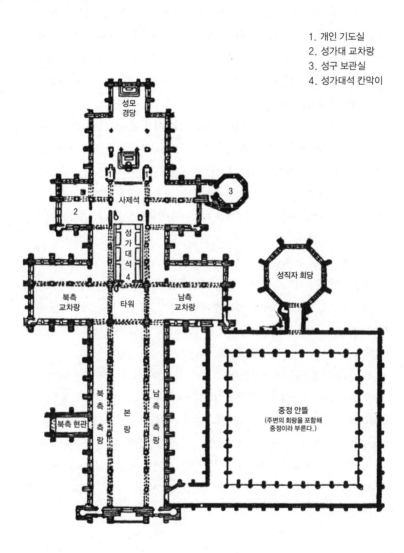

본랑은 정면에서 성가대석에 이르는 주 공간으로, 사각기둥 또는 원기둥으로 측랑과 분리된다. 단, 기둥과 기둥 사이에 석관이나 묘석을 설치하는 경우도 있으므로, 공간적으로는 보다 확실하게 격리되어 있는 경우도 있다. 일반적으로 본랑은 평신도들을 위한 좌석을 설치하고, 측랑은 신도들의 통로로 사용되는 경우가 많다. 교차랑은 가문의 경당이나 기념물을 설치하는 경우가 많으며, 교차랑보다 동쪽으로 보이는 제단을 포함한 구획은 성단소라고 부른다.

본랑과 성가대석 사이에는 보통 성가대석 칸막이가 설치되어 있으며, 그 뒤로 성가대석이 이어진다. 칸막이와 성가대석은 섬세하고 화려한 문양과 조각으로 장식되어 있는 경우가 많다. 성가대석은 벤치 형태나 개인석으로 구획이 되어 있는 경우도 있으며, 종종 무릎받이가 딸려 있는 경우도 있다. 보통 성직자의 개인석이 마련되어 있으며, 이는 성가대를 이끄는 성직록을 받는 성직자와 참사회원들을 위한 자리였다.

그림에서 예를 든 솔즈베리 대성당의 경우에는 성가대석과 사제석 사이에 칸막이가 있어 공간적으로 분할되어 있지만, 많은 성당에서는 성가대석과 사제석이 구분되지 않고 하나로 붙어 있는 형태를 가진다. 이 경우에는 사제석을 '동측 성가대석'이라고 부르기도 한다. 「바체스터 대성당의 성가대석」에 등장하는 가상의 성당 역시 그런 구조였을 것으로 추측된다.

성스러운 건물 내부에 매장될 정도의 지위나 재력이 없는 평신도들은 교구 교회의 부지 안에 매장되는 경우가 많았는데, 이 때문에 교회의 안뜰은 동시에 공동묘지라는 뜻도 가지게 된다. 교회의 부지가 한정되어 있었기 때문에 묘비가 없는 무덤을 파낸 다음 재활용하는 경우도 상당히 흔했으며, 현재 영국에 남아 있는 묘비들은 가장 오래된 것도 17세기 이후의 물건이다. 교회 묘지의 북측에는 축복받지 못한 이들을 매장하는 경향이 있었다고 하는데, 작품 일부에서 그런 내용을 찾아볼 수 있다.

20세기에 홀로 남겨진 빅토리아인

'부디 이걸 기억해 주게. 나는 태생과 교육에서 빅토리아 시대의 사람이며, 빅토리아 시대의 나무는 응당 빅토리아 시대의 열매를 맺게 된다는 사실을 말이지.'

「네 이웃의 경계석」의 첫머리에 등장하는 이 대화 내용이야말로 몬터규 로즈 제임스(이하 M. R. 제임스)가 어떤 인물이었는지 가장 명확하게 말해 주는 표현이라 할 수 있을 것이다. 그는 스스로를 빅토리아 시대의 토양이 자아낸, 빅토리아 시대에 가장 잘 어울리는 인물로 여겼다. 그러나 그가 살았던 시대는 빅토리아 시대로부터 30년이 지난, 영국의 모든 지성인이 새롭게 바뀐 현실을 마주해야 했던 20세기 초였다. 공산주의와 페이비언 소사이어티, 전쟁과 사회 참여와 국제연맹이 영국 지식인들의 화두로 태동하던 이 시기에, 이 심약한 학자는 역사의 새로운 흐름을 받아들이거나 저항하는 대신 영국에서 가장 보수적인 조직 중 하나인 케임브리지의 품 안에 숨어서 자신의 정체성을 지키는 길을 택한다.

그리고 그렇게 평생을 보낸 킹스 칼리지와 이튼에서, 그는 가끔씩 '단순히 지인들을 즐겁게 해 주려는 의도로' 유령 이야기를 집필하곤 했다. 마호가니 가구와 위대한 선학들의 초상화로 가득한 대강당에서 크리스마스이브 만찬을 벌인 후, 그는 마음에 맞는 동료와 친구, 제자와 스승들을 자기 방 벽난로 앞에 모아 놓고 직접 쓴 유령 이야기를 낭독했다. 훗날 그는 지인들의 권유를 받아 자신의 유령 이야기를 묶어 단편집으로 출간하기에 이르렀고, 마침내 다른 모든 학문적 업적을 제치고 20세기 최초의 공포소설 작가이자 현대 공포소설의 효시를 제공한 인물로서 이름을 알리게 된다.

20세기에 홀로 남겨진 빅토리아인, 보수적인 복고주의자, 그리고 뛰어난 공포소설 작가. M. R. 제임스는 과연 어떤 인물이었을까? 그의 삶과 그에게 영향을 끼친 시대상을 간략하게 살펴보도록 하자.

몬터규 로즈 제임스는 1862년 8월 1일, 복음주의파 국교도 목사인 아버지 허버트 제임스와 어머니 메리 에밀리 제임스 사이에서 막내아들로 태어났다. 어린 몬티는 그레이트리버미어의 목사관과 올드버러의 외조모 별장에서 어린 시절을 보내는데, 이곳 서퍽 지방의 황량한 전원 풍경은 작가로서의 감수성에 큰 영향을 끼친 것으로 보인다.

11세가 되는 1873년, M. R. 제임스는 템플 그루브 사립학교에 입학하며 이후 평생 계속된 교육기관과의 인연을 시작한다. 이후 학자로서, 그리고 교육행정가로서 그의 경력은 탄탄대로를 걷는다. 두 번의 우등 장학금을 받으며 이튼과 케임브리지 킹스 칼리지를 수석으로 졸업하였고, 이후 킹스 칼리지의 학생감과 학장을 역임한 후 마침내 케임브리지 부총장에 취임하기에 이른다.

학자로서 M. R. 제임스의 평생에 걸친 연구 분야는 서지학이었는데, 이는 모더니즘이나 분석적 기법이 침투할 여지가 없으며 지극히 고전적인 방법론을 사용하는 학문이라는 점에서 그의 성향과 완벽하게 맞아떨어졌다. 서지학자로서 M. R. 제임스의 연구 범위는 실로 방대하다고 할 수 있는데, 그의 저작은 중세의 필사본 목록, 구약 외경外經, 초기 교부의 저작, 위경僞經, 중세 수도원 건축 등에 이르는 넓은 분야를 망라한다. 물론 그 대부분의 연구 결과는 뛰어나기는 해도 당대에조차 '쓸모없고 부차적인 학문'으로 평가받는 것이었다. M. R. 제임스 본인은 도리어 이런 사실에 자부심을 느꼈던 듯한데, 최고의 학문적 성과로 평가되는 『구약의 외경』에서 본인이 직접 "정경에서 제외된 이들 문서의 고유한 가치는 거의 존재하지 않는다고 간주해도 좋다"라고 장담하기도 했다.

반면 그는 학내에 밀려들어 오는 20세기의 새로운 사조를 깊이 적대시했다. 모든 모더니즘과 근대 사상, 분석적 기법을 동원하는 학문은 M. R. 제임스에게 경계의 대상이었다. 올더스 헉슬리와 제임스 조이스를 '돌팔이'이며 '삶과 언어를 팔아넘기는 포주'라고 평가했으며, 홀데인이나 프레이저, 케인스 등 케임브리지의 신진 사류를 대표하는 학자들과는 항상 대립각을 세웠다. M. R. 제임스에게 있어 킹스 칼리지와 이튼은 밀려들어 오는 현대성의 물결을 막아 내는 방패였으며, 그를 위해 행정가로서 변화에 저항하는 보수적인 자세를 견지하였다. 킹스 칼리지에서 학생감과 학장으로 재임하는 동안 여성 생도에게 학위를 수여하는 일에 반대하였으며, 의무적인 그리스어 수강 제도의 폐지를 막았고, 공산주의나 독일 철학 고등비평을 수업에서 다루는 일에도 거부권을 행사하기도 하였다.

1918년 M. R. 제임스는 케임브리지 부총장의 직위에서 물러나 이튼의 학장으로 취임한다. 보수적인 케임브리지에서 가장 보수적인 칼리지였던 킹스 칼리지에서조차도, 더 이상은 변화하는 현실을 외면할 수가 없게 된 것이다. 바로 제1차 세계대전이 일어났기 때문이다. 한 세대의 케임브리지맨들이 대륙의 참호 속에서 처참한 죽음을 맞았으며, 간신히 목숨을 건져 돌아온 이들은 두 번 다시 예전과 같은 모습으로 돌아오지 못했다. 그리고 이런 청년들은 M. R. 제임스의 동료이자 후학이자 제자였다. 여리고 선한 마음의 소유자였던 M. R. 제임스에게 이는 참으로 견디기 힘든 일이었다. 결국 학창 시절의 추억이 서려 있는 이튼은 그에게 있어 마지막 보루가 아니었을까 싶다.

M. R. 제임스는 1936년, 73세의 나이로 세상을 뜬다. 그는 최후의 순간까지 이튼의 울타리 밖으로 나가지 않았고, 유해는 이튼 타운의 공동묘지에 매장되었다. H. G. 웰스를 위시한 영국의 뭇 지성인들을 절망에 빠트린 제2차 세계대전이 발발하는 것은 목격하지 못했으니, 그만하면 평화로운 죽음을 맞이한 것이 아닐까 싶다.

반동주의자, 복고주의자, 현대성을 거부하는 반지성주의자. M. R. 제임스는 현실 세상에서는 아무런 결실도 맺지 못한 시대착오적인 인물이었을지도 모른다. 그러나 이러한 그의 삶과 사상은 작품 속에 여러 형태로 반영되어, 현재 '제임스풍'이라고 불리는 독특한 공포소설의 형식으로 열매를 맺게 된다. M. R. 제임스가 훌륭한 '유령 이야기'

의 본보기로 삼은 작가는 찰스 디킨스, 그리고 빅토리아 시대 고딕 환상소설의 일인자라 할 수 있는 셰리든 레퍼뉴였다. M. R. 제임스는 이들 빅토리아 시대의 선구자들로부터 많은 것을 차용한다. 도입부의 초자연적인 경고, 조금씩 고조되어 가는 불길한 분위기, 정체를 숨기고 있는 악의 등, M. R. 제임스의 단편에서 공통적으로 찾아볼 수 있는 많은 요소는 이미 레퍼뉴가 자신의 소설에서 효과적으로 사용했던 장치들이다. 그러나 M. R. 제임스는 이러한 고전적인 공포소설에 보다 현대적인 장치를 덧붙여 세련되고 현대적인 유령 이야기를 완성했다.

일단 이야기의 무대부터 살펴보기로 하자. M. R. 제임스의 단편 중 많은 수가 빅토리아 시대를 무대로 하는 것은 사실이지만, 반드시 그런 것만은 아니다. M. R. 제임스는 빅토리아 시대를 '유령 이야기의 이상적인 배경'으로 여기면서도, 동시에 독자가 익숙하게 여길 만한 시간과 공간적 배경이야말로 훌륭한 공포소설의 필수 요소라고 생각했다. 물론 그의 독자층은 케임브리지의 지인들이었고, 여기에 M. R. 제임스 본인의 고고학에 대한 관심이 곁들여져 그의 단편은 많은 수가 고문서와 연관되는 학구적인 장소를 무대로 삼는다. 전형적인 제임스풍 공포소설에서는 대학 부속의 도서관이나 박물관, 시골 장원의 서재 등이 종종 무대로 사용된다. 드물게는 외국의 옛 수도원이나 오래된 도시가 등장하기도 한다. 한 가지 독특한 점은 시대를 막론하고 대부분의 단편에서 '현대성'을 나타내는 요소를 극도로 꺼린다는 점이다. 이 점에 있어서는 M. R. 제임스 본인도 다음과 같이 언급한 바 있다.

"탐정소설의 경우에는 최근의 시대라도 아무런 문제가 없다. 자동차, 전화, 비행기, 최신식 은어 등이 모두 그 안에서 맞아 들어간다. 그러나 유령 이야기에서는 가볍게 거리를 두는 편이 바람직하다. '30여

년 전', '전쟁이 일어나기 얼마 전에' 등이 매우 적절한 시작이 될 수 있을 것이다." 물론 여기서 '30여 년 전'이 빅토리아 시대로, '전쟁이 일어나기 얼마 전'이 에드워드 시대로 치환되는 것도 자연스러운 일일 것이다.

여기에 덧붙여, M. R. 제임스는 실제 존재하는 지명들 사이에 교묘하게 가상의 지명을 끼워 넣음으로써 현실성을 극대화하는 방식을 사용한다. 사건의 주요 무대는 가상의 장소이지만 런던이나 도버 등으로 무대를 옮기며 현실성을 강화하는 경우도 있고, 「호기심 많은 이에게 보내는 경고」의 배경인 '시버러'처럼 명백하게 실제 존재하는 장소(서퍽의 올드버러)를 차용하기도 한다. 때로는 실제 존재하는 마을과의 거리를 언급하면서 가상의 마을 위치를 특정할 수 있게 만들기도 한다. 연극 무대처럼 작위적이며 몽환적이거나, 또는 현실과 유리된 완벽한 가상의 공간이 주류를 차지했던 고딕 공포소설과 비교해 볼 때, 이런 특징은 명확하게 현대적인 기법이라고 할 수 있다.

다음으로 주인공을 살펴보자. 고딕 공포소설에 등장하는 주인공은 종종 매력적이지만 동시에 무력하며 선량한 존재로, 악의를 가진 '뒤틀어진 초인'이 이끌어 내는 운명에 휘둘리는 역할을 맡는 것이 보통이다. 반면 '제임스풍' 소설의 주인공은 보통 학식 있는 평범한 신사로, 종종 과도하게 순진하거나 편집증적인 면모를 보인다. 주인공은 우연한 기회에 독특한 고문서(또는 기타 골동품)를 손에 넣게 되며, 그 때문에 초자연적인 악의의 관심을 끌거나, 그 힘을 해방시키거나, 분노의 형벌을 받는다. 여기서 고문서는 악의의 매개체인 동시에 과거로부터 전해 내려오는 지식의 상징이며, 경외심의 대상이 되어야 마땅한 물건이다. 또한 주인공으로 등장하는 신사들은 보통 현대적이고 분석적인 사고방식을 갖춘 사람으로, 함부로 자신의 방법론을 사용해 고문서를 해석하거나 이용하려 들다가 해코지를 당하게 된다. M. R. 제임스가 혐오해 마지않은 학문 중 하나가 『황금 가지』의 프레이저로 대표되는 비교신화학이라는 점을 생각해 보면, 작품 곳곳에서 이런 현대적 신사들이 비참한 최후를 맞는 이유도 짐작해 볼 수 있을 것이다.

마지막으로 공포를 불러일으키는 주체가 되는 유령에 대해서 살펴보자. 레퍼뉴의 『카밀라』나 브램 스토커의 『드라큘라』에서 볼 수 있듯이, 고딕 공포소설에서 악의의 주체는 일반적으로 뒤틀린 초인이며, 명확한 목적과 인격, 그리고 나름의 도덕률을 가진 존재이다. 그러나 M. R. 제임스의 작품에서 악의의 주체는 그러한 인간성의 흔적을 드러내지 않는다. 심지어는 망자의 유령인 경우에도 그렇다. 대개의 경우 M. R. 제임스의 유령은 무차별적인 적의를 보이거나, 특정 조건을 만족시킨 이에게 보복을 가하거나, 아니면 그저 단순한 즐거움 때문에 계획을 꾸미고 잔혹한 행위를 저지른다. '털이 북슬북슬한 검은 거미와 같은' 형상을 한, '인간보다 조금 못한 지능을 가진 사악한 존재'의 경우에는 두말할 나위도 없을 것이다. 빅토리아 시대의 공포소설 작가들은 소설의 주제를 악의 자체에 두고, 그 정체를 독자가 추리하게 함으로써 작품의 긴장감을 높였지만, M. R. 제임스는 정체를 알아낸다 해도 인간의 이성으로는 이해가 불가능한 악의를 등장시킴으로써 주인공의 잘못된 행위와 그에 수반되는 부조리함을 작품의 주제로 부상시킨다.

물론 M. R. 제임스의 유령 이야기들의 의의가 단순히 방법론적인 부분에서 끝나는 것은 아니다. M. R. 제임스의 작품이 지니는 매력은 그 보수성에 있다. 본질적으로 근엄한 빅토리아 시대 사람이었던 M.

R. 제임스는 표현의 절제, 과도한 폭력성이나 잔인함의 제어, 성적인 주제의 사용 금지 등을 훌륭한 유령 이야기가 갖추어야 할 조건으로 꼽았다. 현란한 묘사와 자극적인 소재를 사용하는 대신, M. R. 제임스는 일견 관계없어 보이는 소재에서 시작하여 편집증에 가까울 정도로 세밀한 묘사를 통해 천천히 공포의 근원으로 다가가는 방식을 취한다. M. R. 제임스의 등장인물들은 그 작가만큼이나 완고하고 폐쇄적이며 평면적인 인물들이라, 독자들에게 명백하게 보이는 문제를 마주하고도 초자연적인 존재가 실제로 해코지를 하기 전까지 태도를 바꾸지 않는다. 이렇게 완고한 주인공은 마찬가지로 보수적이고 폐쇄적인 배경 안에 갇혀서 공포를 극대화한다. 황량한 동부 잉글랜드의 전원, 고풍스러운 저택과 서재, 밤이면 온갖 망령들이 깨어나 돌아다니는 대성당…… 그리고 결국 주인공은 자기 자신만큼이나 보수적인, 수십 년에서 수백 년을 기회만 노리며 깃들어 있던 순수한 악의를 마주하게 된다. 사실 다른 형식이나 다른 장르였다면 M. R. 제임스의 이러한 성향은 작품의 완성도에 해를 끼치는 쪽으로 작용했을지도 모른다. 그러나 그가 선택한 단편과 공포소설이라는 틀 안에서는, 적어도 M. R. 제임스의 완고한 보수성은 하나의 소설적 장치로서 그 위력을 확실하게 발휘하게 된다.

현대의 공포소설 독자들이라면 이런 M. R. 제임스의 방법론이 그리 낯설게 느껴지지 않을 것이다. 빅토리아 시대를 1930년대로, 런던이나 서퍽 지방을 뉴잉글랜드나 메인으로, 그리고 고문서 속에서 꿈틀거리는 악의의 정체를 망자의 유령에서 인지를 초월한 공포로 바꾸면, 이는 러브크래프트를 위시한 20세기 공포소설 작가들의 작품과 동일한 구조가 되기 때문이다. 러브크래프트의 단편소설, 특히 「그 집의 그림」이나 「더니치 호러」 등을 보면 M. R. 제임스의 영향이 강하게 느껴진다. 러브크래프트가 당대의 가장 뛰어난 공포소설 작가로 M. R. 제임스를 꼽았다는 점을 생각해 볼 때, M. R. 제임스의 작품이 러브크래프트의 광활한 상상력을 표현하기 위한 하나의 분출구로 작용했다고 볼 수 있지 않을까.

그 외에도 M. R. 제임스가 확립한 유령 이야기의 방법론은 수많은 후대 작가들에게 영감을 주었다. 그의 직계라고 할 수 있는 1930년대의 공포소설 작가들, 특히 러브크래프트나 클라크 애시턴 스미스는 물론이고, 가깝게는 프리츠 라이버부터 멀리는 스티븐 킹까지 20세기의 공포소설 작가들은 모두가 M. R. 제임스의 작품으로부터 영감을 얻고 그의 방법론을 자신의 작품에 접목시켜 왔다고 할 수 있을 것이다.

한 가지 재미있는 사실은 이러한 후계자들, 특히 미국의 펄프 픽션 잡지에 대해 M. R. 제임스가 좋지 못한 평가를 내리고 있다는 점이다. 특히 러브크래프트와 스미스가 고정 작가진으로 활약한 《위어드 테일스Weird Tales》에 대해서는 '목적도 읽을 가치도 없는, 그저 선정적이고 역겨울 뿐인 작품'이라는 박한 평가를 반복해서 내렸는데, M. R. 제임스의 성격과 성향을 생각해 볼 때 사실 당연한 일이 아닐까 싶기도 하다.

빅토리아 시대의 영국 지식인이었다면 M. R. 제임스는 완벽한 인물이었을지도 모른다. 그러나 그가 살아가야 했던 시대는 질곡으로 가득한 20세기 초였으며, 그는 현실을 회피하기 위해 과거의 유물로 가득한 상아탑 안에서 일생을 보내는 편을 택했다. 결국 그는 최후의 빅토리아 시대 교양인도, 20세기의 서막을 연 기수도 아닌, 상아탑 속의 복고주의자라는 평가를 받을 수밖에 없었다.

그러나 그런 시대착오적인 빅토리아풍의 인물이었기 때문에 그는 많은 사람의 사랑을 받는 유령 이야기를 남기고, 이후 20세기 중후반을 풍미한 공포소설 장르의 씨앗을 뿌린 훌륭한 작가로서 사람들의 기억에 남을 수 있었다. 어떻게 보면 아이러니한 일이라고 할 수 있지 않을까?

1862   영국 켄트 주 굿니스톤에서 국교회 목사인 허버트 제임스와 메리
        에밀리 제임스의 막내아들로 태어났다.

1865   가족과 함께 서퍽으로 이사하여 그레이트리버미어의 목사관과 올
        드버러의 외조모 별장에서 어린 시절을 보냈다. 북해와 인접한 서
        퍽 지방의 황량한 전원 풍경은 이후 M. R. 제임스의 작품에 큰 영
        향을 끼친다.

1873   템플 그루브 사립학교에 기숙생으로 입학한다. 이때 시작된 교육
        기관과의 인연은 이후 M. R. 제임스의 일생 동안 계속된다.

1876	국왕 우등 장학생으로 선발되며 이튼에 진학한다.
1882	이튼에서 뉴캐슬 우등 장학생으로 선발된다. 케임브리지 킹스 칼리지에 입학한다.
1885	케임브리지 학사학위시험(트라이포스)의 두 부문에서 우등 성적을 받고 졸업한다.
1886	케임브리지 피츠윌리엄 박물관의 관장 보좌를 맡으며 복음서와 외경, 위경에 관한 연구를 계속한다.
1887	위경『베드로 묵시록』에 관한 연구로 킹스 칼리지의 선임 연구원 자격을 획득한다.
1889	킹스 칼리지 학생감으로 임명된다.
1892	프랑스의 생베르트랑드코망주와 아일랜드 더블린을 여행한다. 이 당시의 경험은 첫 유령 이야기의 소재로 활용된다.
1893	피츠윌리엄 박물관의 관장으로 임명되어, 이후 1908년에 퇴임할 때까지 여러 주요 회화 작품과 필사본을 수집하는 업적을 남겼다. 킹스 칼리지의 문예 모임인 '칫챗 학회'에서 첫 작품「참사회 사제 알베릭의 수집책」과「잃어버린 심장」을 낭독한다.

1895	문학박사 학위를 취득한다. 케임브리지 내의 필사본 목록 정리를 계속하여, 첫 성과인 피츠윌리엄 박물관의 필사본 목록을 출간한다. 「참사회 사제 알베릭의 수집책」과 「잃어버린 심장」을 소책자 형태로 출간한다.
1899	친구들과 함께 덴마크를 여행한다.
1900	킹스 칼리지 학감에 임명된다. 두 번째로 덴마크를 여행한다.
1901	스웨덴을 여행한다.
1904	지금까지 회합에서 낭독한 8편의 단편을 모아 『골동품 연구가의 유령 이야기*Ghost Stories of an Antiquary*』라는 제목으로 출간한다. 작품집의 삽화를 담당하기로 했던 가장 소중한 친구 제임스 맥브라이드를 잃는다. 이후 M. R. 제임스의 작품집에는 맥브라이드의 유작 4점 이외의 다른 삽화는 들어가지 않는다.
1905	킹스 칼리지의 학장으로 선출된다.
1911	두 번째 단편집 『골동품 연구가의 더 많은 유령 이야기*More Ghost Stories of an Antiquary*』를 출간한다. 7편의 단편이 수록되어 있다.
1913	케임브리지 대학의 부총장으로 취임한다.

| 1918 | 이튼의 학장으로 취임한다. 케임브리지를 떠나게 된 이유는 본인의 심경의 변화라고 말하고 있는데, 제1차 세계대전에서 수많은 케임브리지 학생들이 죽음을 맞이한 사실, 그리고 학내를 지배하게 된 모더니즘 사조를 혐오했기 때문 등으로 여겨지고 있다. 이후 제임스는 사망할 때까지 이튼을 떠나지 않는다. |

| 1919 | 세 번째 단편집 『희미한 유령 이야기 및 다른 이야기들*A Thin Ghost and Others*』을 출간한다. 5편이 수록되어 있다. |

| 1925 | 네 번째 단편집 『호기심 많은 이에게 보내는 경고*A Warning to the Curious*』를 출간한다. 이 작품집에는 6편의 단편이 수록되어 있다. |

| 1926 | 산문집 『이튼과 킹스, 대부분 사소한 회상록*Eton and King's: Recollections, Mostly Trivial*』을 출간한다. 저자의 독특한 유머 감각과 사소한 일상의 이야기가 인상적이나 "자서전으로는 제 역할을 할 수가 없으며, 이튼의 학장이라는 사람이 16세 소년 같은 감성을 가지고 있다니 당황스러운 일이다"라는 혹평을 듣기도 했다. |

| 1930 | 국왕 공로 훈장을 수상한다. 산문집 『서퍽과 노퍽*Suffolk and Norfolk*』을 집필한다. |

| 1931 | 『M. R. 제임스의 유령 이야기 모음집*Collected Ghost Stories of M. R. James*』을 출간한다. 예전 4권의 단편집을 하나로 묶고, 그 이후 집필한 4편의 단편이 추가되어 있다. |

| 1936 | 6월 12일, 향년 73세로 이튼에서 사망했다. 유해는 이튼 타운 공동묘지에 매장되었다. |

세계문학 단편선을 펴내며

　세상의 모든 이야기는 단편으로 시작되었다. 성서와 그리스 신화를 비롯해 인류의 많은 신화와 설화는 단편의 형식으로 사물의 기원, 제도와 금기의 탄생, 운명이라는 이름의 삶의 보편적 형식을 설명했다.

　〈세계문학 단편선〉은 모든 산문의 형식 중 가장 응축적이고 예술성이 높은 단편소설에 포커스를 맞추어 세계문학을 바라보는 새로운 관점을 제시하고자 한다. 단편소설을 언급할 때 빼놓을 수 없는 작가들의 작품들은 물론이고, 한두 편의 장편소설로만 우리에게 알려진 세계적 작가들이 남긴 주옥같은 단편들을 통해 대가의 진면모를 총체적으로 바라볼 수 있게 할 것이다. 또한 우리에게 문학의 변방으로 여겨져 왔던 나라들의 대표적 단편 작가들도 활발히 소개할 것이며 이미 순문학과의 경계가 불분명해진 장르문학의 형성과 발전에 크게 기여한 작가들의 작품 역시 새롭게 조명해 나갈 것이다.

　에드거 앨런 포는 문학작품은 독자가 앉은자리에서 다 읽을 수 있을 정도로 짧아야 한다고 했다. 바쁜 일상의 삶을 사는 현대인들에게 〈세계문학 단편선〉은 삶과 사회, 나아가 세계를 바라볼 수 있게 하는 더할 나위 없이 좋은 친구가 될 것이라 확신한다.

　21세기인 현재에 이르기까지 단편소설은 그리스 신화가 그러했듯이 삶의 불변하는 조건들을 응축된 예술적 형식으로 꾸준히 생산해 왔다. 그리고 새로운 문학적 기법과 실험적 시도를 통해 단편소설은 현재도 계속 진화, 확장되고 있다. 작가의 치열한 예술적 열정이 가장 뜨겁게 반영된 다양한 개성으로 빛나는 정교한 단편들을 통해 문학의 진정한 존재 이유를 독자들이 느낄 수 있기를 소망하며 이번 〈세계문학 단편선〉을 펴낸다.

현대문학 편집부

H 세계문학 단편선

※ 〈세계문학 단편선〉은 계속 출간됩니다.

몬터규 로즈 제임스

초판 1쇄 펴낸날 2014년 12월 31일
초판 2쇄 펴낸날 2021년 5월 20일

지은이 몬터규 로즈 제임스
옮긴이 조호근
펴낸이 김영정

펴낸곳 (주)현대문학
등록번호 제1-452호
주소 06532 서울시 서초구 신반포로 321(잠원동, 미래엔)
전화 02-2017-0280
팩스 02-516-5433
홈페이지 www.hdmh.co.kr

ⓒ 2014, 현대문학

ISBN 978-89-7275-711-5 04840
세트 978-89-7275-672-9